O CONDE DE MONTE CRISTO

TOMO 3

Esta é uma publicação Principis, selo exclusivo da Ciranda Cultural
© 2022 Ciranda Cultural Editora e Distribuidora Ltda.

Traduzido do original em francês
Le Comte de Monte-Cristo

Produção editorial
Ciranda Cultural

Texto
Alexandre Dumas

Diagramação
Linea Editora

Tradução
Frank de Oliveira

Design de capa
Edilson Andrade

Preparação
Walter Sagardoy

Imagens
Rawpixel/Freepik.com

Revisão
Maitê Ribeiro

Dados Internacionais de Catalogação na Publicação (CIP) de acordo com ISBD

D886c   Dumas, Alexandre

O conde de Monte Cristo: Tomo 3 / Alexandre Dumas; traduzido por Frank de Oliveira. - Jandira, SP : Principis, 2022.
512 p. ; 15,50cm x 22,60cm. - (Clássicos da literatura mundial - luxo)

Título original: Le Comte de Monte-Cristo
ISBN: 978-65-5552-594-6

1. Literatura francesa. 2. Romance. 3. Vingança. 4. Prisão. 5. Marinheiro. 6. Plano. I. Oliveira, Frank de. II. Título. III. Série.

CDD 843
CDU 821.133.1-3

2022-0084

Elaborado por Lucio Feitosa - CRB-8/8803

Índice para catálogo sistemático:
1. Literatura Francesa : Ficção 843
2. Literatura Francesa : Ficção 821.133.1-3

1ª edição em 2022
www.cirandacultural.com.br
Todos os direitos reservados.
Nenhuma parte desta publicação pode ser reproduzida, arquivada em sistema de busca ou transmitida por qualquer meio, seja ele eletrônico, fotocópia, gravação ou outros, sem prévia autorização do detentor dos direitos, e não pode circular encadernada ou encapada de maneira distinta daquela em que foi publicada, ou sem que as mesmas condições sejam impostas aos compradores subsequentes.

Sumário

Haydée 1031
Escrevem-nos de Janina... 1055
A limonada 1077
A acusação 1091
O quarto do padeiro aposentado................................ 1098
O arrombamento 1119
A mão de Deus.. 1136
Beauchamp 1144
A viagem 1153
O julgamento 1167
A provocação 1183
O insulto 1191
A noite... 1203
O encontro 1213
A mãe e o filho.. 1228
O suicídio 1236
Valentine... 1247
A confissão 1256
O pai e a filha 1271
O contrato.. 1281

A estrada para a Bélgica.. 1294

O Hotel do Sino e da Garrafa.. 1302

A lei 1317

A aparição... 1329

Locusta.. 1338

Valentine... 1346

Maximilien.. 1354

A assinatura Danglars.. 1365

O cemitério do Père-Lachaise... 1378

A partilha.. 1394

A cova dos leões... 1412

O juiz... 1421

O júri... 1433

A peça de acusação.. 1441

Expiação.. 1450

A partida... 1461

O passado 1475

Peppino 1490

O cardápio de Luigi Vampa.. 1503

O perdão... 1512

O 5 de outubro... 1519

HAYDÉE

Mal os cavalos do conde viraram a esquina do boulevard, Albert voltou-se para o conde e desatou a rir, mas de maneira ruidosa demais para não ser um pouco forçada.

– Muito bem! – disse ele. – Pergunto-lhe como o rei Carlos IX perguntava a Catarina de Médici depois da noite de São Bartolomeu: como acha que me saí em meu pequeno papel?

– Do que está falando? – perguntou Monte Cristo.

– Da instalação do meu rival na casa do senhor Danglars...

– Que rival?

– Meu Deus! Que rival?! Seu protegido, o senhor Andrea Cavalcanti!

– Oh, deixe de piadas de mau gosto, visconde. Não protejo de modo algum o senhor Andrea, pelo menos junto ao senhor Danglars.

– Eu o censuraria por isso se o rapaz necessitasse de proteção. Mas, felizmente para mim, ele pode prescindir disso.

– Como! Acredita que ele a está cortejando?

– Respondo-lhe: ele revira os olhos suspirando e modula sons de apaixonado, aspira à mão da orgulhosa Eugénie. Olhe, acabo de fazer um verso!

Palavra de honra, não é culpa minha. Não importa, repito: ele aspira à mão da orgulhosa Eugénie.

– Que importa se só pensam no senhor?

– Não diga isso, meu caro conde, maltratam-me dos dois lados.

– Como dos dois lados?

– Sem dúvida: a senhorita Eugénie mal me respondeu e a senhorita d'Armilly, sua confidente, não me disse absolutamente nada.

– Sim, mas o pai o adora – observou Monte Cristo.

– Ele? Muito pelo contrário, enfiou mil punhais no meu coração. Punhais retráteis, é verdade, punhais de tragédia, mas que ele julgava reais.

– O ciúme indica afeição.

– Sim, mas não estou com ciúme.

– Pois ele está.

– De quem? De Debray?

– Não, do senhor.

– De mim? Aposto que antes de oito dias ele me fechará a porta no nariz.

– Está enganado, meu caro visconde.

– Dê-me uma prova.

– O senhor a quer?

– Sim.

– Estou encarregado de pedir ao senhor conde de Morcerf que faça uma diligência definitiva junto ao barão.

– Por quem?

– Pelo próprio barão.

– Oh! – exclamou Albert com toda a meiguice de que era capaz. – O senhor não fará isso, não é mesmo, meu caro conde?

– Está enganado, Albert, vou fazê-lo, pois já o prometi.

– Vamos – disse Albert com um suspiro –, parece que o senhor faz questão de me casar.

– Faço questão de estar bem com todo mundo; mas, a propósito de Debray, nunca mais o vi na casa da baronesa.

– Houve uma desavença.

– Com a senhora?

– Não, com o senhor.

– Então ele percebeu alguma coisa?

– Ah! Boa piada!

– Acha que ele desconfiava de algo? – fez Monte Cristo com encantadora ingenuidade.

– Ora essa! Mas de onde o senhor vem, meu caro conde?

– Do Congo, se quiser.

– Ainda não é longe o bastante.

– Eu conheço os maridos parisienses?

– Ora, meu caro conde, os maridos são iguais em toda parte. A partir do momento em que estudamos o indivíduo de um país qualquer, conhecemos a raça.

– Mas então qual pode ter sido a causa da desavença entre Danglars e Debray? Pareciam se entender muito bem – disse Monte Cristo, com novo ímpeto de ingenuidade.

– Ah, pronto! Entramos nos mistérios de Ísis, e não sou iniciado. Quando o senhor Cavalcanti filho for da família, pergunte-lhe isso.

A carruagem parou.

– Chegamos – disse Monte Cristo. – São apenas dez e meia, suba.

– Com o maior prazer.

– Minha carruagem o levará depois.

– Não, obrigado, meu cupê deve ter nos seguido.

– Sim, lá está ele – disse Monte Cristo, apeando.

Os dois entraram na casa; o salão estava iluminado, foram para lá.

– Prepare um chá para nós, Baptistin – disse Monte Cristo.

Baptistin saiu sem dizer uma palavra. Dois segundos depois, reapareceu com uma bandeja pronta e que, como as refeições das peças feéricas, parecia sair do chão.

– Na verdade – disse Morcerf –, o que admiro no senhor, meu caro conde, não é sua riqueza, talvez haja pessoas mais ricas; não é seu espírito, Beaumarchais não o superava, mas tinha o equivalente; é a sua maneira de ser servido, sem que lhe digam uma palavra, no mesmo minuto, no mesmo segundo, como se adivinhassem, pela maneira como o senhor pede o que deseja e como o que deseja está sempre pronto.

– O que diz é um pouco verdade. Conhecem meus hábitos. Por exemplo, veja: não deseja fazer alguma coisa enquanto toma o seu chá?

– Bem, apetece-me fumar.

Monte Cristo aproximou-se da campainha e tocou uma vez.

Ao cabo de um segundo, uma porta especial se abriu e apareceu Ali com dois chibuques cheios de excelente tabaco *latakia*.

– É maravilhoso! – exclamou Morcerf.

– Não, é muito simples – respondeu Monte Cristo. – Ali sabe que quando tomo chá ou café geralmente fumo, sabe que pedi chá, sabe que cheguei com o senhor, ouve-me chamá-lo, supõe por que motivo, e como é de um país onde a hospitalidade se exerce sobretudo com o cachimbo, em vez de um chibuque, traz dois.

– Certamente, é uma explicação como qualquer outra; mas não é menos verdade que como o senhor não existe outro... Oh, mas o que ouço?

E Morcerf inclinou-se para a porta, pela qual entravam efetivamente sons correspondentes aos de um violão.

– Palavra de honra, meu caro visconde, esta noite o senhor está devotado à música; só escapou do piano da senhorita Danglars para cair na *gusla* de Haydée.

– Haydée! Que nome adorável! Então realmente existem mulheres que se chamam Haydée sem ser nos poemas de Lorde Byron?

– Claro, Haydée é um nome muito raro na França, mas bastante comum na Albânia e no Épiro; é como se o senhor dissesse, por exemplo, castidade, pudor, inocência; é uma espécie de nome de batismo, como dizem os parisienses.

– Oh, como é encantador! – exclamou Albert. – Como eu gostaria que nossas francesas se chamassem senhorita Bondade, senhorita Silêncio, senhorita Caridade Cristã! Imagine se a senhorita Danglars, em vez de se chamar Claire-Marie-Eugénie, como se chama, se chamasse senhorita

Castidade-Pudor-Inocência Danglars, caramba, que efeito isso teria em um convite de casamento!

– Louco! – disse o conde. – Não graceje tão alto, Haydée poderia ouvi-lo.

– E se zangaria?

– Não – respondeu o conde com seu ar altivo.

– É boa pessoa? – perguntou Albert.

– Não se trata de bondade, mas de dever. Uma escrava não se zanga com seu amo.

– Vamos! Não graceje o senhor agora. Ainda existem escravos?

– Sem dúvida, uma vez que Haydée é minha.

– Com efeito, o senhor não faz nada e não tem nada igual aos outros. Escrava do senhor conde de Monte Cristo! Isso dá prestígio na França. Da maneira como o senhor mexe com o dinheiro, é um lugar que deve valer cem mil escudos por ano.

– Cem mil escudos! A pobre criança já teve mais que isso: ela veio ao mundo deitada sobre tesouros, perto dos quais os das *Mil e uma noites* são pouca coisa.

– Então ela é mesmo uma princesa?

– Como o senhor está dizendo, acrescento que é uma das maiores de seu país.

– Eu suspeitava. Mas como uma grande princesa se tornou escrava?

– Como Dionísio, o Tirano, se tornou professor primário? O acaso de guerra, meu caro visconde, o capricho da sorte.

– E o nome dela é segredo?

– Para todo mundo, sim; mas não para o senhor, caro visconde, que é meu amigo e se calará, não é mesmo? Promete calar-se?

– Oh, palavra de honra!

– Conhece a história do paxá de Janina?

– De Ali-Tebelin? Sem dúvida alguma, pois foi ao seu serviço que meu pai fez fortuna.

– É verdade! Tinha esquecido.

– Pois bem! O que Haydée é de Ali-Tebelin?

– Sua filha, simplesmente.

– Como? Filha de Ali-Paxá?

– E da bela Vasiliki.

– E ela é sua escrava?

– Oh, meu Deus, sim!

– Como é possível?

– Ora essa, comprei-a um dia quando estava passando pelo bazar de Constantinopla.

– Esplêndido! Com o senhor, meu caro conde, não se vive, sonha-se. Agora ouça, é muito indiscreto o que vou lhe pedir.

– Diga.

– Mas já que o senhor sai com ela, que a leva à Ópera...

– E então...

– Posso arriscar-me a pedir-lhe isso?

– O senhor pode arriscar-se a me pedir tudo.

– Pois bem! Meu caro conde, apresente-me à sua princesa.

– Com muito prazer, mas com duas condições.

– Aceito-as antecipadamente.

– A primeira é que não revelará essa apresentação a ninguém.

– Muito bem! (Morcerf estendeu a mão.) Eu juro.

– A segunda é que não lhe dirá que seu pai serviu o dela.

– Juro também.

– Ótimo, visconde. O senhor se lembrará desses dois juramentos, não é mesmo?

– Oh! – fez Albert.

– Muito bem. Sei que é um homem de honra.

O conde tocou a campainha novamente; Ali reapareceu:

– Avise Haydée – disse ele – que vou tomar o café em seus aposentos, e faça-a compreender que peço permissão para lhe apresentar um de meus amigos.

Ali se inclinou e saiu.

– Então está combinado, nada de perguntas diretas, caro visconde. Se desejar saber alguma coisa, pergunte-me e eu perguntarei a ela.

– Combinado.

Ali reapareceu pela terceira vez e manteve o reposteiro levantado para indicar ao amo e a Albert que podiam passar.

– Entremos – disse Monte Cristo.

Albert passou a mão pelos cabelos e cofiou o bigode; o conde pegou o chapéu, calçou as luvas e precedeu Albert nos aposentos que Ali guardava como sentinela avançada e defendidos como um posto pelas três camareiras francesas comandadas por Myrtho.

Haydée os esperava no primeiro cômodo, que era a sala, com os olhos arregalados de surpresa. Era a primeira vez que um homem além de Monte Cristo entrava em seus aposentos. Estava sentada num sofá em um canto, com as pernas cruzadas sob o corpo e fizera para si, por assim dizer, um ninho com os mais ricos tecidos de seda listrada e bordada do Oriente. Perto dela estava o instrumento cujos sons a tinham denunciado; ficava encantadora assim.

Ao ver Monte Cristo, levantou-se com o duplo sorriso de filha e amante que só ela tinha. Monte Cristo foi em sua direção e estendeu-lhe a mão, na qual, como sempre, ela pousou os lábios.

Albert ficara perto da porta, sob o domínio daquela beleza estranha que via pela primeira vez e da qual não se fazia ideia na França.

– Quem me traz? – perguntou em romaico a jovem a Monte Cristo. – Um irmão, um amigo, um simples conhecido ou um inimigo?

– Um amigo – disse Monte Cristo na mesma língua.

– Seu nome?

– O visconde Albert, aquele que tirei das mãos dos bandidos em Roma.

– Em que língua quer que lhe fale?

Monte Cristo voltou-se para Albert:

– Fala grego moderno? – perguntou ao rapaz.

– Quem me dera! – exclamou Albert. – Nem mesmo grego antigo, meu caro conde. Nunca Homero e Platão tiveram mais pobre e, ouso até dizer, mais desdenhoso estudante.

– Então – disse Haydée, provando com suas próprias palavras que entendera a pergunta de Monte Cristo e a resposta de Albert –, falarei em francês ou em italiano, se meu amo desejar que eu fale.

Monte Cristo refletiu um instante:

– Fale em italiano – disse.

Depois, voltando-se para Albert:

– É uma pena que não entenda o grego moderno ou o grego antigo, pois Haydée fala ambos admiravelmente. A pobre pequena será obrigada a falar em italiano, o que talvez lhe dê uma falsa ideia a seu respeito.

Ele fez um sinal para Haydée.

– Seja bem-vindo, amigo, que vem com meu senhor e amo – disse a jovem em excelente toscano, com aquele suave sotaque romano que torna a língua de Dante tão sonora quanto a de Homero. – Ali, café e cachimbos!

E Haydée fez com a mão um sinal para Albert se aproximar, enquanto Ali se retirava para cumprir as ordens de sua jovem ama.

Monte Cristo indicou a Albert dois bancos dobráveis e cada um foi pegar o seu para trazê-lo até uma espécie de mesinha alta em que um narguilé ocupava o centro, tendo em volta uma profusão de flores naturais, desenhos e álbuns de música.

Ali voltou com o café e os chibuques. Quanto ao senhor Baptistin, aquela parte da casa lhe era vedada.

Albert recusou o cachimbo que o núbio lhe apresentava.

– Oh, aceite, aceite – disse Monte Cristo. – Haydée é quase tão civilizada quanto uma parisiense: o havana lhe é desagradável porque não aprecia os odores fortes; mas o tabaco do Oriente é um perfume, como sabe.

Ali saiu.

As xícaras de café estavam preparadas. Um açucareiro fora trazido para Albert. Monte Cristo e Haydée tomavam a bebida árabe à maneira dos árabes, ou seja, sem açúcar.

Haydée esticou a mão e pegou com a ponta dos dedinhos rosados e afilados a xícara de porcelana japonesa, que levou aos lábios com o prazer ingênuo de uma criança que bebe ou come algo que adora.

Ao mesmo tempo, entraram duas mulheres, carregando outras duas bandejas cheias de sorvetes, que depositaram sobre duas mesinhas destinadas a esse fim.

– Meu caro anfitrião, *signora* – disse Albert em italiano –, desculpem minha estupefação. Estou completamente aturdido e é muito natural. Eis-me no Oriente, no verdadeiro Oriente, infelizmente não tal como o vi, mas tal como o sonhei, no coração de Paris. Ainda há pouco eu ouvia passar os ônibus e o tintilar das campainhas dos vendedores de limonada. Oh, *signora*, que pena eu não falar grego! Sua conversa, juntamente com esse ambiente feérico, me proporcionaria uma noite inesquecível!

– Falo italiano bastante bem para conversar com o senhor – disse Haydée tranquilamente –, e farei o que puder, já que gosta do Oriente, para que o encontre aqui.

– Do que posso falar? – perguntou baixinho Albert a Monte Cristo.

– De tudo que quiser: do seu país, da sua juventude, das suas recordações. Depois, se preferir, de Roma, Nápoles ou Florença.

– Oh – disse Albert –, não valeria a pena estar diante de uma grega para lhe falar de tudo o que falaria a uma parisiense. – Deixe-me falar-lhe sobre o Oriente.

– Claro, meu caro Albert, este é o assunto que ela mais aprecia.

Albert se virou para Haydée.

– Com que idade a *signora* deixou a Grécia? – perguntou.

– Com cinco anos – respondeu Haydée.

– E ainda se lembra da sua pátria? – perguntou Albert.

– Quando fecho os olhos, revejo tudo o que vi. Existem dois olhares: o olhar do corpo e o olhar da alma. O olhar do corpo pode às vezes esquecer, mas o da alma sempre se lembra.

– E qual é o tempo mais distante de que se recorda?

– Eu mal sabia andar; minha mãe, que era chamada de Vasiliki (Vasiliki significa real, acrescentou a jovem, erguendo a cabeça), minha mãe pegava-me pela mão e, ambas cobertas com um véu, depois de colocarmos todo o ouro que possuíamos no fundo da bolsa, íamos pedir esmola para dar aos prisioneiros, dizendo: "Aquele que dá aos pobres empresta a Deus". Depois, quando nossa bolsa estava cheia, voltávamos ao palácio, e, sem dizer nada ao meu pai, mandávamos todo o dinheiro que nos tinham dado, tomando-nos por mulheres pobres, ao hegúmeno[1] do convento, que o distribuía aos prisioneiros.

E que idade tinha nessa época?

– Três anos – respondeu Haydée.

– Então se lembra de tudo o que aconteceu à sua volta desde os três anos?

– De tudo.

– Conde – disse baixinho Morcerf a Monte Cristo –, o senhor devia permitir à *signora* que nos contasse um pouco de sua história. Proibiu-me de falar a ela sobre meu pai, mas talvez ela me fale dele, e não faz ideia de como eu ficaria feliz em ouvir o nome dele sair de uma boca tão bonita.

Monte Cristo voltou-se para Haydée e, franzindo a sobrancelha, indicando-lhe que prestasse a maior atenção à recomendação que iria fazer, disse-lhe em grego:

Πατροσ μιν ατην, μη ότ ονομα προδοτου ζχι προδοσι
αν, ειπε πμιν.[2]

Haydée soltou um longo suspiro e uma nuvem escura passou-lhe pela fronte tão pura.

– O que disse a ela? – perguntou Morcerf em voz baixa.

– Repeti-lhe que o senhor é um amigo e que ela não precisa esconder nada.

---

[1] Abade de mosteiro de rito ortodoxo, grego ou russo. (N.T.)
[2] Conte-nos o destino do teu pai, mas não diga o nome do traidor, nem fale da traição. (N.T.)

– Então – disse Albert – essa piedosa peregrinação pelos prisioneiros é sua primeira recordação; qual é a outra?

– A outra? Vejo-me à sombra dos sicômoros, perto de um lago de que ainda distingo, através da folhagem, o espelho trêmulo. Encostado no mais velho e mais espesso tronco, meu pai estava sentado em almofadas, e eu, criança fraca, enquanto minha mãe estava deitada aos seus pés, brincava com sua barba branca que descia até o peito, e com o cânjar de cabo de diamante que trazia à cintura. Depois, de vez em quando, aproximava-se dele um albanês que lhe dizia algumas palavras nas quais eu não prestava atenção, e ele respondia no mesmo tom de voz: "mate!", ou: "perdoe!".

– É estranho – observou Albert – ouvir tais coisas da boca de uma jovem sem ser no teatro e pensar: "Isso não é ficção." E – perguntou – o que, com esse horizonte tão poético, o que, com esse passado maravilhoso, acha da França?

– Acho que é um belo país – disse Haydée –, mas vejo a França como ela é, pois a vejo com olhos de mulher, ao passo que me parece, pelo contrário, que o meu país, que só vi com olhos de criança, está sempre envolto numa névoa luminosa ou sombria, conforme meus olhos façam dele uma doce pátria ou um lugar de amargos sofrimentos.

– Tão jovem, signora – disse Albert, cedendo à sua revelia ao poder da banalidade –, como pôde sofrer?

Haydée voltou os olhos para Monte Cristo, que, com um sinal imperceptível, murmurou:

Ειπε.[3]

– Nada compõe o fundo da alma como as primeiras recordações, e, com exceção das duas que acabo de lhe contar, todas as recordações da minha juventude são tristes.

---

[3] Conte. (N.T.)

– Fale, fale, signora – insistiu Albert –, juro que a escuto com inexprimível prazer.

Haydée sorriu tristemente.

– Quer então que passe às minhas outras recordações? – perguntou.

– Eu lhe suplico – disse Albert.

– Pois bem! Eu tinha quatro anos quando, uma noite, fui acordada por minha mãe. Estávamos no palácio de Janina; ela me pegou nas almofadas onde eu repousava e, ao abrir os olhos, vi os seus cheios de grossas lágrimas.

"Ela me levou sem dizer nada.

"Ao vê-la chorar, eu ia chorar também.

"– Silêncio, filha, ela disse.

"Muitas vezes, apesar das consolações ou das ameaças maternas, caprichosa como todas as crianças, eu continuava a chorar. Mas dessa vez havia tal entonação de terror na voz da minha pobre mãe que me calei no mesmo instante.

"Ela me carregava com pressa.

"Vi então que descíamos uma escadaria larga. À nossa frente, todas as criadas de minha mãe, carregando baús, sacolas, objetos de adorno, joias e bolsas de ouro desciam a mesma escadaria, ou melhor, corriam.

"Atrás das mulheres vinha uma guarda de vinte homens, armados com longos fuzis e pistolas, vestindo aquele uniforme que vocês conhecem na França desde que a Grécia voltou a ser uma nação.

"Havia algo de sinistro, acredite – acrescentou Haydée, balançando a cabeça e empalidecendo só de lembrar –, naquela longa fila de escravas e mulheres meio entorpecidas pelo sono, ou pelo menos assim imaginava eu, que talvez julgasse os outros adormecidos por mal ter acordado.

"Pela escada corriam sombras gigantescas, que os archotes de abeto faziam tremer nas abóbadas.

"– Apressemo-nos! – exclamou uma voz no fundo da galeria."

"Aquela voz fez com que todos se curvassem, como o vento que passa pela planície faz curvar um campo de espigas.

"A mim, ela me fez estremecer.

"Aquela voz era do meu pai.

"Ele vinha por último, trajando sua esplêndida roupa e empunhando uma carabina que o vosso imperador lhe dera. Ajudado por Selim, seu favorito, empurrava-nos para a frente como faz um pastor com um rebanho que se dispersou.

"Meu pai – disse Haydée levantando a cabeça – era um homem ilustre que a Europa conheceu como Ali-Tebelin, paxá de Janina, e diante do qual a Turquia tremeu.

Albert, sem saber por quê, estremeceu ao ouvir essas palavras, pronunciadas num tom indefinível de altivez e dignidade. Pareceu-lhe que algo sombrio e assustador brilhava nos olhos da jovem quando, como uma pitonisa que evoca um espectro, ela despertou a lembrança daquela figura sangrenta cuja morte terrível fez parecer gigantesca aos olhos de Europa contemporânea.

– Logo depois – continuou Haydée – a marcha se deteve. Estávamos ao pé da escada e à beira de um lago. Minha mãe me apertava contra seu peito ofegante e vi, dois passos atrás, meu pai lançando olhares inquietos ao redor.

"À nossa frente estendiam-se quatro degraus de mármore e, depois do último degrau, uma barca balançava.

"De onde estávamos víamos uma massa escura se erguer no meio do lago; era o bastião para onde íamos. Esse bastião me parecia estar a uma distância considerável, talvez devido à escuridão.

"Descemos até a barca. Lembro-me de que os remos não faziam nenhum ruído ao tocarem a água. Inclinei-me para vê-los: estavam envoltos nos cinturões dos nossos palicários[4].

"Além dos remadores, estavam na barca apenas mulheres, meu pai, minha mãe, Selim e eu.

"Os palicários tinham permanecido à beira do lago, ajoelhados no último degrau e usando os três outros como proteção caso fossem perseguidos.

---

[4] Soldado da milícia grega na Guerra da Independência contra os turcos. (N.T.)

"Nossa barca avançava como o vento.

"– Por que a barca está indo tão rápido? – perguntei à minha mãe.

"– Fique quieta, minha filha – disse ela –, é porque estamos fugindo.

"Não compreendi. Por que meu pai fugia? Ele, o todo-poderoso, ele, diante de quem os outros costumavam fugir, ele, que tomara por divisa: *Eles me odeiam, portanto me temem*!

"Com efeito, era uma fuga o que meu pai fazia pelo lago. Depois ele me contou que a guarnição do castelo de Janina, cansada depois de um longo serviço...

Aqui Haydée deteve seu olhar expressivo em Monte Cristo, cujos olhos não desgrudaram mais dos dela. Em seguida, a jovem continuou lentamente, como quem inventa ou suprime.

– A signora dizia – retomou Albert, que prestava a maior atenção naquele relato –, que a guarnição de Janina, cansada depois de um longo serviço...

– Se entendera com o serasqueiro[5] Kurchid, enviado pelo sultão para raptar meu pai. Foi então que meu pai tomou a decisão de se retirar, depois de ter enviado ao sultão um oficial francês no qual tinha plena confiança, para o asilo que ele próprio preparara havia muito tempo e que chamava de *kataphygion*, isto é, seu refúgio.

– E esse oficial – perguntou Albert –, lembra-se do nome dele, signora?

Monte Cristo trocou com a jovem um olhar rápido como um raio, que passou despercebido a Morcerf.

– Não – disse ela –, não me lembro; mas talvez mais tarde me recorde e então lhe direi.

Albert ia pronunciar o nome do pai quando Monte Cristo ergueu suavemente o dedo em sinal de silêncio. O rapaz lembrou-se do juramento e se calou.

– Era rumo a esse bastião que navegávamos.

"Um andar térreo decorado com arabescos, banhando suas varandas na água, e um primeiro andar que dava para o lago, era tudo o que o palácio oferecia de visível aos olhos.

---

[5] Chefe militar turco. (N.T.)

"No entanto, sob o térreo, prolongando-se na ilha, havia um subterrâneo, uma vasta caverna para onde nos levaram, minha mãe, eu e nossas criadas, e onde jaziam, formando um único monte, sessenta mil bolsas e duzentos barris. Havia nessas bolsas vinte e cinco milhões em ouro e nos barris trinta mil libras de pólvora.

"Perto desses barris estava Selim, o favorito de meu pai, de quem já lhe falei. Vigiava dia e noite, segurando uma lança, na ponta da qual ardia uma mecha. Tinha ordens para explodir tudo, bastião, guardas, paxá, mulheres e ouro, ao primeiro sinal do meu pai.

"Lembro-me que as nossas escravas, conhecendo aquela temível vizinhança, passavam os dias e as noites a rezar, a chorar e a gemer.

"Quanto a mim, ainda vejo o jovem soldado de tez pálida e olhos negros, e quando o anjo da morte descer até mim, tenho certeza de que reconhecerei Selim.

"Não saberia dizer quanto tempo ficamos assim. Naquela época, eu ainda ignorava o que era o tempo. Às vezes, mas raramente, meu pai mandava nos chamar, minha mãe e eu, no terraço do palácio. Eram minhas horas de recreio, eu, que no subterrâneo via apenas sombras gementes e a lança flamejante de Selim. Meu pai, sentado em frente a uma grande abertura, observava com olhar sombrio as profundezas do horizonte, interrogando cada ponto negro que aparecia no lago, enquanto minha mãe, meio deitada junto dele, apoiava a cabeça em seu ombro e eu brincava a seus pés, admirando, com aquele espanto da infância que aumenta os objetos, as escarpas dos Montes Pindo que se erguia no horizonte, os castelos de Janina, saindo brancos e angulosos das águas azuis do lago, os imensos e negros tufos de folhagem, grudados como líquens nas rochas da montanha, que de longe pareciam musgos, mas de perto eram abetos gigantescos e murtas imensas.

"Uma manhã, meu pai nos mandou chamar. Estava bastante calmo, mas mais pálido do que de costume.

"– Tenha paciência, Vasiliki, hoje tudo será resolvido. Hoje chega o firmão[6] do soberano e minha sorte será decidida. Se o indulto for completo,

---

[6] *Decreto*, provisão, alvará ou carta régia emanada de um soberano ou autoridade muçulmana e por ela assinada. (N.T.)

retornaremos triunfantes a Janina; se as notícias forem más, fugiremos esta noite.

"– Mas, e se não nos deixarem fugir? – perguntou minha mãe.

"– Oh, fique tranquila – respondeu Ali, sorrindo. – Selim e sua lança acesa se encarregarão deles. Eles gostariam que eu morresse, mas não com a condição de morrerem comigo.

"Minha mãe respondeu apenas com suspiros àquele consolo que não partia do coração do meu pai.

"Ela preparou-lhe a água gelada que ele bebia a todo instante, pois desde que se retirara para o bastião era queimado por uma febre ardente. Ela perfumou sua barba branca e acendeu o chibuque, cuja fumaça se volatilizando no ar ele acompanhava distraidamente com os olhos, por horas a fio.

"De repente ele fez um movimento tão brusco que me assustou.

"Em seguida, sem desviar os olhos do ponto que fixava sua atenção, pediu sua luneta.

"Minha mãe passou-a para ele, mais branca que o estuque em que se apoiava.

"Vi a mão do meu pai tremer.

"– Uma barca!... Duas!... Três!... – murmurou meu pai. – Quatro!...

"E se levantou, pegando suas armas e colocando, eu me lembro, pólvora na caçoleta de suas pistolas.

"– Vasiliki – disse ele à minha mãe com um tremor visível –, chegou o momento que vai decidir nossa sorte. Dentro de meia hora saberemos a resposta do sublime imperador. Retire-se para o subterrâneo com Haydée.

"– Não quero deixá-lo – disse Vasiliki. – Se vai morrer, meu senhor, quero morrer contigo.

"– Vá para junto de Selim – gritou meu pai.

"– Adeus, senhor! – murmurou minha mãe, obediente e vergada em duas pela aproximação da morte.

"– Levem Vasiliki! – disse meu pai aos palicários.

"Mas eu, de quem se esqueciam, corri até ele e estendi as mãos. Ele me viu e, inclinando-se na minha direção, apertou os lábios na minha testa.

"Oh, aquele beijo foi o último, e ainda está na minha testa.

"Ao descer, distinguimos através das treliças do terraço as barcas que aumentavam de tamanho no lago e que, pouco antes semelhantes a pontos pretos, já pareciam aves roçando a superfície das ondas.

"Enquanto isso, no bastião, vinte palicários, sentados aos pés do meu pai e escondidos no madeirame, espiavam com olhos inchados de sangue a chegada desses barcos e tinham preparado seus longos fuzis com incrustações de madrepérola e prata: uma grande quantidade de cartuchos espalhava-se pelo chão, meu pai consultava seu relógio e caminhava angustiado.

"Foi isso que me impressionou quando deixei meu pai depois do último beijo que recebi dele.

"Minha mãe e eu atravessamos o subterrâneo. Selim continuava no seu posto; sorriu para nós com tristeza. Fomos buscar almofadas do outro lado da caverna e nos sentamos perto de Selim. Nos momentos de grande perigo, os corações devotados se procuram e, por mais criança que eu fosse, sentia instintivamente que uma grande desgraça pairava sobre nossas cabeças.

Albert ouvira muitas vezes, não pelo pai, que nunca falava disso, mas por estranhos, dos últimos momentos do vizir de Janina. Lera vários relatos de sua morte; mas aquela história, que ganhava vida na pessoa e na voz da jovem, aquele tom expressivo e aquela lamentável elegia o penetravam ao mesmo tempo de um encanto e de um horror inexprimíveis.

Quanto a Haydée, totalmente entregue a essas terríveis lembranças, calara-se por um instante. Sua cabeça, como uma flor que se curva em um dia de tempestade, inclinara-se sobre sua mão, e seus olhos, vagamente perdidos, pareciam ver ainda no horizonte o Pindo verdejante e as águas azuis do Lago de Janina, um espelho mágico que refletia o quadro sombrio que ela esboçava.

Monte Cristo a olhava com uma indefinível expressão de interesse e comiseração.

– Continue, minha filha – disse o conde em romaico.

Haydée ergueu a cabeça, como se as palavras sonoras que Monte Cristo acabara de pronunciar a tivessem arrancado de um sonho, e continuou:

– Eram quatro da tarde; mas embora o dia estivesse límpido e brilhante lá fora, estávamos na sombra do subterrâneo.

"Apenas uma luz frouxa brilhava na caverna, semelhante a uma estrela que brilha com luz trêmula no fundo de um céu escuro: era a mecha de Selim.

"Minha mãe, que era cristã, rezava.

"Selim repetia de vez em quando as palavras consagradas:

"– Deus é grande!"

"No entanto, minha mãe ainda tinha alguma esperança. Ao descer, julgara ter reconhecido o francês que fora enviado a Constantinopla e em quem meu pai depositava toda a confiança, pois sabia que os soldados do sultão francês eram geralmente nobres e generosos. Ela deu alguns passos em direção à escada e escutou.

"– Estão se aproximando – disse ela. – Oxalá tragam a paz e a vida.

"– O que teme, Vasiliki? – perguntou Selim com sua voz ao mesmo tempo suave e altiva. – Se não trouxerem a paz; nós lhes daremos a morte.

"E reavivava a chama de sua lança com um gesto que lembrava o Dioniso da antiga Creta.

"Mas eu, que era tão criança e tão ingênua, tinha medo daquela coragem que me parecia feroz e insensata, e me assustava com aquela morte terrível que pairava no ar e na chama.

"Minha mãe experimentava as mesmas impressões, pois eu a sentia estremecer.

"– Meu Deus! Meu Deus, mamãe! – gritei. – Nós vamos morrer?

"E, à minha voz, as lágrimas e as preces das escravas redobraram.

"– Pequena – respondeu-me Vasiliki –, que Deus a proteja de vir a desejar essa morte que hoje teme!

"Depois, baixinho:

"– Selim, qual é a ordem do senhor? – perguntou.

"– Se ele me enviar seu punhal é porque o sultão se recusa a recebê-lo em seu perdão, e devo atear fogo; se me enviar seu anel é porque o sultão o perdoa, e devo abandonar a pólvora.

"– Amigo – retomou minha mãe –, quando a ordem do senhor chegar, se ele enviar o punhal, em vez de nos matar a ambas dessa maneira que nos horroriza, lhe estenderemos o pescoço e nos matará com esse punhal.

"– Sim, Vasiliki – respondeu tranquilamente Selim.

"Subitamente, ouvimos algo como gritos estrondosos. Ouvimos com atenção: eram gritos de alegria; o nome do francês que fora enviado a Constantinopla ecoava repetido pelos nossos palicários. Era evidente que trazia a resposta do sublime imperador, e que a resposta era favorável.

– E não se lembra do seu nome? – perguntou Morcerf, pronto para ajudar a memória da narradora.

Monte Cristo fez-lhe um sinal.

– Não me lembro – respondeu Haydée.

"O ruído aumentava; passos mais próximos ressoaram: desciam os degraus do subterrâneo.

"Selim preparou sua lança.

"Logo uma sombra apareceu no crepúsculo azulado formado pelos raios do sol que penetravam até a entrada do subterrâneo.

"– Quem é você? – gritou Selim. – Seja quem for, não dê mais nenhum passo.

"– Glória ao sultão! – disse a sombra. – Todo o perdão foi concedido ao vizir Ali. E não apenas teve a vida salva, como ainda lhe devolvem sua fortuna e seus bens.

"Minha mãe deu um grito de alegria e me apertou contra o seu coração.

"– Pare! – gritou-lhe Selim, vendo que ela já corria para a saída. – Bem sabe que me falta o anel.

"– É verdade – reconheceu minha mãe, e caiu de joelhos levantando-me para o céu, como se ao mesmo tempo em que orava a Deus por mim quisesse ainda me aproximar dele.

E, pela segunda vez, Haydée deteve-se, vencida por uma emoção tal que o suor escorria de sua fronte lívida e sua voz abafada parecia não conseguir transpor a secura da garganta.

Monte Cristo despejou um pouco de água gelada em um copo e lhe deu, enquanto dizia com uma doçura em que se notava uma nuance de comando:

– Coragem, minha filha.

Haydée enxugou os olhos e a testa, e continuou:

– Enquanto isso, nossos olhos, habituados à escuridão, tinham reconhecido o enviado do paxá: era um amigo.

"Selim o reconhecera; mas o bravo rapaz só sabia fazer uma coisa: obedecer!

"– Em nome de quem você vem? – perguntou.

"– Venho em nome do nosso amo, Ali-Tebelin.

"– Se vem em nome de Ali, sabe o que deve me entregar?

"– Sim – disse o enviado –, e trago-lhe seu anel.

"Ao mesmo tempo, ergueu a mão acima da cabeça; mas estava muito longe e não havia luz suficiente para que Selim pudesse, de onde estávamos, distinguir e reconhecer o objeto que lhe mostrava.

"– Não vejo o que você está segurando – disse Selim.

"– Aproxime-se – disse o mensageiro – ou eu me aproximarei.

"– Nem um nem outro – respondeu o jovem soldado. – Deposite o objeto que está me mostrando onde você está, sob esse raio de luz, e retire-se até que eu o tenha visto.

"– De acordo – disse o mensageiro.

"E retirou-se depois de colocar o sinal de identificação no lugar indicado.

"Nosso coração palpitava. Porque o objeto parecia ser efetivamente um anel. Mas seria o anel do meu pai?

"Selim, empunhando sempre a mecha acesa, foi até a abertura, inclinou-se radiante sob o raio de luz e recolheu o sinal.

"– O anel do senhor – disse, beijando-o. – Muito bem!

"E jogando a mecha no chão, pisou nela e apagou-a.

"O mensageiro soltou um grito de alegria e bateu palmas. A esse sinal, quatro soldados do serasqueiro Kurchid vieram correndo e Selim caiu, atingido por cinco punhaladas. Cada um dera a sua.

"Em seguida, inebriados pelo crime, embora ainda pálidos de medo, precipitaram-se no subterrâneo, procurando fogo por toda parte e rolando sobre os sacos de ouro.

"Enquanto isso, minha mãe tomou-me nos braços e, ágil, lançando-se por sinuosidades que só nós conhecíamos, chegou a uma escada secreta do bastião, onde reinava um tumulto assustador.

"As salas de baixo estavam totalmente ocupadas pelos tchodoares de Kurchid, isto é, pelos nossos inimigos.

"No momento em que minha mãe ia empurrar a portinhola, ouvimos soar, terrível e ameaçadora, a voz do paxá.

"Minha mãe colocou um olho nas fendas das tábuas; uma abertura ficou, por acaso, na minha frente e olhei.

"– O que querem? – perguntava meu pai às pessoas que seguravam um papel com caracteres dourados nas mãos.

"– Queremos – respondeu uma delas – comunicar-lhe a vontade de Sua Alteza. Está vendo este firmão?

"– Estou vendo – disse meu pai.

– Pois bem! Leia-o; ele pede sua cabeça.

"Meu pai soltou uma gargalhada mais assustadora do que se fosse uma ameaça. Ainda não se calara quando dois tiros de pistola partiram das suas mãos e mataram os dois homens.

"Os palicários, que estavam deitados ao redor do meu pai, com o rosto no chão, se levantaram e fizeram fogo. A sala se encheu de barulho, chamas e fumaça.

"No mesmo instante o fogo começou do outro lado e as balas vieram perfurar as tábuas ao nosso redor.

"Oh, como era belo, como era grande o vizir Ali-Tebelin, meu pai, no meio das balas, de cimitarra em punho, rosto negro de pólvora! Como seus inimigos fugiram!

"– Selim! Selim! – gritava. – Guardião do fogo, cumpra o seu dever!

"– Selim está morto! – respondeu uma voz que parecia vir das profundezas do bastião –, e você, meu senhor Ali, está perdido!

"Ao mesmo tempo, ouviu-se uma detonação surda e o chão foi pelos ares ao redor do meu pai.

"Os tchodoares atiravam através do assoalho. Três ou quatro palicários caíram, atingidos de baixo para cima, com ferimentos espalhados por todo o corpo.

"Meu pai rugiu, enfiou os dedos nos buracos das balas e arrancou uma tábua inteira.

"Mas, ao mesmo tempo, por essa abertura soaram vinte tiros, e as chamas, como se saíssem da cratera de um vulcão, atingiram as tapeçarias, devorando-as.

"No meio de todo esse tumulto horroroso, no meio desses gritos terríveis, dois disparos mais nítidos do que os outros e dois gritos mais dilacerantes do que quaisquer outros me gelaram de terror. As duas explosões tinham atingido meu pai mortalmente e fora ele que soltara os dois gritos.

"No entanto, havia ficado de pé, agarrado a uma janela. Minha mãe sacudia a porta para ir morrer com ele, mas a porta estava fechada por dentro.

"Ao redor dele, os palicários se contorciam nas convulsões da agonia; dois ou três, que não estavam feridos ou o estavam apenas levemente, se jogaram pelas janelas.

"Ao mesmo tempo, o assoalho inteiro estalou, quebrado por baixo. Meu pai caiu sobre um joelho; ao mesmo tempo vinte braços se estenderam, armados com sabres, pistolas e punhais, e vinte golpes atingiram simultaneamente um só homem. Meu pai desapareceu em um turbilhão de fogo ateado por aqueles demônios que rugiam, como se o inferno tivesse se aberto sob seus pés.

"Senti que rolava no chão: era minha mãe que desmaiava.

Haydée deixou cair os braços, soltou um gemido e olhou para o conde como se lhe perguntasse se estava satisfeito com sua obediência.

O conde levantou-se, aproximou-se dela, pegou-lhe na mão e disse-lhe em romaico:

– Descanse, querida filha, e retome a coragem pensando que existe um Deus que castiga os traidores.

– É uma história horrível, conde – disse Albert, muito assustado com a palidez de Haydée. – Agora me recrimino por ter sido tão cruelmente indiscreto.

– Não foi nada – respondeu Monte Cristo. Em seguida, colocando a mão na cabeça da jovem, acrescentou:

– Haydée é uma mulher corajosa; ela às vezes encontra alívio narrando seus sofrimentos.

– Porque, meu senhor – disse a jovem com vivacidade –, porque os meus sofrimentos me recordam suas boas ações.

Albert olhou-a com curiosidade, pois ela ainda não contara o que ele mais queria saber, isto é, como se tornara escrava do conde.

Haydée viu expresso o mesmo desejo tanto nos olhos do conde quanto nos de Albert.

Continuou:

– Quando minha mãe recobrou os sentidos – disse ela –, estávamos diante do serasqueiro.

"– Mate-me – disse ela –, mas poupe a honra da viúva de Ali.

"– Não é a mim que deve se dirigir – disse Kurchid.

"– A quem então?

"– Ao teu novo senhor.

"– Quem é?

"– Aqui está ele.

"E Kurchid indicou-nos um daqueles que mais tinham contribuído para a morte de meu pai – continuou a jovem com uma ira sombria."

– Então – perguntou Albert –, a senhorita se tornou propriedade desse homem?

– Não – respondeu Haydée –, ele não ousou ficar conosco, vendeu-nos a negociantes de escravos que iam para Constantinopla. Atravessamos a Grécia e chegamos quase mortas à porta imperial, cheia de curiosos, que se afastavam para nos deixar passar, quando de repente minha mãe, seguindo com a vista a direção de seus olhares, soltou um grito e caiu, mostrando--me uma cabeça por cima da porta.

"Abaixo da cabeça estavam escritas as seguintes palavras:

"Esta é a cabeça de Ali-Tebelin, paxá de Janina."

"Chorando, tentei levantar minha mãe: ela estava morta!

"Fui levada ao bazar; um rico armênio comprou-me, mandou-me educar, deu-me professores e, quando fiz treze anos, vendeu-me ao sultão Mahmud.

– De quem – disse Monte Cristo – comprei-a, como lhe disse, Albert, por uma esmeralda como aquela em que guardo minhas pastilhas de haxixe.

– Oh, você é bom, você é grande, meu senhor! – exclamou Haydée, beijando a mão de Monte Cristo. – E sou muito feliz por lhe pertencer.

Albert ficara aturdido com o que acabara de ouvir.

– Termine sua xícara de café – disse-lhe o conde –, a história acabou.

Escrevem-nos de Janina

Franz saíra do quarto de Noirtier tão vacilante e desorientado que a própria Valentine tivera pena dele.

Villefort, que articulara apenas algumas palavras sem sentido e se refugiara em seu gabinete, recebeu a seguinte carta duas horas depois:

> *Depois do que foi revelado esta manhã, o senhor Noirtier de Villefort não pode supor que seja possível uma aliança entre sua família e a do senhor Franz d'Épinay. O senhor Franz d'Épinay tem horror de pensar que o senhor de Villefort, que parecia conhecer os acontecimentos narrados esta manhã, não o tenha prevenido a esse respeito.*

Qualquer um que naquele momento tivesse visto o magistrado abatido por tal golpe não acreditaria que ele o previsse. Com efeito, nunca pensou que seu pai levaria a franqueza, ou melhor, a rudeza, a ponto de contar tal história. É verdade que o senhor Noirtier, que desdenhava da opinião do filho, nunca se preocupara em esclarecer os fatos aos olhos de Villefort, e que este sempre acreditara que o general de Quesnel, ou barão d'Épinay, como se deseje chamá-lo, tratando-o pelo nome com que se fez ou pelo nome que lhe deram, morrera assassinado e não lealmente em duelo.

Essa carta tão dura da parte de um rapaz até então tão respeitoso era mortal para o orgulho de um homem como Villefort.

Assim que entrara em seu gabinete, sua mulher aparecera.

A saída de Franz, chamado pelo senhor Noirtier, havia surpreendido de tal modo a todos que a posição da senhora de Villefort, permanecendo sozinha com o tabelião e as testemunhas, tornou-se cada vez mais embaraçosa. Então a senhora de Villefort tomou uma decisão e saiu anunciando que iria em busca de notícias.

O senhor de Villefort contentou-se em lhe dizer que, depois de uma conversa entre ele, o senhor Noirtier e o senhor d'Épinay, o casamento de Valentine com Franz fora rompido.

Era difícil comunicar a decisão àqueles que esperavam. Por isso, a senhora de Villefort, ao retornar, contentou-se em dizer que como o senhor Noirtier sofrera, no início da conversa, uma espécie de ataque de apoplexia, o contrato estava naturalmente adiado por alguns dias.

Essa notícia, apesar de falsa, vinha tão singularmente na esteira de duas desgraças do mesmo gênero que os ouvintes se entreolharam com espanto e se retiraram sem dizer palavra.

Enquanto isso, Valentine, feliz e assustada ao mesmo tempo, depois de ter beijado e agradecido o frágil ancião que acabava de romper, de um só golpe, uma corrente que ela já via como indissolúvel, pedira para se retirar aos seus aposentos para se recompor, e Noirtier concedera-lhe, com o olho, a permissão solicitada.

Mas em vez de subir para o quarto, Valentine, assim que saiu, tomou o corredor, transpôs a portinha e correu para o jardim. Em meio a todos os acontecimentos que acabavam de se acumular uns sobre os outros, um terror surdo oprimira constantemente seu coração. Esperava de um momento para outro ver aparecer Morrel, pálido e ameaçador como o *laird* de Ravenswood no contrato de Lucia di Lammermoor.

Com efeito, já era hora de ela se dirigir ao portão. Maximilien, que desconfiara do que iria acontecer ao ver Franz sair do cemitério com o senhor de Villefort, seguira-o. Depois de vê-lo entrar, vira-o sair novamente e regressar com Albert e Château-Renaud. Para ele, portanto, não havia mais dúvidas. Correra então para o cercado, disposto a qualquer coisa, e com a convicção de que, no primeiro momento de liberdade, Valentine viria ao seu encontro.

Não se enganara. Com efeito, de olho colado nas tábuas, viu aparecer a jovem, que, sem tomar nenhuma das precauções habituais, corria para o portão.

Ao primeiro olhar que lançou sobre ela, Maximilien se tranquilizou; à primeira palavra que ela pronunciou, pulou de alegria.

– Salvos! – disse Valentine.

– Salvos! – repetiu Morrel, sem poder acreditar naquela felicidade. – Mas salvos por quem?

– Pelo meu avô. Oh, ame-o muito, Morrel!

Morrel jurou amar o velho com toda a sua alma e esse juramento não lhe custava nada, pois naquele momento não se contentava em amá-lo como um amigo ou como um pai, adorava-o como a um deus.

– Mas como foi isso? – perguntou Morrel. – Que recurso estranho ele usou?

Valentine abria a boca para contar tudo, mas pensou que havia no fundo de tudo aquilo um terrível segredo que não pertencia exclusivamente ao avô.

– Mais tarde lhe contarei tudo – ela disse.

– Mas quando?

– Quando for sua mulher.

Isso significava colocar a conversa numa questão que tornava Morrel receptivo a tudo: ele até se dispôs a ouvir que devia se contentar com o que sabia, pois era o bastante para um dia. No entanto, só consentiu em se retirar depois de obter a promessa de que veria Valentine na noite seguinte.

Valentine prometeu o que Morrel queria. Tudo mudara aos seus olhos e claro que agora era-lhe menos difícil acreditar que se casaria com Maximilien do que acreditar uma hora antes que não se casaria com Franz.

Enquanto isso, a senhora de Villefort subira aos aposentos de Noirtier.

Noirtier olhou-a com aquele olhar sombrio e severo com que costumava recebê-la.

– Senhor – ela disse –, não preciso dizer-lhe que o casamento de Valentine foi desfeito, pois foi aqui que o rompimento aconteceu.

Noirtier permaneceu impassível.

– Mas – continuou a senhora de Villefort – o que o senhor não sabe é que sempre me opus a esse casamento, que se fazia à minha revelia.

Noirtier olhou para a nora como quem espera uma explicação.

– Ora, agora que esse casamento, a respeito do qual eu conhecia sua repugnância, está rompido, venho tratar de um assunto que nem o senhor de Villefort nem Valentine podem tratar.

Os olhos de Noirtier perguntaram qual era esse assunto.

– Venho pedir-lhe, senhor – continuou a senhora de Villefort –, como a única pessoa que tem o direito de fazê-lo, pois sou a única que nada ganhará com isso, venho pedir-lhe que restitua, não direi suas boas graças, porque ela sempre as teve, mas sua fortuna à sua neta.

Os olhos de Noirtier permaneceram indecisos por um momento. Ele evidentemente procurava os motivos daquele pedido e não os conseguia encontrar.

– Posso ter a esperança, senhor – perguntou a senhora de Villefort –, de que suas intenções estejam em harmonia com o pedido que acabo de lhe fazer?

– Sim – respondeu Noirtier.

– Nesse caso, senhor – disse a senhora de Villefort –, retiro-me ao mesmo tempo grata e feliz.

E, cumprimentando o senhor Noirtier, retirou-se.

Com efeito, no dia seguinte Noirtier mandou chamar o tabelião. O primeiro testamento foi rasgado e foi feito outro, no qual deixava toda a sua fortuna para Valentine, com a condição de que não a separassem dele.

Algumas pessoas calcularam então que a senhorita de Villefort, herdeira do marquês e da marquesa de Saint-Méran, e novamente nas boas graças do avô, teria um dia cerca de trezentas mil libras de renda.

Enquanto o casamento era rompido na casa dos Villefort, o senhor conde de Morcerf recebia a visita de Monte Cristo e, para mostrar sua solicitude a Danglars, envergava seu uniforme de gala de tenente-general, que havia adornado com todas as suas condecorações, e pediu seus melhores cavalos.

Assim paramentado, dirigiu-se à Rue de la Chaussée-d'Antin e se fez anunciar a Danglars, que preparava seu balanço de fim de mês.

Não era o momento mais apropriado para encontrar o banqueiro de bom humor.

Por isso, ao ver o ex-amigo, Danglars assumiu seu ar majestoso e instalou-se sem rodeios em sua poltrona. Morcerf, geralmente tão empertigado, adotara, pelo contrário, um ar risonho e afável. Por conseguinte, como tinha quase certeza de que sua proposta seria bem recebida, deixou de lado a diplomacia e foi direto ao assunto:

– Barão – disse –, aqui estou. Há muito tempo que ruminamos nossas palavras de outrora...

Morcerf esperava que essas palavras alegrassem o rosto do banqueiro, cujo ar carrancudo atribuía ao seu silêncio; mas, pelo contrário, aquele semblante tornou-se, o que era quase incrível, ainda mais impassível e frio.

Por isso Morcerf parara no meio de frase.

– Quais palavras, senhor conde? – perguntou o banqueiro, como se procurasse em vão no seu espírito a explicação do que o general queria dizer.

– Oh – disse o conde –, está sendo protocolar, meu caro senhor, o que me lembra que o cerimonial deve ser feito de acordo com todos os ritos. Muito bem, palavra de honra! Perdoe-me, mas como tenho apenas um filho e esta é a primeira vez que penso em casá-lo, ainda estou aprendendo. Bem, vamos lá.

E Morcerf, com um sorriso forçado, levantou-se, fez uma profunda reverência a Danglars e disse:

– Senhor barão, tenho a honra de lhe pedir a mão da senhorita Eugénie Danglars, sua filha, para meu filho, o visconde Albert de Morcerf.

Mas Danglars, em vez de acolher essas palavras com a indulgência que Morcerf poderia esperar dele, franziu o cenho e, sem convidar o conde, que permanecera de pé, a sentar-se, disse:

– Senhor conde, preciso refletir antes de lhe responder.

– Refletir! – exclamou Morcerf, cada vez mais admirado. – Não teve tempo para refletir desde que falamos sobre esse casamento pela primeira vez, há quase oito anos?

– Senhor conde – disse Danglars –, todos os dias acontecem coisas que obrigam a rever reflexões que julgávamos feitas.

– Como? – perguntou Morcerf. – Não o compreendo mais, barão!

– O que quero dizer, cavalheiro, é que cerca de quinze dias para cá, novas circunstâncias...

– Com licença – disse Morcerf –, não estaríamos representando uma comédia?

– Como assim, uma comédia?

– Pois bem, discutamos isso francamente.

– Não lhe peço outra coisa.

– O senhor esteve com Monte Cristo?

– Vejo-o com frequência – respondeu Danglars, sacudindo o peitilho da camisa –, é um de meus amigos.

– Pois numa das últimas vezes em que esteve com ele disse-lhe que eu parecia alheio, hesitante, a respeito desse casamento.

– É verdade.

– Por isso aqui estou. Não estou alheio nem hesitante, como vê, pois venho convidá-lo a cumprir sua promessa.

Danglars não respondeu.

– Mudou de opinião tão rapidamente – acrescentou Morcerf – ou provocou meu pedido apenas para se dar o prazer de me humilhar?

Danglars compreendeu que se continuasse a conversa no tom que havia começado, as coisas poderiam acabar mal para ele.

– Senhor conde – disse ele –, deve estar muito surpreso com minha reserva, eu entendo. Mas saiba que sou o primeiro a me afligir. Saiba que ela me é imposta por circunstâncias imperiosas.

– São palavras ao vento, meu caro senhor – disse o conde –, com as quais talvez um qualquer se contentasse; mas o conde de Morcerf não é um qualquer; e quando um homem como ele vai ao encontro de outro homem, lembrando-o da palavra empenhada, e esse homem falta com sua palavra, tem o direito de exigir que lhe dê ao menos uma boa razão.

Danglars era covarde, mas não queria deixar transparecer; ficou irritado com o tom que Morcerf acabava de adotar.

– Boas razões não me faltam – replicou.

– O que está dizendo?

– Que tenho essas boas razões, mas são difíceis de dar.

– Percebe, no entanto – disse Morcerf –, que não posso contentar-me com as suas relutâncias. Em todo caso, uma coisa me parece clara: que recusa minha aliança.

– Não, senhor – disse Danglars –, deixo minha resolução em suspenso, apenas isso.

– Suponho, entretanto, que não tenha a pretensão de acreditar que me submeto aos seus caprichos a ponto de esperar tranquila e humildemente que volte a me conceder suas boas graças.

– Nesse caso, senhor conde, se não pode esperar, consideremos nossos projetos nulos e sem efeito.

O conde mordeu os lábios até sangrarem para não explodir como o seu temperamento orgulhoso e irritável lhe exigia. No entanto, percebendo que em tais circunstâncias o ridículo estaria do seu lado, já começara a se dirigir para porta da sala, quando, reconsiderando, deu meia-volta.

Uma nuvem acabava de passar por sua fronte, deixando ali, em vez do orgulho ofendido, o vestígio de uma vaga inquietude.

– Vejamos – disse ele –, meu caro Danglars, nos conhecemos há muitos anos e, portanto, devemos ter alguma consideração um pelo outro. O senhor me deve uma explicação, o mínimo que posso desejar é saber a que infeliz acontecimento meu filho deve a perda de suas boas intenções para com ele.

– Não é nada pessoal com relação ao visconde, é tudo que lhe posso dizer, senhor –, respondeu Danglars, que reassumia seu ar impertinente ao ver Morcerf se acalmar.

– Então é pessoal em relação a quem? – perguntou Morcerf com voz alterada, enquanto sua testa empalidecia.

Danglars, a quem nenhum desses sintomas escapava, pousou nele um olhar mais firme do que de costume.

– Agradeça-me por não explicar mais – disse.

Um tremor nervoso, sem dúvida decorrente de uma cólera contida, agitava Morcerf.

– Tenho o direito – respondeu ele – fazendo um violento esforço sobre si mesmo, tenho o direito de exigir que o senhor se explique. Tem alguma coisa contra a senhora de Morcerf? Minha fortuna não é suficiente? São as minhas opiniões, que, por serem contrárias às suas...

– Nada disso, senhor – disse Danglars –, seria imperdoável de minha parte, pois me comprometi sabendo tudo isso. Não, não procure mais, sinto-me sinceramente envergonhado de levá-lo a fazer esse exame de consciência. Fiquemos por aqui, acredite em mim. Tomemos o meio termo do prazo, que não significa nem um rompimento nem um compromisso. Nada nos apressa, meu Deus! Minha filha tem dezessete anos e seu filho, vinte e um. Durante nossa pausa, o tempo passará, trará novos acontecimentos. As coisas que parecem escuras na véspera às vezes ficam claríssimas no dia seguinte; às vezes, num dia, desaparecem as calúnias mais cruéis.

– Calúnias, disse o senhor? – gritou Morcerf, empalidecendo. – Alguém me calunia?

– Senhor conde, não discutamos, peço-lhe.

– Quer dizer, senhor, que deverei suportar tranquilamente essa recusa?

– Penosa especialmente para mim, cavalheiro. Sim, mais penosa para mim do que para o senhor, pois eu contava com a honra de sua aliança, e um casamento fracassado sempre prejudica mais a noiva que o noivo.

– Está bem, senhor, não falemos mais sobre isso – disse Morcerf.

E amarrotando as luvas com raiva, saiu do aposento.

Danglars percebeu que nem uma vez Morcerf ousara perguntar se era por causa dele, Morcerf, que Danglars retirava sua palavra.

À noite, teve uma longa reunião com vários amigos, e o senhor Cavalcanti, que passara o tempo todo no salão das damas, foi o último a deixar a casa do banqueiro.

No dia seguinte, ao acordar, Danglars pediu os jornais, que imediatamente lhe trouxeram. Deixou de lado três ou quatro e pegou o *Impartial*.

Era aquele em que Beauchamp atuava como editor-chefe.

Rasgou rapidamente a cinta, abriu-o com uma precipitação nervosa, passou desdenhosamente pela página de Paris e, chegando aos *fait-divers*, deteve-se com seu sorriso perverso numa nota que começava com estas palavras: *Escrevem-nos de Janina*.

– Bom – disse ele após a leitura –, aqui está um artigozinho sobre o coronel Fernand que, com toda a probabilidade, me dispensará de dar explicações ao senhor conde de Morcerf.

No mesmo instante, isto é, quando soavam nove horas da manhã, Albert de Morcerf, vestido de preto, metodicamente abotoado, com o passo agitado e a palavra breve, apresentava-se na casa dos Champs-Élysées.

– O senhor conde acabou de sair, há pouco mais de meia hora, acredito – disse o porteiro.

– Baptistin foi com ele? – perguntou Morcerf.

– Não, senhor visconde.

– Chame Baptistin, quero falar com ele.

O próprio porteiro foi chamar o criado de quarto e, um instante depois, voltou com ele.

– Meu amigo – disse Albert –, peço-lhe desculpas pela minha indiscrição, mas queria perguntar-lhe se o seu patrão de fato saiu.

– Sim, senhor – respondeu Baptistin.

– Mesmo para mim?

– Sei como meu patrão ficaria feliz em receber o cavalheiro, e eu evitaria misturá-lo com os demais.

– Ainda bem, porque preciso conversar com ele sobre um assunto sério. Acha que demora a voltar?

– Não, pois pediu seu almoço para as dez horas.

– Bem, vou dar uma volta nos Champs-Élysées e às dez horas estarei aqui. Se o senhor conde voltar antes de mim, diga-lhe que peço que me aguarde.

– Não me esquecerei, senhor, pode estar certo.

Albert deixou o cabriolé na porta do conde e foi dar um passeio a pé.

Ao passar diante da alameda das Viúvas, pensou ter reconhecido os cavalos do conde estacionados no estande de tiro de Gosset. Aproximou-se e, reconhecendo os cavalos, identificou o cocheiro.

– O senhor conde está atirando? – perguntou-lhe Morcerf.

– Sim, senhor – respondeu o cocheiro.

Com efeito, vários tiros regulares tinham soado desde que Morcerf estava nas imediações.

Entrou.

O auxiliar estava no pequeno jardim.

– Perdão – disse –, mas o senhor visconde pode esperar um instante?

– Por que isso, Philippe? – perguntou Albert, que, como frequentador regular, estranhava aquele obstáculo que não compreendia.

– Porque a pessoa que está praticando neste momento atira sozinha e nunca na frente de alguém.

– Nem sequer na sua frente, Philippe?

– Pode ver, senhor, estou na porta do meu cubículo.

– E quem lhe carrega as pistolas?

– Seu criado.

– Um núbio?

– Um negro.

– Isso mesmo.

– Então conhece esse fidalgo?

– Venho procurá-lo, é meu amigo.

– Oh, então, é outra coisa! Entrarei para avisá-lo.

E Philippe, movido pela própria curiosidade, entrou na barraca de madeira. Um segundo depois, Monte Cristo apareceu na soleira.

– Desculpe-me por persegui-lo até aqui, meu caro conde – disse Albert –, mas começo por lhe dizer que não é culpa do seu pessoal e que eu sou o único indiscreto. Apresentei-me em sua casa, disseram-me que havia ido passear, mas que voltaria às dez para almoçar. Decidi passear também, aguardando as dez horas e, enquanto caminhava, vi seus cavalos e sua carruagem.

– O que acaba de me dizer me dá a esperança de que venha pedir-me para almoçar.

– Não, obrigado, não se trata de almoçar a essa hora. Talvez almocemos mais tarde, mas em má companhia, caramba!

– Que diabos está me dizendo?

– Meu caro, bato-me hoje em duelo.

– O senhor? E para quê?

– Para lutar, puxa vida!

– Sim, entendi, mas qual é o motivo? Duela-se por todo tipo de coisa, como sabe.

– Por uma questão de honra.

– Ah, então isso é sério!

– Tão sério que venho pedir-lhe que me faça um favor.

– Qual?

– Ser minha testemunha.

– Então a coisa está ficando grave; não falemos disso aqui e voltemos a minha casa. Ali, dê-me água.

O conde arregaçou as mangas e foi para o pequeno vestíbulo que antecede os estandes de tiro e onde os atiradores costumam lavar as mãos.

– Entre, senhor visconde – disse Philippe em voz baixa –, verá uma coisa engraçada.

Morcerf entrou. Em vez de alvos, cartas de baralho estavam coladas nos painéis.

De longe, Morcerf julgou tratar-se de um naipe completo; havia desde o ás até o dez.

– Ah! ah! – exclamou Albert. – Estava jogando piquet?

– Não – disse o conde –, estava formando um baralho.

– Como assim?

– O que vê são ases e dois; só que minhas balas fizeram três, cinco, sete, oito, nove e dez.

Albert se aproximou.

De fato, as balas tinham, com linhas perfeitamente exatas e distâncias perfeitamente iguais, substituído os símbolos ausentes e perfurado o cartão nos lugares onde deveriam ser pintados.

Ao dirigir-se ao painel, Morcerf apanhou ainda duas ou três andorinhas que tinham cometido a imprudência de passar ao alcance da pistola do conde, e que este abatera.

– Diabo! – soltou Morcerf.

– O que quer, meu caro visconde – disse Monte Cristo, enxugando as mãos na toalha trazida por Ali. – Tenho de ocupar meus momentos de ócio; mas, venha, estou à sua espera.

Ambos entraram no cupê de Monte Cristo, o qual, alguns instantes depois, deixou-os na porta do número 30.

Monte Cristo conduziu Morcerf até seu gabinete e indicou-lhe uma cadeira.

Os dois se sentaram.

– Agora, conversemos tranquilamente – disse o conde.

– Como vê, estou perfeitamente calmo.

– Com quem quer duelar?

– Com Beauchamp.

– Um amigo seu?

– É sempre com amigos que duelamos.

– Pelo menos deve haver uma razão.

– Tenho uma.

– O que ele lhe fez?

– No jornal dele de ontem à noite... Mas tome, leia.

Albert estendeu a Monte Cristo um jornal em este leu as seguintes palavras:

> *Escrevem-nos de Janina:*
> *Um fato até agora ignorado, ou pelo menos inédito, chegou ao nosso conhecimento; os castelos que defendiam a cidade foram entregues aos*

turcos por um oficial francês no qual o vizir Ali-Tebelin depositava toda a sua confiança e que se chamava Fernand.

– Ora – perguntou Monte Cristo –, o que vê nisto que o choca?
– Como, o que vejo?
– Sim, o que lhe importa que os castelos de Janina tenham sido entregues por um oficial chamado Fernand?
– Importa-me, pois o nome de batismo de meu pai, o conde de Morcerf, é Fernand.
– E seu pai servia Ali-Paxá?
– Ele combatia pela independência dos gregos; aí reside a calúnia.
– Ah, meu caro visconde, sejamos razoáveis.
– Não quero outra coisa.
– Diga-me: quem diabos na França sabe que o oficial Fernand e o conde de Morcerf são o mesmo homem? E quem se ocupa de Janina agora, que, eu acho, foi tomada em 1822 ou 1823?
– É justamente aí que está a perfídia; deixam o tempo passar e hoje voltam a acontecimentos esquecidos para causar um escândalo que pode manchar uma alta posição. Pois bem! Eu, herdeiro do nome do meu pai, não permito que nenhuma sombra de dúvida paire sobre este nome. Vou enviar a Beauchamp, cujo jornal publicou esta notícia, duas testemunhas, e ele a desmentirá.
– Beauchamp não desmentirá nada.
– Então duelaremos.
– Não, não duelarão, porque ele lhe responderá que talvez houvesse cinquenta oficiais chamados Fernand no exército grego.
– Duelaremos apesar dessa resposta. Oh, quero que isso desapareça... Meu pai, um soldado tão nobre, com tão ilustre carreira!...
– Ou então ele publicará: "Temos motivos para acreditar que esse Fernand nada tem em comum com senhor conde de Morcerf, cujo nome de batismo também é Fernand."
– Preciso de uma retratação plena e total; não me contentarei de modo algum com isso.

– E vai enviar-lhe suas testemunhas?

– Sim.

– Está errado.

– Isso significa que me recusa o favor que lhe vinha pedir?

– Ah, conhece a minha teoria sobre o duelo, fiz-lhe minha profissão de fé em Roma, lembra-se?

– Porém, meu caro conde, encontrei-o esta manhã, ainda há pouco, exercendo uma atividade de pouca harmonia com essa teoria.

– Porque, meu caro amigo, há de compreender, nunca se deve ser absoluto. Quando se vive com loucos, deve-se aprender a ser insensato. De um momento para o outro, algum cérebro exaltado, sem outro motivo senão brigar comigo como o senhor quer brigar com Beauchamp, virá me procurar pela primeira tolice, ou me enviará suas testemunhas, ou me insultará em um lugar público. Pois bem, nesse caso não terei alternativa a não ser matar esse cérebro exaltado!

– Então admite que duelaria?

– Certamente!

– Pois bem, então por que não quer que eu duele?

– Não digo, de modo algum, que não deva duelar; digo apenas que um duelo é coisa grave e algo para se pensar.

– E ele pensou quando insultou meu pai?

– Se não pensou, e admitir isso, não há razão para culpá-lo.

– Oh, meu caro conde, o senhor é demasiado indulgente!

– E o senhor demasiado rigoroso. Vejamos, supondo... Escute bem: supondo... Não se zangue com o que vou dizer!

– Sou todo ouvidos.

– Supondo que o fato noticiado seja verdadeiro...

– Um filho não deve admitir tal suposição sobre a honra do pai.

– Meu Deus, estamos numa época em que se admitem tantas coisas!

– É exatamente esse o vício da época.

– Tem a pretensão de reformá-la?

– Sim, nos assuntos que me dizem respeito.

– Meu Deus! Que severidade, meu caro amigo!
– Eu sou assim.
– É inacessível aos bons conselhos?
– Não, quando vêm de um amigo.
– Considera-me um deles?
– Sim.
– Muito bem! Antes de enviar suas testemunhas a Beauchamp, por gentileza, informe-se.
– Com quem?
– Ora essa! Com Haydée, por exemplo.
– Envolver uma mulher nisso tudo; o que ela pode dizer?
– Pode dizer que seu pai nada teve a ver com a derrota ou a morte do pai dela, por exemplo, ou o esclarecerá a esse respeito, se por acaso seu pai tivesse tido a infelicidade...
– Já lhe disse, meu caro conde, que não poderia admitir tal suposição.
– Então recusa essa alternativa?
– Recuso.
– Absolutamente?
– Absolutamente!
– Então, um último conselho.
– De acordo, mas o último.
– Não quer?
– Ao contrário, peço.
– Não envie testemunhas a Beauchamp.
– Como?
– Vá procurá-lo pessoalmente.
– É contra todos os hábitos.
– Seu caso está fora dos casos comuns.
– E por que tenho de ir pessoalmente, ora essa?
– Porque assim o assunto fica entre o senhor e Beauchamp.
– Explique-se.
– Certamente. Se Beauchamp estiver disposto a se retratar, deve dar-lhe o mérito da boa vontade, e nem por isso a retratação deixará de ser

feita. Se, ao contrário, ele recusar, será hora de introduzir dois estranhos no seu segredo.

— Não serão dois estranhos, serão dois amigos.

— Os amigos de hoje são os inimigos de amanhã.

— Oh, essa agora!

— Uma prova disso é Beauchamp.

— Assim...

— Assim eu recomendo que tenha prudência.

— Então acha que devo ir procurar Beauchamp pessoalmente?

— Sim.

— Sozinho?

— Sozinho. Quando se quer obter alguma coisa do amor-próprio de um homem, deve-se preservar o amor-próprio desse homem até mesmo da aparência do sofrimento.

— Acho que tem razão.

— Ah, que bom!

— Irei sozinho.

— Vá, mas seria preferível que não fosse.

— É impossível.

— Faça isso; sempre será melhor do que o que ia fazer.

— Mas nesse caso, vejamos... se, apesar de todas as minhas precauções, todos os meus procedimentos, se eu tiver um duelo, por acaso me servirá de testemunha?

— Meu caro visconde — respondeu Monte Cristo com suprema gravidade —, o senhor deve ter notado que em outras circunstâncias estive inteiramente à sua disposição; mas esse favor que me pede está fora do círculo daqueles que lhe posso prestar.

— Por quê?

— Talvez o saiba um dia.

— Mas enquanto isso?

— Peço sua indulgência em relação ao meu segredo.

— Está bem. Chamarei Franz e Château-Renaud.

– Chame Franz e Château-Renaud, perfeito.

– Mas, enfim, se duelar, pode me dar uma aulinha de espada ou de pistola?

– Não, isso é impossível.

– Que homem singular o senhor é! Então não quer se envolver em nada?

– Em absolutamente nada.

– Então não falemos mais sobre nisso. Adeus, conde.

– Adeus, visconde.

Morcerf pegou seu chapéu e saiu.

Na porta, encontrou seu cabriolé e, contendo o melhor possível sua cólera, ordenou ser levado à casa de Beauchamp; Beauchamp estava no jornal.

Albert fez-se conduzir ao jornal.

Beauchamp estava em uma sala escura e empoeirada, como são geralmente as redações de jornal.

Anunciaram-lhe Albert de Morcerf. Fez repetir o anúncio duas vezes. Depois, ainda não convencido, gritou:

– Entre!

Albert apareceu.

Beauchamp soltou uma exclamação de surpresa ao ver seu amigo transpor os fardos de papel e pisar com um pé pouco habituado os jornais de todos os tamanhos que cobriam não apenas o assoalho, mas o chão avermelhado de sua sala.

– Por aqui, por aqui, meu caro Albert – disse, estendendo a mão ao rapaz. – Que diabos o trazem? Está perdido como o Pequeno Polegar, ou vem apenas me pedir para almoçar? Tente encontrar uma cadeira. Veja, ali, perto daquele gerânio que, sozinho aqui, me lembra de que há no mundo folhas que não são de papel.

– Beauchamp – disse Albert –, é do seu jornal que venho lhe falar.

– Você, Morcerf? O que deseja?

– Desejo uma retificação.

– Você, uma retificação? A propósito de quê, Albert? Mas sente-se!

– Obrigado – respondeu Albert pela segunda vez e com um leve aceno de cabeça.

– Explique-se.

– A retificação de uma notícia que prejudica a honra de um membro da minha família.

– Você está falando sério? – perguntou Beauchamp, surpreso. – Que notícia? É impossível.

– A notícia que transcreveu de Janina.

– De Janina?

– Sim, de Janina. Você realmente parece ignorar o que me traz aqui?

– Palavra de honra... Baptiste! Um jornal de ontem! – exclamou Beauchamp.

– Não é necessário, trago-lhe o meu.

– Beauchamp leu, balbuciando:

"Escrevem-nos de Janina, etc., etc."

– Você compreende que o fato é grave – disse Morcerf quando Beauchamp terminou.

– Então esse oficial é seu parente? – perguntou o jornalista.

– Sim – disse Albert, corando.

– Pois bem! O que quer que eu faça para lhe ser agradável? – disse Beauchamp com delicadeza.

– Gostaria, meu caro Beauchamp, que retificasse essa notícia.

Beauchamp olhou para Albert com uma atenção que certamente anunciava grande benevolência.

– Vejamos – disse ele –, isso nos arrastará em uma longa conversa, pois uma retificação é sempre uma coisa grave. Sente-se; vou reler essas três ou quatro linhas.

Albert sentou-se e Beauchamp releu as linhas incriminadas pelo amigo com mais atenção do que da primeira vez.

– E então? Como vê – disse Albert com firmeza, com rudeza até –, alguém em seu jornal insultou alguém da minha família, e exijo uma retratação.

– Você exige...

– Sim, exijo.

– Permita-me dizer-lhe que não é parlamentar, meu caro visconde.

– Nem quero ser – replicou o rapaz, levantando-se. – Pretendo a retratação de uma notícia que você publicou ontem e vou obtê-la. Você é suficientemente meu amigo – continuou Albert, com os lábios apertados, vendo que Beauchamp, por sua vez, começava a levantar a cabeça desdenhosa –, e, como tal, me conhece bastante, espero, para compreender minha tenacidade em tais circunstâncias.

– Se sou seu amigo, Morcerf, acabará por fazer com que me esqueça disso com palavras como as que usou há pouco... Mas, por favor, não nos zanguemos, pelo menos não ainda... Você está preocupado, irritado, mordido... Vejamos, que parente é esse que se chama Fernand?

– É meu pai, simplesmente – respondeu Albert. – O senhor Fernand Mondego, conde de Morcerf, um velho militar que viu vinte e cinco campos de batalha e cujas nobres cicatrizes alguém gostaria de cobrir com a lama imunda recolhida da valeta.

– É seu pai! – repetiu Beauchamp. – Então é outra coisa. Compreendo sua indignação, meu caro Albert... Vamos reler então...

E releu a nota, desta vez sopesando cada palavra.

– Mas onde você vê – perguntou Beauchamp – que o Fernand da notícia é o seu pai?

– Em lugar nenhum, sei muito bem, mas outros verão. É por isso que exijo que a notícia seja desmentida.

Ao ouvir a palavra *exijo*, Beauchamp ergueu os olhos para Morcerf e, baixando-os quase imediatamente, permaneceu pensativo por alguns instantes.

– Desmentirá essa notícia, não é, Beauchamp? – repetiu Morcerf com uma cólera crescente, embora sempre concentrada.

– Sim – disse Beauchamp.

– Finalmente! – exclamou Albert.

– Mas só quando me certificar de que é falsa.

– Como?!

– Sim, a coisa vale a pena ser esclarecida, e vou esclarecê-la.

– Mas o que vê para esclarecer nisso tudo isso, cavalheiro? – perguntou Albert já fora de si. – Se não acredita que seja meu pai, diga-o imediatamente; se acredita que seja ele, exijo explicações.

Beauchamp olhou para Albert com aquele sorriso que lhe era peculiar, o qual sabia assumir a nuance de todas as paixões.

– Cavalheiro – perguntou – já que prefere que nos tratemos assim, se foi para me pedir explicações que veio, seria melhor tê-lo feito de início e não ter me falado de amizade e outras coisas ociosas como as que tive a paciência de ouvir nesta meia hora. É mesmo nesse terreno que vamos pisar daqui em diante?

– Sim, se não se retratar da infame calúnia!

– Um momento! Nada de ameaças, por favor, senhor Albert Mondego, visconde de Morcerf. Não as admito dos meus inimigos, muito menos dos meus amigos. Então exige que eu desminta a notícia sobre o coronel Fernand, notícia pela qual não tive, palavra de honra, responsabilidade alguma?

– Sim, exijo! – disse Albert, que começava a perder a cabeça.

– Caso contrário, duelaremos? – prosseguiu Beauchamp com a mesma calma.

– Sim – disse Albert, levantando a voz.

– Pois bem! – disse Beauchamp –, aqui tem minha resposta, meu caro cavalheiro: essa notícia não foi inserida por mim, não tinha conhecimento dela. Mas o senhor, com sua atitude, atraiu minha atenção para ela, fiquei obcecado. Essa obsessão permanecerá até que seja desmentida ou confirmada por quem de direito.

– Cavalheiro – disse Albert, levantando-se –, terei a honra de lhe enviar minhas testemunhas. Discutirá com elas o local e as armas.

– Perfeitamente, meu caro senhor.

– E esta noite, por favor, ou amanhã, no mais tardar, nos encontraremos.

– Não! Isso não! Estarei no terreno quando for necessário, e, na minha opinião (tenho o direito a dá-la, pois sou eu quem recebo a provocação), e, na minha opinião, como dizia, esse momento ainda não chegou. Sei que maneja muito bem a espada e que eu a manejo razoavelmente; sei que acerta três moscas em seis, é mais ou menos o que consigo; sei que um duelo entre nós será sério porque o senhor é corajoso e... eu também. Portanto, não quero me expor a matá-lo ou ser morto pelo senhor sem motivo. Sou eu que vou lhe fazer a pergunta, e ca-te-go-ri-ca-men-te. Faz tanta questão dessa retratação a ponto de me matar se eu não a fizer, embora lhe tenha dito, embora lhe repita, embora lhe afirme dando minha palavra de honra que eu não sabia da notícia, embora, enfim, eu lhe declare que é impossível a qualquer outro que não possua, como o cavalheiro, o dom de adivinhar de Jafé descobrir o senhor conde de Morcerf sob esse nome de Fernand?

– Faço questão absoluta.

– Pois bem – meu caro cavalheiro –, consinto em cortar minha garganta consigo, mas quero três semanas. Dentro de três semanas o senhor me encontrará para eu lhe dizer: "Sim, a notícia é falsa e vou desmenti-la"; ou: "Sim, a notícia é verdadeira. E tiro as espadas da bainha ou as pistolas da caixa, à sua escolha".

– Três semanas! – gritou Albert. – Mas três semanas são três séculos durante os quais estarei desonrado!

– Se tivesse permanecido meu amigo, eu lhe teria dito: "Paciência, amigo". Mas como preferiu ser meu inimigo, digo-lhe: "Que me importa, cavalheiro!".

– Muito bem, daqui a três semanas, de acordo – disse Morcerf. – Mas pense bem, daqui a três semanas não haverá mais adiamento ou subterfúgio que possa dispensá-lo...

– Senhor Albert de Morcerf – disse Beauchamp, levantando-se por sua vez –, só poderei jogá-lo pela janela daqui a três semanas, ou seja, dentro de vinte e quatro dias, e o senhor não tem o direito de me ofender até essa data. Estamos no dia 29 de agosto, portanto até 21 de setembro. Até lá, creia-me, e é um conselho de cavalheiro que lhe dou, poupemo-nos os latidos de dois buldogues acorrentados a distância.

E Beauchamp cumprimentou gravemente o jovem, deu-lhe as costas e dirigiu-se à tipografia.

Albert vingou-se numa pilha de jornais, que espalhou, rasgando-os com grandes golpes de bengala. Depois disso partiu, não sem ter se voltado duas ou três vezes para a porta da tipografia.

Enquanto Albert chicoteava a dianteira do seu cabriolé, depois de ter açoitado os inocentes papéis enegrecidos que nada podiam diante do seu desapontamento, percebeu, atravessando o boulevard, Morrel, que, com o rosto ao vento, olhos acesos e braços abertos, passava diante dos banhos chineses vindo do lado da Porte Saint-Martin e indo em direção à Madeleine.

– Ah! – suspirou ele. Ali vai um homem feliz!

Por acaso, Albert não estava enganado.

A LIMONADA

Com efeito, Morrel estava muito feliz.

O senhor Noirtier acabava de mandar chamá-lo, e estava com tanta pressa de saber o motivo que não pegara um cabriolé, confiando muito mais nas duas pernas do que nas quatro de um cavalo de praça. Saíra, portanto, correndo da Rue Meslay e dirigia-se ao *Faubourg* Saint-Honoré.

Morrel dava passadas de atleta e o pobre Barrois o seguia o melhor que podia. Morrel tinha trinta e um anos, Barrois, sessenta; Morrel estava embriagado de amor, Barrois alterado devido ao forte calor. Esses dois homens, assim divididos em interesses e idade, pareciam as duas linhas formadas por um triângulo: separadas pela base, juntam-se no topo.

O topo era Noirtier, que mandara chamar Morrel, recomendando-lhe pressa, recomendação que Morrel seguia ao pé da letra, para grande desespero de Barrois.

Ao chegar, Morrel nem sequer estava ofegante: o amor dá asas; mas Barrois, que não se apaixonava havia muito tempo, suava abundantemente.

O velho criado fez Morrel entrar pela porta privada, fechou a porta do gabinete e logo um farfalhar de vestido no assoalho anunciou a visita de Valentine.

Valentine estava encantadora em seus trajes de luto.

O sonho tornava-se tão doce que Morrel quase desistiu de conversar com Noirtier, mas a cadeira do velho não demorou a rolar no assoalho e ele entrou.

Noirtier recebeu com um olhar benevolente os agradecimentos que Morrel prodigalizava-lhe pela maravilhosa intervenção que os salvara, Valentine e ele, do desespero. Em seguida, o olhar de Morrel foi provocar, a respeito do novo privilégio que lhe era concedido, a jovem, que, tímida e sentada longe de Morrel, esperava para ser obrigada a falar.

Noirtier olhou-a por sua vez.

– Então tenho que dizer aquilo de que me encarregou? – perguntou ela.

– Sim – disse Noirtier.

– Senhor Morrel – disse então Valentine ao rapaz, que a devorava com os olhos –, meu avô Noirtier tinha mil coisas a lhe dizer, as quais me disse nos últimos três dias. Hoje o mandou chamar para que eu as repita. Eu as repetirei então, uma vez que ele me escolheu como sua intérprete, sem alterar uma palavra de suas intenções.

– Oh, escuto com bastante impaciência – respondeu o rapaz. – Fale, senhorita, fale.

Valentine baixou os olhos, o que pareceu um bom presságio para Morrel. Valentine só era fraca na felicidade.

– Meu avô quer deixar esta casa – disse a jovem. – Barrois está à procura de um apartamento conveniente.

– Mas e a senhorita – disse Morrel –, que é tão querida e necessária ao senhor Noirtier?

– Eu – continuou a jovem – não deixarei o meu avô, está combinado entre nós. Meus aposentos ficarão próximos dos dele. Ou terei o consentimento do senhor de Villefort para ir morar com o vovô Noirtier, ou este me será negado. No primeiro caso, sairei daqui agora; no segundo, aguardo minha maioridade, que chega dentro de dez meses. Então serei livre, terei uma fortuna independente e...

– E?... – perguntou Morrel.

– E, com a autorização do meu avô, cumprirei a promessa que lhe fiz.

Valentine pronunciou essas últimas palavras tão baixinho que Morrel não teria conseguido ouvi-las sem o interesse que tinha em devorá-las.

– Não foi o seu pensamento que acabo de exprimir, vovô? – acrescentou Valentine, dirigindo-se a Noirtier.

– Sim – respondeu o velho.

– Uma vez na casa do meu avô – acrescentou Valentine –, o senhor Morrel poderá vir me ver na presença deste bom e digno protetor. Se os laços que nossos corações, talvez ignorantes ou caprichosos, começaram a dar, parecerem convenientes e oferecerem garantias de felicidade futura à nossa experiência (infelizmente, dizem, os corações inflamados por obstáculos esfriam na segurança!), então o senhor Morrel poderá me fazer seu pedido e eu o aguardarei.

– Oh! – exclamou Morrel, tentado a se ajoelhar diante do velho como diante de Deus, diante de Valentine como diante de um anjo. – Oh, o que fiz de bom na minha vida para merecer tanta felicidade?

– Até lá – continuou a jovem com sua voz pura e severa – respeitaremos as convenções e a própria vontade de nossas famílias, desde que essa vontade não se incline a querer nos separar. Em uma palavra, e repito esta palavra porque ela diz tudo: esperaremos.

– E os sacrifícios que essa palavra impõe, senhor – disse Morrel –, juro-lhe que os cumprirei, não com resignação, mas com alegria.

– Assim – continuou Valentine com um olhar muito doce ao coração de Maximilien –, nada de imprudências, meu amigo; não comprometa aquela que, a partir de hoje, se considera destinada a levar pura e dignamente seu nome.

Morrel pousou a mão sobre o coração.

Enquanto isso, Noirtier olhava os dois com ternura. Barrois, que permanecera no fundo como um homem a quem nada se tem a esconder, sorria, enxugando as grossas gotas de suor que escorriam por sua fronte calva.

– Oh, meu Deus, como está com calor o nosso bom Barrois – exclamou Valentine.

– Ah – disse Barrois –, é que corri muito, senhorita; mas o senhor Morrel, devo fazer-lhe justiça, corria ainda mais rápido que eu.

Noirtier indicou com a vista uma bandeja em que estavam uma garrafa de limonada e um copo. O que faltava na garrafa fora bebido meia hora antes por Noirtier.

– Ora, meu bom Barrois – disse a jovem –, pegue, pois vejo que não tira os olhos dessa garrafa já começada.

– O fato é – disse Barrois – que estou morrendo de sede e beberei de bom grado um copo de limonada à sua saúde.

– Beba então – disse Valentine –, e volte em um instante.

Barrois levou a bandeja e, quando mal chegou ao corredor, pela porta que se esquecera de fechar, foi visto inclinando a cabeça para trás para esvaziar o copo que Valentine enchera.

Valentine e Morrel despediam-se na presença de Noirtier quando se ouviu a campainha na escada de Villefort.

Era o sinal de uma visita. Valentine olhou para o relógio.

– É meio-dia – disse –, hoje é sábado, vovô, é sem dúvida o médico.

Noirtier fez sinal de que, de fato, devia ser ele.

Como ele virá para cá, é melhor o senhor Morrel ir embora, não é mesmo, vovô?

– Sim – respondeu o velho.

– Barrois! – chamou Valentine. – Barrois, venha!

Ouviu-se a voz do velho criado responder:

– Estou indo, senhorita.

– Barrois o acompanhará até a porta – disse Valentine a Morrel: e agora lembre-se de uma coisa, senhor oficial, que meu avô lhe recomenda não arriscar nenhuma iniciativa capaz de comprometer nossa felicidade.

– Prometi esperar e esperarei – disse Morrel.

Nesse momento Barrois entrou.

– Quem tocou? – perguntou Valentine.

– O doutor d'Avrigny – disse Barrois, cambaleando.

– O que você tem, Barrois? – perguntou Valentine.

O velho não respondeu. Olhava para o patrão com os olhos assustados, enquanto com a mão crispada procurava um apoio para permanecer de pé.

– Ele vai cair! – gritou Morrel.

Com efeito, o tremor que tomara conta de Barrois aumentava gradativamente; os traços do rosto, alterados pelos movimentos convulsivos dos músculos da face, anunciavam um ataque nervoso dos mais intensos.

Ao ver Barrois assim perturbado, Noirtier multiplicava seus olhares, nos quais se estampavam, inteligíveis e palpitantes, todas as emoções que agitam o coração do homem.

Barrois deu alguns passos na direção do patrão.

– Ah, meu Deus, meu Deus! Senhor – disse ele –, mas o que está acontecendo comigo?... Estou doente... Não enxergo mais. Mil pontos de fogo atravessam o meu crânio. Oh, não toquem em mim, não toquem em mim!

Com efeito, seus olhos estavam saltados e muito abertos, a cabeça caía para trás, enquanto o resto do corpo se enrijecia.

Apavorada, Valentine soltou um grito. Morrel tomou-a nos braços como que para defendê-la de algum perigo desconhecido.

– Senhor d'Avrigny! Senhor d'Avrigny! – gritou Valentine com voz sufocada. – Venha! Socorro!

Barrois girou sobre si mesmo, deu três passos para trás, tropeçou e foi cair aos pés de Noirtier, sobre cujo joelho apoiou a mão, gritando:

– Patrão! Meu bom patrão!

Nesse momento, atraído pelos gritos, o senhor de Villefort apareceu na soleira da porta do quarto.

Morrel soltou Valentine meio desmaiada e, jogando-se para trás, enfiou-se num canto do quarto e praticamente desapareceu atrás de uma cortina.

Pálido como se tivesse visto uma serpente se erguer à sua frente, ele dirigiu um olhar gelado ao infeliz agonizante.

Noirtier fervia de impaciência e terror. Sua alma voava em socorro ao pobre velho, que mais era um amigo do que um criado. Via-se a luta terrível da vida e da morte refletida em sua testa pelo inchaço das veias e a contração de alguns músculos ainda vivos ao redor dos olhos.

Barrois, com a face agitada, os olhos injetados de sangue, o pescoço jogado para trás, jazia batendo no assoalho com as mãos, enquanto, ao contrário, suas pernas enrijecidas pareciam que iriam se quebrar em vez de dobrar.

Uma leve espuma subia de seus lábios e ele ofegava dolorosamente. Estupefato, Villefort permaneceu por um momento com os olhos postos naquele quadro, que atraíra seu olhar assim que entrara no quarto.

Não tinha visto Morrel.

Depois de um momento de contemplação muda, durante o qual foi possível ver seu rosto empalidecer e seus cabelos se arrepiarem na cabeça, gritou, correndo para a porta:

– Doutor! Doutor! Venha! Venha!

– Senhora! Senhora! – gritou Valentine chamando a madrasta enquanto esbarrava nas paredes da escada. – Venha! Venha depressa e traga seu frasco de sais!

– O que está acontecendo? – perguntou a voz metálica e contida da senhora de Villefort.

– Oh! Venha, venha!

– Mas onde está o doutor? – gritava Villefort. – Onde está?

A senhora de Villefort desceu lentamente; ouviam-se as tábuas estalarem sob seus pés. Numa das mãos segurava o lenço com que enxugava o rosto e na outra um frasco de sais ingleses.

Seu primeiro olhar, ao chegar à porta, foi para Noirtier, cujo rosto, excetuando a emoção muito natural em tais circunstâncias, anunciava a saúde de sempre. Seu segundo olhar foi para o moribundo.

Empalideceu e seus olhos saltaram, por assim dizer, do criado para o patrão.

– Mas em nome do céu, senhora, onde está o médico? Ele entrou em seus aposentos. É uma apoplexia, como pode ver, e com uma sangria vamos salvá-lo.

– Ele comeu há pouco? – perguntou a senhora de Villefort, esquivando-se da pergunta do marido.

– Senhora – disse Valentine –, ele não almoçou, mas correu muito esta manhã para realizar uma tarefa que o vovô o encarregou. Somente quando voltou tomou um copo de limonada.

– Ah! – exclamou a senhora de Villefort. – E por que não vinho? Limonada faz mal.

– A limonada estava ali, à mão, na garrafa do vovô. O pobre Barrois estava com sede, bebeu o que encontrou.

A senhora de Villefort estremeceu. Noirtier envolveu-a com seu olhar profundo.

– Ele tem um pescoço tão curto! – disse ela.

– Senhora – insistiu Villefort –, pergunto-lhe onde está o senhor d'Avrigny; em nome do céu, responda!

– Ele está no quarto de Édouard, que está um pouco indisposto – respondeu a senhora de Villefort, que não conseguia se esquivar por mais tempo.

Villefort lançou-se pela escada para buscá-lo pessoalmente.

– Tome – disse a jovem mulher, entregando seu frasco de sais a Valentine. – Provavelmente irão sangrá-lo. Vou subir aos meus aposentos, porque não suporto ver sangue.

E seguiu o marido.

Morrel saiu do canto escuro onde se escondera e ninguém o vira, tão grande era a preocupação.

– Saia rápido, Maximilien – disse-lhe Valentine –, e espere até eu o chamar. Vá.

Morrel consultou Noirtier com um gesto. Noirtier, que mantivera todo seu sangue-frio, fez-lhe sinal que sim.

Ele apertou a mão de Valentine contra seu coração e saiu pelo corredor escondido.

Ao mesmo tempo, Villefort e o doutor entraram pela porta oposta.

Barrois começava a voltar a si. A crise passara, suas palavras voltavam em meio a gemidos e ele levantava-se apoiado em um joelho.

D'Avrigny e Villefort carregaram Barrois para uma espreguiçadeira.

– Do que precisa, doutor? – perguntou Villefort.

– Tragam-me água e éter. Tem isso em casa?
– Sim.
– Corram para comprar óleo de terebintina e um vomitivo.
– Vão! – disse Villefort.
– E agora saiam todos.
– Eu também? – perguntou timidamente Valentine.
– Sim, sobretudo a senhorita – disse o médico com rudeza.

Valentine olhou para o senhor d'Avrigny com espanto, beijou o senhor Noirtier na testa e saiu.

Atrás dela, o médico fechou a porta com uma expressão sombria.

– Veja, veja, doutor, ele está voltando a si. Foi apenas um ataque sem importância.

O senhor d'Avrigny sorriu com uma expressão sombria.

– Como se sente, Barrois? – perguntou o médico.
– Um pouco melhor, senhor.
– Consegue beber esse copo de água eterizada?
– Vou tentar, mas não toque em mim.
– Por quê?
– Porque me parece que, se me tocar, mesmo com a ponta do dedo, o acesso voltará.
– Beba.

Barrois pegou o copo, aproximou-o dos lábios arroxeados e o esvaziou quase até a metade.

– Onde está doendo? – perguntou o médico.
– Em toda parte, sinto cãibras horríveis.
– Tem a vista embaçada?
– Sim.
– Sente zumbido nos ouvidos?
– Terríveis.
– Quando teve isso?
– Há pouco.
– Rapidamente?

– Como um raio.
– Não sentiu nada ontem? Nada anteontem?
– Nada.
– Sonolência? Entorpecimento?
– Não.
– O que comeu hoje?
– Não comi nada. Bebi apenas um copo da limonada do meu patrão, só isso.

E Barrois acenou com a cabeça para designar Noirtier, que, imóvel em sua poltrona, contemplava aquela cena terrível sem perder um movimento, sem deixar escapar uma palavra.

– Onde está essa limonada? – perguntou rapidamente o médico.
– Na garrafa, lá embaixo.
– Onde é lá embaixo?
– Na cozinha.
– Quer que eu vá buscá-la, doutor? – perguntou Villefort.
– Não, fique aqui e tente fazer com que o doente beba o resto desse copo d'água.
– Mas essa limonada.
– Eu mesmo vou buscá-la.

D'Avrigny deu um salto, abriu a porta, lançou-se pela escada de serviço e quase derrubou a senhora de Villefort, que também descia para a cozinha.

Ela deu um grito.

D'Avrigny nem sequer lhe prestou atenção. Levado pela força de uma única ideia, pulou os últimos três ou quatro degraus, precipitou-se na cozinha e viu a garrafa, três quartos vazia, sobre uma bandeja.

Lançou-se sobre ela como uma águia sobre a presa.

Ofegante, subiu ao térreo e entrou no quarto.

A senhora de Villefort subia lentamente a escada que levava aos seus aposentos.

– É esta garrafa que estava aqui? – perguntou d'Avrigny.
– Sim, senhor doutor.

– Essa limonada é a mesma que você bebeu?
– Creio que sim.
– Que gosto sentiu?
– Um gosto amargo.

O médico despejou algumas gotas de limonada na palma da mão, aspirou-as com os lábios e, depois de bochechar como se faz com o vinho quando se deseja provar, cuspiu o líquido na lareira.

– É efetivamente a mesma –disse. – Também bebeu, senhor Noirtier?
– Sim, fez o velho.
– E o senhor sentiu esse mesmo gosto amargo?
– Sim.
– Ah, senhor doutor! – gritou Barrois – Está voltando! Meu Deus, Senhor, tenha piedade de mim!

O médico correu até o doente.
– O vomitivo, Villefort, veja se está vindo.

Villefort correu para fora, gritando:
– O vomitivo! O vomitivo! Trouxeram o vomitivo?

Ninguém respondeu. Reinava na casa o terror mais profundo.
– Se eu tivesse uma maneira de lhe insuflar ar nos pulmões – disse d'Avrigny, olhando em volta –, talvez tivesse possibilidade de evitar a asfixia. Mas não, nada, nada!

– Oh, senhor – gritava Barrois –, vai me deixar morrer assim sem socorro! Oh, estou morrendo, meu Deus! Estou morrendo!

– Uma pena, uma pena! – pediu o médico.

Viu uma sobre a mesa.

Tentou introduzir a pena na boca do doente, que fazia, em meio às convulsões, esforços inúteis para vomitar. Mas os maxilares estavam de tal forma apertados que a pena não pôde passar.

Barrois estava sofrendo um ataque nervoso ainda mais intenso do que o primeiro. Escorregara da espreguiçadeira para o chão e se enrijecia no assoalho.

O médico o deixou entregue ao novo acesso, ao qual não podia trazer nenhum alívio, e foi até Noirtier.

– Como se sente? – perguntou-lhe precipitadamente e em voz muito baixa. – Bem?

– Sim.

– Tem o estômago leve ou pesado? Leve?

– Sim.

– Como depois de tomar a pílula que eu lhe dou todos os domingos?

– Sim.

– Foi Barrois quem fez sua limonada?

– Sim.

– Foi o senhor quem o incitou a bebê-la?

– Não.

– Foi o senhor de Villefort?

– Não.

– A senhora?

– Não.

– Então foi Valentine?

– Sim.

Um suspiro de Barrois e um bocejo que lhe fez estalar os ossos do maxilar chamaram a atenção de d'Avrigny. Ele deixou o senhor Noirtier e correu para junto do doente.

– Barrois, consegue falar? – perguntou o médico.

Barrois balbuciou algumas palavras ininteligíveis.

– Faça um esforço, meu amigo.

Barrois reabriu os olhos injetados de sangue.

– Quem fez a limonada?

– Eu.

– Trouxe-a ao seu patrão assim que a fez?

– Não.

– Deixou-a em algum lugar então?

– Na copa; estavam me chamando.

– Quem a trouxe aqui?

– A senhorita Valentine.

D'Avrigny bateu na testa.

– Oh, meu Deus, meu Deus! – murmurou.

– Doutor! Doutor! – gritou Barrois, que sentia a chegada de um terceiro acesso.

– Mas não trarão nunca esse vomitório!? – gritou o médico.

– Aqui está um copo preparado – disse Villefort, entrando.

– Por quem?

– Pelo auxiliar de farmacêutico que veio comigo.

– Beba.

– Impossível, doutor, é tarde demais, minha garganta está fechando, estou sufocando! Ai, meu coração! Ai, minha cabeça!... Oh, que inferno... Ainda vou sofrer por muito tempo desse jeito?

– Não, não, meu amigo – disse o médico –, logo não sofrerá mais.

– Ah, compreendo! – gritou o infeliz. – Meu Deus, tenha piedade de mim!

E, soltando um grito, caiu para trás como se fulminado. D'Avrigny pousou uma mão sobre o coração e aproximou-lhe um espelho dos lábios.

– E então? – perguntou Villefort.

– Vá dizer na cozinha que me tragam sem demora o xarope de violeta.

Villefort desceu imediatamente.

– Não se assuste, senhor Noirtier – disse d'Avrigny. – Vou levar o doente para outro quarto para sangrá-lo. Na verdade, esses tipos de ataque são um espetáculo horrível de se ver.

E segurando Barrois por baixo dos braços, arrastou-o para um quarto contíguo. Mas quase imediatamente voltou ao de Noirtier para pegar o resto da limonada.

Noirtier fechava o olho direito.

– Valentine, não é? O senhor quer Valentine, está certo? Pedirei para que a chamem.

Villefort subia as escadas e d'Avrigny encontrou-o no corredor.

– E então? – perguntou o magistrado.

– Venha – disse d'Avrigny.

E levou-o para o quarto.

– Ainda desmaiado? – perguntou o procurador do rei.

– Está morto.

Villefort recuou três passos, juntou as mãos acima da cabeça e, com uma comiseração inequívoca:

– Morreu tão rapidamente – disse, olhando para o cadáver.

– Sim, demasiado rapidamente, não é mesmo? – disse d'Avrigny. – Mas isso não deve surpreendê-lo: o senhor e a senhora de Saint-Méran também morreram rapidamente. Oh, morre-se depressa na sua casa, senhor de Villefort.

– O quê? – gritou o magistrado com horror e consternação. – Insiste nessa ideia terrível?

– Sempre, senhor, sempre – respondeu d'Avrigny solenemente. – Porque ela não me deixou um instante. E para que se convença de que desta vez não me engano, escute com atenção, senhor de Villefort.

Villefort tremia convulsivamente.

– Existe um veneno que mata sem quase sem deixar rastro. Conheço bem esse veneno, estudei-o em todos os acidentes que provoca, em todos os fenômenos que produz. Reconheci esse veneno há pouco no pobre Barrois, como o havia reconhecido na senhora de Saint-Méran. Existe uma maneira de reconhecer a presença desse veneno: restabelece a cor azul do papel de tornassol avermelhado por um ácido e tinge de verde o xarope de violeta. Não temos papel de tornassol aqui, mas, veja estão trazendo o xarope de violeta que pedi.

Com efeito, ouviam-se passos no corredor. O médico entreabriu a porta, pegou das mãos da criada de quarto um recipiente no fundo do qual havia duas ou três colheres de xarope e fechou a porta.

– Veja – disse ao procurador do rei cujo coração batia tão forte que quase se podia ouvir –, temos nesta taça xarope de violetas, e nesta garrafa o resto da limonada da qual o senhor Noirtier e Barrois beberam uma parte. Se a limonada for pura e inofensiva, o xarope conservará sua cor; se a limonada estiver envenenada, o xarope ficará verde. Veja!

O médico despejou lentamente algumas gotas de limonada da garrafa na taça e no mesmo instante viu-se uma nuvem se formar no fundo da taça. Essa nuvem inicialmente assumiu uma tonalidade azul; depois, de safira mudou para opala, e de opala a esmeralda.

Ao atingir esta última cor, fixou-se nela, por assim dizer. A experiência não deixava dúvida alguma.

– O infeliz Barrois foi envenenado com falsa-angustura ou fava-de-santo-inácio – disse d'Avrigny. – Agora posso afirmar isso perante os homens e perante Deus.

Villefort não disse nada, mas levantou os braços para o céu, abriu os olhos esgazeados e caiu fulminado numa poltrona.

A ACUSAÇÃO

O senhor d'Avrigny não demorou a reanimar o magistrado, que parecia um segundo cadáver naquele quarto fúnebre.

– Oh, a morte está na minha casa! – gritou Villefort.

– O senhor quer dizer o crime – respondeu o médico.

– Senhor d'Avrigny! – exclamou Villefort. – Não posso exprimir-lhe tudo que se passa em mim neste momento: é terror, é dor, é loucura.

– Sim – respondeu o senhor d'Avrigny com uma calma imponente. – Mas creio que é hora de agirmos, de opormos um dique a essa torrente de mortalidade. Quanto a mim, não me sinto capaz de carregar por mais tempo tais segredos, sem esperança de proporcionarem em breve a vingança para a sociedade e suas vítimas.

Villefort lançou à sua volta um olhar sombrio.

– Na minha casa! – murmurou. – Na minha casa!

– Vamos, magistrado – disse d'Avrigny –, seja homem. Como intérprete da lei, honre-se com uma imolação completa.

– O senhor me faz estremecer, doutor, uma imolação!

– Esta é a palavra.

– Então suspeita de alguém?

– Não suspeito de ninguém. A morte bate à sua porta, entra, vai, não cega, mas inteligente como é, vai de quarto em quarto. Pois bem! Sigo seu rastro, noto sua passagem. Adoto a sabedoria dos antigos: tateio; porque minha amizade por sua família, meu respeito pelo senhor, são duas vendas aplicadas nos meus olhos. Pois bem!...

– Oh, fale, fale, doutor, terei coragem.

– Pois bem! O senhor tem em sua casa, no seio de sua casa, de sua família talvez, um desses horríveis fenômenos que acontecem uma vez em cada século. Locusta e Agripina, que viveram na mesma época, são uma exceção que prova a fúria da Providência ao perder o Império Romano, manchado por tantos crimes. Brunhilda e Fredegunda são resultados do trabalho penoso de uma civilização em sua gênese, na qual o homem aprendia a dominar o espírito, mesmo por intermédio do enviado das trevas. Pois bem! Todas essas mulheres tinham sido ou ainda eram jovens e belas. Vira-se florir em sua fronte, ou em sua fronte ainda floria, a mesma flor de inocência que também encontramos na fronte da culpada que está em sua casa.

Villefort soltou um grito, juntou as mãos e olhou para o médico com um gesto suplicante.

Mas este prosseguiu sem piedade:

– Procure aquele que se beneficia com o crime, diz um axioma da jurisprudência.

– Doutor! – gritou Villefort. – Ai de mim, doutor! Quantas vezes a justiça dos homens não foi enganada por essas palavras funestas! Não sei, mas me parece que esse crime...

– Ah, então finalmente confessa que existe crime?

– Sim, reconheço. O que quer? Não tenho outro remédio. Mas deixe-me continuar. Parece-me, eu dizia, que esse crime recai apenas sobre mim e não sobre as vítimas. Suspeito de algum desastre para mim debaixo de todos esses estranhos desastres.

– Oh, o homem – murmurou d'Avrigny –, o mais egoísta de todos os animais, a mais personalista de todas as criaturas, que sempre acredita que a Terra gira, que o Sol brilha, que a morte ceifa apenas para ele; formiga que amaldiçoa Deus do alto de uma folha de grama! E aqueles que perderam a vida, não perderam nada? O senhor de Saint-Méran, a senhora de Saint-Méran, o senhor Noirtier...

– Como, o senhor Noirtier?

– Claro! O senhor acredita, por acaso, que o alvo era esse pobre criado? Não, não. Como o Polônio de Shakespeare, morreu no lugar de outro. Era Noirtier quem devia beber a limonada; foi Noirtier quem bebeu segundo a ordem lógica das coisas. O outro a bebeu por acidente. E embora tenha sido Barrois quem morreu, era Noirtier quem devia de morrer.

– Mas então por que meu pai não sucumbiu?

– Já lhe disse uma noite, no jardim, depois da morte da senhora de Saint-Méran, porque seu corpo está habituado a esse mesmo veneno; porque a dose, insignificante para ele, era fatal para qualquer outro; porque ninguém sabe, nem mesmo o assassino, que há um ano trato a paralisia do senhor Noirtier com brucina, enquanto o assassino não ignora, e se certificou disso pela experiência, que a brucina é um veneno violento.

– Meu Deus! Meu Deus! – murmurou Villefort, contorcendo os braços.

– Siga os passos do criminoso: ele mata o senhor de Saint Méran.

– Oh, doutor!

– Eu posso jurar. O que me disseram sobre os sintomas está muito de acordo com o que vi com meus próprios olhos.

Villefort cessou de lutar e gemeu.

– Ele mata o senhor de Saint-Méran – repetiu o médico –, mata a senhora de Saint-Méran: dupla herança a receber.

Villefort enxugou o suor que lhe escorria pela testa.

– Escute bem.

– Ai de mim! – balbuciou Villefort. – Não perco uma palavra, nenhuma.

– Noirtier – retomou o senhor d'Avrigny com sua voz impiedosa –, o senhor Noirtier havia feito recentemente seu testamento contra o senhor, contra sua família, a favor dos pobres, enfim. O senhor Noirtier é poupado, nada se espera dele. Mas assim que ele destruiu seu primeiro testamento, assim que fez o segundo, com medo de que ele sem dúvida fizesse um terceiro, foi atacado. O testamento é de anteontem, creio. Como vê, não perderam tempo.

– Oh, misericórdia, senhor d'Avrigny!

– Nada de misericórdia, senhor! O médico tem uma missão sagrada na Terra, é para cumpri-la que recuou às fontes da vida e desceu às misteriosas trevas da morte. Quando o crime foi cometido e Deus, sem dúvida horrorizado, desvia o olhar do criminoso, cabe ao médico dizer: ei-lo!

– Misericórdia para a minha filha, senhor! – murmurou Villefort.

– Veja bem que foi o senhor que mencionou seu nome, o senhor, o pai!

– Misericórdia para Valentine! Escute, isso é impossível. Eu preferiria acusar a mim mesmo! Um coração de diamante, Valentine, um lírio de inocência!

– Nada de misericórdia, senhor procurador do rei, o crime é flagrante. A senhorita de Villefort embalou pessoalmente os medicamentos enviados ao senhor de Saint-Méran, e o senhor de Saint-Méran está morto.

A senhorita de Villefort preparou as infusões da senhora de Saint-Méran, e a senhora de Saint-Méran está morta.

A senhorita de Villefort pegou das mãos de Barrois, que fora enviado fazer um serviço fora, a jarra de limonada que o velho costuma esvaziar pela manhã, e o velho só escapou por milagre.

A senhorita de Villefort é a culpada! É a envenenadora! Senhor procurador do rei, denuncio-lhe a senhorita de Villefort; cumpra o seu dever!

– Doutor, eu não resisto mais, não me defendo mais, acredito no senhor; mas, por piedade, poupe minha vida, minha honra!

– Senhor de Villefort – continuou o médico com força crescente –, há circunstâncias em que ultrapasso todos os limites da estúpida circunspecção humana. Se sua filha tivesse cometido apenas um primeiro crime, e eu a visse planejar um segundo, eu lhe diria: "Advirta-a, castigue-a, que passe o resto da vida em algum claustro, em algum convento, a chorar, a rezar". Se tivesse cometido um segundo crime, eu lhe diria: "Tome, senhor de Villefort, aqui está um veneno que não tem antídoto conhecido, rápido como o pensamento, veloz como o raio, mortal como o relâmpago; dê-lhe este veneno, encomendando sua alma a Deus, e assim salve sua honra e seus dias, pois é ao senhor que ela quer mal. E eu a vejo se aproximar de sua cabeceira com seus sorrisos hipócritas e suas doces exortações! Desgraçado do senhor, Villefort, se não se apressar para atacar primeiro! Isso é o que lhe diria se ela tivesse matado apenas duas pessoas; mas ela viu três agonias, contemplou três moribundos, ajoelhou-se junto de três cadáveres. Ao carrasco a envenenadora! Ao carrasco! O senhor fala de sua honra, faça o que lhe digo e é a imortalidade que o espera!

Villefort caiu de joelhos.

– Escute – disse ele –, não tenho essa força que o senhor tem, ou melhor, que não teria se, em vez da minha filha Valentine, se tratasse da sua filha Madeleine.

O médico empalideceu.

– Doutor, todo homem, filho da mulher, nasceu para sofrer e morrer. Doutor, sofrerei e esperarei a morte.

– Tome cuidado – advertiu o senhor d'Avrigny – será lenta... essa morte. O senhor a verá aproximar-se depois de ela ter golpeado seu pai, sua mulher, talvez seu filho.

Sufocado, Villefort apertou o braço do médico.

– Escute-me! – gritou. – Tenha pena de mim, ajude-me... Não, minha filha não é culpada... Leve-nos ao tribunal; continuarei a dizer: "Não, minha filha não é culpada..." Não há crime em minha casa... Não quero, está ouvindo, que haja crime em minha casa. Porque quando o crime entra em algum lugar, é como a morte: não entra sozinho. Escute: que lhe importa que eu morra assassinado?... É meu amigo? É um homem? Tem um coração?... Não, o senhor é médico!... Pois bem, eu lhe digo: "Minha filha não será arrastada por mim para as mãos do carrasco!..." Ah! Eis uma ideia que me devora, que me impele como um insano a escavar meu peito com as unhas!... E se tivesse se enganado, doutor? Se fosse outra pessoa que não a minha filha! Se um dia eu lhe aparecesse, pálido como um espectro, para lhe dizer: "Assassino! Você matou minha filha!..." Veja, se isso acontecesse, mesmo sendo cristão, senhor d'Avrigny, eu me mataria!

– Está bem – disse o médico, depois de um momento de silêncio –, vou esperar.

Villefort olhou-o como se ainda duvidasse de suas palavras.

– No entanto – continuou o senhor d'Avrigny, com voz lenta e solene –, se alguém da sua casa adoecer, se o senhor mesmo se sentir mal, não me chame porque não voltarei. Estou disposto a compartilhar com o senhor este terrível segredo, mas não quero que a vergonha e o remorso entrem em minha casa frutificando e crescendo em minha consciência, como o crime e a desgraça crescerão e frutificarão na sua casa.

– Então me abandona, doutor?

– Sim, porque não posso mais acompanhá-lo, e só me detenho ao pé do cadafalso. Surgirá alguma outra revelação que porá fim a essa terrível tragédia. Adeus.

– Doutor, eu lhe suplico!

– Todos os horrores que conspurcam meu pensamento tornam sua casa odiosa e fatal. Adeus, senhor.

– Uma palavra, só mais uma palavra, doutor! O senhor se retira, deixando-me com todo o horror da situação, horror que aumentou com o que me revelou. Mas o que irão dizer da morte instantânea, súbita, deste pobre velho serviçal?

– Está certo – disse o senhor d'Avrigny –, acompanhe-me.

O médico foi o primeiro a sair, o senhor de Villefort o seguiu. Os criados, inquietos, estavam nos corredores e na escada por onde o médico devia passar.

– Senhor – disse d'Avrigny a Villefort, falando em voz alta para que todos o ouvissem –, há anos o pobre Barrois estava muito sedentário. Ele, que costumava correr a cavalo ou de carruagem com seu patrão pelos quatro cantos da Europa, matou-se nesse serviço monótono em volta de uma poltrona. O sangue engrossou-lhe. Estava gordo, tinha um pescoço grosso e curto, teve uma apoplexia fulminante e fui chamado tarde demais.

– A propósito – acrescentou baixinho –, não deixe de jogar aquela taça de violeta nas cinzas.

E o médico, sem tocar na mão de Villefort, sem voltar um só momento ao que havia dito, saiu escoltado pelas lágrimas e lamentações de todo o pessoal da casa.

Naquela mesma noite, todos os criados de Villefort, que tinham se reunido na cozinha e conversado longamente, vieram pedir à senhora de Villefort permissão para irem embora. Nenhuma insistência, nenhuma proposta de aumento de salário foi capaz de retê-los. A todas as palavras, respondiam:

– Queremos ir embora porque a morte está nesta casa.

Partiram, portanto, apesar dos pedidos que lhes foram feitos, afirmando sentir grande pesar por deixar tão bons patrões e sobretudo a senhorita Valentine, tão boa, tão generosa e tão doce.

Ao ouvir estas palavras, Villefort olhou para Valentine. Ela chorava.

Coisa estranha! Pela emoção que aquelas lágrimas lhe fizeram sentir, ele também olhou para a senhora de Villefort e pareceu-lhe que um sorriso fugaz e sombrio lhe passara por seus lábios finos, como esses meteoros que vemos deslizar, sinistros, entre duas nuvens, no fundo de um céu tempestuoso.

O QUARTO DO PADEIRO APOSENTADO

Na mesma noite do dia em que o conde de Morcerf saíra da casa de Danglars com uma vergonha e uma raiva que a frieza do banqueiro torna concebíveis, o senhor Andrea Cavalcanti, com cabelos crespos e brilhantes, bigode afilado e luvas brancas desenhando as unhas, entrara, quase de pé em sua carruagem, no pátio do banqueiro da Rue de la Chaussée-d'Antin.

Ao fim de dez minutos de conversa na sala, encontrara uma maneira de conduzir Danglars até uma janela e, depois de um hábil preâmbulo, expusera os tormentos de sua vida desde a partida de seu nobre pai. Desde essa partida, dizia ele, encontrara na família do banqueiro, onde foi acolhido como um filho, todas as garantias de felicidade que um homem sempre deve buscar antes dos caprichos da paixão e, quanto à própria paixão, tivera a felicidade de encontrá-la nos belos olhos da senhorita Danglars.

Danglars escutava com a mais profunda atenção. Já havia dois ou três dias que esperava essa declaração e, quando ela finalmente chegou, seus olhos se dilataram tanto quanto tinham se velado e escurecido ao escutar Morcerf.

No entanto, não quis acolher assim a proposta do rapaz sem lhe fazer algumas conscienciosas observações.

– Senhor Andrea – disse ele –, não é um pouco jovem para pensar em casamento?

– De modo algum, senhor – respondeu Cavalcanti. – Pelo menos eu não acho: na Itália, os grandes senhores geralmente se casam jovens; é um costume lógico. A vida é tão incerta que devemos agarrar a felicidade quando ela passa ao nosso alcance.

– Agora, senhor – disse Danglars –, admitindo que suas propostas, que me honram, sejam do agrado da minha mulher e da minha filha, com quem discutiríamos as conveniências? Esta é, me parece, uma negociação importante que apenas os pais sabem tratar adequadamente, tendo em vista a felicidade dos filhos.

– Senhor, meu pai é um homem sábio, cheio de decoro e razão. Ele previu a circunstância provável de eu experimentar o desejo de me estabelecer na França e deixou-me, portanto, ao partir, todos os documentos que comprovam minha identidade e uma carta em que me garante, no caso de eu fazer uma escolha que lhe agrade, cento e cinquenta mil libras de renda a partir do dia do meu casamento. Trata-se, pelo que posso julgar, de um quarto das rendas do meu pai.

– Eu – disse Danglars – sempre tive a intenção de dar quinhentos mil francos à minha filha ao casá-la. Ela é, aliás, minha única herdeira.

– Muito bem! – exclamou Andrea. – Como vê, tudo se resolveria da melhor maneira, supondo que meu pedido não seja rejeitado pela senhora baronesa Danglars e pela senhorita Eugénie. Teríamos cento e setenta e cinco mil libras de renda. Suponhamos uma coisa: que eu consiga que o marquês, em vez de me pagar a renda, me desse o capital (não seria fácil, sei muito bem, mas, enfim, é possível). O senhor nos tornaria rentáveis esses dois ou três milhões, e dois ou três milhões em mãos habilidosas podem sempre render dez por cento.

– Nunca dou mais do que quatro – disse o banqueiro –, e às vezes três e meio. Mas, para meu genro, daria cinco e dividiríamos os lucros.

– Ótimo! Que maravilha, sogro! – exclamou Cavalcanti, deixando-se levar pela natureza um tanto vulgar que, de vez em quando, apesar de seus esforços, fazia rachar o verniz de aristocracia com que tentava encobri-la.

Mas corrigiu-se imediatamente:

– Oh, perdão, senhor! Como vê, só a esperança quase me deixa louco; que seria caso se tornasse realidade?

– Mas há sem dúvida – disse Danglars, que, por sua vez, não percebia como essa conversa, de início desinteressada, rapidamente se tornara uma agência de negócios – uma parte de sua fortuna que seu pai não pode lhe recusar.

– Qual? – perguntou o rapaz.

– A que vem de sua mãe.

– Ora, certamente, a que vem da minha mãe, Leonora Corsinari.

– E a quanto pode ascender essa parte da fortuna?

– Palavra de honra – disse Andrea –, garanto-lhe, senhor, que nunca parei para pensar nesse assunto, mas calculo que a pelo menos dois milhões.

Danglars experimentou aquela espécie de sufocação alegre que sente o avarento que encontra um tesouro perdido ou o homem prestes a se afogar que descobre a terra firme sob os pés em vez do vazio que iria engoli-lo.

– Então, senhor – disse Andrea, cumprimentando o banqueiro com terno respeito –, posso ter esperanças?...

– Senhor Andrea – respondeu Danglars –, tenha paciência e acredite que se nenhum obstáculo de sua parte detiver o andamento deste negócio, ele está concluído.

– Ah, enche-me de alegria, senhor! – exclamou Andrea.

– Mas – perguntou Danglars, refletindo –, como é possível que o senhor conde de Monte Cristo, seu patrono neste mundo parisiense, não tenha vindo com o senhor nos fazer esse pedido?

Andrea corou imperceptivelmente.

– Venho da casa do conde, senhor – respondeu. – Ele é, incontestavelmente, um homem encantador, mas de uma originalidade inconcebível. Aprovou com entusiasmo minha decisão; disse-me até que não acreditava que meu pai hesitaria um instante em me dar o capital em vez da renda e prometeu-me sua influência para me ajudar a obter isso dele; mas declarou-me que, pessoalmente, nunca tinha assumido e nunca assumiria a responsabilidade de fazer um pedido de casamento. Mas, devo fazer-lhe justiça, dignou-se a acrescentar que, se alguma vez deplorara essa repulsa, era por minha causa, pois pensava que a união planejada seria feliz e adequada. De resto, se não quer fazer nada oficialmente, reserva-se o direito de responder-lhe, ele me disse, quando o senhor tocar no assunto.

– Ah, muito bem!

– Agora – disse Andrea com seu sorriso mais sedutor –, uma vez que acabei de falar ao sogro, dirijo-me ao banqueiro.

– Vejamos então, o que quer dele? – perguntou rindo Danglars por sua vez.

– Depois de amanhã, tenho algo como quatro mil francos a receber em seu estabelecimento. Mas o conde compreendeu que o mês em que eu ia entrar talvez trouxesse despesas adicionais para as quais meus pequenos rendimentos de rapaz não bastariam, e aqui está uma ordem de pagamento de vinte mil francos que ele, não diria que me deu, mas me ofereceu. Está assinada pelo seu punho, como pode ver; isso lhe convém?

– Traga-me ordens dessas no valor de um milhão que eu aceito – disse Danglars –, colocando a ordem no bolso. – Diga-me a que horas quer o dinheiro amanhã e meu auxiliar de tesouraria passará em sua casa com um recibo de vinte e quatro mil francos.

– Às dez da manhã, se não se importa. Quanto mais cedo, melhor: gostaria de ir ao campo amanhã.

– Que seja, às dez horas. Continua no Hôtel des Princes?

– Sim.

No dia seguinte, com uma exatidão que honrava a pontualidade do banqueiro, os vinte e quatro mil francos estavam na casa do rapaz, que saiu efetivamente, deixando duzentos francos para Caderousse.

A saída tinha, da parte de Andrea, o objetivo principal de evitar seu perigoso amigo; assim, voltou à noite, o mais tarde possível.

Mas assim que pôs os pés no calçamento do pátio, encontrou à sua frente o porteiro do hotel, que o esperava de quepe na mão.

– Senhor, disse ele – aquele homem veio.

– Que homem? – perguntou de modo negligente Andrea, como se tivesse esquecido aquele de quem, ao contrário, lembrava-se muito bem.

– Aquele a quem Vossa Excelência dá uma pequena pensão.

– Ah, sim – disse Andrea –, aquele antigo criado do meu pai. Muito bem! E você entregou-lhe os duzentos francos que deixei para ele?

– Sim, Excelência, precisamente.

Andrea se fazia chamar de Excelência.

– Mas – continuou o porteiro – ele não quis pegá-los.

Andrea empalideceu; no entanto, como era noite, ninguém o viu empalidecer.

– Como? Não quis pegá-los? – perguntou com uma voz ligeiramente trêmula.

– Não! Queria falar com Vossa Excelência. Respondi-lhe que o senhor havia saído; ele insistiu. Mas por fim pareceu se convencer e entregou-me esta carta, que trouxera lacrada.

– Vejamos – disse Andrea.

Ele leu, à luz do farol de sua carruagem:

Você sabe onde eu moro; espero-o amanhã às nove horas da manhã.

Andrea examinou o lacre para ver se havia sido violado e se olhares indiscretos não tinham tomado conhecimento do conteúdo da carta; mas ela estava dobrada de tal maneira, com tal luxo de losangos e ângulos, que para lê-la teria sido necessário romper o lacre. Ora, o lacre estava perfeitamente intacto.

– Muito bem – disse. – Pobre homem! É uma excelente criatura.

E deixou o porteiro edificado com estas palavras e sem saber quem deveria admirar mais, se o jovem senhor ou o velho criado.

– Desatrele depressa e suba aos meus aposentos – disse Andrea ao seu cavalariço.

Em dois saltos, o jovem estava no quarto e queimou a carta de Caderousse, da qual fez desaparecer até as cinzas.

Terminava essa operação quando o criado entrou.

– Você tem a mesma altura que eu, Pierre – disse-lhe.

– Tenho essa honra, Excelência – respondeu o criado.

– Deve ter uma libré nova que lhe trouxeram ontem, não é?

– Sim, senhor.

– Tenho um caso com uma costureirinha a quem não quero revelar meu título nem minha condição. Empreste-me a sua libré e traga-me seus documentos, para que eu possa, se for necessário, dormir em uma estalagem.

Pierre obedeceu.

Cinco minutos depois, Andrea, completamente disfarçado, saía do hotel sem ser reconhecido, pegava um cabriolé e se fazia conduzir à estalagem do Cheval-Rouge, em Picpus.

No dia seguinte, saiu da estalagem do Cheval-Rouge como saíra do Hôtel des Princes, isto é, sem ser notado, desceu o *Faubourg* Saint-Antoine, pegou o boulevard até a rua Ménilmontant e, parando à porta da terceira casa à esquerda, procurou quem poderia, na ausência do porteiro, lhe dar informações.

– O que procura, meu belo rapaz? – perguntou a vendedora de fruta em frente.

– O senhor Pailletin, por favor, minha gorda mamãe – respondeu Andrea.

– O padeiro aposentado? – perguntou a vendedora.

– Exatamente.

– No fundo do pátio, à esquerda, no terceiro andar.

Andrea tomou o caminho indicado e, no terceiro andar encontrou uma pata de coelho que sacudiu com um sentimento de mau humor, de cujo movimento precipitado a campainha se ressentiu.

Um segundo depois, o rosto de Caderousse apareceu na grade da porta.

– Ah, você é pontual – disse ele. E puxou o ferrolho.

– Ora essa! – disse Andrea ao entrar.

E atirou à sua frente o quepe da libré, que, errando a cadeira, caiu no chão e deu uma volta no quarto girando sobre sua circunferência.

– Vamos, vamos – disse Caderousse –, não se zangue, rapazinho. – Veja como pensei em você. Dê uma olhada no belo almoço que teremos. Só coisas de que você gosta, seu diabinho.

De fato, ao respirar Andrea sentiu um cheiro de cozinha cujos aromas grosseiros não deixavam de ter certo encanto para um estômago faminto. Era aquela mistura de gordura fresca e alho que marca a cozinha provençal de ordem inferior; era, além disso, o gosto de peixe gratinado; depois, por cima de tudo, o perfume rude da noz-moscada e do cravo-da-índia. Tudo isso exalava de duas travessas fundas e cobertas, colocadas sobre dois fogões, e de uma panela que farfalhava no forno de uma salamandra de ferro fundido.

No cômodo adjacente, Andrea viu ainda uma mesa bastante limpa com serviços para duas pessoas, duas garrafas de vinho lacradas, uma verde e outra amarela, uma boa quantidade de aguardente em outra garrafa e uma macedônia de frutas numa grande folha de couve artisticamente colocada sobre uma bandeja de porcelana.

– O que lhe parece, rapazinho? – perguntou Caderousse. – Hein? Como isso cheira bem! Puxa vida, como sabe, era um bom cozinheiro lá; você se lembra de como todos lambiam os dedos com meus pratos? E você era o primeiro a provar os meus molhos, e não os desprezava, me parece.

E Caderousse começou a descascar um suplemento de cebolas.

– Está bem, está bem – disse Andrea, irritado. – Caramba! Se foi para almoçar com você que me incomodou, o diabo que o carregue!

– Meu filho – disse Caderousse sentenciosamente –, enquanto comemos, conversamos. E depois, ingrato como você é, não tem prazer em ver um pouco seu amigo? Pois eu choro de alegria.

Com efeito, Caderousse chorava de verdade. Só que seria difícil dizer se era a alegria ou se eram as cebolas que agiam na glândula lacrimal do ex-estalajadeiro da Pont du Gard.

– Cale-se, hipócrita! – disse Andrea. – Então você gosta de mim?

– Sim, gosto de você, que o diabo me carregue! É uma fraqueza – disse Caderousse –, sei bem disso, mas é mais forte que eu.

– O que não o impede de me ter feito vir aqui por alguma perfídia.

– Vamos! – exclamou Caderousse, limpando uma grande faca no avental. – Se eu não gostasse de você será que suportaria a vida miserável que me proporciona? Olhe bem, veste as roupas do seu criado, portanto, tem um criado; pois eu não tenho e sou obrigado a descascar eu mesmo meus legumes. Você despreza a minha cozinha porque janta no restaurante do Hôtel des Princes ou no Café de Paris. Pois bem! Eu também poderia ter um criado, eu também poderia ter um tílburi; eu também poderia jantar onde quisesse. E por que me privo disso? Para não causar desgosto ao meu pequeno Benedetto. Vamos, pelo menos admita que poderia, hein?

E um olhar perfeitamente claro de Caderousse completou o sentido da frase.

– Bom – disse Andrea –, digamos que você gosta de mim: então por que exige que eu venha almoçar com você?

– Ora, para vê-lo, rapazinho.

– Que adianta me ver, uma vez que estabelecemos previamente todas as nossas condições?

– Meu caro amigo – disse Caderousse –, existem testamentos sem codicilos? Mas você veio para almoçar, não é mesmo? Então sente-se e vamos começar com estas sardinhas e esta manteiga fresca, que coloquei sobre folhas de videira em sua intenção, seu pestinha. Ah, sim, está olhando o meu quarto, minhas quatro cadeiras de palha, minhas imagens de três francos a moldura. Caramba! O que você queria? Isso aqui não é o Hôtel des Princes.

– Vamos, agora está magoado. Não está mais feliz, você, que só queria parecer um padeiro aposentado.

Caderousse suspirou.

– Muito bem! O que tem a dizer? Você viu seu sonho se realizar.

– Tenho a dizer que é um sonho. Um padeiro aposentado, meu pobre Benedetto, é rico, tem rendas.

– Ora, você tem rendas.

– Eu?

– Sim, você, pois eu lhe trago seus duzentos francos. Caderousse encolheu os ombros.

– É humilhante – disse ele – receber assim dinheiro dado a contragosto, dinheiro efêmero, que pode me faltar de um dia para o outro. Pode ver que sou obrigado a economizar para o caso de sua prosperidade não durar. Ora, meu amigo! A fortuna é inconstante, como dizia o capelão... do regimento. Sei muito bem que sua prosperidade é imensa, celerado. Você vai casar com a filha de Danglars.

– Como? De Danglars?

– Sim, de Danglars! Ou deveria dizer barão Danglars? É como se eu dissesse conde Benedetto. Danglars era um amigo, e se ele não tivesse uma memória tão ruim, deveria me convidar para o seu casamento... considerando que ele não foi ao meu... Sim, sim, sim, ao meu! Caramba! Ele não era tão orgulhoso naquela época. Era um funcionário subalterno na firma desse bom senhor Morrel. Jantei mais de uma vez com ele e o conde de Morcerf... Como vê, tenho belas relações e, se eu quisesse cultivá-las um pouquinho, nos encontraríamos nos mesmos salões.

– Ora, sua inveja o está fazendo ver coisas, Caderousse.

– Pois sim, Benedetto mio, sei o que estou dizendo. Quem sabe um dia também venha a vestir sua roupa de domingo e diga ao porteiro de algum palácio: "Abra, por favor!". Enquanto isso, sente-se e vamos comer.

Caderousse deu o exemplo e pôs-se a comer com apetite, elogiando todas as iguarias que servia ao seu convidado. Este pareceu seguir seu conselho: abriu com bravura as garrafas e atacou a *bouillabaisse* e o bacalhau gratinado com alho e azeite.

– Então, compadre – disse Caderousse –, parece que está se reconciliando com seu antigo chefe de mesa?

– Palavra que sim – respondeu Andrea, a quem, jovem e vigoroso como era, o apetite prevalecia até o momento sobre qualquer outra coisa.

– E está gostando da comida, patife?

– Tão boa que não entendo como um homem que cozinha e come coisas tão boas pode achar a vida ruim.

– Está vendo – disse Caderousse –, é que toda a minha felicidade é estragada por um único pensamento.

– Qual?

– É que vivo à custa de um amigo, eu, que sempre ganhei a vida honestamente.

– Oh, oh, isso não tem importância – disse Andrea –, tenho o suficiente para dois, não se preocupe.

– Não, é sério: acredite se quiser, mas todo fim de mês eu sinto remorso.

– Bom Caderousse!

– A tal ponto que ontem não quis pegar os duzentos francos.

– Sim, você queria falar comigo. Mas será mesmo remorso? Vejamos...

– Autêntico remorso; e depois tive uma ideia.

Andrea estremeceu. Estremecia sempre com as ideias de Caderousse.

– É lamentável, sabe – continuou Caderousse –, ficar sempre à espera do fim do mês.

– É mesmo – concordou Andrea filosoficamente, decidido a ver até onde queria chegar o companheiro –, não passamos a vida toda esperando? Eu, por exemplo, será que faço outra coisa? E tenho paciência, não é mesmo?

– Sim, porque em vez de esperar duzentos miseráveis francos, você espera cinco ou seis mil, talvez dez, talvez até doze. Porque você é cheio de mistérios: lá em casa você sempre tinha umas reservazinhas, uns cofrinhos, que tentava esconder desse pobre amigo Caderousse. Felizmente ele tinha um bom faro, o amigo Caderousse em questão!

– Pronto, vai começar a divagar – disse Andrea –, a falar e a tornar a falar sempre do passado! Mas de que adianta martelar assim, eu lhe pergunto?

– Ah, é que você tem vinte e um anos e pode esquecer o passado. Eu tenho cinquenta e sou obrigado a me lembrar. Mas não importa, voltemos aos negócios.

– Sim.

– Queria dizer se estivesse no seu lugar...

– Sim?

– Eu pegaria...

– Como assim? Você pegaria...

– Sim, eu pediria um semestre adiantado, sob o pretexto de que quero me tornar elegível e que vou comprar uma fazenda. Depois, com o meu semestre, eu desapareceria.

– Ora, ora, ora – disse Andrea –, talvez não seja má ideia!

– Meu caro amigo – disse Caderousse –, coma da minha comida e siga meus conselhos; não se sentirá mal, nem física nem moralmente.

– Pois bem! – exclamou Andrea. – Mas por que você mesmo não segue o conselho que me dá? Por que não pega um semestre, ou mesmo um ano, e não vai para Bruxelas? Em vez de parecer um padeiro aposentado, você pareceria um falido no exercício de suas funções: seria de bom-tom.

– Mas como, diabos, você quer que eu me aposente com mil e duzentos francos?

– Ah! Caderousse – reclamou Andrea –, como você é exigente! – Há dois meses você estava morrendo de fome.

– O apetite vem ao comer – disse Caderousse, mostrando os dentes como um macaco que ri ou como um tigre que rosna. – Além disso – acrescentou, cortando com esses mesmos dentes, tão brancos e afiados apesar da idade, um enorme bocado de pão –, fiz um plano.

Os planos de Caderousse aterrorizavam Andrea ainda mais do que suas ideias; as ideias eram apenas o germe, o plano era a realização.

– Vejamos esse plano – comentou Andrea –, deve ser bonito!

– Por que não? De quem foi o plano graças ao qual saímos do estabelecimento do senhor Chose, hein? Meu, pelo que me consta. E não era assim tão ruim, me parece, já que estamos aqui!

– Não estou dizendo isso – retorquiu Andrea –, às vezes você acerta. Mas, enfim, vamos ver seu plano.

– Vejamos – continuou Caderousse –, você consegue, sem desembolsar um tostão, me arranjar quinze mil francos? Não, quinze mil francos não bastam, não quero me tornar um homem honesto por menos de trinta mil francos.

– Não – respondeu Andrea secamente –, não, não consigo.

– Você não me entendeu, ao que parece – respondeu fria e calmamente Caderousse. – Eu disse sem desembolsar um tostão.

– Você quer que eu roube e estrague todo o meu negócio, e o seu junto com o meu, e nos peguem de novo?

– Oh, eu não me importo se me pegarem outra vez – disse Caderousse. – Sou um bocado estranho, sabe. Às vezes me aborreço com meus camaradas, não sou como você, sem coração, que gostaria de nunca mais revê-los!

Andrea mais do que estremeceu dessa vez, empalideceu.

– Vamos, Caderousse, nada de tolices –, disse ele.

– Claro que não, fique tranquilo, meu querido Benedetto. Mas me indique um jeitinho de ganhar esses trinta mil francos sem envolvê-lo em nada. É só me deixar agir, e pronto!

– Muito bem! Vou ver, vou procurar – disse Andrea.

– Mas enquanto espero você aumentará minha mesada para quinhentos francos, não vai? Estou com um capricho, quero uma empregada!

– Pois bem, você terá seus quinhentos francos – concedeu Andrea. – Mas é pesado para mim, meu pobre Caderousse... você está abusando...

– Ora, ora – disse Caderousse –, considerando que você tira de cofres sem fundo.

Era como se Andrea esperasse que o companheiro dissesse isso, pois em seus olhos brilhou um rápido clarão que, no entanto, se extinguiu imediatamente.

– Isso é verdade – respondeu Andrea –, e meu protetor é excelente para mim.

– Esse querido protetor – perguntou Caderousse – quanto ele lhe dá por mês?...

– Cinco mil francos – respondeu Andrea.

– Tantos milhares quanto você me dá centenas –, resumiu Caderousse. – Na verdade, só os bastardos têm felicidade. Cinco mil francos por mês! Que diabos se pode fazer com tudo isso?

– Meu Deus, gastam-se rapidamente; também sou como você, gostaria de ter um capital.

– Um capital... sim... eu compreendo... Todo mundo gostaria de ter um capital.

– Pois bem! Eu terei um.

– E quem vai lhe dar? O seu príncipe?

– Sim, o meu príncipe. Infelizmente terei de esperar.

– Esperar o quê? – perguntou Caderousse.

– Sua morte.

– A morte do seu príncipe?

– Sim.

– Como assim?

– Porque ele me incluiu em seu testamento.

– É verdade?

– Palavra de honra!

– Qual é o valor?

– Quinhentos mil!

– Só isso? Obrigado, mas é pouco.

– É como estou lhe dizendo.

– Vamos, não é possível!

– Caderousse, você é meu amigo?

– Claro que sim! Na vida e na morte.

– Pois bem, vou lhe contar um segredo.

– Diga.

– Escute...

– Oh, caramba, ficarei mudo como um túmulo.

– Muito bem! Acho...

Andrea parou, olhando ao redor.

– Você acha?... Não tenha medo, caramba! Estamos sós.

– Acho que encontrei meu pai.

– Seu verdadeiro pai?

– Sim.

– Não o pai Cavalcanti?
– Não, pois esse foi embora; o verdadeiro, como você diz.
– E esse pai é...
– Muito bem, Caderousse, é o conde de Monte Cristo.
– Bah!
– Sim. Não percebe que assim tudo se explica? Ele não pode me confessar em voz alta, ao que parece, mas fez com que o senhor Cavalcanti me reconhecesse, dando-lhe cinquenta mil francos por isso.
– Cinquenta mil francos para ser seu pai! Eu aceitaria pela metade do preço, por vinte mil, por quinze mil. Como não pensou em mim, ingrato?
– E eu lá sabia disso? Tudo foi feito enquanto estávamos presos.
– Ah, é verdade! E você diz que, no seu testamento...
– Ele me deixa quinhentas mil libras.
– Tem certeza?
– Ele me mostrou; mas isso não é tudo.
– Há um codicilo, como eu dizia há pouco?
– Provavelmente.
– E nesse codicilo?...
– Ele me reconhece.
– Oh, que pai bondoso! Que pai corajoso! Que pai honestíssimo! – exclamou Caderousse, girando no ar um prato que apanhou com as duas mãos.
– Pronto! Repita que tenho segredos para você!
– Não, e sua confiança o honra aos meus olhos. Então o seu príncipe, o seu pai, ele é rico, riquíssimo?
– Acho que sim. Ele não conhece a fortuna que tem.
– Será possível?
– Caramba! Sei do que estou falando, eu, que sou recebido em sua casa a qualquer hora. Outro dia, um empregado de banco trouxe-lhe cinquenta mil francos em uma carteira grossa como seu guardanapo; ontem, um banqueiro levou-lhe cem mil francos em ouro.

Caderousse estava perplexo. Parecia-lhe que as palavras do jovem tinham o som do metal e que ouvia rolarem cascatas de luíses.

– E você frequenta essa casa? – perguntou ingenuamente.

– Quando eu quero.

Caderousse permaneceu pensativo por um instante. Era fácil ver que remoía em sua mente algum pensamento profundo. Depois, de repente:

– Como eu gostaria de ver tudo isso! – exclamou. – E como tudo isso deve ser belo!

– De fato – disse Andrea – é magnífico!

– E ele não mora na Avenida dos Champs-Élysées?

– Número 30.

– Ah! – disse Caderousse. – Número 30.

– Sim, uma bela casa isolada, entre pátio e jardim, você não conhece outra coisa.

– É possível, mas não é o exterior que me interessa, é o interior: os belos móveis! Hein, o que deve ter lá dentro?

– Já viu as Tulherias alguma vez?

– Não.

– Pois bem! É mais bonito.

– Diga-me uma coisa, Andrea, não deve ser bom se abaixar quando esse bondoso senhor Monte Cristo deixa cair a bolsa?

– Oh, meu Deus! Não vale a pena esperar por isso – disse Andrea. – O dinheiro se espalha por aquela casa como as frutas num pomar.

– Puxa, você deveria me levar lá um dia. Seria possível? E com qual motivo?

– Tem razão. Mas você me deixou com água na boca. Preciso ver isso de qualquer maneira, vou encontrar um jeito.

– Nada de tolices, Caderousse.

– Vou me apresentar como encerador.

– Há tapetes por toda parte.

– Ah! Que pena! Então tenho de me contentar em ver isso na imaginação.

– É o melhor a fazer, acredite.

– Pelo menos tente me descrever como é.

– Como?

– Nada mais fácil. É grande?

– Nem muito grande nem muito pequena.

– Mas como está dividida?

– Puxa! Eu precisaria de tinta e papel para fazer uma planta.

– Aqui está! – disse Caderousse com vivacidade.

E foi buscar numa velha escrivaninha uma folha de papel branco, tinta e uma pena.

– Tome – disse Caderousse –, desenhe tudo isso no papel, meu filho.

Andrea pegou a pena com um sorriso imperceptível e começou.

– A casa, como lhe disse, fica entre o pátio e o jardim. Veja, assim.

E Andrea traçou os contornos do jardim, do pátio e da casa.

– Os muros são altos?

– Não, oito ou dez pés no máximo.

– Não é prudente – comentou Caderousse.

– No pátio, canteiros de laranjeiras, gramados e canteiros de flores.

– E nada de armadilhas para lobos?

– Não.

– As cavalariças?

– Dos dois lados do portão, aqui, como pode ver.

E Andrea continuou sua planta.

– Vejamos o térreo – disse Caderousse.

– No térreo, sala de jantar, dois salões, sala de bilhar, uma escada no vestíbulo e uma pequena escada secreta.

– Janelas?

– Janelas magníficas, tão belas, tão amplas, que, palavra de honra, creio que um homem do seu tamanho passaria por cada vidraça.

– Para que diabos precisam de escadas quando têm janelas assim?

– O que você quer! É o luxo.

– Venezianas?

– Sim, venezianas, mas que nunca são usadas. Extravagante, esse conde de Monte Cristo, que gosta de ver o céu mesmo durante a noite.

– E os criados, onde dormem?

– Oh, eles têm sua residência própria. Imagine um belo galpão à direita da entrada, onde guardam as escadas e outros utensílios. Pois bem! Sobre esse galpão existe uma série de quartos para os criados, cada um com sua respectiva campainha.

– Oh, diabo! Campainhas!

– O que disse?...

– Eu? Nada. Digo que é muito caro colocar campainhas; e para que servem, eu lhe pergunto?

– Antigamente havia um cão que passava a noite no pátio, mas foi levado para a casa de Auteuil, sabe, aquela onde você esteve.

– Sei.

– Ainda ontem eu dizia a ele: "É imprudente da sua parte, senhor conde, porque quando vai a Auteuil e leva seus criados, a casa fica vazia." – E daí? – ele perguntou. "– E daí que um belo dia pode ser roubado."

– O que ele lhe respondeu?

– O que ele me respondeu?

– Sim.

– Ele respondeu: "Pouco me importa que me roubem".

– Andrea, deve ter alguma escrivaninha mecânica.

– O que quer dizer?

– Sim, daquelas que prendem o ladrão em uma grade e toca uma música. Disseram-me que havia algo assim na última exposição.

– Ele tem apenas uma escrivaninha de mogno, cuja chave sempre está à vista.

– E não o roubam?

– Não, o pessoal que o serve lhe é totalmente devotado.

– Deve ter coisa nessa escrivaninha, hein, dinheiro?

– Talvez... não dá para saber o que tem lá.

– E onde fica?

– No primeiro andar.

– Então me faça uma planta do primeiro andar, meu querido, como fez a do térreo.

– É fácil.

E Andrea pegou a pena novamente.

– No primeiro andar, como pode ver, tem um vestíbulo, a sala; à direita da sala a biblioteca e o gabinete de trabalho; à esquerda da sala, um quarto de dormir e um quarto de vestir. A famosa escrivaninha está no quarto de vestir.

– E há uma janela no quarto de vestir?

– Duas, aqui e aqui.

E Andrea desenhou duas janelas no cômodo que, na planta, ocupava um canto e aparecia como um quadrado menor pegado ao retângulo do quarto de dormir.

Caderousse ficou pensativo.

– E ele vai muito a Auteuil? – perguntou.

– Duas ou três vezes por semana. Amanhã, por exemplo, deve passar o dia e a noite lá.

– Tem certeza?

– Ele me convidou para jantar lá.

– Perfeito, isso é que é vida! – exclamou Caderousse. – Casa na cidade, casa no campo.

– Isso é que é ser rico.

– E você irá jantar?

– Provavelmente.

– Quando você janta lá, dorme lá?

– Apenas quando me apetece. Estou na casa do conde como se estivesse na minha.

Caderousse olhou para o rapaz como se quisesse arrancar-lhe a verdade do fundo do coração. Mas Andrea tirou uma caixa de charutos do bolso, escolheu um havana, acendeu-o tranquilamente e começou a fumar sem qualquer afetação.

– Quando quer os quinhentos francos? – perguntou a Caderousse.

– Agora mesmo, se os tiver.

Andrea tirou vinte e cinco luíses do bolso.

– Douradinhos? – disse Caderousse. – Não, obrigado!

– Ora, você os despreza?

– Pelo contrário, gosto deles, mas não os quero.

– Faça o câmbio, imbecil: o ouro vale vinte e cinco cêntimos.

– Pois sim, mas depois o cambista mandará seguir o amigo Caderousse, colocarão as mãos nele e então terá de dizer quais são os arrendatários que lhe pagam sua renda em ouro. Deixemos de tolices, mocinho: somente dinheiro, moedas redondas com a efígie de um monarca qualquer. Todo mundo pode ter uma moeda de cinco francos.

– Você há de compreender que não tenho quinhentos francos comigo. Eu deveria ter contratado um comissário.

– Ora, deixe-os no hotel, com seu porteiro, ele é um homem honesto. Irei lá buscá-los.

– Hoje?

– Não, amanhã. Hoje não tenho tempo.

– Certo! Amanhã, quando partir para Auteuil, os deixarei.

– Posso contar com isso?

– Perfeitamente.

– Não vou contratar minha empregada antecipadamente, compreende?

– Contrate. Mas depois acabou, hein? Vai parar de me atormentar?

– Nunca mais.

Caderousse tinha ficado tão carrancudo que Andrea teve de fingir que não notara a mudança. Redobrou, portanto, sua alegria e despreocupação.

– Como você está alegre – disse Caderousse. – Parece até que já recebeu a herança!

– Ainda não, infelizmente!... Mas no dia em que a receber...

– O que fará?

– O que farei? Vamos lembrar dos amigos, só lhe digo isso.

– Sim, e como tem boa memória, justamente!

– O que você quer? Achei que queria me extorquir.

– Eu? Que ideia! Pelo contrário, vou lhe dar um conselho de amigo.

– Qual?

– Deixar aqui o diamante que você tem no dedo. Ora essa! Então você quer que sejamos presos? É para nos levar à perdição que faz essas tolices?

– Por que diz isso? – perguntou Andrea.

– Como? Você veste uma libré, se disfarça de criado e mantém no dedo um diamante de quatro a cinco mil francos?

– Caramba! Você tem razão! Por que você não trabalha como leiloeiro?

– Conheço diamantes. Já os tive.

– Meus cumprimentos! – exclamou Andrea, que, sem se irritar com essa nova extorsão, como temia Caderousse, entregou com complacência o anel.

Caderousse olhou-o tão de perto que ficou evidente para Andrea que ele examinava se as arestas do corte estavam bem vivas.

– É um diamante falso – disse Caderousse.

– Ora, vamos – disse Andrea –, você está brincando?

– Oh, não se zangue. Podemos verificar.

E Caderousse foi até a janela e fez o diamante deslizar na vidraça. Ouviu-se o vidro ranger.

– Confiteor[7]! – exclamou Caderousse, enfiando o diamante no dedo mínimo. – Estava enganado; mas esses joalheiros ladrões imitam tão bem as pedras que ninguém mais se atreve a roubar nas joalherias. É mais um ramo da indústria paralisado.

– E agora? – perguntou Andrea. – Terminou? Ainda tem algo a me pedir? Quer o meu casaco? Quer o meu quepe? Não se acanhe enquanto estou aqui.

– Não. No fundo, você é um bom companheiro. Não o seguro mais e tentarei curar minha ambição.

– Mas tome cuidado para, ao vender esse diamante, não lhe acontecer o que você temia que acontecesse com o ouro.

– Não irei vendê-lo, fique tranquilo.

"Não, pelo menos não de hoje para amanhã", pensou o rapaz.

---

[7] A origem da expressão vem da oração penitencial da missa da Igreja Católica conhecida como Confiteor ("eu confesso" em latim), na qual o fiel reconhece seus erros perante Deus. (N.T.)

– Malandro feliz! – disse Caderousse. – Vai voltar para seus lacaios, seus cavalos, sua carruagem e sua noiva.

– Claro que sim – disse Andrea.

– Olhe lá, espero que me dê um belo presente de núpcias no dia em que se casar com a filha do meu amigo Danglars.

– Já lhe disse que isso é uma fantasia que você enfiou na cabeça.

– Quanto de dote?

– Mas estou lhe dizendo...

– Um milhão?

Andrea encolheu os ombros.

– Que seja um milhão – disse Caderousse. – Você nunca terá tanto quanto lhe desejo.

– Obrigado – disse o rapaz.

– Oh, é de bom coração – acrescentou Caderousse com uma gargalhada.

– Espere, eu o acompanho.

– Não é preciso.

– Claro que sim.

– Por que isso?

– Oh, porque tenho um segredinho na porta. É uma medida de precaução que achei conveniente tomar: fechadura Huret e Fichet, revista e corrigida por Gaspard Caderousse. Farei uma igual para você quando for capitalista.

– Obrigado – disse Andrea. – Mandarei avisá-lo com oito dias de antecedência.

Despediram-se. Caderousse permaneceu no corredor do andar até ver Andrea não só descer os três andares, como também atravessar o pátio. Então entrou precipitadamente, fechou a porta com cuidado e começou a estudar, como um experiente arquiteto, a planta que Andrea lhe deixara.

– Esse querido Benedetto! – disse ele. – Acho que ele não se zangaria em herdar, e que aquele que antecipar o dia em que embolsará seus quinhentos mil francos não seria seu pior inimigo.

O ARROMBAMENTO

No dia seguinte àquele em que aconteceu a conversa que acabamos de narrar, o conde de Monte Cristo partiu de fato para Auteuil, com Ali, vários criados e alguns cavalos que queria experimentar. O que determinara acima de tudo a partida, sequer cogitada na véspera e tampouco imaginada por Andrea, havia sido a chegada de Bertuccio, que, de volta da Normandia, trazia notícias da casa e da corveta. A casa estava pronta, e a corveta, que chegara havia oito dias e fora ancorada em uma pequena enseada onde se encontrava com sua tripulação de seis homens, estava pronta para voltar ao mar depois de ter cumprido todas as formalidades exigidas.

O conde elogiou o zelo de Bertuccio e convidou-o a se preparar para uma partida imediata, pois sua permanência na França não deveria ir além de um mês.

– Agora – disse ele –, posso precisar ir de Paris a Le Tréport em uma noite. Quero oito mudas escalonadas na estrada, que me permitam fazer cinquenta léguas em dez horas.

– Vossa Excelência já manifestara esse desejo – respondeu Bertuccio –, e os cavalos estão todos prontos. Eu mesmo os comprei e os distribuí nos lugares mais convenientes, isto é, nas aldeias onde ninguém costuma parar.

– Muito bem – disse Monte Cristo. – Fico aqui um dia ou dois, tome suas providências em conformidade com isso.

Quando Bertuccio ia sair para tratar de tudo o que estivesse relacionado com aquela estadia, Baptistin abriu a porta. Trazia uma carta numa bandeja de prata dourada.

– O que faz aqui? – perguntou o conde, vendo-o todo coberto de poeira. – Parece-me que não o mandei chamar.

Sem responder, Baptistin aproximou-se do conde e apresentou-lhe a carta.

– Importante e urgente – disse. O conde abriu a carta e leu:

> *O senhor de Monte Cristo fica avisado de que nesta mesma noite um homem entrará em sua casa dos Champs-Élysées para roubar documentos que julga trancados na escrivaninha do quarto de vestir. Sabemos que o senhor conde de Monte Cristo é suficientemente corajoso para não recorrer à intervenção da polícia, intervenção que poderia comprometer profundamente quem lhe faz este aviso. O senhor conde, seja por um vão entre o quarto de dormir e o de vestir, seja emboscando-se no quarto de vestir, poderá fazer justiça com as próprias mãos. Muita gente e precauções explícitas certamente afastariam o malfeitor e fariam o senhor de Monte Cristo perder essa oportunidade de conhecer um inimigo que o acaso revelou à pessoa que faz este aviso ao conde, aviso que ela talvez não tivesse oportunidade de renovar se, fracassando nessa primeira tentativa, o malfeitor tentasse uma segunda.*

O primeiro impulso do conde foi acreditar em uma artimanha de ladrões, armadilha grosseira que lhe apontava um perigo medíocre para expô-lo a um mais grave. Ia, portanto, mandar levar a carta a um comissário de polícia, apesar da recomendação, e talvez inclusive por causa da recomendação do amigo anônimo, quando de repente ocorreu-lhe a ideia de que poderia se tratar, com efeito, de algum inimigo pessoal, que somente ele seria capaz de reconhecer e de quem, se assim fosse, somente ele poderia tirar partido, como fizera Fiesco com o mouro que quisera assassiná-lo.

Conhecemos o conde; não precisamos, portanto, dizer que era um espírito cheio de audácia e vigor que se obstinava contra o impossível com a energia que caracteriza os homens superiores. Pela vida que levava e pela decisão que tomara e que lhe impunha não recuar diante de nada, o conde saboreara prazeres desconhecidos nas lutas que às vezes travava com a natureza, que é Deus, e com o mundo, que pode muito bem ser visto como o diabo.

– Eles não querem roubar meus documentos – disse Monte Cristo –, querem me matar. Não são ladrões, são assassinos. Não quero que o ministro da polícia se intrometa nos meus assuntos particulares. Sou suficientemente rico, francamente, para poupar o orçamento de sua administração nesse caso.

O conde chamou Baptistin, que saíra da sala depois de ter trazido a carta.

– Vai voltar para Paris – ordenou-lhe. – Trará para cá todos os criados que ficaram. Preciso de todo o meu pessoal em Auteuil.

– Mas não ficará ninguém na casa, senhor conde? – perguntou Baptistin.

– Sim, ficará o porteiro.

– O senhor conde sabe que a guarita fica distante da casa.

– E daí?

– E daí que poderiam roubar a casa inteira sem que ele ouvisse o menor ruído.

– Quem?

– Ora, os ladrões.

– O senhor é tolo, senhor Baptistin. Se os ladrões me roubassem toda a casa, nunca me dariam o desgosto de um serviço malfeito.

Baptistin inclinou-se.

– O senhor me ouviu – disse o conde –, traga seus colegas, do primeiro ao último; mas que tudo continue como sempre. Feche as venezianas do térreo, só isso.

– E as do primeiro andar?

– Sabe que nunca as fechamos. Vá.

O conde mandou avisar que jantaria sozinho em seus aposentos e que queria ser servido apenas por Ali. Jantou com a habitual tranquilidade e sobriedade e, depois do jantar, acenando para que Ali o seguisse, saiu pelo pequeno portão, chegou ao Bois de Boulogne como se estivesse a passeio, tomou sem afetação o caminho de Paris e, ao cair da noite, viu-se diante de sua casa nos Champs-Élysées.

Tudo estava na penumbra: apenas uma luz fraca brilhava na guarita do porteiro, que ficava a quarenta passos da casa, como dissera Baptistin.

Monte Cristo recostou-se em uma árvore e, com aquele olhar que tão raramente se enganava, sondou a dupla alameda, examinou os passantes e mergulhou o olhar nas ruas vizinhas para verificar se não havia alguém emboscado. Ao fim de dez minutos convenceu-se de que ninguém o espreitava.

Correu imediatamente com Ali até o portão menor, entrou rapidamente e, pela escada de serviço, da qual tinha a chave, entrou no seu quarto de dormir, sem abrir ou mexer em uma única cortina, sem que nem mesmo o porteiro pudesse suspeitar que na casa que julgava vazia se encontrava seu principal habitante.

Chegando ao quarto de dormir, o conde fez sinal para que Ali parasse e em seguida entrou no quarto de vestir, que examinou. Estava tudo como de costume: a preciosa escrivaninha em seu lugar e com a chave na fechadura. Trancou-a com duas voltas, pegou a chave, voltou para a porta do quarto de dormir, puxou o trinco duplo e entrou.

Enquanto isso, Ali colocava sobre uma mesa as armas que o conde lhe pedira, ou seja, uma carabina curta e um par de pistolas duplas, cujos canos superpostos permitiam mirar com tanta segurança quanto com pistolas de tiro. Assim armado, o conde tinha a vida de cinco homens em suas mãos.

Eram cerca de nove e meia; o conde e Ali comeram às pressas um pedaço de pão e beberam um copo de vinho espanhol. Em seguida Monte Cristo deslocou um daqueles painéis móveis que lhe permitiam ver de um cômodo para o outro. Tinha as pistolas e a carabina ao seu alcance, e Ali, de pé ao lado dele, empunhava uma dessas machadinhas árabes que não mudaram de forma desde as Cruzadas.

Por uma das janelas do quarto de dormir, paralela à do quarto de vestir, o conde podia ver a rua.

Duas horas assim se passaram. Reinava a mais profunda escuridão e, no entanto, Ali, graças à sua natureza selvagem, e o conde, graças sem dúvida a uma qualidade adquirida, distinguiam na noite até as menores oscilações das árvores do pátio.

Havia muito tempo que a luzinha da guarita do porteiro se apagara.

Era de presumir que o ataque, se realmente havia um ataque planejado, aconteceria pela escada do térreo e não por uma janela. No entender de Monte Cristo, os malfeitores queriam sua vida e não seu dinheiro. Portanto, seria seu quarto de dormir que atacariam, e chegariam lá pela escada secreta ou pela janela do quarto de vestir.

Colocou Ali diante da porta da escada e continuou a vigiar o quarto de vestir.

Deram onze horas e três quartos no relógio dos Invalides. O vento oeste trazia em suas lufadas úmidas a lúgubre vibração das três pancadas.

Quando o som da última pancada se extinguiu, o conde pensou ter ouvido um leve ruído vindo do lado do quarto de vestir. Esse primeiro ruído, ou melhor, esse primeiro rangido, foi seguido por um segundo, depois por um terceiro; no quarto, o conde sabia o que esperar. Uma mão firme e experiente cortava os quatro lados de uma das vidraças com um diamante.

O conde sentiu seu coração bater mais rápido. Por mais calejados que os homens estejam ao perigo, por mais avisados do risco, eles compreendem sempre, pela palpitação do coração e pelo estremecimento da carne, a enorme diferença que existe entre o sonho e a realidade, entre o plano e a execução.

No entanto, Monte Cristo fez apenas um sinal para avisar Ali. Este, compreendendo que o perigo vinha do lado do quarto de vestir, deu um passo para se aproximar de seu patrão.

Monte Cristo estava ansioso para saber com quais inimigos estava lidando e quantos eles eram.

A janela onde trabalhavam ficava em frente ao vão através do qual o conde mergulhava o olhar no quarto de vestir. Então seus olhos se fixaram naquela janela: ele viu uma sombra desenhar-se mais densa na escuridão; depois uma das vidraças ficou completamente opaca, como se uma folha de papel tivesse sido colada sobre ela por fora; finalmente a vidraça estalou sem cair. Pelo buraco passou um braço, que procurou a maçaneta; um segundo depois, a janela girou sobre as dobradiças e um homem entrou.

O homem estava sozinho.

– Aí está um malandro atrevido! – murmurou o conde.

Nesse momento sentiu Ali tocar suavemente em seu ombro. Voltou-se: Ali apontava para a janela do quarto onde estavam, que dava para a rua.

Monte Cristo deu três passos em direção a essa janela; conhecia a extraordinária delicadeza dos sentidos do fiel servidor. Com efeito, viu outro homem se afastar de uma porta e que, subindo em um pequeno poste, parecia procurar ver o que estava acontecendo na casa do conde.

– Bom, são dois – disse. – Um age e o outro espreita.

Fez sinal para Ali não tirar os olhos do homem da rua e voltou àquele do quarto de vestir.

O cortador de vidraças entrara e se orientava com os braços esticados para a frente.

Finalmente, pareceu ter identificado todas as coisas. Havia duas portas no quarto de vestir, ele foi fechar os ferrolhos de ambas.

Quando se aproximou da porta do quarto de dormir, Monte Cristo julgou que ele entraria e preparou uma de suas pistolas; mas ouviu simplesmente o ruído dos ferrolhos deslizando em seus anéis de cobre. Era uma precaução, apenas isso: o visitante noturno, ignorando que o conde tomara o cuidado de retirar os trincos, podia dali em diante julgar-se em segurança e agir com toda a tranquilidade.

Sozinho e com liberdade de movimento, o homem tirou então de seu grande bolso alguma coisa que o conde não conseguiu distinguir, colocou essa coisa sobre uma mesinha de centro e foi direto para a escrivaninha, apalpou-a no lugar da fechadura e percebeu que, contrariando suas expectativas, a chave não estava lá.

Mas o quebrador de vidraças era um homem precavido e previra tudo. O conde logo ouviu o ruído do atrito do ferro contra o ferro, produzido, quando é manipulado, pelo molho de chaves mestras que os chaveiros trazem quando são chamados para abrir uma porta, às quais os ladrões chamam de "rouxinóis", sem dúvida devido ao prazer que sentem ao ouvir seu canto noturno, quando rangem contra a lingueta da fechadura.

– Ahá! – murmurou Monte Cristo com um sorriso de desapontamento. – É apenas um ladrão.

Mas o homem, no escuro, não conseguia escolher a ferramenta adequada. Recorreu então ao objeto que deixara sobre a mesinha de centro. Acionou uma mola e imediatamente uma luz pálida, mas suficientemente viva para que se pudesse enxergar, enviou seu reflexo dourado sobre as mãos e o rosto desse homem.

– Caramba! – fez Monte Cristo de repente, recuando num movimento de surpresa, é...

Ali ergueu a machadinha.

– Não se mexa – disse-lhe Monte Cristo em voz baixa. – E largue sua machadinha, não precisamos mais de armas aqui.

Em seguida, acrescentou algumas palavras, falando ainda mais baixo, pois sua exclamação, por mais abafada que fosse, arrancada ao conde pela surpresa, bastara para fazer estremecer o homem, que permanecera na pose do antigo amolador de faca. Era uma ordem que o conde acabava de dar, pois Ali afastou-se imediatamente na ponta dos pés e tirou da parede da alcova uma roupa preta e um chapéu triangular. Enquanto isso, Monte Cristo tirava rapidamente a sobrecasaca, o colete e a camisa. Graças ao raio de luz que entrava pela fresta do painel era possível reconhecer no peito do conde uma daquelas cotas finas e flexíveis de malha de aço, a última das quais, nessa França onde já não se temiam os punhais, fora talvez usada pelo rei Luís XVI, que temia ser ferido no peito e acabou golpeado por um machado na cabeça.

Esta cota logo desapareceu sob uma longa sotaina, assim como os cabelos do conde sob uma peruca tonsurada. O chapéu triangular, colocado sobre a peruca, completou a transformação do conde em abade.

Enquanto isso, o homem, não ouvindo mais nada, se levantara e, enquanto Monte Cristo operava sua metamorfose, fora direto para a escrivaninha, cuja fechadura começava a ranger com a ação do seu "rouxinol".

– Bom – murmurou o conde, que provavelmente se fiava em algum segredo de chaveiro que o arrombador, por mais habilidoso que fosse, devia desconhecer. – Bom! Tem mais alguns minutos. E foi até a janela.

O homem que ele vira subir num pequeno poste descera dele e continuava a andar pela rua. Mas, coisa singular, em vez de se preocupar com quem pudesse vir, seja pela avenida dos Champs-Élysées, seja pelo *Faubourg* Saint-Honoré, parecia preocupado apenas com o que acontecia na casa do conde, e todos os seus movimentos tinham a finalidade de ver o que se passava no quarto de vestir.

Subitamente Monte Cristo bateu na testa e deixou errar pelos lábios entreabertos uma risada silenciosa.

Depois, aproximando-se de Ali, sussurrou:

– Fique aqui, escondido no escuro, e seja qual for o barulho que ouvir, aconteça o que for, não entre e não se mostre a não ser que eu lhe chame pelo nome.

Ali fez sinal com a cabeça de que compreendera e obedeceria.

Então Monte Cristo pegou num armário uma vela já acesa e, no momento em que o ladrão estava mais ocupado com a fechadura, abriu lentamente a porta, tendo o cuidado de fazer com que a luz que segurava na mão batesse em cheio em seu rosto.

A porta abriu-se tão lentamente que o ladrão não ouviu seu ruído. Mas, para sua grande surpresa, viu de repente o quarto iluminar-se.

Voltou-se.

– Olá! Boa noite, caro senhor Caderousse! – disse Monte Cristo. – Que diabos está fazendo aqui a uma hora dessas?

– O abade Busoni! – gritou Caderousse.

E, não sabendo como aquela estranha aparição viera até ele, uma vez que fechara as portas, deixou cair o molho de chaves falsas e ficou imóvel, como que fulminado de espanto.

O conde foi se colocar entre Caderousse e a janela, obstruindo dessa forma, para o ladrão aterrorizado, sua única possibilidade de evasão.

– O abade Busoni! – repetiu Caderousse, fitando o conde com olhos esbugalhados.

– Muito bem! Sem dúvida, o abade Busoni em pessoa – retomou Monte Cristo –, e muito me alegra que tenha me reconhecido, meu caro senhor Caderousse. Isso prova que temos boa memória, pois, se não me engano, lá se vão dez anos que não nos vemos.

Essa calma, essa ironia e essa força provocaram no espírito de Caderousse um terror vertiginoso.

– O abade! O abade! – murmurou, crispando os punhos e batendo os dentes.

– Quer dizer que queremos roubar o conde de Monte Cristo? – continuou o suposto abade.

– Senhor abade – murmurou Caderousse, tentando alcançar a janela que o conde lhe interceptava impiedosamente –, senhor abade, não sei... Peço-lhe que acredite... juro...

– Uma vidraça cortada – continuou o conde –, uma lamparina fosca, um molho de "rouxinóis", uma escrivaninha meio arrombada, está claro...

Caderousse sentia a gravata estrangulá-lo, procurava um canto onde se esconder, um buraco por onde sumir.

– Ora – disse o conde –, vejo que continua o mesmo, senhor assassino.

– Senhor abade, uma vez que sabe tudo, sabe que não fui eu, que foi a Carconte. Isso foi reconhecido no processo, tanto é que só me condenaram às galés.

— Então mal acabou de cumprir sua pena e já o encontro em vias de voltar para lá?

— Não, senhor abade, fui libertado por alguém.

— Esse alguém prestou um maravilhoso favor à sociedade.

— Ah! — disse Caderousse. — Mas eu prometi...

— Então fugiu da prisão? — interrompeu Monte Cristo.

— Infelizmente, sim — fez Caderousse, muito inquieto.

— Péssima reincidência... Isso irá levá-lo, se não me engano, à Place de Grève[8]. Tanto pior, tanto pior, *diavolo*!, como dizem os mundanos do meu país.

— Abade, cedi a um impulso...

— Todos os criminosos dizem isso.

— A necessidade...

— Deixe disso — disse Busoni com desdém —, a necessidade pode levar alguém a pedir esmola, a roubar um pão na porta de um padeiro, mas não a vir arrombar uma escrivaninha numa casa que julga desabitada. E quando o joalheiro Joannès contava os quarenta e quarenta e cinco mil francos em troca do diamante que lhe dei e o senhor o matou para ficar com o diamante e o dinheiro, também foi por necessidade?

— Perdão, senhor abade — disse Caderousse —, o senhor já me salvou uma vez, salve-me uma segunda.

— Isso não me estimula.

— Está sozinho, senhor abade? — perguntou Caderousse, juntando as mãos. — Ou está com guardas prontos para me prender?

— Estou sozinho — respondeu o abade —, e terei mais uma vez piedade do senhor e o deixarei partir, ainda que correndo o risco de novas desgraças provocadas pela minha fraqueza, se me contar toda a verdade.

— Ah, senhor abade! — exclamou Caderousse, juntando as mãos e dando um passo na direção de Monte Cristo. — Posso muito bem dizer que o senhor é o meu salvador.

---

[8] Entre o início do século XIV até 1832 a Place de Grève, atual Place de l'Hôtel de Ville, foi um lugar de execuções e suplícios públicos. (N.T.)

– Está querendo dizer que foi libertado da prisão?
– Oh, palavra de Caderousse, senhor abade!
– Quem foi?
– Um inglês.
– Como se chamava?
– Lorde Wilmore.
– Conheço-o. Portanto, saberei se está mentindo.
– Senhor abade, digo a pura verdade.
– Então esse inglês o protegia?
– Não a mim, mas a um jovem corso que era meu companheiro de grilhão.
– Como se chamava esse jovem corso?
– Benedetto.
– Isso é um nome de batismo?
– Ele não tinha outro; era um enjeitado.
– Então esse rapaz fugiu com o senhor?
– Sim.
– Como?
– Trabalhávamos em Saint-Mandrier, perto de Toulon. Conhece Saint-Mandrier?
– Conheço.
– Pois bem! Enquanto dormíamos, do meio-dia à uma hora...
– Condenados a trabalhos forçados fazendo a sesta! Esses rapazes deveriam ser denunciados! – exclamou o abade.
– Que diabo! – exclamou Caderousse. – Não se pode estar sempre trabalhando, não somos cachorros.
– Felizmente para os cachorros – disse Monte Cristo.
– Enquanto os outros faziam a sesta, afastamo-nos um pouquinho, serramos os ferros com uma lima que o inglês conseguira nos passar e fugimos a nado.
– E o que foi feito desse Benedetto?
– Não sei de nada.

– Mas devia saber.

– Não sei, na verdade. Separamo-nos em Hyères.

E para dar mais peso à sua afirmação, Caderousse avançou mais um passo na direção do abade, que permaneceu imóvel em seu lugar, sempre calmo e questionador.

– Está mentindo! – afirmou o abade Busoni, num tom de irresistível autoridade.

– Oh, senhor abade!

– Está mentindo! Esse homem ainda é seu amigo e talvez o senhor o use como cúmplice.

– Oh, senhor abade!

– Desde que deixou Toulon, como sobreviveu? Responda...

– Como pude.

– Está mentindo! – retomou o abade pela terceira vez, com um tom ainda mais imperativo.

Aterrorizado, Caderousse olhou para o conde.

– O senhor sobreviveu – prosseguiu o abade –, com o dinheiro que ele lhe deu.

– Pois bem, é verdade – admitiu Caderousse. – Benedetto tornou-se filho de um grande senhor.

– Como pode ser filho de um grande senhor?

– Filho natural.

– E como se chama esse grande senhor?

– O conde de Monte Cristo, o mesmo na casa de quem estamos.

– Benedetto, filho do conde? – retomou Monte Cristo, surpreso por sua vez.

– Diabo! Assim deve ser, porque o conde arranjou-lhe um falso pai, porque o conde dá-lhe quatro mil francos por mês e deixa-lhe quinhentos mil francos em testamento.

– Ahá! – fez o falso abade, que começava a compreender. – E que nome usa, enquanto isso, esse rapaz?

– Chama-se Andrea Cavalcanti.

– Então é esse rapaz que meu amigo conde de Monte Cristo recebe em sua casa e que vai se casar com a senhorita Danglars?

– Exatamente.

– E o senhor admite uma coisa dessas, miserável! O senhor, que conhece sua vida e sua ignomínia?

– Por que haveria eu de impedir o sucesso de um camarada? – perguntou Caderousse.

– Está certo, não cabe ao senhor avisar o senhor Danglars, cabe a mim.

– Não faça isso, senhor abade!

– E por quê?

– Porque nos faria perder o nosso pão!

– E acha que, para conservar o pão de miseráveis como vocês, me rebaixaria a ser o protetor de seus estratagemas, cúmplice de seus crimes?

– Senhor abade! – exclamou Caderousse, aproximando-se mais.

– Direi tudo.

– A quem?

– Ao senhor Danglars.

– Raios! – gritou Caderousse, puxando uma faca já aberta de seu colete e atingindo o conde no meio do peito. – O senhor não dirá nada, abade!

Para grande espanto de Caderousse, o punhal, em vez de penetrar no peito do conde, entortou.

Ao mesmo tempo, o conde agarrou o pulso do assassino com a mão esquerda e torceu-o com tanta força que a faca caiu de seus dedos endurecidos e Caderousse soltou um grito de dor.

Mas o conde, sem que o grito o detivesse, continuou a torcer o pulso do bandido até que, com o braço deslocado, este caiu primeiro de joelhos, depois de cara no chão.

O conde pôs-lhe o pé na cabeça e disse:

– Não sei o que me impede de rachar seu crânio, celerado!

– Piedade, piedade! – implorou Caderousse.

O conde retirou o pé.

– Levante-se! – ordenou-lhe.

Caderousse se levantou.

– Meu Deus! Que punho o senhor tem, senhor abade! – disse Caderousse, acariciando o braço todo machucado pelas tenazes de carne que o tinham apertado. – Meu Deus, que punho!

– Silêncio! Deus me dá a força para domar uma besta feroz como você. É em nome desse Deus que ajo. Lembre-se disso, miserável, e poupá-lo neste momento ainda é servir aos desígnios de Deus.

– Ufa! – fez Caderousse, todo dolorido.

– Pegue esta pena e este papel e escreva o que vou ditar.

– Não sei escrever, senhor abade.

– Está mentindo; pegue esta pena e escreva!

Subjugado por aquele poder superior, sentou-se e escreveu:

"Senhor, o homem que recebe em sua casa e a quem destina sua filha é um ex-condenado a trabalhos forçados, que fugiu comigo da prisão de Toulon; ele usava o número 59 e eu, o número 58.

Ele se chamava Benedetto, mas ele próprio ignora seu verdadeiro nome, nunca tendo conhecido seus pais."

– Assine! – continuou o conde.

– Mas quer me aniquilar?

– Se eu quisesse aniquilá-lo, idiota, o arrastaria até a primeira casa de guarda. Além disso, na hora em que seu bilhete chegar ao seu destino, é provável que você não tenha mais nada a temer; portanto, assine.

Caderousse assinou.

– O endereço: *Ao senhor barão Danglars, banqueiro, Rue de la Chaussée--d'Antin.*

Caderousse escreveu o endereço. O abade pegou o bilhete.

– Agora – disse –, está tudo certo, vá embora.

– Por onde?

– Por onde veio.

– Quer que eu saia por essa janela?

– Você entrou por ela.

– Está tramando alguma coisa contra mim, senhor abade?

– Imbecil, o que posso estar tramando?
– Por que não abre a porta para mim?
– Para que acordar o porteiro?
– Senhor abade, diga que não quer a minha morte.
– Quero o que Deus quiser.
– Mas jure que não me atacará enquanto eu descer.
– Tolo e covarde é o que você é!
– O que quer fazer de mim?
– Eu é que pergunto. Tentei fazer de você um homem feliz e fiz apenas um assassino!
– Senhor abade – disse Caderousse, – tente uma última vez.
– Pois bem! – disse o conde. – Escute, sabe que sou um homem de palavra?
– Sim – assentiu Caderousse.
– Se você chegar em casa são e salvo...
– Não sendo o senhor, o que tenho a temer?
– Se chegar em casa são e salvo, saia de Paris, saia da França e, onde quer que esteja, desde que se comporte honestamente, lhe farei chegar uma pequena pensão. Porque se chegar em casa são e salvo, então...
– Então? – perguntou Caderousse, estremecendo.
– Então acreditarei que Deus o perdoou e eu lhe perdoarei também.
– Tão certo como eu ser cristão – balbuciou Caderousse, recuando –, o senhor me faz morrer de medo!
– Vamos, saia! – ordenou o conde, apontando a janela para Caderousse.

Ainda não totalmente tranquilizado pela promessa, Caderousse passou a perna pela janela e pôs o pé na escada.

Então parou, tremendo.

– Agora desça – disse o abade, cruzando os braços.

Caderousse começou a compreender que não tinha nada a temer daquele lado e desceu.

Então o conde aproximou-se com a vela, de modo que fosse possível distinguir dos Champs-Elysées aquele homem que descia por uma janela iluminado por outro homem.

– O que está fazendo, senhor abade? – perguntou Caderousse. – Se passar uma patrulha...

E apagou a vela.

Depois continuou a descer: mas só quando sentiu o chão do jardim sob seus pés foi que se acalmou totalmente.

Monte Cristo voltou para seu quarto de dormir e, dando uma rápida olhadela do jardim para a rua, viu primeiro Caderousse que, depois de ter descido, fazia um desvio no jardim e ia colocar sua escada na extremidade do muro, para sair por um local diferente daquele por onde entrara. Depois, passando do jardim para a rua, viu o homem que parecia esperar correr paralelamente pela rua e postar-se atrás da esquina perto da qual Caderousse iria descer.

Caderousse subiu lentamente a escada e, quando chegou aos últimos degraus, passou a cabeça por cima do espigão para certificar-se de que a rua estava deserta.

Não se via ninguém, não se ouvia nenhum ruído. O relógio dos Invalides deu uma hora.

Então Caderousse pôs uma perna de cada lado do muro e, puxando a escada em sua direção, passou-a por cima do muro e em seguida tratou de descer, ou melhor, deixou-se escorregar ao longo dos dois apoios, manobra que executou com uma desenvoltura que comprovava o quanto estava habituado àquele exercício.

Mas, uma vez lançado no declive, não conseguiu parar. Em vão percebeu um homem se projetar na sombra quando estava na metade do caminho; em vão percebeu um braço erguer-se no momento em que tocava o chão. Antes que pudesse se defender, aquele braço o atingiu tão furiosamente nas costas que soltou a escada gritando:

– Socorro!

Um segundo golpe o atingiu quase imediatamente no flanco, e ele caiu gritando:

– Assassino!

Por fim, enquanto rolava no chão, seu adversário o agarrou pelos cabelos e lhe desferiu um terceiro golpe no peito.

Desta vez, Caderousse ainda quis gritar, mas só conseguiu soltar um gemido, fazendo correr, enquanto soluçava, os três jorros de sangue que lhe saíam dos três ferimentos.

Vendo que ele já não gritava, o assassino levantou-lhe a cabeça pelos cabelos. Caderousse tinha os olhos fechados e a boca retorcida. O assassino julgou-o morto, deixou a cabeça cair e desapareceu.

Então Caderousse, ao perceber que ele se afastava, apoiou-se no cotovelo e, com uma voz moribunda, gritou num esforço supremo:

– Peguem o assassino! Estou morrendo! Socorro, senhor abade, socorro!

Esse lúgubre apelo atravessou a escuridão da noite. A porta da escada secreta se abriu, depois o pequeno portão do jardim, e Ali e seu patrão acorreram com luzes.

A MÃO DE DEUS

Caderousse continuava a gritar com uma voz lamentosa:
– Senhor abade, socorro! Socorro!
– O que aconteceu? – perguntou Monte Cristo.
– Ajude-me! – repetiu Caderousse. – Fui esfaqueado!
– Estamos aqui! Coragem!
– Ah, é o fim! Chegaram tarde demais; chegaram para me ver morrer. Que golpes! Quanto sangue!
E desmaiou.

Ali e seu patrão pegaram o ferido e o carregaram para um quarto. Lá chegando, Monte Cristo fez sinal para que Ali o despisse e examinou seus três terríveis ferimentos.

– Meu Deus! – disse. – sua vingança às vezes se faz esperar, mas creio que nunca desceu do céu mais completa do que agora.

Ali olhou para o patrão como se lhe perguntasse o que fazer.

– Vá chamar o senhor Villefort, procurador do rei, que mora no *Faubourg* Saint-Honoré, e traga-o aqui. De passagem, acorde o porteiro e diga-lhe que vá chamar um médico.

Ali obedeceu e deixou o falso abade a sós com Caderousse, ainda desmaiado.

Quando o infeliz abriu os olhos, o conde, sentado a alguns passos dele, observava-o com uma sombria expressão de piedade, e seus lábios, que se agitavam, pareciam murmurar uma prece.

– Um cirurgião, senhor abade, um cirurgião! – pediu Caderousse.

– Foram buscar um – respondeu o abade.

– Sei muito bem que é inútil, quanto a salvar-me a vida, mas talvez me possa dar forças e quero ter tempo de fazer uma declaração.

– Sobre o quê?

– Sobre o meu assassino.

– Então você o conhece?

– Se o conheço! Claro que o conheço, é Benedetto.

– O jovem corso?

– Ele mesmo.

– Seu companheiro?

– Sim. Depois de me dar a planta da casa do conde, sem dúvida esperando que eu o matasse e assim ele se tornasse seu herdeiro, ou que o conde me matasse e assim se livrasse de mim, ele me esperou na rua e me esfaqueou.

– Ao mesmo tempo em que mandei chamar o médico, também mandei chamar o procurador do rei.

– Ele chegará tarde demais, ele chegará tarde demais – disse Caderousse – sinto que estou perdendo todo o meu sangue.

– Espere – disse Monte Cristo.

Saiu e voltou cinco minutos depois com um frasco.

Os olhos do moribundo, assustadores pela fixidez, não tinham, em sua ausência, desgrudado da porta pela qual adivinhava instintivamente que um socorro lhe chegaria.

– Depressa, senhor abade, depressa – disse –, sinto que vou desmaiar outra vez.

Monte Cristo aproximou-se e despejou nos lábios roxos do ferido três ou quatro gotas da bebida que o frasco continha.

Caderousse deu um suspiro.

– Oh, é a vida que o senhor me dá! Mais... mais...

– Duas gotas mais o matariam – respondeu o abade.

– Oh, que venha alguém a quem eu possa denunciar o miserável!

– Quer que eu escreva sua declaração? O senhor a assinará.

– Sim... sim... – disse Caderousse, cujos olhos brilhavam com a ideia daquela vingança póstuma.

Monte Cristo escreveu:

Morro assassinado pelo corso Benedetto, meu companheiro de grilhão em Toulon, sob o nº 59.

– Rápido, rápido – disse Caderousse. – Não conseguirei mais assinar.

Monte Cristo apresentou a pena a Caderousse, que reuniu forças, assinou e voltou a cair na cama, dizendo:

– O senhor contará o resto, senhor abade. Dirá que se faz passar por Andrea Cavalcanti, que se hospeda no Hôtel des Princes, que... Ah! Ah! Meu Deus! Meu Deus! Estou morrendo!

E Caderousse desmaiou pela segunda vez.

O abade o fez respirar o conteúdo do frasco; o ferido abriu os olhos. Seu desejo de vingança não o abandonara durante o desmaio.

– Ah! O senhor dirá tudo isso, não é, senhor abade?

– Sim, tudo isso e muitas coisas mais.

– O que dirá?

– Direi que ele sem dúvida lhe deu a planta desta casa na esperança de que o conde o matasse. Direi que avisou o conde por meio de um bilhete. Direi que, estando o conde ausente, fui eu que recebi o bilhete e que permaneci em vigília para esperá-lo.

– E ele será guilhotinado, não é? – perguntou Caderousse. – Será guilhotinado, o senhor me promete? Vou morrer com essa esperança, isso vai me ajudar a morrer.

– Direi – continuou o conde – que ele veio atrás do senhor, que ele o espreitou o tempo todo; que quando o viu sair, correu para o canto do muro e se escondeu.

– Então o senhor viu tudo isso?

– Lembre-se de minhas palavras: "Se você voltar para casa são e salvo, acreditarei que Deus o perdoou e o perdoarei também".

– E não me avisou? – gritou Caderousse, tentando se levantar apoiado sobre o cotovelo. – O senhor sabia que eu seria morto ao sair daqui e não me avisou?

– Não, porque na mão de Benedetto vi a justiça de Deus e julgaria cometer um sacrilégio opondo-me às intenções da Providência.

– A justiça de Deus! Nem me fale, senhor abade. Se houvesse uma justiça de Deus, sabe melhor do que ninguém que há pessoas que seriam castigadas e que não o são.

– Paciência! – disse o abade num tom que fez estremecer o moribundo! – Paciência!

Caderousse olhou-o com espanto.

– E depois – prosseguiu o abade –, Deus é cheio de misericórdia para com todos, como foi para com você. É pai antes de ser juiz.

– Ah! Então o senhor acredita em Deus? – perguntou Caderousse.

– Se tivesse a infelicidade de não ter acreditado nele até agora – disse Monte Cristo –, acreditaria ao ver você.

Caderousse ergueu os punhos crispados ao céu.

– Escute – disse o abade –, estendendo as mãos sobre o ferido como se quisesse impor-lhe a fé –, eis o que ele fez por você, esse Deus que você se recusa a reconhecer em seu último momento: ele lhe deu saúde, força, um trabalho garantido, até amigos, a vida, enfim, tal como se deve apresentar ao homem para ser agradável, com a serenidade da consciência e a satisfação dos desejos naturais. Em vez de tirar proveito dessas dádivas do Senhor, tão raramente concedidas por ele em sua plenitude, eis o que você fez: entregou-se aos caprichos, à embriaguez, e na embriaguez traiu um de seus melhores amigos.

– Socorro! – gritou Caderousse. – Não preciso de um padre, mas de um médico. Talvez não esteja ferido mortalmente, talvez não morra ainda, talvez possam me salvar!

– Você está tão mortalmente ferido que, sem as três gotas da bebida que lhe dei há pouco, já teria expirado. Então escute!

– Ah – murmurou Caderousse –, que padre estranho o senhor é, que desespera os moribundos em vez de consolá-los!

– Escute – continuou o abade. – Quando você traiu seu amigo, Deus começou não por castigá-lo, mas por avisá-lo. Você caiu na miséria e teve fome; passou a invejar a metade de uma vida que poderia ter levado, e já pensava no crime ao dar a si mesmo a desculpa da necessidade quando Deus fez um milagre para você; quando Deus, pelas minhas mãos, enviou ao seio da sua miséria uma fortuna, exuberante para você, desgraçado, que nunca possuíra nada. Mas essa fortuna inesperada, imprevista, inaudita, não lhe bastou mais a partir do momento em que você a possuiu. Quis duplicá-la. Por que meio? Com um assassinato. Você a duplica e então Deus a tira de você, conduzindo-o perante a justiça humana.

– Não fui eu – disse Caderousse –, que quis matar o judeu, foi a Carconte.

– Sim – disse Monte Cristo. – Por isso Deus sempre, não direi justo desta vez, pois sua justiça teria lhe dado a morte, mas Deus, sempre misericordioso, permitiu que seus juízes fossem tocados pelas suas palavras e lhe poupassem a vida.

– Ora essa! Para depois me mandar para a prisão perpétua. Que bela dádiva!

– Essa dádiva, desgraçado, você a considerou como tal quando lhe foi concedida. Seu coração covarde, que tremia diante da morte, pulou de alegria ao anúncio de uma vergonha perpétua, pois você disse a si mesmo, como todos os condenados: "Há uma porta na prisão, não há nenhuma num túmulo." E você tinha razão, porque a porta da prisão se abriu para você de maneira inesperada: um inglês visita Toulon, ele havia feito a promessa de tirar dois homens da infâmia: a escolha dele recai em você e em seu companheiro. Uma segunda fortuna cai para você do céu, você recupera ao mesmo tempo o dinheiro e a tranquilidade, pode recomeçar a viver a vida de todos os homens, você que fora condenado a viver a dos condenados a trabalhos forçados. Então, miserável, você se atreve a tentar

Deus pela terceira vez. "Não tenho o suficiente", você diz, quando tinha mais do que jamais tivera, e comete um terceiro crime, sem razão, sem desculpa. Deus se cansou. Deus o castigou.

Caderousse se enfraquecia a olhos vistos.

– Quero beber – disse. – Tenho sede... estou ardendo!

Monte Cristo deu-lhe um copo d'água.

– Esse celerado do Benedetto – disse Caderousse, devolvendo o copo –, ele escapará, apesar de tudo!

– Ninguém escapará, sou eu que lhe digo, Caderousse... Benedetto será castigado!

– Então o senhor também será castigado – disse Caderousse –, porque não cumpriu seu dever de sacerdote... Deveria ter impedido Benedetto de me matar.

– Eu – disse o conde com um sorriso que gelou de terror o moribundo –, eu impedir Benedetto de matá-lo quando você acabava de entortar sua faca na cota de malha que me cobria o peito?... Sim, se o tivesse encontrado humilde e arrependido, talvez tivesse impedido Benedetto de matá-lo, mas encontrei-o orgulhoso e sanguinário e deixei que a vontade de Deus fosse feita!

– Não acredito em Deus! – bradou Caderousse. – E você também não acredita... está mentindo... está mentindo!...

– Cale-se – disse o abade –, porque está fazendo jorrar do seu corpo as últimas gotas de sangue... Ah, não acredita em Deus e morre ferido por Deus!... Ah, não acredita em Deus, e Deus que, no entanto, pede apenas uma prece, uma palavra, uma lágrima para perdoar... Deus que poderia dirigir o punhal do assassino de maneira que você morresse imediatamente... Deus lhe deu quinze minutos para se arrepender... Caia em si, desgraçado, e arrependa-se!

– Não – disse Caderousse –, não me arrependo. – Deus não existe, a Providência não existe, existe apenas o acaso.

– Existe uma Providência, existe um Deus – disse Monte Cristo –, e a prova é que você jaz aí desesperado, negando a Deus, e eu estou de pé diante de você, rico, feliz, são e salvo, de mãos postas diante desse Deus no qual você tenta não acreditar e no qual, entretanto, acredita no fundo do coração.

– Mas então quem é o senhor? – perguntou Caderousse, fixando seus olhos moribundos no conde.

– Olhe bem para mim! – disse Monte Cristo, pegando a vela e aproximando-a do rosto.

– Bem! O abade... O abade Busoni...

Monte Cristo tirou a peruca que o desfigurava e deixou cair os belos cabelos negros que emolduravam seu rosto pálido de maneira tão harmoniosa.

– Oh! – exclamou Caderousse, aterrorizado –, se não fosse por esses cabelos negros, eu diria que o senhor é o inglês, eu diria que o senhor é Lorde Wilmore.

– Não sou o abade Busoni nem Lorde Wilmore – disse Monte Cristo. – Olhe bem, olhe mais longe, olhe para as suas primeiras recordações.

Havia nessas palavras do conde uma vibração magnética que reavivou os sentidos exaustos do miserável pela última vez.

– Oh, de fato – disse ele –, parece-me que já o vi, que já o conheci em outros tempos.

– Sim, Caderousse, sim, você me viu, sim, você me conheceu.

– Mas afinal quem é o senhor? E por que, se me viu, se me conheceu, por que me deixa morrer?

– Porque nada pode salvá-lo, Caderousse, porque seus ferimentos são mortais. Se pudesse ser salvo, eu teria visto nisso uma última misericórdia do Senhor, e ainda teria tentado, juro pelo túmulo do meu pai, devolvê-lo à vida e ao arrependimento.

– Pelo túmulo do seu pai! – disse Caderousse, reanimado por uma suprema centelha e erguendo-se para ver mais de perto o homem que acabava de lhe fazer aquele juramento sagrado para todos os homens. – Quem é você, afinal?

O conde não havia deixado de acompanhar o progresso da agonia. Compreendeu que aquele ímpeto de vida era o último. Aproximou-se do moribundo e, cobrindo-o com um olhar calmo e triste ao mesmo tempo, disse-lhe no ouvido:

– Eu sou... Eu sou...

E seus lábios, entreabertos, deram passagem a um nome pronunciado tão baixo que o próprio conde parecia temer ouvi-lo.

Caderousse, que se erguera nos joelhos, estendeu os braços, fez um esforço para recuar, depois juntou as mãos e ergueu-as com extrema dificuldade:

– Oh, meu Deus! Meu Deus! Perdão por tê-lo renegado. Tu existes e és realmente o pai dos homens no céu e o juiz dos homens na terra. Meu Deus, Senhor, ignorei-te durante tanto tempo! Meu Deus, Senhor, perdoa-me! Meu Deus, Senhor, recebe-me!

E Caderousse, fechando os olhos, caiu para trás, com um último grito e um último suspiro.

O sangue estancou imediatamente nos lábios de seus enormes ferimentos. Estava morto.

– Um! – exclamou misteriosamente o conde, com os olhos fixos no cadáver já desfigurado por aquela morte horrível.

Dez minutos depois chegaram o médico e o procurador do rei, trazidos um pelo porteiro e o outro por Ali, e foram recebidos pelo abade Busoni, que rezava junto ao morto.

Beauchamp

Durante quinze dias, não se falou de outra coisa em Paris a não ser daquela tentativa de roubo tão audaciosa na casa do conde. O moribundo assinara uma declaração que apontava Benedetto como seu assassino. A polícia foi exortada a lançar todos os seus agentes no rastro do assassino.

A faca de Caderousse, a lamparina fosca, o molho de chaves e as roupas, com exceção do colete, que não foi encontrado, foram depositados na secretaria do tribunal; o corpo foi levado para o necrotério.

A todos o conde respondia que a aventura acontecera enquanto ele estava em sua casa de Auteuil, e que, portanto, sabia apenas o que o abade Busoni lhe dissera, o qual, naquela ocasião, pelo maior dos acasos, lhe pedira para passar a noite em sua casa para consultar alguns livros preciosos em sua biblioteca.

Só Bertuccio empalidecia todas as vezes que o nome de Benedetto era pronunciado em sua presença; mas não havia nenhum motivo para que alguém percebesse a palidez de Bertuccio.

Chamado para constatar o crime, Villefort reclamara o caso e conduzia a investigação com aquele ardor apaixonado que colocava em todas as causas criminais em que era chamado a se manifestar.

Mas três semanas já tinham passado sem que as investigações mais ativas tivessem trazido qualquer resultado, e a sociedade começava a esquecer da tentativa de roubo na casa do conde e o assassinato do ladrão por seu cúmplice, para se ocupar do casamento próximo da senhorita Danglars com o conde Andrea Cavalcanti.

Mal o casamento foi declarado e o rapaz passou a ser recebido pelo banqueiro como noivo.

Escrevera-se ao senhor Cavalcanti pai, que aprovara o casamento e que, manifestando o maior pesar pelo fato de suas ocupações o impedirem absolutamente de deixar Parma, onde se encontrava, declarava consentir em dar o capital equivalente a cento e cinquenta mil libras de renda.

Ficou acordado que os três milhões seriam depositados no estabelecimento de Danglars, que os investiria. Algumas pessoas ainda tentaram suscitar no rapaz dúvidas a respeito da solidez da posição do seu futuro sogro, que havia algum tempo experimentava reiteradas perdas na Bolsa; mas o jovem, com um desinteresse e uma confiança sublimes, rejeitou todas essas vãs considerações, a respeito das quais teve a delicadeza de não dizer uma única palavra ao barão.

Da mesma forma, o barão adorava o conde Andrea Cavalcanti.

O mesmo não acontecia com a senhorita Eugénie Danglars. Em seu ódio instintivo ao casamento, ela acolhera Andrea como um meio de afastar Morcerf, mas agora que Andrea se aproximava demasiado, começava a sentir uma visível repulsa por ele.

Talvez o barão a tivesse percebido, mas como só podia atribuir essa repulsa a um capricho, fingira nada perceber.

Enquanto isso, o prazo solicitado por Beauchamp estava quase esgotado. Aliás, Morcerf pudera apreciar o valor do conselho de Monte Cristo quando este lhe dissera que deixasse as coisas correrem por si mesmas. Ninguém dera atenção à nota sobre o general nem ninguém se atrevera a reconhecer no oficial que entregara o castelo de Janina o nobre conde que tinha assento na Câmara dos Pares.

Nem por isso Albert se considerava menos insultado, pois a intenção da ofensa estava clara nas poucas linhas que o tinham magoado. Além disso, a maneira como Beauchamp terminara a conversa deixara uma lembrança amarga em seu coração. Acariciava, portanto, no espírito a ideia daquele duelo, cuja causa real esperava, se Beauchamp se dispusesse a isso, esconder até mesmo das suas testemunhas.

Quanto a Beauchamp, não fora visto desde o dia da visita que Albert lhe fizera. A todos que perguntavam por ele, respondia que se ausentara para uma viagem alguns dias.

Onde estava? Ninguém sabia.

Certa manhã, Albert foi acordado por seu criado de quarto, que lhe anunciou Beauchamp.

Albert esfregou os olhos, ordenou que fizessem Beauchamp esperar no pequeno *fumoir* do térreo, vestiu-se rapidamente e desceu.

Encontrou Beauchamp andando de um lado para o outro. Ao vê-lo, Beauchamp parou.

– Seu procedimento de se apresentar em minha casa espontaneamente, e sem esperar a visita que eu pretendia lhe fazer hoje, parece-me um bom augúrio, senhor – disse Albert. – Vamos, diga logo, devo estender-lhe a mão dizendo: "Beauchamp, admite o erro e continua meu amigo?" Ou devo simplesmente perguntar: "Quais são as suas armas?"

– Albert – disse Beauchamp com uma tristeza que deixou o jovem espantado –, primeiro vamos sentar e conversar.

– Mas me parece, pelo contrário, senhor, que antes de sentar me deve uma resposta.

– Albert – disse o jornalista –, há circunstâncias em que a dificuldade está justamente na resposta.

– Vou facilitá-la para o senhor, repetindo a pergunta: "Quer se retratar, sim ou não?"

– Morcerf, não basta responder sim ou não às perguntas que dizem respeito à honra, à posição social, à vida de um homem como o senhor tenente-general conde de Morcerf, par de França.

– O que se deve fazer então?

– Deve-se fazer o que estou fazendo, Albert, dizer: "O dinheiro, o tempo e o cansaço não são nada quando se trata da reputação e dos interesses de toda uma família"; dizer: "É preciso mais do que probabilidades, são necessárias certezas para aceitar um duelo de morte com um amigo. Se cruzo a espada ou aperto o gatilho de uma pistola contra um homem cuja mão apertei durante três anos, tenho de saber ao menos por que estou fazendo isso, para que chegue no terreno com o coração sereno e a consciência tranquila que um homem necessita quando depende do braço para salvar sua vida.

– Muito bem! Ótimo! – disse Morcerf com impaciência. – O que isso significa?

– Significa que acabo de chegar de Janina.

– De Janina? O senhor?

– Sim, eu.

– Impossível!

– Meu caro Albert, aqui está o meu passaporte. Observe os vistos: Genebra, Milão, Veneza, Trieste, Delvino, Janina. Acredita na polícia de uma república, de um reino e de um império?

Albert lançou os olhos ao passaporte e os reergueu, atônitos, para Beauchamp.

– Esteve então em Janina? – perguntou.

– Albert, se você fosse um estrangeiro, um desconhecido, um simples lorde como esse inglês que veio me pedir satisfações há três ou quatro meses, e que matei para me ver livre dele, você compreende que não teria me dado esse trabalho. Mas achei que lhe devia essa prova de consideração. Levei oito dias para ir e oito para voltar, mais quatro dias de quarentena e quarenta e oito horas de estadia; isso dá exatamente minhas três semanas. Cheguei esta noite e aqui estou.

– Meu Deus, meu Deus! Quantos circunlóquios, Beauchamp, e como demora a me dizer o que espero do senhor!

– É que na verdade, Albert...

– Parece que está hesitando.

– Sim, estou com medo.

– Está com medo de confessar que seu correspondente o enganou! Oh! Nada de amor-próprio, Beauchamp! Confesse, Beauchamp, sua coragem não pode ser posta em dúvida.

– Oh, não é nada disso – murmurou o jornalista –, pelo contrário...

Albert empalideceu horrivelmente. Tentou falar, mas as palavras morreram em seus lábios.

– Meu amigo – disse Beauchamp no tom mais afetuoso –, acredite que ficaria feliz em apresentar-lhe minhas desculpas, e essas desculpas, eu as pediria do fundo do coração; mas infelizmente!...

– Mas quê?

– A notícia estava correta, meu amigo.

– Como? Esse oficial francês...

– Sim.

– Esse Fernand?

– Sim.

– Esse traidor que entregou os castelos do homem a serviço do qual estava...

– Perdoe-me por dizer o que lhe digo, meu amigo: esse homem é seu pai!

Albert fez um movimento furioso para se lançar sobre Beauchamp, mas este o conteve muito mais com o olhar afetuoso do que com a mão estendida.

– Veja, meu amigo – disse, tirando um papel do bolso –, aqui está a prova.

Albert abriu o papel. Era um depoimento de quatro notáveis habitantes de Janina, atestando que o coronel Fernand Mondego, coronel instrutor a serviço do vizir Ali Tebelin, entregara o castelo de Janina em troca de duas mil bolsas.

As assinaturas tinham sido autenticadas pelo cônsul.

Albert cambaleou e caiu esmagado em uma poltrona.

Não havia dúvida alguma dessa vez, o nome da família estava ali com todas as letras.

Assim, depois de um momento de silêncio mudo e doloroso, seu coração dilatou-se, as veias do pescoço saltaram, uma torrente de lágrimas brotou de seus olhos.

Beauchamp, que contemplara com profunda compaixão o jovem cedendo ao paroxismo de dor, aproximou-se dele.

– Albert – disse-lhe –, compreende-me agora, não é? Eu quis ver tudo, julgar tudo por mim mesmo, esperando que a explicação fosse favorável ao seu pai e que eu pudesse fazer-lhe toda a justiça. Mas, pelo contrário, as informações colhidas mostram que esse oficial instrutor, que esse Fernand Mondego, promovido por Ali Paxá ao cargo de general-governador, não é outro senão o conde Fernand de Morcerf. Então voltei, recordando a honra que me dera admitindo-me entre os seus amigos, e corri até você.

Ainda estendido na poltrona, Albert cobria os olhos com as duas mãos, como se quisesse impedir que o dia chegasse até ele.

– Corri até você – prosseguiu Beauchamp – para lhe dizer: Albert, os erros de nossos pais naqueles tempos de ação e reação, não podem atingir os filhos. Albert, muito poucos atravessaram essas revoluções em meio às quais nascemos sem que alguma nódoa de lama ou de sangue tenha manchado seu uniforme de soldado ou sua toga de juiz. Albert, ninguém no mundo, agora que tenho todas as provas, agora que sou senhor do seu segredo, me pode forçar a um combate que sua consciência, tenho certeza, censuraria como um crime. Mas o que você não pode mais exigir de mim, eu venho lhe oferecer. Quer que essas provas, essas revelações, essas declarações que só eu possuo desapareçam? Quer que esse segredo terrível fique entre nós? Confiado à minha palavra de honra, nunca sairá da minha boca. Diga, Albert, é isso que quer, meu amigo?

Albert lançou-se no pescoço de Beauchamp.

– Ah, nobre coração! – exclamou.

– Tome – disse Beauchamp –, entregando os papéis a Albert.

Albert agarrou-os com a mão convulsa, apertou-os, amassou-os, pensou em rasgá-los; mas, temendo de que o menor pedaço, levado pelo vento, pudesse um dia voltar para golpeá-lo na fronte, foi até a vela ainda acesa para os charutos e queimou tudo até o último fragmento.

– Querido amigo, excelente amigo! – murmurou Albert enquanto queimava os papéis.

– Que tudo seja esquecido como um pesadelo – disse Beauchamp –, que se apague como essas últimas fagulhas que correm sobre o papel enegrecido, que tudo se desvaneça como essa última fumaça que escapa dessas cinzas mudas.

– Sim, sim – disse Albert –, e que reste apenas a eterna amizade que dedico ao meu salvador, amizade que meus filhos transmitirão aos seus, amizade que me recordará sempre que o sangue das minhas veias, a vida do meu corpo, a honra do meu nome, eu os devo ao senhor; pois se tal coisa fosse conhecida, oh, Beauchamp, declaro-lhe que daria um tiro na cabeça. Ou melhor, não, pobre de minha mãe! Porque isso seria o mesmo que matá-la, eu me exilaria.

– Querido Albert! – exclamou Beauchamp.

Mas o rapaz não demorou a sair dessa alegria inopinada e, por assim dizer, artificial, e recaiu mais profundamente em sua tristeza.

– E então? – perguntou Beauchamp. – O que há agora, meu amigo?

– Sinto algo partido no meu coração – disse Albert. – Escute, Beauchamp, ninguém abandona assim num segundo o respeito, a confiança e o orgulho que inspira a um filho o nome sem mácula do pai. Oh, Beauchamp, Beauchamp! Como vou agora encarar o meu?... Afastarei a fronte quando ele aproximar os lábios e a mão quando ele me estender a sua? Veja, Beauchamp, sou o mais infeliz dos homens. Ah, minha mãe, minha pobre mãe! – exclamou Albert, contemplando com os olhos afogados pelas lágrimas o retrato da mãe. – Se a senhora soube disso, quanto deve ter sofrido!

– Vamos – disse Beauchamp, pegando-lhe as duas mãos –, coragem, meu amigo!

– Mas de onde veio essa primeira notícia inserida do seu jornal? – gritou Albert. – Existe por trás disso tudo um ódio desconhecido, um inimigo invisível.

– Pois bem – disse Beauchamp –, mais uma razão. Coragem, Albert! Nenhum vestígio de emoção em seu rosto. Carregue essa dor como a nuvem carrega a ruína e a morte, segredo fatal que só compreendemos quando a tempestade desaba. Vamos, amigo, guarde suas forças para o momento em que o temporal desabar.

– Oh, mas então acha que não chegamos ao fim disso? – perguntou Albert, apavorado.

– Não acho nada, meu amigo, mas, enfim, tudo é possível. A propósito...

– O quê? – perguntou Albert vendo que Beauchamp hesitava.

– Ainda se casará com a senhorita Danglars?

– Por que me pergunta sobre isso em um momento como este, meu caro Beauchamp?

– Porque, na minha cabeça, o rompimento ou a realização desse casamento relaciona-se com o assunto do qual nos ocupamos neste momento.

– Como? – disse Albert, cuja fronte se ruborizou. – Acredita que o senhor Danglars...

– Pergunto-lhe apenas em que pé está o seu casamento. Que diabo! Não veja em minhas palavras aquilo que não querem dizer e não lhes dê o alcance que não têm.

– Não – disse Albert –, o casamento está rompido.

– Bem – disse Beauchamp.

Depois, vendo que o rapaz estava prestes a recair em sua melancolia:

– Vamos, Albert – disse-lhe –, se confia em mim, vamos sair; uma volta pelo Bois, de carruagem ou a cavalo, irá distraí-lo. Depois voltaremos e almoçaremos em algum lugar e cada um irá cuidar da sua vida.

– Com muito gosto – disse Albert –, mas vamos a pé, acho que um pouco de cansaço me faria bem.

– Que seja – disse Beauchamp.

E os dois amigos, saindo a pé, seguiram pelo boulevard. Quando chegaram à Madeleine, Beauchamp disse:

– Ora, já que estamos no caminho, vamos fazer uma visita ao senhor de Monte Cristo, ele o distrairá. É um homem admirável para tranquilizar os espíritos e nunca faz perguntas. Ora, em minha opinião, as pessoas que não fazem perguntas são os mais hábeis consoladores.

– Está bem – disse Albert. – Vamos até lá, gosto dele.

A VIAGEM

Monte Cristo soltou um grito de alegria ao ver os dois rapazes juntos.
– Ah, ah! – exclamou. – Muito bem, espero que esteja tudo terminado, esclarecido e resolvido.
– Sim – disse Beauchamp. – Boatos absurdos, que caíram por si sós e que, agora, caso se repetissem, teriam a mim como primeiro antagonista. Portanto, não falemos mais disso.
– Albert lhe dirá – retomou o conde –, que foi esse o conselho que lhe dei. Escutem – acrescentou –, estou terminando a manhã mais execrável que tive, eu acho.
– O que está fazendo? – perguntou Albert. – Está organizando seus papéis, me parece?
– Os meus papéis, graças a Deus, não! Meus papéis estão sempre numa ordem maravilhosa, visto que não tenho papéis. Estes são os papéis do senhor Cavalcanti.
– Do senhor Cavalcanti? – perguntou Beauchamp.
– Sim! Não sabe que o conde patrocina um jovem? – disse Morcerf.
– Isso não – retorquiu Monte Cristo. – Vamos ser claros, não patrocino ninguém, e muito menos o senhor Cavalcanti.

– E que se casará com a senhorita Danglars em meu lugar; o que – continuou Albert, tentando sorrir –, como bem pode imaginar, meu caro Beauchamp, me afeta cruelmente.

– Como? Cavalcanti vai se casar com a senhorita Danglars? – perguntou Beauchamp.

– Ora essa! Acaso está chegando do fim do mundo? – disse Monte Cristo. – O senhor, um jornalista, o rei dos boatos! Toda Paris só fala disso.

– E é o senhor, conde, que promove esse casamento? – perguntou Beauchamp.

– Eu? Oh, silêncio, senhor gazeteiro, não vá dizer essas coisas! Eu, meu Deus! Promover um casamento? O senhor não me conhece. Pelo contrário, opus-me com todas as minhas forças, recusei-me a fazer o pedido.

– Ah, compreendo – disse Beauchamp –, por causa do nosso amigo Albert?

– Por minha causa? – interveio o rapaz. – Oh, não, palavra de honra! O conde me fará a justiça de confirmar que sempre lhe roguei, pelo contrário, que rompesse esse projeto, que felizmente foi rompido. O conde diz que não é a ele que devo agradecer; pois seja, erguerei, como os antigos, um altar ao *Deo ignoto*.

– Escutem – disse Monte Cristo –, estou tão pouco envolvido nisso que fico estremecido com o sogro e com o rapaz. Só a senhorita Eugénie, que não me parece ter uma vocação profunda para o casamento, vendo minha pouca disposição a fazê-la desistir de sua preciosa liberdade, me conservou sua afeição.

– Oh, meu Deus! Sim, apesar de tudo que eu disse. Não conheço o rapaz, dizem que é rico e de boa família, mas para mim essas coisas são meras *fofocas*. Repeti isso à exaustão ao senhor Danglars, mas ele está fascinado pelo seu jovem de Lucca. Cheguei até a lhe comunicar uma circunstância que, para mim, era mais grave: o jovem foi trocado quando bebê, raptado por ciganos ou abandonado pelo preceptor, não sei ao certo. Mas o que sei é que o pai o perdeu de vista há mais de dez anos. O que ele fez durante esses dez anos de vida errante, só Deus sabe. Pois bem, nada disso adiantou.

Encarregaram-me de escrever ao major para lhe pedir documentos, que aqui estão. Vou enviá-los, mas, como Pilatos, lavo minhas mãos.

– E a senhorita d'Armilly – perguntou Beauchamp –, que cara fez para o senhor, que lhe rouba a aluna?

– Caramba! Não sei muito bem, mas parece que está de partida para a Itália. A senhora Danglars falou-me dela e pediu-me cartas de recomendação para os *impresarii*. Dei-lhe uma para o diretor do teatro Valle, que me deve alguns favores. Mas o que tem, senhor Albert? Parece muito triste. Será que, sem saber, está apaixonado pela senhorita Danglars, por exemplo?

– Que eu saiba, não – disse Albert, sorrindo tristemente.

Beauchamp foi ver os quadros.

– Mas, enfim – continuou Monte Cristo –, não está em seu estado normal. O que há? Diga.

– Estou com enxaqueca – disse Albert.

– Ora, meu caro visconde, disse Monte Cristo –, nesse caso tenho um remédio infalível para lhe oferecer, um remédio que sempre funcionou comigo diante de alguma contrariedade.

– Qual é? – perguntou o jovem.

– Viajar.

– Verdade? – disse Albert.

– Sim. E veja, como neste momento estou bastante contrariado, vou viajar. Quer vir comigo?

– O senhor, contrariado, conde! – exclamou Beauchamp. – Mas com o quê?

– Caramba! O senhor encara as coisas com despreocupação. Gostaria de vê-lo com uma investigação acontecendo em sua casa!

– Uma investigação! Que investigação?

– A que o senhor de Villefort está fazendo contra o meu amável assassino, uma espécie de salteador que fugiu da prisão, ao que parece.

– Ah, é verdade – disse Beauchamp –, li a notícia nos jornais. E quem era esse tal de Caderousse?

– Bem... parece que era um provençal. O senhor de Villefort ouviu falar dele quando estava em Marselha e o senhor Danglars lembra-se de tê-lo visto. Resulta que o senhor procurador do rei assume o caso com tanto afinco que, ao que parece, interessou o ministro da polícia no mais alto grau, e que, graças a esse interesse pelo qual não posso estar mais agradecido, há quinze dias mandam para cá todos os bandidos que conseguem apanhar em Paris e nos arredores, a pretexto de que são os assassinos do senhor Caderousse. Se isso continuar, dentro de três meses não haverá um ladrão nem um assassino neste belo reino de França que não conheça a planta da minha casa na palma da mão. Por isso, tomei a decisão de abandoná-la completamente e ir para tão longe quanto a terra puder me carregar. Venha comigo, visconde, levo-o comigo.

– Com muito prazer.

– Então, está combinado?

– Sim, mas para onde?

– Já lhe disse, para onde o ar é puro, para onde o barulho adormece, para onde, por mais orgulhosos que sejamos, nos sentimos humildes e nos julgamos pequenos. Gosto desse rebaixamento, eu, que sou considerado o senhor do universo, como Augusto.

– Para onde vai, afinal?

– Para o mar, visconde, para o mar. Sou marinheiro, veja só. Quando era criança, fui embalado nos braços do velho Oceano e no seio da bela Anfitrite. Brinquei com o manto verde de um e o vestido azulado da outra; amo o mar como a uma amante, e quando fico muito tempo sem vê-lo, sinto sua falta.

– Então vamos, conde, vamos!

– Para o mar?

– Sim.

– Aceita?

– Aceito.

– Ótimo! Visconde, esta noite haverá no meu pátio um brisca[9] de viagem, no qual é possível se deitar como em sua cama; esse brisca estará atrelado

---

[9] Carro leve de tração animal usado principalmente na Rússia e na Polônia. (N.T.)

a quatro cavalos de posta. Senhor Beauchamp, cabem quatro confortavelmente. Quer vir conosco? Eu o levo!

– Obrigado, mas acabo de chegar do mar.

– Como? Acaba de chegar do mar?

– Sim, ou quase. Acabo de fazer uma pequena viagem às Ilhas Borromeu.

– E daí? Venha! – insistiu Albert.

– Não, meu caro Morcerf, você deve compreender que a partir do momento em que recuso, é porque a coisa é impossível. Além disso, é importante – acrescentou baixando a voz – que eu fique em Paris, nem que seja para vigiar a correspondência do jornal.

– Ah, você é um bom e excelente amigo – disse Albert. – Sim, tem razão, observe, vigie, Beauchamp, e tente descobrir o inimigo a quem se deve essa revelação.

Albert e Beauchamp despediram-se. Seu último aperto de mão encerrava todos os sentimentos que seus lábios não podiam expressar diante de um estranho.

– Excelente rapaz esse Beauchamp! – exclamou Monte Cristo após a saída do jornalista. – Não é, Albert?

– Oh, sim, um homem de coração, garanto-lhe. Também o estimo com toda a minha alma. Mas, agora que estamos sozinhos, embora isso me seja quase indiferente, para onde vamos?

– Para a Normandia, se não se importa.

– Perfeitamente. Ficaremos em pleno campo, não é? Nada de gente, nada de vizinhos?

– Ficaremos a sós, com cavalos para correr, cães para caçar e um barco para pescar, mais nada.

– É disso que preciso. Avisarei minha mãe e depois estou às suas ordens.

– Mas – disse Monte Cristo – será que lhe darão a permissão?

– O quê?

– Para ir à Normandia.

– A mim? Acha que não sou livre?

– De ir para onde quiser, sozinho, sei muito bem, pois o encontrei na Itália.

– E então?

– Mas e para viajar com o homem chamado de conde de Monte Cristo?

– O senhor tem memória fraca, conde.

– O que quer dizer?

– Já não lhe falei de toda a simpatia que minha mãe tem pelo senhor?

– A mulher varia com frequência, disse Francisco I; a mulher é uma onda, disse Shakespeare: um era um grande rei e o outro um grande poeta, ambos deviam conhecer a mulher.

– Sim, a mulher. Mas minha mãe não é a mulher, é uma mulher.

– Permite que um pobre estrangeiro não compreenda perfeitamente todas as sutilezas de sua língua?

– Quero dizer que minha mãe é avara com seus sentimentos, mas uma vez que os concede, é para sempre.

– Ah, é verdade! – disse Monte Cristo suspirando. – E o senhor acha que ela me deu a honra de me conceder qualquer sentimento que não seja a mais perfeita indiferença?

– Escute! Já lhe disse e repito – continuou Morcerf –, o senhor deve ser realmente um homem muito estranho e muito superior.

– Oh!

– Sim! Porque minha mãe se deixou levar, não direi pela curiosidade, mas pelo interesse que o senhor inspira. Quando estamos sozinhos, só falamos do senhor.

– E ela o aconselha a desconfiar desse Manfred?

– Pelo contrário, ela me diz: "Morcerf, vejo no conde uma nobre natureza, procure se fazer estimar por ele."

Monte Cristo desviou o olhar e suspirou.

– Ah, realmente? – disse.

– Portanto, pode ver – continuou Albert – que em vez de se opor à minha viagem, ela a aprovará de todo coração, pois está de acordo com as recomendações que me faz todos os dias.

– Vá, então – disse Monte Cristo –, vejo-o à noite. Esteja aqui às cinco horas; chegaremos lá à meia-noite ou uma hora.

– Como? A Le Tréport?...

– A Le Tréport ou aos arredores.

– Precisa de apenas oito horas para percorrer quarenta e oito léguas?

– Ainda é muito – disse Monte Cristo.

– Decididamente, o senhor é o homem dos prodígios, e não só conseguirá ultrapassar as ferrovias, o que não é muito difícil, sobretudo na França, mas também andará mais rápido que o telégrafo.

– Enquanto isso, visconde, como continuamos precisando de sete ou oito horas para chegar lá, seja pontual.

– Fique tranquilo, daqui até lá não tenho mais nada a fazer a não ser me preparar.

– Até as cinco, então.

– Até as cinco.

Albert saiu. Depois de lhe fazer, sorrindo, um aceno com a cabeça, Monte Cristo ficou por um momento pensativo e como que absorto em profunda meditação. Por fim, passando a mão pela testa, como que para afastar seu devaneio, foi ao gongo e bateu duas vezes.

Quando soaram os dois toques do gongo, Bertuccio entrou.

– Mestre Bertuccio – disse ele –, não é amanhã, não é depois de amanhã, como pensei a princípio, é esta noite que parto para a Normandia. Tem tempo de sobra até cinco horas para avisar os cavalariços da primeira parada para a troca de cavalos. O senhor de Morcerf me acompanha. Vá!

Bertuccio obedeceu e um cavalariço correu até Pontoise para anunciar que a carruagem de posta passaria às seis horas em ponto. O cavalariço de Pontoise enviou um expresso à parada seguinte, o qual despachou outro; e, seis horas depois, todas as paradas dispostas ao longo do caminho estavam avisadas.

Antes de partir, o conde subiu aos aposentos de Haydée, anunciou-lhe sua partida, disse-lhe o lugar para onde iria e deixou toda a casa aos seus cuidados.

Albert foi pontual. A viagem, sombria no começo, logo se iluminou pelo efeito físico da rapidez. Morcerf não fazia ideia de que fosse possível tal velocidade.

– De fato – disse Monte Cristo –, com sua carruagem fazendo duas léguas por hora e com essa lei estúpida que proíbe um viajante ultrapassar outro sem pedir licença, e que faz com que um viajante doente ou turrão tenha o direito de reter em sua traseira os viajantes alegres e bem dispostos, não há locomoção possível. Evito esse inconveniente viajando com meu próprio postilhão e com meus próprios cavalos, não é verdade, Ali?

E o conde, colocando a cabeça fora da portinhola, soltou um gritinho de excitação que deu asas aos cavalos. Estes já não corriam, voavam. A carruagem disparava como um trovão pela estrada real, e todas as pessoas se viravam para ver passar aquele meteoro flamejante. Ali, repetindo esse grito, sorria mostrando os dentes brancos, apertando em suas mãos robustas as rédeas cobertas de espuma, incitando os cavalos, cujas belas crinas esvoaçavam ao vento. Ali, o filho do deserto, encontrava-se em seu elemento e, com seu rosto moreno, seus olhos ardentes e o seu albornoz cor de neve, parecia, em meio à poeira que levantava, o gênio do simum[10] e o deus do furacão.

– Aí está – disse Morcerf –, uma volúpia que eu não conhecia, a volúpia da velocidade.

E as últimas nuvens de sua fronte dissipavam-se, como se o ar que fendia carregasse essas nuvens consigo.

– Mas onde diabos acha cavalos como estes? – perguntou Albert. – Manda-os fabricar sob encomenda?

– Exatamente – respondeu o conde. – Há seis anos, encontrei na Hungria um garanhão famoso conhecido por sua velocidade. Comprei-o, já não me lembro por quanto; foi Bertuccio quem pagou. No mesmo ano, teve trinta e duas crias. É toda essa descendência do mesmo pai que vamos

---

[10] Vento quente que sopra do centro da África em direção ao norte e provoca tempestades de areia. (N.T.)

passar em revista. São todos iguais, negros, sem uma única mancha, exceto uma estrela na testa, pois, para esse privilegiado do haras, as éguas foram selecionadas, assim como para os paxás se escolhem suas favoritas.

– É admirável!... Mas diga-me, conde, o que faz o senhor com todos esses cavalos?

– O que vê, viajo com eles.

– Mas não viaja o tempo todo, concorda?

– Quando não precisar mais deles, Bertuccio os venderá. Ele diz que podem render trinta ou quarenta mil francos por eles.

– Mas não haverá rei da Europa suficientemente rico para comprá-los.

– Então ele os venderá a qualquer simples vizir do Oriente que esvaziará seu tesouro para pagar por eles e que voltará a abastecer esse tesouro administrando bastonadas nas plantas dos pés de seus súditos.

– Conde, posso comunicar-lhe um pensamento que me ocorreu?

– Diga.

– É que, depois do senhor, Bertuccio deve ser o cidadão mais rico da Europa.

– Pois o senhor se engana, visconde. Tenho certeza de que se revirasse os bolsos de Bertuccio não encontraria nem dez tostões.

– Por quê? – perguntou o jovem. – Então o senhor Bertuccio é um fenômeno? Ah, meu caro conde, não leve longe demais o maravilhoso ou deixarei de acreditar no senhor, estou avisando.

– O maravilhoso nunca me acompanha, Albert. Trata-se de números e razão, só isso. A propósito, escute este dilema. Um intendente rouba, mas por que rouba?

– Diabos! Porque é de sua natureza, me parece – disse Albert –, ele rouba por roubar.

– Não, está enganado: rouba porque tem mulher, filhos, desejos ambiciosos para si e para a família; rouba, sobretudo, porque não tem certeza de que ficará para sempre ao lado do patrão e porque quer garantir o futuro. Pois bem, o senhor Bertuccio está sozinho no mundo; serve-se da minha bolsa sem me dar satisfações e tem certeza de que nunca me deixará.

– Por quê?

– Porque eu não encontraria um melhor.

– O senhor está girando num círculo vicioso, o das probabilidades.

– Oh, não! Estou no campo das certezas. O bom serviçal, para mim, é aquele sobre o qual tenho direito de vida ou de morte.

– E o senhor tem direito de vida ou de morte sobre Bertuccio? – perguntou Albert.

– Sim – respondeu o conde friamente.

Existem palavras que encerram uma conversa como uma porta de ferro. O *sim* do conde era uma dessas.

O resto da viagem transcorreu com a mesma rapidez; os trinta e dois cavalos, divididos em oito revezamentos, fizeram suas quarenta e sete léguas em oito horas.

Chegaram no meio da noite à porta de um belo parque. O porteiro estava de pé e havia aberto o portão.

Fora avisado pelo cavalariço do último revezamento.

Eram duas e meia da manhã. Morcerf foi conduzido aos seus aposentos. Encontrou prontos um banho e uma ceia. O criado que havia feito a viagem no banco traseiro da carruagem estava às suas ordens; Baptistin, que viajara no banco da frente, estava à disposição do conde.

Albert tomou seu banho, ceou e se deitou. Foi embalado a noite inteira pelo rumor melancólico das ondas. Quando se levantou, foi direto a sua janela, abriu-a e se viu num pequeno terraço, onde tinha, à sua frente, o mar, isto é, a imensidão, e atrás de si um belo parque, que dava para uma pequena floresta.

Numa enseada razoavelmente grande balançava uma pequena corveta de casco estreito, mastros elegantes, que exibia na carangueja uma bandeira com as armas de Monte Cristo, armas que representavam uma montanha de ouro pousada num mar azul, com uma cruz de goles na parte superior, o que podia ser tanto uma alusão ao seu nome – que lembrava o Calvário, que a paixão de Nosso Senhor transformou numa montanha mais preciosa que o ouro, e à cruz infame que seu sangue divino santificou – quanto a alguma lembrança pessoal de sofrimento e regeneração, sepultada na noite do passado desse homem misterioso. Em torno da embarcação, várias canoas pertencentes aos pescadores dos vilarejos vizinhos pareciam humildes súditos à espera das ordens de sua rainha.

Ali, como em todos os lugares onde Monte Cristo se detinha, nem que fosse para passar dois dias, a vida era organizada pelo termômetro do mais alto conforto. Assim, ela tornava-se instantaneamente fácil.

Albert encontrou em seu vestíbulo duas espingardas e todos os utensílios necessários a um caçador. Uma sala com pé-direito mais alto, situada no térreo, estava reservada a todos os engenhosos artefatos que os ingleses, grandes pescadores, porque são pacientes e ociosos, ainda não conseguiram fazer com que fossem adotados pelos renitentes pescadores franceses.

O dia inteiro foi gasto nesses exercícios diversos, nos quais, aliás, Monte Cristo se destacou. Mataram uma dúzia de faisões no parque, pescaram outras tantas trutas nos riachos, jantaram em um quiosque com vista para o mar e serviram-lhes o chá na biblioteca.

No cair da noite do terceiro dia, Albert, esgotado e saciado daquela vida que parecia um jogo para Monte Cristo, dormia numa poltrona próxima da janela, enquanto o conde traçava com seu arquiteto a planta de uma estufa que pretendia instalar na casa, quando o ruído de um cavalo esmagando o cascalho da estrada fez o jovem erguer a cabeça. Olhou pela janela e, com uma surpresa das mais desagradáveis, viu no pátio o seu criado de quarto, a quem havia dispensado para não incomodar Monte Cristo.

– Florentin aqui! – exclamou, pulando da poltrona. – Será que minha mãe está doente?

E correu para a porta do quarto.

Monte Cristo seguiu-o com os olhos e viu-o abordar o criado, que, ainda esbaforido, tirou do bolso um pequeno embrulho selado. O embrulho continha um jornal e uma carta.

– De quem é esta carta? – perguntou Albert com impaciência.

– Do senhor Beauchamp – respondeu Florentin.

– Então foi Beauchamp que o mandou aqui?

– Sim, senhor. Chamou-me à sua casa, deu-me o dinheiro necessário para a viagem, arranjou-me um cavalo de posta e me fez prometer que não pararia até encontrar o senhor. Fiz a viagem em quinze horas.

Albert abriu a carta tremendo. Às primeiras linhas, soltou um grito e pegou o jornal com um tremor visível.

De repente seus olhos se escureceram, suas pernas pareceram faltar--lhe e, prestes a cair, apoiou-se em Florentin, que estendeu o braço para ampará-lo.

– Pobre rapaz! – murmurou Monte Cristo, tão baixo que ele mesmo não conseguiu ouvir o som das palavras de compaixão que pronunciara. – Mas se diz que os erros dos pais recairão sobre os filhos até a terceira e quarta gerações!

Durante esse tempo, Albert recuperara forças e, continuando a ler, sacudiu os cabelos sobre a testa encharcada de suor. Amarfanhando a carta e o jornal, perguntou.

– Florentin, seu cavalo está em condições de voltar a Paris?

– É um pangaré de posta estropiado.

– Oh, meu Deus! E como estava a casa quando você saiu?

– Bastante calma: mas ao voltar da casa do senhor Beauchamp, encontrei a patroa aos prantos. Ela mandara-me chamar para saber quando o senhor voltaria. Então eu lhe disse que ia procurá-lo da parte do senhor Beauchamp. Seu primeiro gesto foi estender o braço como para me deter, mas depois de um instante de reflexão, disse:

"– Está bem, Florentin, vá, e que ele volte."

– Sim, minha mãe, sim – disse Albert –, estou voltando, fique tranquila, e maldito seja o infame!... Mas, antes de tudo, tenho de partir.

E voltou à sala onde deixara Monte Cristo.

Não era o mesmo homem; cinco minutos tinham bastado para operar uma triste metamorfose em Albert. Saíra em seu estado normal e voltava com a voz alterada, o rosto sulcado por uma vermelhidão febril, os olhos brilhando sob pálpebras arroxeadas e o passo cambaleante de um bêbado.

– Conde – disse ele –, obrigado por sua gentil hospitalidade, que gostaria de desfrutar por mais tempo, mas preciso voltar a Paris.

– O que aconteceu?

– Uma grande desgraça. Mas deixe-me ir, trata-se de uma coisa muito mais preciosa que a minha vida. Não faça perguntas, conde, eu lhe suplico, dê-me um cavalo!

– Minhas cavalariças estão ao seu dispor, visconde – disse Monte Cristo. – Mas vai se matar de cansaço se for montado. Pegue uma caleça, um cupê, uma carruagem qualquer.

– Não, isso demoraria muito. Além disso, preciso desse cansaço que o senhor receia por mim, me fará bem.

Albert deu alguns passos, rodopiando como um homem atingido por uma bala, e foi cair em uma cadeira perto da porta.

Monte Cristo não viu essa segunda fraqueza. Estava na janela e gritava:

– Ali, um cavalo para o senhor de Morcerf! Rápido, ele está com pressa!

Essas palavras trouxeram Albert de volta à vida; ele correu para fora do quarto, o conde o seguiu.

– Obrigado! – murmurou o jovem, pulando na sela. – Você voltará o mais rápido que puder, Florentin. Há uma senha para que me entreguem os cavalos?

– Basta entregar o que está montando e lhe darão imediatamente outro selado.

Albert estava prestes a arrancar, mas deteve-se.

– Talvez ache minha partida estranha, insensata – disse o rapaz. – Não imagina como algumas linhas escritas em um jornal podem deixar um homem desesperado. Pois bem – acrescentou, atirando-lhe o jornal –, leia isto, mas só quando eu tiver partido, para não ver meu rubor.

E enquanto o conde apanhava o jornal, cravou as esporas, que acabavam de colocar às suas botas, na barriga do cavalo, o qual, surpreso pela existência de um cavaleiro que julgava aplicar nele esse tipo de estímulo, partiu como um tiro de besta.

O conde seguiu o rapaz com um sentimento de compaixão infinita e só depois que ele desapareceu completamente olhou para o jornal e leu o seguinte:

> *Esse oficial francês a serviço de Ali, paxá de Janina, de que o jornal* L'Impartial *falava há três semanas, e que não só entregou os castelos de Janina, como vendeu seu benfeitor aos turcos, chamava-se de fato naquela época Fernando, como afirmou nosso ilustre colega. Desde então, contudo, acrescentou ao seu nome de batismo um título de nobreza e o nome de uma terra.*
>
> *Chama-se hoje senhor conde de Morcerf e é membro da Câmara dos Pares.*

Assim, o terrível segredo que Beauchamp sepultara com tanta generosidade reaparecia como um fantasma armado, e outro jornal, cruelmente informado; publicara, dois dias depois da partida de Albert para a Normandia, as poucas linhas que quase enlouqueceram o infeliz rapaz.

O JULGAMENTO

Às oito horas da manhã, Albert caiu como um raio na casa de Beauchamp. Como o criado de quarto estava avisado, introduziu Morcerf no quarto do patrão, que acabara de entrar no banho.

– Então? – perguntou-lhe Albert.

– Então, meu pobre amigo – respondeu Beauchamp –, estava à sua espera.

– Aqui estou. Não preciso dizer, Beauchamp, que o considero suficientemente leal e bom para não ter falado sobre isso com quem quer que seja. Não, meu amigo. Aliás, a mensagem que me enviou é uma garantia da sua afeição. Então, não percamos tempo com preâmbulos: tem ideia de onde vem o golpe?

– Vou lhe dizer em duas palavras num instante.

– Está bem, mas antes, meu amigo, você me deve, em todos os detalhes, a história dessa abominável traição.

E Beauchamp contou ao jovem, esmagado de vergonha e dor, os fatos que repetiremos em toda a sua simplicidade.

Na manhã da antevéspera, o artigo fora publicado em outro jornal que não o *L'Impartial*, e o que dava ainda mais gravidade ao caso era o fato de ser um jornal bem conhecido por pertencer ao governo. Beauchamp estava almoçando quando a notícia lhe saltou aos olhos; mandou chamar imediatamente um cabriolé e, sem terminar a refeição, correu para o jornal.

Embora professando sentimentos políticos completamente opostos aos do diretor do jornal acusador, Beauchamp, como às vezes acontece e diríamos até que com frequência, era seu amigo íntimo.

Quando chegou, o diretor lia seu próprio jornal e parecia se deleitar com um artigo sobre o açúcar de beterraba, o qual, provavelmente, era de sua lavra.

– Por Deus – disse Beauchamp –, já que está com seu jornal, meu caro, não preciso lhe dizer o que me traz aqui.

– Você por acaso seria partidário da cana-de-açúcar? – perguntou o diretor do jornal ministerial.

– Não – respondeu Beauchamp –, aliás, sou completamente alheio ao assunto. Venho por outra coisa.

– Qual?

– O artigo sobre Morcerf.

– Ah, é verdade: não é curioso?

– Tão curioso que você corre o risco de ser acusado de difamação, me parece, um processo cujo desfecho pode ser incerto.

– De modo nenhum. Recebemos com a notícia uma série de provas documentais e estamos perfeitamente convictos de que o senhor de Morcerf ficará quieto. Aliás, é um serviço que se presta ao país denunciar os miseráveis indignos das honras que lhes concedem.

Beauchamp ficou perplexo.

– Mas quem lhes deu tanta informação? – perguntou. – Pois meu jornal, que deu a notícia em primeira mão, foi obrigado a se abster por falta de provas e, no entanto, temos mais interesse do que vocês em desmascarar o senhor de Morcerf, pois ele é um par de França e somos da oposição.

– Oh, meu Deus, é muito simples! Não corremos atrás do escândalo, ele é que veio ao nosso encontro. Um homem que chegou ontem de Janina veio até nós trazendo o formidável dossiê, e como hesitávamos em nos lançar no caminho da acusação, ele nos disse que se recusássemos o artigo seria publicado em outro jornal. Caramba, Beauchamp, você sabe o que é uma notícia importante; não quisemos perdê-la. Agora a sorte está lançada. O caso é terrível e repercutirá até nos confins da Europa.

Beauchamp compreendeu que não havia mais nada a fazer a não ser abaixar a cabeça, e saiu desesperado para enviar um mensageiro a Morcerf.

Mas o que não pudera escrever a Albert, pois o que vamos relatar aconteceu depois da partida do seu mensageiro, é que no mesmo dia, na Câmara dos Pares, uma grande agitação eclodira e reinara nos grupos, habitualmente tão calmos, da alta assembleia. Quase todos tinham chegado antes da hora e falavam do sinistro acontecimento que iria ocupar a atenção pública e fixá-la em um dos mais conhecidos membros do ilustre corpo.

Eram leituras em voz baixa do artigo, comentários e trocas de recordações que precisavam ainda mais os fatos. O conde de Morcerf não era estimado pelos colegas. Como todos os arrivistas, fora obrigado, para manter sua posição, a manter um excesso de altivez. As grandes aristocracias riam-se dele; os talentos o repudiavam; as glórias puras desprezavam-no instintivamente. O conde estava na desagradável situação de bode expiatório. Uma vez designado pelo dedo do Senhor para o sacrifício, todos se preparavam para denunciá-lo à indignação geral.

Apenas o conde de Morcerf não sabia de nada. Não recebia o jornal que publicara a notícia difamatória e passara a manhã escrevendo cartas e experimentando um cavalo.

Chegou, portanto à hora habitual, de cabeça erguida, olhar altivo, passo insolente. Desceu da carruagem, passou pelos corredores e entrou na sala sem reparar nas hesitações dos contínuos e na frieza dos cumprimentos dos colegas.

Quando Morcerf entrou, a reunião estava aberta havia mais de meia hora.

Embora o conde, ignorando, como dissemos, tudo o que se passara, em nada tivesse modificado seu semblante e sua atitude, seu semblante e sua atitude pareceram a todos mais orgulhosos que de costume, e sua presença nessa ocasião pareceu tão agressiva àquela assembleia, ciosa de sua honra, que todos viram nisso uma inconveniência, vários uma bravata e alguns um insulto.

Era evidente que toda a Câmara ardia por dar início ao debate.

Via-se o jornal acusador nas mãos de todos; mas, como sempre, todos hesitavam em assumir a responsabilidade pelo ataque. Por fim, um dos ilustres pares, inimigo declarado do conde de Morcerf, subiu à tribuna com uma solenidade que anunciava a chegada do momento esperado.

Fez-se um silêncio assustador. Só Morcerf ignorava a causa da profunda atenção dedicada daquela vez a um orador que ninguém costumava escutar com tanta complacência.

O conde deixou passar tranquilamente o preâmbulo, no qual o orador afirmava que falaria de uma coisa grave, tão sagrada e tão vital para a Câmara, que exigia toda a atenção dos colegas.

Ao ouvir as primeiras palavras sobre Janina e o coronel Fernando, o conde de Morcerf empalideceu tão horrivelmente que um frêmito percorreu a assembleia, em que todos os olhares convergiam para ele.

As feridas morais têm essa particularidade: elas se escondem, mas não se fecham. Sempre dolorosas, sempre prontas a sangrar quando tocadas, permanecem vivas e abertas no coração.

Terminada a leitura do artigo em meio ao mesmo silêncio, perturbado então por um frêmito, que cessou assim que o orador pareceu disposto a retomar a palavra, o acusador expôs seus escrúpulos e tentou demonstrar quanto sua tarefa era difícil. Era a honra do senhor de Morcerf, era a honra de toda a Câmara que ele pretendia defender provocando um debate que teria de enfrentar essas questões pessoais sempre tão delicadas. Por fim, concluiu pedindo a abertura de um inquérito, suficientemente rápido para desmascarar a calúnia antes que tivesse tempo de se espalhar e para recolocar o senhor de Morcerf, vingando-o, na posição que a opinião pública lhe concedera havia muito tempo.

Morcerf estava tão arrasado, tão trêmulo diante daquela imensa e inesperada calamidade, que mal conseguiu balbuciar algumas palavras, olhando para seus colegas com os olhos esbugalhados. Essa timidez, que, aliás, podia se dever tanto à surpresa do inocente quanto à vergonha do culpado, valeu-lhe algumas simpatias. Os homens verdadeiramente generosos estão sempre prontos a se compadecer quando a desgraça do inimigo ultrapassa os limites do seu ódio.

O presidente pôs o inquérito em votação. Votou-se por sentados e de pé e decidiu-se que o inquérito seria realizado.

Perguntaram ao conde sobre quanto tempo precisava para preparar sua defesa.

Morcerf recuperou a coragem assim que se sentiu ainda vivo depois daquele horrível golpe.

– Senhores pares – respondeu –, não é em absoluto com o tempo que se repele um ataque como o que dirigem neste momento contra mim inimigos desconhecidos e certamente abrigados na sombra de sua obscuridade; é imediatamente, é com um raio que devo responder ao relâmpago que por um instante me cegou, já que não me é dado, em vez de tal defesa, derramar meu sangue para provar aos meus colegas que sou digno de caminhar a seu lado!

Estas palavras causaram uma impressão favorável ao acusado.

– Peço, portanto, que o inquérito seja aberto o mais rápido possível e fornecerei à Câmara todas as provas necessárias à eficácia dessa investigação.

– Que dia deseja marcar? – perguntou o presidente.

– Coloco-me a partir de hoje à disposição da Câmara – respondeu o conde.

O presidente agitou o sininho.

– A Câmara concorda que o inquérito seja realizado hoje mesmo? – perguntou o presidente.

– Sim! – foi a resposta unânime da assembleia.

Uma comissão de doze membros foi nomeada para examinar as provas a serem fornecidas por Morcerf. A primeira sessão da comissão foi marcada para as oito horas da noite, nos escritórios da Câmara. Se fossem necessárias várias sessões, seriam realizadas na mesma hora e no mesmo local.

Tomada essa decisão, Morcerf pediu permissão para se retirar. Tinha de reunir as provas acumuladas havia muito tempo para enfrentar aquela tempestade, prevista pelo seu cauteloso e indomável caráter.

Beauchamp transmitiu ao rapaz tudo o que acabamos de contar. Seu relato apenas teve sobre o nosso a vantagem da animação das coisas vivas sobre a frieza das coisas mortas.

Albert escutou-o tremendo, ora de esperança, ora de cólera, e às vezes de vergonha. Porque, pela confidência de Beauchamp, ele sabia que seu pai era culpado, e perguntava-se como, uma vez que era culpado, poderia vir a provar sua inocência.

Chegado ao ponto em que nos encontramos, Beauchamp parou.

– E depois? – perguntou Albert.

– Depois? – repetiu Beauchamp.

– Sim.

– Meu amigo, essa palavra coloca-me diante de um horrível dilema. Você quer saber o que aconteceu depois?

– É absolutamente necessário que o saiba, meu amigo, e prefiro sabê-lo pela sua boca do que pela de qualquer outro.

– Muito bem – continuou Beauchamp –, prepare sua coragem, Albert, nunca precisou tanto dela.

Albert passou a mão na testa para se assegurar da própria força, como um homem prestes a defender a vida experimenta a couraça vergando a lâmina da espada.

Sentiu-se forte porque considerava sua febre um sinal de energia.

– Continue! – exclamou.

– A noite chegou – continuou Beauchamp. – Paris inteira estava na expectativa do acontecimento. Muitos afirmavam que seu pai só tinha que aparecer para derrubar a acusação; muitos também diziam que o conde não se apresentaria, e havia aqueles que garantiam tê-lo visto partir para Bruxelas. Alguns foram à polícia perguntar se era verdade, como se dizia, que o conde tirara passaporte.

"Confesso que fiz de tudo – continuou Beauchamp – para que um dos membros da comissão, um jovem par amigo meu, me introduzisse a uma espécie de tribuna. Às sete horas, ele veio me pegar e, antes que alguém chegasse, recomendou-me a um contínuo que me trancou numa espécie de camarote. Oculto por uma coluna e perdido na escuridão mais completa, esperava ver e ouvir de ponta a ponta a terrível cena que iria se desenrolar.

"Às oito em ponto, todos tinham chegado.

"O senhor de Morcerf entrou ao soar a última badalada das oito horas. Tinha na mão alguns papéis e sua atitude sugeria calma. Ao contrário de seu hábito, parecia humilde e vestia-se com esmero e severidade. E, segundo o hábito dos antigos militares, trazia a casaca abotoada de alto a baixo.

"Sua presença produziu o melhor efeito: a comissão estava longe de lhe ser hostil e vários de seus membros foram até o conde e estenderam-lhe a mão.

Albert sentiu que seu coração se despedaçava com todos esses detalhes e, no entanto, em meio à dor, insinuava-se um sentimento de gratidão. Quis poder abraçar aqueles homens que tinham dado ao pai aquela prova de estima em uma hora tão difícil para sua honra.

Nesse momento, um contínuo entrou e entregou uma carta ao presidente.

"– Tem a palavra, senhor de Morcerf – disse o presidente, enquanto abria a carta.

"O conde começou sua defesa e eu lhe asseguro, Albert – continuou Beauchamp –, que foi de uma eloquência e uma habilidade extraordinárias. Apresentou documentos que provavam que o vizir de Janina honrara-o, até seu último instante, com toda a sua confiança, pois o encarregara de uma negociação de vida ou morte com o próprio imperador. Mostrou o anel, sinal de comando, com o qual Ali Paxá costumava selar suas cartas e lhe dera para que pudesse, ao regressar, a qualquer hora do dia ou da noite, e ainda que estivesse em seu harém, chegar até ele. Infelizmente, disse, sua negociação malograra e, quando voltara para defender seu benfeitor, este já estava morto. Mas, disse o conde, ao morrer, Ali Paxá, tão grande era sua confiança, deixara aos cuidados dele sua concubina favorita e sua filha."

Albert estremeceu ao ouvir tais palavras, pois, à medida que Beauchamp falava, toda a narrativa de Haydée voltava ao espírito do rapaz e ele se lembrava do que a bela grega dissera sobre aquela mensagem, daquele anel e da maneira como fora vendida e reduzida à escravidão.

– E qual foi o efeito do discurso do conde? – perguntou Albert com ansiedade.

– Confesso que ele me comoveu e, da mesma forma, comoveu toda a comissão – disse Beauchamp.

"No entanto, o presidente lançou displicentemente os olhos para a carta que acabavam de lhe entregar. Mas nas primeiras linhas sua atenção foi despertada; leu-a, releu-a e, fixando os olhos no senhor de Morcerf, perguntou:

"– Senhor conde, acaba de nos dizer que o vizir de Janina entregara-lhe a mulher e a filha?

"– Sim, senhor – respondeu Morcerf –, mas nisso, como em todo o resto, o infortúnio me perseguia. Quando regressei, Vasiliki e sua filha Haydée tinham desaparecido.

"– O senhor as conhecia?

"– Minha intimidade com o paxá e a suprema confiança que ele depositava na minha fidelidade me permitiram vê-las mais de vinte vezes.

"– Faz alguma ideia do que aconteceu com elas?

"– Sim, senhor. Ouvi dizer que tinham sucumbido ao desgosto e talvez à miséria. Eu não era rico, minha vida corria grande perigo, não pude procurá-las, para meu grande pesar.

"O presidente franziu imperceptivelmente o cenho.

"Senhores – disse –, ouviram e acompanharam o senhor conde de Morcerf em suas explicações. Senhor conde, poderia, em apoio ao que nos acaba de contar, fornecer-nos algum testemunho?

"Infelizmente, não, senhor – respondeu o conde. – Todos aqueles que rodeavam o vizir e que me conheceram em sua corte morreram ou se dispersaram. Acho que, dos meus compatriotas, fui o único a sobreviver a essa guerra terrível. Tenho apenas as cartas de Ali Tebelin, e as pus diante de seus olhos; tenho apenas o anel, penhor da sua vontade, e aqui está ele. Finalmente, tenho a prova mais convincente que posso fornecer, isto é, depois de um ataque anônimo, a ausência de qualquer testemunha contra minha palavra de homem honesto e a pureza de toda a minha vida militar.

"Um murmúrio de aprovação percorreu a assembleia. Naquele momento, Albert, se nenhum incidente tivesse acontecido, a causa de seu pai estava ganha.

"Faltava apenas passar à votação, quando o presidente tomou a palavra:

"– Senhores – disse –, senhor conde, presumo que não se zangariam se ouvíssemos uma testemunha muito importante, ao que ela afirma, e que acaba de se apresentar espontaneamente. Esta testemunha, não duvidamos disso depois de tudo o que o conde nos disse, provará a perfeita inocência do nosso colega. Aqui está a carta que acabo de receber a esse respeito. Desejam que ela lhes seja lida ou decidem prosseguir sem que nos detenhamos neste incidente?

"O senhor de Morcerf empalideceu e crispou as mãos nos papéis que segurava e que rangeram entre seus dedos.

"A resposta da comissão foi pela leitura. Quanto ao conde, estava pensativo e não tinha opinião a dar.

"O presidente, portanto, leu a seguinte carta:

Senhor presidente,

Posso fornecer à comissão de inquérito encarregada de examinar a conduta do senhor tenente-general conde de Morcerf no Épiro e na Macedônia as informações mais positivas.

"O presidente fez uma breve pausa.

"O conde de Morcerf empalideceu. O presidente interrogou os ouvintes com o olhar.

"– Continue! – gritaram de todos os lados.

"O presidente continuou:

Eu estava no local da morte de Ali Paxá. Assisti aos seus últimos momentos; sei o que aconteceu a Vasiliki e Haydée: estou à disposição da comissão e inclusive reclamo a honra de me fazer ouvir. Estarei no saguão da Câmara quando lhe entregarem este bilhete.

"– E quem é essa testemunha, ou melhor, esse inimigo? – perguntou o conde com uma voz em que era fácil notar uma profunda alteração.

"– Iremos saber, senhor – respondeu o presidente. – A comissão concorda em ouvir essa testemunha?

"– Sim, sim – responderam ao mesmo tempo todas as vozes.

"Chamaram o contínuo.

"– Contínuo – perguntou o presidente –, há alguém que esteja esperando no saguão?

"– Sim, senhor presidente.

"– Quem é esse alguém?

"– Uma mulher acompanhada por um criado.

"Todos se entreolharam.

"Faça-a entrar – disse o presidente.

"Cinco minutos depois, o contínuo reapareceu. Todos os olhos estavam fixos na porta, e eu mesmo, disse Beauchamp, compartilhava a expectativa e a ansiedade gerais.

"Atrás do porteiro caminhava uma mulher envolta num grande véu, que a cobria inteiramente. Adivinhava-se facilmente pelas formas que esse véu traía e pelo perfume que exalava, a presença de uma mulher jovem e elegante, mas apenas isso.

"O presidente pediu à desconhecida que tirasse o véu, e todos puderam ver que a mulher estava vestida à maneira grega. Além disso, era de uma suprema beleza."

– Ah – disse Morcerf –, era ela.

– Como ela?

– Sim, Haydée.

– Quem lhe disse isso?

– Ah, estou adivinhando. Mas continue, Beauchamp, rogo-lhe. Como vê, estou calmo e forte. E, no entanto, devemos estar perto do desfecho.

"– O senhor de Morcerf – continuou Beauchamp –, olhava para aquela mulher com um misto de surpresa e terror. Para ele, era a vida ou a morte que sairia daquela boca encantadora. Para todos os outros, era uma aventura tão estranha e cheia de curiosidade que a salvação ou a perda do senhor de Morcerf só entrava no acontecimento como elemento secundário.

"O presidente, com um gesto, ofereceu um assento à jovem, mas ela fez um sinal com a cabeça de que permaneceria de pé. Quanto ao conde, deixara-se cair em sua poltrona e era evidente que suas pernas se recusavam a sustentá-lo.

"– A senhora – disse o presidente –, escreveu à comissão para dar informações sobre o caso de Janina e adiantou ter sido testemunha ocular dos acontecimentos.

"– Fui eu, realmente – respondeu a desconhecida, com uma voz cheia de encantadora tristeza e marcada por aquela sonoridade particular das vozes orientais.

"– No entanto – continuou o presidente –, permita-me que lhe diga que era muito jovem na época.

"– Eu tinha quatro anos; mas, como os acontecimentos tinham suprema importância para mim, nenhum detalhe saiu do meu espírito, nenhuma particularidade escapou da minha memória.

"– Mas então que importância esses acontecimentos tiveram para a senhora, e quem é a senhora, para que essa grande catástrofe lhe tenha causado tão profunda impressão?

"– Tratava-se da vida ou da morte do meu pai – respondeu a jovem –, e meu nome é Haydée, filha de Ali Tebelin, paxá de Janina, e de Vasiliki, sua esposa bem-amada.

"O rubor ao mesmo tempo modesto e orgulhoso que cobriu as faces da jovem, o fogo do seu olhar e a majestade da sua revelação produziram um efeito inexprimível na assembleia.

"Quanto ao conde, não teria ficado mais aniquilado se um raio, ao cair, tivesse cavado um abismo aos seus pés.

"– Senhora – prosseguiu o presidente depois de ter se inclinado com respeito –, permita-me uma simples pergunta, que não é uma dúvida, e que será a última: pode justificar a autenticidade do que diz?

"– Posso, senhor – disse Haydée, tirando debaixo do véu um saquinho de cetim perfumado –, pois aqui está minha certidão de nascimento, redigida por meu pai e assinada pelos seus principais funcionários; pois aqui está, junto com a certidão de nascimento, minha certidão de batismo, pois meu pai consentiu que fosse educada na religião de minha mãe, certidão que o grão-primaz da Macedônia e do Épiro revestiu com seu selo; aqui está, finalmente (e este é sem dúvida o mais importante), o registro da venda que foi feita da minha pessoa e da pessoa de minha mãe ao mercador armênio El Kobbir pelo oficial francês que, em sua infame negociata com a Porta, reservara para si, como parte da pilhagem, a filha e a mulher de seu benfeitor, que vendeu pela soma de mil bolsas, isto é, por cerca de quatrocentos mil francos.

"Uma palidez esverdeada invadiu as faces do conde de Morcerf e seus olhos injetaram-se de sangue ao ouvir essas terríveis acusações, que a assembleia acolheu com um silêncio lúgubre.

"Haydée, sempre calma, mas muito mais ameaçadora em sua calma do que qualquer outro o teria sido em sua cólera, estendeu ao presidente o registro de venda redigido em árabe.

"Como se pensara que algumas das provas apresentadas estariam redigidas em árabe, romaico ou turco, o intérprete da Câmara fora deixado de sobreaviso; mandaram chamá-lo.

"Um dos nobres pares para quem era familiar a língua árabe, que aprendera durante a sublime campanha do Egito, acompanhou no pergaminho a leitura que o tradutor fez em voz alta.

Eu, El Kobbir, mercador de escravos e fornecedor do harém de Sua Alteza, reconheço ter recebido, para entregá-lo ao sublime imperador, do fidalgo francês conde de Monte Cristo, uma esmeralda avaliada em duas mil bolsas, como pagamento por uma jovem escrava cristã de onze anos, de nome Haydée, e filha reconhecida do falecido senhor Ali Tebelin, paxá de Janina, e Vasiliki, sua favorita, a qual me fora vendida, há sete anos, com sua mãe, que morreu ao chegar a Constantinopla, por um coronel francês a serviço do vizir Ali Tebelin, de nome Fernando Mondego.

A supracitada venda me fora feita em nome de Sua Alteza, de quem tinha mandato, mediante a soma de mil bolsas.

Feito em Constantinopla, com autorização de Sua Alteza, no ano de 1247 da Hégira.

Assinado: El Kobbir

"O presente documento, para lhe dar plena fé, todo o crédito e toda a autenticidade, será revestido do selo imperial, que o vendedor se obriga a que lhe seja aposto."

"Perto da assinatura do mercador via-se efetivamente o selo do sublime imperador.

"A esta leitura e a esta visão sucedeu um silêncio terrível. Ao conde só restava o olhar, e esse olhar, pregado como que à sua revelia em Haydée, parecia de fogo e de sangue.

"– Senhora – disse o presidente –, podemos interrogar o conde de Monte Cristo, que se encontra em Paris em sua companhia, segundo creio?

"– Senhor – respondeu Haydée –, o conde de Monte Cristo, meu outro pai, está na Normandia há três dias.

"Mas então, senhora – disse o presidente –, quem lhe aconselhou esta iniciativa, pela qual a corte lhe agradece, e que, aliás, é perfeitamente natural, tendo em vista seu nascimento e seus infortúnios?

"– Senhor – respondeu Haydée –, esta iniciativa foi-me aconselhada pelo meu respeito e pela minha dor. Apesar de cristã, sempre pensei, Deus me perdoe!, em vingar meu ilustre pai. Ora, quando pus os pés na França, quando soube que o traidor morava em Paris, meus olhos e ouvidos ficaram constantemente abertos. Vivo reclusa na casa do meu nobre protetor, mas vivo assim porque gosto da sombra e do silêncio, que me permitem viver nos meus pensamentos e no meu recolhimento. Mas o senhor conde de Monte Cristo me cerca de cuidados paternais, e nada do que constitui a vida mundana me é estranho; apenas aceito-lhe o ruído distante. Dessa forma, leio todos os jornais, me enviam todos os álbuns e recebo todas as melodias. E foi acompanhando, sem me dedicar a isso, a vida dos outros que soube o que tinha acontecido esta manhã na Câmara dos Pares e o que deveria acontecer esta noite... Então, escrevi.

"– Então – perguntou o presidente –, o senhor conde de Monte Cristo não tem nada a ver com sua iniciativa?

"– Ele a ignora completamente, senhor, e inclusive tenho um único receio, que ele a desaprove quando souber. No entanto, é um belo dia para mim – continuou a jovem, erguendo ao céu um olhar ardente como uma chama –, por ser aquele em que finalmente tive a oportunidade de vingar meu pai!

"Durante todo esse tempo o conde não pronunciara uma única palavra; seus colegas observavam-no e sem dúvida lamentavam aquele destino destruído pelo sopro perfumado de uma mulher. Sua desgraça inscrevia pouco a pouco seus traços sinistros naquele rosto.

"– Senhor de Morcerf – perguntou o presidente –, o senhor reconhece a senhora como filha de Ali Tebelin, paxá de Janina?

"– Não – respondeu Morcerf, fazendo um esforço para se levantar. – Isto é uma trama urdida por meus inimigos.

"Haydée, que mantinha os olhos fixos na porta como se esperasse alguém, virou-se bruscamente e, encontrando o conde de pé, soltou um grito terrível:

"– Não me reconhece? – disse ela. – Pois bem! Felizmente eu o reconheço! É Fernando Mondego, o oficial francês que instruía as tropas do meu nobre pai. Foi o senhor que entregou os castelos de Janina! Foi o senhor que, enviado por ele a Constantinopla para negociar diretamente com o imperador a vida ou a morte do seu benfeitor, trouxe um falso firmão que lhe concedia perdão completo! Foi o senhor que, com este firmão, obteve o anel do paxá que deveria fazer com que fosse obedecido por Selim, o guardião do fogo. Foi o senhor que apunhalou Selim! Foi o senhor que nos vendeu, a minha mãe e a mim, ao mercador El Kobbir! Assassino! Assassino! Assassino! Ainda tem na fronte o sangue do seu senhor! Vejam todos.

"Essas palavras foram pronunciadas com tal entusiasmo pela verdade que todos os olhos se voltaram para a testa do conde, e ele mesmo levou a mão a ela como se sentisse, ainda morno, o sangue de Ali.

"– Então reconhece efetivamente o senhor de Morcerf como sendo o próprio oficial Fernando Mondego?

"– Se o reconheço! – gritou Haydée. – Oh! Minha mãe, que me disse: 'Você era livre, tinha um pai que amava, estava destinada a ser quase uma rainha! Olhe bem para este homem, foi ele que a fez escrava, foi ele que ergueu a cabeça do seu pai na ponta de uma vara, foi ele que nos vendeu, foi ele que nos entregou! Observe bem sua mão direita, aquela que tem uma grande cicatriz; se você esquecer seu rosto, o reconhecerá por aquela mão, na qual caíram uma a uma as moedas de ouro do mercador El Kobbir!' Se o reconheço! Oh! Que ele próprio diga agora que não me reconhece!

"Cada palavra caía como um cutelo sobre Morcerf e cortava uma parte de sua energia. Ao ouvir estas últimas palavras, escondeu no peito, rapidamente e sem querer, a mão, de fato mutilada por um ferimento, e voltou a cair em sua poltrona, mergulhado num sombrio desespero.

"Esta cena agitou os espíritos da assembleia, como quando vemos correr as folhas soltas do tronco das árvores arrastadas pelo poderoso vento do norte.

"– Senhor conde de Morcerf – disse o presidente –, não se deixe abater, responda: a justiça da corte é suprema e igual para todos, como a de Deus. Ela não permitirá que seja esmagado por seus inimigos sem lhe dar os meios para combatê-los. Deseja novas investigações? Deseja que eu ordene uma viagem de dois membros da Câmara a Janina? Fale!

"Morcerf não respondeu.

"Então, todos os membros da comissão se entreolharam com uma espécie de terror. Conheciam o temperamento enérgico e violento do conde. Era preciso uma terrível prostração para aniquilar a defesa daquele homem; era preciso, enfim, pensar que àquele silêncio, semelhante ao sono, sucederia um despertar semelhante ao raio.

"– Muito bem – perguntou-lhe o presidente –, o que o senhor decide?

"– Nada! – respondeu o conde com uma voz surda, levantando-se.

"– Então a filha de Ali Tebelin – disse o presidente –, realmente declarou a verdade? Ela é realmente a terrível testemunha a quem, como sempre acontece, o culpado ousa responder: NÃO? Então o senhor praticou realmente todos os atos de que é acusado?

"O conde lançou à sua volta um olhar cuja expressão desesperada teria comovido tigres, mas que não podia desarmar os juízes. Depois, ergueu os olhos para a abóbada e imediatamente os desviou, como se temesse que ela se abrisse e fizesse resplandecer esse segundo tribunal que se chama céu e esse outro juiz que se chama Deus.

"Então, com um movimento brusco, arrancou os botões daquela casaca fechada que o sufocava e saiu da sala como um pobre louco. Num instante seus passos ecoaram lugubremente sob a abóbada sonora, e logo o rodar da carruagem que o levava a galope fez estremecer o pórtico do edifício florentino.

"– Senhores – disse o presidente, quando o silêncio se restabeleceu –, o senhor conde de Morcerf é culpado de felonia, traição e indignidade?

"– Sim! – responderam com voz unânime todos os membros da comissão de inquérito.

"Haydée assistiu a sessão até o final. Ela ouviu a sentença do conde ser pronunciada sem que um único traço de seu rosto exprimisse alegria ou piedade.

"Então, recolocando o véu sobre o rosto, saudou majestosamente os conselheiros e saiu com o passo com que Virgílio via caminhar as deusas."

A PROVOCAÇÃO

– Então – continuou Beauchamp – aproveitei o silêncio e a escuridão da sala para sair sem ser visto. O contínuo que me introduzira esperava-me à porta. Conduziu-me pelos corredores até uma pequena porta que dava para a Rue de Vaugirard. Saí com a alma amargurada e extasiada ao mesmo tempo, perdoe-me a expressão, Albert. Amargurada em relação a você, extasiada com a nobreza daquela jovem em busca da vingança paterna. Sim, eu juro, Albert, seja qual for a origem daquela revelação, estou convencido de que ela pode vir de um inimigo, mas que esse inimigo é apenas um agente da Providência.

Albert segurava a cabeça entre as mãos, ergueu o rosto, vermelho de vergonha e banhado em lágrimas e, agarrando o braço de Beauchamp, disse.

– Amigo, minha vida terminou. Resta-me, não dizer como você, que a Providência me desferiu um golpe, mas sim procurar o homem que me persegue com sua inimizade. Depois, quando o encontrar, matarei esse homem, ou esse homem me matará. Conto com sua amizade para me ajudar, Beauchamp, se o desprezo ainda não a matou em seu coração.

– O desprezo, meu amigo? E em que essa desgraça o atinge? Não! Graças a Deus, já não estamos na época em que um preconceito injusto tornava os filhos responsáveis pelas ações dos pais. Reveja toda a sua vida, Albert; ela data de ontem, é verdade, mas algum dia a aurora de um belo dia foi mais pura que o seu oriente? Não, Albert, acredite em mim, você é jovem, é rico, saia da França. Tudo é rapidamente esquecido nesta grande Babilônia cheia de agitação e gostos fugazes. Voltará dentro de três ou quatro anos, terá se casado com alguma princesa russa e ninguém pensará mais no que aconteceu ontem, e muito menos no que aconteceu há dezesseis anos.

– Obrigado, meu caro Beauchamp, obrigado pela excelente intenção que lhe dita suas palavras, mas não pode ser assim. Disse-lhe qual era o meu desejo, e agora, se for preciso, trocarei a palavra desejo pela palavra vontade. Você compreende que, interessado que sou nesse caso, não posso ver a coisa do mesmo ponto de vista que você. O que lhe parece vir de uma fonte celeste, parece-me vir de uma fonte menos pura. A Providência me parece, confesso-lhe, muito estranha a tudo isso, e felizmente, pois em vez da mensageira invisível e impalpável das recompensas e dos castigos celestes, encontrarei um ser palpável e visível no qual me vingarei, oh, sim, juro, de tudo que venho sofrendo de um mês para cá. Agora repito-lhe, Beauchamp, tenho de voltar à vida humana e material, e se ainda é meu amigo como diz, ajude-me a encontrar a mão que desferiu o golpe.

– Pois seja! – disse Beauchamp. – E se faz questão absoluta que eu desça à terra, eu o farei; se faz questão de ir em busca de um inimigo, irei com você. E o encontrarei, pois minha honra tem quase tanto interesse quanto a sua em encontrá-lo.

– Que bom! E então, Beauchamp, você compreende, agora mesmo, sem demora, comecemos nossas investigações. Cada minuto perdido é uma eternidade para mim; o denunciante ainda não foi punido e, portanto, pode esperar que não o será, e, pela minha honra, se o espera, está enganado.

– Então escute, Morcerf.

– Ah, Beauchamp, vejo que você sabe alguma coisa. Isso é o mesmo que devolver-me a vida!

– Não digo que seja realidade, Albert, mas pelo menos é uma luz no meio da noite: seguindo essa luz, talvez ela nos leve ao alvo.

– Fale! Está vendo que ardo de impaciência.

– Pois bem! Vou lhe contar o que não quis lhe dizer ao voltar de Janina.

– Fale.

– Eis o que aconteceu, Albert. Naturalmente, procurei o primeiro banqueiro da cidade para obter informações. À primeira palavra que eu disse sobre o assunto, antes mesmo que o nome de seu pai tivesse sido mencionado, ele disse:

"– Ah! Pois bem, adivinho o que o traz aqui.

"– Como assim? Por quê?

"– Porque há apenas quinze dias fui perguntado sobre o mesmo assunto.

"– Por quem?

"– Por um banqueiro de Paris, meu correspondente.

"– Chamado?

"– Senhor Danglars."

– Ele! – exclamou Albert. – Com efeito, é ele que há tanto tempo persegue meu pobre pai com seu ódio invejoso; ele, o pretenso homem do povo, que não pode perdoar ao conde de Morcerf o fato de ser par de França. E, veja, aquele rompimento do casamento sem dar um motivo; sim, é isso.

– Informe-se, Albert, mas não se exalte antecipadamente, informe-se, repito-lhe, e se a coisa for verdade...

– Oh, sim! Se for verdade – gritou o rapaz –, ele me pagará por tudo que sofri.

– Cuidado, Morcerf, ele é um homem já velho.

– Terei tanta consideração por sua idade quanto ele teve pela honra da minha família. Se odiava meu pai, por que não se bateu com ele? Oh, não, teve medo de se ver na frente de um homem!

– Albert, não o condeno, apenas o contenho; aja com prudência.

– Oh, não tenha medo! De resto, você irá me acompanhar, Beauchamp. As coisas solenes devem ser tratadas na presença de testemunhas. Antes do fim do dia, se o senhor Danglars for o culpado, o senhor Danglars terá deixado de viver ou eu estarei morto. Por Deus, Beauchamp, quero fazer um belo funeral em minha homenagem.

– Pois bem, quando se tomam decisões como esta, Albert, é preciso colocá-las imediatamente em execução. Quer ir à casa do senhor Danglars? Então vamos.

Mandaram buscar um cabriolé de praça. Quando entraram no palacete do banqueiro, perceberam a carruagem e o criado do senhor Andrea Cavalcanti na porta.

– Ah, de fato! Vem bem a calhar! – disse Albert com uma voz sombria. – Se o senhor Danglars não quiser duelar comigo, matarei seu genro. Certamente um Cavalcanti não se recusará a duelar!

Anunciaram o rapaz ao banqueiro, que, ao ouvir o nome de Albert e sabendo o que acontecera na véspera, proibiu-lhe a entrada. Mas era tarde demais, pois o jovem seguira o lacaio, ouviu a ordem dada, forçou a porta e entrou, seguido por Beauchamp, no gabinete do banqueiro.

– Mas, cavalheiro! – exclamou este último. – O dono da casa não tem mais o direito de receber ou não quem ele quer? Parece-me que o senhor se esquece disso, estranhamente.

– Não, senhor – respondeu Albert friamente. – Há circunstâncias, e o senhor encontra-se numa delas, em que é necessário, exceto por covardia, e ofereço-lhe esse refúgio, estar em casa pelo menos para certas pessoas.

– Mas o que deseja de mim, cavalheiro?

– Desejo – disse Morcerf, aproximando-se sem parecer prestar atenção a Cavalcanti, que estava recostado na lareira – propor-lhe um encontro num lugar afastado, onde ninguém nos incomodará durante dez minutos, não lhe peço mais; onde, de dois homens que se encontraram, um ficará sobre as folhas.

Danglars empalideceu, Cavalcanti fez um movimento. Albert voltou-se para o rapaz.

– Oh, meu Deus! – disse ele –, venha se quiser, senhor conde, tem o direito de estar presente, pois é quase da família, e marco esse tipo de encontro com qualquer um que se disponha a aceitar.

Cavalcanti olhou com estupefação para Danglars, que, fazendo um esforço, levantou-se e avançou entre os dois rapazes. O ataque de Albert a

Andrea acabava de colocá-lo em outro terreno e ele esperava que a visita de Albert tivesse causa diferente da que supusera inicialmente.

– Ah, é isso, senhor! – disse ele a Albert –, se vem aqui provocar o cavalheiro porque eu o preferi ao senhor, previno-o de que farei disso um caso para o procurador do rei.

– Está enganado, senhor – disse Morcerf com um sorriso sombrio –, não estou me referindo de modo algum a esse casamento e só me dirijo ao senhor Cavalcanti porque me pareceu que teve em um momento a intenção de intervir na nossa discussão. Mas, devo admitir, o senhor tem razão – disse ele –, pois hoje estou procurando briga com todo mundo. Mas fique tranquilo, senhor Danglars, a prioridade é sua.

– Cavalheiro – respondeu Danglars, pálido de cólera e medo –, aviso-lhe que, quando tenho a infelicidade de encontrar um cão raivoso no meu caminho, eu o mato, e que, longe de me considerar culpado, penso ter prestado um serviço à sociedade. Ora, se o senhor está com raiva e tenta me morder, previno-o que o matarei sem piedade. Que coisa! É culpa minha que seu pai está desonrado?

– Sim, miserável! – gritou Morcerf. – A culpa é sua!

Danglars deu um passo para trás.

– É culpa minha? Está louco! Que sei eu dessa história grega? Alguma vez viajei a esses países? Fui eu quem aconselhou seu pai a vender os castelos de Janina? A trair...

– Silêncio! – disse Albert com uma voz ligeiramente abafada. – Não, não foi o senhor quem causou de maneira direta esse escândalo e essa desgraça, mas, claro, foi o senhor quem, hipocritamente, os provocou.

– Eu?!

– Sim, o senhor! De onde veio a revelação?

– Mas me parece que o jornal já lhe disse: de Janina, caramba!

– Quem escreveu para Janina?

– Para Janina?

– Sim. Quem escreveu para pedir informações sobre meu pai?

– Parece-me que qualquer pessoa pode escrever para Janina.

– Mas só uma pessoa escreveu.

– Só uma?

– Sim! E essa pessoa foi o senhor!

– Escrevi, de fato. Parece-me que, quando se casa a filha com um rapaz, pode-se obter informações sobre a família desse rapaz; não é apenas um direito, mas um dever.

– O senhor escreveu, cavalheiro – disse Albert –, sabendo perfeitamente a resposta que receberia.

– Eu? Ah, juro-lhe – exclamou Danglars, com uma confiança e segurança que talvez viessem menos do seu medo do que do interesse que no fundo sentia pelo pobre rapaz –, juro-lhe que nunca teria pensado em escrever para Janina. Por acaso eu conhecia a catástrofe de Ali Paxá?

– Então alguém o incitou a escrever?

– Certamente.

– Foi estimulado por alguém?

– Sim.

– Quem?... Termine... fale...

– Ora, nada mais simples. Eu estava conversando sobre o passado do seu pai e dizia que a origem de sua fortuna sempre permanecera obscura. A pessoa me perguntou onde seu pai fizera essa fortuna. Respondi: "Na Grécia". Então ela me disse: "Pois bem, escreva para Janina".

– E quem lhe deu esse conselho?

– Ora, essa! O conde de Monte Cristo, seu amigo.

– O conde de Monte Cristo disse-lhe para escrever a Janina?

– Sim, e eu escrevi. Quer ver minha correspondência? Posso mostrar-lhe.

Albert e Beauchamp entreolharam-se.

– Cavalheiro – disse Beauchamp, que até então estivera calado –, parece-me que acusa o conde, que está ausente de Paris e que não pode justificar-se neste momento.

– Não acuso ninguém, cavalheiro – disse Danglars –, estou narrando e repetirei diante do senhor conde de Monte Cristo o que acabo de lhes dizer.

– E o conde sabe que resposta recebeu?

– Eu lhe mostrei.

– Ele sabia que o nome de batismo do meu pai era Fernando, e que o sobrenome era Mondego?

– Sim, eu tinha lhe dito havia muito tempo. De resto, nesse caso fiz apenas o que qualquer outro teria feito em meu lugar, e talvez até muito menos. Quando, no dia seguinte a essa resposta, instado pelo senhor conde de Monte Cristo, seu pai veio me pedir oficialmente minha filha, como se faz quando se quer dar um basta, recusei, recusei categoricamente, é verdade, mas sem explicação, sem escândalo. Com efeito, por que teria eu feito um escândalo? Em que a honra ou a desonra do senhor de Morcerf me interessam? Isso não faz os juros subirem ou caírem.

Albert sentiu o rubor subir-lhe à testa. Não havia dúvida, Danglars defendia-se com baixeza, mas com a segurança de um homem que diz, se não toda a verdade, pelo menos parte dela, certamente não por uma questão de consciência, mas por terror. Aliás, o que procurava Morcerf? Não era saber quem tinha mais ou menos culpa, se Danglars ou Monte Cristo, mas um homem que respondesse por uma ofensa leve ou grave, um homem que se batesse, e era evidente que Danglars não se bateria.

E depois, cada uma das coisas esquecidas ou despercebidas se tornava novamente visível aos seus olhos ou presentes em sua memória. Monte Cristo sabia de tudo, pois comprara a filha de Ali Paxá. Ora, sabendo de tudo, aconselhara Danglars a escrever para Janina. Conhecida a resposta, ele acedera ao desejo manifestado por Albert de ser apresentado a Haydée. Uma vez diante dela, deixara a conversa recair na morte de Ali, sem se opor à narrativa de Haydée, mas tendo sem dúvida dado à jovem, nas poucas palavras romaicas que pronunciara, instruções que não tinham permitido a Morcerf reconhecer o pai. Aliás, não pedira ele a Morcerf que não pronunciasse o nome do pai diante de Haydée? Por fim, levara Albert para a Normandia no momento em que sabia que o grande escândalo iria explodir. Não havia dúvida, tudo aquilo fora calculado. Monte Cristo, sem dúvida alguma, entendia-se com os inimigos de seu pai.

Albert levou Beauchamp para um canto e comunicou-lhe todas essas deduções.

– Você tem razão – concordou o jornalista. – O senhor Danglars só tem a ver com o que aconteceu no que se refere à parte bruta e material. É ao senhor de Monte Cristo que deve pedir uma explicação.

Albert voltou-se.

– Cavalheiro – disse a Danglars –, espero que compreenda que esta ainda não é uma despedida definitiva; resta-me saber se suas acusações são procedentes, coisa de que vou me assegurar imediatamente junto ao senhor conde de Monte Cristo.

E, cumprimentando o banqueiro, saiu com Beauchamp sem parecer dar pela presença de Cavalcanti.

Danglars acompanhou-os até a porta e ali renovou a Albert a garantia de que nenhum motivo de ódio pessoal o animava contra o senhor conde de Morcerf.

O INSULTO

À porta do banqueiro, Beauchamp deteve Morcerf.

– Escute – disse-lhe –, acabo de lhe sugerir, na casa do senhor Danglars, que é ao senhor de Monte Cristo que deve pedir uma explicação.

– Sim, e vamos para a casa dele.

– Um momento, Morcerf. Antes de irmos à casa do conde, reflita.

– Em que quer que eu reflita?

– Na gravidade da sua iniciativa.

– É mais grave que ir à casa do senhor Danglars?

– Sim. O senhor Danglars é um homem endinheirado, e, como sabe, os homens endinheirados conhecem muito bem o capital que arriscam para duelarem facilmente. O outro, ao contrário, é um fidalgo, pelo menos na aparência. Você não teme, sob o fidalgo, encontrar o bravo?

– Só temo uma coisa: encontrar um homem que não se bata.

– Oh, fique tranquilo – disse Beauchamp –, esse se baterá. Temo inclusive uma coisa: que se bata demasiado bem. Tome cuidado!

– Amigo – disse Morcerf com um belo sorriso –, é tudo o que peço. E o que pode me acontecer de melhor é ser morto em nome do meu pai; isso nos salvará a todos.

– Sua mãe morrerá por causa disso!

– Minha pobre mãe – disse Albert passando a mão sobre os olhos. – Sei muito bem, mas é melhor ela morrer por isso que morrer de vergonha.

– Está decidido, Albert?

– Estou.

– Então, vamos! Mas acha que o encontraremos?

– Ele voltaria algumas horas depois de mim, e certamente já deve ter chegado.

Entraram na carruagem e rumaram para a avenida dos Champs-Élysées, nº 30. Beauchamp queria descer sozinho, mas Albert observou que, como o caso fugia das regras usuais, permitia-lhe afastar-se da etiqueta do duelo. O rapaz agia em tudo isso por uma causa tão sagrada que Beauchamp não tinha nada mais a fazer a não ser atender a todos os seus desejos. Cedeu, portanto, a Morcerf e contentou-se em segui-lo.

Albert transpôs apenas com um salto a distância entre a guarita do porteiro e a escadaria de entrada. Foi Baptistin quem o recebeu.

O conde acabava de chegar, efetivamente, mas estava no banho e proibira que se recebesse quem quer que fosse.

– Mas e depois do banho? – perguntou Morcerf.

– O patrão jantará.

– E depois do jantar?

– O patrão dormirá uma hora.

– E depois?

– Depois irá à Ópera.

– Tem certeza? – perguntou Albert.

– Absoluta. O patrão pediu seus cavalos para as oito horas em ponto.

– Muito bem – respondeu Albert –, é tudo que eu queria saber.

Depois, voltando-se para Beauchamp:

– Se tem alguma coisa a fazer, Beauchamp, faça-a imediatamente; se tem algum compromisso para esta noite, adie-o para amanhã. Percebe que conto com você para ir à Ópera. Se puder, traga Château-Renaud.

Beauchamp aproveitou a autorização e deixou Albert depois de ter prometido vir buscá-lo às quinze para as oito.

Ao voltar para casa, Albert avisou Franz, Debray e Morrel de seu desejo de vê-los naquela mesma noite na Ópera.

Depois, foi visitar a mãe, que desde os acontecimentos da véspera fechara as portas e permanecia no quarto. Encontrou-a na cama, esmagada pela dor daquela humilhação pública.

A presença de Albert produziu em Mercedes o efeito que se podia esperar; apertou a mão do filho e rompeu em soluços. No entanto, as lágrimas a aliviaram.

Albert ficou um instante de pé e mudo junto da mãe. Via-se por seu rosto pálido e sua testa franzida que sua decisão de vingança ficava cada vez mais contundente em seu coração.

– Minha mãe – perguntou Albert –, conhece algum inimigo do senhor de Morcerf?

Mercedes estremeceu. Percebera que o jovem não dissera "do meu pai".

– Meu querido – respondeu –, as pessoas na posição do conde têm muitos inimigos que elas mesmas ignoram. Além disso, os inimigos que conhecemos não são, como sabe, os mais perigosos.

– Sim, bem sei, por isso apelo a toda a sua perspicácia. Minha mãe, a senhora é uma mulher tão superior que nada lhe escapa!

– Por que está me dizendo isso?

– Porque a senhora notou, por exemplo, que na noite do baile que demos o senhor de Monte Cristo não quis nada do que foi servido em nossa casa.

Mercedes ergueu-se toda trêmula apoiada no braço, ardendo em febre:

– O senhor de Monte Cristo! – ela exclamou. – E que relação tem isso com a pergunta que me fez?

– Como sabe, minha mãe, o senhor de Monte Cristo é quase um homem do Oriente, e os orientais, para preservar toda a liberdade de vingança, nunca comem nem bebem na casa de seus inimigos.

– Está dizendo que o senhor de Monte Cristo é nosso inimigo, Albert? – retomou Mercedes, ficando mais pálida que o lençol que a cobria. – Quem lhe disse isso? Por quê? Você está louco, Albert. O senhor de Monte Cristo foi só gentilezas para conosco. O senhor de Monte Cristo salvou sua vida, você mesmo nos apresentou a ele. Oh, peço-lhe, meu filho, se está com essa ideia, afaste-a, e se tenho uma recomendação a lhe fazer, direi mais, se tenho uma súplica a lhe dirigir, é esta: dê-se bem com ele.

– Minha mãe – replicou o rapaz com um olhar sombrio –, a senhora tem suas razões para me dizer que poupe esse homem.

– Eu?! – exclamou Mercedes, corando com a mesma rapidez com que empalidecera e tornando-se quase imediatamente ainda mais pálida do que antes.

– Sim, sem dúvida, e essa razão – retomou Albert –, não seria que esse homem pode nos fazer mal?

Mercedes sentiu um calafrio e, dirigindo ao filho um olhar penetrante, disse:

– Você está falando de um modo estranho comigo e tem singulares prevenções, me parece. O que lhe fez o conde? Há três dias estava com ele na Normandia; há três dias eu o via e você também o via como seu melhor amigo.

Um sorriso irônico aflorou nos lábios de Albert. Mercedes viu esse sorriso e, com seu duplo instinto de mulher e de mãe, adivinhou tudo. Mas, prudente e forte, escondeu sua perturbação e seus temores.

Albert deixou morrer a conversa. Passado um instante, a condessa retomou-a:

– Você vinha me perguntar como estava. Respondo-lhe francamente, meu querido, que não me sinto bem. Você deveria se instalar aqui, Albert, me faria companhia. Não quero ficar sozinha.

– Minha mãe – disse o rapaz –, eu estaria às suas ordens, e a senhora sabe com que felicidade, se um assunto urgente e importante não me obrigasse a deixá-la durante toda a noite.

– Ah, muito bem! – respondeu Mercedes com um suspiro. – Vá, Albert, não quero de modo algum torná-lo escravo de sua piedade filial.

Albert fingiu não ouvir, cumprimentou a mãe e saiu.

Mal o rapaz fechou a porta, Mercedes mandou chamar um lacaio de confiança e ordenou-lhe que seguisse Albert aonde quer que fosse naquela noite e que voltasse para lhe prestar contas prontamente.

Depois chamou a criada de quarto e, por muito fraca que estivesse, vestiu-se para estar pronta para qualquer eventualidade.

A missão dada ao lacaio não era difícil de cumprir. Albert voltou aos seus aposentos e vestiu-se com uma espécie de esmero severo. Às dez para as oito, Beauchamp chegou: vira Château-Renaud, que prometera estar na plateia antes de a cortina subir.

Ambos entraram no cupê de Albert, que, não tendo razão para esconder aonde ia, disse em voz alta:

– Para a Ópera!

Em sua impaciência, chegou antes de a cortina subir.

Château-Renaud estava em seu lugar. Avisado de tudo por Beauchamp, Albert não tinha explicação alguma a lhe dar. O comportamento desse filho que procurava vingar o pai era tão simples que Château-Renaud nem sequer tentou dissuadi-lo e limitou-se a renovar-lhe a certeza de que estava à sua disposição.

Debray ainda não chegara, mas Albert sabia que raramente perdia um espetáculo da Ópera. Albert vagou pelo teatro até a cortina subir. Esperava encontrar Monte Cristo, fosse no corredor, fosse na escada. A campainha chamou-o ao seu lugar e ele foi sentar-se na plateia, entre Château-Renaud e Beauchamp.

Mas seus olhos não largavam daquele camarote entre colunas, que durante todo o primeiro ato parecia obstinado em permanecer fechado.

Por fim, enquanto Albert consultava pela centésima vez o relógio, no início do segundo ato, a porta do camarote se abriu e Monte Cristo, vestido de preto, entrou e se apoiou na balaustrada para examinar a sala. Morrel o seguia, procurando com os olhos sua irmã e seu cunhado. Avistou-os num camarote da segunda fila e acenou-lhes.

O conde, lançando um olhar circular pela sala, percebeu uma cabeça pálida e olhos brilhantes que pareciam atrair avidamente seus olhares. Reconheceu Albert, mas a expressão que notou naquele rosto perturbado aconselhou-o sem dúvida a fazer como se não o tivesse visto. Sem fazer nenhum movimento que revelasse seu pensamento, sentou-se, retirou o binóculo do estojo e apontou-o para outro lado.

Mas, sem parecer ver Albert, o conde não o perdia de vista, e, quando a cortina desceu no final do segundo ato, seu golpe de vista infalível e seguro seguiu o jovem saindo da plateia acompanhado de seus dois amigos.

Em seguida, a mesma cabeça reapareceu na sacada de um primeiro camarote, em frente ao seu. O conde sentia a tempestade chegando, e quando ouviu a chave girar na fechadura do seu camarote, embora nesse momento conversasse com Morrel com seu rosto mais risonho, o conde sabia com o que lidava e estava preparado para tudo.

A porta se abriu.

Só então Monte Cristo se virou e viu Albert, lívido e trêmulo. Atrás dele estavam Beauchamp e Château-Renaud.

– Ora, vejam! – exclamou, com aquela benevolente polidez que distinguia habitualmente sua saudação das banais cortesias da sociedade. – Eis que meu cavaleiro chegou ao seu objetivo. – Boa noite, senhor de Morcerf.

E o rosto desse homem, tão singularmente senhor de si, exprimia a mais perfeita cordialidade.

Só então Morrel se lembrou da carta que recebera do visconde, na qual, sem maiores explicações, este lhe pedia que fosse à Ópera, e compreendeu que algo terrível estava para acontecer.

– Não viemos aqui para trocar cortesias hipócritas ou falsos gestos de amizade – disse o rapaz. – Viemos pedir-lhe uma explicação, senhor conde.

A voz trêmula do rapaz mal atravessava seus dentes cerrados.

– Uma explicação na Ópera? – perguntou o conde num tom tão sereno e com aquele olhar tão penetrante, característico do homem eternamente seguro de si. – Por menos familiarizado que esteja com os hábitos parisienses, nunca imaginei, cavalheiro, que este fosse o lugar para explicações serem pedidas.

– No entanto, quando as pessoas se escondem – espetou Albert –, quando não se consegue chegar até elas a pretexto de que estão no banho, à mesa ou na cama, é preciso ir até onde se pode encontrá-las.

– Não sou difícil de encontrar – disse Monte Cristo –, pois ainda ontem, cavalheiro, se bem me lembro, o senhor estava na minha casa.

– Ontem, senhor – disse o rapaz, cuja cabeça estava confusa –, estava em sua casa porque ignorava quem era o senhor.

E, ao pronunciar estas palavras, Albert levantara a voz de maneira que as pessoas que estavam nos camarotes vizinhos o ouvissem, assim como as que passavam pelo corredor.

Por isso, as pessoas dos camarotes se voltaram e as que passavam pelo corredor pararam atrás de Beauchamp e Château-Renaud ao ouvirem a altercação.

– De onde está vindo, senhor? – perguntou Monte Cristo, sem a menor emoção aparente. – Não parece estar em seu perfeito juízo.

– Desde que compreenda as suas perfídias, senhor, e que consiga fazer com que entenda que quero me vingar delas, serei sempre bastante razoável – disse Albert, furioso.

– Cavalheiro, não o compreendo – respondeu Monte Cristo –, e mesmo que o compreendesse, nem por isso o senhor deixa de estar falando alto demais. Estou em meu camarote, senhor, e aqui apenas eu tenho o direito de levantar minha voz acima da dos outros. Retire-se, cavalheiro!

E Monte Cristo indicou a porta a Albert com um admirável gesto de autoridade.

– Ah, esteja certo de que o farei sair de casa! – replicou Albert, amarfanhando a luva nas mãos convulsas, que o conde não perdia de vista.

– Bem, bem! – exclamou fleumaticamente Monte Cristo. – Vejo que o senhor quer briga comigo, cavalheiro. Apenas um conselho, visconde, e lembre-se bem dele: é mau costume fazer escândalo ao provocar alguém. O escândalo não é do gosto de todos, senhor de Morcerf.

A esse nome, um murmúrio de espanto passou como um calafrio entre os espectadores daquela cena. Desde a véspera o nome de Morcerf estava em todas as bocas.

Albert, melhor do que ninguém e antes de qualquer um, compreendeu a alusão e fez um gesto para atirar a luva no rosto do conde; mas Morrel agarrou-lhe o pulso, enquanto Beauchamp e Château-Renaud, temendo que a cena ultrapassasse os limites de uma simples provocação, o seguravam por trás.

Mas Monte Cristo, sem se levantar, inclinando a cadeira, limitou-se a estender a mão e a arrancar dos dedos crispados do rapaz a luva úmida e amarrotada:

– Senhor – disse num tom terrível –, considero sua luva como atirada e a devolverei enrolada em uma bala. Agora saia daqui ou chamo meus criados e mando colocá-lo para fora.

Exaltado, espantado, com os olhos injetados de sangue, Albert deu dois passos para trás.

Morrel aproveitou para fechar a porta.

Monte Cristo pegou novamente seu binóculo e pôs-se a observar a sala como se nada de extraordinário tivesse acontecido.

Aquele homem tinha um coração de bronze e um rosto de mármore. Morrel inclinou-se em seu ouvido:

– O que fez a ele? – perguntou.

– Eu? Nada, ao menos pessoalmente – respondeu Monte Cristo.

– Mas essa cena estranha deve ter uma causa.

– A peripécia do conde de Morcerf exasperou o pobre rapaz.

– O senhor tem alguma coisa a ver com isso?

– Foi por meio de Haydée que a Câmara tomou conhecimento da traição do pai.

– De fato – observou Morrel –, foi o que me disseram, mas eu não quis acreditar que essa escrava grega que vi com o senhor aqui neste mesmo camarote era filha de Ali Paxá.

– No entanto, é verdade.

– Oh, meu Deus! – exclamou Morrel –, agora compreendo tudo. – Esta cena foi premeditada.

– Como assim?

– Sim, Albert me escreveu para que eu viesse esta noite à Ópera. Era para que eu fosse testemunha do insulto que lhe queria fazer.

– Provavelmente – observou Monte Cristo com sua imperturbável tranquilidade.

– Mas o que fará com ele?

– Com quem?

– Com Albert.

– Com Albert? – repetiu Monte Cristo no mesmo tom. – O que farei com ele, Maximilien? Tão certo quanto o senhor estar aqui e eu apertar sua mão, vou matá-lo amanhã antes das dez da manhã. Eis o que farei com ele.

Morrel, por sua vez, pegou na mão de Monte Cristo com as suas e estremeceu ao sentir aquela mão fria e calma.

– Ah, conde – disse ele –, o pai dele o ama tanto!

– Não me fale uma coisa dessas! – gritou Monte Cristo, no primeiro movimento de cólera que pareceu experimentar. – Irei fazê-lo sofrer!

Morrel, estupefato, deixou cair a mão de Monte Cristo.

– Conde, conde! – disse ele.

– Meu caro Maximilien – interrompeu o conde –, escute de que maneira adorável Duprez canta esta frase:

Oh, Matilde! Ídolo da minha alma.

– Aliás, fui o primeiro a descobrir Duprez em Nápoles e o primeiro a aplaudi-lo. Bravo! Bravo!

Morrel compreendeu que não havia mais nada a dizer, e esperou.

A cortina, que subira no fim da cena de Albert, caiu quase imediatamente. Alguém bateu à porta.

– Entre – disse Monte Cristo –, sem que sua voz permitisse detectar a menor emoção. Beauchamp apareceu.

– Boa noite, senhor Beauchamp – disse Monte Cristo, como se estivesse vendo o jornalista pela primeira vez na noite –, sente-se.

Beauchamp cumprimentou, entrou e sentou-se.

– Senhor – disse a Monte Cristo –, ainda há pouco eu acompanhava o senhor de Morcerf, como pôde ver.

– O que significa – respondeu Monte Cristo, rindo – que provavelmente vocês acabam de jantar juntos. Fico feliz em ver, senhor Beauchamp, que está mais sóbrio que ele.

– Senhor – disse Beauchamp –, Albert cometeu o erro, reconheço, de se exaltar, e venho por minha própria conta apresentar-lhe desculpas. Agora que minhas desculpas foram apresentadas, as minhas, entenda senhor conde, venho dizer-lhe que o considero um homem suficientemente elegante para se recusar a me dar alguma explicação sobre suas relações com a gente de Janina. Depois acrescentarei algumas palavras sobre essa jovem grega.

Monte Cristo fez um pequeno gesto com os lábios e com os olhos exigindo silêncio.

– Pronto! – acrescentou ele, rindo. – Eis todas as minhas esperanças destruídas.

– Como assim? – perguntou Beauchamp.

– Sem dúvida o senhor se apressa em me dar uma reputação de excentricidade. Sou, em sua opinião, uma Lara, um Manfred, um Lorde Ruthwen. Agora, passado o momento de me ver como um excêntrico, destrói seu tipo, tenta fazer de mim um homem banal. Quer-me comum, vulgar; pede-me explicações, enfim. Ora, senhor Beauchamp, quer me fazer rir?

– No entanto – retrucou Beauchamp com altivez –, há ocasiões em que a probidade ordena...

– Senhor Beauchamp – interrompeu aquele homem estranho –, quem dá ordens ao senhor conde de Monte Cristo é o senhor conde de Monte Cristo. Portanto, nem uma palavra a esse respeito, por favor. Faço o que quero, senhor Beauchamp, e, acredite, sempre muito bem-feito.

– Senhor – respondeu o rapaz –, não se paga gente honesta nessa moeda; a honra exige garantias.

– Senhor, sou uma garantia viva – continuou Monte Cristo, impassível, mas com os olhos se inflamando como raios ameaçadores. Ambos temos nas veias sangue que queremos derramar, essa é nossa garantia mútua. Leve esta resposta ao visconde e diga-lhe que amanhã, antes das dez horas, terei visto a cor do dele.

– Só me resta, portanto, – disse Beauchamp –, fixar as regras do combate.

– Isso me é completamente indiferente, cavalheiro – disse o conde de Monte Cristo. – Portanto, foi inútil vir incomodar-me durante o espetáculo por tão pouco. Na França, duela-se com espada ou pistola; nas colônias, usa-se a carabina; na Arábia, temos o punhal. Diga ao seu protegido que, apesar de insultado, para ser excêntrico até o fim, deixo-lhe a escolha das armas e aceitarei tudo sem discussão, sem contestação; tudo, está me escutando? Tudo, até o duelo por sorteio, que é sempre estúpido. Mas comigo é diferente: tenho certeza de que ganharei.

– Certeza de que ganhará! – repetiu Beauchamp, olhando para o conde com os olhos esbugalhados.

– Claro – disse Monte Cristo, encolhendo ligeiramente os ombros. – Sem isso, não duelaria com o senhor de Morcerf. Vou matá-lo, é preciso e assim será. Peço-lhe apenas que me envie um bilhete à minha casa, esta noite indicando a arma e a hora. Não gosto de esperar.

– Pistola, às oito horas da manhã, no Bois de Vincennes – disse Beauchamp, desconcertado, sem saber se estava lidando com um fanfarrão presunçoso ou com um ser sobrenatural.

– Muito bem, cavalheiro – disse Monte Cristo. – Agora que está tudo combinado, deixe-me assistir ao espetáculo, por favor, e diga ao seu amigo Albert que não volte aqui esta noite. Ele se prejudicaria com todas as suas brutalidades de mau gosto. Que volte para casa e durma.

Beauchamp saiu totalmente atordoado.

– Agora – disse Monte Cristo, voltando-se para Morrel –, conto com o senhor, não é mesmo?

– Certamente – disse Morrel. – Pode dispor de mim sempre que precisar, conde. No entanto…

– O quê?

– Seria importante, conde, que eu conhecesse a verdadeira causa...

– Quer dizer que me recusa?

– Não.

– A verdadeira causa, Morrel? – disse o conde. – Até mesmo esse rapaz caminha às cegas e não a conhece. A verdadeira causa somente eu e Deus a conhecemos. Mas dou-lhe minha palavra de honra, Morrel, que Deus, que a conhece, estará do nosso lado.

– Isso basta, conde – disse Morrel. – Quem é sua segunda testemunha?

– Não conheço ninguém em Paris a quem queira conceder essa honra, a não ser o senhor, Morrel, e seu cunhado, Emmanuel. Acredita que Emmanuel estaria disposto a me fazer esse favor?

– Respondo-lhe por ele como se fosse por mim, conde.

– Muito bem! É tudo que preciso. Amanhã às sete da manhã na minha casa, está bem?

– Estaremos lá.

– Silêncio! A cortina vai subir, vamos escutar. Tenho o hábito de não perder uma só nota desta ópera. Não há música mais adorável do que a de *Guilherme Tell*!

A NOITE

O senhor de Monte Cristo esperou, como era seu costume, que Duprez cantasse sua famosa ária "Siga-me!" e só então se levantou e saiu.

À porta, Morrel despediu-se, renovando a promessa de estar na casa dele com Emmanuel na manhã seguinte, às sete horas em ponto.

Em seguida, o conde entrou em seu cupê, sempre calmo e sorridente. Cinco minutos depois, estava em casa.

Só quem não conhecesse o conde se deixaria enganar pela expressão com que disse, ao entrar:

– Ali, minhas pistolas de cabo de marfim!

Ali trouxe a caixa ao patrão e este começou a examinar as armas com um zelo bastante natural para um homem que vai confiar a vida a um punhado de ferro e chumbo.

Eram pistolas especiais, que Monte Cristo mandara fazer para praticar tiro ao alvo em seus aposentos. Uma cápsula bastava para expulsar a bala e no quarto ao lado ninguém poderia suspeitar que o conde, como se costuma dizer no jargão de tiro, estava ocupado acertando a mão.

Estava prestes a encaixar a arma na mão e procurar o ponto de mira sobre uma pequena placa metálica que servia de alvo, quando a porta de seu gabinete se abriu e Baptistin entrou.

Mas antes mesmo de abrir a boca, o conde percebeu à porta, que ficara aberta, uma mulher de véu, de pé, na penumbra da sala contígua – e que seguira Baptistin.

Ela percebera o conde com a pistola na mão, viu duas espadas sobre uma mesa e se precipitou.

Baptistin consultou o patrão com o olhar.

O conde fez um sinal, Baptistin saiu e fechou a porta atrás de si.

– Quem é a senhora? – perguntou o conde à mulher de véu.

A desconhecida olhou ao redor para se certificar de que estava realmente só, e depois se inclinou como se quisesse ajoelhar-se, e juntando as mãos disse num tom de desespero:

– Edmond, não matará o meu filho!

O conde deu um passo para trás, soltou um grito débil e deixou cair a arma que segurava.

– Que nome pronunciou, senhora de Morcerf? – ele perguntou.

– O seu! – gritou ela, puxando o véu. – O seu, que talvez só eu não tenha esquecido. Edmond, não é a senhora de Morcerf que vem procurá-lo, é Mercedes.

– Mercedes está morta, minha senhora – disse Monte Cristo –, e não conheço mais ninguém com esse nome.

– Mercedes está viva, senhor, e Mercedes se lembra, pois só ela o reconheceu quando o viu. E o reconheceria, mesmo sem vê-lo, pela sua voz, Edmond, apenas pelo tom da sua voz. E desde então ela segue-o passo a passo, espreita-o, teme-o e não precisou procurar a mão de onde partia o golpe que atingiu o senhor de Morcerf.

– Fernando, a senhora quer dizer – respondeu Monte Cristo, com amarga ironia. – Já que estamos nos lembrando dos nossos nomes, vamos nos lembrar de todos.

E Monte Cristo pronunciara o nome Fernando com tal expressão de ódio que Mercedes sentiu um arrepio de terror lhe percorrer o corpo.

– Como pode ver, Edmond, não me enganei – gritou Mercedes –, e tenho razão em pedir-lhe: poupe o meu filho!

– E quem lhe disse, senhora, que tenho algo contra seu filho?

– Ninguém, meu Deus! Mas uma mãe é dotada de um sexto sentido. Adivinhei tudo. Segui-o esta noite à Ópera e, escondida numa frisa, vi tudo.

– Então, se viu tudo, senhora, viu que o filho de Fernando me insultou publicamente! – disse Monte Cristo com uma calma terrível.

– Oh, por piedade!

– Viu – continuou o conde – que ele teria atirado a luva no meu rosto se um dos meus amigos, o senhor Morrel, não lhe tivesse agarrado o braço.

– Escute-me. Meu filho também intuiu quem era o senhor e atribui-lhe os infortúnios que golpeiam seu pai.

– Senhora – disse Monte Cristo –, está confundindo. Não são infortúnios, é um castigo. Não sou eu quem golpeia o senhor de Morcerf, é a Providência que o castiga.

– E por que o senhor toma o lugar da Providência? – gritou Mercedes. – Por que se lembra quando Ela se esquece? Que lhe importam Edmond, Janina e seu vizir? Que mal Fernando Mondego lhe fez ao trair Ali Tebelin?

– Senhora – respondeu Monte Cristo –, tudo isso é assunto entre o capitão francês e a filha de Vasiliki. Isso não me diz absolutamente respeito, tem razão, e se jurei me vingar, não foi nem do capitão francês nem do conde de Morcerf: foi do pescador Fernando, marido da catalã Mercedes.

– Ah, senhor! – exclamou a condessa –, que vingança terrível por um erro que a fatalidade me fez cometer! – Porque a culpada sou eu, Edmond, e se tem de se vingar de alguém, é de mim, que não tive forças para suportar sua ausência e o meu isolamento.

– Mas por que eu estava ausente? Por que a senhora estava isolada?

– Porque você foi preso, Edmond, porque foi feito prisioneiro.

– E por que fui preso? – Por que fui feito prisioneiro?

– Ignoro – disse Mercedes.

– Sim, a senhora ignora, pelo menos espero que sim. Pois bem! Vou lhe dizer. Fui preso, fui feito prisioneiro, porque debaixo do caramanchão do la Reserve, na véspera do dia em que devia me casar com a senhora, um homem, chamado Danglars, havia escrito esta carta, que o pescador Fernando se encarregou pessoalmente de colocar no correio.

E Monte Cristo, dirigindo-se a uma escrivaninha, abriu uma gaveta da qual tirou um papel que perdera a cor original e cuja tinta tornara-se cor de ferrugem, que pôs diante dos olhos de Mercedes.

Era a carta de Danglars ao procurador do rei, a qual, no dia em que pagara os duzentos mil francos ao senhor de Boville, o conde de Monte Cristo, disfarçado de agente da casa de Thomson & French, subtraíra do processo de Edmond Dantès.

Mercedes leu com terror as seguintes linhas:

O senhor procurador do rei fica avisado por um amigo do trono e da religião que o assim chamado Edmond Dantès, imediato do navio Pharaon, chegado esta manhã de Esmirna, depois de ter feito escalas em Nápoles e Porto Ferraio, foi encarregado por Murat de entregar uma carta ao usurpador e pelo usurpador de entregar uma carta para o comitê bonapartista de Paris.

Teremos a prova desse crime prendendo-o, porque encontraremos essa carta com ele, ou na casa de seu pai, ou em sua cabine a bordo do Pharaon.

– Oh, meu Deus! – gritou Mercedes, passando a mão pela testa molhada de suor. – E essa carta...

– Comprei-a por duzentos mil francos, senhora – disse Monte Cristo – mas ainda foi barato, pois ela permite que eu me justifique hoje aos seus olhos.

– E o resultado dessa carta?

– A senhora, sabe, foi a minha prisão. Mas o que não sabe, senhora, é o tempo que durou essa prisão. O que não sabe é que fiquei catorze anos a um quarto de légua da senhora, em uma masmorra no castelo de If. O que não sabe é que todos os dias desses catorze anos renovei o voto de vingança que fizera no primeiro dia, e, no entanto, ignorava que a senhora se casara com Fernando, meu denunciante, e que meu pai estava morto, e morto de fome!

– Santo Deus! – gritou Mercedes, cambaleando.

– Pois foi o que eu soube quando saí da prisão, catorze anos depois de lá ter entrado, e foi isso, por Mercedes viva e pelo meu pai morto, que fez com que jurasse me vingar de Fernando, e... estou me vingando.

– Tem certeza de que o pobre Fernando fez isso?

– Pela minha alma, senhora, e o fez como eu lhe disse. Aliás, isso não é muito mais odioso do que, sendo francês de adoção, ter passado para o lado dos ingleses; espanhol de nascimento, ter lutado contra os espanhóis; estipendiário de Ali, tê-lo traído e assassinado. Diante de coisas como essas, o que é a carta que acaba de ler? Uma mistificação galante que deve perdoar, reconheço e compreendo, a mulher que se casou com esse homem, mas que não perdoa o apaixonado que com ela devia se casar. Pois bem! Os franceses não se vingaram do traidor, os espanhóis não fuzilaram o traidor. Ali, deitado em seu túmulo, deixou o traidor impune; mas eu, traído, assassinado, também jogado num túmulo, saí desse túmulo pela graça de Deus e devo a Deus essa vingança. Ele me envia para isso, e aqui estou.

A pobre mulher deixou cair a cabeça entre as mãos, as pernas dobraram-se sob o corpo e ela caiu de joelhos.

– Perdoe, Edmond – disse ela. – Perdoe por mim, que ainda o amo!

A dignidade da esposa conteve o ímpeto da amante e da mãe. Sua testa inclinou-se, quase tocando o tapete.

O conde lançou-se à frente dela e a levantou.

Depois, sentada numa poltrona, ela pôde, por entre as lágrimas, olhar para o rosto másculo de Monte Cristo, no qual a dor e o ódio imprimiam ainda um caráter ameaçador.

– Que eu não esmague essa raça maldita! – murmurou ele. – Que eu desobedeça a Deus, que me despertou para sua punição! Impossível, senhora; impossível!

– Edmond – disse a pobre mãe, tentando de todas as maneiras. – Meu Deus! Se o chamo de Edmond, por que não me chama de Mercedes?

– Mercedes – repetiu Monte Cristo –, Mercedes! Muito bem, tem razão, ainda é agradável pronunciar esse nome, e esta é a primeira vez em muito tempo que ele soa tão claramente ao sair de meus lábios. Oh, Mercedes, pronunciei seu nome com suspiros de melancolia, com gemidos de dor, com o estertor do desespero. Pronunciei-o gelado de frio, encolhido na palha da minha masmorra; pronunciei-o devorado pelo calor, rolando sobre as lajes de pedra da minha prisão. Mercedes, tenho de me vingar, pois sofri catorze anos, por catorze anos chorei, amaldiçoei. Agora, estou lhe dizendo, Mercedes, tenho de me vingar!

E o conde, receando ceder às súplicas daquela que tanto amara, invocava suas recordações em auxílio de seu ódio.

– Vingue-se, Edmond! Mas vingue-se nos culpados; vingue-se neles, vingue-se em mim, mas não em meu filho! – exclamou a pobre mãe.

– Está escrito no Livro Sagrado – respondeu Monte Cristo: – "Os erros dos pais recairão sobre os filhos até a terceira e quarta geração". Se Deus ditou essas palavras ao seu profeta, por que seria eu melhor que Deus?

– Porque Deus tem o tempo e a eternidade, essas duas coisas que escapam aos homens.

Monte Cristo soltou um suspiro que parecia um rugido e agarrou seus belos cabelos com as duas mãos.

– Edmond – continuou Mercedes, com os braços estendidos para o conde –, desde que o conheci adorei o seu nome e respeitei sua memória. Edmond, meu amigo, não me obrigue a manchar essa imagem nobre e pura refletida constantemente no espelho do meu coração. Edmond, se soubesse todas as preces que dirigi a Deus pedindo por você, o tanto que o esperei vivo e depois que o julguei morto! Sim, morto, infelizmente! Julgava seu cadáver sepultado no fundo de alguma torre sombria; julgava seu corpo jogado no fundo de algum desses abismos onde os carcereiros deixam rolar os prisioneiros mortos e chorava! O que eu podia fazer por você, Edmond, a não ser rezar ou chorar? Escute-me, durante dez anos tive o mesmo sonho todas as noites. Ouvi dizer que você tinha querido fugir, que tomara o lugar de um prisioneiro, que se metera na mortalha de um defunto e que então tinham lançado o cadáver vivo do alto do castelo de If. E que o grito que soltara arrebentando-se nos rochedos fora a única coisa que revelara a substituição aos seus coveiros, que se tornaram seus carrascos. Pois bem, Edmond, juro-lhe pela cabeça desse filho em nome do qual lhe imploro, Edmond, durante dez anos vi todas as noites homens balançando alguma coisa informe e desconhecida no alto de um rochedo; durante dez anos ouvi todas as noites um grito terrível que me acordava trêmula e gelada. E eu também, Edmond, oh, acredite em mim, por mais criminosa que fosse, oh, sim, eu também sofri muito!

– Sentiu seu pai morrer na sua ausência? – gritou Monte Cristo enfiando as mãos nos cabelos. – Viu a mulher que amava estender a mão ao rival enquanto agonizava no fundo do abismo?

– Não – interrompeu Mercedes –, mas vi aquele que amava pronto para se tornar o assassino do meu filho!

Mercedes pronunciou essas palavras com uma dor tão pungente, num tom tão desesperado, que um soluço rasgou a garganta do conde.

O leão estava domado; o vingador estava vencido.

– O que me pede? – disse ele. – Que seu filho viva? Pois bem, ele viverá!

Mercedes soltou um grito que fez brotar duas lágrimas das pálpebras de Monte Cristo, mas essas duas lágrimas desapareceram quase imediatamente, pois sem dúvida Deus enviara algum anjo para recolhê-las, muito mais preciosas que eram aos olhos do Senhor do que as mais ricas pérolas de Guzarate e Ofir.

– Oh! – exclamou ela, agarrando a mão do conde e levando-a aos seus lábios. – Oh! Obrigada, obrigada, Edmond! Este é você como sempre sonhei, você como sempre amei. Oh, agora eu posso dizer isso.

– Ainda mais – respondeu Monte Cristo – que o pobre Edmond não terá muito tempo para ser amado pela senhora. A morte voltará para o túmulo, o fantasma voltará para a noite.

– O que está dizendo, Edmond?

– Estou dizendo que, já que está ordenando, Mercedes, preciso morrer.

– Morrer? E quem está dizendo uma coisa dessas? Quem está falando em morrer? De onde lhe vêm essas ideias de morte?

– A senhora não supõe que, ultrajado publicamente diante de toda uma sala, na presença dos seus amigos e dos amigos do seu filho, provocado por uma criança que se vangloriará do meu perdão como de uma vitória, não supõe, como dizia, que eu tenha por um instante o desejo de viver? O que mais amei depois da senhora, Mercedes, fui eu mesmo, isto é, a minha dignidade, essa força que me tornava superior aos outros homens. Essa força era minha vida. Com uma palavra, a senhora a destruiu. Vou morrer.

– Mas esse duelo não acontecerá, Edmond, já que perdoa.

– Acontecerá, senhora – disse solenemente Monte Cristo. – Só que em vez de a terra beber o sangue do seu filho, será o meu que correrá.

Mercedes soltou um grito e correu em direção a Monte Cristo. Mas, de repente, se deteve.

– Edmond – disse ela – há um Deus acima de nós, pois você está vivo, pois eu o revi, e confio Nele do fundo do meu coração. Esperando o apoio Dele, confio na palavra que me deu. Disse que meu filho viveria; ele viverá, não é verdade?

– Ele viverá, sim, senhora – disse Monte Cristo, espantado que, sem outra exclamação, sem outra surpresa, Mercedes tivesse aceitado o sacrifício heroico que ele lhe fazia.

Mercedes estendeu a mão para o conde.

– Edmond – disse ela, enquanto seus olhos se enchiam de lágrimas olhando para aquele a quem dirigia a palavra –, como é belo de sua parte, como é grande o que acaba de fazer, como é sublime ter piedade de uma pobre mulher que veio até você com todas as probabilidades contrárias às suas esperanças! Ai de mim! Envelheci mais pelos desgostos que pela idade e nem sequer posso recordar ao meu Edmond, por um sorriso, por um olhar, aquela Mercedes que outrora ele passou tantas horas a contemplar.

Ah, acredite em mim, Edmond, eu lhe disse que também sofri muito. Repito, é lúgubre ver sua vida passar sem se lembrar de uma única alegria, sem conservar uma única esperança. Mas isso prova que nem tudo acaba na Terra. Não! Nem tudo acaba, sinto-o pelo que ainda me resta no coração. Oh, repito, Edmond, é belo, é grandioso, é sublime perdoar como acaba de fazer!

– Diz isso, Mercedes, e o que diria então se soubesse a extensão do sacrifício que lhe faço? Suponha que o Senhor supremo, depois de ter criado o mundo, depois de ter fertilizado o caos, tivesse se detido a um terço da criação para poupar a um anjo as lágrimas que nossos crimes deviam fazer correr um dia dos seus olhos imortais; suponha que, depois de ter tudo preparado, tudo moldado, tudo fecundado, no momento de admirar sua obra, Deus extinguisse o sol e repelisse com o pé o mundo para a noite eterna, então faria uma ideia, ou melhor, não, ainda não poderia fazer uma ideia do que perco ao perder a vida neste momento.

Mercedes olhou para o conde com um ar que esboçava ao mesmo tempo seu espanto, sua admiração e seu reconhecimento.

Monte Cristo apoiou a cabeça nas mãos ardentes, como se ela já não pudesse mais carregar sozinha o peso dos seus pensamentos.

– Edmond – disse Mercedes –, só tenho mais uma palavra a lhe dizer.

O conde sorriu amargamente.

– Edmond – continuou ela –, verá que se minha fronte está pálida, se meus olhos estão sem brilho, se minha beleza está perdida, se Mercedes enfim já não se parece com ela mesma pelos traços do rosto, verá que o coração continua o mesmo!... Adeus, então, Edmond; não tenho mais nada a pedir ao céu... Voltei a vê-lo tão nobre e tão grandioso quanto antes. Adeus, Edmond... adeus e obrigada!

Mas o conde não respondeu.

Mercedes abriu a porta do gabinete e desapareceu antes que ele retornasse do devaneio doloroso e profundo em que sua vingança perdida o mergulhara.

Dava uma hora no relógio dos Invalides quando a carruagem que levava a senhora de Morcerf, deslizando pelo pavimento dos Champs-Élysées, fez levantar a cabeça do conde de Monte Cristo.

– Que idiota eu fui – disse –, de não ter arrancado meu coração no dia em que decidi me vingar!

O ENCONTRO

Depois da partida de Mercedes, tudo voltou a cair na penumbra na casa de Monte Cristo. À volta dele e dentro dele, seu pensamento parou; seu espírito enérgico adormeceu como faz o corpo depois de um supremo cansaço.

– O quê?! – dizia a si mesmo, enquanto o candeeiro e as velas se consumiam tristemente e os criados esperavam com impaciência na antessala. – O quê?! Eis o edifício tão lentamente preparado, erguido com tantas dificuldades e preocupações, demolido por um único golpe, uma única palavra, um único sopro! O quê?! Esse eu que julgara valer alguma coisa, esse eu de que tanto me orgulhava, esse eu que vira tão pequeno nas masmorras do castelo de If, e que soubera tornar tão grande, será amanhã um punhado de pó! Ai de mim! Não é em absoluto a morte do corpo que lamento: essa destruição do princípio vital não seria o repouso para onde tudo tende, a que todo desgraçado aspira, essa calma da matéria pela qual suspirei por tanto tempo e ao encontro da qual eu caminhava pela dolorosa estrada da fome quando Faria apareceu na minha masmorra? O que é a morte para mim? Um grau a mais na calma e talvez mais dois no silêncio. Não, não é a existência que lamento, é a ruína dos meus planos tão lentamente elaborados, tão laboriosamente construídos.

A Providência, que julgara a favor deles, estava, no entanto, contra eles! Logo, Deus não queria que eles se realizassem!

"Esse fardo que ergui, quase tão pesado quanto um mundo, e que julgara poder carregar até o fim, estava de acordo com meu desejo e não de acordo com minha força; de acordo com minha vontade, e não de acordo com meu poder, e terei de largá-lo ainda na metade do caminho. Oh, voltarei então a ser fatalista, eu, que catorze anos de desespero e dez anos de esperança tinham tornado providencial.

"E tudo isso, meu Deus, porque meu coração, que eu considerava morto, estava apenas entorpecido. Porque ele despertou, porque pulsou, porque cedi à dor dessa pulsação, arrancada do fundo do meu peito pela voz de uma mulher!

"E, no entanto – continuou o conde, afundando cada vez mais nas previsões desse terrível amanhã que Mercedes aceitara –, é impossível que essa mulher, que é um coração tão nobre, tenha assim, por egoísmo, consentido em me deixar matar, eu, cheio de força e de vida! É impossível que leve a esse ponto o amor, ou melhor, o delírio materno! Há virtudes cujo exagero seria um crime. Não, ela deve ter imaginado alguma cena patética, virá se jogar entre as espadas, e será ridículo no campo de batalha o que foi sublime aqui."

E o rubor do orgulho subia às faces do conde.

– Ridículo – repetiu –, e o ridículo recairá sobre mim... Eu, ridículo! Vamos, prefiro morrer!

E, à força de exagerar assim antecipadamente as desventuras do dia seguinte, às quais se condenara ao prometer a Mercedes que deixaria seu filho viver, o conde chegou a se dizer:

– Tolice, tolice, tolice! Ser generoso assim, colocando-se como um alvo inerte na mira da pistola desse rapaz! Ele nunca acreditará que minha morte é um suicídio, mas é importante para a honra da minha memória (não se trata de vaidade, não é, meu Deus? Apenas um justo orgulho, só isso);

é importante para a honra da minha memória que o mundo saiba que eu mesmo consenti, por minha vontade, por meu livre-arbítrio, em deter o meu braço já erguido para golpear, e que com esse braço, tão poderosamente armado contra os outros, golpeei a mim mesmo! Isso é necessário e eu o farei.

Então, pegando uma pena, retirou um papel da gaveta secreta de sua escrivaninha, traçou no rodapé desse papel que não era outra coisa senão seu testamento, feito desde sua chegada a Paris, uma espécie de codicilo no qual explicava sua morte às pessoas menos argutas.

– Faço isso, meu Deus – disse ele, com os olhos erguidos ao céu –, tanto pela vossa honra quanto pela minha. Há dez anos considero-me, ó meu Deus, o emissário de vossa vingança, e não permito que outros miseráveis como esse Morcerf, um Danglars, um Villefort, e enfim que esse próprio Morcerf imaginem que o acaso os livrou de seu inimigo. Que saibam, ao contrário, que a Providência, que já decretara sua punição, foi desviada exclusivamente pelo poder da minha vontade; que o castigo evitado neste mundo os espera no outro, e que apenas trocaram o tempo pela eternidade.

Enquanto flutuava entre essas sombrias incertezas, pesadelo de um homem despertado pela dor, o dia veio clarear as vidraças e iluminar sob suas mãos o pálido papel azul-celeste em que acabava de traçar a suprema justificação da Providência.

Eram cinco horas da manhã.

De repente, um leve ruído chegou-lhe aos ouvidos. Monte Cristo julgou ter escutado algo como um suspiro abafado. Virou a cabeça, olhou à sua volta e não viu ninguém. Apenas o ruído se repetiu com clareza suficiente para que à dúvida sucedesse a certeza.

O conde então se levantou, abriu suavemente a porta da sala, e numa poltrona, com os braços pendentes, a bela cabeça pálida inclinada para trás, viu Haydée, que se colocara atravessada na porta, para que ele não pudesse sair sem vê-la, mas a quem o sono, tão poderoso contra a juventude, surpreendera depois do cansaço de tão longa vigília.

O ruído que a porta fez ao se abrir não foi capaz de arrancar Haydée de seu sono. Monte Cristo fixou nela um olhar cheio de ternura e arrependimento.

– Ela lembrou que tinha um filho – disse – e eu esqueci que tinha uma filha!

Depois, balançando tristemente a cabeça:

– Pobre Haydée! – exclamou. – Ela quis me ver, quis falar comigo, temeu ou adivinhou alguma coisa... Oh, não posso partir sem dizer-lhe adeus, não posso morrer sem confiá-la a alguém.

E voltou lentamente ao seu lugar e escreveu abaixo das primeiras linhas:

Lego a Maximilien Morrel, capitão dos spahis e filho do meu ex--patrão, Pierre Morrel, armador em Marselha, a soma de vinte milhões, da qual uma parte será oferecida por ele a sua irmã Julie e a seu cunhado Emmanuel, se todavia ele não julgar que tal acréscimo de fortuna vá prejudicar sua felicidade. Esses vinte milhões estão enterrados na minha caverna de Monte Cristo, cujo segredo Bertuccio conhece.

Se o seu coração estiver livre e ele quiser desposar Haydée, filha de Ali, paxá de Janina, que criei com o amor de um pai e que teve por mim a ternura de uma filha, ele cumprirá, não direi minha última vontade, mas meu último desejo.

O presente testamento já tornou Haydée herdeira do restante da minha fortuna, que consiste em terras, rendas na Inglaterra, Áustria e Holanda, no mobiliário de meus vários palácios e casas, a qual sem contar esses vinte milhões, bem como os diversos legados que faço aos meus servidores, ainda poderá chegar a sessenta milhões.

Quando acabava de escrever esta última linha um grito dado atrás dele lhe faz cair a pena da mão.

– Haydée – disse – você leu?

Com efeito, a jovem, despertada pela luz do dia que lhe ferira as pálpebras, levantara-se e aproximara-se do conde sem que seus passos leves, abafados pelo tapete, tivessem sido ouvidos.

– Oh, meu senhor – disse ela, juntando as mãos –, por que escreve assim a uma hora dessas? Por que me lega toda a sua fortuna, meu senhor? Isso significa que está me abandonando?

– Vou fazer uma viagem, querido anjo – disse Monte Cristo com uma expressão de melancolia e ternura infinitas –, e se me acontecer alguma coisa...

O conde deteve-se.

– E então? – perguntou a jovem num tom de autoridade que o conde não conhecia e o fez estremecer.

– E então, se me acontecer alguma desgraça – continuou Monte Cristo –, desejo que minha filha seja feliz.

Haydée sorriu tristemente, balançando a cabeça.

– Está pensando em morrer, meu senhor? – perguntou.

– É um pensamento salutar, minha filha, já dizia o Sábio.

– Pois bem, se morrer – disse ela – legue sua fortuna a outros, porque se morrer... não precisarei de mais nada.

E, pegando o papel, rasgou-o em quatro pedaços, que atirou no meio da sala. Depois, como se essa energia tão incomum numa escrava lhe tivesse esgotado as forças, caiu, não mais adormecida desta vez, mas desmaiada sobre o assoalho.

Monte Cristo inclinou-se para ela, ergueu-a em seus braços; e, vendo aquela bela tez pálida, aqueles belos olhos fechados, aquele belo corpo inanimado e como que abandonado, ocorreu-lhe pela primeira vez a ideia de que ela talvez o amasse de uma maneira diferente da que uma filha ama seu pai.

– Ai de mim! – murmurou ele com profundo desânimo. – Eu ainda poderia ser feliz!

Em seguida, carregou Haydée aos seus aposentos e entregou-a, ainda desmaiada, aos cuidados de suas criadas. E voltando ao seu gabinete, que desta vez fechou cuidadosamente, recopiou o testamento destruído.

Quando terminava, ouviu-se o ruído de um cabriolé entrando no pátio. Monte Cristo aproximou-se da janela e viu Maximilien e Emmanuel descerem.

– Bem – disse ele –, já era hora! – E lacrou seu testamento três vezes.

Um instante depois ouviu um ruído de passos na sala e ele mesmo foi abrir.

Morrel apareceu na soleira.

Estava cerca de vinte minutos adiantado.

– Talvez tenha chegado cedo demais, senhor conde – disse ele. – Mas confesso-lhe francamente que não consegui dormir um minuto e que o mesmo aconteceu a todos em casa. Eu precisava vê-lo firme na sua corajosa autoconfiança para voltar a ser eu mesmo.

Monte Cristo não foi capaz de resistir a essa prova de afeição, e não foi a mão que estendeu ao rapaz, mas sim os dois braços que lhe abriu.

– Morrel – disse-lhe com voz comovida –, é um belo dia para mim este em que me sinto amado por um homem como você. Bom dia, senhor Emmanuel. Então me acompanha, Maximilien?

– Meu Deus! – exclamou o jovem capitão. – Duvidou disso?

– Mas e se eu estivesse errado...

– Escute, observei-o ontem durante toda a cena da provocação, pensei na sua autoconfiança a noite toda e disse comigo mesmo que a justiça devia estar do seu lado, ou então não devia mais fiar-me na fisionomia dos homens.

– No entanto, Morrel, Albert é seu amigo.

– Um simples conhecido, conde.

– Não o viu pela primeira vez no mesmo dia em que me viu?

– Sim, é verdade, mas o que posso fazer? É preciso que me lembre para que eu me recorde disso.

– Obrigado, Morrel.

Em seguida, dando um toque na campainha:

– Tome – disse a Ali, que surgiu imediatamente –, mande levar isto ao meu tabelião. É o meu testamento, Morrel. Se eu morrer, tomará conhecimento dele.

– Como? O senhor, morto?! – exclamou Morrel.

– Ora! Temos que prever tudo, caro amigo. Mas o que fez ontem depois que nos despedimos?

– Fui ao Tortoni, onde, como esperava, encontrei Beauchamp e Château-Renaud. Confesso-lhe que estava procurando por eles.

– Para que, se estava tudo combinado?

– Escute, conde, o caso é grave, inevitável.

– Duvidava disso?

– Não. A ofensa foi pública e todos já falavam dela.

– E depois?

– Depois! Eu esperava mudar as armas, substituir a pistola pela espada. A pistola é cega.

– Conseguiu? – perguntou vivamente Monte Cristo, com um imperceptível vislumbre de esperança.

– Não, porque conhecem sua força na espada.

– Ora! Então quem me traiu?

– Os mestres de armas que derrotou.

– Então fracassou?

– Eles recusaram terminantemente.

– Morrel – disse o conde –, já me viu atirar com a pistola?

– Nunca.

– Pois bem! Temos tempo, veja.

Monte Cristo pegou as pistolas que segurava quando Mercedes entrara e, colando um ás de paus na placa, com quatro disparos arrancou sucessivamente os quatro ramos do trevo.

A cada tiro Morrel empalidecia.

Examinou as balas com as quais Monte Cristo realizava aquela façanha e viu que não eram maiores que chumbinhos.

– É assustador – disse ele. – Veja, Emmanuel!

Depois, voltando-se para Monte Cristo:

– Conde – ele disse – em nome dos céus, não mate Albert! O infeliz tem mãe!

– É justo – respondeu Monte Cristo –, enquanto eu não tenho.

Essas palavras foram pronunciadas em um tom que deixou Morrel completamente arrepiado.

– O senhor é o ofendido, conde.

– Sem dúvida; o que isso significa?

– Significa que o senhor atira primeiro.

– Atiro primeiro?

– Oh, pelo menos isso eu consegui, ou melhor, exigi! Fizemos-lhes suficientes concessões para que não nos fizessem esta.

– E a quantos passos?

– Vinte.

Um sorriso assustador passou pelos lábios do conde.

– Morrel – disse ele –, não se esqueça do que acaba de ver.

– Então – disse o jovem –, conto apenas com sua emoção para salvar Albert.

– Eu, emocionado? – perguntou Monte Cristo.

– Ou com sua generosidade, meu amigo. Certo de sua pontaria como está, posso dizer-lhe uma coisa que seria ridícula se eu a dissesse a qualquer outro.

– O quê?

– Quebre-lhe um braço, fira-o, mas não o mate.

– Morrel, escute mais uma coisa – disse o conde –, não preciso ser encorajado a poupar o senhor de Morcerf. O senhor de Morcerf, anuncio-lhe de antemão, será tão bem tratado que voltará tranquilamente com seus dois amigos, enquanto eu...

– Enquanto o senhor...

– Oh, comigo acontecerá outra coisa, os senhores terão de me carregar.

– Por quê? Diga! – exclamou Maximilien fora de si.

– É como lhe digo, meu caro Morrel. O senhor de Morcerf me matará.

Morrel olhou para o conde como quem não entende mais nada.

– O que lhe aconteceu desde ontem à noite, conde?

– O que aconteceu a Brutus na véspera da batalha de Filipos: vi um fantasma.

– E esse fantasma?

– Esse fantasma, Morrel, me disse que eu vivi o bastante.

Maximilien e Emmanuel entreolharam-se. Monte Cristo sacou seu relógio:

– Vamos embora – disse ele –, são sete horas e cinco minutos e o encontro está marcado para as oito em ponto.

Uma carruagem já atrelada os esperava. Monte Cristo entrou com suas duas testemunhas.

Ao atravessar o corredor, Monte Cristo parara para escutar diante de uma porta. Maximilien e Emmanuel, que, por discrição, tinham dado alguns passos adiante, julgaram tê-lo ouvido responder a um soluço com um suspiro.

Às oito em ponto estavam no local combinado.

– Aqui estamos – disse Morrel, passando a cabeça pela portinhola –, e somos os primeiros.

– O senhor vai me desculpar – disse Baptistin, que acompanhara o patrão com um terror indizível, mas creio perceber uma carruagem embaixo das árvores.

Monte Cristo pulou da carruagem com agilidade e deu a mão a Emmanuel e Maximilien para ajudá-los a descer. Maximilien reteve a mão do conde entre as suas.

– Graças a Deus – disse ele –, aqui está uma mão como gosto de ver num homem cuja vida repousa na bondade de sua causa.

– De fato – disse Emmanuel –, vejo dois rapazes andando a esmo e que parecem esperar.

Monte Cristo puxou Morrel, não à parte, mas um ou dois passos atrás de seu cunhado.

– Maximilien – perguntou-lhe –, está com o coração livre? – Morrel olhou para Monte Cristo com espanto.

– Não lhe peço uma confidência, caro amigo, faço-lhe uma simples pergunta. Responda sim ou não, é tudo que lhe peço.

– Amo uma jovem, conde.

– Ama-a muito?

– Mais que minha vida.

– Bem – disse Monte Cristo –, lá se vai mais uma esperança que me foge. Depois, com um suspiro:

– Pobre Haydée! – murmurou.

– Na verdade, conde – observou Morrel –, se eu o conhecesse menos o julgaria menos corajoso do que é.

– Porque penso em alguém que vou abandonar, e por quem suspiro! Então, Morrel, pode um soldado ter tão pouca competência em matéria de coragem? Seria a vida o que lamento deixar? Que me importa, a mim, que passei vinte anos entre a vida e a morte, viver ou morrer? Aliás, fique tranquilo, Morrel, essa fraqueza, se for uma, mostro-a a apenas a você. Sei que o mundo é um salão do qual é preciso sair educada e honestamente, isto é, cumprimentando e pagando suas dívidas de jogo.

– Ainda bem – disse Morrel –, isso é que é falar. A propósito, trouxe suas armas?

– Eu? Para quê? Espero que esses cavalheiros tenham trazido as deles.

– Vou me informar – disse Morrel.

– Sim, mas nada de negociações, está me ouvindo?

– Oh, fique tranquilo.

Morrel foi em direção a Beauchamp e Château-Renaud. Estes, ao verem a movimentação de Maximilien, deram alguns passos à frente.

Os três jovens cumprimentaram-se, se não com afabilidade, pelo menos com cortesia.

– Perdão, senhores – disse Morrel –, mas não vejo o senhor de Morcerf?

– Esta manhã – respondeu Château-Renaud –, mandou nos avisar que se juntaria a nós apenas aqui.

– Ah! – exclamou Morrel. Beauchamp sacou seu relógio.

– Oito e cinco; ele ainda não está atrasado, senhor Morrel – disse ele.

– Oh – respondeu Maximilien –, não foi com essa intenção que falei.

– Aliás – interrompeu Château-Renaud – aí vem uma carruagem.

De fato, uma carruagem avançava a galope por uma das alamedas que terminavam no cruzamento onde se encontravam.

– Cavalheiros – disse Morrel –, suponho que tenham trazido pistolas.

O senhor de Monte Cristo declara renunciar ao direito que tinha de usar as suas próprias.

– Previmos essa delicadeza da parte do conde, senhor Morrel – respondeu Beauchamp –, e trouxe armas, que comprei há oito ou dez dias, acreditando que iria precisar delas para um caso semelhante. São absolutamente novas e ninguém ainda as usou. Quer vê-las?

– Oh, senhor Beauchamp – respondeu Morrel, inclinando-se –, quando me garante que o senhor de Morcerf não conhece essas armas, não acha que sua palavra me basta?

– Cavalheiros – disse Château-Renaud –, não é Morcerf que vem naquela carruagem. Caramba, são Franz e Debray.

De fato, os dois jovens anunciados se aproximaram.

– Os senhores aqui, cavalheiros – disse Château-Renaud, trocando um aperto de mão com cada um. – E por qual acaso?

– Porque – disse Debray –, Albert nos pediu, esta manhã, que estivéssemos presentes.

Beauchamp e Château-Renaud se entreolharam com espanto.

– Cavalheiros – disse Morrel –, creio compreender.

– Fale!

– Ontem à tarde recebi uma carta do senhor de Morcerf pedindo-me que fosse à Ópera.

– E eu também – disse Debray.

– E eu também – emendou Franz.

– E nós também – disseram Château-Renaud e Beauchamp.

– Ele queria que estivéssemos presentes à provocação – disse Morrel – e quer que estejamos presentes ao duelo.

– Sim – disseram os rapazes –, é isso, senhor Maximilien. É muito provável que esteja certo.

— Mas com tudo isso — murmurou Château-Renaud — Albert não chega. — Está dez minutos atrasado.

— Aí vem ele — disse Beauchamp. — Está a cavalo. Veja, vem a galope seguido pelo criado.

— Que imprudência — comentou Château-Renaud —, vir a cavalo para duelar com pistola! — Não adiantou nada eu ter lhe ensinado tão bem a lição!

— Além disso, veja — disse Beauchamp —, com colarinho e gravata, com a casaca aberta e um colete branco. Por que não mandou desenhar um alvo no estômago? Teria sido mais fácil e terminaria mais rápido!

Enquanto isso, Albert chegara a dez passos do grupo formado pelos cinco rapazes. Parou seu cavalo, desmontou e jogou a rédea no braço do criado.

Albert aproximou-se.

Estava pálido, tinha os olhos vermelhos e inchados. Via-se que não dormira um segundo em toda a noite.

Exibia, espalhada por toda a sua fisionomia, uma nuance de gravidade triste que não lhe era habitual.

— Obrigado, cavalheiros — disse ele —, por terem atendido ao meu convite. Saibam que não posso ser-lhes mais grato por essa prova de amizade.

À aproximação de Morcerf, Morrel dera cerca de dez passos para trás e mantinha-se afastado.

— Meus agradecimentos são extensivos ao senhor também, senhor Morrel — disse Albert. — Aproxime-se, pois não está a mais.

— Cavalheiro — disse Maximilien —, talvez não saiba que sou testemunha do senhor de Monte Cristo.

— Não tinha certeza, mas desconfiava. Tanto melhor! Quanto mais homens honrados aqui, mais satisfeito me sentirei.

— Senhor Morrel — disse Château-Renaud —, pode informar ao senhor conde de Monte Cristo que o senhor de Morcerf chegou e que estamos à sua disposição.

Morrel fez um movimento para executar sua missão.

Ao mesmo tempo, Beauchamp retirava a caixa de pistolas da carruagem.

– Esperem, senhores – disse Albert. – Tenho duas palavras a dizer ao senhor conde de Monte Cristo.

– Em particular? – perguntou Morrel.

– Não, senhor, diante de todos.

As testemunhas de Albert entreolharam-se, surpresas. Franz e Debray trocaram algumas palavras em voz baixa e Morrel, feliz com aquele inesperado incidente, foi chamar o conde que caminhava por outra alameda com Emmanuel.

– O que ele quer de mim? – perguntou Monte Cristo.

– Não sei, mas está pedindo para falar com o senhor.

– Oh, que ele não tente a Deus com algum novo ultraje! – exclamou Monte Cristo.

– Não creio que seja essa sua intenção – disse Morrel.

O conde avançou, acompanhado por Maximilien e Emmanuel. Sua expressão calma e cheia de serenidade fazia um estranho contraste com o rosto transtornado de Albert, que também se aproximava, seguido pelos quatro jovens.

Quando estavam a três passos um do outro, Albert e o conde pararam.

– Cavalheiros – disse Albert –, aproximem-se. Não quero que percam uma palavra do que terei a honra de dizer ao senhor conde de Monte Cristo, pois o que terei a honra de dizer-lhe deve ser repetido pelos senhores a quem quiser ouvir, por mais estranho que meu discurso lhes pareça.

– Estou esperando, senhor – disse o conde.

– Senhor – disse Albert com uma voz trêmula no princípio, mas cada vez mais firme. – Senhor, censurei-o por ter divulgado a conduta do senhor de Morcerf no Épiro, pois, por mais culpado que fosse o senhor conde de Morcerf, não julgava que o senhor estivesse no direito de puni-lo. Mas hoje, cavalheiro, sei que esse direito lhe pertence. Não é de modo algum a traição de Fernando Mondego a Ali Paxá que me leva a desculpá-lo tão prontamente, é a traição do pescador Fernando ao senhor, são os inauditos infortúnios que resultaram dessa traição. Por isso lhe digo, por isso o proclamo em voz alta: sim, cavalheiro, o senhor tinha razão em vingar-se do meu pai, e eu, seu filho, agradeço-lhe por não ter feito mais.

Se um raio tivesse caído no meio dos espectadores dessa cena inesperada não os teria deixado mais perplexos do que essa declaração de Albert.

Quanto a Monte Cristo, seus olhos haviam se erguido lentamente ao céu com uma expressão de gratidão infinita, e ele não conseguia manifestar suficientemente sua admiração pela forma como a natureza fogosa de Albert, cuja coragem conhecera o bastante em meio aos bandidos romanos, dobrara-se repentinamente àquela súbita humilhação. Reconheceu também a influência de Mercedes e compreendeu por que aquele nobre coração não se opusera ao sacrifício que ela sabia de antemão ser inútil.

– Agora, cavalheiro – disse Albert –, se considera que as desculpas que acabo de lhe pedir são suficientes, dê-me sua mão, por favor. Depois do mérito tão raro da infalibilidade, que parece ser o seu, o primeiro de todos os méritos, em minha opinião, é saber reconhecer os próprios erros. Mas esse reconhecimento diz respeito apenas a mim. Eu agia de acordo com os homens, mas o senhor agia de acordo com Deus. Somente um anjo podia salvar um de nós da morte, e o anjo desceu do céu, se não para fazer de nós dois amigos, infelizmente a fatalidade torna isso impossível, pelo menos homens que se estimam.

Com os olhos úmidos, o peito ofegante e a boca entreaberta, Monte Cristo estendeu a Albert uma mão, que este agarrou e apertou com um sentimento semelhante a um respeitoso pavor.

– Cavalheiros – continuou Albert –, o senhor de Monte Cristo tem a gentileza de aceitar minhas desculpas. Agi precipitadamente para com ele e a precipitação é má conselheira: agi mal. Agora minha falta está reparada. Espero realmente que a sociedade não me considere um covarde por ter feito o que minha consciência me mandou. Mas, em todo o caso, se alguém se enganasse a meu respeito – acrescentou o rapaz, erguendo a cabeça com altivez e como se lançasse um desafio aos seus amigos e aos seus inimigos –, tentaria mudar essa opinião.

– O que aconteceu esta noite? – perguntou Beauchamp a Château-Renaud. – Parece-me que estamos desempenhando um triste papel aqui.

– Com efeito, o que Albert acaba de fazer ou é muito miserável ou muito belo – respondeu o barão.

– Ora, vamos! O que isso significa? – perguntou Debray a Franz. – Como? O conde de Monte Cristo desonra o senhor de Morcerf e está com a razão aos olhos do filho! Pois se eu tivesse dez Janinas na minha família, só me consideraria obrigado a uma coisa: a duelar dez vezes.

Quanto a Monte Cristo, com a cabeça inclinada, os braços inertes, esmagado pelo peso de vinte e quatro anos de recordações, não pensava nem em Albert, nem em Beauchamp, nem em Château-Renaud, nem em nenhum dos que ali estavam. Pensava naquela mulher corajosa que viera pedir-lhe a vida do filho, a quem ele ofereceu a sua e que acabava de salvá-la por meio da terrível confissão de um segredo de família, capaz de matar para sempre o sentimento de devoção filial naquele rapaz.

– Sempre a Providência! – murmurou. – Ah! Só hoje tenho a certeza de ser o enviado de Deus!

A MÃE E O FILHO

O conde de Monte Cristo cumprimentou os cinco jovens com um sorriso cheio de melancolia e dignidade, e entrou em sua carruagem com Maximilien e Emmanuel.

Albert, Beauchamp e Château-Renaud ficaram sozinhos no campo de batalha.

O jovem dirigiu às suas duas testemunhas um olhar que, sem ser tímido, parecia, no entanto, pedir-lhes sua opinião sobre o que acabava de acontecer.

– Caramba, meu caro amigo, permita-me felicitá-lo! – disse Beauchamp antes dos outros, seja porque tivesse mais sensibilidade, seja porque fosse menos dissimulado. – Eis um desenlace bastante inesperado para um caso bastante desagradável.

Albert permaneceu mudo e concentrado em seus pensamentos. Château--Renaud contentou-se em bater nas botas com sua bengala flexível.

– Vamos embora? – perguntou ele depois de um silêncio embaraçoso.

– Quando quiser – respondeu Beauchamp. – Dê-me apenas o tempo de cumprimentar o senhor de Morcerf. Hoje ele deu provas de uma generosidade tão cavalheiresca... tão rara!

– Oh, sim – disse Château-Renaud.

– É magnífico – continuou Beauchamp – ser capaz de manter um domínio tão grande sobre si mesmo!

– Com certeza. Quanto a mim, teria sido incapaz – comentou Château-Renaud com uma frieza das mais significativas.

– Cavalheiros – interrompeu Albert –, creio que não compreenderam que entre mim e o senhor de Monte Cristo aconteceu algo de muito grave...

– Claro que sim, claro que sim – disse imediatamente Beauchamp –, mas nem todos os nossos espectadores teriam capacidade de compreender seu heroísmo e, mais cedo ou mais tarde, você acabaria sendo forçado a explicar-lhes mais energicamente que não é bom para a saúde do seu corpo e para a longevidade. Quer que lhe dê um conselho de amigo? Vá para Nápoles, Haia ou São Petersburgo, lugares calmos, onde as pessoas são mais inteligentes do ponto de vista da honra que os nossos desmiolados parisienses. Uma vez lá, treine com a pistola e dê infinitas estocadas com a espada; torne-se suficientemente esquecido para retornar com toda a tranquilidade à França dentro de alguns anos, ou suficientemente respeitável, no que se refere aos exercícios acadêmicos, para conquistar sua paz. Não acha que tenho razão, senhor de Château-Renaud?

– É exatamente a minha opinião – respondeu o fidalgo. – Nada suscita mais duelos sérios do que um duelo sem resultado.

– Obrigado, cavalheiros – respondeu Albert com um sorriso frio. – Seguirei seu conselho, não porque me deram, mas porque minha intenção era mesmo deixar a França. Agradeço-lhes também pelo favor que me prestaram servindo-me de testemunhas. Está profundamente gravado no meu coração, uma vez que, depois das palavras que acabo de ouvir, só me lembro dele.

Château-Renaud e Beauchamp entreolharam-se. A impressão de ambos era a mesma, o tom com que Morcerf acabava de pronunciar seu agradecimento estava impregnado de tal resolução que a situação se tornaria muito embaraçosa para todos se a conversa tivesse continuado.

– Adeus, Albert – disse de súbito Beauchamp, estendendo displicentemente a mão para o rapaz, sem que este parecesse sair de sua letargia.

Com efeito, ele não respondeu à oferta daquela mão.

– Adeus – disse Château-Renaud por sua vez, conservando na mão esquerda a pequena bengala e cumprimentando com a direita.

Os lábios de Albert mal murmuraram: "Adeus!". Seu olhar era mais explícito: encerrava todo um poema de cóleras contidas, de orgulhosos desdéns e de generosa indignação.

Depois de as duas testemunhas entrarem na carruagem, ele manteve sua pose imóvel e melancólica por algum tempo. Então, de repente, soltando seu cavalo da pequena árvore em torno da qual seu criado amarrara as rédeas, saltou com agilidade para a sela e galopou de volta a Paris. Quinze minutos depois, entrava no palacete da Rue du Helder.

Ao descer do cavalo, pareceu-lhe ver, atrás da cortina do quarto do conde, o rosto pálido do pai. Albert virou a cabeça com um suspiro e entrou no seu pavilhão.

Ali chegando, lançou um último olhar sobre todas aquelas preciosidades que lhe tinham tornado a vida tão agradável e feliz desde a infância; olhou mais uma vez para aqueles quadros, cujas figuras pareciam sorrir-lhe e cujas paisagens pareciam animar-se de cores vivas.

Depois, tirou da moldura de carvalho o retrato da mãe, que enrolou, deixando vazia a moldura dourada que o enquadrava.

Em seguida organizou suas belas armas turcas, suas excelentes espingardas inglesas, suas porcelanas japonesas, suas taças trabalhadas, seus bronzes artísticos, assinados por Feuchères ou Barye. Passou em revista os armários e fechou todos com chaves. Atirou dentro de uma gaveta de sua escrivaninha, que deixou aberta, todo o dinheiro miúdo que tinha consigo, juntou ali suas mil bijuterias de fantasia, que enchiam suas taças, seus estojos e suas estantes. Fez um inventário exato e preciso de tudo e colocou-o no lugar mais visível de uma mesa, depois de ter removido os livros e papéis que a atulhavam.

No início desse trabalho, seu criado, apesar da ordem dada por Albert para deixá-lo só, entrara no quarto.

– O que quer? – perguntou-lhe Morcerf, em um tom mais triste do que irritado.

– Perdão, senhor – disse o criado de quarto. – O senhor proibiu-me de incomodá-lo, é verdade, mas quero lhe dizer que o senhor conde de Morcerf mandou me chamar.

– E então? – perguntou Albert.

– Não quis ir aos aposentos do senhor conde sem ordem do senhor.

– Por quê?

– Porque o senhor conde deve saber que acompanhei o senhor ao local do duelo.

– É provável – admitiu Albert.

– E se me mandou chamar é provavelmente para me interrogar sobre o que aconteceu lá. O que devo responder?

– A verdade.

– Então direi que o duelo não aconteceu?

– Dirá que apresentei desculpas ao senhor conde de Monte Cristo. Vá.

O criado inclinou-se e saiu.

Albert então voltou ao seu inventário.

Quando terminava esse trabalho, o ruído de cavalos no pátio e de rodas de uma carruagem fazendo estremecer as vidraças chamou sua atenção. Aproximou-se da janela e viu o pai entrar na carruagem e partir.

Assim que o portão do palacete fechou-se atrás do conde, Albert dirigiu-se para os aposentos da mãe e, como não havia ninguém para anunciá-lo, avançou até o quarto de dormir de Mercedes e, com o coração apertado pelo que via e adivinhava, parou na soleira da porta.

Como se a mesma alma animasse aqueles dois corpos, Mercedes fazia em seus aposentos o que Albert acabara de fazer nos seus.

Tudo estava em ordem: as rendas, os adereços, as joias, a roupa de cama, o dinheiro alinhavam-se no fundo das gavetas, cujas chaves a condessa juntava cuidadosamente.

Albert viu todos aqueles preparativos; compreendeu-os e, exclamando: "Minha mãe!", correu para lançar os braços em torno do pescoço de Mercedes.

O pintor que tivesse captado a expressão daquelas duas fisionomias certamente teria feito um belo quadro.

Com efeito, todos aqueles preparativos resultantes de uma decisão enérgica que não suscitaram medo algum em Albert assustavam-no quando tomados pela mãe.

– Então, o que está fazendo? – perguntou.

– O que você estava fazendo? – respondeu ela.

– Oh, minha mãe! – exclamou Albert, comovido a ponto de não conseguir falar. – Não é a mesma coisa para a senhora e para mim! Não, não pode ter tomado a mesma decisão que eu, pois venho comunicar-lhe que me despeço da sua casa e... da senhora.

– Eu também, Albert – respondeu Mercedes. – Eu também vou partir. Eu esperava, admito, que meu filho me acompanhasse; estou enganada?

– Minha mãe – disse Albert com firmeza –, não posso fazê-la compartilhar o destino que me espera. Daqui em diante terei de viver sem nome e sem fortuna; terei, para começar a aprendizagem dessa rude existência, de pedir emprestado a um amigo o pão que comerei daqui até o momento em que ganharei de outro. Assim, minha boa mãe, vou sem demora à casa de Franz para pedir que me empreste a pequena soma que calculei ser necessária.

– Você, meu pobre filho! – exclamou Mercedes. – Você conhecer a miséria, passar fome! Oh, não diga isso, você destruiria todas as minhas resoluções!

– Mas não as minhas, minha mãe – respondeu Albert. – Sou jovem, sou forte, acredito ser corajoso, e ontem aprendi o que pode a vontade. Infelizmente, minha mãe, há pessoas que sofreram muito e que não apenas não morreram como ainda ergueram uma nova fortuna sobre as ruínas de todas as promessas de felicidade que o céu lhes fizera, sobre os escombros de todas as esperanças que Deus lhes dera! Aprendi isso, minha mãe, vi esses homens. Sei que, do fundo do abismo em que seu inimigo os mergulhara, eles se reergueram com tanto vigor e glória que dominaram seu antigo vencedor e o derrubaram por sua vez. Não, minha mãe, não; a partir de hoje rompo com o passado e não aceito mais nada dele, nem mesmo o meu nome, porque, a senhora compreende, seu filho não pode carregar o nome de um homem que deve corar diante de outro homem.

– Albert, meu filho – disse Mercedes –, se eu tivesse um coração mais forte, seria esse o conselho que lhe daria. Sua consciência falou quando minha voz fraca se calava; escute sua consciência, meu filho. Você tinha amigos, Albert, rompa momentaneamente com eles, mas não se desespere, em nome de sua mãe! A vida ainda é bela na sua idade, meu querido Albert, pois você mal completou vinte e dois anos. E como para um coração tão puro quanto o seu é necessário um nome sem mácula, adote o do meu pai, ele se chamava Herrera. Conheço você, meu Albert; seja qual for a carreira que seguir, em pouco tempo tornará ilustre esse nome. Então, meu querido, reaparecerá na sociedade ainda mais brilhante que antes do seu infortúnio. E se não acontecer assim, apesar de todas as minhas previsões, deixe-me pelo menos essa esperança, a mim que só terei um único pensamento, a mim que já não tenho futuro e para quem o túmulo começa no umbral desta casa.

– Farei o que deseja, minha mãe – disse o jovem. – Sim, partilho a sua esperança: a cólera do céu não nos perseguirá, a senhora tão pura, eu, tão inocente. Mas já que estamos resolvidos, vamos agir rapidamente. O senhor de Morcerf saiu de casa há cerca de meia hora. Como vê, a oportunidade é favorável para evitar rumores e explicações.

– Estou à sua espera, meu filho – disse Mercedes.

Albert correu imediatamente para o boulevard, de onde trouxe um fiacre que deveria levá-los para fora do palacete. Lembrou-se de uma casinha mobiliada na Rue des Saints-Pères, onde a mãe encontraria um alojamento modesto, mas decente. Voltou, portanto, para buscar a condessa.

Quando o fiacre parou diante da porta e Albert descia dele, um homem aproximou-se e entregou-lhe uma carta.

Albert reconheceu o intendente.

– Do conde – disse Bertuccio.

Albert pegou a carta, abriu-a e a leu.

Quando terminou, procurou com os olhos Bertuccio, mas, enquanto o rapaz a lia, Bertuccio desaparecera.

Então Albert, com lágrimas nos olhos, o peito cheio de emoção, voltou aos aposentos de Mercedes e, sem pronunciar uma palavra, apresentou-lhe a carta.

Mercedes leu:

Albert,

Ao lhe mostrar que adivinhei o projeto que está prestes a pôr em prática, creio mostrar-lhe também que compreendo a dificuldade. Você está livre, vai deixar a casa do conde e vai retirar sua mãe, livre como você. Mas pense nisso, Albert, você deve-lhe mais do que lhe pode pagar, pobre nobre coração que você é. Guarde a luta para si, reivindique o sofrimento para si, mas poupe-a da miséria inicial que inevitavelmente acompanhará seus primeiros esforços, pois ela nem mesmo merece o reflexo da desgraça que hoje a atinge, e a Providência não quer que o inocente pague pelo culpado.

Sei que ambos deixarão a casa da Rue du Helder sem levar nada. Não tente descobrir como soube disso. Eu sei; isto é tudo.

Escute, Albert.

Há vinte e quatro anos, regressava muito contente e orgulhoso à minha pátria. Tinha uma noiva, Albert, uma santa moça que adorava, e trazia-lhe cento e cinquenta luíses penosamente acumulados com um trabalho sem descanso. Esse dinheiro era para ela, destinava-o e, sabendo como o mar é traiçoeiro, enterrara nosso tesouro no jardinzinho da casa em que meu pai morava em Marselha, na Rue des Allées de Meilhan.

Sua mãe, Albert, conhece bem essa pobre e querida casa.

Recentemente, vindo para Paris, passei por Marselha. Fui visitar essa casa de dolorosas recordações e à noite, com uma pá na mão, sondei o canto onde enterrara o meu tesouro. A caixinha de ferro ainda estava no mesmo lugar, ninguém tocara nela. Ela está no canto que uma bela figueira, plantada por meu pai no dia do meu nascimento, cobre com sua sombra. Pois bem, Albert, esse dinheiro, que outrora deveria ajudar na vida e na tranquilidade dessa mulher que eu adorava, eis que hoje, por um estranho e doloroso acaso, encontrou a mesma serventia. Oh, compreenda bem meu pensamento, eu que poderia oferecer milhões a essa pobre mulher, dou-lhe apenas o pedaço do pão preto esquecido sob o meu pobre teto desde o dia em que fui separado daquela que amava.

Você é um homem generoso, Albert, mas talvez esteja cego pelo orgulho ou pelo ressentimento. Se recusar, se pedir a outro o que tenho o direito de lhe oferecer, direi que é pouco generoso de sua parte recusar a vida de sua mãe oferecida por um homem cujo pai morreu pelas mãos do seu nos horrores da fome e do desespero.

Terminada a leitura, Albert permaneceu pálido e imóvel, esperando a decisão da mãe.

Mercedes ergueu ao céu um olhar de expressão inefável.

– Aceito – disse ela. – Ele tem o direito de pagar o dote que levarei para um convento!

E colocando a mão no coração, pegou o braço do filho e, com um passo mais firme do que ela própria talvez esperasse, tomou o caminho da escada.

O SUICÍDIO

Enquanto isso, Monte Cristo também voltara à cidade com Emmanuel e Maximilien.

A volta foi alegre. Emmanuel não escondia sua alegria por ter visto a paz suceder a guerra e confessava altivamente suas preferências filantrópicas. Morrel, num canto da carruagem, deixava a alegria do cunhado evaporar-se em palavras e guardava para si uma alegria igualmente sincera, que brilhava apenas em seu olhar.

Na Barreira do Trono encontraram Bertuccio: esperava ali, imóvel como uma sentinela em seu posto.

Monte Cristo passou a cabeça pela portinhola, trocou algumas palavras com ele em voz baixa e o intendente desapareceu.

– Senhor conde – disse Emmanuel quando chegaram às imediações da Place Royale –, por favor, peço-lhe que me deixe à minha porta para que minha mulher não tenha um só momento de preocupação, nem pelo senhor nem por mim.

– Se não fosse ridículo exibir seu triunfo – disse Morrel –, convidaria o senhor conde para entrar em nossa casa. Mas o senhor conde também tem, sem dúvida, corações trêmulos a tranquilizar. Aqui estamos, Emmanuel, cumprimentemos nosso amigo e deixemos que ele continue seu caminho.

– Um momento – disse Monte Cristo –, não me prive dos meus dois companheiros assim de uma vez. Volte para junto de sua encantadora mulher, a quem o encarrego de apresentar os meus cumprimentos, e acompanhe-me até os Champs-Élysées, Morrel.

– Perfeitamente – disse Maximilien –, tanto mais que tenho algo a fazer no seu bairro, conde.

– Vamos esperá-lo para o almoço? – perguntou Emmanuel.

– Não – respondeu o rapaz.

A portinhola fechou-se, a carruagem continuou seu caminho.

– Veja como eu lhe trouxe sorte – disse Morrel quando ficou a sós com o conde. – Não pensou nisso?

– Certamente – disse Monte Cristo –, e por isso gostaria de tê-lo sempre perto de mim.

– É um milagre! – continuou Morrel, respondendo ao seu próprio pensamento.

– O quê? – perguntou Monte Cristo.

– O que acaba de acontecer.

– Sim – respondeu o conde com um sorriso. – Você disse a palavra exata, Morrel, é um milagre.

– Afinal – continuou Morrel –, Albert é corajoso.

– Muito corajoso – disse Monte Cristo. – Eu o vi dormir com o punhal sobre a cabeça.

– E eu sei que ele duelou duas vezes, e muito bem – observou Morrel. – Portanto, concilie isso com seu comportamento desta manhã.

– Sua influência novamente – continuou Monte Cristo, sorrindo.

– Sorte de Albert não ser soldado – comentou Morrel.

– Por quê?

– Desculpas no campo de batalha! – exclamou o jovem capitão, balançando a cabeça.

– Ora – disse o conde com suavidade –, não vá cair nos preconceitos dos homens comuns, não é, Morrel? Não concorda que, uma vez que Albert é corajoso, não pode ser covarde? Que devia ter algum motivo para agir como agiu nesta manhã e que, portanto, sua conduta foi mais heroica que outra coisa?

– Sem dúvida, sem dúvida – respondeu Morrel. – Mas diria, como o espanhol: "Foi menos corajoso hoje que ontem".

– Almoça comigo, não é, Morrel? – perguntou o conde, para encurtar a conversa.

– Não, deixo-o às dez horas.

– Então sua reunião é para almoçar?

Morrel sorriu e balançou a cabeça.

– Mas, afinal, você terá de almoçar em algum lugar.

– E se eu não tiver fome? – disse o rapaz.

– Oh – disse o conde –, só conheço dois sentimentos que cortam o apetite assim: a dor (e como, felizmente vejo-o muito alegre, não se trata disso) e o amor. Ora, pelo que me disse a respeito do seu coração, me é permitido supor...

– Palavra de honra, conde – respondeu Morrel alegremente –, não vou negar.

– E não me contava nada, Maximilien? – retomou o conde, num tom tão vivo que deixava transparecer quanto se interessava em conhecer aquele segredo.

– Mostrei-lhe esta manhã que tinha um coração, não foi, conde?

Como única resposta, Monte Cristo estendeu a mão ao jovem.

– Pois bem! – continuou o rapaz –, uma vez que esse coração não está mais com o senhor no Bois de Vincennes, está em outro lugar, onde irei encontrá-lo.

– Vá – disse lentamente o conde –, vá, caro amigo; mas por misericórdia, se encontrar algum obstáculo, lembre-se de que tenho algum poder neste mundo, que fico feliz em usar esse poder em benefício das pessoas que aprecio, e que o aprecio, Morrel.

– Muito bem – disse o rapaz –, vou me lembrar disso como os filhos egoístas se lembram dos pais quando precisam deles. Quando precisar do senhor, e talvez isso venha a acontecer, recorrerei ao senhor, conde.

– Bem, vou me lembrar da sua palavra. Então, adeus.

– Até logo.

Tinham chegado à porta da casa dos Champs-Élysées. Monte Cristo abriu a portinhola. Morrel saltou para a calçada. Bertuccio esperava na escada da entrada.

Morrel desapareceu pela avenida de Marigny e Monte Cristo foi rapidamente na direção de Bertuccio.

– Então? – ele perguntou.

– Ela vai deixar a casa – respondeu o intendente.

– E o filho?

– Florentin, seu criado de quarto, pensa que vai fazer o mesmo.

– Venha.

Monte Cristo levou Bertuccio ao seu gabinete, escreveu a carta que conhecemos e entregou-a ao intendente.

– Vá depressa – disse ele. – A propósito, mande avisar Haydée que estou de volta.

– Aqui estou – disse a jovem, que descera assim que ouvira o ruído da carruagem e cujo rosto estava radiante de alegria ao ver o conde são e salvo.

Bertuccio saiu.

Haydée experimentou todos os arrebatamentos de uma filha ao rever um pai querido nos primeiros instantes daquele regresso aguardado por ela com tanta impaciência, todos os delírios da amante ao rever um amante adorado.

Embora menos expansiva, a alegria de Monte Cristo não era menor. Para os corações que sofreram longamente, a alegria é como o orvalho para as terras ressequidas pelo sol: coração e terra absorvem essa chuva benfazeja que cai sobre eles e nada aparece do lado de fora.

Já fazia alguns dias que Monte Cristo compreendera uma coisa em que há muito tempo não mais ousava acreditar: que havia duas Mercedes no mundo, que ele ainda podia ser feliz.

Seu olhar ardente de felicidade mergulhava avidamente nos olhos úmidos de Haydée, quando de repente a porta se abriu.

O conde franziu o cenho.

– O senhor de Morcerf! – disse Baptistin, como se essa única palavra contivesse a sua desculpa.

Com efeito, o rosto do conde se iluminou.

– Qual – perguntou ele –, o visconde ou o conde?

– O conde.

– Meu Deus! – gritou Haydée. – Isso ainda não acabou?

– Não sei se acabou, filha querida – disse Monte Cristo pegando nas mãos da jovem –, mas o que sei é que não tem nada a temer.

– Oh, mas é o miserável...

– Este homem não pode nada contra mim, Haydée – tranquilizou Monte Cristo. – Foi quando o caso era com o filho que tinha motivo para temer.

– O que sofri nunca saberá, meu senhor – disse a jovem.

Monte Cristo sorriu.

– Pelo túmulo do meu pai – disse Monte Cristo estendendo a mão sobre a cabeça da moça –, juro que se acontecer alguma desgraça, não será por minha causa.

– Acredito, meu senhor, como se Deus estivesse falando comigo – disse a jovem, oferecendo a fronte ao conde.

Monte Cristo depositou naquela fronte tão pura e tão bela um beijo, que fez bater ao mesmo tempo dois corações, um com violência, o outro silenciosamente.

– Oh, meu Deus – murmurou o conde –, permiti que eu possa amar ainda! Faça entrar o senhor conde de Morcerf na sala – disse a Baptistin, enquanto conduzia a bela grega para uma escada secreta.

Uma palavra de explicação sobre essa visita, talvez esperada por Monte Cristo, mas sem dúvida inesperada para os nossos leitores.

Enquanto Mercedes, como dissemos, fazia em seus aposentos o mesmo tipo de inventário que Albert fizera nos seus; enquanto organizava suas joias, fechava suas gavetas, juntava suas chaves, para deixar tudo em perfeita ordem, ela não notara que um rosto pálido e sinistro surgira na vidraça de uma porta que deixava a luz do dia entrar no corredor. Dali não só se podia ver, como ouvir. Aquele que assim via, muito provavelmente sem ser visto nem ouvido, viu e ouviu tudo o que acontecia nos aposentos da senhora de Morcerf.

Daquela porta envidraçada, o homem de rosto pálido dirigiu-se ao quarto do conde de Morcerf e, quando lá chegou, ergueu com a mão contraída a cortina de uma janela que dava para o pátio.

Permaneceu ali por dez minutos, imóvel, mudo, escutando as batidas de seu próprio coração. Para ele, dez minutos era muito tempo.

Foi então que Albert, voltando do duelo, viu o pai, que espreitava seu retorno atrás de uma cortina e desviou o olhar.

O conde arregalou os olhos: sabia que o insulto de Albert a Monte Cristo fora terrível, que tal insulto provocava em todos os países do mundo um duelo de morte. Ora, Albert voltava são e salvo, então o conde estava vingado.

Um clarão de indizível alegria iluminou aquele rosto lúgubre, como faz um último raio de sol antes de se perder nas nuvens que parecem menos seu leito que seu túmulo.

Mas, como dissemos, esperou em vão que o jovem subisse aos seus aposentos para lhe comunicar seu triunfo. Que o filho, antes de lutar, não tivesse querido ver o pai cuja honra ia vingar, isso era compreensível; mas, vingada a honra do pai, por que esse filho não vinha se atirar em seus braços?

Foi então que o conde, não podendo ver Albert, mandara chamar seu criado. Sabemos que Albert autorizara-o a nada ocultar do conde.

Dez minutos depois, o general de Morcerf surgiu na escada de entrada, vestindo uma sobrecasaca preta com gola militar, calças e luvas pretas.

Dera, ao que parece, ordens prévias; pois assim que pôs os pés no último degrau da escada, sua carruagem, completamente atrelada, saiu da cocheira e veio parar na frente dele.

Seu criado de quarto veio então jogar dentro da carruagem um capote militar, enrijecido pelas duas espadas que embrulhava. Em seguida, fechando a portinhola, sentou-se ao lado do cocheiro.

O cocheiro inclinou-se diante da caleça para pedir ordens.

– Para os Champs-Élysées – disse o general –, para a casa do conde de Monte Cristo. Rápido!

Os cavalos saltaram com a chicotada; cinco minutos depois pararam em frente à casa do conde.

O próprio senhor de Morcerf abriu a portinhola e, com a carruagem ainda em movimento, saltou como um rapaz na alameda lateral, tocou a campainha e desapareceu pela porta escancarada com seu criado.

Um segundo depois, Baptistin anunciava ao senhor de Monte Cristo o conde de Morcerf, e Monte Cristo, fazendo sair Haydée, ordenou que mandassem o conde de Morcerf entrar na sala.

O general percorria a sala pela terceira vez quando se virou e viu Monte Cristo de pé na soleira.

– Ah, é o senhor de Morcerf – disse tranquilamente Monte Cristo. – Julgava ter ouvido mal.

– Sim, sou eu mesmo – disse o conde, com uma medonha contração dos lábios que o impedia de articular com clareza.

– Então só me resta saber agora – disse Monte Cristo – o motivo que me proporciona o prazer de ver o senhor conde de Morcerf tão cedo.

– Teve um encontro com meu filho esta manhã, senhor? – perguntou o general.

– O senhor está a par disso? – rebateu o conde.

– E também sei que meu filho tinha boas razões para querer duelar com o senhor e fazer tudo o que pudesse para matá-lo.

– Com efeito, senhor, ele tinha muito boas razões. Mas, como vê, apesar dessas razões, não me matou, e nem mesmo me enfrentou.

– E, no entanto, considerava-o a causa da desonra do pai, bem como a causa da horrível ruína que, neste momento, abate-se sobre a minha casa.

– É verdade, senhor – admitiu Monte Cristo com a sua calma aterradora. – Causa secundária, certamente, e não principal.

– O senhor deve ter-lhe apresentado alguma desculpa ou dado alguma explicação.

– Não lhe dei nenhuma explicação e foi ele quem me apresentou longas desculpas.

– A que o senhor atribui essa conduta?

– À convicção, provavelmente, de que havia em tudo isso um homem mais culpado do que eu.

– E quem era esse homem?

– Seu pai.

– Pois bem – disse o conde, empalidecendo. – Mas fique sabendo que o culpado não gosta de ser acusado de culpa.

– Eu sei... Por isso esperava o que está acontecendo neste momento.

– O senhor esperava que meu filho fosse um covarde! – gritou o conde.

– O senhor Albert de Morcerf não é um covarde – disse Monte Cristo.

– Um homem que segura uma espada na mão, um homem que tem ao alcance dessa espada um inimigo mortal, se esse homem não luta, é um covarde! Pena que não esteja aqui para eu lhe dizer isso!

– Cavalheiro – respondeu friamente Monte Cristo –, presumo que não tenha vindo me ver para contar seus pequenos aborrecimentos familiares. Vá dizer isso ao senhor Albert, talvez ele saiba o que responder-lhe.

– Oh, não, não! – exclamou o general com um sorriso que desapareceu tão depressa quanto aparecera. – Não, tem razão, não vim para isso! Vim para dizer-lhe que também eu o considero meu inimigo! Vim para dizer-lhe que o odeio por instinto! Que me parece que sempre o conheci, que sempre o odiei! E que, finalmente, uma vez que os jovens deste século não duelam mais, cabe a nós fazê-lo... É essa a sua opinião, cavalheiro?

– Perfeitamente. Por isso, quando lhe disse que previra que aconteceria isto, era da honra de sua visita que eu queria falar.

– Tanto melhor... Está preparado, então?

– Estou sempre preparado, cavalheiro.

– Sabe que lutaremos até a morte de um de nós dois? – perguntou o general, com os dentes cerrados de raiva.

– Até a morte de um de nós dois – repetiu o conde de Monte Cristo, balançando levemente a cabeça para cima e para baixo.

— Vamos então; não precisamos de testemunhas.
— Com efeito – disse Monte Cristo –, é inútil, conhecemo-nos tão bem!
— Ao contrário – disse o conde –, é porque não nos conhecemos.
— Ora! – exclamou Monte Cristo com a mesma fleuma exasperante. – Vejamos um pouco. O senhor não é o soldado Fernando que desertou na véspera da batalha de Waterloo? Não é o tenente Fernando que serviu de guia e espião no exército francês na Espanha? Não é o coronel Fernando que traiu, vendeu e assassinou seu benfeitor Ali? E todos esses Fernandos reunidos não fizeram o tenente-general conde de Morcerf, par de França?
— Oh! – gritou o general, atingido por essas palavras como por um ferro em brasa. – Oh, miserável, que me aponta minha vergonha no momento em que talvez vá me matar, não, eu não disse que lhe era desconhecido. Sei muito bem, demônio, que penetrou na noite do passado e que nela leu, ignoro à luz de que archote, cada página da minha vida. Mas talvez ainda haja mais honra em mim, no meu opróbrio, do que em você sob sua aparência pomposa. Não, não, você me conhece, bem sei, mas sou eu que não o conheço, aventureiro coberto de ouro e pedras preciosas! Em Paris, você se fez chamar conde de Monte Cristo; na Itália, Simbad, o marujo; em Malta, vou lá saber? Já esqueci. Mas é o seu nome verdadeiro que pergunto, seu nome verdadeiro que quero saber, no meio das suas centenas de nomes, para que eu o pronuncie no lugar do duelo, no momento em que enfiar minha espada no seu coração.

O conde de Monte Cristo empalideceu de maneira terrível. Seus olhos selvagens foram tomados por um fogo devorador. Deu um salto em direção ao gabinete contíguo ao seu quarto e, em menos de um segundo, arrancando sua gravata, a sobrecasaca e o colete, vestiu uma jaqueta de marinheiro e colocou na cabeça um chapéu de marujo, sob o qual se desenrolaram seus longos cabelos pretos.

Voltou assim, assustador, implacável, caminhando de braços cruzados até diante do general, que nada compreendera de seu desaparecimento, que o esperava e que, sentindo os dentes baterem e as pernas bambearem, recuou um passo e só se deteve quando encontrou sobre uma mesa um ponto de apoio para sua mão crispada.

– Fernando! – gritou-lhe Monte Cristo. – Dos meus cem nomes, bastaria dizer-lhe apenas um para fulminá-lo; mas esse nome, você pode adivinhar, não é? Ou melhor, pode se lembrar? Porque apesar de todos os meus desgostos, de todas as minhas torturas, mostro-lhe hoje um rosto que a felicidade da vingança rejuvenesce, um rosto que você deve ter visto muitas vezes em seus sonhos desde o seu casamento... com Mercedes, minha noiva!

O general, com a cabeça jogada para trás, as mãos estendidas e o olhar fixo, devorou em silêncio aquele terrível espetáculo. Depois, buscando a parede como ponto de apoio, deslizou lentamente até a porta, pela qual saiu aos recuos, deixando escapar apenas este grito lúgubre, lamentoso, dilacerante:

– Edmond Dantès!

Em seguida, com suspiros que nada tinham de humanos, arrastou-se até o peristilo da casa, atravessou o pátio como um bêbado e caiu nos braços de seu criado de quarto, murmurando apenas, com uma voz ininteligível:

– Para casa! Para casa!

Pelo caminho, o ar fresco e a vergonha que lhe causava a atenção das pessoas deixaram-no em condições de organizar suas ideias, mas o trajeto foi curto e, à medida que se aproximava de sua casa, o conde sentia seus sofrimentos se renovarem.

A poucos passos da casa, o conde mandou parar e desceu.

O portão do palacete estava escancarado; um fiacre, cujo cocheiro ficara muito surpreso por ter sido chamado àquela magnífica residência, estacionava no meio do pátio. O conde olhou para aquele fiacre com pavor, mas não ousou interrogar ninguém e correu para os seus aposentos.

Duas pessoas desciam a escada; ele só teve tempo de se precipitar em um gabinete para evitá-las.

Era Mercedes, apoiada no braço do filho; ambos deixavam o palacete.

Passaram muito perto do infeliz, que, escondido atrás do reposteiro de damasco, foi roçado por assim dizer pelo vestido de seda de Mercedes e sentiu no rosto o hálito morno destas palavras pronunciadas pelo filho:

– Coragem, minha mãe! Venha, venha, aqui não é mais a nossa casa.

As palavras extinguiram-se, os passos se afastaram.

O general endireitou-se, agarrando com as mãos crispadas o reposteiro de damasco. Continha o mais horrível soluço jamais saído do peito de um pai, abandonado ao mesmo tempo pela mulher e pelo filho...

Não demorou a ouvir bater a portinhola de ferro do fiacre, depois a voz do cocheiro, depois o rolar da pesada carruagem estremecendo as vidraças. Então correu para seu quarto de dormir para ver mais uma vez tudo o que amara no mundo, mas o fiacre partiu sem que a cabeça de Mercedes ou a de Albert aparecesse na portinhola para lançar à casa solitária, para dar ao pai e ao marido abandonado o último olhar, o adeus e o pesar, isto é, o perdão.

Por isso, no exato momento em que as rodas do fiacre faziam vibrar o calçamento da abóbada, um tiro ecoou e uma fumaça escura saiu por uma das vidraças da janela do quarto de dormir, estilhaçada pela força da explosão.

VALENTINE

Podemos adivinhar aonde Morrel tinha de ir e na casa de quem era o seu encontro.

Assim, Morrel, ao se despedir de Monte Cristo, dirigiu-se lentamente para a casa de Villefort.

Dizemos lentamente porque Morrel dispunha de mais de meia hora para dar quinhentos passos. Mas, apesar desse tempo mais que suficiente, apressara-se em deixar Monte Cristo, ansioso para ficar sozinho com seus pensamentos.

Conhecia bem os horários de Valentine, a hora em que ela, presente ao almoço de Noirtier, tinha certeza de não ser perturbada nesse piedoso dever. Noirtier e Valentine tinham lhe concedido duas visitas por semana e ele vinha gozar de seu direito.

Quando chegou, Valentine já o esperava. Preocupada, quase desorientada, agarrou-lhe a mão e o levou para diante do avô.

Essa preocupação, levada, como dizemos, até quase o desvario, era fruto dos rumores que a aventura de Morcerf produzira na sociedade. Todos sabiam (em sociedade tudo se sabe) do escândalo da Ópera. Na casa de Villefort ninguém duvidava que um duelo fosse a consequência forçada desse escândalo. Com seu instinto de mulher, Valentine adivinhara que Morrel seria a testemunha de Monte Cristo e, com a coragem bem conhecida do rapaz, com aquela amizade profunda que ela sabia que tinha pelo conde, temia que ele não tivesse forças para se limitar ao papel passivo que lhe era atribuído.

Portanto, é compreensível a avidez com que os detalhes foram solicitados, dados e recebidos, e Morrel pôde ver uma alegria indescritível nos olhos de sua bem-amada quando ela soube que o terrível episódio tivera um desfecho tão feliz quanto inesperado.

– Agora – disse Valentine, fazendo sinal para Morrel sentar-se ao lado do velho e sentando-se ela mesma no banquinho onde descansavam os pés do avô –, falemos um pouco das nossas coisas. Como sabe, Maximilien, por um momento vovô teve a ideia de deixar esta casa e alugar um apartamento fora do palacete do senhor de Villefort.

– Sim, claro – respondeu Maximilien. – Recordo-me desse projeto e cheguei até a aplaudi-lo muito.

– Pois então – disse Valentine –, aplauda-o de novo, Maximilien, pois vovô retomou-o.

– Bravo! – exclamou Maximilien.

– E sabe – disse Valentine – qual o motivo que o vovô dá para deixar esta casa?

Noirtier olhava para a neta para lhe impor silêncio com a vista, mas Valentine não olhava para Noirtier. Seus olhos, seu olhar e seu sorriso eram para Morrel.

– Oh, seja qual for o motivo alegado pelo senhor Noirtier – exclamou Morrel –, declaro que é bom.

– Excelente – disse Valentine. – Ele acha que o ar do *Faubourg* Saint-Honoré não é bom para mim.

– De fato – disse Morrel. – Escute, Valentine, o senhor Noirtier pode muito bem ter razão; de quinze dias para cá noto que você não anda bem.

– Sim, um pouquinho, é verdade – respondeu Valentine. – Por causa disso, o vovô constitui-se em meu médico e, como o vovô sabe tudo, tenho a maior confiança nele.

– Mas então é verdade que está doente, Valentine? – perguntou ansiosamente Morrel.

– Oh, meu Deus, isso não se chama doença. Sinto um mal-estar geral, só isso. Perdi o apetite e tenho a impressão de que meu estômago está lutando para se habituar a alguma coisa.

Noirtier não perdia uma palavra de Valentine.

– E qual é o tratamento que segue contra essa doença desconhecida?

– Oh, muito simples – respondeu Valentine. – Todas as manhãs tomo uma colher da poção que trazem para o meu avô. Quando digo uma colher, comecei por uma e agora estou em quatro. Meu avô afirma que é uma panaceia.

Valentine sorria, mas havia algo triste e doentio em seu sorriso.

Maximilien, embriagado de amor, olhava-a em silêncio. Ela estava belíssima, mas sua palidez adquirira um tom mais opaco, seus olhos brilhavam com um fogo mais ardente que de hábito e suas mãos, geralmente de um branco de madrepérola, pareciam mãos de cera que um tom amarelado invadira com o tempo.

De Valentine, o rapaz olhou para Noirtier. Este contemplava com sua estranha e profunda inteligência a moça absorta em seu amor. Mas ele também, como Morrel, seguia os rastros de um sofrimento surdo, tão pouco visível que escapara aos olhos de todos, exceto aos do avô e aos do namorado.

– Mas – disse Morrel – eu imaginava que essa poção da qual chega a tomar quatro colheres fosse receitada para o senhor Noirtier.

– Sei que é muito amarga – observou Valentine –, tão amarga que tudo o que bebo depois parece ter o mesmo gosto.

Noirtier olhou a neta com um ar interrogador.

– Sim, vovô – disse Valentine –, é assim mesmo. Agora há pouco, antes de descer, bebi um copo de água açucarada. Pois tive de desistir na metade, tão amarga me pareceu.

Noirtier empalideceu e fez sinal de que queria falar. Valentine levantou-se para buscar o dicionário.

Noirtier seguiu-a com os olhos com visível angústia.

Com efeito, o sangue subia à cabeça da jovem, suas faces coravam.

– Puxa! – exclamou ela sem perder nada de sua vivacidade. – É estranho, ficou tudo escuro! Será o sol batendo nos meus olhos?...

E apoiou-se no parapeito da janela.

– Não há sol – disse Morrel, ainda mais preocupado com a expressão do rosto de Noirtier que com a indisposição de Valentine.

E correu para Valentine. A jovem sorriu.

– Não se preocupe, vovô – disse ela a Noirtier. – Fique tranquilo, Maximilien, não é nada, e a coisa já passou. Mas escutem! Não é o barulho de uma carruagem que ouço no quintal?

Ela abriu a porta de Noirtier, correu à janela do corredor e voltou precipitadamente.

– Sim – disse –, é a senhora Danglars e a filha que vêm nos visitar. Adeus, tenho de ir, pois viriam me procurar aqui. Ou melhor, até logo, fique perto do vovô, Maximilien, prometo não me demorar.

Morrel seguiu-a com os olhos, viu-a fechar a porta e ouviu-a subir a escadinha que levava tanto aos aposentos da senhora de Villefort quanto aos seus.

Assim que ela desapareceu, Noirtier fez sinal para Morrel pegar o dicionário.

Morrel obedeceu. Orientado por Valentine, rapidamente se habituara a entender o velho.

No entanto, por mais habituado que estivesse, e como precisava passar em revista parte das vinte e quatro letras do alfabeto e encontrar cada palavra no dicionário, só depois de dez minutos é que o pensamento do velho foi traduzido por estas palavras:

"Pegue o copo d'água e a garrafa que estão no quarto de Valentine."

Morrel chamou imediatamente o criado que substituíra Barrois e, em nome de Noirtier, deu-lhe essa ordem. O criado voltou um momento depois.

A garrafa e o copo estavam completamente vazios. Noirtier fez sinal de que queria falar.

– Por que o copo e a garrafa estão vazios? – perguntou. – Valentine disse que só bebera metade do copo.

A tradução dessa nova pergunta demorou mais cinco minutos.

– Não sei – respondeu o criado. – Mas a camareira está nos aposentos da senhorita Valentine. Talvez tenha sido ela quem o esvaziou.

– Pergunte-lhe – disse Morrel, traduzindo desta vez o pensamento de Noirtier pelo olhar.

O criado saiu e voltou quase imediatamente.

– A senhorita Valentine passou pelo quarto dela para se dirigir ao da senhora de Villefort – disse ele. – E, ao passar, como estava com sede, bebeu o que restava no copo. Quanto à garrafa, o senhor Édouard esvaziou-a para fazer um laguinho para os patos.

Noirtier levantou os olhos para o céu como um jogador que aposta tudo o que tem.

A partir desse momento os olhos do velho fixaram-se na porta e não deixaram mais essa direção.

Eram, com efeito, a senhora Danglars e sua filha que Valentine vira; foram conduzidas ao quarto da senhora de Villefort, que dissera recebê-las em seus aposentos. Eis por que Valentine passara por lá: seu quarto ficava quase ao lado do da madrasta, separado apenas pelo de Édouard.

As duas mulheres entraram na sala com aquela espécie de rigidez oficial que faz pressagiar um comunicado.

Entre pessoas do mesmo grupo social, uma nuance é imediatamente percebida. A senhora de Villefort respondeu àquela solenidade com igual solenidade.

Nesse momento, Valentine entrou e novas reverências foram feitas.

– Querida amiga – disse a baronesa, enquanto as duas jovens davam-se as mãos, venho com Eugénie anunciar-lhe em primeira mão, para breve, o casamento de minha filha com o príncipe Cavalcanti.

Danglars mantivera o título de príncipe. O banqueiro do povo julgara que soava melhor que conde.

– Então permita que lhe dê meus mais sinceros cumprimentos –, respondeu a senhora de Villefort. – O senhor príncipe Cavalcanti parece ser um jovem cheio de raras qualidades.

– Escute – disse a baronesa, sorrindo –, falando como amigas, devo dizer-lhe que o príncipe ainda não nos parece ser o que será. Há nele um pouco dessa estranheza que nos faz, a nós, franceses, reconhecer à primeira vista um fidalgo italiano ou alemão. No entanto, ele sugere um excelente coração, muita sutileza de espírito e, quanto às conveniências, o senhor Danglars afirma que a fortuna é majestosa, palavra dele.

– Além disso – disse Eugénie, folheando o álbum da senhora de Villefort –, acrescente, senhora, que tem uma inclinação muito especial por esse rapaz.

– Claro, não preciso lhe perguntar se compartilha dessa inclinação – disse a senhora de Villefort.

– Eu? – respondeu Eugénie com sua altivez habitual. – Oh, nem um pouco, senhora. Minha vocação não era me acorrentar aos cuidados de um lar ou aos caprichos de um homem, fosse qual fosse. Minha vocação era ser artista e, portanto, ter meu coração, minha pessoa e meu pensamento livres.

Eugénie pronunciou estas palavras num tom tão vibrante e firme que o rubor subiu às faces de Valentine. A tímida jovem não conseguia compreender aquela natureza vigorosa que parecia não ter nada dos acanhamentos da mulher.

– De resto – continuou Eugénie –, já que estou destinada a ser casada, quer queira, quer não, devo agradecer à Providência, que pelo menos me propiciou o desdém do senhor Albert de Morcerf. Sem essa Providência, hoje eu seria a mulher de um homem desonrado.

– Isso não deixa de ser verdade – disse a baronesa, com aquela estranha ingenuidade que às vezes se encontra nas grandes damas e que o convívio plebeu não consegue fazê-las perder por completo. Não deixa de ser verdade que, sem essa hesitação dos Morcerf, minha filha se casaria com o senhor Albert. O general fazia muita questão desse acontecimento e até veio pressionar o senhor Danglars. Escapamos com sorte.

– Mas – disse timidamente Valentine –, então toda essa vergonha do pai recai sobre o filho? O senhor Albert parece-me completamente inocente de todas essas traições do general.

– Perdão, querida amiga – disse a implacável jovem. – O senhor Albert reclama e merece sua parte. Parece que depois de ter provocado ontem o senhor de Monte Cristo na Ópera, hoje lhe apresentou desculpas no lugar do duelo.

– Impossível! – exclamou a senhora de Villefort.

– Ah, querida amiga – disse a senhora Danglars com a mesma ingenuidade já mencionada –, a coisa é certa, soube disso pelo senhor Debray, que presenciou a retratação.

Valentine também conhecia a verdade, mas não respondeu. Impelida por uma palavra às suas recordações, encontrava-se em pensamento no quarto de Noirtier, onde Morrel a esperava.

Mergulhada nessa espécie de contemplação interior, Valentine abandonara a conversa por um instante. Ter-lhe-ia sido inclusive impossível repetir o que fora dito nos últimos minutos, quando de repente a mão da senhora Danglars, apoiando-se em seu braço, arrancou-a do devaneio.

– O que houve, senhora? – disse Valentine, estremecendo ao contato dos dedos da senhora Danglars, como teria estremecido com um choque elétrico.

– Houve, minha querida Valentine – disse a baronesa –, que você parece estar doente, não?

– Eu? – perguntou a jovem, passando a mão sobre a testa ardente.

– Sim. Olhe-se nesse espelho. Você corou e empalideceu três ou quatro vezes no espaço de um minuto.

– De fato – exclamou Eugénie –, está muito pálida!

– Oh, não se preocupe, Eugénie, estou assim há alguns dias.

E por menos astuciosa que fosse, a jovem viu naquilo uma oportunidade para sair. Aliás, a senhora de Villefort veio em seu auxílio.

– Retire-se, Valentine – disse. – Você está realmente doente e estas senhoras saberão perdoá-la. Beba um copo de água pura e se sentirá melhor.

Valentine beijou Eugénie, cumprimentou a senhora Danglars, que já havia se levantado para se retirar, e partiu.

– Essa pobre criança – disse a senhora de Villefort depois de Valentine sair –, preocupa-me seriamente e não me surpreenderia se lhe acontecesse algum acidente grave.

No entanto, Valentine, em uma espécie de exaltação de que não se dava conta, atravessara o quarto de Édouard sem responder a não sei qual travessura do menino e, através do seu próprio quarto chegara à escadinha. Descera todos os degraus, exceto os três últimos, e já ouvia a voz de Morrel quando, de repente, uma nuvem passou diante dos seus olhos, seu pé contraído falseou, suas mãos não tiveram mais força para se agarrar ao corrimão e, resvalando na parede, ela rolou do alto dos três últimos degraus, em vez de descê-los.

Morrel deu um pulo, abriu a porta e encontrou Valentine estendida no patamar.

Rápido como um relâmpago, levantou-a nos braços e sentou-a em uma poltrona. Valentine reabriu os olhos.

– Oh, como sou desastrada! – disse ela com uma volubilidade febril. – Não sei mais o que faço! Esqueci que havia três degraus antes do patamar!

– Machucou-se, Valentine? – perguntou Morrel. – Oh, meu Deus! Meu Deus!

Valentine olhou ao redor e viu o mais profundo terror estampado nos olhos de Noirtier.

– Não se assuste, vovô – disse ela, tentando sorrir. – Não foi nada, não foi nada... minha cabeça rodou, só isso.

– Outra vertigem! – exclamou Morrel, juntando as mãos. – Oh, tenha cuidado, Valentine, suplico-lhe.

– Não – disse Valentine. – Não, estou lhe dizendo que já passou e não foi nada. Agora, deixem-me dar-lhes uma notícia: daqui a oito dias Eugénie vai se casar e daqui a três dias haverá uma espécie de grande festim, um banquete de noivado. Estamos todos convidados, meu pai, a senhora de Villefort e eu... pelo que julguei entender, pelo menos.

– Quando será a nossa vez de nos ocuparmos desses detalhes? Oh, Valentine, você que tanto pode sobre o nosso vovô, tente fazer com que ele lhe responda: *em breve!*

– Quer dizer – perguntou Valentine –, que você conta comigo para estimular a lentidão e despertar a memória do vovô?

– Sim – exclamou Morrel. – Meu Deus! Meu Deus! Apresse-se! Enquanto você não for minha, Valentine, parecerá sempre que vai me escapar.

– Oh! – exclamou Valentine com um gesto convulsivo. – Oh! Na verdade, Maximilien, você é muito medroso para um oficial, para um soldado que, segundo dizem, nunca conheceu o medo. Há, há, há!

E caiu numa risada estridente e dolorosa. Seus braços enrijeceram-se e contorceram-se, sua cabeça caiu para trás na poltrona e ficou imóvel.

O grito de terror que Deus acorrentava nos lábios de Noirtier brotou de seu olhar.

Morrel compreendeu: era preciso chamar por socorro.

O rapaz pendurou-se no cordão da campainha. A criada que estava nos aposentos de Valentine e o criado que substituíra Barrois acudiram simultaneamente.

Valentine estava tão pálida, tão fria e tão inanimada que, sem escutar o que lhes diziam, o medo que velava constantemente naquela casa maldita os arrebatou e eles se lançaram pelos corredores gritando por socorro.

A senhora Danglars e Eugénie estavam saindo naquele exato momento e ainda puderam saber a causa de todo aquele rebuliço.

– Eu bem que lhe avisei! – exclamou a senhora de Villefort. – Pobrezinha!

A CONFISSÃO

No mesmo instante, ouviu-se a voz do senhor de Villefort, que gritava do seu gabinete:

– O que está acontecendo?

Com o olhar, Morrel consultou Noirtier, que acabava de recobrar todo o seu sangue-frio e num relance indicou-lhe o gabinete onde uma vez, em uma circunstância mais ou menos igual, o rapaz se escondera.

Ele só teve tempo de pegar seu chapéu e correr para lá, ofegante.

Os passos do procurador do rei ressoaram no corredor.

Villefort precipitou-se no quarto, correu para Valentine e tomou-a nos braços.

– Um médico! Um médico! O senhor d'Avrigny! – gritou Villefort. – É melhor eu mesmo ir buscá-lo!

E saiu correndo da sala. Pela outra porta, lançava-se Morrel.

Acabava de ter o coração atingido por uma horrível lembrança: aquela conversa entre Villefort e o médico que ele ouvira na noite da morte da senhora de Saint-Méran, voltava-lhe à memória. Aqueles sintomas, num grau menos assustador, eram os mesmos que tinham precedido a morte de Barrois.

Ao mesmo tempo, parecera-lhe ouvir murmurar em seu ouvido a voz de Monte Cristo dizendo-lhe, nem duas horas antes:

– Qualquer coisa que precisar, Morrel, procure-me, eu posso muito.

Mais rápido que o pensamento, correu então do *Faubourg* Saint-Honoré até a Rue Matignon, e da Rue Matignon para a avenida dos Champs-Élysées.

Nesse ínterim, o senhor de Villefort chegava num cabriolé de praça à porta do senhor d'Avrigny. Tocou a campainha com tanta violência que o porteiro veio abrir com ar assustado. Villefort correu para a escada sem forças para falar. O porteiro conhecia-o e deixou-o passar, gritando apenas:

– No gabinete, senhor procurador do rei, no gabinete!

Villefort já empurrava, ou melhor, arrombava a porta.

– Ah, é o senhor – disse o médico.

– Sim – disse Villefort, fechando a porta atrás de si. – Sim, doutor, é a minha vez de perguntar se estamos completamente a sós. Doutor, minha casa é uma casa amaldiçoada!

– O quê? – perguntou o médico com aparente frieza, mas com profunda emoção interior. – Tem mais alguém doente?

– Sim, doutor – exclamou Villefort, agarrando um punhado de cabelos com a mão convulsa. – Sim!

O olhar de D'Avrigny significou:

– Eu avisei.

Então seus lábios acentuaram lentamente estas palavras:

– Quem morrerá em sua casa e que nova vítima nos acusará de fraqueza perante Deus?

Um soluço doloroso brotou do coração de Villefort. Aproximou-se do médico e, agarrando-lhe o braço, respondeu:

– Valentine! Chegou a vez de Valentine!

– Sua filha! – exclamou d'Avrigny, tomado de dor e surpresa.

– Como vê, estava enganado – murmurou o magistrado. – Venha vê-la e, em seu leito de dor, peça-lhe perdão por ter suspeitado dela.

– Todas as vezes que me chamou – disse o senhor d'Avrigny –, era tarde demais. – Mas não importa, vou para lá. No entanto, apressemo-nos, senhor, pois com os inimigos que atacam sua casa não há tempo a perder.

– Oh, desta vez, doutor, não me censurará mais pela minha fraqueza. Desta vez descobrirei quem é o assassino e vou agarrá-lo.

– Vamos tentar salvar a vítima antes de pensar em vingá-la – disse d'Avrigny.

– Venha.

E o cabriolé que trouxera Villefort levou-o de volta a galope, acompanhado de d'Avrigny, no exato momento em que Morrel, por sua vez, batia à porta de Monte Cristo.

O conde estava em seu gabinete e, muito preocupado, lia um bilhete que Bertuccio acabava de lhe entregar às pressas.

Ao ouvir anunciar Morrel, que o deixara havia apenas duas horas, o conde ergueu a cabeça.

Para ele, assim como para o conde, muita coisa sem dúvida acontecera naquelas duas horas, pois o rapaz, que se despedira de Monte Cristo com um sorriso nos lábios, voltava com o rosto transtornado.

O conde levantou-se e correu ao encontro de Morrel.

– O que aconteceu, Maximilien? – perguntou-lhe. – Você está pálido e sua testa está coberta de suor.

Morrel mais se deixou cair do que se sentou numa poltrona.

– Sim – disse ele –, vim depressa, precisava falar-lhe.

– Estão todos bem na sua família? – perguntou o conde num tom de afetuosa benevolência, cuja sinceridade não deixaria dúvidas a ninguém.

– Obrigado, conde, obrigado – disse o rapaz, visivelmente embaraçado, para começar a conversa. – Sim, na minha família estão todos bem.

– Tanto melhor. No entanto, tem algo a me contar? – continuou o conde, cada vez mais inquieto.

– Sim – disse Morrel –, é verdade. Acabo de sair de uma casa onde a morte acabava de entrar, para correr até o senhor.

– Então está vindo da casa do senhor de Morcerf? – perguntou Monte Cristo.

– Não – disse Morrel. – Alguém morreu na casa do senhor de Morcerf?

– O general acaba de estourar os miolos – respondeu Monte Cristo.

– Oh, que terrível desgraça! – exclamou Maximilien.

– Não para a condessa nem para Albert – disse Monte Cristo. – Mais vale um pai e um marido morto do que um pai e um marido desonrado: o sangue lavará a desonra.

– Pobre condessa! – disse Maximilien. – É dela que mais me compadeço, uma mulher tão nobre!

– Compadeça-se também de Albert, Maximilien, porque, acredite, é o digno filho da condessa. Mas voltemos ao senhor. Correu para cá, disse-me. Terei a felicidade de que precise de mim?

– Sim, preciso do senhor, isto é, como um tolo acreditei que poderia me ajudar numa circunstância em que só Deus pode me socorrer.

– Diga – respondeu Monte Cristo.

– Oh! – exclamou Morrel. – Na verdade, não sei se posso revelar tal segredo a ouvidos humanos, mas a fatalidade me obriga, a necessidade me impele, conde.

Morrel parou, hesitante.

– Acredita que o estimo? – perguntou Monte Cristo pegando afetuosamente a mão do rapaz entre as suas.

– Oh, o senhor encoraja-me e depois algo me diz (Morrel pôs a mão no coração) que não devo ter segredos para o senhor.

– Tem razão, Morrel. É Deus que fala ao seu coração e é o seu coração que lhe fala. Repita-me o que seu coração está lhe dizendo.

– Conde, permite-me enviar Baptistin para pedir de sua parte notícias de alguém que o senhor conhece?

– Se me pus à sua disposição, com mais forte razão ponho os meus criados.

– Oh! É que não viverei enquanto não tiver a certeza de que ela está melhor.

– Quer que chame Baptistin?

– Não, eu mesmo falarei com ele.

Morrel saiu, chamou Baptistin e disse-lhe algumas palavras em voz baixa. O criado saiu correndo.

– E então? Já o mandou? – perguntou Monte Cristo vendo Morrel de volta.

– Sim, e ficarei um pouco mais tranquilo.

– Sabe que estou esperando – disse Monte Cristo, sorrindo.

– Sim, falarei. Escute: uma noite eu estava num jardim, escondido por um grupo compacto de árvores, ninguém suspeitava da minha presença. Duas pessoas passaram perto de mim. Permita-me que omita provisoriamente seus nomes. Conversavam em voz baixa e, no entanto, eu tinha tanto interesse em ouvir suas palavras que não perdia uma palavra do que diziam.

– A coisa se anuncia lúgubre, a julgar pela sua palidez e seus tremores, Morrel.

– Oh, sim, muito lúgubre, meu amigo! Acabava de morrer alguém na casa do dono do jardim onde eu me encontrava. Uma das duas pessoas cuja conversa escutava era o dono do jardim, a outra era o médico. Ora, o primeiro contava ao segundo seus receios e suas aflições; pois era a segunda vez em um mês que a morte se abatia, rápida e imprevista, sobre aquela casa, que diríamos designada por algum anjo exterminador à cólera de Deus.

– Ah, ah! – exclamou Monte Cristo, olhando fixamente para o rapaz e virando sua poltrona num movimento imperceptível para se colocar na sombra, enquanto a luz do dia batia no rosto de Maximilien.

– Sim – continuou este –, a morte entrara duas vezes naquela casa em um mês.

– E o que respondia o médico? – perguntou Monte Cristo.

– Ele dizia... dizia que aquela morte não era natural, e que devia ser atribuída...

– A quê?

– Ao veneno!

– É mesmo? – disse Monte Cristo com aquela leve tosse que, nos momentos de grande emoção, lhe servia para disfarçar quer seu rubor, quer sua palidez, quer a própria atenção com que escutava. – Tem certeza, Maximilien, que ouviu essas coisas?

– Sim, caro conde, ouvi-as, e o médico acrescentou que, se tal coisa voltasse a acontecer, ele se julgaria obrigado a comunicá-lo à justiça.

Monte Cristo escutava ou parecia escutar com a maior calma.

– Pois bem! – disse Maximilien. – A morte atacou pela terceira vez, e nem o dono da casa nem o médico falaram nada. A morte atacará talvez uma quarta vez. Conde, a que julga que o conhecimento desse segredo me obriga?

– Meu caro amigo – disse Monte Cristo – parece-me contar uma história que todo mundo sabe de cor. Conheço a casa onde ouviu isso, ou pelo menos conheço uma parecida. Uma casa onde há um jardim, um pai de família, um médico; uma casa onde houve três mortes estranhas e inesperadas. Pois bem! Olhe para mim, para mim que não interceptei nenhuma confidência e, no entanto, sei de tudo isso tão bem quanto o senhor, será que tenho escrúpulos de consciência? Não, isso não me diz respeito. Diz que um anjo exterminador parece designar essa casa à cólera do Senhor. Pois bem! Quem lhe diz que sua suposição não é uma realidade? Não veja as coisas que não querem ver aqueles que têm interesse em vê-las. Se for a justiça e não a cólera de Deus que ronda aquela casa, Maximilien, vire a cabeça e deixe passar a justiça de Deus.

Morrel estremeceu. Havia qualquer coisa ao mesmo tempo lúgubre, solene e terrível no tom do conde.

– Aliás – continuou ele, com uma mudança de voz tão acentuada que se diria que estas últimas palavras não tinham saído da boca do mesmo homem –, aliás, quem lhe disse que isso irá se repetir?

– Está se repetindo, conde! – exclamou Morrel –, e é por isso que corri para sua casa.

– Pois bem! O que quer que eu faça, Morrel? Quer, por acaso, que eu avise o senhor procurador do rei?

Monte Cristo articulou estas últimas palavras com tanta clareza e com uma ênfase tão vibrante que Morrel, levantando-se repentinamente, gritou:

– Conde! Conde! Sabe de quem estou falando, não é?

– Ora, perfeitamente, meu bom amigo, e vou provar-lhe colocando os pingos nos is, ou melhor, dando nomes aos homens. O senhor passeou uma noite no jardim do senhor de Villefort. Pelo que me contou, presumo que tenha sido na noite da morte da senhora de Saint-Méran. Ouviu o senhor de Villefort conversar com o senhor d'Avrigny sobre o passamento do senhor de Saint-Méran e sobre a não menos surpreendente morte da marquesa. O senhor d'Avrigny dizia que acreditava em um envenenamento e até mesmo em dois envenenamentos. E aqui está o senhor, homem honesto por excelência, desde aquele momento ocupado em apalpar seu coração, a sondar sua consciência para saber se deve revelar esse segredo ou calá-lo. Não estamos mais na Idade Média, caro amigo, e não existe mais nenhuma santa Vehme, não existem mais juízes francos. Que diabos vai pedir a essa gente? "Consciência, o que quer de mim?", como diz Sterne. Ora, meu caro, deixe-os dormir, se é que dormem; deixe-os empalidecer em suas insônias, se é que têm insônias e, pelo amor de Deus, durma, o senhor que não tem remorsos que o impeçam de dormir.

Uma dor terrível transpareceu nas feições de Morrel, que agarrou a mão de Monte Cristo e disse:

– Mas está se repetindo, estou lhe dizendo!

– Pois bem! – disse o conde, espantado com aquela insistência da qual nada compreendia e olhando para Maximilien com mais atenção. – Deixe que se repita. É uma família de Átridas. Deus condenou-os e amargarão a sentença. Todos desaparecerão como aqueles monges que as crianças fazem com cartas dobradas e que caem uns após os outros ao sopro de seu criador, mesmo que sejam duzentos. Foi o senhor de Saint-Méran, há três meses, foi a senhora de Saint-Méran, há dois meses; foi Barrois outro dia, hoje é o velho Noirtier ou a jovem Valentine.

– O senhor sabia? – gritou Morrel, num tal paroxismo de terror que Monte Cristo estremeceu, ele que ficaria impassível se o céu desabasse. – O senhor sabia e não dizia nada?

– Ora, que me importa! – continuou Monte Cristo, encolhendo os ombros. – E eu lá conheço essa gente para salvar um à custa de perder outro? Palavra de honra que não, porque entre o culpado e a vítima, não tenho preferência.

– Mas eu, eu! – exclamou Morrel num grito de dor. – Eu a amo!

– Ama quem? – perguntou Monte Cristo, dando um pulo e agarrando as duas mãos que Morrel erguia, torcendo-as, para o céu.

– Amo perdidamente, amo como um louco, amo como um homem que daria todo o seu sangue para lhe poupar uma lágrima; amo Valentine de Villefort, que está sendo assassinada neste exato momento, escute bem! Amo-a e pergunto a Deus e ao senhor como posso salvá-la!

Monte Cristo soltou um grito selvagem, do qual só quem ouviu o rugido de um leão ferido pode ter uma ideia.

– Infeliz! – exclamou, contorcendo as mãos por sua vez. – Infeliz! Ama Valentine! Ama essa filha de uma raça maldita!

Nunca Morrel vira semelhante expressão; nunca olhar tão terrível flamejara diante de seu rosto, nunca o gênio do terror, que tantas vezes vira surgir nos campos de batalha ou nas noites homicidas da Argélia, lançara à sua volta fogos mais sinistros.

Recuou apavorado.

Quanto a Monte Cristo, depois dessa explosão e desse ruído, fechou os olhos por um momento, como que ofuscado por relâmpagos interiores. Durante esse instante, recolheu-se com tanta força que, pouco a pouco via-se amenizar o movimento ondulante de seu peito inflado por tempestades, como se vê depois da passagem da nuvem fundirem-se sob o sol as vagas turbulentas e espumantes.

Esse silêncio, esse recolhimento, essa luta duraram pouco mais de vinte segundos.

Então o conde ergueu sua fronte pálida.

– Veja – disse ele com a voz já quase normal –, veja, caro amigo, como Deus sabe punir com sua indiferença os homens mais fanfarrões e mais frios diante dos terríveis espetáculos que lhes proporciona. Eu, que assistia, impassível e curioso, ao desenrolar dessa lúgubre tragédia, eu, que, como o anjo mau, ria do mal que os homens praticam, protegidos atrás do segredo (e o segredo é fácil de guardar para os ricos e poderosos), sinto-me, por minha vez, mordido por essa serpente cujo movimento tortuoso observava, e mordido no coração!

Morrel soltou um gemido abafado.

– Vamos, vamos – continuou o conde –, chega de lamúrias. – Seja homem, seja forte, tenha esperança, pois aqui estou, pois zelo pelo senhor.

Morrel balançou tristemente a cabeça.

– Estou lhe dizendo para ter esperança, você compreende? – exclamou Monte Cristo. – Saiba que nunca minto, que nunca me engano. É meio-dia, Maximilien, dê graças aos céus por ter vindo ao meio-dia em vez de vir esta noite, em vez de vir amanhã de manhã. Ouça o que vou lhe dizer, Morrel: é meio-dia; se Valentine não morreu até agora, não morrerá.

– Oh, meu Deus, meu Deus! – exclamou Morrel. – E eu que a deixei agonizante!

Monte Cristo levou uma das mãos à testa.

O que passou naquela cabeça tão carregada de terríveis segredos? O que disse àquele espírito, implacável e humano ao mesmo tempo, o anjo luminoso ou o anjo das trevas?

Só Deus sabe!

Monte Cristo ergueu a testa novamente, e desta vez estava calmo como uma criança que desperta.

– Maximilien – disse ele –, volte tranquilamente para sua casa. Ordeno-lhe que não dê um passo, que não tome uma iniciativa, que não deixe flutuar em seu rosto a sombra de uma preocupação. Eu lhe darei notícias; vá.

– Meu Deus, meu Deus! – exclamou Morrel. – O senhor me assusta com esse sangue-frio, conde. Pode então alguma coisa contra a morte? É mais que um homem? É um anjo? É um deus?

E o rapaz, que nenhum perigo jamais fizera recuar um passo, recuava diante de Monte Cristo, tomado por um terror inexprimível.

Mas Monte Cristo olhou para ele com um sorriso ao mesmo tempo tão melancólico e tão meigo que Maximilien sentiu as lágrimas brotarem em seus olhos.

– Eu posso muito, meu amigo – respondeu o conde. – Vá, preciso ficar sozinho.

Subjugado por aquela prodigiosa ascendência que Monte Cristo exercia sobre tudo que o rodeava, Morrel nem sequer tentou esquivar-se dela. Apertou a mão do conde e saiu.

Somente à porta parou para esperar Baptistin, que acabava de ver aparecer na esquina da Rue Matignon e que voltava correndo.

Enquanto isso, Villefort e d'Avrigny tinham se apressado. Ao chegarem, Valentine ainda estava desmaiada e o médico examinara a doente com o cuidado que as circunstâncias exigiam e com uma profundidade redobrada pelo conhecimento do segredo.

Villefort, em suspense diante do olhar e dos lábios do médico, aguardava o resultado do exame. Noirtier, mais pálido que a jovem e mais ansioso por uma solução que o próprio Villefort, também aguardava, e tudo nele era inteligência e sensibilidade.

Finalmente, d'Avrigny deixou escapar lentamente:

– Ela ainda vive.

– Ainda! – exclamou Villefort. – Oh, doutor, que palavra terrível acaba de pronunciar!

– Sim – disse o médico –, repito minha frase: ainda vive, e estou muito surpreso com isso.

– Mas está salva? – perguntou o pai.

– Sim, já que está viva.

Nesse momento, o olhar de d'Avrigny encontrou o de Noirtier, que brilhava de uma alegria tão extraordinária, de um pensamento tão rico e fecundo que o médico ficou impressionado.

Deixou a jovem recostar-se na poltrona. Seus lábios mal se delineavam, tão pálidos e brancos que estavam, assim como o resto do rosto, e ficou imóvel, olhando para Noirtier para quem qualquer gesto do médico era esperado e comentado.

– Senhor – disse então d'Avrigny a Villefort –, chame a criada de quarto da senhorita Valentine, por favor.

Villefort largou a cabeça da filha, que amparava, e correu ele próprio para chamar a criada.

Assim que Villefort fechou a porta, d'Avrigny aproximou-se de Noirtier.

– O senhor tem alguma coisa para me dizer? – perguntou.

O velho piscou expressivamente os olhos. Era, lembramos, o único sinal afirmativo de que dispunha.

– Só para mim?

– Sim – fez Noirtier.

– Bem, ficarei com o senhor.

Nesse momento, Villefort voltou seguido da criada de quarto. Atrás dela vinha a senhora de Villefort.

– Mas o que fez essa querida criança? – exclamou. – Saiu do meu quarto queixando-se de uma indisposição, mas não acreditei que fosse sério.

E a jovem mulher, com lágrimas nos olhos e todas as mostras de afeição de uma verdadeira mãe, aproximou-se de Valentine, cuja mão segurou.

D'Avrigny continuou a olhar para Noirtier, viu os olhos do velho se dilatarem e arregalarem, as faces empalidecerem e estremecerem. O suor brilhava em sua testa.

– Ah! – fez ele involuntariamente, seguindo a direção do olhar de Noirtier, isto é, pousando os olhos na senhora de Villefort, que repetia:

– Essa pobre criança estará melhor na cama. Venha, Fanny, vamos deitá-la.

O senhor d'Avrigny, que via nessa proposta um meio de ficar a sós com Noirtier, acenou com a cabeça de que era efetivamente a melhor coisa a fazer, mas proibiu que a doente tomasse qualquer coisa sem ele ordenar.

Levaram Valentine, que recuperara os sentidos, mas ainda era incapaz de agir e quase de falar, tanto seus membros estavam doloridos pelo abalo que acabava de sofrer.

No entanto, ela teve forças para se despedir com os olhos do avô, cuja alma parecia ter sido arrancada quando a levaram.

D'Avrigny acompanhou a doente, terminou suas prescrições, mandou Villefort chamar um cabriolé e que fosse pessoalmente ao farmacêutico para que este preparasse as poções receitadas na sua frente, trouxesse-as ele mesmo e o esperasse no quarto da filha.

Em seguida, depois de repetir a ordem de que não deixassem Valentine ingerir nada, desceu novamente para o quarto de Noirtier, fechou cuidadosamente as portas e, após ter se certificado de que ninguém escutava, disse:

– Vejamos, sabe alguma coisa sobre essa doença de sua neta?

– Sim – fez o velho.

– Escute, não temos tempo a perder. Vou interrogá-lo e o senhor vai me responder.

Noirtier fez sinal de que estava pronto para responder.

– O senhor previu o acidente que aconteceu hoje com Valentine?

– Sim.

D'Avrigny refletiu por um instante. Depois, reaproximando-se de Noirtier acrescentou:

– Perdoe-me pelo que vou lhe dizer, mas nenhum indício deve ser esquecido na terrível situação em que nos encontramos. O senhor viu morrer o pobre Barrois?

Noirtier ergueu os olhos.

– Sabe de que morreu? – perguntou d'Avrigny, colocando a mão no ombro de Noirtier.

– Sim – respondeu o velho.

– Acha que a morte dele foi natural?

Algo como um sorriso esboçou-se nos lábios inertes de Noirtier.

– Então ocorreu-lhe a ideia de que Barrois havia sido envenenado?

– Sim.

– Acredita que esse veneno de que foi vítima era destinado a ele?
– Não.
– Agora acredita que a mão que atacou Barrois, querendo atacar outra pessoa, é a mesma que ataca hoje Valentine?
– Sim.
– Então ela vai sucumbir também? – perguntou d'Avrigny, fixando seu olhar profundo em Noirtier.

E esperou o efeito dessa frase no velho.

– Não – respondeu este com um ar de triunfo capaz de confundir todas as conjecturas do mais hábil adivinho.

– Então tem esperanças? – perguntou d'Avrigny com surpresa.
– Sim.
– Em quê?

O velho deu a entender com os olhos que não podia responder.

– Ah, sim, é verdade – murmurou d'Avrigny. Em seguida, dirigindo-se a Noirtier:

– Espera que o assassino se canse?
– Não.
– Então que o veneno não terá efeito em Valentine?
– Sim.
– Pois não lhe digo nenhuma novidade – acrescentou d'Avrigny – ao dizer que acabam de tentar envenená-la, não é mesmo?

O velho fez sinal com os olhos de que não tinha dúvida alguma a esse respeito.

– Então, como espera que Valentine escape?

Noirtier manteve obstinadamente os olhos fixos no mesmo lado. D'Avrigny seguiu a direção de seus olhos e viu que estavam grudados numa garrafa que continha a poção que lhe traziam todas as manhãs.

– Ah, ah! – exclamou d'Avrigny, assaltado por uma ideia súbita. – O senhor teria tido a ideia de...

Noirtier não o deixou terminar.

– Sim – fez ele.

– De imunizá-la contra o veneno...

– Sim.

– Habituando-a pouco a pouco...

– Sim, sim, sim – fez Noirtier, encantado por ser compreendido.

– Com efeito, ouviu-me dizer que entrava o alcaloide brucina nas poções que lhe dou?

– Sim.

– E, habituando-a esse veneno quis neutralizar os efeitos de um veneno?

A mesma alegria triunfante de Noirtier.

– E de fato conseguiu – exclamou D'Avrigny. – Sem essa precaução, Valentine teria sido assassinada hoje, assassinada sem socorro possível, assassinada sem misericórdia. O choque foi muito violento, mas apenas a abalou, e ao menos dessa vez Valentine não morrerá.

Uma alegria sobre-humana florescia nos olhos do velho, erguidos ao céu com uma expressão de gratidão infinita.

Nesse momento, Villefort entrou.

– Pronto, doutor – disse ele –, aqui está o que me pediu.

– Essa poção foi preparada na sua presença?

– Sim –, respondeu o procurador do rei.

– Não saiu das suas mãos?

– Não.

D'Avrigny pegou a garrafa, despejou algumas gotas da beberagem que continha na palma da mão e engoliu-as.

– Muito bem – disse ele –, vamos subir até o quarto de Valentine. Lá darei minhas instruções a todos, e o senhor mesmo zelará, senhor de Villefort, para que ninguém as descumpra.

No momento em que d'Avrigny entrava no quarto de Valentine acompanhado por Villefort, um sacerdote italiano, de aspecto severo, palavras calmas e decididas, alugava para uso próprio a casa contígua ao palacete habitado pelo senhor de Villefort.

Impossível saber em virtude de que transação os três inquilinos dessa casa se mudaram duas horas depois, mas o boato que correu por todo o bairro foi que a casa não estava bem assentada sobre os alicerces e ameaçava desabar, o que não impediu o novo inquilino de nela se instalar com sua modesta mobília nesse mesmo dia, por volta das cinco horas.

O contrato foi feito por três, seis ou nove anos pelo novo inquilino, que, segundo o hábito estabelecido pelos proprietários, pagou seis meses adiantados. Esse novo inquilino, que, como dissemos, era italiano, chamava-se *signor* Giacomo Busoni.

Operários foram imediatamente chamados e, naquela mesma noite, os raros transeuntes que se demoravam no alto do *Faubourg* viam com surpresa os carpinteiros e os pedreiros ocupados em restaurar a casa instável desde os alicerces.

O PAI E A FILHA

Vimos, no capítulo anterior, a senhora Danglars vir anunciar oficialmente à senhora de Villefort o casamento próximo da senhorita Eugénie Danglars com o senhor Andrea Cavalcanti.

Esse anúncio oficial, que indicava ou parecia indicar uma resolução tomada por todos os interessados nesse grande assunto, fora, no entanto, precedido por uma cena que devemos dar conta aos nossos leitores.

Pedimos a estes, portanto, que deem um passo atrás e se transportem à própria manhã daquele dia de grandes catástrofes, àquele belo salão, tão cheio de dourados que lhes demos a conhecer e que era o orgulho do seu proprietário, o senhor barão Danglars.

Nesse salão, com efeito, por volta das dez horas da manhã, caminhava havia alguns minutos, pensativo e visivelmente preocupado, o próprio barão, que olhava para todas as portas e se detinha a cada ruído.

Quando sua reserva de paciência se esgotou, chamou seu criado de quarto.

– Étienne – disse-lhe –, veja por que a senhorita Eugénie me pediu para esperá-la no salão e informe-se por que me faz esperar tanto tempo.

Uma vez exalada essa lufada de mau humor, o barão recuperou um pouco a calma.

Com efeito, depois de acordar, a senhorita Danglars mandara pedir uma audiência ao pai e designara o salão dourado como o local dessa audiência. A singularidade dessa iniciativa, e especialmente seu caráter oficial, não surpreenderam o banqueiro, que imediatamente atendera ao desejo da filha e fora o primeiro a chegar ao salão.

Étienne logo voltou de sua delicada missão.

– A criada de quarto – disse – informou-me que a senhorita estava terminando sua toalete e não tardaria a vir.

Danglars fez um sinal com a cabeça indicando que estava satisfeito. Diante da sociedade e mesmo de sua família, Danglars fingia ser um simplório e um pai fraco. Era um aspecto do papel que se impusera na comédia popular que representava, era uma fisionomia que adotara e que lhe parecia convir, como convinha aos perfis direitos das máscaras dos pais do teatro antigo terem os lábios levantados e risonhos, enquanto o lado esquerdo tinha os lábios abaixados e chorosos.

Apressemo-nos a dizer que, na intimidade, os lábios levantados e risonhos desciam ao nível dos lábios abaixados e chorosos, de modo que, na maior parte do tempo, o simplório desaparecia para dar lugar ao marido brutal e ao pai intransigente.

– Por que diabos essa louca que quer falar comigo, segundo diz – murmurava Danglars –, não vai simplesmente ao meu gabinete? – pensava. – E por que quer falar comigo?

Esse pensamento inquietante passava-lhe pela vigésima vez em seu cérebro quando a porta se abriu e Eugénie apareceu, usando um vestido de cetim preto brocado de flores foscas da mesma cor, penteada e enluvada como se fosse sentar em sua poltrona no Théâtre Italien.

– Então, Eugénie, o que é? – exclamou o pai. – E por que o salão solene, quando estamos tão confortáveis no meu gabinete particular?

– Tem toda a razão, senhor – respondeu Eugénie, fazendo sinal ao pai de que podia sentar-se –, e acaba de fazer duas perguntas que resumem antecipadamente toda a conversa que vamos ter. Portanto, vou responder a ambas e, contra as leis do hábito, primeiro à segunda, por ser a menos complexa. Escolhi o salão, senhor, como local do encontro, para evitar as impressões desagradáveis e as influências do gabinete de um banqueiro. Aqueles livros-caixa, por mais dourados que sejam, aquelas gavetas fechadas como portas de fortalezas, aqueles maços de notas que vêm sabe-se lá de onde, e aquela quantidade de cartas que chegam da Inglaterra, da Holanda, da Espanha, das Índias, da China e do Peru, atuam em geral estranhamente sobre o espírito de um pai e o fazem esquecer que existe no mundo um interesse maior e mais sagrado que o da posição social e da opinião dos seus prepostos. Portanto, escolhi este salão, onde pode ver, sorridentes e felizes em suas magníficas molduras, o seu retrato, o meu, o da minha mãe e todo o tipo de paisagens pastoris e bucólicas enternecedoras. Confio muito no poder das impressões externas. Talvez, especialmente em relação ao senhor, seja um erro; mas o que quer, eu não seria artista se não me restassem algumas ilusões.

– Muito bem – respondeu o senhor Danglars, que escutara a tirada com imperturbável sangue-frio, mas sem compreender uma palavra, absorto que estava, como qualquer homem cheio de segundas intenções, em procurar o fio da própria ideia nas ideias do interlocutor.

– Eis então o segundo ponto esclarecido, ou quase – disse Eugénie sem a menor perturbação e com aquela altivez bastante masculina que caracterizava seus gestos e suas palavras. – E o senhor me parece satisfeito com a explicação. Agora voltemos ao primeiro. O senhor me perguntava por que solicitei esta audiência. Vou dizer-lhe em duas palavrinhas, senhor. Ei-las: não quero me casar com o senhor conde Andrea Cavalcanti.

Danglars deu um pulo em sua poltrona e, com a sacudidela, ergueu ao mesmo tempo os olhos e os braços ao céu.

– Meu Deus, sim, senhor – continuou Eugénie, sempre muito calma. – O senhor está espantado, posso ver muito bem, porque desde que todo esse pequeno caso está em andamento não manifestei a menor oposição, certa como estou sempre de, quando chegar o momento, opor francamente às pessoas que não me consultaram e às coisas que me desagradam uma vontade livre e absoluta. Porém, desta vez essa tranquilidade, essa passividade, como dizem os filósofos, tinha outra origem; vinha do fato de que, como filha submissa e dedicada... (um leve sorriso se desenhou nos lábios purpurados da jovem) – tentava ser obediente.

– E então? – perguntou Danglars.

– E então, senhor – continuou Eugénie –, tentei até o limite das minhas forças, e agora que chegou o momento, apesar de todos os esforços que fiz sobre mim, sinto-me incapaz de obedecer.

– Mas enfim – disse Danglars, que, espírito primário, parecia a princípio estupefato com o peso daquela lógica impiedosa, cuja fleuma acusava tanta premeditação e força de vontade. – Qual a razão dessa recusa, Eugénie, a razão?

– A razão – replicou a jovem –, oh, meu Deus, não é que o homem seja mais feio, mais tolo ou mais desagradável que outro, não. O senhor Andrea Cavalcanti pode até passar, junto daqueles que privilegiam nos homens o rosto e a presença, por ser um modelo muito bom. Também não é porque meu coração esteja menos tocado por ele que por outro qualquer. Esta seria uma razão de colegial, que considero totalmente indigna de mim. Não amo absolutamente ninguém, senhor, sabe bem disso, não é verdade? Portanto, não vejo por que, sem necessidade alguma, iria estorvar minha vida com um eterno companheiro. Não disse o sábio em algum lugar: "Nada em excesso"?; e em outro lugar: "Carregue tudo consigo"? Ensinaram-me inclusive esses dois aforismos em latim e grego. Um é, creio eu, de Fedro, e o outro de Bias. Pois bem, meu querido pai, no naufrágio da vida, pois a vida é um naufrágio eterno das nossas esperanças, lanço ao mar minha bagagem inútil, apenas isso, e fico com a minha vontade, disposta a viver perfeitamente só e, portanto, perfeitamente livre.

– Infeliz! Infeliz! – murmurou Danglars, empalidecendo, pois conhecia por longa experiência a solidez do obstáculo com que se deparava tão repentinamente.

– Infeliz – repetiu Eugénie –, infeliz! Foi o que disse, senhor? Mas não, na verdade a exclamação me parece totalmente teatral e afetada. Feliz, pelo contrário, pois, pergunto-lhe: o que me falta? A sociedade me julga bela, é algo para ser acolhido favoravelmente. Gosto das boas acolhidas: alegram os semblantes e aqueles que me rodeiam parecem-me menos feios. Sou dotada de alguma inteligência e de relativa sensibilidade que me permite extrair da existência geral, para fazer entrar na minha, o que nela encontro de bom, como faz o macaco quando parte a noz verde para retirar o que contém. Sou rica, porque o senhor possui uma das grandes fortunas da França e porque sou sua única filha, e o senhor não é tão tenaz como o são os pais da Porte-Saint-Martin e da Gaîté, que deserdam suas filhas porque não querem lhes dar netos. Aliás, a lei, previdente, tirou-lhe o direito de me deserdar, pelo menos totalmente, assim como lhe tirou o poder de me obrigar a casar com o senhor fulano ou sicrano. Assim, bela, inteligente, adornada com algum talento, como se costuma dizer nas óperas cômicas, e rica! Mas isso é a felicidade, senhor. Por que então me chama de infeliz?

Danglars, vendo a filha sorridente e orgulhosa até a insolência, não pôde reprimir um gesto de brutalidade, que foi traído por um grito, mas foi o único. Sob o olhar interrogador da filha, diante daquela bela sobrancelha negra, franzida pela interrogação, virou-se com prudência e acalmou-se imediatamente, domado pela mão de ferro da circunspecção.

– De fato, minha filha – respondeu com um sorriso –, você é tudo o que se gaba de ser, exceto uma única coisa, minha filha. Mas não quero dizer bruscamente qual, prefiro deixá-la adivinhar.

Eugénie olhou para Danglars bastante surpresa por lhe contestarem um dos florões da coroa de orgulho que acabava de colocar de forma tão soberba na cabeça.

– Minha filha – disse o banqueiro –, explicou-me perfeitamente quais eram os sentimentos que presidiam às resoluções de uma jovem como você quando decide não se casar. Agora cabe a mim lhe dizer quais são os motivos de um pai como eu quando decide que a filha se casará.

Eugénie inclinou-se, não como filha submissa que escuta, mas como adversária pronta para discutir que espera.

– Minha filha – continuou Danglars –, quando um pai pede à filha que tome um esposo, tem sempre um motivo qualquer para desejar o casamento. Alguns são vítimas do capricho que você mencionou há pouco, isto é, se verem reviver nos netos. Não tenho essa fraqueza, começo por dizer-lhe, pois as alegrias da família são-me quase indiferentes. Posso confessar isso a uma filha que sei ser filósofa o bastante para compreender essa indiferença e não fazer dela um crime.

– Felizmente – disse Eugénie. – Falemos francamente, senhor, gosto muito disso.

– Oh! – disse Danglars. – Note que, sem partilhar, em termos gerais, sua simpatia pela franqueza, submeto-me a ela quando acredito que as circunstâncias me convidam. Continuo, portanto. Propus-lhe um marido, não por você, pois, na verdade, não pensava nem um pouco em você naquele momento; como gosta de franqueza, aí está, suponho; mas porque eu precisava que você tomasse esse esposo o mais cedo possível, por conta de algumas combinações comerciais que estou em vias de estabelecer neste momento.

Eugénie fez um gesto.

– É como tenho a honra de lhe dizer – minha filha –, e não deve me querer mal por isso, porque é você quem me obriga a fazê-lo. É a contragosto, como deve compreender, que entro nessas explicações aritméticas com uma artista como você, que receia entrar no gabinete de um banqueiro porque pode ter impressões ou sensações desagradáveis e antipoéticas.

Mas, nesse gabinete de banqueiro, onde, no entanto, se dignou a entrar anteontem para me pedir os mil francos que lhe dou todos os meses para seus caprichos, saiba, minha cara senhorita, que se aprendem muitas coisas de proveito até para as jovens que não querem se casar. Aprende-se, por exemplo, e por consideração à sua suscetibilidade nervosa lhe explicarei neste salão, aprende-se que o crédito de um banqueiro é sua vida física e moral, que o crédito sustenta o homem como a respiração anima o corpo, e um dia desses o senhor de Monte Cristo fez-me um discurso que nunca esqueci. Aprende-se que, à medida que o crédito desaparece, o corpo se torna um cadáver e isso deve acontecer dentro de muito pouco tempo ao banqueiro que tem a honra de ser pai de uma filha tão lógica.

Mas Eugénie, em vez de se curvar, reagiu ao golpe.

– Arruinado! – exclamou.

– Encontrou a palavra exata, minha filha, a palavra certa – disse Danglars, coçando o peito com as unhas e conservando na fisionomia rude o sorriso de um homem sem coração, mas não sem inteligência. – Arruinado! É isso.

– Ah! – fez Eugénie.

– Sim, arruinado! Pronto! Eis, portanto, revelado esse segredo cheio de horror, como diz o poeta trágico.

Agora, minha filha, saiba pela minha boca como esse infortúnio pode, com sua ajuda, ser minorado. Não direi para mim, mas para você.

– Oh – exclamou Eugénie –, o senhor é mau fisionomista se imagina que é por mim que deploro a catástrofe a que me expõe. Eu, arruinada! E que me importa? Não me resta o meu talento? Não posso, como a Pasta, como a Malibran ou a Grisi, conseguir o que o senhor nunca teria me dado, fosse qual fosse sua fortuna: cem ou cento e cinquenta mil libras de renda que deverei apenas a mim, e que, em vez de me chegarem como me chegam esses míseros doze mil francos que me dava com olhares rabugentos e palavras de censura pela minha prodigalidade, me virão acompanhadas de aclamações, de bravos e de flores? E quando eu não tiver mais esse talento de que seu sorriso me prova que duvida, não me restará ainda esse amor furioso pela independência, que sempre ocupará o lugar de todos os tesouros e que domina em mim até o instinto de conservação?

Não, não é por mim que fico triste, pois sempre saberei sair dos apuros; os meus livros, os meus lápis, o meu piano, todas as coisas que não custam caro e que sempre poderei comprar, ficarão para sempre comigo. Talvez pense que me aflijo pela senhora Danglars, mas novamente não se engane. Ou estou redondamente enganada, ou minha mãe tomou todas as precauções contra a catástrofe que o ameaça e pela qual ela passará incólume. Ela se pôs ao abrigo, espero, e não foi cuidando de mim que se descuidou de suas preocupações financeiras, pois, graças a Deus, deixou-me toda a minha independência a pretexto de que eu amava a minha liberdade.

Oh, não senhor, desde a minha infância vi acontecerem diversas coisas à minha volta! Compreendi-as muito bem para que o infortúnio cause mais impressão em mim do que merece. Desde que me conheço, nunca fui amada por ninguém: tanto pior! Isso me levou muito naturalmente a não amar ninguém: tanto melhor! Agora tem minha profissão de fé.

– Então – disse Danglars, pálido de uma ira que não se originava no amor paterno ofendido –, então, senhorita, insiste em querer consumar minha ruína?

– Sua ruína? Eu – disse Eugénie –, consumar sua ruína? O que quer dizer? Não o compreendo.

– Tanto melhor, isso me deixa um raio de esperança. Escute.

– Escuto – disse Eugénie, olhando tão fixamente para o pai que este teve de fazer um esforço para não baixar os olhos sob o poderoso olhar da jovem.

– O senhor Cavalcanti – prosseguiu Danglars –, casa-se com você e, ao se casar com você, traz-lhe três milhões de dote que investe no meu banco.

– Ah, muito bem! – fez Eugénie com um soberano desprezo, alisando as luvas uma sobre a outra.

– Pensa que eu lhe privaria desses três milhões? – perguntou Danglars. – De forma alguma, esses três milhões destinam-se a produzir ao menos dez. Consegui com um banqueiro, meu colega, a concessão de uma ferrovia, a única indústria em nossos dias que oferece as fabulosas possibilidades de sucesso imediato que em outros tempos Law anunciou, atraindo os bons parisienses, esses eternos espectadores da especulação, a um Mississípi fantástico. Pelos meus cálculos, deve-se possuir um milionésimo de uma ferrovia como antes se possuía uma jeira de terra inculta nas margens do Ohio. É um investimento hipotecário, o que é um progresso, como pode ver, pois teremos pelo menos dez, quinze, vinte, cem libras de ferro em troca do seu dinheiro! Pois bem! Dentro de oito dias tenho de depositar quatro milhões em meu nome; esses quatro milhões, como lhe digo, renderão dez ou doze.

– Mas durante a visita que lhe fiz anteontem, senhor, e da qual se dignou a lembrar – retomou Eugénie –, vi-o receber um depósito, esse é o termo, não é? Cinco milhões e meio. O senhor mesmo me mostrou a coisa em dois títulos do Tesouro e estava surpreso que um papel de tão grande valor não me deslumbrasse como se fosse um relâmpago.

– Sim, mas estes cinco milhões e meio não são meus, são apenas uma prova da confiança que depositam em mim. Meu título de banqueiro do povo valeu-me a confiança dos hospitais, e os cinco milhões e meio são dos hospitais. Em qualquer outra época eu não hesitaria em me servir deles, mas hoje são conhecidos os grandes prejuízos que sofri e, como lhe disse, o crédito começa a fugir de mim. De um momento para o outro, a administração pode reclamar o depósito e, se eu o tivesse empregado em outra coisa seria obrigado a declarar uma vergonhosa bancarrota. Não desprezo as bancarrotas, acredite, mas as bancarrotas que enriquecem e não as que arruínam. Ora, se você se casar com o senhor Cavalcanti e eu receber os três milhões do dote, ou mesmo só que acreditem que vou recebê-los, meu crédito se restabelece e minha fortuna, que de um mês ou dois para cá foi engolida por abismos cavados sob os meus pés por uma fatalidade inconcebível, se recupera. Compreende?

– Perfeitamente. O senhor me penhora por três milhões, não é?

– Quanto maior a soma, mais lisonjeira; ela lhe dá uma ideia do seu valor.

– Obrigada. Uma última palavra, senhor: promete-me usar como quiser o valor desse dote que o senhor Cavalcanti deve trazer, mas não tocar no capital? Não é uma questão de egoísmo, é uma questão de delicadeza. Disponho-me a ajudá-lo a reconstruir sua fortuna, mas não quero ser sua cúmplice na ruína dos outros.

– Mas se estou lhe dizendo – exclamou Danglars – que com estes três milhões...

– Acha que pode se safar, senhor, sem precisar tocar nesses três milhões?

– Assim espero, mas sempre com a condição de que o casamento, ao se concretizar, consolide meu crédito.

– Tem como pagar ao senhor Cavalcanti os quinhentos mil francos que me dá pelo meu contrato?

– Quando voltarmos do registro civil ele os receberá.

– Ótimo!

– Como, ótimo? O que quer dizer?

– Quero dizer que, ao pedir minha assinatura, o senhor me concede total liberdade?

– Absolutamente.

– Então, *ótimo*. Como lhe dizia, senhor, estou pronta para me casar com o senhor Cavalcanti.

– Mas quais são seus planos?

– Ah, é segredo meu. Onde estaria minha superioridade sobre o senhor se, conhecendo o seu, eu lhe revelasse o meu?

Danglars mordeu os lábios.

– Portanto – disse ele –, está pronta para fazer as poucas visitas oficiais que são absolutamente indispensáveis?

– Sim – respondeu Eugénie.

– E a assinar o contrato dentro de três dias?

– Sim.

– Então é a minha vez, sou eu quem lhe digo: ótimo!

E Danglars pegou a mão da filha e apertou-a entre as suas.

Mas, coisa extraordinária, durante esse aperto de mão o pai não se atreveu a dizer: "Obrigado, minha filha"; nem a filha teve um sorriso para o pai.

– A conferência terminou? – perguntou Eugénie, levantando-se. Danglars fez sinal com a cabeça que não tinha mais nada a dizer.

Cinco minutos depois, o piano soava sob os dedos da senhorita d'Armilly e a senhorita Danglars cantava a maldição de Brabantio sobre Desdêmona.

No final da peça, Étienne entrou e anunciou a Eugénie que os cavalos estavam atrelados e que a baronesa a esperava para fazer suas visitas.

Vimos as duas mulheres passarem na casa dos Villefort, de onde saíram para continuar seu trajeto.

O CONTRATO

Três dias depois da cena que acabamos de narrar, ou seja, por volta das cinco da tarde da data marcada para a assinatura do contrato da senhorita Eugénie Danglars e Andrea Cavalcanti, a quem o banqueiro teimava em conferir o título de príncipe, quando uma brisa fresca fazia estremecer todas as folhas do jardinzinho situado em frente à casa do conde de Monte Cristo, no momento em que este se preparava para sair, e enquanto os seus cavalos o esperavam, arranhando o solo com os pés, seguros pela mão do cocheiro que já estava sentado havia quinze minutos no banco, o elegante faeton com que já nos deparamos várias vezes, e sobretudo na noite em Auteuil, fez rapidamente a curva da porta da frente e, mais que depositar, lançou nos degraus da varanda o senhor Andrea Cavalcanti, tão dourado, tão radiante como se ele, por sua vez, tivesse estado a ponto de se casar com uma princesa.

Ele indagou sobre a saúde do conde com aquela familiaridade que lhe era habitual e, subindo rapidamente para o primeiro andar, encontrou-o em pessoa no alto da escada.

Ao ver o jovem, o conde parou. Quanto a Andrea Cavalcanti vinha desabalado, e, quando vinha desabalado, nada o detinha.

– Oh, olá, caro senhor de Monte Cristo – disse ao conde.

– Ah, senhor Andrea! – disse este com sua voz meio zombeteira. – Como vai o senhor?

– Às mil maravilhas, como pode ver. Venho falar-lhe sobre mil coisas. Mas, primeiro, estava saindo ou chegando em casa?

– Estava saindo.

– Então, para não atrasá-lo, subirei em sua carruagem, se quiser, e Tom nos seguirá levando meu faeton a reboque.

– Não – disse com um sorriso de desprezo imperceptível o conde, que não desejava ser visto na companhia do jovem. – Não, prefiro dar-lhe uma audiência aqui, caro senhor Andrea. Conversa-se melhor entre quatro paredes, e não há um cocheiro que possa captar aqui e ali alguma de suas palavras.

O conde entrou então num pequeno salão que fazia parte do primeiro andar, sentou-se e fez, cruzando as pernas uma sobre a outra, um sinal para que o jovem também se sentasse.

Andrea assumiu seu ar mais risonho.

– O senhor sabe, caro conde – ele disse –, que a cerimônia acontecerá esta noite. Às nove horas, o contrato será assinado com o sogro.

– É mesmo? – disse Monte Cristo.

– Como assim? Isso que estou lhe contando é uma novidade? Não foi avisado dessa solenidade pelo senhor Danglars?

– Claro que sim – disse o conde –, recebi uma carta dele ontem. Mas não creio que a hora tenha sido indicada ali.

– É possível. O sogro deve ter contado com a notoriedade pública.

– Pois bem! – disse Monte Cristo. – Ei-lo feliz, senhor Cavalcanti: é uma aliança das mais convenientes esta que está contraindo. E além disso a senhorita Danglars é bonita.

– Mas sim – respondeu Cavalcanti com um acento cheio de modéstia.

– Acima de tudo, ela é muito rica, pelo que acredito – disse Monte Cristo.

– Muito rica, o senhor acha? – repetiu o jovem.

– Sem dúvida. Dizem que o senhor Danglars esconde pelo menos metade de sua fortuna.

– E ele admite ter quinze ou vinte milhões – disse Andrea, com o olhar faiscando de alegria.

– Sem falar – acrescentou Monte Cristo – que está prestes a entrar numa espécie de especulação já um pouco desgastada nos Estados Unidos e na Inglaterra, mas bastante nova na França.

– Sim, sim, sei do que quer falar. A ferrovia cuja concessão ele acabou de conseguir, certo?

– Exatamente! Ele vai ganhar pelo menos, é a opinião geral, pelo menos dez milhões nesse negócio.

– Dez milhões! Acredita? É magnífico – disse Cavalcanti, embriagando-se com o ruído metálico das palavras douradas.

– Sem contar – continuou Monte Cristo – que toda essa fortuna vai voltar para você, algo justo, posto que a senhorita Danglars é filha única. Além disso, sua fortuna, pelo menos seu pai me disse, é quase igual à de sua noiva. Mas vamos deixar um pouco de lado esses assuntos de dinheiro. Sabe, senhor Andrea, que lidou com todo esse negócio com certa agilidade e habilidade?

– Mas nada mal, nada mal – disse o jovem. – Nasci para ser diplomata.

– Pois bem, o senhor deverá entrar para a diplomacia. A diplomacia, o senhor sabe, não se aprende: é uma questão de instinto... Então seu coração foi conquistado?

– Na verdade, tenho medo – respondeu Andrea no tom em que tinha visto, no Théâtre-Français, Dorante ou Valère responder a Alceste.

– Eles gostam um pouco do senhor?

– Entendo que sim – disse Andrea com um sorriso vitorioso –, posto que estão me casando. Mas mesmo assim não devemos esquecer um ponto central.

– Qual?

– É que fui especialmente ajudado em tudo isso.

– Ora!

– Com certeza.

– Pelas circunstâncias?

– Não, pelo senhor.

– Por mim? Deixe disso, príncipe – disse Monte Cristo, enfatizando de forma afetada o título. – Que pude fazer pelo senhor? Seu nome, sua posição social e seu mérito não eram suficientes?

– Não – disse Andrea –não. E não adianta negar, senhor conde, insisto que a posição de um homem como o senhor fez mais que meu nome, minha posição social e meu mérito.

– Engana-se completamente, senhor – disse Monte Cristo, que pressentiu a habilidade pérfida do jovem e compreendeu o alcance de suas palavras. – Minha proteção só lhe foi útil depois que tomaram conhecimento da influência e da fortuna de seu pai. Pois afinal quem me proporcionou, a mim que nunca o havia visto, nem ao senhor nem ao ilustre autor dos seus dias, a felicidade de tê-lo conhecido? Foram dois de meus bons amigos, Lorde Wilmore e o abade Busoni. Quem me encorajou, não a lhe servir de garantia, mas a patrociná-lo? Foi o nome de seu pai, tão conhecido e tão honrado na Itália; pessoalmente, eu não o conhecia.

Essa calma, esse desembaraço perfeito, fizeram com que Andrea entendesse que naquele momento estava sendo estreitado por uma mão mais musculosa que a sua, e que esse estreitamento não poderia ser facilmente quebrado.

– E essa agora! – disse ele. – Mas então meu pai realmente possui uma grande fortuna, senhor conde?

– Parece que sim – respondeu Monte Cristo.

– O senhor sabe se o dote que ele me prometeu já chegou?

– Recebi a carta de notificação.

– Mas os três milhões?

– Os três milhões estão a caminho, ao que tudo indica.

– Então, vou mesmo ter acesso a eles?

– Mas claro! – retomou o conde. – Parece-me que até agora, senhor, o dinheiro não lhe faltou.

Andrea ficou tão surpreso que não pôde evitar sonhar por um momento.

– Então – disse ele, saindo de seu devaneio –, ainda tenho de lhe fazer um pedido, e o senhor há de entendê-lo, mesmo que lhe venha a ser desagradável.

– Fale – disse Monte Cristo.

– Travei relações, graças à minha fortuna, com muitas pessoas ilustres, e tenho mesmo, pelo menos por enquanto, um monte de amigos. Mas casando-me como estou fazendo, diante de toda a sociedade parisiense, devo ser apoiado por um nome ilustre, e, na ausência da mão paterna, é uma mão poderosa que deve me conduzir ao altar. No entanto, meu pai não vem a Paris, não é?

– Ele está velho, coberto de feridas, e diz que sofre mortalmente toda vez que viaja.

– Entendo. Pois bem! Quero lhe fazer um pedido.

– A mim?

– Sim, ao senhor.

– Qual? Por Deus!

– Ora! Substituí-lo.

– Ah, meu caro senhor! Ora, depois de tantos relacionamentos que tive a sorte de ter consigo, o senhor me conhece tão mal a ponto de me fazer um pedido desses? Peça-me meio milhão emprestado e, embora tal empréstimo seja bastante raro, palavra de honra, o senhor será menos importuno. Saiba então, pensei já lhe ter dito, que na sua participação, sobretudo moral, nas coisas deste mundo, o conde de Monte Cristo nunca deixou de manifestar os escrúpulos, direi mais, as superstições de um homem do Oriente. Eu, que tenho um serralho no Cairo, um em Esmirna e outro em Constantinopla, presidir um casamento! Jamais.

– Então recusa?

– Certamente. E se o senhor fosse meu filho, se fosse meu irmão, eu recusaria da mesma forma.

– Ah, quem diria? – gritou Andrea, desapontado. – Mas o que fazer, então?

– O senhor mesmo disse que tem cem amigos.

– De acordo, mas foi o senhor que me apresentou ao senhor Danglars.

– Em absoluto! Restabeleçamos os fatos em toda a verdade: fui eu que o fiz jantar com ele em Auteuil, e foi o senhor que apresentou a si mesmo. Diabo! É bem diferente.

– Sim, mas meu casamento, o senhor ajudou...

– Eu? De forma alguma, imploro que acredite; mas lembre-se do que disse quando você veio solicitar que eu fizesse o pedido: "Ah, nunca me casei, meu querido príncipe, é um princípio de que não abro mão para mim".

Andrea mordeu os lábios.

– Mas, enfim – ele disse –, o senhor vai estar lá pelo menos?

– Paris inteira estará lá?

– Ah, certamente!

– Pois bem! Estarei lá como toda Paris – disse o conde.

– Vai assinar o contrato?

– Não vejo nisso nenhum inconveniente, e meus escrúpulos não vão tão longe.

– Finalmente, como o senhor não quer me dar mais, devo me contentar com o que me dá. Mas uma última palavra, conde.

– Como assim?

– Um conselho.

– Tenha cuidado. Um conselho é pior que um favor.

– Ah, este o senhor pode me conceder sem se comprometer.

– Diga.

– O dote de minha esposa é de quinhentas mil libras.

– Essa é a cifra que o próprio senhor Danglars me anunciou.

– Devo recebê-la ou deixá-la nas mãos do tabelião?

– Eis, em geral, como as coisas acontecem quando se deseja que aconteçam galantemente: por ocasião do contrato, seus dois tabeliães marcam um encontro para dali um ou dois dias; no dia seguinte ou dois dias depois, eles trocam os dois dotes, dos quais dão um ao outro um recibo; então, quando o casamento é celebrado, eles colocam os milhões à sua disposição, como líder da união.

– É que – disse Andrea com certa preocupação mal disfarçada – pensei ter ouvido alguém dizer a meu sogro que ele pretendia investir nossos fundos naquele famoso negócio ferroviário de que o senhor me falou há pouco.

– Pois bem! Mas é, garantem todos – retomou Monte Cristo –, uma forma de triplicar seu capital ao longo do ano. O barão Danglars é bom pai e sabe somar.

– Então – disse Andrea – está tudo bem, exceto sua recusa, porém, que me fere o coração.

– Atribua-a apenas a escrúpulos muito naturais em tais circunstâncias.

– Está bem – disse Andrea. – Faça como quiser; vejo-o esta noite, às nove horas.

– Até a noite.

E apesar de uma ligeira resistência de Monte Cristo, cujos lábios empalideceram, mas que ainda assim manteve seu sorriso cerimonial, Andrea agarrou a mão do conde, apertou-a, saltou para o faeton e desapareceu.

As quatro ou cinco horas que lhe restavam até às nove, Andrea empregou-as em compras, em visitas, destinadas a atrair o interesse dos amigos de quem falara para comparecer ao banqueiro com todo o luxo de seus aparatos, deslumbrando-os com aquelas promessas de ações que desde então vinham chamando a atenção de todos, e cuja iniciativa, naquele momento, pertencia a Danglars.

De fato, às oito e meia da noite, o grande salão de Danglars, a galeria contígua a esse salão e os três outros salões do andar estavam tomados por uma multidão perfumada que atraía pouca simpatia, mas muito aquela necessidade irresistível de estar onde se sabe que há novidades.

Um acadêmico diria que as festas da sociedade são coleções de flores que atraem borboletas inconstantes, abelhas famintas e zangões a zunir.

Nem é preciso dizer que os salões resplandeciam de velas, a luz rolava aos borbotões das molduras de ouro em torno das tapeçarias de seda, e todo o mau gosto desse mobiliário, que só tinha para si a riqueza, brilhava com todo o fulgor.

A senhorita Eugénie estava vestida com a mais elegante simplicidade; um vestido de seda branca bordada de branco, uma rosa branca meio perdida em seus cabelos negros como o azeviche, completavam seu adorno, que não era enriquecido nem pela mais insignificante joia.

Apenas se podia ler em seus olhos aquela segurança perfeita destinada a desmentir o que a cândida vestimenta tinha de vulgarmente virginal aos seus próprios olhos.

A senhora Danglars, a trinta passos dela, conversava com Debray, Beauchamp e Château-Renaud. Debray regressara àquela casa para aquela grande solenidade, mas como toda a gente e sem nenhum privilégio particular.

O senhor Danglars, rodeado de deputados e financistas, explicava uma teoria das novas contribuições que pretendia pôr em prática quando a força das circunstâncias obrigara o governo a chamá-lo para o ministério. Andrea, de braço dado com um dos dândis mais borboleteantes da Ópera, explicava-lhe de forma bastante impertinente, considerando que precisava ser ousado para parecer à vontade, seus planos para a vida e os progressos em termos de luxo que contava fazer, com suas cento e setenta e cinco mil libras de renda por ano, na *fashion* parisiense.

A multidão circulava por esses salões como um fluxo e refluxo de turquesas, rubis, esmeraldas, opalas e diamantes.

Como em toda parte, notava-se que eram, as mulheres mais velhas as mais enfeitadas, e as mais feias as que se mostravam com maior obstinação.

Se havia algum lindo lírio branco, alguma rosa doce e perfumada, era preciso procurá-la e encontrá-la, escondida em algum canto por uma mãe de turbante ou por uma tia com um pássaro do paraíso.

A cada momento, em meio àquela balbúrdia, àquele burburinho, àqueles risos, a voz dos arautos gritava um nome conhecido nas finanças, respeitado no exército ou ilustre nas letras; então, um fraco movimento de grupos acolhia esse nome.

Mas para um que tinha o privilégio de fazer estremecer aquele oceano de ondas humanas, quantos outros eram saudados com indiferença ou com o sarcasmo do desdém!

No momento em que o ponteiro do enorme relógio, do relógio que representava Endímion adormecido, marcava as nove horas num mostrador de ouro, e quando o gongo, fiel reprodutor do pensamento mecânico, soava nove vezes, o nome do conde de Monte Cristo soou por sua vez e, como se movidos por uma centelha elétrica, todos os presentes se voltaram para a porta.

O conde estava vestido de preto e com sua simplicidade costumeira; seu colete branco delineava o peito vasto e nobre, o colarinho preto parecia de um frescor singular, pelo tanto que contrastava com a palidez opaca de sua tez; para cada joia, ele usava uma corrente de colete tão fina que o tênue cordão de ouro quase não se destacava no tecido branco.

Na mesma hora, se fez um círculo ao redor da porta.

De relance, o conde viu a senhora Danglars em uma extremidade do salão, o senhor Danglars na outra, e a senhorita Eugénie na frente dele.

Aproximou-se primeiro da baronesa, que conversava com a senhora de Villefort, a qual viera sozinha, pois Valentine ainda estava doente; e, sem se desviar, de tal forma o caminho se desobstruía à sua frente, passou da baronesa a Eugénie, a quem elogiou com termos tão rápidos e tão reservados que a orgulhosa artista ficou impressionada.

Perto dela, estava a senhorita Louise d'Armilly, que agradeceu ao conde as cartas de recomendação que tão graciosamente lhe dera para a Itália e que pretendia, disse-lhe ela, usar incessantemente.

Ao deixar essas senhoras, ele se virou e se viu perto de Danglars, que se aproximara para estender-lhe a mão.

Cumpridos esses três deveres sociais, Monte Cristo deteve-se, fazendo passar à sua volta aquele olhar confiante, imbuído daquela expressão própria das pessoas de um determinado mundo e sobretudo de determinado porte, um olhar que parece dizer:

"Fiz o que tinha de fazer; agora que outros façam o que devem."

Andrea, que se encontrava num salão adjacente, sentiu aquela espécie de arrepio que Monte Cristo causara na multidão e correu para cumprimentar o conde.

Ele o encontrou completamente cercado; as pessoas disputavam suas palavras, como sempre acontece com os que falam pouco e nunca dizem uma palavra sem valor.

Os tabeliães fizeram sua entrada nesse momento, e vieram colocar os seus documentos garatujados no veludo bordado a ouro que cobria a mesa preparada para a assinatura, uma mesa de madeira dourada.

Um dos tabeliães sentou-se, o outro permaneceu de pé.

Ia ser lido o contrato que metade de Paris, presente nessa solenidade, iria assinar.

Todos tomaram seus lugares, ou melhor, as mulheres formaram um círculo, enquanto os homens, mais indiferentes ao local do *estilo energético*, como diz Boileau, fizeram seus comentários sobre a agitação febril de Andrea, sobre a atenção do senhor Danglars, sobre a impassibilidade de Eugénie e sobre a maneira ágil e alegre com que a baronesa lidava com aquele importante assunto.

O contrato foi lido em meio a um silêncio profundo. Mas, assim que a leitura terminou, o rumor recomeçou nos salões, duplicado; aquelas somas brilhantes, aqueles milhões a girar no futuro dos dois jovens e que vinham completar a exposição que tinha sido montada, num quarto exclusivamente dedicado a esse objeto, do enxoval da noiva e dos diamantes da jovem, tinham repercutido com todo seu prestígio naquela assembleia invejosa.

Os encantos da senhorita Danglars redobravam aos olhos dos jovens e, naquele momento, apagavam o brilho do sol.

Quanto às mulheres, nem é preciso dizer que, embora sentindo inveja daqueles milhões, não acreditavam precisar deles para serem bonitas.

Andrea, abraçado pelos amigos, cumprimentado, adulado, começando a acreditar na realidade do sonho que vivia, estava a ponto de enlouquecer.

O tabelião solenemente pegou a pena, ergueu-a acima da cabeça e disse:

– Senhores, vamos assinar o contrato.

O barão deveria assinar primeiro, em seguida o procurador do senhor Cavalcanti pai, depois a baronesa, depois os futuros cônjuges, como se costuma dizer no estilo abominável que impera no papel timbrado.

O barão pegou a caneta e assinou, depois o procurador. A baronesa aproximou-se, de braços dados com a senhora de Villefort.

– Meu amigo – ela disse, pegando a pena –, isso não é desesperador? Um acontecimento inesperado, ocorrido nesse caso de homicídio e furto de que o senhor conde de Monte Cristo quase foi vítima, priva-nos de ter o senhor de Villefort.

– Ah, meu Deus! – disse Danglars no mesmo tom com que teria dito: "Quer saber? Isso me é totalmente indiferente!"

– Meu Deus! – disse Monte Cristo, aproximando-se. – Receio ser a causa involuntária dessa ausência.

– Como assim? O senhor, conde? – disse a senhora Danglars, assinando. – Se for verdade, preste atenção, nunca mais vou perdoá-lo.

Andrea aguçou os ouvidos.

– Entretanto, não teria sido de forma alguma minha culpa – disse o conde. – E faço questão de comprová-lo.

As pessoas ouviram com avidez: Monte Cristo, que tão raramente abria os lábios, estava prestes a falar.

– Os senhores se lembram – disse o conde em meio ao mais profundo silêncio, que foi em minha casa que morreu esse infeliz que viera me roubar e que, ao sair de minha residência, foi morto, ao que se crê, por seu cúmplice?

– Sim – disse Danglars.

– Pois bem! Para socorrê-lo, o despiram de suas roupas, que foram jogadas a um canto, onde a justiça as recolheu; mas a justiça, ao pegar o casaco e as calças para depositá-los judicialmente, esquecera o colete. Andrea empalideceu de forma visível e deslizou sutilmente em direção à porta; ele via uma nuvem surgir no horizonte, e essa nuvem parecia-lhe conter a tempestade em seus flancos.

– Pois bem, esse infeliz colete, o encontramos hoje, todo coberto de sangue e com um buraco no lugar do coração.

As senhoras gritaram e duas ou três se prepararam para desmaiar.

– Ele foi trazido para mim. Ninguém poderia adivinhar de onde viera aquele trapo. Só eu pensei que fosse provavelmente o colete da vítima. De repente, meu criado, ao vasculhar com nojo e cautela essa relíquia funerária, apalpou um papel no bolso e tirou-o: era uma carta dirigida a quem? Ao senhor, barão.

– A mim? – gritou Danglars.

– Ah, meu Deus! Sim, ao senhor. Consegui ler seu nome sob o sangue do qual o bilhete estava manchado – respondeu Monte Cristo entre explosões de surpresa geral.

– Mas – perguntou a senhora Danglars, olhando para o marido com preocupação – como isso impede o senhor de Villefort?...

– É muito simples, senhora – respondeu Monte Cristo; esse colete e essa carta eram o que chamamos de evidências; carta e colete, enviei tudo ao procurador do rei. O senhor compreende, meu caro barão, a via legal é a mais certa em matéria penal. Talvez tenha sido alguma conspiração contra o senhor.

Andrea olhou para Monte Cristo e desapareceu no segundo salão.

– É possível – disse Danglars. – Não era esse homem assassinado um ex-presidiário?

– Sim – respondeu o conde –, um ex-presidiário chamado Caderousse.

Danglars empalideceu ligeiramente; Andrea saiu do segundo salão e alcançou o vestíbulo.

– Mas assine, assine – disse Monte Cristo, sei que minha história agita a todos e peço desculpas com muita humildade, senhora baronesa e senhorita Danglars.

A baronesa, que acabava de assinar, devolveu a caneta ao tabelião.

– Senhor príncipe Cavalcanti – disse o tabelião. – Senhor príncipe Cavalcanti, onde está o senhor?

– Andrea? Andrea? – repetiram várias vozes de jovens que já haviam atingido o grau de intimidade com o nobre italiano para chamá-lo pelo nome de batismo.

– Chamem o príncipe, avisem-no que é sua vez de assinar! – gritou Danglars para um arauto.

Mas no mesmo instante a multidão de assistentes fluiu de volta, aterrorizada, para o salão principal, como se algum monstro terrível tivesse entrado nos aposentos, *quærens quem devoret*[11].

De fato, havia algo ante o que recuar, com que se assustar, por que gritar.

Um oficial de polícia colocava dois gendarmes na porta de cada salão e avançava em direção a Danglars, precedido por um comissário de polícia, cingido com seu cachecol.

A senhora Danglars soltou um grito e desmaiou.

Danglars, que se acreditava ameaçado (certas consciências nunca se acalmam), apresentou aos olhos dos seus convidados um rosto decomposto pelo terror.

– O que é, senhor? – perguntou Monte Cristo, avançando ao encontro do comissário.

– Qual de vocês, senhores – perguntou o magistrado sem responder ao conde –, se chama Andrea Cavalcanti?

Um grito de espanto veio de todos os cantos do salão. Procuraram. Interrogaram.

– Mas quem é esse Andrea Cavalcanti? – perguntou Danglars, quase perdido.

– Um ex-presidiário que escapou da prisão de Toulon.

– E que crime ele cometeu?

– Ele é acusado – disse o comissário com voz impassível – de ter assassinado o homem chamado Caderousse, seu ex-companheiro de cela, quando este estava saindo da casa do conde de Monte Cristo.

Monte Cristo deu uma rápida olhada ao redor.

Andrea havia desaparecido.

---

[11] "Procurando alguém para devorar". (N.T.)

A ESTRADA PARA A BÉLGICA

Poucos momentos depois da cena de confusão produzida nos salões do senhor Danglars pela aparição inesperada do oficial de polícia e pela revelação que se seguiu, o imenso palacete foi esvaziado com uma velocidade semelhante à que teria trazido o anúncio de um caso de peste ou cólera-morbo que houvesse chegado entre os convidados: em poucos minutos, por todas as portas, por todas as escadas, por todas as saídas, todos se apressaram em se retirar, ou melhor, fugir; pois tratava-se ali de uma daquelas circunstâncias em que não se deveria nem mesmo tentar dar aqueles consolos banais que, nas grandes catástrofes, tornam os melhores amigos tão indesejáveis. Apenas Danglars permaneceu no palacete, fechado em seu escritório, e dando seu depoimento ao oficial da gendarmaria; a senhora Danglars, apavorada, na alcova que conhecemos, e Eugénie, que, com olhar altivo e lábio desdenhoso, se retirou para seu quarto com sua companheira inseparável, a senhorita Louise d'Armilly.

Quanto aos muitos criados, ainda mais numerosos naquela noite que de costume, pois a eles haviam se somado, por motivo da festa, os sorveteiros, os cozinheiros e os *maîtres* do Café de Paris, voltando contra os senhores sua raiva pelo que eles chamavam de afronta, dispunham-se em grupos na despensa, nas cozinhas, em seus quartos, pouco preocupando-se com o serviço que, aliás, fora naturalmente interrompido.

Em meio a essas diferentes personagens, vibrando por interesses diversos, apenas duas merecem nossa atenção: são a senhorita Eugénie Danglars e a senhorita Louise d'Armilly.

A jovem noiva, como já dissemos, retirara-se, com ar altivo, o lábio desdenhoso e com o andar de uma rainha indignada, seguida da companheira, mais pálida e mais perturbada que ela.

Chegando a seu quarto, Eugénie fechou a porta por dentro, enquanto Louise jogava-se em uma cadeira.

– Oh, meu Deus! Meu Deus! Que coisa horrível! – disse a jovem musicista – e quem poderia suspeitar disso? O senhor Andrea Cavalcanti... Um assassino!... Um foragido da prisão!... Um condenado!...

Um sorriso irônico curvou os lábios de Eugénie.

– Na verdade, eu estava predestinada – disse ela. Só escapei de Morcerf para acabar com Cavalcanti!

– Oh, não confunda um com o outro, Eugénie.

– Cale-se, todos os homens são infames, e fico feliz por poder fazer mais que detestá-los: agora os desprezo.

– Que vamos fazer? – Louise perguntou.

– O que vamos fazer?

– Sim.

– Ora, o que íamos fazer dentro de três dias... partir.

– Então, embora não vá mais se casar, você ainda quer?...

– Ouça, Louise, eu abomino esta vida na sociedade, ordenada, rígida, regulada como nossa partitura. O que sempre quis e ambicionei foi uma vida de artista, uma vida livre e independente, em que só dependemos de nós, em que só contamos conosco. Ficar para quê? Para que tentem, dentro de um mês, casar-me novamente? Com quem? Com o senhor Debray, talvez, como em um momento se mencionou? Não, Louise; não, a aventura desta noite será uma desculpa para mim: não estava procurando, não estava pedindo; Deus a enviou para mim, ela é bem-vinda.

– Como você é forte e corajosa! – disse a jovem loira e frágil para sua companheira morena.

– Você ainda não me conhece? Vamos, Louise, vamos conversar sobre todos os detalhes. A carruagem da viagem...

– Felizmente foi arranjada há três dias.

– Você a mandou para onde deveríamos tomá-la?

– Sim.

– Nosso passaporte?

– Ei-lo.

E Eugénie, com sua altivez habitual, desdobrou um pedaço de papel e leu:

Senhor Léon d'Armilly, vinte anos, artista profissional, cabelos negros, olhos negros, viajando com a irmã.

– Maravilha! Por meio de quem você conseguiu esse passaporte?

– Ao pedir ao senhor de Monte Cristo cartas para os diretores dos teatros de Roma e Nápoles, expressei-lhe meus receios de viajar como mulher; ele os compreendeu perfeitamente, colocou-se à minha disposição para obter um passaporte masculino, e, dois dias depois, recebi este, ao qual acrescentei de meu próprio punho: *viajando com a irmã.*

– Pois bem! – disse Eugénie alegremente, é só fazer as malas: partiremos na noite da assinatura do contrato, em vez de fazê-lo na noite de núpcias; isso é tudo.

– Reflita bem, Eugénie.

– Oh, todas as minhas reflexões terminaram; estou cansada de ouvir falar apenas de relatórios, de fins de mês, de alta, de queda, de fundos espanhóis, de papéis haitianos. Em vez disso, Louise, veja bem, o ar da liberdade, o canto dos pássaros, as planícies da Lombardia, os canais de Veneza, os palácios de Roma, a praia de Nápoles. Quanto temos, Louise?

A jovem interrogada tirou de uma escrivaninha marchetada uma pequena carteira com fecho, que abriu, na qual contou vinte e três notas.

– Vinte e três mil francos – disse ela.

– E pelo menos outro tanto de pérolas, diamantes e joias – disse Eugénie. – Estamos ricas. Com quarenta e cinco mil francos, temos o suficiente para viver como princesas por dois anos, ou adequadamente por quatro.

Mas antes de seis meses, você com sua música, eu com minha voz, teremos dobrado nosso capital. Vamos, cuide do dinheiro, eu cuido do cofre de joias: para que, no caso de uma de nós tiver o azar de perder seu tesouro, a outra sempre tenha o dela. Agora a mala, rápido, a mala!

– Espere – disse Louise indo ouvir na porta da senhora Danglars.

– Do que está com medo?

– De que nos surpreendam.

– A porta está fechada.

– Que nos peçam para abrir.

– Ainda que digam que querem, não vamos abrir.

– Você é uma verdadeira amazona, Eugénie!

E as duas jovens começaram, com disposição prodigiosa, a enfiar em uma mala todos os objetos de viagem de que precisariam.

– Pronto. Agora – disse Eugénie –, enquanto troco de roupa, você fecha a mala.

Louise apoiou com toda a força suas mãozinhas brancas na tampa da mala.

– Não posso – disse ela –, não sou forte o suficiente, feche você.

– Ah! É bem isso – disse Eugénie rindo, esqueci que sou Hércules e que você é apenas a pálida Ônfala.

E a jovem, apoiando o joelho na mala, enrijeceu os braços brancos e musculosos até que os dois compartimentos se unissem e que a senhorita d'Armilly tivesse passado o gancho do cadeado entre as duas argolas.

Terminada a operação, Eugénie abriu uma cômoda, cuja chave trazia consigo, e tirou dela uma manta de viagem de seda roxa acolchoada.

– Veja – ela disse –, como pode perceber, pensei em tudo; com essa manta, você não sentirá frio.

– Mas e você?

– Oh, nunca sinto frio, você sabe muito bem disso; aliás, com essas roupas de homem...

– Você vai se vestir aqui?

– Sem dúvida.

– Mas você vai ter tempo?

– Não se preocupe de forma alguma, medrosa; todo o nosso pessoal está ocupado com grandes negócios. Além disso, quando se pensa no desespero em que devo estar, não é de admirar que eu me recolha?

– É verdade, você me tranquiliza.

– Venha, ajude-me.

E da mesma gaveta de onde tirara a manta que acabara de dar à senhorita d'Armilly e com a qual esta já cobrira os ombros, tirou um traje completo de homem, das botas até o redingote, com uma provisão de roupa branca em que nada havia de supérfluo, mas em que se encontrava o necessário.

Então, com uma prontidão que indicava com certeza não ser a primeira vez que, por brincadeira, ela vestia roupas de outro sexo, Eugénie calçou as botas, vestiu a calça, amarfanhou a gravata, abotoou até o pescoço um colete com colarinho e vestiu uma sobrecasaca que delineava sua cintura esguia e curva.

– Oh, tudo isso está muito certo. Na verdade, está excelente! – disse Louise, olhando-a com admiração, mas esses lindos cabelos negros, essas tranças magníficas que faziam todas as mulheres suspirarem de inveja, vão se sustentar sob um chapéu de homem como o que vejo ali?

– Você verá – disse Eugénie.

E agarrando com a mão esquerda a grossa trança em torno da qual seus longos dedos mal se fechavam, ela pegou com a mão direita uma grande tesoura, e logo o aço gritou no meio da rica e esplêndida cabeleira, que caiu inteira aos pés da jovem, jogada para trás a fim de proteger o redingote.

Depois, desbastada a trança superior, Eugénie passou para as das têmporas, que cortou sucessivamente, sem deixar escapar o menor arrependimento: pelo contrário, seus olhos brilhavam mais faiscantes e mais alegres ainda que de costume sob as sobrancelhas negras como o ébano.

– Oh, o cabelo lindo – disse Louise com pesar.

– Ei, não fico cem vezes melhor assim? – exclamou Eugénie, alisando os cachos grossos de seu penteado, que tinha se tornado totalmente masculino. – E você não me acha mais bonita assim?

– Oh, você é linda, Eugénie, sempre linda! – falou Louise. – Agora, para onde vamos?

– Ora, para Bruxelas, se quiser. É a fronteira mais próxima. Chegaremos a Bruxelas, Liège, Aix-la-Chapelle, subiremos o Reno até Estrasburgo, cruzaremos a Suíça e desceremos para a Itália por São Gotardo. Está bom para você?

– Sim, claro!

– Que está olhando?

– Estou olhando você. Na verdade, está tão adorável desse jeito que vão dizer que está me sequestrando.

– Por Deus! E essas pessoas estariam certas!

– E acho que você jurou, Eugénie!

E as duas jovens, que alguém poderia ter acreditado estarem mergulhadas em lágrimas, uma por conta própria, a outra por devoção à amiga, desataram a rir, enquanto removiam os vestígios mais visíveis da desordem que naturalmente acompanhara os preparativos para a fuga.

Então, tendo apagado as lamparinas, com o olhar interrogador, os ouvidos à espreita, o pescoço estendido, as duas fugitivas abriram a porta de um toucador que dava para uma escada de serviço, a qual descia para o pátio; Eugénie, caminhando à frente, segurando com um braço a mala que, pela alça oposta, a senhorita d'Armilly mal conseguia levantar com as duas mãos.

O pátio estava vazio. Soava a meia-noite.

O porteiro ainda velava.

Eugénie se aproximou muito lentamente e viu o digno suíço que dormia no fundo da guarita, esticado na poltrona.

Ela se voltou para Louise, pegou a mala que havia colocado no chão por um momento, e ambas, seguindo a sombra projetada pelo muro, alcançaram a abóbada.

Eugénie fez Louise se esconder no canto da porta, para que o porteiro, se lhe acontecesse por acaso de acordar, visse apenas uma pessoa.

Então, oferecendo-se ao brilho total da lâmpada que iluminava o pátio:

– O portão! – ela gritou com sua mais bela voz de contralto, batendo na janela.

O porteiro se levantou como Eugénie previra e até deu alguns passos para reconhecer a pessoa que estava saindo; mas vendo um jovem fustigando impacientemente as calças com uma chibata, abriu prontamente.

Louise de imediato deslizou como uma cobra pela porta entreaberta e saltou com ligeireza para fora. Eugénie, aparentemente calma, embora, de acordo com todas as possibilidades seu coração estivesse batendo mais que o normal, saiu por sua vez.

Um carregador estava passando, entregaram-lhe a mala; depois, as duas jovens, tendo lhe indicado a Rue de la Victoire e o número 56 como endereço da corrida, caminharam atrás desse homem, cuja presença tranquilizou Louise; quanto a Eugénie, estava tão forte quanto uma Judite ou uma Dalila.

Chegaram ao número indicado. Eugénie ordenou ao carregador que depositasse a mala, deu-lhe algumas moedas e, depois de bater no postigo, mandou-o embora. Esse postigo em que Eugénie havia batido era o de uma humilde lavadeira, avisada com antecedência. Ela mal se deitara.

– Senhorita – falou Eugénie –, diga ao porteiro que tire a carruagem do galpão e mande-o buscar os cavalos na posta. Aqui estão cinco francos pelo trabalho que lhe damos.

– Na verdade – disse Louise –, eu a admiro e quase diria que a respeito.

A lavadeira olhava espantada; mas como ficara combinado que haveria vinte luíses para ela, não fez a menor observação.

Quinze minutos depois, o porteiro voltou, trazendo o postilhão e os cavalos, os quais, com um gesto de mão, foram atrelados à carruagem, na qual o porteiro prendeu a mala usando uma corda e um torniquete.

– Aqui está o passaporte – disse o postilhão. – Que caminho estamos tomando, jovem burguês?

– A estrada para Fontainebleau – respondeu Eugénie com uma voz quase masculina.

– Ei, o que está dizendo? – Louise perguntou.

– Estou despistando – disse Eugénie. – Essa mulher a quem demos vinte luíses pode nos trair por quarenta. No boulevard, tomaremos outra direção.

E a jovem correu para o *brisca*, otimamente adaptado para o sono, quase sem tocar o estribo.

– Você sempre tem razão, Eugénie – disse a professora de canto, tomando seu lugar perto da amiga.

Quinze minutos depois, o postilhão, de volta ao caminho certo, cruzava, estalando o chicote, a cancela da barreira de Saint-Martin.

– Ah! – disse Louise, respirando fundo. – Cá estamos nós fora de Paris!

– Sim, minha querida, e o sequestro está definitivamente consumado – respondeu Eugénie.

– Sim, mas sem violência – disse Louise.

– Vou considerar isso como uma circunstância atenuante – respondeu Eugénie.

Essas palavras se perderam no barulho que a carruagem fazia ao deslizar pelo pavimento de La Villette.

O senhor Danglars não tinha mais filha.

O Hotel do Sino
e da Garrafa

E agora, deixemos a senhorita Danglars e sua amiga avançarem na estrada para Bruxelas e voltemos para o pobre Andrea Cavalcanti, tão desagradavelmente interrompido no desabrochar de sua fortuna.

Apesar de ainda muito jovem, o senhor Andrea Cavalcanti era um moço bastante habilidoso e inteligente.

Assim, aos primeiros rumores que penetraram no salão, nós o vimos aproximar-se gradualmente da porta, atravessar um ou dois quartos e finalmente desaparecer.

Uma circunstância que esquecemos de mencionar, e que no entanto não deve ser omitida, é que em um dos dois quartos que Cavalcanti atravessou estava exposto o enxoval da noiva, estojos de diamantes, xales de cashmere, rendas valencianas, véus da Inglaterra, tudo o que enfim compõe esse mundo de objetos tentadores, cuja simples menção faz saltar de alegria o coração das jovens, e que se costuma chamar de corbélia.

Ora, ao passar por aquele cômodo, o que prova que Andrea não apenas era um jovem muito inteligente e habilidoso, mas também prevenido, é que ele se apoderou do mais rico de todos os adornos expostos.

Munido desse viático, Andrea sentiu-se muito mais leve para pular pela janela e escorregar pelos dedos dos policiais.

Alto e forte como um lutador antigo, musculoso como um espartano, Andrea correra por quinze minutos, sem saber para onde ia e com o único objetivo de se afastar do lugar onde quase tinha sido preso.

Tendo deixado a Rue du Mont-Blanc, ele se encontrara, com aquele instinto de barreiras que os ladrões possuem como tem a lebre o das tocas, no final da Rue Lafayette.

Lá, sufocado, ofegante, ele parou.

Estava perfeitamente sozinho e tinha à esquerda os bosques Saint-Lazare, um vasto deserto, e à direita Paris em toda a sua profundeza.

– Estou perdido – ele se perguntou. – Não, se eu puder fornecer uma soma de atividade superior àquela dos meus inimigos. Portanto, minha salvação se tornou simplesmente uma questão de miriâmetros.

Naquele momento, ele viu, subindo do alto do Faubourg Poissonnière, um cabriolé de praça, cujo cocheiro, sombrio e fumando seu cachimbo, parecia querer chegar à extremidade do Faubourg Saint-Denis, onde, sem dúvida, tinha seu ponto.

– Ei, amigo! – disse Benedetto.

– O que é, burguês? – perguntou o cocheiro.

– Seu cavalo está cansado?

– Cansado? Ora, imagine! Não fez nada durante todo o dia: quatro corridas ruins e vinte *sous* de gorjetas, sete francos ao todo. Tenho de dar dez para o patrão!

– Você quer adicionar vinte a esses sete francos aqui?

– Com prazer, burguês; não é a algo a desprezar, vinte francos. – O que é preciso para isso? Vamos ver.

– Algo muito fácil, mas se o seu cavalo não estiver cansado.

– Eu digo a você que ele irá como um zéfiro; basta apenas dizer para que lado ele deve ir.

– Para o lado de Louvres.

– Ah! Ah! Conhecido: terra da aguardente!

– Exato! Trata-se simplesmente de alcançar um dos meus amigos com quem devo caçar amanhã em La Chapelle-en-Serval. Ele devia me esperar por mim aqui com seu cabriolé até as onze e meia. É meia-noite, ele deve ter se cansado de me esperar e ido embora sozinho.

– É possível.

– Então? Quer tentar alcançá-lo?

– Não quero outra coisa.

– Mas se não o alcançarmos daqui até Bourget, você terá vinte francos; se não o alcançarmos daqui até Louvres, trinta.

– E se o alcançarmos?

– Quarenta! – disse Andrea, que hesitara por um momento, mas considerara que não arriscava nada ao prometer.

– Certo! – disse o cocheiro. – Suba e vamos em frente! *Prrruun!*...

Andrea entrou no cabriolé que, com uma corrida rápida, cruzou o *Faubourg* Saint-Denis, contornou o Faubourg Saint-Martin, cruzou a barreira e entrou pela interminável La Villette.

Não havia o interesse de se juntar a esse amigo quimérico; de vez em quando, porém, pedia-se aos transeuntes atrasados notícias de um cabriolé verde atrelado a um cavalo baio. E, como na estrada para a Holanda há um bom número de cabriolés em circulação e nove décimos deles são verdes, informações choviam a cada passo.

Sempre tinham acabado de vê-lo passar, não estava mais de quinhentos, duzentos, cem passos à frente; então o ultrapassavam, não era ele.

Em dado momento, foi a vez de o cabriolé ser ultrapassado; tratava-se de uma carruagem puxada rapidamente a galope por dois cavalos da posta.

– Ah! – disse Cavalcanti para si mesmo, se eu tivesse essa carruagem, esses dois cavalos bons, e sobretudo o passaporte de que precisava para arranjá-los!

E ele suspirou profundamente.

Essa carruagem era a que transportava a senhorita Danglars e a senhorita d'Armilly.

– Vamos! Vamos! – disse Andrea. – Não podemos tardar para nos juntar a ele.

E o pobre cavalo retomou o trote enfurecido que havia seguido desde a barreira, e chegou a Louvres fumegando.

– Decididamente – disse Andrea –, vejo que não vou me juntar ao meu amigo e que vou matar seu cavalo. Então, é melhor eu parar. Aqui estão seus trinta francos; vou dormir no Cavalo Vermelho, e tomarei a primeira carruagem em que encontrar lugar. Boa noite, meu amigo.

E Andrea, depois de colocar seis moedas de cinco francos na mão do cocheiro, saltou agilmente para o calçamento da rua. O cocheiro pegou o dinheiro feliz e se pôs de volta para Paris. Andrea fingiu ir ao Hotel do Cavalo Vermelho; mas, depois de ter parado um pouco contra a porta, ouvindo o barulho do cabriolé que se ia perdendo no horizonte, retomou a estrada e, com seu passo atlético, deu uma esticada de duas léguas.

Ali, ele descansou. Devia estar muito perto de Chapelle-en-Serval, para onde dissera que estava indo.

Não foi o cansaço que deteve Andrea Cavalcanti, foi a necessidade de tomar uma resolução, de adotar um plano.

Tomar uma diligência era impossível; pegar a posta também era impossível. Para viajar tanto em uma como na outra, era imprescindível ter um passaporte.

Permanecer no departamento de Oise, isto é, em um dos departamentos mais descobertos e mais vigiados da França, era ainda mais impossível, sobretudo para um especialista em matéria penal como ele.

Andrea sentou-se na parte de trás da vala, deixou a cabeça cair entre as mãos e pensou.

Dez minutos depois, ergueu a cabeça; sua resolução fora tomada.

Cobriu de poeira todo um lado do paletó que tivera tempo de desenganchar no vestíbulo e abotoar por cima do seu traje de baile e, chegando a Chapelle-en-Serval, bateu com ousadia na porta da única pousada da região.

O hospedeiro abriu.

– Meu amigo – disse Andrea –, eu ia de Mortefontaine a Senlis quando meu cavalo, que é um animal difícil, deu uma guinada e me jogou a dez passos. Preciso chegar a Compiègne esta noite, do contrário causarei as mais sérias preocupações à minha família. Você tem um cavalo que possa alugar?

Bom ou ruim, um estalajadeiro sempre tem um cavalo. O estalajadeiro de Chapelle-en-Serval chamou o cavalariço e ordenou-lhe que selasse o Branco, e despertou o filho, uma criança de sete anos, que deveria ir de garupa com o homem e trazer de volta o quadrúpede.

Andrea deu ao estalajadeiro vinte francos e, ao tirá-los do bolso, deixou cair um cartão de visita.

Esse cartão de visita era de um dos amigos dele do café de Paris, de modo que o estalajadeiro, quando, após a saída de Andrea, apanhou o cartão que lhe havia caído do bolso, convenceu-se de que tinha alugado o cavalo para o senhor conde de Mauléon, Rue Saint-Dominique, nº 25: eram o nome e o endereço que constavam no cartão.

Branco não ia rápido, mas avançava com um passo regular e constante; em três horas e meia, Andrea percorreu as nove léguas que o separavam de Compiègne. Quatro horas bateram no relógio do Paço Municipal quando ele chegou à praça onde as diligências param.

Há um excelente hotel em Compiègne, lembrado até por quem lá se hospedou apenas uma vez.

Andrea, que havia parado ali durante uma de suas corridas pelos arredores de Paris, lembrou-se do Hotel do Sino e da Garrafa; orientou-se, viu à luz de um poste a placa indicadora e, tendo dispensado a criança, a quem deu todo o troco que tinha, foi bater à porta, refletindo com muita justeza que dispunha de três ou quatro horas pela frente e que o melhor era proteger-se com um bom cochilo e uma boa ceia contra o cansaço que estava por vir. Um menino veio abrir a porta.

– Amigo – disse Andrea –, venho de Saint-Jean-au-Bois, onde jantei. Estava pensando em pegar a carruagem que passa à meia-noite; mas me perdi como um idiota e há quatro horas estou caminhando na floresta. Então, dê-me um daqueles quartinhos lindos voltados para o pátio e mande me servir um frango frio e uma garrafa de vinho Bordeaux.

O garoto não suspeitou de nada. Andrea falava com a mais perfeita tranquilidade; tinha um charuto na boca e as mãos nos bolsos do paletó; suas roupas eram elegantes, sua barba limpa, suas botas impecáveis; ele parecia um vizinho atrasado, só isso.

Enquanto o menino preparava o quarto, a hoteleira se levantou. Andrea saudou-a com o seu sorriso mais encantador e perguntou-lhe se não podia ficar com o número 3, em que já havia estado na sua última passagem por Compiègne. Infelizmente, o número 3 tinha sido ocupado por um jovem que estava viajando com a irmã.

Andrea pareceu desesperado; só se consolou quando a anfitriã lhe garantiu que o número 7, que estava sendo preparado para ele, tinha absolutamente a mesma disposição do número 3; e enquanto esquentava os pés e conversava sobre os últimos acontecimentos de Chantilly, ele esperou que alguém viesse lhe dizer que seu quarto estava pronto.

Não fora sem razão que Andrea falara daqueles belos apartamentos com vista para o pátio: o pátio do Hotel do Sino, com sua tripla fileira de galerias que o fazem parecer uma sala de espetáculos, com seus jasmins e suas clematites que se erguem ao longo de suas leves colunatas como uma decoração natural, é uma das entradas de pousada mais charmosas que existem no mundo. O frango estava fresco, o vinho velho, o fogo claro e espumante; Andrea se surpreendeu comendo com o apetite tão bom como se nada lhe tivesse acontecido.

Depois foi para a cama e quase imediatamente adormeceu com aquele sono implacável que um homem sempre encontra aos vinte anos, mesmo quando sente remorsos.

No entanto, somos forçados a admitir que Andrea poderia ter sentido remorsos, mas não os tinha.

Eis o plano de Andrea, o plano que lhe dera a melhor parte de sua segurança.

Ele se levantaria à luz do dia, sairia do hotel depois de ter pago rigorosamente as contas, iria para a floresta, compraria, a pretexto de fazer estudos de pintura, a hospitalidade de um camponês, arranjaria para si um traje de lenhador e um machado, tiraria a capa de homem da sociedade para vestir a do operário; depois, com as mãos terrosas, o cabelo escurecido por um pente de chumbo, a tez bronzeada por um preparado de que seus antigos camaradas tinham lhe dado a receita, ele chegaria de floresta em floresta, à fronteira mais próxima, caminhando à noite, dormindo durante o dia nas florestas ou nas clareiras, e aproximando-se de lugares habitados apenas para comprar pão de vez em quando.

Depois de cruzada a fronteira, Andrea faria dinheiro com seus diamantes, combinaria o valor que receberia por eles com uma dezena de notas que sempre carregava consigo para o caso de um acidente, e teria ainda no bolso cerca de cinquenta mil libras, o que para sua filosofia não parecia um regime excessivamente rigoroso.

Além disso, ele contava muito com o interesse que os Danglars tinham em abafar o rumor de sua desventura.

Eis porque, além do cansaço, Andrea adormeceu tão rápido e tão bem.

Além disso, para poder acordar bem cedo, Andrea não fechara as venezianas e só se contentara em puxar os ferrolhos da porta e em manter desembainhada na mesinha de cabeceira uma certa faca muito afiada cuja excelente têmpera ele conhecia, e que nunca o deixava.

Às sete da manhã, Andrea foi acordado por um raio de sol quente e brilhante que veio brincar em seu rosto.

Em qualquer cérebro bem organizado, a ideia dominante, e sempre há uma, a ideia dominante, dizemos, é aquela que, depois de ter adormecido por último, é a primeira iluminada pelo despertar do pensamento.

Andrea mal tinha aberto totalmente os olhos e seu pensamento dominante já tomava conta dele e sussurrava em seu ouvido que havia dormido por muito tempo.

Ele saltou da cama e correu para a janela.

Um policial estava cruzando o pátio.

O policial é um dos objetos mais marcantes que existem no mundo, mesmo para o olho do homem que não tem com que se preocupar: mas para toda consciência medrosa e que tem alguma razão de se inquietar, o amarelo, o azul e o branco de que seu uniforme é composto assumem tons assustadores.

– Por que um policial? – Andrea se perguntou.

Então, de repente, ele respondeu a si mesmo com aquela lógica que o leitor já deve ter percebido nele:

– A presença de um policial não tem nada de excepcional numa estalagem: mas vamos nos vestir.

E o jovem se vestiu com uma rapidez que nada ficaria a dever a seu camareiro, durante os poucos meses de vida elegante que levara em Paris.

– Bem – Andrea disse ao se vestir –, vou esperar até que ele vá, e quando ele tiver ido embora será a minha vez de partir.

E enquanto dizia essas palavras, Andrea, de novo de botas e gravata, chegou lentamente à janela e levantou uma segunda vez a cortina de musselina.

Não apenas o primeiro policial não havia partido, como o jovem também viu um segundo uniforme azul, amarelo e branco, ao pé da escada, a única pela qual ele poderia descer, enquanto um terceiro, a cavalo e com o mosquetão na mão, permanecia como sentinela na porta principal da rua, a única pela qual ele poderia sair.

Esse terceiro policial era significativo nesse último aspecto, pois à sua frente se estendia um semicírculo de curiosos que bloqueavam hermeticamente a porta do hotel.

"Estão procurando por mim!", foi o primeiro pensamento de Andrea. "Diabos!"

A palidez invadiu a testa do jovem; ele olhou em volta ansiosamente.

Seu quarto, como todos os daquele andar, tinha saída apenas para a galeria externa, aberta a todos os olhares.

"Estou perdido!", foi seu segundo pensamento.

Na verdade, para um homem na situação de Andrea, prisão significava: tribunal, julgamento, morte sem misericórdia e sem demora.

Por um momento, ele apertou a cabeça convulsivamente entre as mãos.

Durante esse momento, quase enlouqueceu de medo. Mas, logo, desse mundo de pensamentos que colidiam em sua cabeça um pensamento de esperança surgiu; um sorriso pálido se espalhou por seus lábios lívidos e por suas bochechas contraídas.

Olhou ao redor; os objetos que procurava se encontravam reunidos sobre o mármore de uma escrivaninha: eram pena, tinta e papel.

Mergulhou a pena na tinta e escreveu com a mão, à qual ordenou que fosse firme, as seguintes linhas na primeira folha do caderno:

Não tenho dinheiro para pagar, mas não sou um homem desonesto, deixo como garantia este alfinete que vale dez vezes a despesa que fiz. Serei perdoado por ter escapado ao amanhecer, estava com vergonha!

Tirou o alfinete da gravata e o colocou sobre o papel.

Feito isso, em vez de deixar os ferrolhos travados, ele até abriu uma fresta da porta, como se tivesse saído do quarto esquecendo-se de fechá-la, e, deslizando para a chaminé como um homem acostumado a esse tipo de ginástica, atraiu para si o painel de papel que representava Aquiles em Deidamia, apagou com os pés até o rastro de seus passos nas cinzas e começou a escalar o tubo arqueado que lhe oferecia o único caminho de salvação com o qual ainda contava.

Nesse exato momento, o primeiro policial que avistara Andrea subia a escada, precedido pelo comissário de polícia e tendo na retaguarda o segundo policial, que tomava conta do pé da escada, o qual podia ele próprio esperar o reforço daquele estacionado na porta.

Eis a circunstância a que Andrea devia aquela visita, que com tanta dificuldade se recusava a receber.

Ao amanhecer, os telégrafos haviam sido enviados em todas as direções, e cada localidade, alertada quase imediatamente, havia despertado as autoridades e lançado a força pública em busca do assassino de Caderousse.

Compiègne, residência real; Compiègne, cidade de caça; Compiègne, cidade de guarnição, é abundantemente provida de autoridades, policiais e comissários de polícia; as visitas, portanto, haviam começado assim que chegara a ordem do telégrafo, e sendo o Hotel do Sino e da Garrafa o primeiro hotel da cidade, naturalmente haviam começado por ele.

Além disso, de acordo com o relato das sentinelas que durante aquela noite tinham estado de guarda no Paço Municipal (o Paço Municipal é adjacente ao albergue do Sino), de acordo com o relato das sentinelas, dizíamos, notara-se que vários viajantes tinham chegado durante a noite no hotel.

A sentinela que fora substituída às seis horas da manhã até se lembrava, no momento em que acabava de assumir o posto, isto é, às quatro horas e poucos minutos, de ter visto um jovem cavalgando um cavalo branco tendo um pequeno camponês na garupa, jovem esse que tendo descido ali, havia dispensado o camponês e o cavalo e ido bater no Hotel do Sino, que se abrira diante dele e se fechara após sua entrada.

Foi nesse jovem chegado em hora tão tardia que as suspeitas recaíram. E ele era ninguém menos que Andrea.

Era com base nesses fatos que o comissário de polícia e o policial, que tinha a patente de sargento, se dirigiam à porta de Andrea.

A porta estava entreaberta.

– Ah! – disse o sargento, raposa velha alimentada com os truques do estado. – Uma porta aberta é um mau sinal! Eu preferiria que estivesse trancada com ferrolhos triplos!

De fato, a cartinha e o alfinete deixados por Andrea sobre a mesa confirmavam, ou melhor, apoiavam a triste verdade.

Andrea havia fugido.

Dizemos apoiavam, porque o sargento não era homem para se render a uma única prova.

Ele observou em volta, deu uma olhada embaixo da cama, desdobrou as cortinas, abriu os guarda-roupas e finalmente parou na lareira.

Graças às precauções de Andrea, nenhum vestígio de sua passagem permanecera nas cinzas.

No entanto, era uma saída e, dadas as circunstâncias, qualquer saída teria de ser objeto de uma investigação séria.

O chefe do posto de polícia ordenou que trouxessem um feixe e uma palha, encheu a chaminé como faria com um pilão e ateou fogo.

O fogo fez crepitar as paredes de tijolos; uma coluna opaca de fumaça subiu pelos dutos e elevou-se em direção ao céu como o jato escuro de um vulcão, mas ele não viu o prisioneiro cair como era de esperar.

Isso porque Andrea, desde a juventude em luta com a sociedade, era páreo forte para qualquer policial ainda que ele tivesse uma patente respeitável de sargento; prevendo o fogo, ele alcançara o telhado e se mantinha encolhido contra o cano.

Por um momento, ele teve alguma esperança de ser salvo, pois ouviu o sargento chamando os dois policiais e gritando para eles em voz alta:

– Ele não está mais aqui.

Mas, esticando suavemente o pescoço, viu que os dois policiais, em vez de se retirarem, como seria natural diante de um anúncio como esse, viu, como dizíamos, que pelo contrário ambos redobravam a atenção.

Por sua vez, ele olhou em volta: o Paço Municipal, um edifício colossal do século XVI, erguia-se como uma muralha sombria; à sua direita, e através das aberturas do monumento, era possível mergulhar em todos os cantos e recantos do telhado, como do topo de uma montanha se mergulha em um vale.

Andrea entendeu que iria ver a cabeça do sargento aparecer em breve em uma dessas aberturas.

Descoberto, ele estaria perdido; uma caçada nos telhados não lhe oferecia nenhuma chance de sucesso.

Ele, portanto, resolveu descer, não pelo mesmo caminho por onde viera, mas por um semelhante.

Procurou com os olhos uma das chaminés de onde não via sair nenhuma fumaça, alcançou-a rastejando no telhado e desapareceu por sua abertura sem ser visto por ninguém.

No mesmo instante, uma pequena janela do Paço Municipal se abriu e deu passagem... à cabeça do sargento.

Por um momento, essa cabeça permaneceu imóvel como um daqueles relevos de pedra que decoram o edifício, depois, com um longo suspiro de desapontamento, desapareceu.

O sargento, calmo e digno como a lei da qual era representante, passou sem responder àquelas mil perguntas da multidão reunida na praça e entrou de novo no hotel.

– E então? – perguntaram por sua vez os dois policiais.

– E então, meus filhos – respondeu o sargento –, o bandido deve ter realmente se distanciado de nós esta manhã bem cedo; mas vamos nos espalhar pela estrada para Villers-Coterets e Noyon, e vasculhar a floresta, onde iremos alcançá-lo certamente.

O ilustre funcionário mal acabara, com a entonação própria dos sargentos da gendarmaria, de dar à luz esse advérbio sonoro, quando um longo grito de susto, acompanhado do toque redobrado de uma campainha, soou no pátio do hotel.

– Ah, de que se trata? – gritou o sargento.

– Aqui está um viajante que parece apressado – disse o anfitrião. De que quarto ele está tocando?

– Do quarto de número 3.

– Corra até lá, garoto!

Nesse momento, os gritos e o som da campainha redobraram.

O menino saiu correndo.

– Não! – disse o sargento, detendo o criado. – Quem está tocando a campainha parece pedir outra coisa que não o garoto, e vamos oferecer-lhe um policial. Quem está no número 3?

– O rapazinho que chegou com a irmã à noite numa carruagem e pediu um quarto com duas camas.

A campainha tocou pela terceira vez com uma entonação cheia de angústia.

– Venha, senhor comissário! – gritou o policial. – Siga-me e aperte o passo.

– Espere um minuto – disse o hoteleiro –, para o quarto número 3 há duas escadas: uma externa, outra interna.

– Ótimo – disse o policial –, vou pela interna, é meu departamento. As carabinas estão carregadas?

– Sim, sargento.

– Agora, fiquem de olho lá fora, e se ele quiser fugir, atirem; ele é um grande criminoso, pelo que diz o telégrafo.

O sargento, seguido pelo comissário, desapareceu de imediato na escada interna, acompanhado pelo boato que suas revelações sobre Andrea acabavam de fazer surgir na multidão.

Eis o que aconteceu:

Andrea tinha muito habilmente descido até dois terços da chaminé, mas ao chegar ali, perdera o pé e, apesar do apoio das mãos, descera com mais rapidez e sobretudo com mais ruído do que era sua vontade.

Não teria sido nada se o quarto estivesse vazio; mas infelizmente estava ocupado.

Duas mulheres dormiam em uma cama; o barulho as despertara.

Seus olhos estavam fixos no ponto de onde vinha o barulho e, pela abertura da lareira, elas tinham visto um homem aparecer.

Era uma daquelas duas mulheres, a loira, quem dera o tal grito terrível que ressoara em toda a casa, enquanto a outra, morena, puxando o cordão da campainha, tinha dado o alarme, sacudindo-o com todas as suas forças.

Como podemos ver, Andrea estava com azar.

– Por piedade! – gritou, pálido, perplexo, sem ver as pessoas a quem se dirigia. – Por piedade! Não chamem ninguém, salvem-me! Não quero lhes fazer mal.

– Andrea, o assassino! – uma das jovens gritou.

– Eugénie! Senhorita Danglars! – murmurou Cavalcanti, passando do pavor ao estupor.

– Socorro! Socorro! – gritou a senhorita d'Armilly, retomando a campainha das mãos inertes de Eugénie e tocando com ainda mais força que sua companheira.

– Salvem-me, estou sendo perseguido! – Andrea disse, juntando as mãos. – Por piedade, por misericórdia, não me entreguem!

– É tarde demais, estão subindo – respondeu Eugénie.

– Escondam-me em algum lugar, dirão que ficaram com medo sem razão para ter medo, afastarão as suspeitas e terão salvo a minha vida.

As duas mulheres, espremidas uma contra a outra, envolvendo-se em seus cobertores, permaneceram em silêncio diante dessa voz suplicante; todas as apreensões, todas as repugnâncias colidiam em suas mentes.

– Que seja! – disse Eugénie. – Siga o caminho por onde veio, infeliz; vá, e não vamos dizer nada.

– Ele está aqui! Ele está aqui! – gritou uma voz no corredor. – Ele está aqui! Estou vendo!

De fato, o sargento tinha olhado pela fechadura e vira Andrea de pé e implorando.

Uma violenta coronhada destroçou a fechadura, outras duas estouraram os ferrolhos; a porta quebrada caiu para dentro.

Andrea correu para a outra porta, que levava à galeria do pátio, e a abriu pronto para correr.

Os dois policiais estavam lá com suas carabinas e apontaram para ele.

Andrea parou abruptamente; em pé, pálido, o corpo um pouco jogado para trás; segurava a faca inútil com a mão crispada.

– Fuja! – gritou a senhorita d'Armilly, cujo coração dava lugar à piedade à medida que o medo o deixava. – Fuja!

– Ou se mate! – disse Eugénie no tom e na pose de uma daquelas vestais que, no circo romano, ordenava com o polegar, ao gladiador vitorioso, que acabasse com seu adversário caído.

Andrea estremeceu e olhou para a jovem com um sorriso de desprezo que provava que seu caráter corrupto não compreendia essa sublime ferocidade da honra.

– Matar-me? – ele disse, jogando a faca no chão. – Por que fazer isso?

– Mas o senhor disse – gritou a senhorita Danglars –, o senhor será condenado à morte, será executado como o último dos criminosos!

– Ora! – respondeu Cavalcanti, cruzando os braços. – Há sempre amigos.

O sargento caminhou em sua direção, o sabre na mão.

– Vamos, vamos – disse Cavalcanti. – Guarde seu sabre, meu bom homem, não precisa tanto alarde, pois eu me rendo.

E estendeu as mãos para as algemas.

As duas jovens olharam com terror para essa metamorfose horrível que acontecia diante de seus olhos; o homem da sociedade tirando seu disfarce e se tornando novamente o homem da prisão.

Andrea voltou-se para elas, e, com um sorriso de impudência:

– Tem algum recado para seu pai, senhorita Eugénie? – disse ele. – Porque muito provavelmente vou voltar para Paris.

Eugénie escondeu a cabeça com as duas mãos.

– Oh, oh – disse Andrea –, não há nada do que se envergonhar, e não a culpo por ter usado a carruagem para me perseguir... Não fui quase seu marido?

E com essa zombaria Andrea partiu, deixando as duas fugitivas presas dos sofrimentos da vergonha e dos comentários dos presentes.

Uma hora depois, ambas vestidas com roupas de mulher, entraram na carruagem de viagem.

A porta do hotel tinha sido fechada para escondê-las dos primeiros olhares; mas foi necessário, no entanto, quando a porta foi reaberta, passar pelo meio de uma sebe dupla de curiosos, com olhos flamejantes e lábios murmurantes.

Eugénie baixou as cortinas, mas, mesmo que não conseguisse mais ver, ainda podia ouvir, e o som das zombarias chegava até ela.

– Oh, por que o mundo não é um deserto? – gritou ela, jogando-se nos braços da senhorita d'Armilly, os olhos brilhando com aquela fúria que fazia Nero desejar que o mundo romano tivesse apenas uma cabeça, para poder decepá-la de um só golpe.

No dia seguinte, elas davam entrada no Hotel de Flandres, em Bruxelas. Desde a véspera, Andrea estava engaiolado na chefatura de polícia.

A LEI

Vimos com que tranquilidade a senhorita Danglars e a senhorita d'Armilly puderam efetuar sua transformação e realizar sua fuga: é que todos estavam por demais ocupados com os próprios negócios para cuidar dos delas.

Deixaremos que o banqueiro, com suor na testa, alinhe as enormes colunas de seu passivo diante do fantasma da falência, e seguiremos a baronesa que, depois de, por um momento, ser esmagada pela violência do golpe que acabara de atingi-la, tinha ido procurar seu conselheiro habitual, Lucien Debray.

O fato é que a baronesa contava com esse casamento para abandonar enfim uma tutela que, com uma jovem com a personalidade de Eugénie, ainda era muito incômoda; é que nesses tipos de contrato tácito que mantêm o vínculo hierárquico da família, a mãe só é realmente senhora da filha na condição de ser continuamente para ela um exemplo de sabedoria e uma espécie de perfeição.

Ora, a senhora Danglars temia a perspicácia de Eugénie e os conselhos da senhorita d'Armilly; ela havia surpreendido certos olhares desdenhosos lançados pela filha para Debray, olhares que pareciam significar que ela conhecia todo o mistério de suas relações amorosas e pecuniárias com o secretário particular, enquanto uma interpretação mais sagaz e mais aprofundada teria, pelo contrário, demonstrado à baronesa que Eugénie odiava Debray, não porque ele fosse uma pedra de tropeço e um escândalo na casa paterna, mas porque ela simplesmente o colocava na categoria daqueles bípedes que Diógenes procurava não mais chamar de homens, e que Platão designava pela perífrase de animais com dois pés e sem penas.

A senhora Danglars, do seu ponto de vista, e infelizmente neste mundo cada um tem seu ponto de vista que o impede de ver o ponto de vista dos outros; a senhora Danglars, do seu ponto de vista, dizíamos, portanto, lamentou muito que o casamento de Eugénie tivesse fracassado, não porque esse casamento fosse adequado, harmonioso e devesse fazer sua filha feliz, mas porque dava a ela sua liberdade.

Ela então correu, como já dissemos, para Debray, que depois de ter, como toda Paris, assistido à noite do contrato e do escândalo que se seguira, apressou-se em se retirar para seu clube, onde, com alguns amigos, conversava sobre o acontecimento que, àquela hora, era assunto de três quartos daquela cidade eminentemente fofoqueira chamada de capital do mundo.

No momento em que a senhora Danglars, de vestido preto e escondida sob um longo véu, subia a escada que levava ao apartamento de Debray, apesar da certeza que lhe fora dada pelo porteiro de que ele não estava em casa, o jovem se ocupava em reprimir as insinuações de um amigo que tentava provar a ele que, depois da terrível explosão que acabara de ocorrer, era seu dever como amigo da casa casar-se com a senhorita Eugénie Danglars e seus dois milhões.

Debray se defendia como um homem que não pede nada mais que ser vencido; pois muitas vezes essa ideia se apresentara por si mesma a sua mente; então, como conhecia Eugénie, sua personalidade independente e altiva, ele retomava de vez em quando uma atitude totalmente defensiva, dizendo que essa união era impossível, falando sobre sua completa impossibilidade, enquanto, porém, em silêncio deixava-se afagar pela má ideia que, no dizer de todos os moralistas, preocupa de forma incessante o homem mais reto e mais puro, observando nas profundezas de sua alma como Satanás observa atrás da cruz.

O chá, o jogo, a conversa, absorventes, como vemos, já que ali se discutiam interesses tão sérios, duraram até uma da manhã.

Durante esse tempo, a senhora Danglars, introduzida pelo criado de quarto de Lucien, esperava, de véu e arfante, na saleta verde entre duas cestas de flores que ela mesma mandara pela manhã, e que Debray, é preciso dizer, arrumara, organizara e podara com um cuidado que fez a pobre mulher perdoar sua ausência.

Às onze horas e quarenta minutos, a senhora Danglars, cansada de esperar em vão, entrou de novo no fiacre e fez com que a levassem de volta para casa.

As mulheres de uma certa casta têm isso em comum com as cortesãs afortunadas, o fato de não voltarem para casa depois da meia-noite.

A baronesa entrou no palacete com a mesma precaução que Eugénie acabara de tomar para sair; subiu ligeiramente, e com o coração apertado, a escada de seus aposentos, contíguos, como sabemos, aos de Eugénie.

Ela estava com muito medo de provocar qualquer comentário; acreditava muito firmemente, pobre mulher respeitável pelo menos nesse aspecto, na inocência da filha e na sua fidelidade ao lar paterno!

Quando chegou em casa, escutou junto à porta de Eugénie. Então, não ouvindo nenhum barulho, tentou entrar; mas os ferrolhos haviam sido colocados.

A senhora Danglars pensou que Eugénie, cansada das emoções terríveis da noite, tinha ido para a cama e estava dormindo.

Ela chamou a camareira e a interrogou.

– A senhorita Eugénie – respondeu a camareira – voltou para seus aposentos com a senhorita d'Armilly; então tomaram chá juntas; depois disso, elas me dispensaram, dizendo que não precisavam mais de mim.

A partir daquele momento, a camareira encontrava-se na copa e, como todos, acreditava que as duas jovens estivessem no quarto.

A senhora Danglars, portanto, foi para a cama sem a sombra de uma suspeita; mas, tranquila em relação às pessoas, sua mente se voltou para o evento.

À medida que as ideias clareavam em sua cabeça, as proporções da cena do contrato aumentavam: não era mais um escândalo, era uma catástrofe; não era mais uma vergonha, era uma ignomínia.

À sua revelia, portanto, a baronesa lembrou-se então de que não tivera piedade da pobre Mercedes, recentemente atingida, por meio de seu esposo e do filho, por um grande infortúnio.

"Eugénie está perdida", pensou, "e nós também. O caso, como será apresentado, nos cobre de opróbrio; porque, em uma sociedade como a nossa, certos ridículos são como chagas vivas, sangrentas, incuráveis. Que felicidade Deus ter dado a Eugénie essa personalidade tão estranha que tantas vezes me fez tremer!"

E seu olhar agradecido ergueu-se para o céu, cuja misteriosa Providência dispõe de tudo de antemão de acordo com os acontecimentos que vão ter lugar, e um defeito, um vício mesmo, às vezes faz a felicidade.

Então seu pensamento cruzou o espaço, como o fez, abrindo as asas, o pássaro do abismo, e pousou em Cavalcanti.

"Aquele Andrea era um desgraçado, um ladrão, um assassino; e, no entanto, aquele Andrea possuía modos que indicavam uma meia educação, se não uma educação completa; aquele Andrea se apresentara à sociedade com a aparência de uma grande fortuna, com o apoio de nomes honrados."

Como ver claramente naquele labirinto? Quem contatar para sair daquela posição cruel?

Debray, para quem ela havia corrido no primeiro impulso da mulher que busca ajuda no homem que ama e que às vezes a perde, só poderia dar-lhe conselhos; era a alguém mais poderoso que ele a quem ela tinha de se dirigir.

A baronesa pensou então no senhor de Villefort.

Era o senhor de Villefort quem tinha desejado que Cavalcanti fosse preso; era o senhor de Villefort que, sem dó, causara problemas no seio de sua família como se se tratasse de uma família estrangeira.

Mas não. Pensando bem, o procurador do rei não era um homem impiedoso; ele era um magistrado, um escravo de seus deveres, um amigo leal e firme, que brutalmente, mas com mão segura, cortara com o bisturi a corrupção; não era um carrasco, era um cirurgião, um cirurgião que quisera isolar aos olhos do mundo a honra dos Danglars da ignomínia daquele jovem perdido que eles haviam apresentado à sociedade como seu genro.

A partir do momento em que o senhor de Villefort, amigo da família Danglars, agia daquela maneira, não havia mais razão para supor que o procurador do rei tivesse sabido de alguma coisa com antecedência e se se prestado a algum dos esquemas de Andrea.

Refletindo, a conduta de Villefort ainda aparecia à baronesa sob uma luz que se explicava para seu benefício comum.

Mas a inflexibilidade do procurador do rei devia acabar ali; ela iria vê-lo no dia seguinte e obteria dele, se não que faltasse a seus deveres de magistrado, pelo menos que deixasse a todos eles a latitude da indulgência.

A baronesa invocaria o passado; iria rejuvenescer as memórias dele; imploraria em nome de um tempo culpável, mas feliz; o senhor de Villefort resolveria a questão, ou pelo menos deixaria (e, para isso, bastava voltar os olhos para o outro lado), ou pelo menos deixaria Cavalcanti fugir e só perseguiria o crime naquela sombra de criminoso que chamamos de contumácia.

Só então ela adormeceu mais tranquila. No dia seguinte, às nove horas, ela se levantou e, sem chamar a camareira, sem dar um sinal de existência a quem quer que fosse no mundo, vestiu-se e, trajada com a mesma simplicidade da véspera, desceu a escada, saiu do palacete, caminhou até a Rue de Provence, pegou um fiacre e mandou que a levassem à casa do senhor de Villefort.

Já fazia um mês que aquela casa maldita apresentava o aspecto lúgubre de um lazareto onde a peste seria declarada: parte dos aposentos estava fechada por dentro e por fora; as venezianas, cerradas, abriam apenas por um momento para deixar entrar o ar; via-se então aparecendo na janela a cabeça assustada de um lacaio; então a janela era de novo fechada como a laje de uma tumba cai sobre um sepulcro, e os vizinhos sussurravam uns para os outros:

– Será que ainda vamos ver um caixão saindo da casa do procurador do rei hoje?

A senhora Danglars estremeceu diante do aspecto daquela casa desolada; ela saiu do fiacre e, com as pernas trêmulas, aproximou-se da porta fechada e tocou. Foi só na terceira vez que soou a campainha, cujo toque lúgubre parecia também ele contribuir para a tristeza geral, que um porteiro apareceu, abrindo uma fresta da porta grande apenas o suficiente para deixar suas palavras passarem.

Ele viu uma mulher, uma mulher da sociedade, uma mulher elegantemente vestida, e no entanto a porta continuava quase totalmente fechada.

– Abra logo! – disse a baronesa.

– Antes de mais nada, quem é a senhora? – perguntou o porteiro.

– Quem eu sou? Mas você me conhece bem.

– Não conhecemos mais ninguém, senhora.

– Mas está louco, meu amigo! – exclamou a baronesa.

– Vem da parte de quem?

– Oh, isso é demais!

– Senhora, esta é a ordem, desculpe-me. Seu nome?

– Senhora baronesa Danglars. Você já me viu vinte vezes.

– É possível, senhora. Agora, o que a senhora quer?

– Oh, como você está esquisito! Vou me queixar ao senhor de Villefort sobre a impertinência de seus empregados.

– Senhora, não é impertinência, é precaução: ninguém entra aqui sem uma palavra do senhor d'Avrigny, ou sem ter falado com o procurador do rei.

– Pois bem! Meu assunto é precisamente com o procurador do rei.

– Assunto urgente?

– Obviamente é, caso contrário já teria entrado de novo no fiacre. Mas chega disso: aqui está o meu cartão, leve-o ao seu patrão.

– A senhora vai esperar eu voltar?

– Sim, ande logo.

O porteiro fechou a porta, deixando a senhora Danglars na rua.

A baronesa, é verdade, não esperou por muito tempo; um instante depois, a porta se abriu de novo o suficiente para lhe dar passagem: ela entrou e a porta se fechou atrás dela.

Tendo chegado ao pátio, o porteiro, sem por um momento perder de vista a porta, tirou um apito do bolso e apitou.

O camareiro do senhor de Villefort apareceu na escada.

– A senhora vai desculpar esse bravo homem – disse ele, vindo ao encontro da baronesa –, mas suas ordens são precisas, e o senhor de Villefort me instruiu a dizer à senhora que ele não poderia fazer outra coisa senão o que fez.

No pátio, estava um fornecedor introduzido com os mesmos cuidados e cujas mercadorias estavam sendo examinadas.

A baronesa subiu a escada; ficou profundamente impressionada com aquela tristeza que ampliava, por assim dizer, o círculo da dela e, sempre guiada pelo camareiro, foi introduzida, sem que seu guia a perdesse de vista, no gabinete do magistrado.

Por mais preocupada que a senhora Danglars estivesse com o motivo que a levava até ali, a recepção que lhe fora dada por toda aquela criadagem parecera-lhe tão indigna que ela começou por reclamar.

Mas Villefort ergueu a cabeça prostrada pela dor e olhou para ela com um sorriso tão triste que as queixas morreram em seus lábios.

– Desculpe meus serviçais por um terror pelo qual não posso culpá-los; suspeitos, eles passaram a suspeitar de todos.

A senhora Danglars tinha ouvido falar muitas vezes na sociedade daquele terror mencionado pelo magistrado, mas nunca teria sido capaz de acreditar, se não tivesse visto, com os próprios olhos, que tal sentimento pudera ser levado àquele ponto.

– Então o senhor também está infeliz? – ela disse.

– Sim, senhora – respondeu o magistrado.

– Então tem pena de mim?

– Sinceramente, senhora.

– E entende o que me traz aqui?

– A senhora veio me contar o que lhe está acontecendo, não é?

– Sim, senhor, uma terrível desgraça.

– A senhora quer dizer uma desventura.

– Uma desventura! – exclamou a baronesa.

– Infelizmente, senhora – respondeu o procurador do rei com sua calma imperturbável –, só passei a chamar de ruins as coisas irreparáveis.

– Senhor, acha que vamos esquecer?

– Tudo se esquece, senhora – disse Villefort. – O casamento da sua filha será amanhã, se não for hoje, daqui a oito dias, se não for amanhã. E quanto a lamentar o futuro da senhorita Eugénie, não creio que tal seja sua ideia.

A senhora Danglars olhou para Villefort, surpresa ao ver aquela tranquilidade quase zombeteira nele.

– Eu vim para a casa de um amigo? – ela perguntou em um tom cheio de dolorosa dignidade.

– A senhora sabe que sim – respondeu Villefort, cujas bochechas, diante dessa garantia que ele dera, ficaram ligeiramente coradas.

Na verdade, essa garantia aludia a outros eventos além daqueles que os ocupavam àquela hora, a baronesa e ele.

– Pois bem! Então – disse a baronesa –, seja mais afetuoso, meu caro Villefort; fale comigo como amigo e não como magistrado, e quando me sentir profundamente infeliz, não me diga que devo ficar alegre.

Villefort fez uma reverência.

– Quando ouço falar de infortúnios, senhora – disse ele –, há três meses adquiri o hábito irritante de pensar nos meus, e então essa operação egoísta do paralelo efetua-se à minha revelia, dentro de mim. É por isso que, ao lado dos meus infortúnios, os seus me pareceram uma desventura; é por isso que, ao lado da minha posição funesta, a sua me pareceu uma posição invejável; mas isso a incomoda, vamos adiante. A senhora estava dizendo?...

– Vim saber do senhor, meu amigo – resumiu a baronesa –, em que pé está o caso desse impostor.

– Impostor! – repetiu Villefort. – Decididamente, senhora, é um pressuposto de sua parte suavizar certas coisas e exagerar outras; impostor, o senhor Andrea Cavalcanti, ou melhor, senhor Benedetto! Engana-se, senhora, o senhor Benedetto é mesmo um assassino.

– Senhor, não nego a exatidão de sua retificação, mas quanto mais severamente o senhor se armar contra esse infeliz, mais irá atingir nossa família. Vamos, esqueça-o por um momento; em vez de persegui-lo, deixe-o fugir.

– Chegou tarde, senhora, as ordens já foram dadas.

– Pois bem! Se o prenderem... Acha que irão prendê-lo?

– Assim espero.

– Se o prenderem (ouça, sempre ouço dizer que as prisões estão lotadas), bem... Deixe-o na prisão.

O procurador do rei fez um movimento negativo.

– Pelo menos até minha filha se casar! – acrescentou a baronesa.

– Impossível, senhora, a justiça tem formalidades.

– Mesmo para mim? – disse a baronesa, meio sorrindo, meio séria.

– Para todos – respondeu Villefort. – Assim como para mim e os outros.

– Ah! – disse a baronesa, sem acrescentar em palavras o que seu pensamento acabava de trair com essa exclamação.

Villefort olhou para ela com aquele olhar com o qual sondava os pensamentos.

– Sim, eu sei o que quer dizer – ele retomou. – A senhora faz alusão àqueles terríveis rumores espalhados pela sociedade, que todas essas mortes que há três meses me vestem de luto, que essa morte da qual Valentine acaba de escapar, como por um milagre, não são naturais.

– Eu não estava pensando nisso – disse com vivacidade a senhora Danglars.

– Sim, a senhora estava pensando nisso, e é justo, pois a senhora não pôde deixar de pensar nisso e dizer a si mesma em voz baixa: "Você que persegue o crime, responda: por que ao seu redor os crimes ficam impunes?"

A baronesa empalideceu.

– A senhora disse isso para si mesma, não foi?

– Pois bem! Eu admito.

– Eu vou responder.

Villefort moveu sua poltrona para mais perto da cadeira da senhora Danglars; em seguida, apoiando as duas mãos na mesa e fazendo uma entonação mais abafada que de costume:

– Existem crimes que ficam impunes – disse ele – porque não conhecemos os criminosos e tememos decepar uma cabeça inocente em vez de uma cabeça culpada, mas, quando esses criminosos forem conhecidos – Villefort estendeu a mão em direção a um grande crucifixo colocado na frente de sua mesa –, quando esses criminosos forem conhecidos – ele repetiu –, pelo Deus vivo, senhora, sejam eles quem forem, eles vão morrer. Agora, depois do juramento que acabo de fazer e que cumprirei, senhora, atreva-se a pedir-me misericórdia por esse desgraçado!

– Senhor – retomou a senhora Danglars –, tem certeza de que ele é tão culpado quanto dizem?

– Ouça, aqui está a ficha dele: Benedetto, condenado pela primeira vez a cinco anos de prisão por falsificação, aos dezesseis; o jovem era promissor, como vê. Depois fugitivo, depois assassino.

– E quem é esse infeliz?

– Ora, sabe-se lá! Um vagabundo, um corso.

– Então ninguém procurou por ele?

– Ninguém. Seus pais não são conhecidos.

– Mas esse homem que tinha vindo de Lucca?

– Outro bandido como ele, talvez seu cúmplice.

A baronesa juntou as mãos.

– Villefort! – disse ela, com sua entonação mais suave e carinhosa.

– Por Deus, senhora! – respondeu o procurador do rei com uma firmeza que não estava isenta de secura. – Por Deus! Nunca me peça misericórdia por um culpado.

O que eu sou? A lei. A lei tem olhos para ver sua tristeza? A lei tem ouvidos para ouvir sua doce voz? A lei tem memória para fazer uso de seus delicados pensamentos? Não, senhora, a lei ordena, e quando a lei ordena, ela atinge.

A senhora vai me dizer que sou um ser vivo e não um código; um homem, e não um compêndio; olhe para mim, senhora, olhe ao meu redor, os homens me trataram como um irmão? Eles me amaram? Eles foram indulgentes comigo? Eles me pouparam? Alguém já pediu misericórdia em nome do senhor de Villefort e a este alguém foi concedida a graça do senhor de Villefort? Não! Não! Não! Insultado, sempre insultado!

A senhora insiste, como mulher, quero dizer, sereia que é, em falar comigo com esse olhar encantador e expressivo que me lembra que devo corar. Pois bem! Que seja, sim, corar com o que a senhora sabe, e talvez, e talvez outra coisa ainda.

Mas, afinal, já que falhei comigo mesmo, e talvez mais profundamente que os outros, que seja! Desde aquela época tenho sacudido a roupa de outras pessoas para descobrir a úlcera, e sempre a achei, e direi mais, encontrei com felicidade, com alegria, esse estigma da fraqueza ou da perversidade humana.

Porque cada homem que eu considerava culpado, e cada culpado que eu atingia, parecia-me uma prova viva, uma nova prova de que eu não era uma exceção hedionda! Infelizmente, infelizmente, infelizmente, todo mundo é mau, senhora, vamos provar isso e aniquilar o mal.

Villefort pronunciou essas últimas palavras com uma raiva febril que dava à sua linguagem uma eloquência feroz.

– Mas – retomou a senhora Danglars, tentando fazer um último esforço. – O senhor diz que esse jovem é um vagabundo, um órfão, abandonado por todos?

– Tanto pior, tanto pior, quer dizer, tanto melhor. A Providência o fez assim para que ninguém tivesse que chorar por ele.

– Isso é escarnecer do fraco, senhor.

– O fraco que assassina!

– A desonra dele respingará sobre a minha casa.

– Não tenho eu a morte na minha?

– Oh, senhor – gritou a baronesa. – O senhor não tem pena dos outros. Pois bem! Sou eu quem lhe digo, não terão pena do senhor.

– Que seja – disse Villefort, erguendo o braço para o céu em um gesto de ameaça.

– Pelo menos, coloque a causa desse infeliz, se ele for preso, para as próximas magistraturas; isso nos dará seis meses para que as pessoas esqueçam.

– Não – disse Villefort. – Ainda tenho cinco dias, a instrução está feita; cinco dias é mais tempo do que preciso; além disso, a senhora não entende, senhora, que também eu devo esquecer? Pois bem! Quando estou trabalhando, e trabalho noite e dia, quando estou trabalhando, há momentos em que já não me lembro e, quando já não me lembro, sou feliz à maneira dos mortos! Mas isso ainda é melhor que sofrer.

– Senhor, ele fugiu! Deixe-o fugir, a inércia é uma clemência fácil.

– Mas eu lhe disse que era tarde demais; ao amanhecer tocou o telégrafo, e a esta hora...

– Senhor – disse o camareiro, entrando. – Trouxeram este despacho do ministro do Interior.

Villefort pegou a carta e abriu-a rapidamente.

A senhora Danglars estremeceu de terror.

Villefort estremeceu de alegria.

– Preso! – gritou Villefort. – Ele foi preso em Compiègne. Acabou. A senhora Danglars levantou-se fria e pálida.

– Adeus, senhor – disse ela.

– Adeus, senhora – respondeu o procurador do rei, quase com alegria enquanto a reconduzia até a porta.

Então, voltando ao seu escritório:

– Vejamos – disse ele batendo na carta com as costas da mão direita. – Eu tinha uma fraude, tinha três furtos, tinha dois incêndios, só precisava de um assassinato. Aqui está. A sessão vai ser uma beleza.

A APARIÇÃO

Como o procurador do rei havia dito à senhora Danglars, Valentine ainda não havia se recuperado.

Alquebrada pelo cansaço, ela mantinha-se de cama, e foi em seu quarto e pela boca da senhora de Villefort que tomou conhecimento dos acontecimentos que acabamos de relatar, ou seja, a fuga de Eugénie e a prisão de Andrea Cavalcanti, ou melhor, de Benedetto, bem como a acusação de assassinato contra ele.

Mas Valentine estava tão fraca que esse relato talvez não tenha surtido todo o efeito que teria produzido sobre ela em seu estado normal de saúde.

Na verdade, foram apenas algumas ideias vagas, algumas formas indecisas a mais misturadas às ideias estranhas e aos fantasmas fugidios que nasciam em seu cérebro doente ou que passavam diante de seus olhos, e logo até isso se apagou para permitir que ela retomasse suas forças e as voltasse para as sensações pessoais.

Durante o dia, Valentine ainda era mantida na realidade pela presença de Noirtier, que fazia com que o levassem para sua neta e permanecia lá, mimando Valentine com seu olhar paternal; depois, quando voltava do palácio, era Villefort, por sua vez, que passava uma ou duas horas entre seu pai e sua filha.

Às seis horas, Villefort se retirava para seu gabinete; às oito horas chegava o senhor d'Avrigny, que trazia ele mesmo a poção noturna preparada para a jovem; então Noirtier era levado.

Uma enfermeira escolhida pelo médico substituía todos e não se retirava até que, por volta das dez ou onze horas, Valentine estivesse dormindo.

Descendo as escadas, ela entregava as chaves do quarto de Valentine ao próprio senhor de Villefort, para que não se pudesse mais chegar perto da paciente a não ser cruzando os aposentos da senhora de Villefort e o quarto do pequeno Édouard.

Todas as manhãs, Morrel ia a Noirtier para receber notícias de Valentine; mas Morrel, coisa extraordinária, parecia a cada dia menos preocupado.

No início, dia após dia, Valentine, embora dominada por uma violenta exaltação nervosa, estava melhorando; então Monte Cristo não lhe dissera, quando ele correra desvairado para sua casa, que se em duas horas Valentine não tivesse morrido, ela seria salva?

Ora, Valentine ainda estava viva, e quatro dias tinham se passado.

Essa exaltação nervosa de que falamos perseguia Valentine até no sono, ou melhor, no estado de sonolência que se seguia ao seu despertar: era então que no silêncio da noite e da penumbra proporcionada pela lamparina colocada sobre a lareira que queimava em seu invólucro de alabastro, ela via passar as sombras que vêm povoar o quarto dos doentes e que a febre sacode com suas asas arrepiantes.

Então, ela tinha a impressão de ver ora sua madrasta que a ameaçava, ora Morrel que lhe estendia os braços, ora seres quase estranhos à sua vida habitual, como o conde de Monte Cristo. E nem mesmo as peças da mobília, naqueles momentos de delírio, deixavam de lhe parecer movediças e errantes; e isso durava até duas ou três horas da manhã, quando um sono pesado se apoderava da jovem e a conduzia até o amanhecer.

A noite que se seguiu à manhã em que Valentine soube da fuga de Eugénie e da prisão de Benedetto, e na qual, depois de se misturarem por um momento com as sensações de sua própria existência, esses eventos gradualmente começavam a abandonar seu espírito, após a saída sucessiva de Villefort, d'Avrigny e Noirtier, enquanto as onze horas batiam em Saint-Philippe du Roule, e a enfermeira, tendo colocado a beberagem preparada pelo médico sob a mão da paciente, e fechado a porta de seu quarto, ouvia estremecendo, na despensa para a qual se retirara, os comentários dos criados, e mobiliava sua memória com as lúgubres histórias que, durante três meses, enchiam as noites da antecâmara do procurador do rei, uma cena inesperada acontecia naquele quarto tão cuidadosamente fechado.

Já fazia dez minutos que a enfermeira havia se retirado.

Valentine, atormentada durante uma hora por aquela febre que voltava todas as noites, deixava sua cabeça, rebelde à sua vontade, continuar aquele trabalho ativo, monótono e implacável do cérebro, que se esgota em reproduzir constantemente os mesmos pensamentos ou dar à luz as mesmas imagens.

Do pavio da lamparina noturna surgiam mil e mil raios, todos imbuídos de significados estranhos, quando, de repente, em seu reflexo trêmulo, Valentine pensou ter visto sua biblioteca, colocada próximo à lareira em um recesso na parede, se abrir lentamente, sem que as dobradiças sobre as quais ela parecia rolar fizessem o menor ruído.

Em outro momento, Valentine teria agarrado seu sino e puxado o cordão de seda, pedindo ajuda; mas nada mais a surpreendia na situação em que se encontrava.

Ela tinha consciência de que todas essas visões que a cercavam eram filhas de seu delírio, e lhe viera a convicção de que pela manhã nenhum vestígio teria restado de todos esses fantasmas da noite que desapareciam com o dia.

Atrás da porta, surgiu uma figura humana.

Valentine estava, graças à febre, muito familiarizada com esses tipos de aparição para ficar apavorada; ela apenas arregalou os olhos, na esperança de reconhecer Morrel.

A figura continuou a se mover em direção à cama, então parou e pareceu ouvir com atenção profunda.

Nesse momento, um reflexo da lamparina brincou no rosto do visitante noturno.

– Não é ele! – ela sussurrou.

E ela esperou, convencida de que estava sonhando, que aquele homem, como acontece nos sonhos, desaparecesse ou se transformasse em alguma outra pessoa.

Ela apenas tocou seu pulso, e sentindo-o bater violentamente, lembrou-e de que a melhor maneira de fazer desaparecer essas visões indesejáveis beber: o frescor da bebida, que era, aliás, composta com o objetivo de mar as agitações de que Valentine se queixava ao médico, trazia, ao r a febre, uma renovação das sensações do cérebro; quando ela bebia, por um tempo sofria menos.

Valentine, portanto, estendeu a mão para pegar o copo que estava num descanso de cristal; mas, quando alongou o braço trêmulo para fora da cama, a aparição, mais rapidamente que nunca, deu mais dois passos em direção à cama e chegou tão perto da jovem que esta ouviu sua respiração e acreditou sentir a pressão de sua mão.

Dessa vez, a ilusão, ou melhor, a realidade, excedia qualquer coisa que Valentine tinha experimentado até então; ela começou a acreditar que estava bem desperta e muito viva; e teve a consciência de que desfrutava de toda a sua sanidade, e estremeceu.

A pressão que Valentine havia sentido tinha por intenção deter seu braço.

Valentine lentamente recolheu-o.

Então, a figura, de cujo olhar era impossível se desviar e que, aliás, parecia mais protetora que ameaçadora, a figura pegou o copo, aproximou-se da luz da lamparina e olhou para a bebida, como se quisesse avaliar sua transparência e clareza.

Mas esse primeiro teste não foi suficiente.

Esse homem, ou melhor, esse fantasma, pois caminhava tão devagar que o tapete abafava o som dos seus passos, esse homem tirou uma colherada da bebida do copo e engoliu-a.

Valentine observava o que acontecia diante de seus olhos com uma profunda sensação de espanto.

Ela acreditava que tudo aquilo estava prestes a desaparecer para dar lugar a outro quadro; mas o homem, em vez de se evaporar como uma sombra, aproximou-se dela e, estendendo o copo para Valentine, falou com uma voz cheia de emoção:

– Agora, beba!...

Valentine estremeceu.

Era a primeira vez que uma de suas visões lhe falava com aquele tom marcante.

Ela abriu a boca para gritar.

O homem colocou-lhe um dedo sobre os lábios.

– Senhor conde de Monte Cristo! – ela murmurou.

Pelo medo que se delineou nos olhos da jovem, pelo tremor de suas mãos, pelo gesto rápido que fez para se aninhar sob os lençóis, reconhecia-se a última luta da dúvida contra a convicção; entretanto, a presença do senhor de Monte Cristo em sua casa àquela hora, sua misteriosa, fantástica e inexplicável entrada através de uma parede, soavam como coisas impossíveis para a razão abalada de Valentine.

– Não grite, não tenha medo – disse o conde. – Não tenha nem no fundo do coração o lampejo de uma suspeita ou a sombra de uma preocupação; o homem que você vê na sua frente (pois nesse momento você está certa, Valentine, e não é uma ilusão), o homem que você vê na sua frente é o pai mais amoroso e o amigo mais respeitoso com que você poderia sonhar.

Valentine não conseguiu encontrar nada para dizer: estava tão apavorada com aquela voz que lhe revelava a presença real de quem lhe falava, que tinha medo de associar a sua própria a ela. Mas seu olhar assustado queria dizer: "Se suas intenções são puras, por que está aqui?"

Com sua maravilhosa sagacidade, o conde entendeu tudo o que se passava no coração da jovem.

– Ouça-me – disse ele –, ou melhor, olhe para mim: veja meus olhos avermelhados e meu rosto, ainda mais pálido que de costume; é porque por quatro noites não fechei os olhos por um só momento; por quatro noites, cuidei de você, a protegi, a guardei para o nosso amigo Maximilien.

Um jorro de sangue alegre subiu rapidamente às faces da paciente; pois o nome que o conde acabara de pronunciar privava-a do resto da desconfiança que ele lhe havia inspirado.

– Maximilien!... – repetiu Valentine, de tal forma era doce pronunciar aquele nome. – Maximilien! Então ele confessou tudo para o senhor?

– Tudo. Ele me disse que sua vida era dele e prometi-lhe que a senhorita viveria.

– O senhor prometeu a ele que eu viveria?

– Sim.

– Na verdade, senhor, acaba de falar de vigilância e proteção. Então o senhor é médico?

– Sim, e o melhor que o céu pode lhe enviar agora, acredite em mim.

– O senhor diz que ficou cuidando de mim? – Valentine perguntou, preocupada. – Onde isso? Eu não o vi.

O conde estendeu a mão na direção da biblioteca.

– Eu estava escondido atrás daquela porta – disse ele – que leva à casa vizinha, a qual aluguei.

Valentine, com um movimento de orgulho modesto, desviou os olhos e, com soberano terror:

– Senhor – ela disse – o que o senhor fez é uma insanidade sem paralelo, e essa proteção que me concedeu é muito parecida com um insulto.

– Valentine – disse ele –, durante esta longa vigília, aqui estão as únicas coisas que vi, que pessoas vieram até aqui, que alimentos lhe foram preparados, que bebidas lhe foram servidas; então, quando essas bebidas me pareciam perigosas, eu entrava como acabei de entrar, esvaziava seu copo e substituía o veneno por uma bebida benéfica, que, em vez da morte que lhe estava preparada, fazia circular a vida em suas veias.

– Veneno! Morte! – gritou Valentine, acreditando-se novamente sob a influência de alguma alucinação febril. – O que está dizendo, senhor?

– Psiu, minha criança! – disse Monte Cristo levando de novo o dedo aos lábios. – Eu disse veneno: sim, disse morte, e repito morte, mas beba primeiro isto.

O conde tirou do bolso um frasco contendo um licor vermelho e despejou algumas gotas dele no copo.

– E depois de beber, não tome nada durante a noite.

Valentine estendeu a mão; mas, mal tinha tocado no vidro, afastou-o com medo.

Monte Cristo pegou o copo, bebeu metade dele, e o ofereceu a Valentine, que engoliu sorrindo o resto do licor que ele continha.

– Ah, sim – ela disse, reconheço o gosto das minhas beberagens noturnas, dessa água que deu um pouco de frescor ao meu peito, um pouco de calma ao meu cérebro. Obrigada, senhor, obrigada.

– Eis como viveu quatro noites, Valentine – disse o conde. Mas eu, como eu vivi? – Oh, as horas cruéis que me fez passar! – Oh, as terríveis torturas a que me submeteu, quando via o veneno mortal ser derramado no seu copo, quando estremecia pensando que a senhorita teria o tempo de bebê-lo antes que eu tivesse o de derramá-lo na lareira!

– O senhor está dizendo – retomou Valentine no auge do terror –, que sofreu mil torturas ao ver que derramavam o veneno mortal em meu copo? Mas se viu derramarem o veneno em meu copo, deve ter visto a pessoa que o derramava?

– Sim.

Valentine assumiu a posição sentada; e puxou a cambraia bordada, ainda úmida com o suor frio do delírio, sobre o peito mais pálido que a neve, ao qual o suor ainda mais frio do terror começou a se misturar.

– O senhor viu essa pessoa? – repetiu a jovem.

– Sim – disse o conde pela segunda vez.

– O que está me dizendo é horrível, senhor, há algo infernal nisso que o senhor quer que eu acredite. O quê?! Na casa de meu pai! O quê?! No meu quarto! O quê?! No meu leito de sofrimento continuam a me assassinar? Oh, retire-se, senhor, está tentando minha consciência, blasfemando contra a bondade divina; é impossível, não pode ser.

– Então a senhorita seria a primeira que essa mão golpeia, Valentine? Não viu caírem à sua volta o senhor de Saint-Méran, a senhora de Saint-Méran, Barrois? Não teria visto o senhor de Noirtier cair se o tratamento que vem fazendo há quase três anos não o tivesse protegido pelo combate ao veneno com o hábito do veneno?

– Oh, meu Deus! – disse Valentine. – É por isso que, por quase um mês, o vovô exige que eu partilhe com ele suas bebidas?

– E essas bebidas – gritou Monte Cristo –, têm gosto amargo como uma casca de laranja meio seca, não é?

– Meu Deus, é sim!

– Oh, isso me explica tudo – disse Monte Cristo. – Ele também sabe que aqui se envenena, e talvez quem envenena. Ele propiciou defesas à senhorita, sua neta amada, contra a substância mortal, e a substância mortal foi se atenuando contra esse início do hábito; é por isso que a senhorita ainda vive, o que eu não podia explicar a mim mesmo, depois de ter sido envenenada há quatro dias com um veneno que geralmente não perdoa.

– Mas quem é o assassino, o homicida?

– De minha parte, vou lhe perguntar: a senhorita nunca viu alguém entrar em seu quarto à noite?

– E como! Muitas vezes pensei ter visto passarem sombras, essas sombras se aproximando, se afastando, desaparecendo, mas eu achava que fossem visões da minha febre. Agora mesmo, quando o senhor entrou, por muito tempo acreditei que estava delirando ou sonhando.

– Então, não conhece a pessoa que quer tirar sua vida?

– Não – disse Valentine –, por que alguém iria querer me ver morta?

– Você a conhecerá então – disse Monte Cristo –, aguçando os ouvidos.

– Como assim? – Valentine perguntou, olhando ao redor com terror.

– Porque esta noite a senhorita não tem mais febre nem delírio, porque esta noite está bem acordada, porque está soando a meia-noite e é a hora dos assassinos.

– Meu Deus! Meu Deus! – disse Valentine, enxugando com a mão o suor que lhe escorria da testa.

De fato, a meia-noite batia lenta e tristemente, dir-se-ia que cada golpe do martelo de bronze atingia o coração da jovem.

– Valentine – continuou o conde –, invoque todas as suas forças em seu auxílio, comprima o coração dentro do peito, pare a voz na garganta, finja dormir, e verá, você verá.

Valentine segurou a mão do conde.

– Parece-me que estou ouvindo um barulho – disse ela –, vá!

– Adeus, ou melhor, até mais – respondeu o conde.

Então, com um sorriso tão triste e tão paternal que fez se encher de gratidão o coração da jovem, ele voltou na ponta dos pés para a porta da biblioteca.

Mas, virando-se antes de fechá-la:

– Nem um gesto – disse ele –, nem uma palavra; é preciso que acreditem que está dormindo; caso contrário, a senhorita pode ser morta antes que eu tenha tempo de acudir.

E, com essa injunção assustadora, o conde desapareceu atrás da porta, que se fechou silenciosamente em seguida.

LOCUSTA

Valentine ficou sozinha; dois outros relógios de parede, atrasados em relação ao de Saint-Philippe-du-Roule, deram meia-noite de novo a intervalos diferentes.

Depois, com exceção do barulho de algumas carruagens distantes, tudo ficou em silêncio.

Então, toda a atenção de Valentine se concentrou no relógio em seu quarto, cujo balancim marcava os segundos.

Ela começou a contar aqueles segundos e percebeu que eram duas vezes mais lentos que seus batimentos cardíacos.

E ainda assim ela duvidava; a inofensiva Valentine não podia imaginar que alguém desejasse sua morte. Por quê? Com que intenção? Que mal ela tinha feito que pudesse lhe despertar um inimigo?

Não havia a menor chance de ela adormecer.

Uma única ideia, uma ideia terrível lhe mantinha tenso o espírito: a de que havia uma pessoa no mundo que tentara assassiná-la, e que iria tentar isso novamente.

Se desta vez essa pessoa, cansada de ver a ineficácia do veneno, fosse, como dissera Monte Cristo, recorrer ao punhal? Se o conde não tivesse tempo de acudir? E se ela estivesse próxima do fim? Se ela não visse Morrel novamente?

Diante desse pensamento, que a cobria ao mesmo tempo com uma palidez lívida e um suor gelado, Valentine estava pronta para agarrar o cordão de sua campainha e pedir ajuda.

Mas pareceu-lhe, pela porta da biblioteca, ver brilhar os olhos do conde, aqueles olhos que pesavam sobre sua lembrança e que, quando ela pensava nisso, a esmagava com tal vergonha que ela se perguntava se a gratidão conseguiria um dia apagar o doloroso efeito da indiscreta amizade do conde.

Vinte minutos, vinte eternidades se passaram assim, depois ainda outros dez minutos; finalmente o relógio, gritando com um segundo de antecedência, acabou desferindo um golpe no gongo sonoro.

Nesse exato momento, um arranhar imperceptível da unha contra a madeira da biblioteca disse a Valentine que o conde estava observando e a instava a ficar alerta.

De fato, no lado oposto, isto é, na direção do quarto de Édouard, Valentine pensou ter ouvido o piso estalar; ela aguçou os ouvidos, prendendo a respiração quase a ponto de sufocar, a maçaneta da fechadura rangeu e a porta girou nas dobradiças.

Valentine, que estava apoiada no cotovelo, só teve tempo de cair na cama e de esconder os olhos com o braço.

Então, tremendo, agitada, o coração apertado por um temor indescritível, ela esperou.

Alguém se aproximou da cama e roçou as cortinas.

Valentine reuniu todas as forças e deixou que se ouvisse aquele murmúrio regular da respiração que anuncia um sono tranquilo.

– Valentine! – uma voz sussurrou.

A jovem estremeceu até o fundo do coração, mas não respondeu.

– Valentine! – repetiu a mesma voz.

Mesmo silêncio: Valentine tinha prometido não despertar.

Então tudo ficou imóvel.

Apenas Valentine ouviu o ruído quase imperceptível de um licor caindo no copo que ela acabara de esvaziar.

Então ela ousou, sob a proteção do braço estendido, entreabrir ligeiramente a pálpebra.

Viu então uma mulher de penhoar branco esvaziando em seu copo uma bebida preparada com antecedência em um frasco de gargalo estreito.

Durante esse breve momento, Valentine prendeu talvez a respiração, ou sem dúvida fez algum movimento, pois a mulher, preocupada, parou e se inclinou sobre a cama para ver melhor se ela estava realmente dormindo: era a senhora de Villefort.

Valentine, ao reconhecer a madrasta, foi tomada por um forte arrepio que imprimiu um movimento à cama.

A senhora de Villefort imediatamente recuou contra a parede, e ali, protegida atrás da cortina da cama, silenciosa, atenta, perscrutou até o menor movimento de Valentine.

Esta se lembrou das palavras terríveis de Monte Cristo; na mão que não segurava o frasco, ela parecia ter visto brilhar uma espécie de faca comprida e pontiaguda.

Então, Valentine, chamando a seu auxílio todo o poder de sua vontade, tentou fechar os olhos; mas essa função do mais amedrontado dos nossos sentidos, essa função normalmente tão simples, tornou-se nesse momento quase impossível de levar a cabo, de tal forma a ávida curiosidade fazia esforços para erguer a pálpebra e atrair a verdade.

Porém, segura de que Valentine estava dormindo pelo som uniforme de sua respiração que recomeçara a se fazer ouvir em meio ao silêncio, a senhora de Villefort novamente esticou o braço e, permanecendo meio escondida pelas cortinas reunidas na cabeceira da cama, terminou de esvaziar o conteúdo de seu frasco no copo de Valentine.

Em seguida, retirou-se, sem que o menor ruído avisasse Valentine de que ela tinha ido embora.

Ela havia visto o braço desaparecer, isso fora tudo. Aquele braço redondo e cheio de frescor de uma mulher de vinte e cinco anos, jovem e bela, e que derramava a morte.

É impossível expressar o que Valentine experimentara durante aquele minuto e meio em que a senhora de Villefort permanecera em seu quarto.

O arranhar da unha na biblioteca tirou a jovem daquele torpor em que estava mergulhada e que parecia dormência.

Ela ergueu a cabeça com esforço.

A porta, ainda silenciosa, abriu-se uma segunda vez e o conde de Monte Cristo reapareceu.

– E então – perguntou o conde –, ainda tem dúvidas?

– Oh, meu Deus! – murmurou a jovem.

– Viu?

– Infelizmente.

– Reconheceu?

Valentine soltou um gemido.

– Sim, – ela disse –, mas não posso acreditar.

– Prefere morrer então, e fazer com que Maximilien morra?!...

– Meu Deus, meu Deus! – repetiu a jovem, quase perdida. – Mas não posso sair de casa, me salvar?...

– Valentine, a mão que a persegue a alcançará em qualquer lugar: à força do ouro, seus empregados serão seduzidos, e a morte lhe será oferecida disfarçada sob todos os aspectos, na água que beber na fonte, no fruto que colher na árvore.

– Mas o senhor não disse que a precaução do vovô tinha me protegido contra o veneno?

– Contra um veneno, e ainda não usado em grandes doses; pode-se mudar o veneno ou aumentar a dose.

Ele pegou o copo e levou-o aos lábios.

– E, veja – ele disse –, isso já foi feito. A senhorita não está mais sendo envenenada com brucina, é com um narcótico simples. Reconheço o gosto do álcool em que foi dissolvido. Se tivesse bebido o que a senhora de Villefort acabou de derramar neste copo, Valentine, a senhorita estaria perdida.

– Mas, meu Deus! – gritou a jovem. – Por que ela está me perseguindo assim?

– Como? A senhorita é tão doce, tão pouco crente no mal, que não entendeu, Valentine?!

– Não – disse a jovem. – Nunca fiz mal a ela.

– Mas a senhorita é rica, Valentine, mas a senhorita tem duzentas mil libras de renda, e essas duzentas mil libras a senhorita as subtrai do filho dela.

– Como assim? Minha fortuna não é dele e vem de meus pais.

– Sem dúvida, e é por isso que o senhor e a senhora de Saint-Méran foram mortos: era para que você herdasse de seus pais; eis por que, desde o dia em que ele a fez sua herdeira, o senhor de Noirtier foi condenado; eis por que, por sua vez, a senhorita deve morrer, Valentine; é para que seu pai possa herdar da senhorita, e para que seu irmão, que se tornará filho único, possa herdar de seu pai.

– Édouard! Pobre criança, e é por ele que todos esses crimes são cometidos!

– Ah! Finalmente a senhorita está entendendo.

– Ah, meu Deus! Tomara que isso não recaia sobre ele!

– Valentine, a senhorita é um anjo.

– Mas e quanto a meu avô? Desistiram de matá-lo?

– Refletiram que se a senhorita morresse, a menos que houvesse uma deserdação, a fortuna iria naturalmente para seu irmão, e chegou-se à conclusão de que o crime, afinal, sendo inútil, seria duplamente perigoso de ser cometido.

– E foi na mente de uma mulher que tal combinação nasceu! Oh, meu Deus, meu Deus!

– Lembra-se de Perúgia, o vinhedo da pousada dos correios, o homem de casaco marrom, a quem sua madrasta interrogava sobre a acqua-tofana? Pois bem. Desde aquela época, todo esse projeto infernal foi amadurecendo em seu cérebro.

– Oh, senhor – exclamou a doce jovem, derretendo-se em lágrimas. – Vejo claramente, se assim for, que estou condenada a morrer.

– Não, Valentine, não, pois previ todas os complôs; não, pois nossa inimiga está vencida, já que seu plano foi adivinhado; não, a senhorita vai viver, Valentine, vai viver para amar e ser amada, vai viver para ser feliz e fazer um coração nobre feliz; mas, para viver, Valentine, a senhorita tem de ter total confiança em mim.

– Ordene, senhor, o que deve ser feito?

– Precisa ingerir cegamente o que eu lhe der.

– Oh, Deus é testemunha – exclamou Valentine –, que se eu fosse sozinha preferiria me deixar morrer.

– A senhorita não deverá confiar em ninguém, nem mesmo em seu pai.

– Meu pai não está envolvido nesse complô horrível, está, senhor? – Valentine disse, juntando as mãos.

– Não, e mesmo assim seu pai, o homem acostumado a acusações judiciais, seu pai deve suspeitar que todas essas mortes que se abatem sobre seu lar não são de forma alguma naturais. Seu pai, era ele quem deveria ter cuidado da senhorita, era ele quem deveria estar em meu lugar neste momento; era ele quem já deveria ter esvaziado este copo; era ele que já deveria ter se levantado contra o assassino. Espectro contra espectro – ele murmurou, terminando a frase em voz muito baixa.

– Senhor – disse Valentine –, farei qualquer coisa para viver, pois há dois seres no mundo que me amam a tal ponto que morreriam se eu morresse: meu avô e Maximilien.

– Eu cuidarei deles como cuidei da senhorita.

– Pois bem, senhor, estou à sua disposição – disse Valentine. Depois, em voz baixa: – Oh, meu Deus! Meu Deus! – ela disse. – O que vai acontecer comigo?

– Seja o que for que lhe aconteça, Valentine, não tenha medo; se sentir dor, se perder a visão, a audição, o tato, não tenha medo; se acordar sem saber onde está, não tenha medo, mesmo que acorde em algum jazigo sepulcral ou encerrada em algum caixão; de repente lembre sua mente; e diga a si mesma: "Neste momento, um amigo, um pai, um homem que deseja a minha felicidade e a de Maximilien, este homem está zelando por mim".

– Ai de mim, que situação terrível!

– Valentine, você preferiria denunciar sua madrasta?

– Preferiria morrer cem vezes! Oh, sim, morrer!

– Não, a senhorita não vai morrer, e qualquer coisa que lhe acontecer, prometa que não reclamará e manterá a esperança. Promete?

– Vou pensar em Maximilien.

– A senhorita é minha filha amada, Valentine. Sozinho, eu posso salvá-la, e vou fazer isso.

Valentine, no auge do terror, juntou as mãos (pois sentiu que tinha chegado a hora de pedir coragem a Deus) e se levantou para orar, murmurando palavras desconexas, e esquecendo que seus ombros brancos não tinham outro véu senão sua longa cabeleira e que era possível ver seu coração batendo sob a renda fina da camisola.

O conde pousou suavemente a mão no braço da jovem, levou a colcha de veludo até seu pescoço e com um sorriso paternal:

– Minha filha – disse ele –, acredite na minha devoção, como acredita na bondade de Deus e no amor de Maximilien.

Valentine fixou nele um olhar cheio de gratidão, e permaneceu dócil como uma criança sob seus véus.

Então o conde tirou do bolso do colete o estojinho de esmeralda, ergueu a tampa dourada e despejou na mão direita de Valentine uma pequena pastilha redonda do tamanho de uma ervilha.

Valentine a pegou com a outra mão e fitou atentamente o conde: nas feições daquele protetor intrépido havia um reflexo da majestade e do poder divinos. Era óbvio que Valentine o estava questionando com o olhar.

– Sim – respondeu ele.

Valentine levou a pastilha à boca e a engoliu.

– E agora, até logo, minha filha – ele disse. – Vou tentar dormir, porque a senhorita está salva.

– Vá – disse Valentine. – Não importa o que me aconteça, prometo que não terei medo.

Monte Cristo manteve os olhos fixos por muito tempo na jovem, que aos poucos adormeceu, vencida pelo poder do narcótico que ele acabara de lhe dar.

Então, ele pegou o copo, esvaziou três quartos na lareira, para que alguém pudesse acreditar que Valentine tinha bebido o que estava faltando, colocou de volta na mesinha de cabeceira; em seguida, retornando para a porta da biblioteca, desapareceu, depois de lançar um último olhar para Valentine, que dormia com a confiança e candura de um anjo deitado aos pés do Senhor.

VALENTINE

A lamparina continuava a queimar na lareira de Valentine, exaurindo as últimas gotas de óleo que ainda flutuavam na água; já um círculo mais avermelhado coloria o alabastro da redoma, já a chama mais viva deixava escapar aquelas últimas crepitações que parecem nos seres inanimados as derradeiras convulsões da agonia que tantas vezes foram comparadas à das pobres criaturas humanas; uma luz baixa e sinistra vinha tingir com um brilho opalino as cortinas brancas e os lençóis da jovem.

Todos os ruídos da rua tinham sido abafados, e o silêncio dentro era assustador.

A porta do quarto de Édouard então se abriu, e uma cabeça, que já vimos, apareceu no espelho oposto à porta: era a senhora de Villefort que voltava para ver o efeito da beberagem.

Ela parou na soleira, ouviu o crepitar da lâmpada, o único som perceptível naquele quarto que se poderia pensar que estava deserto, então avançou lentamente em direção à mesinha de cabeceira para ver se o copo de Valentine estava vazio.

Ainda exibia um quarto do seu conteúdo, como dissemos. A senhora de Villefort o pegou e foi esvaziá-lo nas cinzas que remexeu para facilitar a absorção do licor, depois enxaguou cuidadosamente o cristal, enxugou-o com seu próprio lenço e recolocou-o na mesinha de cabeceira.

Alguém cujo olhar pudesse ter mergulhado no interior do quarto poderia ter visto a relutância da senhora de Villefort em fixar seus olhos em Valentine e se aproximar da cama.

Aquela iluminação lúgubre, aquele silêncio, aquela poesia terrível da noite vinham sem dúvida se combinar com a poesia medonha de sua consciência: a envenenadora tinha medo de sua obra.

Por fim, ela se arriscou mais, puxou a cortina, apoiou-se na cabeceira da cama e olhou para Valentine.

A jovem já não respirava, os dentes semicerrados não deixavam escapar nenhum átomo daquele sopro que revela a vida; os lábios esbranquiçados haviam parado de tremer; os olhos, afogados em um vapor púrpura que parecia ter se filtrado sob a pele, formavam uma protuberância mais branca no lugar onde o globo inchava a pálpebra e seus longos cílios negros riscavam uma pele já opaca como a cera.

A senhora de Villefort contemplou aquele rosto com uma expressão muito eloquente em sua imobilidade; ela então atreveu-se mais e, levantando o cobertor, colocou a mão no coração da jovem.

Ele estava mudo e gelado.

O que batia sob sua mão era a artéria de seus dedos: ela retirou a mão com um estremecimento.

O braço de Valentine pendia para fora da cama; esse braço, em toda a parte do ombro até o cotovelo, parecia ser moldado no de uma das Graças de Germain Pilon; mas o antebraço estava ligeiramente deformado por uma crispação, e o pulso, de forma muito pura, se apoiava, um pouco enrijecido e com os dedos afastados, sobre o mogno.

A raiz das unhas estava azulada.

Para a senhora de Villefort, não havia mais dúvidas: estava tudo acabado, a obra terrível, a última que ela tinha a realizar, estava finalmente consumada.

A envenenadora não tinha mais nada a fazer naquele quarto; ela recuou com tanta precaução que era óbvio que temia o estalar dos pés no tapete; mas, ao recuar, ainda segurava a cortina levantada, absorvendo aquele espetáculo da morte que traz em si sua atração irresistível, enquanto a morte não é a decomposição, mas apenas a imobilidade, enquanto permanece o mistério, e não há ainda o nojo.

Os minutos passavam, a senhora de Villefort não conseguia largar a cortina que mantinha suspensa como uma mortalha acima da cabeça de Valentine. Ela prestou seu tributo ao devaneio: o devaneio do crime deve ser o remorso.

Nesse momento, as crepitações da lamparina redobraram.

A senhora de Villefort, com o barulho, estremeceu e deixou cair a cortina.

No mesmo instante, a lamparina se apagou e o quarto foi mergulhado em uma escuridão assustadora.

No meio dessa escuridão, o pêndulo do relógio acordou e soou quatro horas e meia.

A envenenadora, apavorada com essas comoções sucessivas, foi tateando até a porta, e voltou para seus aposentos com suor e angústia na testa.

A escuridão permaneceu por mais duas horas.

Então, aos poucos, uma luz macilenta invadiu o aposento, filtrada pelas persianas; depois, também aos poucos, foi ficando mais forte, e passou a dar cor e forma aos objetos e corpos.

Foi nesse momento que a tosse da enfermeira ecoou na escada, e que essa mulher entrou no quarto de Valentine com uma xícara na mão.

Para um pai, para um amante, o primeiro olhar teria sido decisivo, Valentine estava morta. Para aquela assalariada, Valentine estava apenas dormindo.

– Bom – disse ela, enquanto se aproximava da mesinha de cabeceira –, ela bebeu parte de sua poção, o copo está dois terços vazio.

Então, ela foi até a lareira, reacendeu o fogo, acomodou-se em sua poltrona e, embora tivesse saído da cama, aproveitou o sono de Valentine para dormir por mais alguns momentos. O relógio despertou soando oito horas.

Então, admirada com o sono obstinado em que a jovem permanecia, assustada com o braço pendurado para fora do leito, e com o fato de a adormecida não tê-lo trazido de volta para si, ela avançou em direção à cama, e só então notou os lábios frios e o peito gelado.

Quis aproximar o braço do corpo, mas o braço só respondia com aquela rigidez amedrontadora com que uma enfermeira não poderia se enganar.

Ela soltou um grito horrível. Então, correndo para a porta:

– Socorro! – ela gritou. – Socorro!

– Como, socorro? – respondeu, ao pé da escada, a voz do senhor d'Avrigny. Era a hora em que o médico costumava vir.

– Como, socorro? – gritou a voz de Villefort, correndo para fora do escritório. – Doutor, o senhor não ouviu o grito de socorro?

– Sim, sim, vamos subir – respondeu d'Avrigny. – Vamos subir rápido! É no quarto de Valentine.

Mas antes que o médico e o pai entrassem, os criados que estavam no mesmo andar, nos quartos ou nos corredores, haviam entrado, e, vendo Valentine pálida e imóvel no leito, erguiam as mãos para o céu e cambaleavam como se tomados por uma vertigem.

– Chamem a senhora de Villefort! Acordem a senhora de Villefort! – gritou o procurador do rei da porta do quarto, no qual parecia não ousar entrar.

Mas os criados, em vez de responder, olhavam para o senhor d'Avrigny, que havia entrado e corrido para Valentine e que a segurava nos braços.

– Ela também!... – murmurou, deixando-a cair. – Oh, Deus, meu Deus, quando vos cansareis?

Villefort projetou-se no aposento.

– O que está dizendo, meu Deus! – ele gritou, levantando ambas as mãos para o céu. – Doutor!... Doutor!...

– Estou dizendo que Valentine está morta! – respondeu d'Avrigny com voz solene e terrível em sua solenidade.

O senhor de Villefort deixou-se abater, como se suas pernas estivessem quebradas, e caiu sobre o leito de Valentine.

Diante das palavras do médico, dos gritos do pai, os criados aterrorizados fugiram com imprecações abafadas; pela escada e pelos corredores ouviam-se passos apressados, depois um grande movimento nos pátios. Isso foi tudo. O barulho se apagou: do primeiro ao último, eles haviam abandonado a casa amaldiçoada.

Nesse momento, a senhora de Villefort, com o braço passado pela metade em seu penhoar, ergueu a tapeçaria; por um momento ela permaneceu na soleira, parecendo questionar os assistentes e chamando em sua ajuda algumas lágrimas rebeldes.

De repente, deu um passo, ou melhor, um salto, para a frente, os braços estendidos em direção à mesinha.

Ela acabara de ver d'Avrigny inclinar-se curiosamente sobre a mesinha e pegar ali o copo que ela tinha certeza de ter esvaziado durante a noite.

O copo estava um terço cheio, assim como quando ela jogara o conteúdo nas cinzas.

O fantasma de Valentine erguido diante da envenenadora teria produzido menos efeito sobre ela.

Na verdade, era realmente a cor da beberagem que ela derramara no copo de Valentine e que Valentine bebera; era aquele veneno que não podia enganar a vista do senhor d'Avrigny e que o senhor d'Avrigny observava com atenção; era realmente um milagre que Deus sem dúvida realizara para que permanecesse, apesar das precauções do assassino, um vestígio, uma prova, uma denúncia do crime.

No entanto, enquanto a senhora de Villefort permanecia imóvel como a estátua do Terror, ao mesmo tempo que Villefort, com a cabeça escondida nos lençóis do leito de morte, não via nada do que estava acontecendo ao seu redor, d'Avrigny se aproximava da janela para examinar melhor o conteúdo do copo com os olhos e provar uma gota tirada com a ponta do dedo.

– Ah! – ele sussurrou –, não é brucina agora; vamos ver o que é.

Então, correu para um dos armários do quarto de Valentine, armário transformado em farmácia, e tirando de sua caixinha de prata um frasco de ácido nítrico, deixou cair dele algumas gotas na opala do licor, que instantaneamente mudou para meio copo de sangue vermelho.

— Ah! — disse d'Avrigny com o horror de um juiz a quem a verdade é revelada, misturada à alegria de um cientista a quem se desvela um problema.

A senhora de Villefort deu um rodopio sobre si mesma; seus olhos brilharam e depois se apagaram; com a mão, tateando, ela alcançou a porta e desapareceu.

Um momento depois, ouviu-se o som distante de um corpo desabando no chão.

Mas ninguém prestou atenção a isso. A enfermeira estava ocupada observando a análise química; Villefort ainda estava aniquilado.

Apenas o senhor d'Avrigny havia seguido a senhora de Villefort com os olhos e notado sua saída apressada.

Ele ergueu a tapeçaria do quarto de Valentine, e seu olhar, através do quarto de Édouard, pôde mergulhar no aposento da senhora de Villefort, que ele viu estendida imóvel no chão.

— Vá ajudar a senhora de Villefort — disse à enfermeira. — A senhora de Villefort não está passando bem.

— Mas e a senhorita Valentine? — gaguejou ela.

— A senhorita Valentine não precisa mais de ajuda — disse d'Avrigny —, já que a senhorita Valentine está morta.

— Morta! Morta! — suspirou Villefort no paroxismo de uma dor tanto mais dolorosa quanto nova, desconhecida, inédita, para aquele coração de bronze.

— Morta! O senhor está dizendo? — gritou uma terceira voz. — Quem disse que Valentine estava morta?

Os dois homens se viraram e, na porta, viram Morrel em pé, pálido, perturbado, terrível.

Eis o que tinha acontecido:

Em seu horário habitual, e pela portinha que levava ao aposento de Noirtier, Morrel tinha se apresentado.

Contra o costume, ele encontrou a porta aberta. Então, não precisou tocar. Entrou.

No vestíbulo, esperou por um momento, chamando um criado qualquer que o levasse até perto do velho Noirtier.

Mas ninguém respondeu; os criados, como sabemos, haviam abandonado a casa.

Morrel não tinha nenhum motivo particular para se preocupar naquele dia: ele tinha a promessa de Monte Cristo de que Valentine viveria, e até então a promessa tinha sido fielmente cumprida. Todas as noites, o conde lhe dava boas notícias, que o próprio Noirtier confirmava no dia seguinte.

No entanto, aquela solidão lhe parecia singular. Ele chamou uma segunda vez, uma terceira... O mesmo silêncio.

Então decidiu subir.

A porta de Noirtier estava aberta, assim como as outras.

A primeira coisa que viu foi o velho em sua poltrona, no lugar de sempre; seus olhos dilatados pareciam expressar um pavor interno que ainda era confirmado pela estranha palidez estampada em suas feições.

– Como vai o senhor? – perguntou o jovem, não sem certo aperto no coração.

– Bem – disse o velho com um piscar de olhos. – Bem. – Mas a preocupação parecia aumentar em sua fisionomia.

– O senhor está preocupado – continuou Morrel. – Precisa de alguma coisa. Quer que eu chame algum dos seus criados?

– Sim – Noirtier disse.

Morrel se pendurou no cordão da campainha; mas em vão puxou até quase quebrá-lo, ninguém apareceu.

Ele se virou para Noirtier: a palidez e a angústia se tornavam mais intensas no rosto do velho.

– Meu Deus! Meu Deus! – disse Morrel. – Mas por que não vem ninguém? Tem alguém doente na casa?

Os olhos de Noirtier pareceram prestes a pular das órbitas.

– Mas o que o senhor tem? – continuou Morrel. – O senhor está me assustando!... Valentine! Valentine!...

– Sim! Sim! – disse Noirtier.

Maximilien abriu a boca para falar, mas sua língua não conseguiu articular nenhum som: ele cambaleou e se segurou na madeira da parede.

Depois, ele estendeu a mão para a porta.

– Sim! Sim! Sim! – continuou o velho.

Maximilien subiu correndo a pequena escadaria, que cruzou em dois saltos, enquanto Noirtier parecia gritar com os olhos para ele:

– Mais rápido! Mais rápido!

Um minuto foi o suficiente para o jovem atravessar vários quartos, solitários como o resto da casa, e chegar até o de Valentine.

Ele não precisou empurrar a porta, estava totalmente aberta.

Um soluço foi o primeiro som que ouviu. Ele viu, como através de uma nuvem, uma figura negra ajoelhada e perdida em uma massa confusa de cortinas brancas. O medo, um medo terrível, o prendia na soleira.

Foi então que ouviu uma voz que dizia: "Valentine está morta", e uma segunda voz que, como um eco, respondeu:

"Morta! morta!"

Maximilien

Villefort levantou-se quase com vergonha de ter sido surpreendido sob o efeito daquela dor.

A profissão terrível que ele exercia havia vinte e cinco anos chegara a endurecer sua condição de ser humano. Seu olhar, perdido por um momento, se fixou em Morrel.

– Quem é o senhor – disse ele –, esqueceu-se de que não se entra assim numa casa onde habita a morte? Saia, senhor! Saia!

Mas Morrel permanecia imóvel; não conseguia tirar os olhos do espetáculo assustador daquela cama em desordem e da pálida figura deitada nela.

– Saia! Está ouvindo? – gritou Villefort, enquanto, por seu lado, d'Avrigny se adiantava para fazer com que Morrel saísse.

Este último olhou com ar desnorteado para o cadáver, para os dois homens, para o quarto inteiro, pareceu hesitar por um momento, abriu a boca; então, finalmente, sem encontrar uma palavra para responder, apesar do enxame incontável de ideias fatais que invadiam seu cérebro, ele virou-se para a saída, enfiando as mãos nos cabelos, de modo que Villefort e d'Avrigny, por um momento distraídos de suas preocupações, trocaram, depois de o terem seguido com os olhos, um olhar que queria dizer:

– É louco!

Mas antes que cinco minutos tivessem transcorrido, ouviu-se a escada gemer sob um peso considerável, e viu-se Morrel, que, com força sobre-humana, erguendo a poltrona de Noirtier nos braços, trazia o velho para o primeiro andar da casa.

Chegando ao topo da escada, Morrel colocou a poltrona no chão e a empurrou rapidamente para dentro do quarto de Valentine.

Toda essa manobra foi executada com uma força dez vezes maior pela exaltação frenética do jovem.

Mas uma coisa assustava acima de tudo, era o rosto de Noirtier, avançando em direção ao leito de Valentine, empurrado por Morrel, o rosto de Noirtier em que a inteligência imprimia todos os seus recursos, cujos olhos uniam todo o seu poder para substituir as outras faculdades.

Além disso, aquele rosto pálido, com seu olhar inflamado, era uma aparição assustadora para Villefort.

Cada vez que ele entrara em contato com o pai, algo terrível havia acontecido.

– Veja o que eles fizeram! – gritou Morrel, uma das mãos ainda apoiada nas costas da poltrona que ele tinha acabado de empurrar até o leito, e a outra estendida para Valentine. – Veja, meu avô, veja!

Villefort deu um passo para trás e olhou com espanto para aquele jovem que lhe era quase desconhecido e que chamava Noirtier de avô.

Nesse momento, toda a alma do velho parecia passar pelos olhos, que se injetaram de sangue, tendo as veias do pescoço se inchado em seguida. E uma tonalidade azulada, como a que invade a pele do epiléptico, cobriu-lhe o pescoço, as faces e as têmporas; só o que faltava a essa explosão interior de todo o ser era um grito.

Esse grito saiu, por assim dizer, de cada poro, assustador em seu mutismo, dilacerante em seu silêncio.

D'Avrigny correu para o velho e o fez respirar um violento revulsivo.

– Senhor! – gritou então Morrel, agarrando a mão inerte do paralítico, eles perguntam quem sou e que direito tenho de estar aqui. – Oh, o senhor, que sabe, diga-lhes, diga-lhes!

E a voz do jovem se extinguiu em soluços.

Quanto ao velho, sua respiração ofegante sacudia-lhe o peito. Dir-se-ia que ele estava sob o domínio daquelas agitações que precedem a agonia.

Finalmente, lágrimas vieram brotar dos olhos de Noirtier, mais afortunado que o jovem, que soluçava sem chorar. Como sua cabeça não conseguia se inclinar, os olhos se fecharam.

– Diga – continuou Morrel com a voz estrangulada –, diga que eu era noivo dela! Diga que ela era minha nobre noiva, meu único amor na terra! Diga, diga, diga que este cadáver pertence a mim!

E o jovem, oferecendo o terrível espetáculo de uma grande força que se quebra, caiu pesadamente de joelhos na frente daquela cama que seus dedos crispados apertaram com violência.

A dor foi tão pungente que d'Avrigny se virou para esconder a emoção e Villefort, sem pedir outra explicação, atraído por esse magnetismo que nos empurra para os que amaram aqueles por quem choramos, estendeu a mão para o jovem.

Mas Morrel não via nada; ele agarrara a mão gelada de Valentine e, incapaz de chorar, mordia os lençóis rugindo.

Por algum tempo, naquela sala tudo que se ouviu foi o conflito dos soluços, das maldições e da oração.

E, no entanto, um ruído dominava tudo aquilo: era a aspiração rouca e dilacerante que parecia, a cada absorção de ar, quebrar uma das molas da vida no peito de Noirtier.

Finalmente Villefort, o mais controlado de todos, depois de ter, por assim dizer, cedido por algum tempo seu lugar a Maximilien, tomou a palavra.

– Senhor – ele disse a Maximilien –, o senhor está dizendo que amava Valentine, que era seu noivo. Eu ignorava esse amor, ignorava esse compromisso. E ainda assim eu, seu pai, o perdoo, pois, vejo, sua dor é grande, real e verdadeira.

Além disso, em mim também a dor é grande demais para que haja espaço para raiva em meu coração.

Mas, veja o senhor, o anjo que o senhor esperava deixou a terra; ela não tem nada mais o que fazer com as adorações dos homens, ela que, a esta hora, adora o Senhor. Despeça-se pois, cavalheiro, dos tristes restos mortais que ela esqueceu entre nós. Segure por uma última vez a mão que o senhor esperava, e separe-se dela para sempre. Valentine agora só precisa do padre que deve abençoá-la.

– O senhor está enganado – gritou Morrel, erguendo-se sobre um joelho, o coração atravessado por uma dor mais aguda que qualquer outra que já sentira. – O senhor está enganado: Valentine, da forma como foi morta, precisa não apenas de um padre, mas também de um vingador!

– Senhor de Villefort, mande chamar o padre, eu serei o vingador.

– O que quer dizer, senhor? – murmurou Villefort, tremendo diante da nova inspiração do delírio de Morrel.

– Quero dizer – continuou Morrel –, que há dois homens no senhor, cavalheiro. O pai já chorou o suficiente; que o procurador do rei comece seu trabalho.

Os olhos de Noirtier brilharam, d'Avrigny se aproximou.

– Senhor – continuou o jovem, recolhendo com os olhos todos os sentimentos que se revelavam nos rostos dos assistentes –, sei o que estou dizendo, e o senhor sabe tão bem quanto eu o que vou dizer: Valentine foi assassinada!

Villefort baixou a cabeça; d'Avrigny deu mais um passo à frente; Noirtier fez que sim com os olhos.

– Ora, senhor – continuou Morrel –, neste tempo em que vivemos, uma criatura, mesmo que não fosse jovem, mesmo que não fosse bela, mesmo que não fosse adorável como foi Valentina, uma criatura não desaparece violentamente do mundo sem que isso exija uma explicação.

– Ora, senhor procurador do rei –, acrescentou Morrel com crescente veemência, sem piedade! – Eu denuncio o crime para o senhor, procure o assassino!

E seu olho implacável questionava Villefort, que por sua vez solicitava com o olhar ora a atenção de Noirtier, ora a de d'Avrigny.

Mas, em vez de achar ajuda no pai e no médico, Villefort encontrou neles apenas um olhar tão inflexível quanto o de Morrel.

– Sim! – disse o velho.

– Com certeza! – disse d'Avrigny.

– Cavalheiro – respondeu Villefort, tentando lutar contra essa tripla vontade e contra sua própria emoção –, cavalheiro, o senhor está enganado, não se cometem crimes nesta casa. A fatalidade me atinge, Deus está me testando: é horrível de pensar. Mas ninguém foi assassinado!

Os olhos de Noirtier flamejaram, d'Avrigny abriu a boca para falar.

Morrel estendeu o braço exigindo silêncio.

– E eu digo que mortes são cometidas aqui! – gritou Morrel, cuja voz baixou sem perder nada de sua terrível vibração. – Digo que esta é a quarta vítima atingida em quatro meses! Digo que, há quatro dias, já haviam tentado envenenar Valentine, e que haviam falhado, graças aos cuidados tomados pelo senhor Noirtier! Digo-lhe que dobraram a dose ou mudaram a natureza do veneno e desta vez conseguiram! Digo-lhe que o senhor sabe de tudo isso tão bem quanto eu, afinal, já que este senhor o avisou disso tanto como médico quanto como amigo.

– Oh, o senhor está delirando! – disse Villefort, tentando em vão se debater no círculo em que se sentia preso.

– Estou delirando! – gritou Morrel. – Pois bem! Apelo ao próprio senhor d'Avrigny. – Pergunte-lhe, senhor, se ele ainda se lembra das palavras que pronunciou em seu jardim, no jardim desta casa, ainda na noite da morte da senhora de Saint-Méran, quando o senhor e ele, acreditando que estavam sozinhos, conversaram sobre essa morte trágica, na qual essa fatalidade de que o senhor fala, e Deus a quem injustamente acusa, só podem ter servido para uma coisa, isto é, para ter criado o assassino de Valentine!

Villefort e d'Avrigny se entreolharam.

– Sim, sim, lembre-se – disse Morrel –, pois essas palavras, que o senhor acreditou serem entregues ao silêncio e à solidão caíram em meus ouvidos. Certamente, desde aquela noite, vendo a indulgência culposa do senhor de Villefort em relação à sua família, eu deveria ter revelado tudo às autoridades. Assim, não seria cúmplice como sou neste momento de sua morte, Valentine, minha amada Valentine! Mas o cúmplice se tornará o vingador.

Esse quarto assassinato é flagrante e visível aos olhos de todos, e se seu pai a abandona, Valentine, sou eu, sou eu, juro-lhe, que perseguirei o assassino.

E dessa vez, como se a natureza finalmente tivesse pena desse vigoroso temperamento pronto a se quebrar por suas próprias forças, as últimas palavras de Morrel apagaram-se em sua garganta. Seu peito explodiu em soluços, as lágrimas, por tanto tempo rebeldes, brotaram-lhe dos olhos, ele desabou sobre si mesmo e caiu de joelhos chorando perto do leito de Valentine.

Então foi a vez de d'Avrigny.

– E eu também – disse ele com voz forte –, também me uno ao senhor Morrel na exigência de justiça pelo crime. Pois meu coração revolta-se com a ideia de que minha indulgência covarde encorajou o assassino!

– Oh, meu Deus! Meu Deus! – murmurou Villefort, confuso.

Morrel ergueu a cabeça e, lendo nos olhos do velho, que lançavam uma chama sobrenatural:

– Vejam – ele disse –, vejam, o senhor Noirtier quer falar.

– Sim – Noirtier disse com uma expressão ainda mais terrível pelo fato de todas as faculdades daquele pobre velho indefeso estarem concentradas em seu olhar.

– O senhor sabe quem é o assassino? – disse Morrel.

– Sim – respondeu Noirtier.

– E o senhor vai nos guiar? – gritou o jovem. – Ouçamos! Senhor d'Avrigny, ouçamos!

Noirtier dirigiu ao infeliz Morrel um sorriso melancólico, um de seus doces sorrisos com o olhar que tantas vezes tinham feito Valentine feliz, e fixou sua atenção.

Então, tendo cravado, por assim dizer, os olhos do seu interlocutor nos dele, ele os desviou para a porta.

– O senhor quer que eu saia? – gritou Morrel dolorosamente.

– Sim – Noirtier disse.

– Ai, ai de mim, senhor! Mas tenha piedade de mim!

Os olhos do velho permaneceram impiedosamente fixos na porta.

– Posso voltar, pelo menos? – perguntou Morrel.

– Sim.

– Devo sair sozinho?

– Não.

– Quem devo levar comigo? O senhor procurador do rei?

– Não.

– O doutor?

– Sim.

– Quer ficar sozinho com o senhor de Villefort?

– Sim.

– Mas ele será capaz de entendê-lo?

– Sim.

– Oh – disse Villefort, quase feliz pelo fato de que o inquérito iria ocorrer em particular. – Não se preocupe, eu entendo meu pai muito bem.

E ao mesmo tempo que o procurador do rei dizia isso com aquela expressão de alegria que comentamos, seus dentes se entrechocavam violentamente.

D'Avrigny pegou o braço de Morrel e conduziu o jovem para o quarto ao lado.

Houve então em toda a casa um silêncio mais profundo que o da morte.

Finalmente, ao cabo de um quarto de hora, ouviu-se um passo cambaleante e Villefort apareceu na soleira da sala onde estavam d'Avrigny e Morrel, um absorvido, o outro sufocando.

– Venham – disse ele.

E os trouxe de volta para perto da poltrona de Noirtier. Morrel, então, olhou atentamente para Villefort.

O rosto do procurador do rei estava lívido; grandes manchas cor de ferrugem sulcavam sua testa; entre seus dedos, rangia uma pena torcida de mil maneiras, rasgando-se em fiapos.

– Senhores – disse ele com voz estrangulada a d'Avrigny e a Morrel –, senhores, sua palavra de honra de que o horrível segredo permanecerá enterrado entre nós!

Os dois homens fizeram um movimento.

– Eu imploro!... – continuou Villefort.

– Mas... – disse Morrel, o culpado!... O matador!... O assassino!...

– Não se preocupe, senhor, a justiça será feita – disse Villefort.

– Meu pai me revelou o nome do culpado. Meu pai tem sede de vingança como o senhor, mas lhe implora que, como eu, mantenha o crime em segredo. Não é, meu pai?

– Sim – disse Noirtier resolutamente.

Morrel deixou escapar um movimento de horror e de incredulidade.

– Oh – gritou Villefort, segurando Maximilien pelo braço. – Senhor, se meu pai, o homem inflexível que conhece, lhe faz esse pedido, é porque ele sabe que Valentine será terrivelmente vingada. Não é, meu pai?

O velho acenou afirmativamente.

Villefort continuou.

– Ele me conhece, e é a ele que dei minha palavra. Portanto, fiquem tranquilos, senhores; três dias, peço-lhes três dias, é menos do que a justiça lhes pediria; e em três dias a vingança que terei aplicado pelo assassinato de minha filha fará o mais indiferente dos homens estremecer até o fundo do coração. Não é, meu pai?

E, ao dizer essas palavras, ele rangia os dentes e apertava a mão hirta do velho.

– Tudo que foi prometido será cumprido, senhor Noirtier? – perguntou Morrel, enquanto d'Avrigny olhava interrogativamente.

– Sim! – disse Noirtier com um olhar de alegria sinistra.

– Jurem então, senhores – disse Villefort, juntando as mãos de d'Avrigny e de Morrel –, jurem que terão pena da honra de minha casa, e que me deixarão o cuidado de vingá-la?

D'Avrigny se virou e murmurou um sim muito fraco; mas Morrel arrancou sua mão das do magistrado, precipitou-se em direção à cama, imprimiu seus lábios nos lábios gelados de Valentine, e fugiu com o longo gemido de uma alma engolfada em desespero.

Dissemos que todos os criados haviam ido embora.

O senhor de Villefort viu-se, portanto, obrigado a pedir a d'Avrigny que se encarregasse dos procedimentos, tão numerosos e tão delicados, que a morte acarreta em nossas grandes cidades, e sobretudo a morte acompanhada de circunstâncias tão suspeitas.

Quanto a Noirtier, era algo terrível de ver, aquela dor sem movimento, aquele desespero sem gestos, aquelas lágrimas mudas.

Villefort voltou ao seu gabinete. D'Avrigny foi procurar o médico da prefeitura, que desempenha as funções de inspetor após o falecimento e que é chamado de forma muito enérgica de médico dos mortos.

Noirtier não quis de forma alguma deixar a neta.

Meia-hora depois, o senhor d'Avrigny voltou com seu colega; o acesso à rua havia sido fechado e, como o porteiro tinha desaparecido com os outros criados, o próprio Villefort foi abrir a porta.

Mas ele parou no corredor, não tinha mais coragem de entrar no quarto mortuário.

Os dois médicos, portanto, entraram sozinhos no aposento de Valentine.

Noirtier estava perto da cama, pálido como a morte, imóvel e mudo como ela.

O médico dos mortos aproximou-se com a indiferença de quem passa metade da vida com cadáveres, ergueu o lençol que cobria a jovem e entreabriu apenas os lábios dela.

– Oh! – disse d'Avrigny, suspirando –, pobre jovem, está realmente morta, vá em frente...

– Sim – respondeu o médico laconicamente, deixando cair o lençol que cobria o rosto de Valentine.

Noirtier soltou um estertor surdo.

D'Avrigny se virou, os olhos do velho cintilavam. O bom médico entendeu que Noirtier queria ver a neta; aproximou-se da cama e, enquanto o médico dos mortos mergulhava em água clorada os dedos que haviam tocado os lábios da falecida, desvelou aquele rosto calmo e pálido que parecia o de um anjo adormecido.

Uma lágrima que reapareceu no canto do olho de Noirtier foi o agradecimento que o bom doutor recebeu.

O médico dos mortos redigiu seu relatório no canto de uma mesa, no próprio quarto de Valentine, e, cumprida essa suprema formalidade, saiu, escoltado pelo doutor.

Villefort os ouviu descer e reapareceu na porta de seu gabinete.

Em poucas palavras, agradeceu ao médico e dirigindo-se a d'Avrigny:

– E agora – disse ele –, o padre?

– O senhor tem um clérigo a quem gostaria particularmente de pedir para rezar por Valentine? – perguntou d'Avrigny.

– Não – disse Villefort –, chame o mais próximo.

– O mais próximo – disse o médico –, é um bom abade italiano que veio morar na casa vizinha à sua. O senhor quer que eu o avise ao sair?

– D'Avrigny – disse Villefort –, por favor, acompanhe o senhor. – Aqui está a chave, para que possa entrar e sair à vontade. O senhor trará o padre e se encarregará de instalá-lo no quarto da minha pobre filha.

– O senhor gostaria de falar com ele, meu amigo?

– Quero ficar sozinho. O senhor vai me desculpar, não? Um padre deve compreender todas as dores, até mesmo a dor paternal.

E o senhor de Villefort, dando a d'Avrigny uma chave mestra, saudou uma última vez o médico desconhecido e voltou a seu gabinete, onde começou a trabalhar.

Para determinados temperamentos, o trabalho é a cura para a maioria das dores.

Enquanto desciam até a rua, notaram um homem de batina parado de pé na soleira da porta vizinha.

– Aqui está aquele de que lhe falei – disse o médico dos mortos a d'Avrigny. D'Avrigny abordou o eclesiástico.

– Senhor – disse-lhe ele –, estaria disposto a prestar um grande serviço a um pai infeliz que acaba de perder a filha, Villefort, o procurador do rei?

– Ah, senhor – respondeu o padre, com o mais pronunciado sotaque italiano. – Sim, eu sei, a morte está em sua casa.

– Portanto, não preciso lhe dizer que tipo de serviço ele ousa esperar do senhor.

– Eu ia me oferecer, senhor – disse o padre. – É nossa missão nos antecinparmos a nossos deveres.

– É uma jovem.

– Sim, sei disso, soube pelos criados, que vi fugindo da casa. Fiquei sabendo que ela se chamava Valentine, e já rezei por ela.

– Obrigado, obrigado, senhor – disse d'Avrigny. – E como já começou a exercer o seu santo ministério, digne-se a continuá-lo. Venha sentar-se perto da morte, e toda uma família mergulhada no luto lhe ficará muito grata.

– Vou, senhor – respondeu o abade. E ouso dizer que oração nenhuma será mais ardente que as minhas.

D'Avrigny pegou o abade pela mão e, sem encontrar Villefort, trancado em seu gabinete, conduziu-o ao quarto de Valentine, cujo enterro só deveria se realizar na noite seguinte.

Quando o abade entrou no quarto, o olhar de Noirtier encontrou o seu e, sem dúvida, ele pensou ter lido nele algo estranho, pois não mais o deixou.

D'Avrigny recomendou ao padre não apenas a morta, mas também o vivo, e o padre prometeu a d'Avrigny que entregaria suas orações a Valentine e seus cuidados a Noirtier.

O abade comprometeu-se solenemente com isso, e, sem dúvida, para não ser perturbado nas suas preces e para que Noirtier não fosse incomodado na sua dor, assim que o senhor d'Avrigny deixou o quarto, foi não somente fechar os ferrolhos da porta pela qual o médico acabara de sair, mas também aqueles que conduziam ao aposento da senhora de Villefort.

A ASSINATURA DANGLARS

O dia seguinte amanheceu triste e nublado.

Durante a noite, os agentes funerários tinham realizado sua fúnebre tarefa e costurado o corpo estendido na cama no sudário que cobre de forma lúgubre os mortos, emprestando-lhes, independentemente do que se diga sobre a igualdade perante a morte, um último testemunho do luxo que amavam durante a vida.

Esse sudário nada mais era que uma peça de cambraia magnífica que a jovem comprara quinze dias antes.

À noite, homens chamados para esse fim transportaram Noirtier do quarto de Valentine para o dele e, contra toda expectativa, o velho não teve nenhuma dificuldade em se afastar do corpo da neta.

O abade Busoni ficara de guarda até o amanhecer e, ao raiar do dia, havia se retirado para sua casa sem avisar ninguém.

Por volta das oito da manhã, d'Avrigny voltara; ele tinha encontrado Villefort, que estava indo até o quarto de Noirtier, e o acompanhara para saber como o velho passara a noite.

Encontraram-no na grande poltrona que lhe servia de cama, descansando em um sono suave e quase sorridente.

Os dois pararam espantados na soleira.

– Veja – disse d'Avrigny a Villefort, que olhava para o pai adormecido –, veja, a natureza sabe acalmar as dores mais agudas. Com certeza, não podemos dizer que o senhor Noirtier não amava sua neta; no entanto, ele está dormindo.

– Sim, tem razão – respondeu Villefort surpreso –, ele dorme, o que é muito estranho, pois a menor contrariedade o mantém acordado por noites inteiras.

– A dor o dominou – respondeu d'Avrigny.

E ambos voltaram pensativos ao gabinete do procurador do rei.

– Veja, eu não dormi – disse Villefort, mostrando a d'Avrigny sua cama intacta; a dor não me abate, já há duas noites que não me deito. Mas, em compensação, veja minha escrivaninha: como escrevi, meu Deus, durante esses dois dias e essas duas noites! Esquadrinhei esse dossiê, fiz anotações nesse auto de acusação contra o assassino Benedetto!... Oh, trabalho, trabalho, minha paixão, minha alegria, minha raiva, cabe a você amainar todas as minhas dores.

E apertou convulsivamente a mão de d'Avrigny.

– Precisa de mim? – perguntou o médico.

– Não – disse Villefort. – Apenas volte às onze horas, eu lhe imploro; é ao meio-dia que acontece... a partida... – Meu Deus, minha pobre filha! Minha pobre filha!

E o procurador do rei, tornando-se novamente um homem qualquer, ergueu os olhos para o céu e deu um suspiro.

– O senhor ficará então no salão de visitas?

– Não, tenho um primo que se encarrega dessa triste honra. Vou trabalhar, doutor; quando trabalho, tudo desaparece.

De fato, mal o médico alcançara a porta, o procurador do rei já havia voltado às suas tarefas.

Na escada da entrada, d'Avrigny encontrou o parente de quem Villefort lhe falara, personagem insignificante tanto nessa história quanto na família, um desses seres condenados desde o nascimento a desempenhar o papel prestativo no mundo.

Ele fora pontual, estava vestido de preto, tinha um crepe no braço e foi até a casa do primo com uma expressão que assumira para si, a qual pretendia manter o tempo que fosse necessário e depois abandoná-la.

Às onze horas, as carruagens fúnebres rolaram pelo calçamento do pátio, e a Rue du Faubourg Saint-Honoré se encheu dos murmúrios da multidão igualmente ávida tanto pelas alegrias quanto pelo luto dos ricos, capaz de correr para um funeral pomposo com a mesma pressa com que vai a um casamento de duquesa.

Aos poucos, a câmara mortuária se encheu e viu-se primeiro a chegada de alguns de nossos velhos conhecidos, isto é, Debray, Château-Renaud, Beauchamp, depois de todos os personagens da justiça, da literatura e do exército, pois o senhor de Villefort ocupava, menos ainda por sua posição social que por mérito pessoal, uma dos lugares de maior destaque na sociedade parisiense. O primo postava-se à porta e recepcionava a todos. Para os indiferentes era um grande alívio, convém dizer, ter ali uma figura indiferente que não exigisse dos convidados uma fisionomia mentirosa ou lágrimas falsas, como teriam feito um pai, um irmão ou um noivo.

Aqueles que se conheciam se chamavam com olhares e se reuniam em grupos. Um desses grupos era formado por Debray, Château-Renaud e Beauchamp.

– Pobre jovem! – disse Debray – prestando, como cada um fazia à sua revelia, uma homenagem àquele doloroso acontecimento. – Pobre jovem! Tão rica! Tão linda! Podia imaginar uma coisa dessas, Château-Renaud, quando viemos, há... três semanas ou um mês no máximo, para assinar aquele contrato que não foi assinado?

– Juro que não! – disse Château-Renaud.

– Você a conhecia?

– Conversei com ela uma ou duas vezes no baile da senhora de Morcerf; ela me pareceu encantadora, embora tivesse um temperamento um tanto melancólico. Onde está a madrasta? Você sabe?

– Foi passar o dia com a esposa desse digno cavalheiro que nos recebe.
– Quem é ele?
– Ele quem?
– O cavalheiro que nos recebe. Um deputado?
– Não – disse Beauchamp –, estou condenado a ver nossos dignitários todos os dias, e sua feição me é desconhecida.
– Você falou dessa morte em seu jornal?
– O artigo não é meu, mas falou-se; duvido mesmo que de modo agradável ao senhor de Villefort. Ali se diz, acredito, que se quatro mortes sucessivas tivessem ocorrido em outro lugar que não na casa do procurador do rei, este certamente teria ficado mais aflito.
– De resto – falou Château-Renaud –, o doutor d'Avrigny, que é o médico de minha mãe, afirma que ele está muito desesperado.
– Mas quem você está procurando, Debray?
– Procuro o senhor de Monte Cristo – respondeu o jovem.
– Eu o encontrei no boulevard no meu caminho para cá. Acredito que ele está indo visitar seu banqueiro – disse Beauchamp.
– Seu banqueiro? Seu banqueiro não é Danglars? – perguntou Château-Renaud a Debray.
– Acho que sim – respondeu o secretário particular ligeiramente perturbado. Mas o senhor de Monte Cristo não é o único que está faltando aqui. Eu não vejo Morrel.
– Morrel! Ele os conhecia? – perguntou Château-Renaud. – Acredito que ele foi apresentado apenas à senhora de Villefort.
– De qualquer forma, ele deveria ter vindo – disse Debray; sobre o que ele vai conversar esta noite? Este funeral é a notícia do dia. Mas silêncio! Vamos ficar quietos. Aí está o ministro da Justiça e dos Cultos, ele se sentirá na obrigação de fazer seu pequeno *speech* para o primo choroso.

E os três jovens se aproximaram da porta para ouvir o pequeno *speech* do ministro da Justiça e dos Cultos.

Beauchamp havia falado a verdade; a caminho do convite para o funeral, encontrara Monte Cristo, que, por sua vez, se dirigia ao Palacete de Danglars, na Rue de la Chaussée-d'Antin.

De sua janela, o banqueiro viu a carruagem do conde entrar no pátio e foi recebê-lo com uma expressão triste, mas afável.

– Pois bem, conde – disse ele estendendo a mão para Monte Cristo –, veio expressar-me suas condolências. Na verdade, o infortúnio está em minha casa; foi a tal ponto que quando o vi fiquei me perguntando para saber se eu não tinha desejado azar àqueles pobres Morcerf, o que teria justificado o provérbio: "Quem mal deseja por pior espera". Pois bem, juro que não, não desejava mal a Morcerf; ele era talvez um pouco orgulhoso para um homem que começou do nada, como eu, devendo tudo a si mesmo, como eu; mas cada um tem seus defeitos. Ah, meu caro conde, as pessoas da nossa geração... Mas, desculpe, o senhor não é da nossa geração, o senhor é um jovem... As pessoas da nossa geração não estão de forma alguma felizes neste ano: exemplo disso é nosso puritano procurador do rei, o exemplo de Villefort, que acaba de perder a filha. Então, recapitulando: Villefort, como falamos, perdendo toda a família de uma forma esquisita; Morcerf desonrado e morto; eu, coberto de ridículo pela vilania desse Benedetto, então...

– Então o quê? – perguntou o conde.

– Ai de mim! O senhor não sabe?

– Algum novo infortúnio?

– Minha filha!

– A senhorita Danglars?

– Eugénie nos deixa.

– Oh, meu Deus, o que está me dizendo?

– A verdade, meu caro conde. Meu Deus, como o senhor é feliz por não ter mulher nem filhos!

– O senhor acha?

– Ah, meu Deus!

– O senhor quer dizer que a senhorita Eugénie...

– Ela não pôde suportar a afronta que esse homem miserável nos fez e pediu minha permissão para viajar.

– E ela partiu?

– A noite passada.

– Com a senhora Danglars?

– Não, com uma parente... Mas nem por isso vamos deixar de perdê-la, essa querida Eugénie, porque duvido que, com o caráter que sei que tem, ela consinta em voltar um dia para a França!

– Fazer o que, meu querido barão? – disse Monte Cristo. – Tristezas familiares, tristezas que seriam esmagadoras para um pobre diabo cuja filha seria toda a fortuna, mas suportáveis para um milionário. Não importa quanto falem os filósofos, os homens práticos sempre lhes desmentirão o seguinte: o dinheiro consola para muitas coisas; e o senhor deve ser consolado mais rapidamente que qualquer um, se admite a virtude desse bálsamo soberano; o senhor, o rei das finanças, o ponto de interseção de todos os poderes.

Danglars olhou de soslaio para o conde, para ver se ele estava zombando ou falando sério.

– Sim – disse ele – a questão é que, se a fortuna consola, devo me consolar: sou rico.

– Tão rico, meu caro barão, que sua fortuna se assemelha às pirâmides; se alguém quisesse destruí-las, não ousaria; se ousasse, não conseguiria.

Danglars sorriu diante do otimismo simplório do conde.

– Isso me lembra – disse ele – que, quando o senhor entrou, eu estava preparando cinco títulos de crédito. Já tinha assinado dois. Dá-me licença para fazer os outros três?

– Faça, meu caro barão, faça.

Houve um momento de silêncio, durante o qual se ouviu a pena do banqueiro arranhar o papel, enquanto Monte Cristo olhava para as molduras douradas do teto.

– Títulos da Espanha – disse Monte Cristo –, títulos do Haiti, títulos de Nápoles?

– Não – disse Danglars, rindo sua risada presunçosa – Títulos ao portador, títulos do Banco da França. Senhor conde – acrescentou ele –, o senhor que é o imperador das finanças, assim como sou o rei delas, viu muitos pedaços de papel deste tamanho, cada um valendo um milhão?

Monte Cristo tomou nas mãos, como se para pesá-los, os cinco pedaços de papel que Danglars orgulhosamente lhe apresentava e leu:

Solicito ao diretor do Banco que mande pagar, sob minha ordem e fazendo uso dos fundos por mim depositados, a soma de um milhão, valor disponível em conta.
Barão Danglars

– Um, dois, três, quatro, cinco – disse Monte Cristo –, cinco milhões! Caramba! Como o senhor avança, senhor Creso!

– É assim que faço negócios! – disse Danglars.

– É maravilhoso se, acima de tudo, como não tenho dúvidas, essa soma for paga em dinheiro.

– Ela será – disse Danglars.

– É bom ter um crédito como esse; na verdade, só na França se veem essas coisas: cinco pedaços de papel que valem cinco milhões; e é preciso ver para crer.

– O senhor duvida disso?

– Não.

– O senhor diz isso de um jeito... Vamos, dê-se o prazer: leve meu escriturário ao Banco e o verá sair com letras do tesouro no mesmo valor.

– Não – disse Monte Cristo dobrando as cinco notas. – Não, a coisa é muito curiosa, e eu mesmo vou experimentar. Meu crédito com o senhor era de seis milhões, recebi novecentos mil francos, são cinco milhões e cem mil francos que ainda me deve. Pego seus cinco pedaços de papel que considero bons à simples vista de sua assinatura, e aqui está um recibo geral de seis milhões que regula nossa conta. Eu havia preparado com antecedência, porque devo dizer que preciso muito de dinheiro hoje.

E Monte Cristo colocou as cinco notas no bolso com uma das mãos, enquanto com a outra entregava o recibo ao banqueiro.

Um relâmpago caindo aos pés de Danglars não o teria esmagado com um terror maior.

– O que – gaguejou –, o que, senhor conde, o senhor está sacando esse dinheiro? Mas, desculpe, desculpe, é dinheiro que devo aos orfanatos, um depósito, e tinha prometido pagar esta manhã.

– Ah! – disse Monte Cristo. – É diferente. Não me prendo exatamente a essas cinco notas, pague-me em outros valores; foi por curiosidade que as peguei para poder dizer ao redor do mundo que, sem avisar, sem me pedir cinco minutos de espera, a casa Danglars me havia pago cinco milhões em dinheiro! Isso teria sido notável! Mas aqui estão seus títulos. Pague-me de outra forma.

E ele estendeu os cinco títulos para Danglars, que, lívido, avançou de início a mão, como um abutre estica a garra através das grades de sua gaiola para reter a carne que lhe roubam.

De repente, ele se recuperou, fez um esforço violento e se conteve.

Então sorriu, gradualmente recompondo as feições de seu rosto perturbado.

– Na verdade – disse ele –, seu recibo é dinheiro.

– Oh! Meu Deus, sim! E se o senhor estivesse em Roma, conforme meu recibo, a casa Thomson and French não teria mais dificuldade de pagá-lo do que o senhor mesmo teve.

– Desculpe, senhor conde, desculpe!

– Posso então ficar com esse dinheiro?

– Sim – disse Danglars, enxugando o suor que lhe escorria pela raiz dos cabelos –, fique, fique.

Monte Cristo colocou as cinco notas de volta no bolso com aquele movimento intraduzível de fisionomia que significa:

– Senhor, pense bem, reflita, se se arrepender, ainda há tempo.

– Não – disse Danglars – não, definitivamente, fique com minhas assinaturas. Mas, o senhor sabe, nada mais formal que um homem de finanças; eu destinava esse dinheiro para os orfanatos e teria pensado que os tinha roubado ao não lhes dar exatamente esse, como se um escudo não fosse igual a outro qualquer. Desculpe!

E começou a rir alto, mas nervosamente.

– Aceito as desculpas – respondeu Monte Cristo graciosamente – e embolso o dinheiro.

E colocou os títulos na carteira.

– Mas – disse Danglars, temos uma soma de cem mil francos?

– Oh, é uma ninharia – disse Monte Cristo. – O ágio deve atingir aproximadamente essa quantia; fique com ela e estaremos quites.

– Conde – disse Danglars –, está falando sério?

– Nunca brinco com banqueiros – respondeu Monte Cristo, com uma seriedade que beirava a impertinência.

E caminhou em direção à porta, justamente quando o criado anunciava:

– O senhor de Boville, recebedor-geral dos orfanatos.

– Pela minha fé – disse Monte Cristo –, parece que cheguei a tempo de poder dispor de suas assinaturas, estamos disputando-as.

Danglars empalideceu pela segunda vez e apressou-se em despedir-se do conde. O conde de Monte Cristo trocou uma saudação cerimonial com o senhor de Boville, que se encontrava de pé na sala de espera, e que, quando o senhor de Monte Cristo saiu, foi imediatamente introduzido no gabinete do senhor Danglars.

Foi possível se ver o rosto tão sério do conde iluminar-se com um sorriso fugaz ao ver a carteira que o recebedor do orfanato segurava nas mãos.

Na porta, ele encontrou sua carruagem e foi imediatamente levado ao banco.

Enquanto isso, Danglars, reprimindo todas as emoções, veio ao encontro do recebedor-geral.

Nem é preciso dizer que o sorriso e a cortesia estavam estampados em seus lábios.

– Olá – disse ele –, meu caro credor, porque aposto que é o credor que está chegando.

– Adivinhou bem, senhor barão – disse o senhor de Boville, os orfanatos se apresentam ao senhor na minha pessoa; viúvas e órfãos vêm por minhas mãos pedir uma esmola de cinco milhões.

– E falam por aí que devemos nos condoer dos órfãos – disse Danglars, prolongando a piada –, crianças pobres!

– Aqui estou, portanto, em nome deles – disse o senhor de Boville. – O senhor deve ter recebido minha carta ontem?

– Sim.

– Aqui estou com meu recibo.

– Meu caro senhor de Boville – disse Danglars –, as suas viúvas e órfãos farão, se o senhor concordar, a gentileza de esperar vinte e quatro horas, tendo em vista que o senhor de Monte Cristo, que acaba de ver sair daqui... o senhor o viu, não?

– Sim. E daí?

– Pois bem, o senhor de Monte Cristo levava os seus cinco milhões!

– Como assim?

– O conde tinha um crédito ilimitado comigo, crédito aberto pela casa Thomson e French, de Roma. Ele veio pedir-me uma soma de cinco milhões de uma só vez, dei-lhe um título de crédito junto ao banco: é lá que meus fundos estão depositados; e o senhor há de compreender, temo que retirar dez milhões das mãos do diretor no mesmo dia lhe pareceria um pouco estranho. Daqui a dois dias – acrescentou Danglars, sorrindo –, não lhe negarei nada.

– Nossa! – exclamou o senhor de Boville, em tom da mais completa incredulidade. – Cinco milhões para esse senhor que estava saindo agora, e que me cumprimentou ao nos deixar como se eu o conhecesse?

– Talvez ele conheça o senhor sem que o senhor o conheça. O senhor de Monte Cristo conhece todo mundo.

– Cinco milhões!

– Aqui está o recibo dele. Faça como São Tomé: veja e toque.

O senhor de Boville pegou o papel que Danglars lhe apresentou e leu:

Recebi do barão Danglars a soma de cinco milhões e cem mil francos, soma que lhe será reembolsada, quando lhe aprouver, pela casa Thomson e French, de Roma.

– É verdade – disse este.
– O senhor conhece a casa Thomson e French?
– Sim – disse o senhor de Boville –, outrora fiz um negócio de duzentos mil francos com ela; mas nunca mais ouvi falar a seu respeito.
– É uma das melhores casas da Europa – disse Danglars, jogando displicentemente sobre a mesa o recibo que acabara de tirar das mãos do senhor de Boville.
– E ele tinha assim cinco milhões apenas com o senhor. Ah, mas esse conde de Monte Cristo é um nababo?
– Com certeza! Eu não sei o que é isso; porém ele tinha três créditos ilimitados: um comigo, um com Rothschild, outro com Laffitte e – acrescentou Danglars casualmente –, como o senhor pode ver, ele me deu a preferência, deixando-me cem mil francos pelo ágio.

O senhor de Boville expressou todos os sinais da maior admiração.
– Preciso ir visitá-lo – disse ele – e obter alguma doação piedosa para nós.
– Oh, é como se já a tivesse nas mãos; só suas esmolas chegam a mais de vinte mil francos por mês.
– Isso é maravilhoso; além disso, citarei para ele o exemplo da senhora de Morcerf e de seu filho.
– Que exemplo?
– Eles deram toda a sua fortuna para os orfanatos.
– Que fortuna?
– A fortuna deles, a do general de Morcerf, do falecido.
– E com base em quê?
– No fato de que não queriam um bem adquirido tão miseravelmente.
– Do que eles vão viver?
– A mãe se retira para a província e o filho se alista.
– Ora! Ora! – disse Danglars. – Isso é que é ter escrúpulos!

– Registrei a escritura de doação ontem.

– E quanto eles possuíam?

– Oh, não muito, mil e duzentos a mil e trezentos francos. Mas voltando aos nossos milhões.

– De bom grado – disse Danglars, da forma mais natural possível. – O senhor tem muita pressa desse dinheiro?

– Sim. A verificação de nossos caixas será feita amanhã.

– Amanhã? Por que não disse isso imediatamente? Mas é um século, amanhã! A que horas é essa verificação?

– Às duas horas.

– Mande alguém ao meio-dia – disse Danglars com seu sorriso.

O senhor de Boville não respondia grande coisa. Acenava com a cabeça e remexia na carteira.

– Ah, estou pensando – disse Danglars. – Faça melhor.

– O que quer que eu faça?

– O recibo do senhor de Monte Cristo vale dinheiro. Apresente-o para Rothschild ou Laffitte; eles vão aceitá-lo de olhos fechados.

– Embora seja reembolsável em Roma?

– Certamente; vai custar-lhe apenas um desconto de cinco a seis mil francos.

– O receptor deu um pulo para trás.

– De jeito nenhum! Não, prefiro esperar até amanhã. Que ideia!

– Pensei por um momento, me perdoe – disse Danglars com suprema impudência. – Achei que tinha um pequeno déficit a preencher.

– Ah! – disse o recebedor.

– Ouça, isso é normal e nesse caso fazemos um sacrifício.

– Graças a Deus, não – disse o senhor de Boville.

– Então, até amanhã. Não é, meu caro recebedor?

– Sim, até amanhã. Mas sem falta!

– Ora, está brincando, meu caro! Mande alguém ao meio-dia e o banco será avisado.

– Eu mesmo virei.

– Melhor ainda, pois vai me proporcionar o prazer de vê-lo.

Eles apertaram-se as mãos.

– A propósito – disse o senhor de Boville –, não vai ao enterro daquela pobre senhorita de Villefort que conheci no boulevard?

– Não – disse o banqueiro, ainda me sinto meio ridículo desde o caso Benedetto, e me mantenho recluso.

– Ora, o senhor está errado: há alguma culpa sua nisso tudo?

– Ouça, meu caro recebedor, quando se tem um nome imaculado como o meu, ficamos suscetíveis.

– Todo mundo tem pena do senhor, esteja certo. E, acima de tudo, todo mundo tem pena de sua filha.

– Pobre Eugénie! – falou Danglars com um suspiro profundo. – Sabe que ela está indo para um convento?

– Não.

– Ai de mim! Infelizmente, isso é verdade. No dia seguinte ao evento, ela decidiu partir com uma de suas amigas, que é religiosa: foi procurar um convento bem severo na Itália ou na Espanha.

– Oh, que terrível!

E o senhor de Boville retirou-se com essa exclamação, prestando ao pai mil condolências.

Mas ele ainda não estava do lado de fora, quando Danglars, com uma energia que só será compreendida por quem viu Robert Macaire representado por Frédérick, exclamou:

– Imbecil!

E enfiando o recibo de Monte Cristo em uma pequena carteira:

– Venha ao meio-dia – acrescentou. – Ao meio-dia, estarei longe.

Então ele se trancou virando a chave duas vezes, esvaziou todas as gavetas de sua caixa registradora, juntou cerca de cinquenta mil francos em notas, queimou vários papéis, colocou outros em evidência e começou a escrever uma carta, que selou, subscrevendo-a: "Para a senhora baronesa Danglars".

– Esta noite – ele sussurrou –, eu mesmo irei deixá-la em sua penteadeira. Em seguida, tirando um passaporte da gaveta:

– Tudo bem – disse ele –, ainda é válido por dois meses.

O CEMITÉRIO DO PÈRE-LACHAISE

Com efeito, o senhor de Boville tinha cruzado com o cortejo fúnebre que levava Valentine para sua última morada.

O tempo estava escuro e nublado; uma brisa ainda tépida, mas já mortal para as folhas amareladas, arrancava-as dos galhos gradualmente despojados e as fazia girar sobre a imensa multidão que se aglomerava nas avenidas.

O senhor de Villefort, parisiense autêntico, via o cemitério do Père--Lachaise como o único digno de receber os restos mortais de uma família parisiense; os outros lhe pareciam cemitérios rurais, hospedarias da morte. Apenas no Père-Lachaise um defunto de alta prosápia se sentiria em casa.

Ele havia comprado lá, como vimos, a concessão perpétua sobre a qual se erguia o monumento povoado tão prontamente por todos os membros de sua primeira família.

Lia-se sobre o frontão do mausoléu: "Famílias SAINT-MÉRAN E VIL-LEFORT", pois esse fora o último desejo da pobre Renée, mãe de Valentine.

Era, portanto, para o Père-Lachaise que o pomposo cortejo se dirigia, tendo partido do Faubourg de Saint-Honoré e atravessado toda Paris pelo

Faubourg do Templo até chegar, depois das avenidas externas, ao cemitério. Mais de cinquenta carruagens particulares seguiam vinte carruagens fúnebres e, atrás delas, cerca de quinhentas pessoas iam a pé.

Quase todas eram jovens como Valentine, que a morte havia fulminado e que, apesar da atmosfera glacial do século e do prosaísmo da época, sofriam a influência poética daquela bela, casta e adorável moça arrebatada na flor da idade.

À saída de Paris, viu-se chegar uma rápida equipagem de quatro cavalos que estacaram de súbito, retesando seus jarretes nervosos como molas de aço: era o senhor de Monte Cristo.

O conde desceu da carruagem e foi se misturar à multidão que seguia a pé o carro fúnebre.

Château-Renaud, vendo-o, desceu imediatamente de seu cupê e se juntou a ele. Beauchamp também deixou o cabriolé de praça em que se encontrava.

O conde observava atentamente por entre a multidão; sem dúvida, procurava alguém. Por fim, não se contendo:

– Que é feito de Morrel? – perguntou ele. – Algum dos senhores sabe onde ele está?

– É o que perguntávamos no velório – respondeu Château-Renaud –, pois nenhum de nós o viu.

O conde ficou em silêncio, mas continuou olhando em volta.

Finalmente, o cortejo chegou ao cemitério.

O olhar penetrante de Monte Cristo examinou rapidamente os renques de teixos e pinheiros, e logo se acalmou: uma sombra deslizara sob as sebes escuras e o conde acabara de reconhecer, sem dúvida, quem estava procurando.

Sabemos o que é um enterro nessa magnífica necrópole: grupos vestidos de preto espalhados pelas alamedas brancas, o silêncio do céu e da terra perturbado pelo estalido de alguns galhos quebrados, de alguma cerca derrubada ao redor de um túmulo; depois, o canto melancólico dos padres, misturado aqui e ali com um soluço escapado de um tufo de flores, sob o qual vemos uma mulher absorta e de mãos postas.

A sombra que Monte Cristo notara atravessou rapidamente o quincôncio disposto atrás da tumba de Heloísa e Abelardo, e veio se colocar, com os serviçais da morte, na frente dos cavalos que levavam o corpo, chegando no mesmo passo ao local escolhido para a sepultura.

Todos observavam alguma coisa.

Monte Cristo observava apenas aquela sombra que quase ninguém mais notava.

Duas vezes o conde deixou seu lugar para ver se as mãos do homem não estavam procurando alguma arma escondida em suas roupas.

Essa sombra, quando o cortejo parou, foi reconhecida como sendo Morrel, o qual, com sua casaca preta abotoada até o pescoço, sua fronte lívida, suas faces encovadas, seu chapéu amarfanhado pelas mãos convulsivas, se encostara a uma árvore que crescia em um montículo com vista para o mausoléu, a fim de não perder nenhum detalhe da cerimônia fúnebre que estava para acontecer.

Tudo se passou como de costume. Alguns homens, como sempre os menos impressionados, fizeram discursos. Alguns lamentaram aquela morte prematura; outros enfatizaram o sofrimento do pai; houve quem se mostrasse engenhoso o bastante para salientar que aquela jovem, mais de uma vez, implorara ao senhor de Villefort pelos culpados sobre cuja cabeça ele mantinha suspenso o gládio da justiça; enfim, esgotaram-se as metáforas floridas e os enunciados dolorosos, que parafraseavam de todas as formas estrofes de Malherbe a Dupérier.

Monte Cristo não ouvia nada, não via nada, ou melhor, via apenas Morrel, cuja calma e imobilidade constituíam um espetáculo assustador para a única pessoa capaz de ler o que se passava no coração do jovem oficial.

— Veja — disse de repente Beauchamp a Debray —, lá está Morrel! Diabos, como foi se meter ali?

E mostraram-no a Château-Renaud.

— Como está pálido! — observou este, estremecendo.

– Sente frio – replicou Debray.

– Não – disse Château-Renaud com voz lenta. – Parece-me abalado. Maximilien é um homem muito impressionável.

– Ora – disse Debray –, ele mal conhecia a senhorita de Villefort. Você mesmo disse isso.

– É verdade. No entanto, lembro-me de que no baile da senhora de Morcerf ele dançou três vezes com Valentine. Aquele baile, conde, onde o senhor causou tanto efeito.

– Não, não me lembro – respondeu Monte Cristo, sem saber o quê ou a quem estava respondendo e só ocupado em vigiar Morrel, cujas faces afogueavam, como acontece a quem comprime ou prende a respiração. – Os discursos terminaram – disse ele bruscamente. – Adeus, senhores.

E deu o sinal de partida, desaparecendo sem que ninguém soubesse por onde.

Finda a cerimônia fúnebre, os presentes retomaram o caminho rumo a Paris.

Só Château-Renaud, por um momento, ainda tentou descobrir Morrel com o olhar; mas, enquanto ele seguia o conde que se afastava, Morrel havia deixado seu lugar e Château-Renaud, depois de procurá-lo em vão, acompanhou Debray e Beauchamp.

Monte Cristo se dirigira para um maciço de árvores e, oculto atrás de uma grande tumba, passara a observar os mínimos movimentos de Morrel, que aos poucos foi se aproximando do túmulo abandonado pelos curiosos e depois pelos coveiros.

Morrel lançou à sua volta um olhar vago e demorado; mas no momento em que esse olhar abraçou a parte do círculo oposta à dele, Monte Cristo se aproximou mais dez passos sem ser visto.

O jovem se ajoelhou.

O conde, de pescoço esticado, olhos fixos e dilatados, jarretes dobrados como para saltar ao primeiro alarme, continuava se aproximando de Morrel.

Morrel inclinou a cabeça até a laje, agarrou a grade com ambas as mãos e murmurou:

– Oh, Valentine!

Essas duas palavras partiram o coração do conde; deu outro passo à frente e, batendo no ombro de Morrel:

– É você, meu caro amigo! – disse ele. – Eu estava à sua procura.

Monte Cristo contava com uma explosão, censuras, recriminações: enganava-se.

Morrel se virou para ele e, aparentemente calmo, disse-lhe:

– Como vê, eu estava rezando.

O olhar perscrutador do conde examinou o jovem da cabeça aos pés. Após esse exame, pareceu ficar mais tranquilo.

– Quer que eu o leve de volta a Paris? – perguntou.

– Não, obrigado.

– Enfim, deseja alguma coisa?

– Deixe-me rezar.

O conde se afastou sem fazer uma única objeção, mas para ocupar um novo posto de observação, de onde não perderia nenhum gesto de Morrel. Este, finalmente, levantou-se, limpou os joelhos manchados de branco pela pedra e retomou o caminho de Paris sem voltar a cabeça uma única vez.

Desceu lentamente a Rue de la Roquette.

O conde dispensou sua carruagem, que estava estacionada no Père--Lachaise, e o seguiu a cem passos.

Maximilien atravessou o canal e voltou à Rue Meslay pelos bulevares.

Cinco minutos depois que a porta se fechou atrás de Morrel, reabriu-se para Monte Cristo.

Julie estava na entrada do jardim, onde observava com a mais profunda atenção o tio Penelon que, levando a sério sua profissão de jardineiro, estaqueava algumas roseiras-de-bengala.

– Ah, senhor conde de Monte Cristo! – exclamou ela com a alegria que todos os membros da família costumavam manifestar quando Monte Cristo visitava a Rua Meslay.

– Maximilien acaba de entrar, não é, senhora? – perguntou o conde.

– Acho que o vi passar, sim – respondeu a jovem. – Mas, por favor, chame Emmanuel.

– Perdão, senhora, mas devo subir imediatamente para os aposentos de Maximilien – respondeu Monte Cristo. – Preciso lhe dizer algo da maior importância.

– Pois vá – disse ela, acompanhando-o com seu sorriso encantador até que ele desaparecesse na escada.

Monte Cristo galgou logo os dois andares que separavam o térreo do aposento de Maximilien; quando chegou ao patamar, escutou: nenhum barulho se fazia ouvir.

Como na maioria das casas antigas habitadas por um único dono, o patamar era fechado apenas por uma porta de vidro.

Só que aquela porta de vidro não tinha chave.

Maximilien havia se trancado; mas era impossível ver além da porta, pois uma cortina de seda vermelha tapava o vidro.

A ansiedade do conde se traduzia em um forte rubor, sintoma de emoção incomum naquele homem impassível.

– Que fazer? – murmurou ele.

E refletiu por um momento.

– Tocar a campainha? – continuou. – Oh, não, muitas vezes o som da campainha, ou seja, de uma visita, acelera a resolução daqueles que se encontram nessa situação e ao som da campainha responde outro ruído.

Monte Cristo estremeceu da cabeça aos pés e, como nele a decisão tinha a velocidade do raio, golpeou com o cotovelo um dos painéis da porta de vidro, que voou em estilhaços; em seguida, levantou a cortina e viu Morrel que, diante de sua mesa, com uma pena na mão, saltara na cadeira ao estrondo da janela quebrada.

– Não é nada – disse o conde –, mil perdões! Meu querido amigo, escorreguei e, escorregando, dei uma cotovelada no seu painel; como está quebrado, aproveito a oportunidade para entrar em seus aposentos; não se incomode, não se incomode.

E, passando o braço pelo buraco, o conde abriu a porta.

Morrel levantou-se, obviamente contrariado, e foi ao encontro de Monte Cristo, menos para recebê-lo que para bloquear seu caminho.

– Bem, a culpa é de seus criados – disse Monte Cristo, esfregando o cotovelo. – Seus pisos são reluzentes como espelhos.

– O senhor se machucou? – perguntou Morrel, friamente.

– Não sei. Mas o que estava fazendo aí? Escrevendo?

– Eu?

– Seus dedos estão manchados de tinta.

– É verdade – respondeu Morrel –, estava escrevendo; isso às vezes acontece comigo, por mais militar que eu seja.

Monte Cristo deu alguns passos pelo quarto. Maximilien teve de deixá-lo passar, mas seguiu-o.

– Então escrevia? – continuou Monte Cristo, com um olhar que incomodava pela firmeza.

– Já tive a honra de lhe dizer que sim – respondeu Morrel.

O conde olhou em volta.

– Suas pistolas ao lado da escrivaninha! – disse ele, apontando a Morrel as armas.

– Vou viajar – respondeu Maximilien.

– Meu amigo! – exclamou Monte Cristo em um tom de infinita doçura.

– Senhor!

– Meu amigo, meu querido Maximilien, nada de resoluções extremas, eu imploro!

– Eu, resoluções extremas! – replicou Morrel, dando de ombros. – E como pode uma viagem ser uma resolução extrema, diga-me?

– Maximilien, tiremos logo nossas máscaras. Você não me engana com essa calma imperturbável mais do que eu o engano com minha solicitude frívola. Você sabe muito bem que, para fazer o que fiz, para quebrar seus vidros e violar o segredo do quarto de um amigo; você sabe muito bem, repito, que para fazer tudo isso eu tinha de estar sendo movido por uma ansiedade real, ou melhor, por uma convicção terrível. Morrel, você quer se matar.

– Ora – disse Morrel, tremendo –, de onde tirou essas ideias, senhor conde?

– Digo que você quer se matar – insistiu Monte Cristo no mesmo tom de voz – e aqui está a prova.

Aproximou-se da mesa, levantou o papel em branco que o rapaz jogara sobre a carta começada e pegou-a.

Morrel se precipitou para arrancá-la das mãos do conde.

Mas Monte Cristo previu esse movimento e o impediu agarrando Maximilien pelo pulso e detendo-o como a corrente de aço detém o salto de uma mola.

– Queria mesmo se matar, Morrel – disse o conde. – Está escrito aqui!

– Pois bem! – gritou Morrel, passando sem transição da aparência de calma para a expressão de violência. – Pois bem! Se eu decidisse virar o cano da pistola contra mim, quem me impediria? Quem teria a coragem de me impedir?

Se eu dissesse que minhas esperanças foram arruinadas, meu coração está partido, minha vida está extinta, há apenas luto e desgosto ao meu redor, a terra se transformou em cinzas, toda voz humana me magoa; se eu dissesse que é ato de piedade me deixarem morrer porque, se me impedirem, vou perder a razão, ficarei louco, responda, senhor: se eu dissesse isso, com angústia e lágrimas no coração, alguém me objetaria: "Você está errado"? Alguém me deixaria ser o homem mais infeliz do mundo? Diga senhor, diga: o senhor teria essa coragem?

– Sim, Morrel – respondeu Monte Cristo com uma voz cuja serenidade contrastava estranhamente com a exaltação do jovem. – Eu teria.

– O senhor! – gritou Morrel com uma expressão de raiva e reprovação crescentes. – O senhor, que me iludiu com uma esperança absurda; o senhor, que me reteve, enganou e fez adormecer com promessas vãs, quando eu poderia tê-la salvado com algum golpe de ousadia, alguma resolução extrema, ou pelo menos vê-la morrer em meus braços; o senhor, que ostenta todos os recursos da inteligência, todos os poderes da matéria; o senhor, que desempenha, ou melhor, finge desempenhar o papel da Providência e nem sequer pôde ministrar um antídoto a uma jovem envenenada! Ah, na verdade o senhor me provocaria dó se não me causasse horror!

– Morrel!...

– Sim, o senhor me pediu para tirar a máscara; pois aí está, tirei-a. Sim, quando me seguiu até o cemitério, eu ainda lhe respondi, porque tenho bom coração; quando entrou aqui, deixei que se aproximasse… Mas, como está abusando, como vem me desafiar neste quarto onde me recolhi como em meu túmulo; como me traz uma nova tortura, tendo eu achado que já havia suportado todas, conde de Monte Cristo, meu pretenso benfeitor; conde de Monte Cristo, o salvador universal, fique satisfeito, verá seu amigo morrer!...

E Morrel, com um riso ensandecido nos lábios, correu uma segunda vez em direção às pistolas.

Monte Cristo, pálido como um espectro, mas com os olhos faiscantes, estendeu a mão sobre as armas e disse ao louco:

– E eu repito que você não vai se matar!

– Impeça-me então! – gritou Morrel, tentando um último impulso que, como o primeiro, foi se chocar contra o braço de aço do conde.

– Eu o impedirei!

– Mas quem é o senhor, afinal, para se arrogar esse direito tirânico sobre criaturas livres e pensantes? – rugiu Maximilien.

– Quem sou eu? – perguntou Monte Cristo. – Ouça: sou o único homem no mundo que tem o direito de lhe dizer: Morrel, não quero que o filho de seu pai morra hoje!

E Monte Cristo, majestoso, transfigurado, sublime, avançou com os braços cruzados na direção do jovem palpitante, que, derrotado à sua revelia pela quase divindade daquele homem, recuou um passo.

– Por que menciona meu pai? – balbuciou o jovem. – Por que envolve a memória dele com o que está acontecendo comigo hoje?

– Porque eu sou aquele que salvou a vida de seu pai no dia em que ele planejava se matar como você quer fazer hoje, porque sou o homem que enviou a bolsa à sua jovem irmã e o *Pharaon* ao velho Morrel; porque sou Edmond Dantès, que o fez brincar, quando criança, em seus joelhos.

Morrel deu outro passo atrás, cambaleante, sufocado, ofegante, esmagado; em seguida, de repente, suas forças o abandonaram e, com um grande grito, caiu prostrado aos pés de Monte Cristo.

Logo em seguida, nessa natureza admirável, deu-se um movimento de regeneração repentina e completa: ele se levantou, saiu correndo do quarto, precipitou-se para a escada e gritou a plenos pulmões:

– Julie, Julie! Emmanuel, Emmanuel!

Monte Cristo quis segui-lo, mas Maximilien preferiria morrer a deixar o umbral da porta, a qual ele empurrava sobre o conde.

Aos gritos de Maximilien, Julien, Emmanuel, Penelon e alguns criados acorreram, assustados.

Morrel tomou-os pelas mãos e reabriu a porta:

– De joelhos! – gritou ele, com a voz entrecortada de soluços. – De joelhos! Este é o benfeitor, o salvador de nosso pai! Este é...

Ia dizer:

– Edmond Dantès!

O conde o deteve, agarrando-lhe o braço.

Julie se apossou da mão do conde; Emmanuel o abraçou como a um deus tutelar; Morrel caiu pela segunda vez de joelhos e encostou a testa no chão.

Então o homem de bronze sentiu o coração se expandir no peito, um jato de chamas devoradoras subiu de sua garganta para os olhos, e ele inclinou a cabeça e chorou!

Deu-se naquele quarto, por alguns momentos, um concerto de lágrimas e gemidos sublimes que deve ter parecido harmonioso até aos anjos mais queridos do Senhor!

Julie mal se recobrara da emoção mais profunda que jamais havia experimentado quando saiu em disparada do quarto, desceu um andar, correu ao salão com uma alegria infantil e ergueu o globo de cristal que protegia a bolsa dada pelo desconhecido das Alées de Meilhan.

Enquanto isso, Emmanuel, com voz embargada, dizia ao conde:

– Oh, senhor conde, por que, vendo-nos tantas vezes falar sobre nosso benfeitor desconhecido, por que, vendo-nos cercar uma lembrança de tanto reconhecimento e adoração, esperou até hoje para se dar a conhecer? Oh, isso é cruel para nós e, eu quase ousaria dizer, para o senhor mesmo!

– Escute, meu amigo – disse o conde –, posso chamá-lo assim, pois, sem suspeitar, você é meu amigo há onze anos; a descoberta desse segredo foi provocada por um grande acontecimento que todos devem ignorar.

Deus é testemunha de que eu queria sepultá-lo para sempre no fundo de minha alma; seu irmão Maximilien o arrancou de mim com violência, da qual se arrepende, tenho certeza disso. – E vendo que Maximilien ficara a distância, perto de uma poltrona e ainda de joelhos: – Vigie-o – acrescentou em voz baixa, pressionando significativamente a mão de Emmanuel.

– Por que isso? – perguntou o jovem, atônito.

– Não posso lhe contar; mas vigie-o.

Emmanuel abarcou o quarto com um olhar circular e viu as pistolas de Morrel.

Seus olhos se fixaram nas armas, assustados, e ele as apontou a Monte Cristo, erguendo lentamente o dedo.

Monte Cristo inclinou a cabeça.

Emmanuel fez um movimento em direção às pistolas.

– Deixe-as – disse o conde.

Depois, aproximando-se de Morrel, pegou-lhe a mão; os movimentos tumultuosos que por um instante abalaram o coração do jovem haviam cedido lugar a um profundo estupor.

Julie voltou, com a bolsa de seda na mão; duas lágrimas brilhantes e alegres rolavam por suas faces como duas gotas de orvalho matinal.

– Aqui está a relíquia – disse a jovem. – Não pense que ela me é menos cara depois que nosso salvador nos foi revelado.

– Minha filha – respondeu Monte Cristo, corando –, permita-me retomar essa bolsa; como já conhece os traços de meu rosto, só quero ser lembrado pelo carinho que lhe peço devotar-me.

– Oh – disse Julie, apertando a bolsa contra o peito –, não, não, eu lhe imploro, porque um dia o senhor pode nos deixar! Infelizmente, um dia, vai fazer isso, não?

– Adivinhou, senhora – respondeu Monte Cristo, sorrindo. – Daqui a uma semana, deixarei este país onde tantas pessoas merecedoras da vingança do céu viviam felizes, enquanto meu pai morria de fome e de dor.

Ao anunciar sua próxima partida, Monte Cristo manteve os olhos fixos em Morrel e notou que as palavras "deixarei este país" não haviam tirado o rapaz de sua letargia; compreendeu então que deveria travar uma última luta contra a dor do amigo. Tomando as mãos de Julie e Emmanuel, que reuniu apertando-as nas suas, disse-lhes, com a doce autoridade de um pai:

– Meus bons amigos, peço-lhes que me deixem a sós com Maximilien.

Foi uma maneira de Julie levar consigo a preciosa relíquia que Monte Cristo não voltara a mencionar.

Puxou vivamente o marido.

– Vamos – disse ela.

O conde permaneceu com Morrel, que continuava imóvel como uma estátua.

– Vejamos – disse ele, tocando o ombro do amigo com seu dedo flamejante. – Voltou finalmente a ser um homem, Maximilien?

– Sim, pois recomeço a sofrer.

O conde franziu o cenho, parecendo entregue a uma hesitação sombria.

– Maximilien, Maximilien! – suspirou ele.– Essas ideias que está alimentando são indignas de um cristão!

– Oh, tranquilize-se, amigo – replicou Morrel, erguendo a cabeça e mostrando ao conde um sorriso imbuído de tristeza inefável –, não vou mais procurar a morte.

– Então – disse Monte Cristo –, basta de armas, basta de desespero?

– Tenho algo melhor para curar minha dor do que o cano de uma pistola ou a ponta de uma faca.

– Pobre tolo!... E o que tem?

– Minha própria dor. Ela me matará.

– Amigo – disse Monte Cristo com igual melancolia –, ouça-me: certa vez, em um momento de desespero semelhante ao seu, pois acarretava a mesma resolução, eu quis me matar; um dia seu pai, igualmente desesperado também quis. Se tivessem dito a seu pai, quando ele apontava o cano da pistola para a cabeça; se tivessem dito a mim, quando repelia o pão do prisioneiro no qual não tocava havia três dias; se, enfim, tivessem dito aos dois naquele momento supremo: "Vivam! Dia virá em que serão felizes e abençoarão a vida", de onde quer que viesse a voz, nós a teríamos acolhido com o sorriso da dúvida ou com a angústia da descrença. No entanto, quantas vezes, ao abraçá-lo, seu pai não abençoou a vida, quantas vezes eu mesmo...

– Ah – interrompeu Morrel –, o senhor só tinha perdido sua liberdade; meu pai só havia perdido sua fortuna; mas eu perdi Valentine.

– Olhe para mim, Morrel – disse Monte Cristo com aquela solenidade que, em certas ocasiões, o tornava tão grande e tão persuasivo. – Olhe para mim, não tenho nem lágrimas nos olhos, nem febre nas veias nem batimentos fúnebres no coração; no entanto, vejo-o sofrer, Maximilien, a você que amo como amaria meu filho. Pois bem, isso não lhe diz que a dor é como a vida e que sempre há algo desconhecido além dela? Ora, se lhe peço, se lhe ordeno que não morra, é pela convicção de que um dia você me agradecerá por eu ter conservado sua vida.

– Meu Deus! – gritou o jovem. – Meu Deus! Que está me dizendo, conde? Cuidado! O senhor acaso nunca amou?

– Criança! – replicou o conde.

– De amor eu entendo – prosseguiu Morrel. – Como vê, sou soldado desde que sou homem. Cheguei aos vinte e nove anos sem amar, porque nenhum dos sentimentos que experimentei até então merecia o nome de amor. Mas aos vinte e nove anos conheci Valentine: e, pelos quase dois anos que a amo, pude ler as virtudes da menina e da mulher escritas pelas próprias mãos do Senhor naquele coração aberto para mim como um livro.

Conde, estava reservada para mim, com Valentine, uma felicidade infinita, imensa e desconhecida, uma felicidade grande demais, completa demais, divina demais para este mundo; e como não a tive neste mundo, conde, afirmo-lhe que, sem Valentine, só restam para mim na terra desespero e desolação.

– Eu lhe disse para esperar, Morrel – insistiu o conde.

– Então insisto também: tome cuidado – disse Morrel –, pois, se tentar me convencer e conseguir, me fará perder a razão, já que acreditarei poder rever Valentine.

O conde sorriu.

– Meu amigo, meu pai! – bradou Morrel, exaltado. – Vou dizer pela terceira vez: cuidado! A influência que tem sobre mim me aterroriza; pense bem no significado de suas palavras, pois meus olhos se reanimam, meu coração se acende de novo e renasce. Pense bem, pois vai me fazer acreditar em coisas sobrenaturais. Eu obedeceria se o senhor me ordenasse levantar a pedra que cobre o sepulcro da filha de Jairo; eu andaria sobre as ondas como o apóstolo se, com um simples aceno, me pedisse isso; cuidado, eu obedeceria.

– Espere, meu amigo – insistiu o conde.

– Ah – gemeu Morrel, recaindo do alto da exaltação no abismo da tristeza –, o senhor brinca comigo, fazendo como essas boas mães, ou melhor, como essas mães egoístas que acalmam a dor da criança com palavras doces porque seus gritos as cansam. Não, meu amigo, eu estava errado em pedir-lhe que tomasse cuidado; não, não tema nada, enterrarei minha dor com tanto empenho nas profundezas do meu peito, tornarei essa dor tão obscura, tão secreta, que o senhor nem terá mais a preocupação de simpatizar com ela. Adeus, meu amigo, adeus.

– Nada disso – objetou o conde. – A partir deste momento, Maximilien, você viverá perto de mim e comigo, não se afastará e dentro de oito dias teremos deixado a França para trás.

– E pede que eu espere?

– Peço que tenha esperança, pois conheço um meio de curá-lo.

– Conde, está me deixando ainda mais triste, se isso for possível. O senhor vê como resultado do golpe que me atingiu apenas uma dor qualquer e acredita poder me consolar por um meio banal, uma viagem.

E Morrel sacudiu a cabeça com desdenhosa incredulidade.

– Que quer que eu diga? – ponderou Monte Cristo. – Confio em minhas promessas, deixe-me fazer a experiência.

– Conde, o senhor prolonga minha agonia, eis tudo.

– Então – replicou o conde –, coração fraco que é, você não tem forças para dar a seu amigo alguns dias a fim de que ele faça o teste? Vejamos. Você sabe do que o conde de Monte Cristo é capaz? Sabe que ele comanda muitas potências da Terra? Sabe que ele tem fé suficiente em Deus para conseguir milagres de quem disse que com fé o homem pode remover montanhas? Portanto, esse milagre que espero, espere-o também ou...

– Ou... – repetiu Morrel.

– Ou tome cuidado, Morrel, porque posso chamá-lo de ingrato.

– Tenha piedade de mim, conde.

– Tenho tanta piedade de você, Maximilien, que se não o curar em um mês, contado dia a dia, hora a hora, lembre-se bem de minhas palavras: eu mesmo lhe entregarei estas pistolas carregadas e um cálice do veneno mais seguro da Itália, acredite, mais seguro e mais rápido ainda do que o que matou Valentine.

– O senhor promete?

– Sim, porque sou homem, porque eu também, como lhe disse, já quis morrer e, muitas vezes, mesmo depois que o infortúnio se afastou de mim, sonhei com as delícias do sono eterno.

– É essa então sua promessa, conde? – bradou Maximilien, arrebatado.

– Não prometo, juro – disse Monte Cristo, estendendo a mão.

– Depois de um mês, por sua honra, se eu não for consolado, o senhor me deixará livre para dispor de minha vida e, o que quer que eu faça dela, não me chamará de ingrato?

– Depois de um mês, contado dia a dia, Maximilien; depois de um mês, contado hora a hora. E a data é sagrada, Maximilien; não sei se você pensou nisso, mas estamos a 5 de setembro. Hoje, faz dez anos, salvei seu pai, que queria morrer.

Morrel agarrou as mãos do conde e beijou-as; o conde não o impediu, como se entendesse que aquela adoração lhe era devida.

– Daqui a um mês – continuou Monte Cristo –, você terá boas armas e uma doce morte sobre a mesa em volta da qual estaremos sentados; mas, em contrapartida, você me promete esperar até lá e viver?

– Oh, de minha parte, também juro! – exclamou Morrel.

Monte Cristo abraçou longamente o jovem.

– E agora – disse –, a partir de hoje, você morará comigo; ocupará os aposentos de Haydée e, pelo menos, minha filha será substituída por meu filho.

– Haydée! – exclamou Morrel. – Que aconteceu com ela?

– Partiu esta noite.

– Deixou-o?

– Está me esperando... Então, prepare-se para se juntar a mim na Rue des Champs-Élysées e me tire daqui sem que ninguém me veja.

Maximilien abaixou a cabeça e obedeceu como uma criança ou como um apóstolo.

A PARTILHA

No hotel da Rue Saint-Germain-des-Prés, que Albert de Morcerf havia escolhido para sua mãe e para si, o primeiro andar, composto por um pequeno apartamento completo, estava alugado a um personagem muito misterioso.

Esse personagem era um homem cujo rosto o próprio zelador nunca conseguira ver, nem quando ele entrava nem quando saía; porque, no inverno, ele afundava o queixo em uma dessas gravatas vermelhas usadas pelos cocheiros de boas casas que aguardam seus patrões na saída dos espetáculos e, no verão, ele se cobria com um lenço exatamente quando podia ser visto passando em frente à portaria.

Deve-se dizer que, ao contrário de todas as convenções, esse morador do hotel não era espionado por ninguém e que o boato sobre seu incógnito esconder um indivíduo muito altamente colocado e de *braço comprido* levava a respeitar suas aparições misteriosas.

Suas visitas eram geralmente com hora marcada, embora em alguns casos elas se adiantassem ou se atrasassem; mas quase sempre, no inverno ou no verão, por volta das quatro horas é que ele tomava posse de seu apartamento, onde nunca passava a noite.

Às três e meia, no inverno, o fogo era aceso pela discreta criada que cuidava do pequeno apartamento; às três e meia, no verão, sorvetes eram servidos pela mesma criada.

Às quatro, como dissemos, o personagem misterioso chegava.

Vinte minutos depois dele, uma carruagem parava diante do hotel; uma mulher vestida de preto ou azul-escuro, mas sempre envolta num véu, descia da carruagem, passava como uma sombra pela portaria e subia as escadas sem que se ouvisse um único degrau estalar sob seu passo leve.

Nunca aconteceu de alguém lhe perguntar aonde ela ia.

Seu rosto, como o do desconhecido, era, portanto, perfeitamente estranho aos dois guardiões da entrada, esses porteiros-modelo, talvez os únicos, na imensa confraria de porteiros da capital, capazes de tal discrição.

Escusado será dizer que ela não ia além do primeiro andar. Batia à porta com um toque muito especial; a porta se abria e depois se fechava hermeticamente, eis tudo.

Para sair do hotel, a mesma manobra empregada para entrar.

A desconhecida saía primeiro, sempre velada, e subia na carruagem, que às vezes desaparecia por um extremo da rua, às vezes pelo outro; vinte minutos depois, o desconhecido descia por sua vez, enterrado em sua gravata ou escondido por seu lenço, e desaparecia também.

No dia seguinte àquele em que o conde de Monte Cristo visitara Danglars, o dia do funeral de Valentine, o misterioso habitante entrou por volta das dez horas da manhã e não às quatro da tarde, como era hábito.

Quase imediatamente e, sem respeitar o intervalo habitual, apareceu uma carruagem de aluguel e a senhora velada subiu rapidamente as escadas.

A porta se abriu e se fechou.

Mas antes mesmo de se fechar, a senhora gritou:

– Oh, Lucien, oh, meu amigo!

Assim o porteiro, ouvindo sem querer essa exclamação, soube pela primeira vez que seu inquilino se chamava Lucien; mas, na qualidade de porteiro-modelo, prometeu não revelá-lo nem mesmo à esposa.

– Mas o que há, querida amiga? – perguntou aquele cujo nome havia sido revelado pela confusão ou pela pressa da dama com véu. – Vamos, diga.

– Meu amigo, posso contar com você?

– Certamente, como bem sabe. Mas o que aconteceu? Seu bilhete desta manhã me deixou em terrível perplexidade. Tanta precipitação, tanta desordem em sua escrita... Vejamos, tranquilize-me ou assuste-me de uma vez.

– Lucien, um grande acontecimento! – exclamou a dama, lançando um olhar interrogativo sobre o rapaz. – Danglars partiu esta noite.

– Partiu! O senhor Danglars partiu? E para onde foi?

– Não sei.

– Como? Não sabe? Então, ele partiu para nunca mais voltar?

– Sem dúvida! Às dez horas da noite, seus cavalos o levaram à barreira de Charenton; lá, ele encontrou uma carruagem de posta toda equipada; entrou com seu criado de quarto e ordenou ao cocheiro que o levasse para Fontainebleau.

– E o que me diz disso?

– Espere, meu amigo. Ele me deixou uma carta.

– Uma carta?

– Sim; leia-a.

E a baronesa tirou da bolsa um envelope aberto, que estendeu a Debray.

Debray, antes de ler, hesitou por um momento, como se tentasse adivinhar o que a carta continha, ou melhor, como se, não importando o conteúdo, ele estivesse determinado a tomar antecipadamente um partido.

Depois de alguns segundos, o curso de suas ideias foi provavelmente interrompido, porque ele leu.

Eis o que continha esse bilhete que tanta agitação provocara no coração da senhora Danglars:

Senhora e esposa muito fiel.

Sem pensar, Debray se interrompeu e olhou para a baronesa, que corou até a menina dos olhos.

– Leia! – pediu ela.

Debray continuou:

Quando receber esta carta, não terá mais marido! Oh, não se alarme muito: não terá mais marido e não terá mais filha, ou seja, estarei em uma das trinta ou quarenta estradas que levam para fora da França.

Devo-lhe explicações e, como a senhora é uma mulher capaz de entendê-las perfeitamente, eu as darei.

Ouça, então:

Uma dívida de cinco milhões me apareceu esta manhã, eu a paguei; outra da mesma soma se seguiu quase imediatamente, eu a adiei para amanhã; hoje, vou embora para evitar esse amanhã, que me seria muito desagradável suportar.

Entende o que se passa, não, senhora e esposa mui preciosa?

Eu respondo: entende, sim, pois conhece meus negócios tão bem quanto eu; conhece-os até melhor, visto que, se eu precisasse dizer para onde foi boa parte de minha fortuna, outrora invejável, não conseguiria, enquanto a senhora, pelo contrário, responderia prontamente, não tenho dúvida.

Como as mulheres têm instintos infalíveis, explicam até o maravilhoso por uma álgebra que elas próprias inventaram. Eu, que conhecia apenas meus números, não soube mais nada desde o dia em que esses números me enganaram.

Admirou alguma vez a velocidade de minha queda, senhora?

Ficou um pouco deslumbrada com essa fusão incandescente de meus lingotes?

Eu, confesso, só vi aí o fogo; espero que a senhora tenha recuperado um pouco de ouro das cinzas.

É com essa esperança consoladora que me afasto, senhora e mui prudente esposa, sem que de modo algum minha consciência me culpe por abandoná-la: restam-lhe amigos, as cinzas em questão e, para cúmulo da bem-aventurança, a liberdade que me apresso a devolver-lhe.

No entanto, senhora, chegou a hora de colocar uma palavra de explicação íntima neste parágrafo.

Enquanto esperei que a senhora trabalhasse para o bem-estar de nossa casa, para a fortuna de nossa filha, eu filosoficamente fechei os olhos; mas, como transformou a casa em uma grande ruína, não quero servir de alicerce à fortuna de outros.

Eu a acolhi rica, mas pouco honrada.

Perdoe-me por lhe falar com tamanha franqueza; mas, como falo provavelmente apenas para nós dois, não vejo motivo para poupar minhas palavras.

Aumentei nossa fortuna, que por mais de quinze anos prosperou, até o momento em que catástrofes desconhecidas e ininteligíveis para mim a atacaram e derrubaram, sem que, posso dizer, eu tivesse culpa alguma.

A senhora, porém, trabalhou apenas para aumentar a sua e conseguiu, disso estou moralmente convencido.

Deixo-a, portanto, como a encontrei: rica, mas pouco honrada.

Adeus.

Eu também vou trabalhar a partir de hoje por minha conta.

A senhora tem toda a minha gratidão pelo exemplo que me deu e que vou seguir.

Seu dedicado marido,
Barão DANGLARS

A baronesa seguira Debray com os olhos durante essa longa e dolorosa leitura; e percebera que o jovem, apesar de seu conhecido autodomínio, havia mudado de cor uma ou duas vezes.

Quando terminou, ele fechou lentamente o papel em suas dobras e retomou seu ar pensativo.

– E então? – perguntou a senhora Danglars, com uma ansiedade fácil de entender.

– E então, senhora? – repetiu Debray, maquinalmente.

– Que ideia essa carta lhe inspira?

– É muito simples, senhora; ela me inspira a ideia de que o senhor Danglars partiu cheio de suspeitas.

– Sem dúvida; mas isso é tudo que tem a me dizer?

– Não estou entendendo – replicou Debray, com uma frieza glacial.

– Ele se foi! Ele se foi de vez, para não mais voltar!

– Ora – disse Debray –, não acredite nisso, baronesa.

– Não, ele não voltará, garanto-lhe; eu o conheço, é um homem inabalável em todas as resoluções que emanam de seu interesse. Se me julgasse útil para alguma coisa, teria me levado com ele. Ele me deixa em Paris porque nossa separação pode servir aos seus projetos; é, portanto, irrevogável e estou livre para sempre – concluiu a senhora Danglars, no mesmo tom de oração.

Mas Debray, em vez de responder, deixou-a nessa ansiosa interrogação expressa pelo olhar e pelo pensamento.

– Mas não me responde nada, senhor? – indagou ela, finalmente.

– Só tenho uma pergunta: o que pretende fazer?

– É o que eu ia lhe perguntar – respondeu a baronesa, com o coração palpitante.

– Ah – disse Debray –, é então um conselho que me pede?

– Sim, é um conselho que lhe peço – repetiu a baronesa, com o coração apertado.

– Nesse caso – replicou o jovem, friamente –, aconselho-a a viajar.

– Viajar! – balbuciou a senhora Danglars.

– Sem dúvida. Como disse Danglars, a senhora é rica e perfeitamente livre. Uma ausência de Paris será absolutamente necessária, pelo menos em minha opinião, depois do duplo escândalo do casamento desfeito da senhorita Eugénie e do desaparecimento do senhor Danglars.

É importante apenas que todos saibam que a senhora foi abandonada e que pensem que está pobre; pois ninguém perdoaria à esposa de um falido sua opulência e seu fausto.

No primeiro caso, basta que fique em Paris por duas semanas, dizendo a todos que foi abandonada e contando às suas melhores amigas, que espalharão a notícia, como esse abandono ocorreu. Depois, irá embora, deixando para trás suas joias e sua parte nos bens do marido, e todos gabarão seu desinteresse e lhe entoarão louvores. Então se saberá que foi abandonada e se pensará que está pobre. Só eu conheço sua situação financeira e estou pronto a lhe prestar contas, como um sócio leal.

A baronesa, pálida, consternada, ouvira esse discurso tanto com terror como com desespero, ao passo que Debray só colocara calma e indiferença em suas palavras.

– Abandonada! – repetiu ela. – Sim, completamente abandonada... Tem razão, senhor, e ninguém duvidará do meu abandono.

Foi a única resposta que aquela mulher, tão orgulhosa e tão violentamente apaixonada, pôde dar a Debray.

– Mas rica, muito rica mesmo – continuou Debray, tirando alguns papéis da carteira e espalhando-os sobre a mesa.

A senhora Danglars não o interrompeu, toda ocupada que estava reprimindo as batidas do coração e retendo as lágrimas que sentia acumular-se nas bordas das pálpebras.

Mas, finalmente, o sentimento de dignidade prevaleceu na baronesa; e, se não conseguiu reprimir as batidas do coração, foi capaz pelo menos de não derramar uma lágrima

– Senhora – disse Debray –, já faz seis meses que somos sócios. A senhora entrou com um fundo de cem mil francos. Foi em abril deste ano que formamos nossa associação. Em maio, nossas operações começaram, quando ganhamos quatrocentos e cinquenta mil francos. Em junho, o lucro aumentou para novecentos mil. Em julho, adicionamos um milhão e seiscentos mil ao montante; foi, como sabe, o mês dos títulos espanhóis. Em agosto, perdemos trezentos mil francos nos primeiros dias; mas no dia 15 nos recuperamos e, no final do mês, tivemos uma compensação. Assim, nossas contas, apuradas desde o dia de nossa associação até ontem, quando as fechei, nos dão um ativo de dois milhões e quatrocentos mil francos, ou seja, um milhão e duzentos mil francos para cada um. Agora – continuou Debray, examinando seu caderno com o método e a tranquilidade de um corretor da Bolsa –, temos oitenta mil francos de juros compostos sobre essa quantia, que ficou comigo.

– Mas – interrompeu a baronesa – que vêm a ser esses juros, uma vez que o senhor nunca investiu o dinheiro?

– Peço-lhe perdão, senhora – replicou friamente Debray. – Eu tinha sua autorização para investi-lo e me vali disso. Portanto, a senhora tem a metade, quarenta mil francos, mais os cem mil francos do primeiro investimento, isto é, cento e quarenta mil francos. Tomei a precaução de guardar seu dinheiro anteontem mesmo, temendo precisar lhe prestar contas a qualquer momento. Seu dinheiro está aqui, metade em notas, metade em vales ao portador. Sim, aqui, pois não considerava minha casa segura o bastante nem os tabeliões suficientemente discretos, além de saber que as propriedades falam ainda mais alto que os tabeliães; e como a senhora não tem o direito de comprar ou possuir nada fora da comunhão conjugal, guardei toda essa soma, hoje sua única fortuna, em um cofre selado no fundo deste armário, fazendo eu próprio as vezes de pedreiro para maior segurança. Agora – continuou Debray, abrindo primeiro o armário e depois o cofre –, agora, senhora, cá estão oitocentas notas de mil francos cada uma, as quais, como vê, lembram um grande álbum encadernado em ferro; juntei um vale de vinte e cinco mil francos; além disso, para o suplemento, que chega segundo penso a cento e dez mil francos, aqui está um cheque contra meu banqueiro e, como meu banqueiro não é o senhor Danglars, ele será pago à vista, pode ficar tranquila.

A senhora Danglars pegou automaticamente o cheque, o vale e o maço de notas.

Essa enorme fortuna parecia muito pouca coisa quando espalhada sobre uma mesa.

A senhora Danglars, com os olhos secos, mas o peito inflado de soluços, pôs a caixa de aço na bolsa, o vale e o cheque na carteira, e, de pé, pálida, muda, aguardou uma palavra doce que a consolasse por ser tão rica.

Mas esperou em vão.

– Senhora – disse Debray –, terá doravante uma existência magnífica, algo como sessenta mil libras de renda, o que é uma quantia enorme para uma mulher que não poderá manter casa antes por pelo menos um ano.

É um privilégio para todas as fantasias que lhe passarem pela cabeça. Além disso, se achar sua parte insuficiente, tendo em vista o passado que lhe escapa, poderá recorrer à minha; estou disposto a oferecer-lhe, a título de empréstimo, é claro, tudo que possuo, ou seja, um milhão e sessenta mil francos.

– Obrigada, senhor – respondeu a baronesa. – Obrigada. Saiba que está me dando muito mais que o necessário a uma mulher pobre, que não cogita, por um bom tempo, de reaparecer na sociedade.

Debray ficou surpreso por um momento, mas se recobrou e fez um gesto que poderia ser expresso pela fórmula mais polida de expressar esta ideia: "Como queira!"

A senhora Danglars esperava sem dúvida mais alguma coisa; porém, ao notar o gesto despreocupado que acabara de escapar a Debray e o olhar oblíquo que acompanhara esse gesto, seguido de uma profunda reverência e de um silêncio significativo, levantou a cabeça, abriu a porta e, sem se enfurecer, sem se abalar, mas também sem hesitar, correu para a escada, desdenhando mesmo fazer um último cumprimento a quem a deixava ir naquela situação.

"Bons projetos esses", pensou Debray, depois que ela partiu. "A baronesa ficará em casa, lendo romances e jogando lansquenete, já que não poderá mais jogar na Bolsa."

E, pegando seu caderno de novo, riscou com o máximo cuidado as somas que acabara de pagar.

"Tenho ainda um milhão e sessenta mil francos", calculou. "Pena que a senhorita de Villefort fosse mortal! Aquela mulher me conviria sob todos os aspectos e eu a teria desposado."

E, fleumático como sempre, esperou mais vinte minutos após a saída da senhora Danglars para se resolver a sair também.

Durante esses vinte minutos, Debray fez cálculos com o relógio que estava a seu lado.

Asmodeus, esse personagem diabólico que uma imaginação rica teria criado com mais ou menos perfeição caso Lesage não houvesse adquirido sua prioridade em uma obra-prima, removia o teto das casas para espiar o interior e teria desfrutado de um espetáculo singular se tivesse removido, no momento em que Debray fazia suas contas, o do pequeno hotel na Rue Saint-Germain-des-Prés.

Acima do quarto onde Debray acabava de partilhar dois milhões e meio com a senhora Danglars, havia outro, também habitado por pessoas de nosso conhecimento, que tiveram um papel bastante importante nos eventos que acabamos de contar, e por isso vamos reencontrá-las com algum interesse.

Estavam nesse quarto Mercedes e Albert.

Mercedes mudara bastante nos últimos dias; não que, mesmo na época de sua maior fortuna, ela ostentasse a pompa orgulhosa capaz de disfarçar todas as condições, a ponto de não mais reconhecermos a mulher assim que ela nos aparecesse em trajes mais simples; não que ela tivesse caído nesse estado de desgraça em que se é forçado a vestir a libré da miséria. Não: Mercedes mudara porque seus olhos não brilhavam mais, porque sua boca deixara de sorrir e, finalmente, porque um constrangimento perpétuo detinha em seus lábios a palavra rápida que saía outrora de seu espírito sempre preparado.

Não havia sido a pobreza que abatera o espírito de Mercedes, não fora a falta de coragem que tornara pesada sua pobreza.

Mercedes, decaindo do ambiente em que vivia, perdida na nova esfera que escolhera, como as pessoas que saem de uma sala feericamente iluminada para entrar de súbito na escuridão; Mercedes, dizíamos, parecia uma rainha transportada de seu palácio para uma choupana, reduzida ao essencial e não se reconhecendo nem nos pratos de barro que era obrigada a levar pessoalmente à mesa nem na enxerga que substituiu seu leito.

Com efeito, a bela catalã ou a nobre condessa não tinha mais seu olhar orgulhoso ou seu sorriso encantador porque, fixando os olhos no que a cercava, via apenas objetos aflitivos: a sala forrada com um desses papéis cinza sobre cinza, que os proprietários econômicos preferem por parecerem menos sujos; o piso sem tapete; os móveis que chamavam atenção e forçavam a vista a se deter na pobreza de um falso luxo, todas aquelas coisas, enfim, que quebravam com seus tons espalhafatosos a harmonia tão necessária a olhos acostumados a um conjunto elegante.

A senhora de Morcerf morava ali desde que deixara o palacete; sentia vertigens em meio àquele silêncio eterno, como as sente o viandante que chega à beira de um abismo. Percebendo que Albert a observava furtivamente a cada minuto, para julgar o estado de seu coração, limitava-se a um sorriso monótono dos lábios que, na ausência desse fogo tão suave do sorriso dos olhos, produz o efeito de uma simples reverberação da luz, ou seja, de uma luminosidade sem calor.

Já Albert estava preocupado, inquieto, envergonhado com aquele resto de luxo que o impedia de se enquadrar em sua condição atual; queria sair sem luvas e achava suas mãos muito brancas; queria andar pela cidade a pé e achava suas botas envernizadas demais.

No entanto, essas duas criaturas, tão nobres e inteligentes, unidas indissoluvelmente pelo vínculo do amor materno e filial, conseguiam se entender sem falar sobre nada e economizar todos os preparativos de que se servem os amigos para estabelecer essa verdade material de que a vida depende.

Albert, finalmente, conseguira contar à mãe sem fazê-la empalidecer: "Minha mãe, não temos mais dinheiro".

Mercedes nunca experimentara de fato a miséria; em sua juventude, ela frequentemente falara de pobreza; mas não era a mesma coisa: pobreza e necessidade são dois sinônimos entre os quais existe um mundo inteiro de intervalo.

Nos Catalães, Mercedes precisava de mil coisas, mas muitas nunca lhe faltavam. Enquanto as redes estivessem boas, pegava-se o peixe; contanto que se vendesse o peixe, compravam-se linhas para reparar as redes.

Depois, sem amizades, tendo apenas um amor que nada valia para os detalhes materiais da vida, só precisava cuidar de si mesma, de si mesma e de ninguém mais.

Mercedes, com o pouco que possuía, fazia sua parte da maneira mais generosa possível: agora, com duas partes a fazer, não possuía nada.

O inverno chegava: Mercedes, naquele quarto despojado e já frio, não tinha fogo, ela, cuja lareira com mil extensões aquecia outrora a casa da antecâmara ao toucador; não tinha sequer uma florzinha humilde, ela, cujo apartamento fora uma estufa guarnecida a peso de ouro!

Mas tinha seu filho...

A exaltação de um dever talvez exagerado os sustentara até então nas esferas superiores.

A exaltação é quase o entusiasmo e o entusiasmo faz com que nos tornemos insensíveis às coisas da terra.

Contudo, o entusiasmo diminuíra e foi necessário descer aos poucos do país dos sonhos para o mundo das realidades.

Era preciso, agora, falar de assuntos concretos, depois de ter esgotado os ideais.

– Minha mãe – começou Albert, no momento em que a senhora Danglars descia as escadas –, vamos fazer por alto o cálculo de nossas riquezas, se não se importa. Assim, poderei elaborar meus planos.

– Total: nada – disse Mercedes, com um sorriso amargo.

– Em nosso caso, minha mãe, são três mil francos, para começar; com eles, pretendo garantir a nós dois uma vida maravilhosa.

– Criança! – suspirou Mercedes.

– Ah, minha boa mãe – disse o jovem –, infelizmente, gastei dinheiro demais para não saber seu valor! Três mil francos são muita coisa e construirei com essa soma um futuro miraculoso de segurança eterna.

– É o que você diz, meu amigo – continuou a pobre mãe. – Mas aceitaremos esses três mil francos? – perguntou, corando.

– Está combinado, parece-me – respondeu Albert, com firmeza. – Nós os aceitaremos pela simples razão de que não os temos, pois estão, como sabe, enterrados no jardim da casinha dos becos de Meilhan, em Marselha. Com duzentos francos, podemos ir para lá.

– Com duzentos francos? – perguntou Mercedes. – Tem certeza, Albert?

– Oh, quanto a esse ponto, informei-me sobre diligências e barcos a vapor. Calculei tudo. Terá seu lugar para Châlons, na carruagem. Como vê, minha mãe, trato-a como a uma rainha: são trinta e cinco francos.

Albert pegou uma pena e escreveu:

Diligência: 35 francos
Barco de Châlons a Lion: 6 francos
Barco de Lion a Avinhão: 16 francos; de Avinhão a Marselha: 7 francos
Despesas de viagem: 50 francos
Total: 114 francos

– Ponhamos cento e vinte – acrescentou Albert, sorrindo. – Está vendo que sou generoso, não é, minha mãe?

– Mas e você, meu pobre filho?

– Eu? Não notou que reservei oitenta francos para mim? Um rapaz, minha mãe, não precisa de muito conforto. Além disso, sei bem o que é viajar.

– Em sua carruagem de posta e com seu criado de quarto.

– De todas as maneiras, minha mãe.

– Pois bem, que seja – concordou Mercedes. – E onde estão esses duzentos francos?

– Esses duzentos francos estão aqui e, depois, haverá mais duzentos. Vendi meu relógio por cem e os berloques por trezentos. Que sorte esses berloques valerem três vezes o relógio! Sempre a velha história do supérfluo! Estamos ricos, pois, em vez dos cento e catorze francos de que precisava para viajar, a senhora tem duzentos e cinquenta.

– Mas não devemos alguma coisa neste hotel?

– Trinta francos, que vou tirar de meus cento e cinquenta. Está resolvido; e como só preciso de oitenta francos para a viagem, já vê que estou nadando em ouro. Mas não é tudo: que me diz disto, minha mãe?

E Albert tirou, de uma agenda com fecho de ouro, resto de suas antigas fantasias ou talvez mesmo lembrança terna de alguma das mulheres misteriosas e veladas que batiam na pequena porta, uma nota de mil francos.

– Que é isto? – perguntou Mercedes.

– Mil francos, minha mãe. Absolutamente autênticos.

– Mas de onde vêm?

– Ouça, mãe, mas não vá ficar muito emocionada.

Albert se levantou e foi beijar a mãe nas duas faces; em seguida, ficou parado, olhando-a.

– A senhora não faz ideia, mãe, de como a acho linda! – disse o jovem com um profundo sentimento de amor filial. – É, na verdade, a mulher mais bela e mais nobre que jamais vi!

– Querido filho! – disse Mercedes, tentando em vão conter uma lágrima que brotava no canto de sua pálpebra.

– Na verdade, a senhora só precisava ser infeliz para transformar meu amor em adoração.

– Não sou infeliz porque tenho meu filho – disse Mercedes. – Serei feliz enquanto o tiver.

– Ah, muito bem! – replicou Albert. – Mas é aí que começa o problema, mãe! Sabe o que está combinado?

– Então combinamos alguma coisa? – perguntou Mercedes.

– Sim, combinamos que a senhora ficará em Marselha e que eu partirei para a África, onde, em lugar do nome a que renunciei, quero honrar o nome que adotei.

Mercedes suspirou.

– Pois bem, minha mãe, ontem me alistei nos *spahis* – prosseguiu o jovem, baixando os olhos com certa vergonha, pois ele próprio não sabia quanto de sublime tinha sua desdita. – Ou melhor, achei que meu corpo me pertencia e eu poderia vendê-lo: desde ontem substituo alguém. Vendi-me, como se diz, e por mais do que acreditava valer, ou seja, dois mil francos – acrescentou, tentando sorrir.

– Então esses mil francos...? – perguntou Mercedes, estremecendo.

– São a metade da quantia, mãe; a outra virá daqui a um ano.

Mercedes ergueu os olhos ao céu com uma expressão que ninguém conseguiria descrever e as duas lágrimas retidas nos cantos de suas pálpebras, transbordando sob o império da emoção, fluíram silenciosamente por suas faces.

– O preço de seu sangue! – murmurou ela.

– Sim, se eu for morto – disse Morcerf, rindo. – Mas garanto-lhe, boa mãe, que pretendo, pelo contrário, defender encarniçadamente minha pele; nunca senti tanta vontade de viver como agora.

– Meu Deus! Meu Deus! – exclamou Mercedes.

– Além disso, por qual motivo eu morreria, minha mãe! Por acaso Lamoricière, o Ney do Sul, foi morto? Changarnier foi morto? Bedeau foi morto? E Morrel, que conhecemos, foi morto? Pense apenas em sua alegria, mãe, quando me vir voltar com meu uniforme bordado! Declaro-lhe que pretendo ser garboso naquelas plagas e que escolhi esse regimento por vaidade.

Mercedes suspirou, enquanto tentava sorrir; compreendia, essa santa mãe, que era errado permitir a seu filho arcar com todo o sacrifício.

– Então – prosseguiu Albert –, como vê, a senhora já tem mais de quatro mil francos garantidos. Graças a eles, poderá viver tranquilamente dois anos.

– Acha? – perguntou Mercedes.

Essas palavras escaparam à condessa com uma dor tão real que seu verdadeiro significado não passou despercebido a Albert; ele sentiu um aperto no coração e segurou a mão de sua mãe, que pressionou ternamente entre as suas.

– Sim, a senhora poderá viver com eles! – garantiu o jovem.

– Poderei – gemeu Mercedes. – Mas você não partirá, não é, meu filho?

– Partirei, minha mãe – respondeu Albert, com voz calma e firme. – A senhora me ama demais para permitir que eu fique ocioso e inútil a seu lado. Além disso, já assinei os papéis.

– Agirá de acordo com sua vontade, meu filho; eu agirei de acordo com a vontade de Deus.

– Não de acordo com minha vontade, mãe, mas de acordo com a razão, com a necessidade. Nós somos duas criaturas desesperadas, não somos? O que é a vida para a senhora, hoje? Nada. O que é a vida para mim? Oh, muito pouco sem a senhora, acredite; porque sem a senhora a vida, juro-lhe, teria cessado no dia em que duvidei de meu pai e reneguei o nome dele! Mas viverei, se a senhora me prometer ter esperança novamente; se me deixar cuidar de sua felicidade futura, duplicará minhas forças. Procurarei o governador da Argélia, que é um coração leal e acima de tudo um soldado, e lhe contarei minha história sombria, pedindo-lhe que volte os olhos de vez em quando para mim; se ele me der sua palavra de que o fará, se ele atentar para meu comportamento, antes de seis meses serei oficial ou estarei morto. Se eu for oficial, o destino da senhora ficará garantido, minha mãe, já que terei dinheiro para nós dois, além de um nome novo do qual nos orgulharemos, pois será seu verdadeiro nome. Se eu for morto... bem, se eu for morto, então, querida mãe, a senhora talvez morra também e, nesse caso, nossos infortúnios terminarão devido a seu próprio excesso.

– Está bem – disse Mercedes, com seu olhar nobre e eloquente. – Tem razão, meu filho: vamos provar a certas pessoas que espiam nossos atos para nos julgar que somos ao menos dignos de lástima.

– Nada de ideias fúnebres, querida mãe! – exclamou o rapaz. – Juro que somos, ou pelo menos podemos ser, muito felizes. A senhora é uma mulher cheia ao mesmo tempo de espírito e resignação; eu me tornei um homem de gostos simples e sem paixões, espero. Uma vez no serviço, estarei rico; uma vez na casa do senhor Dantès, a senhora estará tranquila. Vamos tentar! Por favor, mãe, vamos tentar!

– Sim, vamos tentar, meu filho, porque você deve viver, porque você deve ser feliz – respondeu Mercedes.

– Então, mãe, como nossa partilha está feita – continuou o jovem, afetando total descontração –, podemos partir hoje mesmo. Como já lhe disse, reservei sua passagem.

– E a sua, meu filho?

– Ainda devo ficar uns dois ou três dias, minha mãe; este é o começo da separação e temos de nos acostumar com ela. Preciso de algumas cartas de recomendação, de algumas informações sobre a África. Encontro-a em Marselha.

– Então vamos – disse Mercedes, envolvendo-se no único xale que lhe restava e que era, por acaso, uma caxemira preta muito cara. – Vamos!

Albert pegou os papéis às pressas, tocou a campainha para pagar os trinta francos que devia ao dono do hotel e, oferecendo o braço à mãe, desceu as escadas.

Alguém descia adiante deles; e esse alguém, ouvindo o farfalhar de um vestido de seda na escada, virou-se.

– Debray! – murmurou Albert.

– Morcerf! – respondeu o secretário do ministro, parando no degrau onde estava.

A curiosidade venceu em Debray o desejo de permanecer incógnito; além disso, ele fora reconhecido.

Parecia realmente picante encontrar naquele hotel discreto o jovem cuja infeliz aventura acabara de fazer tanto barulho em Paris.

– Morcerf! – repetiu Debray.

E, percebendo na semiescuridão a silhueta ainda jovem e o véu preto da senhora de Morcerf:

– Oh, desculpe! – acrescentou com um sorriso. – Vou deixá-lo, Albert.

Albert entendeu o pensamento de Debray.

– Minha mãe – disse ele, voltando-se para Mercedes –, este é o senhor Debray, secretário do ministro do Interior, um ex-amigo meu.

– Como "ex"? – balbuciou Debray. – O que quer dizer?

– Digo isso, senhor Debray – respondeu Albert –, porque hoje não tenho mais amigos e não devo tê-los. Muito obrigado por me reconhecer, senhor.

Debray subiu dois degraus e foi dar um enérgico aperto de mão a seu interlocutor.

– Acredite, meu caro Albert – disse ele com a emoção a que era sempre suscetível –, acredite que senti profundamente o infortúnio que o atinge e que, para qualquer coisa, me coloco à sua disposição.

– Obrigado, senhor – agradeceu Albert, sorrindo. – Mas em meio a esse infortúnio, continuamos ricos o suficiente para não precisar recorrer a ninguém; deixamos Paris e, com nossa viagem paga, ainda nos restam cinco mil francos.

O rubor subiu à fronte de Debray, que tinha um milhão em sua carteira; e, por pouco poética que fosse aquela mente exata, não pôde deixar de pensar que na mesma casa tinham estado há pouco duas mulheres, uma das quais, justamente desonrada, se considerava pobre com um milhão e quinhentos mil francos sob a dobra de seu manto e a outra, injustamente atingida, mas sublime em seu infortúnio, se julgava bastante rica com alguns centavos.

Esse paralelo confundiu suas combinações de polidez e a filosofia do exemplo o esmagou; gaguejou algumas palavras de civilidade convencional e desceu rapidamente.

Naquele dia, os funcionários do ministério, seus subordinados, tiveram de aturar seu mau humor.

Mas, à tarde, ele se tornou proprietário de uma bela casa localizada no Boulevard da Madeleine, que rendia cinquenta mil libras de aluguel.

No dia seguinte, no momento em que Debray assinava a escritura, ou seja, às cinco da tarde, a senhora de Morcerf, depois de beijar ternamente o filho e ser beijada ternamente por ele, subia para a diligência, cuja porta se fechou atrás dela.

Um homem estava escondido no pátio da empresa de transportes Laffitte, atrás de uma dessas janelas em mezanino que sombreiam cada escritório; viu Mercedes entrar na carruagem; viu a carruagem partir; viu Albert se afastar.

Então, passou a mão pela fronte preocupada e murmurou para si: "Ai de mim! Como posso devolver a essas duas pessoas inocentes a felicidade que lhes tirei? Deus me ajudará!"

A COVA DOS LEÕES

Uma das alas da cadeia da Força, aquela que encerra os presos mais comprometidos e perigosos, chama-se Pátio de São Bernardo.

Os prisioneiros, em sua linguagem pitoresca, deram-lhe o apelido de Cova dos Leões, provavelmente porque os cativos têm dentes que, geralmente, mordem as barras e, às vezes, os guardas.

É uma prisão dentro de uma prisão; as paredes têm o dobro da espessura das outras. Todos os dias, um carcereiro examina cuidadosamente as grades maciças e sabe-se, tanto pela estatura hercúlea quanto pelos olhares frios e incisivos desses guardas, que eles foram escolhidos a fim de reinar sobre seu povo pelo terror e pela espionagem.

O pátio dessa ala é cercado por enormes muralhas nas quais o sol desliza obliquamente quando decide entrar naquele abismo de fealdades morais e físicas. É ali, na calçada, que desde o amanhecer perambulam, pensativos, abatidos, pálidos como sombras, os homens que a justiça mantém submissos sob seu cutelo afiado.

Ali os vemos apinhados, agachados ao longo da parte do muro que absorve e retém mais calor. Lá permanecem, conversando dois a dois, mais frequentemente sozinhos, os olhos constantemente voltados para a porta que se abre para chamar algum dos habitantes dessa terrível morada ou vomitar no abismo uma nova escória rejeitada pelo cadinho da sociedade.

O pátio de São Bernardo tem seu próprio parlatório; é um quadrado longo, dividido em duas partes por duas grades paralelas, instaladas a um metro de distância uma da outra para que o visitante não possa apertar a mão do prisioneiro nem lhe passar qualquer coisa. Esse parlatório é escuro, úmido e horrível em todos os aspectos, especialmente quando se pensa nos segredos terríveis que escorregam pelas grades e enferrujam as barras.

No entanto, esse lugar, por mais terrível que seja, é o paraíso onde se retemperam, em uma companhia esperada e apreciada, homens cujos dias estão contados: com efeito, é muito raro que alguém saia da Cova dos Leões para ir a qualquer outro lugar que não seja a Barreira de Saint-Jacques, as galés ou a solitária!

Nesse pátio que acabamos de descrever, no qual poreja uma umidade fria, passeava, com as mãos nos bolsos do casaco, um jovem observado com muita curiosidade pelos inquilinos da Cova. Passaria por um homem elegante graças ao corte de suas roupas se estas não estivessem em frangalhos; no entanto, isso não se devia ao uso: o tecido, fino e sedoso nos lugares intactos, recuperava facilmente o brilho sob a mão acariciadora do prisioneiro, que tentava transformá-lo em um traje novo.

Aplicava o mesmo cuidado em fechar uma camisa de cambraia que mudara consideravelmente de cor desde sua entrada na prisão e, sobre as botas de verniz, passava a ponta de um lenço bordado com iniciais sob uma coroa heráldica.

Alguns pensionistas da Cova dos Leões olhavam com notório interesse os requintes de toalete do prisioneiro.

– Lá está o príncipe se embelezando – disse um dos ladrões.

– Ele é muito bonito naturalmente – replicou outro. – E apenas com pente e pomada ofuscaria todos esses janotas de luvas brancas que andam por aí.

– Seu casaco deve ter sido muito novo e suas botas ainda brilham lindamente. É agradável para nós que existam confrades de classe; esses guardas bandidos são bem reles e invejosos para rasgar uma roupa como aquela!

– Parece que ele é uma pessoa famosa – disse outro. – Deve ter feito de tudo... e em grande escala. Chega aqui tão jovem! Oh, é soberbo!

E o objeto dessa admiração assustadora parecia saborear os elogios ou o vapor dos elogios, pois não ouvia as palavras.

Terminada a toalete, o rapaz se dirigiu ao guichê da cantina, ao qual estava encostado um guarda, e disse-lhe:

– Por favor, senhor, empreste-me vinte francos e logo os terá de volta. Comigo, ninguém corre riscos. Saiba que meus parentes têm mais milhões do que o senhor tem centavos. Vinte francos, peço-lhe, para eu ter direito a uma cela individual e comprar um roupão. Sofro horrivelmente por estar sempre de casaca e botas. E que casaca para um príncipe Cavalcanti, senhor!

O guarda virou-lhe as costas e deu de ombros. Nem sequer riu daquelas palavras, que teriam desanuviado todas as frontes, pois ouvia muitas outras, ou melhor, ouvia sempre as mesmas.

– Pois bem – disse Andrea –, o senhor é um homem desalmado e vou fazê-lo perder o emprego.

Essa tirada fez com que o guarda se virasse e soltasse uma ruidosa gargalhada.

Então os prisioneiros se aproximaram e se postaram em círculo.

– Afirmo – continuou Andrea – que com essa quantia miserável poderei conseguir um casaco e um quarto para receber, de maneira decente, a ilustre visita que espero a qualquer momento.

– Ele está certo! Ele está certo! – disseram os prisioneiros. – Por Deus, é claro que se trata de um homem de classe.

– Pois então emprestem-lhe os vinte francos – zombou o guarda, apoiando-se em seu outro ombro colossal. – Não devem isso a um camarada?

– Eu não sou camarada dessa gente – replicou o jovem, com arrogância. – Não me insulte, você não tem esse direito.

Os ladrões se entreolharam com murmúrios abafados e uma tempestade, levantada mais pela provocação do guardião do que pelas palavras de Andrea, começou a bramir sobre o prisioneiro aristocrata.

O guarda, certo de fazer o *quos ego* quando as ondas se tornassem demasiadamente tumultuosas, deixou-as subir pouco a pouco para pregar uma peça ao solicitante importuno e se divertir durante as longas horas de seu quarto de vigia.

Os ladrões já se aproximavam de Andrea. Uns rosnavam:

– Savata! Savata!

Uma operação cruel, que consiste em moer de pancadas, não com um chinelo, mas com um sapato ferrado, um colega caído em desgraça aos olhos desses cavalheiros.

Outros propunham a "enguia", um gênero de recreação que consiste em encher de areia, seixos e moedas grandes, quando as têm, um lenço retorcido, que os carrascos descarregam como um chicote nos ombros e na cabeça da vítima.

– Vamos todos chicotear o belo senhor – sugeriram alguns. – O homem honesto!

Mas Andrea, virando-se para eles, piscou, inflando a bochecha com a língua, e emitiu o estalido de lábios que equivale a mil sinais de inteligência entre malfeitores reduzidos ao silêncio.

Era um sinal maçônico que Caderousse lhe havia ensinado.

Os bandidos reconheceram no jovem um dos seus.

Imediatamente os lenços baixaram; a savata ferrada voltou ao pé do carrasco principal. Ouviram-se algumas vozes proclamando que o rapaz estava certo, que o cavalheiro podia ser honesto à sua maneira e que os prisioneiros queriam dar um exemplo de liberdade de consciência.

O motim amainou. O guarda ficou tão surpreso que imediatamente travou Andrea pelas mãos e começou a revistá-lo, atribuindo a alguma manifestação mais significativa que o fascínio aquela mudança repentina dos habitantes da Cova dos Leões.

Andrea se submeteu, não sem protestar.

De repente, uma voz soou no guichê.

– Benedetto! – gritou um inspetor.

O guarda largou sua presa.

– Estão me chamando! – exclamou Andrea.

– Ao parlatório! – ordenou a voz.

– Como veem, estou recebendo visita. Ah, meu caro senhor, logo descobrirá se pode tratar um Cavalcanti como a um homem comum!

E Andrea, deslizando pelo pátio como uma sombra negra, correu para a porta do guichê, que estava entreaberta, deixando admirados seus colegas e o próprio guarda.

De fato, chamavam-no ao parlatório e isso não deveria nos espantar menos que ao próprio Andrea, pois o astucioso jovem, desde que entrara na Força, em vez de usar, como as pessoas comuns, do benefício da escrita para pedir ajuda, mantivera o silêncio mais estoico.

"Sou obviamente protegido por alguém poderoso", pensou. "Tudo prova isso; a fortuna repentina, a facilidade com a qual removi todos os obstáculos, uma família improvisada, um nome ilustre que se tornou minha propriedade, o ouro chovendo em casa, as alianças mais magníficas prometidas à minha ambição. Um infeliz deslize da sorte e a ausência de meu protetor me abateram, sim, mas não para sempre! A mão se retirou por um momento e se estenderá de novo para mim quando eu me julgar prestes a cair no abismo. Por que me arriscaria a uma jogada imprudente? Afastaria talvez o protetor! Ele pode me tirar de apuros de duas maneiras: a fuga misteriosa, comprada a peso de ouro, ou a corrupção dos juízes, para obter uma absolvição. Vamos esperar para falar, para agir, até se provar que fui abandonado, e depois..."

Andrea elaborara um plano que poderia ser considerado hábil; o desgraçado era destemido no ataque e duro na defesa.

A miséria da prisão comum, as privações de todos os tipos, ele suportara. Porém, pouco a pouco, o natural, ou melhor, o habitual assumira o controle. Andrea sofria por estar nu, sujo, com fome; o tempo demorava a passar para ele.

Foi nesse momento de tédio que a voz do inspetor o chamou para o parlatório.

Andrea sentiu o coração saltar de alegria. Era muito cedo para a visita do juiz de instrução e muito tarde para um chamado do diretor da prisão ou do médico; era, pois, a visita esperada.

Através das grades do parlatório onde foi introduzido, Andrea viu, com os olhos dilatados por uma curiosidade ávida, o rosto carrancudo e inteligente do senhor Bertuccio, que também observava, com espanto doloroso, as grades, as portas trancadas e a sombra que se agitava por trás das barras cruzadas.

– Ah! – exclamou Andrea, comovido.

– Bom dia, Benedetto – cumprimentou Bertuccio, com sua voz grave e sonora.

– O senhor! O senhor! – disse o jovem, olhando em volta aterrorizado.

– Não me reconhece, infeliz criança?

– Silêncio! Mas silêncio mesmo! – ordenou Andrea, que conhecia a boa audição daquelas paredes. – Deus do céu, não fale tão alto!

– Gostaria de conversar comigo a sós, não é? – perguntou Bertuccio.

– Sim, sim! – respondeu Andrea.

– Está bem.

E Bertuccio, vasculhando o bolso, fez sinal a um guarda que estava atrás do vidro do guichê.

– Leia! – disse ele.

– Que é isto? – perguntou Andrea.

– A ordem para levá-lo a um quarto, instalá-lo e me deixarem manter contato com você.

– Oh! – exclamou Andrea, mal se contendo de alegria.

E logo em seguida, concentrando-se, pensou: "Mais uma vez o protetor misterioso! Não fui esquecido! Estão procurando o segredo, já que querem conversar comigo em um quarto isolado. Eu os tenho na mão... Bertuccio foi enviado pelo protetor".

O guarda se entendeu por um momento com seu superior, depois abriu as duas portas gradeadas e levou Andrea para um quarto do primeiro andar, com vista para o pátio. Andrea não cabia em si de contente.

O quarto era caiado, como é habitual nas prisões. Tinha um aspecto alegre que parecia radiante para o prisioneiro: um fogão para aquecimento, uma cama, uma cadeira e uma mesa formavam o mobiliário suntuoso.

Bertuccio sentou-se na cadeira, Andrea se jogou na cama. O guarda se retirou.

– Vejamos – começou o intendente –, o que tem a me dizer?

– E o senhor? – perguntou Andrea.

– Fale primeiro...

– Oh, não! O senhor é que deve ter muito a me dizer, pois me chamou.

– Bem, seja. Você não parou com seus crimes: roubou, assassinou...

– Ora, se foi para me dizer essas coisas que me colocou em um quarto individual, não precisava se incomodar. Já as conheço. Mas há outras que ignoro. Vamos falar dessas, por favor. Quem o enviou?

– Hum, está indo depressa demais, senhor Benedetto.

– Sim, e vou ao que interessa, certo? Poupemos então as palavras desnecessárias. Quem o enviou?

– Ninguém.

– Como soube que eu estava preso?

– Há muito tempo que o reconheci no janota insolente que flanava a cavalo pelos Champs-Elysées.

– Os Champs-Élysées!... Ah! Ah! Vamos pondo as cartas na mesa, como dizem os jogadores... Os Champs-Élysées!... Falemos um pouco do meu pai, está bem?

– E eu, o que eu sou?

– O senhor, meu caro, é meu pai adotivo... Mas não foi o senhor, imagino, que pôs à minha disposição cem mil francos, que malbaratei em quatro ou cinco meses; não foi o senhor que me arranjou um pai italiano e fidalgo; não foi o senhor que me fez entrar para a sociedade e me convidou para certo jantar no qual ainda imagino estar comendo, em Auteuil, ao lado da melhor companhia de toda Paris, com um certo procurador do rei cuja amizade fiz mal em não cultivar, pois me seria muito útil neste momento; finalmente, não foi o senhor que me fiou em um ou dois milhões quando me vi às voltas com o acidente fatal que levou à descoberta da falcatrua... Vamos lá, fale, estimado corso, fale...

– Que quer que eu fale?

– Vou ajudá-lo. O senhor falava há pouco dos Champs-Élysées, meu digno pai adotivo.

– E daí?

– Bem, nos Champs-Élysées mora um cavalheiro muito, muito rico.

– Em cuja casa você roubou e matou, não foi?

– Creio que sim.

– O senhor conde de Monte Cristo?

– O senhor é quem citou o nome dele, como diz Racine... Então devo me jogar em seus braços, estreitá-lo ao peito e gritar: "Meu pai! Meu pai!", como exclama o senhor Pixérécourt?

– Nada de brincadeiras – atalhou Bertuccio gravemente. – E que esse nome não seja mencionado aqui, como se atreve a fazê-lo.

– Bah! – replicou Andrea, um pouco aturdido com a solenidade dos modos de Bertuccio. – E por que não?

– Porque aquele que leva esse nome está muito nas boas graças do céu para ser pai de um miserável como você.

– Ah, as palavras de efeito...

– E efeito grave, se você não tomar cuidado!

– Ameaças! Não tenho medo delas... Direi...

– Acha que está lidando com pigmeus de sua laia? – perguntou Bertuccio, em um tom tão calmo e com um olhar tão firme que Andrea se sentiu abalado até as entranhas. – Acha que está tratando com seus habituais companheiros das galés ou com seus idiotas deslumbrados da sociedade?... Benedetto, você está em poder de uma mão terrível, mão que quer se abrir para favorecê-lo: tire vantagem disso. Não brinque com o raio que ela largou por um instante, mas pode retomar se você tentar atrapalhar seus movimentos.

– Meu pai... quero saber quem é meu pai!... – insistiu o teimoso. – Posso morrer tentando saber, mas saberei. Que me importam o escândalo, o bem, a reputação, os *reclames*, como diz o jornalista Beauchamp? Os senhores, homens de sociedade, têm muito a perder com o escândalo, apesar de seus milhões e seus títulos... Vamos lá, quem é meu pai?

– Vim aqui para lhe dizer...

– Ah! – exclamou Benedetto, com os olhos brilhando de alegria.

Neste momento, a porta se abriu e o carcereiro se dirigiu a Bertuccio:

– Desculpe, senhor– disse ele –, mas o juiz de instrução está esperando o prisioneiro.

– É o encerramento do meu interrogatório – disse Andrea ao digno intendente. – Para o inferno com o importuno!

– Volto amanhã – avisou Bertuccio.

– Bem! – disse Andrea. – Senhores guardas, estou à disposição... Ah, caro senhor, deixe uns dez escudos na secretaria para me darem aqui o que me for necessário.

– Farei isso – disse Bertuccio.

Andrea lhe estendeu a mão, Bertuccio conservou a sua no bolso, limitando-se a fazer soar ali algumas moedas de prata.

– Foi o que eu quis dizer – disse Andrea, ensaiando uma careta de riso, logo contida pela estranha tranquilidade de Bertuccio.

"Estarei enganado?", pensou, ao entrar na carruagem oblonga e gradeada que os presos chamam de *cesta de legumes*. "Veremos..."

– Até amanhã! – gritou, virando-se para Bertuccio.

– Até amanhã! – respondeu o intendente.

O JUIZ

Como se viu, o padre Busoni ficara sozinho com Noirtier no quarto mortuário: o velho e o padre se haviam constituído em guardiães do corpo da jovem.

Talvez as exortações cristãs do abade, talvez sua doce caridade, talvez sua palavra persuasiva tenham devolvido a coragem ao velho; pois, desde o momento em que pôde conversar com o padre, em vez do desespero que tomara conta dele a princípio, tudo em Noirtier anunciava uma grande resignação, uma calma muito surpreendente para todos quantos se lembravam do profundo carinho que ele sentia por Valentine.

O senhor de Villefort não via o velho desde a manhã do falecimento. A casa inteira tinha sido renovada: um criado de quarto fora contratado para ele, outro para Noirtier; duas mulheres entraram para o serviço da senhora de Villefort; todos, desde o porteiro até o cocheiro, exibiam caras novas que tinham, por assim dizer, se metido entre os diferentes patrões dessa casa maldita e interceptado as relações já bastante frias existentes entre eles. Além disso, os tribunais abririam dentro de dois ou três dias e Villefort, trancado em seu gabinete, continuava com atividade febril a preparar o processo contra o assassino de Caderousse. Esse caso, como todos aqueles em que o conde de Monte Cristo estava envolvido, causou alvoroço no mundo parisiense. As provas não eram convincentes, pois se baseavam em algumas palavras escritas por um condenado moribundo, ex-companheiro de galés do acusado, ao qual poderia denunciar por ódio ou vingança: apenas a convicção do magistrado estava formada; o procurador do rei acabara por adquirir a terrível certeza de que Benedetto era culpado e pretendia tirar dessa difícil vitória um daqueles prazeres de amor-próprio que por si sós punham à mostra as fibras de seu coração insensível.

O processo ia, pois, sendo instruído graças ao trabalho incessante de Villefort, que queria abrir com ele o próximo período judicial; por isso, foi forçado a isolar-se mais que nunca para evitar responder à quantidade prodigiosa de solicitações de audiência que lhe chegavam.

Decorrera tão pouco tempo desde que a pobre Valentine fora colocada no túmulo e o luto da família era tão recente que ninguém ficou surpreso ao ver o pai tão absorvido em seu dever, isto é, na única distração que podia encontrar para sua dor.

Apenas uma vez, no dia seguinte àquele em que Benedetto recebera a segunda visita de Bertuccio, durante a qual este último deveria revelar-lhe o nome de seu pai, apenas uma vez, repetimos, no dia seguinte àquele, que era domingo, Villefort vira o pai: foi no momento em que o magistrado, exausto, descera ao jardim do palacete. Sombrio, esmagado por um pensamento implacável, como Tarquínio destroçando com seu chicote as papoulas mais altas, o senhor de Villefort amputava com sua bengala as hastes longas e moribundas das malvas-rosas que cresciam ao longo das alamedas como os espectros das flores brilhantes da temporada que há pouco terminara.

Já mais de uma vez havia chegado ao fundo do jardim, ou seja, ao famoso portão que dava para o recinto abandonado, voltando sempre pela mesma alameda e retomando a caminhada com o mesmo ritmo e a mesma atitude, quando seus olhos se voltaram mecanicamente para a casa, na qual ouvia brincar barulhentamente o filho vindo do internato para passar o domingo e a segunda-feira com a mãe.

Nesse movimento, percebeu em uma das janelas abertas o senhor Noirtier, que se fizera conduzir em sua poltrona até ali para apreciar os últimos raios de sol ainda cálidos que vinham saudar as flores esmaecidas das volúveis e as folhas avermelhadas das vinhas-virgens que atapetavam a varanda.

O olhar do velho estava, por assim dizer, cravado em um ponto que Villefort só distinguia imperfeitamente. Esse olhar de Nortier era tão raivoso, tão selvagem, tão ardente de impaciência que o procurador do rei, habituado a captar todas as impressões desse rosto que conhecia tão bem, afastou-se da linha que seguia para descobrir sobre quem incidia aquele olhar pesado.

Então avistou, sob um maciço de tílias de galhos já quase desnudos, a senhora de Villefort, que, sentada com um livro na mão, interrompia às vezes a leitura para sorrir a seu filho ou lhe devolver a bola de borracha que ele lançava obstinadamente do salão para o jardim.

Villefort empalideceu, pois compreendeu o que o velho queria.

Nortier olhava sempre a mesma coisa; mas, de repente, seu olhar passou da mulher para o marido e o próprio Villefort teve de enfrentar o ataque daqueles olhos flamejantes que, mudando de objeto, tinham mudado também de linguagem sem, todavia, perder nada de sua expressão ameaçadora.

A senhora de Villefort, alheia a todas aquelas paixões cujos fogos cruzados passavam sobre sua cabeça, retinha nesse momento a bola do filho, fazendo-lhe sinal com um beijo para ele vir buscá-la; mas Édouard se fez rogar por muito tempo, a carícia maternal não lhe parecendo, provavelmente, uma recompensa à altura do incômodo que ia ter; enfim, se decidiu, saltou da janela para o meio de um maciço de heliotrópios e margaridas-rainhas, e correu em direção à senhora de Villefort com a testa coberta de suor. A senhora de Villefort enxugou-a, pousou os lábios naquele marfim úmido e dispensou o garoto com a bola em uma das mãos e um punhado de doces na outra.

Villefort, movido por uma atração invencível, como o pássaro atraído pela serpente, aproximou-se da casa; à medida que se aproximava, o olhar de Noirtier se abaixava para segui-lo e o fogo de suas pupilas parecia assumir um tal grau de incandescência que Villefort se sentia devorado por ele até o fundo do coração. De fato, lia-se naquele olhar uma censura cruel e, ao mesmo tempo, uma ameaça terrível. Então, as pálpebras e os olhos de Noirtier ergueram-se para o céu como se lembrassem ao filho um juramento esquecido.

– Está bem, senhor – replicou Villefort, do pátio –, está bem! Tenha paciência por mais um dia; o que eu disse está dito.

Noirtier pareceu acalmar-se ao ouvir essas palavras e seus olhos se voltaram com indiferença para outro lado.

Villefort desabotoou violentamente a sobrecasaca que o sufocava, passou uma mão lívida pela testa e voltou para seu gabinete.

A noite decorreu fria e calma; todos foram para a cama e dormiram como de costume naquela casa. Mas, também como de costume, Villefort não se deitou ao mesmo tempo que os outros e trabalhou até as cinco da manhã, revendo os últimos interrogatórios feitos no dia anterior pelos magistrados instrutores, examinando os depoimentos de testemunhas e dando clareza à sua acusação, uma das mais enérgicas e habilmente concebidas que já havia elaborado.

O dia seguinte, segunda-feira, seria o da primeira audiência. Villefort viu-o nascer pálido e sinistro; sua claridade azulada destacava, no papel, as linhas traçadas com tinta vermelha. O magistrado adormeceu por um momento, enquanto sua lâmpada despedia os últimos suspiros: acordou ao estalido da mecha que se consumia, com os dedos úmidos e avermelhados, como se os tivesse mergulhado em sangue.

Abriu a janela: uma grande faixa alaranjada atravessava o céu ao longe, partindo ao meio os choupos esguios que se recortavam em preto contra o horizonte. No campo de luzerna, além do portão dos castanheiros, uma cotovia galgava o espaço, emitindo seu canto cristalino e matinal.

O ar úmido do amanhecer inundou a cabeça de Villefort e revigorou sua memória.

– Será hoje – murmurou com esforço. – Hoje, o homem que empunha o gládio da justiça deverá atacar onde quer que estejam os culpados.

Seus olhos então se dirigiram, involuntariamente, para a janela de Noirtier, que se projetava em ângulo reto, a janela onde ele vira o velho no dia anterior.

A cortina estava corrida.

E, no entanto, a imagem do pai estava tão presente em sua memória que Villefort se voltou para aquela janela como se ela estivesse aberta e ele visse ainda o velho ameaçador.

– Sim – sussurrou –, sim, fique tranquilo!

Sua cabeça descaiu para o peito e, nessa postura, Villefort deu algumas voltas pelo gabinete. Em seguida, atirou-se completamente vestido no sofá, menos para dormir que para estirar os membros entorpecidos pelo cansaço e pelo frio do trabalho, que lhe penetrara até a medula dos ossos.

Pouco a pouco, todos se levantaram; Villefort, de seu quarto, ouviu os sucessivos ruídos que constituíam, por assim dizer, a vida da casa: as portas se abrindo, o toque da campainha da senhora de Villefort que chamava sua criada de quarto, os primeiros gritos do menino, que se levantava alegre como normalmente nos levantamos em sua idade.

Villefort chamou por sua vez. Seu novo criado entrou trazendo os jornais.

E, junto com os jornais, uma xícara de chocolate.

– Que é isto? – perguntou Villefort.

– Uma xícara de chocolate.

– Não pedi. Quem mandou trazê-la?

– A senhora: ela me disse que o senhor, provavelmente, falará muito hoje nesse caso do assassinato e precisa recuperar as forças.

E o criado depositou na mesa colocada perto do sofá, atulhada como todas as outras de papéis, a xícara de prata dourada e saiu em seguida.

Villefort examinou a xícara por um momento com ar sombrio e, de repente, pegou-a com um movimento nervoso e engoliu de um trago a bebida que ela continha. Era como se esperasse que aquela bebida fosse mortal e que ele invocasse a morte para libertá-lo de um dever muito mais difícil que a morte. Depois se levantou e andou pelo gabinete com um sorriso que seria terrível de ver se alguém o observasse.

O chocolate era inofensivo e o senhor de Villefort não sentiu nada.

Quando chegou a hora do almoço, ele não apareceu à mesa.

O criado entrou de novo.

– A senhora manda avisá-lo de que já deram onze horas e a audiência será ao meio-dia – disse ele.

– E daí? – perguntou Villefort.

– A senhora está pronta e pergunta se pode ir com o senhor.

– Aonde?

– Ao Palácio da Justiça.

– Para quê?

– A senhora disse que quer muito assistir a essa audiência.

– Ah! – exclamou Villefort em um tom quase assustador. – Ela quer?

O criado recuou um passo e disse:

– Se o senhor tenciona ir sozinho, comunicarei à senhora.

Villefort ficou em silêncio por um momento, passando as unhas pela face pálida onde crescia uma barba negra como ébano.

– Diga à senhora – respondeu por fim – que me espere em seus aposentos, pois desejo falar-lhe.

– Sim, senhor.

– Depois volte para me barbear e me vestir.

– Imediatamente.

O criado desapareceu e, de fato, reapareceu pouco depois para barbear Villefort e vesti-lo solenemente de preto.

Em seguida, ao terminar:

– A senhora disse que o esperaria tão logo o senhor acabasse de se vestir – disse ele.

– Já vou.

E Villefort, com a papelada dos processos debaixo do braço e o chapéu na mão, dirigiu-se aos aposentos de sua esposa.

Na porta, parou por um momento e enxugou com o lenço o suor que escorria de sua fronte lívida.

Em seguida, abriu a porta.

A senhora de Villefort estava sentada em uma otomana, folheando com impaciência jornais e panfletos que o jovem Édouard se divertia fazendo em pedaços antes mesmo que a mãe tivesse tempo de terminar de lê-los.

Ela estava completamente vestida para sair: seu chapéu a esperava, pousado em uma poltrona; já calçara as luvas.

– Ah, finalmente! – disse ela, com sua voz calma e natural. – Meu Deus, como está pálido, senhor! Então trabalhou a noite toda? Por que não veio almoçar conosco? E então, vai me levar ou irei sozinha com Édouard?

A senhora de Villefort tinha, como vemos, multiplicado as perguntas para obter uma resposta, mas para todas essas perguntas o senhor de Villefort continuava frio e mudo como uma estátua.

– Édouard – disse Villefort, fixando um olhar imperioso na criança –, vá brincar na sala, meu amigo; preciso falar com sua mãe.

A senhora de Villefort, observando aquele semblante frio, aquele tom resoluto, aqueles estranhos preparativos, estremeceu.

Édouard levantou a cabeça e olhou para a mãe; mas, vendo que ela não confirmava a ordem do senhor de Villefort, passou a arrancar a cabeça de seus soldadinhos de chumbo.

– Édouard! – gritou o senhor de Villefort, tão alto que a criança pulou no tapete. – Não ouviu? Saia!

A criança, para quem esse tratamento era incomum, levantou-se e empalideceu; teria sido difícil dizer se era de raiva ou medo.

Seu pai foi até ele, pegou-o pelo braço e beijou-o na testa.

– Vá, meu filho – disse ele –, vá!

Édouard saiu.

O senhor de Villefort foi até a porta e trancou-a.

– Oh, meu Deus! – disse a mulher, perscrutando seu marido até o fundo da alma e esboçando um sorriso que congelou a impassibilidade de Villefort. – Que há?

– Senhora, onde coloca o veneno que costuma usar? – disparou sem rodeios o magistrado, postado entre sua esposa e a porta.

A senhora de Villefort experimentou o que a cotovia deve experimentar quando vê o milhafre descendo em círculos mortais sobre sua cabeça.

Um som rouco e entrecortado, que não era nem um grito nem um suspiro, escapou do peito da senhora de Villefort, que ficou pálida até a lividez.

– Senhor... não entendo – balbuciou ela.

E, levantando-se em outro paroxismo de terror, sem dúvida mais forte que o primeiro, deixou-se cair novamente nas almofadas do sofá.

– Eu perguntei – continuou Villefort, com voz perfeitamente calma – onde a senhora escondeu o veneno com o qual matou meu sogro, o senhor de Saint-Méran, minha sogra, Barrois e minha filha Valentine.

– Ah, senhor – exclamou a senhora de Villefort, juntando as mãos –, que está dizendo?

– Não lhe cabe perguntar, mas responder.

– Ao marido ou ao juiz? – gaguejou a senhora de Villefort.

– Ao juiz, senhora! Ao juiz!

Era uma visão assustadora a palidez daquela mulher, a angústia de seu olhar e o tremor de todo o seu corpo.

– Ah, senhor! – murmurou ela. – Ah, senhor!... – E foi tudo.

– Não respondeu, senhora! – rugiu o terrível inquisidor. E acrescentou, com um sorriso ainda mais assustador do que sua raiva: – É verdade que não nega!

Ela esboçou um movimento.

– Nem podia negar – continuou Villefort, estendendo a mão para ela como se fosse agarrá-la em nome da justiça. – Cometeu todos esses crimes com uma desenvoltura impudente, mas que só podia enganar as pessoas dispostas, por sua afeição, a se deixar cegar pela senhora. Desde a morte da senhora de Saint-Méran, constatei que havia um envenenador em minha casa, conforme me preveniu o senhor d'Avrigny; depois da morte de Barrois, Deus me perdoe, minhas suspeitas incidiram em alguém, em um anjo! Suspeitas que, mesmo onde não há crime, permanecem constantemente acesas no fundo do meu coração; mas depois da morte de Valentine, não houve mais nenhuma dúvida para mim, senhora, e não apenas para mim, mas também para os outros; assim, seu crime, conhecido agora por duas pessoas, suspeitado por muitas, se tornará público; e, como lhe disse há pouco, senhora, não é mais um marido que lhe fala, é um juiz!

A jovem escondeu o rosto nas mãos.

– Oh, senhor – balbuciou ela –, eu lhe imploro, por favor, não acredite nas aparências!

– Então é covarde? – bradou Villefort em tom desdenhoso. – Na verdade, sempre notei que os envenenadores eram covardes. Então é covarde, a senhora, que teve a terrível coragem de ver expirar diante de seus olhos dois velhos e uma jovem, assassinados por sua mão?

– Senhor, senhor!

– Então é covarde – prosseguiu Villefort, com exaltação crescente –, a senhora, que contou um a um os minutos de quatro agonias? A senhora, que urdiu seus planos infernais e misturou suas beberagens infames com habilidade e precisão espantosas? A senhora, que calculou tudo tão bem, mas se esqueceu apenas de uma coisa, ou seja, para onde a revelação de seus crimes poderia levá-la? Oh, isso é impossível! A senhora deve ter guardado alguma coisa mais doce, mais sutil e mais mortal que as outras para escapar ao castigo que merece... Sim, sem dúvida fez isso, ou pelo menos espero que tenha feito.

A senhora de Villefort torceu as mãos e caiu de joelhos.

– Aí está – disse ele. – Uma confissão. Mas a confissão feita aos juízes, a confissão feita no último momento, a confissão feita quando não se pode mais negar, essa confissão de forma alguma diminui o castigo que se inflige ao culpado!

— Castigo! – gritou a senhora de Villefort. – Castigo! Senhor, é a segunda vez que pronuncia essa palavra!

— Sem dúvida. Só por ser quatro vezes culpada pensou que escaparia a ele? Só por ser a esposa de quem exige esse castigo acreditou que não seria castigada? Não, senhora, não! Não importa quem seja o envenenador, o cadafalso o aguarda se, como lhe disse anteriormente, ele não teve o cuidado de reservar para si algumas gotas de seu veneno mais seguro.

A senhora de Villefort emitiu um grito selvagem e um terror hediondo, incontrolável, apossou-se de suas feições decompostas.

— Oh, não tema o cadafalso, senhora – disse o magistrado. – Não quero desonrá-la, pois isso seria desonrar-me também; não, pelo contrário, se me ouviu atentamente, deve ter entendido que não pode morrer no cadafalso.

— Não, não entendi. Que quer dizer? – gaguejou a infeliz mulher, transtornada.

— Quero dizer que a esposa do primeiro magistrado da capital não contaminará com sua infâmia um nome sem mácula e não desonrará o marido e o filho ao mesmo tempo.

— Não, oh, não!

— Bem, senhora, essa será uma boa ação de sua parte e por ela lhe sou muito grato.

— O senhor me agradece... pelo quê?

— Pelo que me acabou de dizer.

— E o que eu disse? Minha cabeça está confusa; não entendo mais nada, meu Deus!

E se levantou, os cabelos desgrenhados, os lábios espumantes.

— Ainda não respondeu à pergunta que lhe fiz ao entrar aqui: onde está o veneno que costumava usar, senhora?

A senhora de Villefort ergueu os braços ao céu e apertou convulsivamente as mãos uma contra a outra.

— Não, não! – vociferou ela. – Não, o senhor não quer isso!

— O que eu não quero, senhora, é que pereça em um cadafalso, ouviu? – replicou Villefort.

– Oh, senhor, obrigada!

– O que eu quero é que a justiça seja feita. Estou na terra para punir, senhora – acrescentou ele, com um olhar flamejante. – Para qualquer outra mulher, mesmo uma rainha, eu mandaria o carrasco; mas com a senhora serei misericordioso. À senhora, digo: não é verdade que guardou algumas gotas do seu veneno mais doce, mais rápido e mais seguro?

– Oh, perdoe-me, senhor! Deixe-me viver!

– Ela é covarde! – exclamou Villefort.

– Pense que sou sua esposa!

– É uma envenenadora!

– Em nome do céu!...

– Não!

– Em nome do amor que já sentiu por mim!...

– Não! Não!

– Em nome de nosso filho! Ah, pelo nosso filho, deixe-me viver!

– Não! Não! Não! E digo mais: um dia, se eu a deixar viver, também poderá matá-lo como aos outros.

– Eu, matar meu filho! – rugiu aquela mãe selvagem, lançando-se na direção de Villefort. – Eu, matar meu Édouard!... Ah! Ah!

E uma risada assustadora, uma risada demoníaca, uma risada louca completou a frase e se perdeu em um estertor cruel.

A senhora de Villefort caiu aos pés de seu marido. Villefort se aproximou dela.

– Saiba, senhora – disse ele –, que se a justiça não estiver feita quando eu voltar, vou denunciá-la pessoalmente e a prenderei com minhas próprias mãos.

Ela ouviu ofegante, abatida, esmagada; só seus olhos viviam, alimentando um fogo terrível.

– A senhora me ouviu! – disse Villefort. – Vou ao tribunal requerer a pena de morte para um assassino... Se eu a encontrar viva ao voltar, a senhora dormirá esta noite na Conciergerie.

A senhora de Villefort suspirou, seus nervos se distenderam e ela desabou sem forças no tapete.

O procurador do rei pareceu esboçar um gesto de piedade, olhou para a mulher com menos dureza e curvou-se um pouco diante dela:

– Adeus, senhora – disse ele lentamente. – Adeus.

Esse adeus caiu como o cutelo mortal sobre a senhora de Villefort.

Ela desmaiou.

O procurador do rei saiu e fechou a porta dando duas vezes a volta à chave.

O JÚRI

O caso Benedetto, como se dizia então no Palácio da Justiça e na sociedade, causara enorme sensação. Frequentador do Café de Paris, do Boulevard de Gand e do Bois de Boulogne, o falso Cavalcanti, enquanto estivera em Paris e durante os dois ou três meses que durara seu esplendor, fizera uma multidão de conhecidos. Os jornais haviam noticiado as várias etapas da carreira do réu, tanto em sua vida elegante quanto em sua vida de forçado, o que despertou imensa curiosidade entre aqueles que tinham conhecido pessoalmente o príncipe Andrea Cavalcanti e queriam por todos os modos ir ver Benedetto, o assassino de seu companheiro de cadeia, no banco dos réus.

Para muitas pessoas, Benedetto era, se não uma vítima, pelo menos um erro judiciário: tinham visto Cavalcanti pai em Paris e esperavam vê-lo surgir novamente para defender seu filho ilustre. Não poucas pessoas, que nunca tinham ouvido falar da famosa mulher polonesa com quem ele havia aparecido na casa do conde de Monte Cristo, tinham ficado impressionadas com o ar digno, a gentileza e a ciência do mundo que o velho patrício havia demonstrado, o qual, é preciso dizer, parecia um perfeito cavalheiro sempre que não abria a boca e não se metia com a aritmética.

Quanto ao próprio acusado, muitas pessoas se lembravam de tê-lo visto tão amável, tão bonito, tão generoso que preferiam acreditar em alguma maquinação por parte de um inimigo como os que encontramos nesta sociedade, onde grandes fortunas elevam os meios de fazer o mal e o bem à altura do maravilhoso e o poder à altura do inaudito.

Todos, portanto, correram para a audiência, uns para saborear o espetáculo, outros para comentá-lo. Desde as sete horas da manhã, as pessoas fizeram fila no portão e uma hora antes da abertura dos trabalhos a sala já estava cheia de privilegiados.

Antes da entrada dos juízes, e mesmo depois disso, uma sala de audiências, nos dias de grandes julgamentos, lembra bastante um salão onde muitas pessoas se reconhecem, aproximam-se quando estão perto o suficiente para não perder seus lugares e fazem sinais quando estão separadas por uma multidão de populares, advogados e guardas.

Era um daqueles magníficos dias de outono que às vezes nos compensam por um verão ausente ou encurtado; as nuvens que o senhor de Villefort vira de manhã obscurecendo o sol nascente tinham se dissipado como que por magia, deixando brilhar em toda a sua pureza um dos últimos e mais amenos dias de setembro.

Beauchamp, um dos reis da imprensa e, consequentemente, com seu trono em todos os lugares, espiava à direita e à esquerda. Viu Château-Renaud e Debray, que haviam acabado de ganhar as boas graças de um policial, convencendo-o a se postar atrás deles, não na frente, como era seu direito. O digno agente farejara o secretário do ministro e o milionário; demonstrou grande respeito por seus nobres vizinhos e chegou mesmo a permitir que eles fossem até Beauchamp, prometendo guardar seus lugares.

– E então cá estamos para ver nosso amigo! – disse Beauchamp.

– Por Deus, sim! – replicou Debray. – O digno príncipe. Que o diabo carregue os príncipes italianos!

– Um homem que tinha Dante como genealogista e remontava à *Divina comédia*!

– Nobreza de corda – observou fleumaticamente Château-Renaud.

– Ele será condenado, não? – perguntou Debray a Beauchamp.

– Meu caro – respondeu o jornalista –, parece-me que é a você que devemos perguntar isso. Conhece melhor que nós o ambiente do ministério. Viu o presidente na última recepção de seu ministro?

– Sim.

– O que ele lhe disse?

– Uma coisa que irá surpreendê-lo.

– Ah, então fale logo, caro amigo, pois já faz muito tempo que ninguém me diz algo assim.

– Ele me disse que Benedetto, a quem consideramos uma fênix de sutileza, um gigante de astúcia, é apenas um vigarista de segunda classe, muito estúpido e completamente indigno dos experimentos que serão feitos, depois de sua morte, em seus órgãos frenológicos.

– Ora! – disse Beauchamp. – Mas ele interpretava um príncipe de maneira muito passável.

– Para você, Beauchamp, que odeia esses príncipes infelizes e tem o prazer de vê-los em má situação; mas não para mim, que farejo instintivamente um cavalheiro e surpreendo uma família aristocrática, seja ela qual for, como um verdadeiro cão de caça.

– Então nunca acreditou em seu principado?

– Em seu principado, sim... em sua condição de príncipe, não.

– Nada mal – disse Debray. – Garanto-lhe, no entanto, que, tirando você, ele enganou a muitos. Eu o vi nos gabinetes dos ministros.

– Ah, sim – riu Château-Renaud –, pelo que seus ministros conhecem de príncipes...

– Há muita verdade no que acaba de dizer, Château-Renaud – respondeu Beauchamp, rindo à larga. – A frase é curta, mas agradável. Peço sua permissão para usá-la em meu artigo.

– Fique com ela, meu caro Beauchamp – disse Château-Renaud. – Dou-a pelo que vale.

– Mas – disse Debray a Beauchamp –, se falei com o presidente, você deve ter falado com o procurador do rei, certo?

– Isso não foi possível. Há oito dias que o senhor de Villefort está escondido. Nada mais natural: aquela longa série de calamidades domésticas, coroada pela estranha morte de sua filha…

– Estranha morte! Que quer dizer, Beauchamp?

– Oh, esqueça isso, uma vez que tudo se passou entre a nobreza de toga – disse Beauchamp, colocando seu monóculo no olho e forçando-o a ficar entalado ali.

– Meu amigo – observou Château-Renaud –, permita-me dizer-lhe que, no uso do monóculo, você não tem a prática de Debray. Debray, dê uma lição ao senhor Beauchamp.

– Vejam, se não estou enganado… – interrompeu Beauchamp.

– O quê?

– … é ela.

– Ela quem?

– Disseram que havia partido.

– A senhorita Eugénie? – perguntou Château-Renaud. – Já terá voltado?

– Não, mas sua mãe voltou.

– A senhora Danglars?

– Impossível! – exclamou Château-Renaud. – Dez dias após a fuga da filha, três dias após a falência do marido!

Debray enrubesceu levemente e seguiu a direção em que Beauchamp olhava.

– Ora – desdenhou ele –, é uma mulher com véu, uma senhora desconhecida, alguma princesa estrangeira, a mãe do príncipe Cavalcanti, talvez; mas você dizia, ou melhor, ia dizer, Beauchamp, coisas muito interessantes, ao que me parece.

– Eu?

– Sim. Referia-se à morte estranha de Valentine.

– Ah, sim, é verdade; mas por que, então, a senhora de Villefort não está aqui?

– A pobre e querida senhora! – suspirou Debray. – Provavelmente anda ocupada destilando água de erva-cidreira para hospitais e fazendo cosméticos para si e suas amigas. Diz-se que ela gasta nesse divertimento dois ou três mil escudos por ano. Mas você tem razão: por que a senhora de Villefort não está aqui? Eu a veria com muito prazer, gosto muito dessa mulher.

– E eu a odeio – rugiu Château-Renaud.

– Por quê?

– Não sei. Por que amamos? Por que odiamos? Eu a odeio por antipatia.

– Ou por instinto.

– Talvez... Mas voltemos ao que você dizia, Beauchamp.

– Bem – prosseguiu Beauchamp –, não estão curiosos para saber por que se morre tão abundantemente na casa dos Villefort?

– "Tão abundantemente"... A expressão é bonita – observou Château-Renaud.

– Está em Saint-Simon, meu caro.

– Mas a coisa está na casa do senhor de Villefort. Voltemos ao tema.

– Por Deus – disse Debray –, admito que não perco de vista essa casa afundada no luto há três meses! Anteontem mesmo, acerca de Valentine, a senhora me dizia...

– Que senhora? – perguntou Château-Renaud.

– Ora, a mulher do ministro!

– Ah, perdão! – desculpou-se Château-Renaud. – É que não frequento a casa dos ministros, deixo isso para os príncipes.

– Você era apenas bonito, agora se tornou resplandecente, barão. Tenha piedade de nós ou vai nos queimar como outro Júpiter.

– Não direi mais nada – replicou Château-Renaud. – Mas que diabo, tenham vocês piedade de mim, não me deem a deixa.

– Tentemos chegar ao fim do nosso diálogo, Beauchamp. Eu dizia que a senhora me pediu anteontem informações sobre o caso; informe-me e eu a informarei.

– Bem, senhores, se pessoas morrem abundantemente (mantenho a expressão) na casa dos Villefort, então deve haver lá um assassino.

Os dois jovens estremeceram, pois mais de uma vez essa ideia lhes ocorrera.

– E quem seria esse assassino? – perguntaram ao mesmo tempo.

– O jovem Édouard.

Uma gargalhada dos dois ouvintes não desconcertou de forma alguma o interlocutor, que prosseguiu:

– Sim, senhores, o jovem Édouard, uma criança fenomenal que já está matando como o pai e a mãe.

– É uma piada?

– De modo algum; ontem, contratei um criado que deixou a casa do senhor de Villefort. Ouçam isto...

– Estamos ouvindo.

– Criado que vou mandar embora amanhã, porque ele come exageradamente para se recuperar do jejum de terror que se impunha lá. Pois bem, parece que essa amável criança se apossou de um frasco de drogas que usa de vez em quando contra aqueles que o desagradam. Primeiro, foram vovô e vovó de Saint-Méran que o aborreceram e ele lhes serviu três gotas de seu elixir: três gotas são suficientes. Depois, foi o bravo Barrois, um velho servidor do bom vovô Noirtier, que de vez em quando se mostrava rude para com o fedelho travesso e encantador que vocês conhecem: o fedelho encantador lhe deu três gotas do elixir. Ocorreu o mesmo com a pobre Valentine, que não ralhava com ele, mas lhe inspirava ciúmes: deu-lhe três gotas do elixir e, para ela como para os outros, tudo acabou.

– Mas que diabo de história é essa que está nos contando? – espantou-se Château-Renaud.

– Uma história do outro mundo, não? – respondeu Beauchamp.

– Absurda! – exclamou Debray.

– Ah, aí estão vocês tentando achar meios dilatórios! Pois então perguntem ao meu criado, ou melhor, àquele que amanhã não será mais meu criado: era o que se murmurava na casa.

– Mas onde está esse elixir? E o que é?

– Ora, ora, o garoto o esconde!

– Onde ele o achou?

– No laboratório da senhora sua mãe.

– Essa mãe tem então venenos em seu laboratório?

– Como vou saber? Estão me fazendo perguntas de procurador do rei. Repito o que me disseram, nada mais; cito minha fonte e é só o que posso fazer. O coitado nem comia mais, de tanto medo.

– É incrível!

– Mas não, meu caro, não é nada incrível. No ano passado, aquele menino da Rua Richelieu não se divertiu matando seus irmãos e irmãs enfiando-lhes um alfinete no ouvido enquanto dormiam? A nova geração é muito precoce, meu caro.

– Amigo – disse Château-Renaud –, aposto que não acredita em uma só palavra do que nos conta... Mas não estou vendo o conde de Monte Cristo; por que ele não veio?

– Está aborrecido – informou Debray. – Além disso, não vai querer aparecer diante de todos depois de ter sido enganado pelos Cavalcanti, que o procuraram, segundo parece, com falsas credenciais e lhe arrancaram uma hipoteca de cem mil francos sobre o principado.

– A propósito, Château-Renaud – perguntou Beauchamp –, como está Morrel?

– Por Deus – respondeu o cavalheiro –, fui três vezes à sua casa e nada de Morrel. No entanto, sua irmã não parecia preocupada e me disse com ar tranquilo que não o via há dois ou três dias, mas tinha certeza de que estava bem.

– Ah, já sei por que o conde de Monte Cristo não pode vir aqui! – interrompeu Beauchamp.

– Por quê?

– Porque é ator no drama.

– O conde de Monte Cristo também assassinou alguém? – perguntou Debray.

– Claro que não. Ao contrário, a ele é que quiseram assassinar. Vocês sabem muito bem que ao sair da casa do conde é que esse bom senhor

Caderousse foi morto por seu amiguinho Benedetto. Sabem também que encontraram lá o famoso colete no qual estava a carta que alterava a assinatura do contrato. Estão vendo o tal colete todo ensanguentado ali na mesa, como prova de acusação?

– E muito bem!

– Silêncio, senhores, o júri; aos nossos lugares!

De fato, ouviu-se um grande barulho na sala; o guarda chamou seus dois protegidos com um *psiu* enérgico e o meirinho, surgindo à entrada, clamou naquela voz estridente que os meirinhos já tinham no tempo de Beaumarchais:

– O júri, senhores!

A PEÇA DE ACUSAÇÃO

Os juízes sentaram-se em meio ao mais profundo silêncio; os jurados tomaram seus lugares; o senhor de Villefort, centro das atenções e, quase diríamos, da admiração geral, instalou-se togado em sua poltrona, olhando tranquilamente ao redor.

Cada qual fitava com espanto aquele rosto grave e severo, cuja impassibilidade os dissabores paternos pareciam não afetar em nada, e examinava com uma espécie de terror aquele homem estranho às emoções da humanidade.

– Guardas! – ordenou o presidente. – Tragam o acusado.

A essas palavras, a atenção do público redobrou e todos os olhares se voltaram para a porta, pela qual Benedetto deveria entrar.

Logo essa porta se abriu e o acusado apareceu. A impressão foi a mesma para todos e ninguém se enganou quanto à expressão de sua fisionomia.

As feições do acusado não exibiam a marca dessa emoção profunda que faz o sangue refluir para o coração, descolorindo a fronte e as faces. Suas mãos, graciosamente pousadas, uma no chapéu, a outra na abertura do colete branco, não denunciavam o mínimo tremor; seus olhos estavam calmos e até brilhantes. Mal entrou na sala, o olhar do jovem começou a percorrer todas as fileiras de juízes e assistentes, detendo-se no presidente e, sobretudo, no procurador do rei.

Ao lado de Andrea postou-se seu advogado, advogado de ofício (porque Andrea não quisera se ocupar desses detalhes, aos quais parecia não dar importância), um jovem com cabelos de um loiro fosco e rosto avermelhado por uma emoção cem vezes mais sensível que a do réu.

O presidente pediu a leitura da acusação, redigida, como sabemos, pela pena habilidosa e implacável de Villefort.

Durante a leitura, longa e para qualquer outro enfadonha, a atenção do público se fixou em Andrea, que a suportou com a leveza de ânimo de um espartano.

Villefort, talvez, nunca tivesse sido tão conciso e tão eloquente; o crime foi apresentado com as cores mais vivas; os antecedentes do acusado, sua transfiguração e a série de seus atos desde uma idade bastante tenra foram deduzidos com o talento que a prática da vida e o conhecimento do coração humano podem proporcionar a um espírito tão elevado quanto o do procurador do rei.

Apenas com esse preâmbulo, Benedetto estaria para sempre perdido na opinião pública até ser punido mais materialmente pela lei.

Andrea não prestou atenção às acusações sucessivas que subiam e desciam sobre ele: o senhor de Villefort, que o examinava o tempo todo e, sem dúvida, continuava a fazer com ele os estudos psicológicos que tantas vezes tivera a oportunidade de realizar com acusados, o senhor de Villefort não conseguiu fazê-lo abaixar as pálpebras, apesar da firmeza e da insistência de seu olhar. Finalmente, a leitura terminou.

– Acusado – disse o presidente –, seu nome e sobrenome?

Andrea se levantou.

– Perdoe-me, senhor presidente – disse ele em um tom perfeitamente claro –, mas vejo que adotará uma ordem de perguntas em que não poderei segui-lo. Tenciono justificar mais tarde o fato de ser uma exceção aos acusados comuns. Por favor, permita-me responder em uma ordem diferente ou não responderei nada.

O presidente, surpreso, olhou para os jurados, que olharam para o procurador do rei.

Um grande espanto dominou o público.

Mas Andrea parecia não se importar.

– Sua idade? – disse o presidente. – Responderá a essa pergunta?

– A essa pergunta como às outras eu responderei, senhor presidente, mas no momento oportuno.

– Sua idade? – repetiu o magistrado.

– Tenho vinte e um anos, ou melhor, vou tê-los em alguns dias, visto que nasci na noite de 27 para 28 de setembro de 1817.

O senhor de Villefort, que tomava notas, ergueu a cabeça ao ouvir a data mencionada.

– Onde nasceu? – continuou o presidente.

– Em Auteuil, perto de Paris – respondeu Benedetto.

O senhor de Villefort ergueu a cabeça pela segunda vez, olhou para Benedetto como teria olhado para a cabeça da Medusa e ficou lívido.

Quanto a Benedetto, passou graciosamente pelos lábios o canto bordado de um lenço de fina cambraia.

– Sua profissão? – indagou o presidente.

– Primeiro fui falsário – respondeu Andrea com a maior despreocupação do mundo. – Depois, passei a ladrão e, recentemente, tornei-me assassino.

Um murmúrio, ou melhor, uma tempestade de indignação e surpresa irrompeu em todas as partes da sala; os próprios juízes olharam-no estupefatos e os jurados manifestaram a maior repugnância por aquele cinismo que ninguém esperava de um homem elegante.

O senhor de Villefort levou a mão à testa que, a princípio pálida, ficara vermelha e escaldante; de repente, levantou-se, olhando à sua volta como um homem alucinado: faltava-lhe o ar.

– Procura alguma coisa, senhor procurador do rei? – perguntou Benedetto com seu sorriso mais obsequioso.

Villefort não respondeu e se sentou de novo, ou melhor, deixou-se cair na poltrona.

– Agora, acusado, concorda em dizer seu nome? – perguntou o presidente. – A petulância brutal com que enumerou seus diferentes crimes, aos quais chama de profissão, a espécie de ponto de honra que lhes atribui e que esta corte, em nome da moral e do respeito devido à humanidade, deve censurar-lhe veementemente, são talvez o motivo pelo qual tenha demorado a se nomear: quer, certamente, destacar seu nome com os títulos que o precedem.

– É incrível, senhor presidente – disse Benedetto, em um tom de voz gracioso e com as maneiras mais polidas –, como leu no mais fundo de meu pensamento; de fato, foi com esse objetivo que lhe pedi para inverter a ordem das perguntas.

O estupor atingiu o auge; não havia mais nas palavras do acusado nem bravata nem cinismo: o público, abalado, pressentia um relâmpago coruscante no fundo daquela nuvem escura.

– Seu nome, então! – bradou o presidente.

– Não posso lhe dizer meu nome, pois não o sei; mas sei o de meu pai e esse posso lhe dizer.

Um deslumbramento doloroso cegou Villefort: viram-se gotas de suor amargo e intempestivo caírem de suas faces sobre os papéis que ele remexia com mão convulsa e desorientada.

– Então, diga o nome de seu pai – ordenou o presidente.

Nem um sopro, nem uma aragem perturbavam o silêncio da imensa plateia; todos aguardavam.

– Meu pai é procurador do rei – respondeu tranquilamente Andrea.

– Procurador do rei? – surpreendeu-se o presidente, sem perceber o transtorno que se operava no rosto de Villefort. – Procurador do rei?

– Sim. E como deseja saber o nome dele, vou lhe dizer: é Villefort.

A explosão, tão contida pelo respeito que nas audiências se tem pela justiça, eclodiu como um trovão do fundo de todos os peitos; o próprio júri não conseguiu reprimir esse movimento da multidão. As interjeições, os insultos dirigidos a Benedetto, que permanecia impassível, os gestos enérgicos, a agitação dos guardas, o riso escarninho da parte sórdida que, em qualquer assembleia, sobe à superfície nos momentos de perturbação e escândalo, tudo isso durou cinco minutos antes que os magistrados e os meirinhos conseguissem restabelecer o silêncio.

No meio de todo esse barulho, ouviu-se a voz do presidente, que bradava:

– Você zomba da justiça, acusado, e atreve-se a dar a seus concidadãos o espetáculo de uma corrupção que uma época no entanto fértil em tais expedientes ainda não viu igual?

Dez pessoas cercaram o procurador do rei, meio esmagado em seu assento, e lhe ofereceram consolações, encorajamentos, protestos de zelo e simpatia.

A calma retornou à sala, com exceção, no entanto, de um ponto em que um grupo bastante grande se mexia e sussurrava.

Dizia-se que uma mulher tinha acabado de desmaiar; eles a fizeram respirar sais e ela se recuperou.

Andrea, durante todo esse tumulto, havia virado o rosto sorridente para o público; em seguida, apoiando uma das mãos na balaustrada de carvalho de seu banco, assumiu uma atitude das mais graciosas e disse:

– Senhores, Deus não permita que eu tente insultar a corte e provocar, na presença desta respeitável assembleia, um escândalo inútil. Perguntaram-me quantos anos tenho, eu respondi; perguntaram-me onde nasci, eu respondi; perguntaram meu nome e eu não pude dizê-lo, pois meus pais me abandonaram. Mas posso muito bem, sem dizer meu nome, já que não tenho um, dizer o de meu pai. Repito: meu pai se chama senhor de Villefort e estou pronto a provar isso.

Havia no tom do jovem uma certeza, uma convicção, uma energia que reduziram o tumulto ao silêncio. Os olhos se voltaram um momento para o procurador do rei, que conservava em seu assento a imobilidade de um homem que acabara de ser transformado em cadáver por um raio.

– Senhores – continuou Andrea, pedindo silêncio com o gesto e com a voz –, devo-lhes a prova e a explicação de minhas palavras.

– Mas – gritou o presidente, irritado –, você declarou na instrução que se chamava Benedetto, era órfão e nascera na Córsega!

– Declarei na instrução o que me convinha declarar, pois não queria que ninguém amenizasse ou impedisse, e isso certamente aconteceria, o impacto solene que tencionava dar às minhas palavras.

Agora, repito que nasci em Auteuil, na noite de 27 para 28 de setembro de 1817, e que sou filho do procurador do rei Villefort. Querem detalhes? Aí vão. Nasci no primeiro andar da casa número 28, Rue de la Fontaine, em um quarto forrado de damasco vermelho. Meu pai me pegou nos braços dizendo à minha mãe que eu estava morto, me enrolou em uma toalha marcada com um H e um N e me levou para o jardim, onde me enterrou vivo.

Um calafrio percorreu todos os assistentes ao verem que a segurança do acusado aumentava na medida do terror de Villefort.

– Mas como sabe de todos esses detalhes? – indagou o presidente.

– Vou dizer-lhe, senhor presidente. No jardim onde meu pai me enterrou, naquela mesma noite se insinuara um homem que o odiava mortalmente e que já o observava há muito tempo para se vingar dele à maneira corsa. O homem, escondido entre as árvores, viu meu pai enterrando alguma coisa e o esfaqueou bem no meio dessa operação; acreditando que se tratava de um tesouro, abriu a cova e me encontrou ainda vivo. Esse homem me levou para o Asilo das Crianças Abandonadas, onde fui inscrito com o número 57. Três meses depois, sua irmã viajou de Rogliano a Paris para me buscar, alegou que eu era seu filho e me levou embora. Eis como, apesar de ter nascido em Auteuil, fui criado na Córsega.

Houve um momento de silêncio, mas de um silêncio tão profundo que, sem a ansiedade que parecia oprimir mil peitos ofegantes, alguém pensaria que a sala estava vazia.

– Continue – instou o presidente.

– Sem dúvida – continuou Benedetto –, eu poderia ser feliz entre aquelas pessoas boas que me adoravam; mas meu natural ruim levou a melhor sobre todas as virtudes que minha mãe adotiva tentou verter em meu coração. Cresci no mal e cheguei ao crime. Finalmente, certa vez em que amaldiçoava Deus por me ter feito tão perverso e me reservar um destino tão hediondo, meu pai adotivo me disse: "Não blasfeme, infeliz, pois Deus lhe deu a vida sem raiva! O crime vem de seu pai e não de você, de seu pai que o votou ao inferno, se você morresse; à miséria, se um milagre o devolvesse à luz!" A partir de então, parei de blasfemar contra Deus, mas amaldiçoei meu pai; e é por isso que proferi aqui as palavras pelas quais me censurou, senhor presidente; é por isso que provoquei o escândalo que ainda abala esta assembleia. Se cometi mais um crime, punam-me; mas se os convenci de que, desde o dia do meu nascimento, meu destino era fatal, doloroso, amargo, lamentável, compadeçam-se de mim!

– E sua mãe? – perguntou o presidente.

– Minha mãe pensou que eu estava morto; ela não é culpada de modo algum. Eu nunca quis saber seu nome; não a conheço.

Nesse momento, um grito estridente, que terminou em soluço, ressoou no meio do grupo que cercava, como dissemos, uma mulher.

Essa mulher sofreu um violento ataque de nervos e foi removida da sala do júri; enquanto a carregavam, o véu espesso que escondia seu rosto se abriu e todos reconheceram a senhora Danglars.

Apesar da sobrecarga em seus nervos; apesar do zumbido em seus ouvidos; apesar da espécie de loucura que perturbava seu cérebro, Villefort a reconheceu e se levantou.

– As provas! As provas! – bradou o presidente. – Saiba, acusado, que essa rede de horrores precisa ser sustentada pelas evidências mais esmagadoras.

– As provas? – riu Benedetto. – O senhor quer as provas?

– Sim.

– Bem, olhe para o senhor de Villefort e diga-me se ainda precisa delas.

Todos se voltaram para o procurador do rei, que, sob o peso dos milhares de olhares cravados nele, avançou para o recinto do júri, cambaleando, com os cabelos em desordem e o rosto congestionado pela pressão das unhas.

A assembleia inteira emitiu um longo murmúrio de espanto.

– Estão me pedindo provas, pai – disse Benedetto. – Quer que eu as dê?

– Não, não – gaguejou o senhor de Villefort, com voz estrangulada. – É inútil.

– Como, inútil? – exclamou o presidente. – O que quer dizer?

– Quero dizer – gritou o procurador do rei – que me debateria em vão sob o abraço mortal que me esmaga, senhores. Estou, admito, nas mãos do Deus vingador. Nada de provas! Não há necessidade: tudo o que esse jovem acabou de dizer é verdade.

Um silêncio sombrio e pesado como o que antecede as catástrofes da natureza envolveu em seu manto de chumbo todos os assistentes, cujos cabelos se eriçaram.

– Senhor de Villefort – intercedeu o presidente –, não terá sucumbido a uma alucinação? Tem certeza de que está na plenitude de suas faculdades? Pode-se imaginar que uma acusação tão estranha, imprevista e terrível haja perturbado sua mente. Vamos, recomponha-se.

O procurador do rei balançou a cabeça. Seus dentes se entrechocavam violentamente como os de um homem devorado pela febre e, ainda assim, ele estava mortalmente pálido.

– Estou no pleno domínio de todas as minhas faculdades, senhor – garantiu ele. – Só o corpo sofre e isso se pode entender. Reconheço-me culpado de tudo o que esse jovem acabou de dizer contra mim e coloco-me desde já, em casa, à disposição do procurador do rei meu sucessor.

Após pronunciar essas palavras com voz surda e quase sufocada, o senhor de Villefort cambaleou na direção da porta, que o meirinho de serviço lhe abriu com um movimento maquinal.

A assembleia permaneceu em silêncio e consternada diante dessa revelação e dessa confissão, que rematavam de maneira tão terrível as inúmeras peripécias que durante a última quinzena haviam agitado a alta sociedade de Paris.

– E venham me dizer agora – sentenciou Beauchamp – que o drama não existe na vida real!

– Por minha fé – replicou Château-Renaud –, eu preferiria acabar como o senhor de Morcerf: um tiro de pistola parece suave perto de uma catástrofe desse porte.

– Mas mata – corrigiu Beauchamp.

– E eu, que por um tempo pensei em me casar com a filha dele! – disse Debray. – Céus, ela fez muito bem em morrer! Pobre criança!

– A audiência está encerrada, senhores – anunciou o presidente –, e o julgamento adiado para a próxima sessão. O caso deve ser instruído de novo e entregue a outro magistrado.

Quanto a Andrea, sempre calmo e ainda mais cativante, saiu da sala escoltado pelos guardas, que involuntariamente o tratavam com respeito.

– E o que você acha disso, meu bom homem? – perguntou Debray ao policial, pondo-lhe um luís na mão.

– Haverá circunstâncias atenuantes! – respondeu ele.

Expiação

O senhor de Villefort viu as fileiras da multidão abrirem-se diante dele, por mais compacta que ela fosse. As grandes dores são de tal modo veneráveis que não há exemplo, mesmo nos tempos mais trágicos, de que o primeiro movimento da multidão reunida não tenha sido de simpatia por uma grande catástrofe. Muitas pessoas odiadas foram mortas em um tumulto; raramente um infeliz, mesmo criminoso, foi insultado por quem testemunhava sua condenação à morte.

Villefort, portanto, atravessou as alas de espectadores, guardas e funcionários do Palácio, e se afastou, culpado confesso, mas protegido por sua dor.

Existem situações que os homens compreendem por instinto e não conseguem comentar com a razão; o maior poeta, nesse caso, é aquele que solta o grito mais veemente e mais natural. A multidão toma esse grito por um relato completo e, com justiça, se contenta com ele e, com mais justiça ainda, acha-o sublime quando ele é verdadeiro.

Além disso, seria difícil descrever o estado de estupor com que Villefort saiu do Palácio, pintar aquela febre que fazia latejarem todas as suas artérias, retesarem-se todas as suas fibras, inflarem todas as suas veias e pulverizarem-se todos os pontos de seu corpo mortal em milhões de sofrimentos.

Villefort se arrastou pelos corredores, guiado apenas pelo hábito, e arrancou dos ombros a toga, não porque achasse isso conveniente, mas porque a sentia como um fardo esmagador, uma túnica de Nesso fértil em torturas.

Chegou cambaleando ao Pátio Dauphine, viu sua carruagem, acordou o cocheiro abrindo ele próprio a portinhola e se deixou cair sobre as almofadas, apontando com o dedo a direção do Faubourg Saint-Honoré.

O cocheiro partiu.

Todo o peso de sua sorte arruinada acabava de cair sobre sua cabeça: esse peso o esmagava, sem que ele pudesse prever suas consequências; não as tinha avaliado; apenas as sentia. Não interpretava seu código como o frio assassino que comenta um artigo conhecido.

Tinha Deus no fundo do coração.

– Deus! – murmurava, sem mesmo saber o que dizia. – Deus! Deus!

Só via Deus por trás da derrocada que acabara de ocorrer.

A carruagem rodava velozmente; Villefort, sacudido nas almofadas, sentiu algo que o incomodava.

Procurou o objeto; era um leque esquecido pela senhora de Villefort entre as almofadas e o encosto da carruagem: esse leque despertou nele uma lembrança que foi como que um relâmpago no meio da noite.

Villefort pensou em sua esposa...

– Oh! – gritou, como se um ferro em brasa atravessasse seu coração.

De fato, durante uma hora, só tivera sob os olhos um aspecto de sua miséria e, de repente, acudia-lhe ao espírito outro não menos terrível.

Diante dessa mulher, ele acabara de se comportar como um juiz inexorável, acabara de condená-la à morte; e ela, aterrorizada, esmagada pelo remorso, ferida pela vergonha que ele acabara de impingir-lhe com a eloquência de sua virtude irrepreensível, ela, uma pobre mulher fraca e indefesa contra um poder absoluto e supremo, talvez naquele momento estivesse se preparando para morrer!

Decorrera já uma hora desde sua condenação; sem dúvida, naquele momento, ela repassava todos os seus crimes na memória, implorava misericórdia a Deus, escrevia uma carta para pedir de joelhos o perdão de seu virtuoso marido, perdão que comprava com sua morte.

Villefort deixou escapar um segundo rugido de dor e raiva.

– Ah – bradou ele, rolando sobre o cetim do assento de sua carruagem –, essa mulher só se tornou criminosa porque me tocou. Eu, sim, transpiro crime! E ela contraiu o crime como se contrai o tifo, a cólera, a peste. E a castigo!... Atrevi-me a dizer-lhe: 'Arrependa-se e morra'... Eu! Não, não, ela viverá... ela me seguirá... Vamos fugir, deixar a França, ir até onde a terra puder nos levar. Falei em cadafalso... Bom Deus, como ousei pronunciar essa palavra! Mas a mim também o cadafalso espera!... Nós fugiremos... Sim, vou me confessar a ela; sim, todos os dias lhe direi, humilhando-me, que também cometi um crime... Oh, aliança do tigre e da serpente! Oh, mulher digna de um marido como eu!... É preciso que ela viva, minha infâmia deve fazer empalidecer a sua!

E Villefort escancarou, em vez de abrir, o vidro da frente do cupê.

– Rápido! Mais rápido! – gritou ele, com uma voz que fez o cocheiro pular em seu assento.

Os cavalos, levados pelo medo, voaram para casa.

– Sim, sim! – repetia Villefort para si mesmo enquanto se aproximava de casa. – Sim, essa mulher deve viver, ela deve se arrepender e criar meu filho, meu pobre filho, o único, além do velho indestrutível, que sobreviveu à ruína da família. Ela o ama; foi por ele que fez tudo. Nunca se deve desesperar do coração de uma mãe que ama seu filho; ela se arrependerá: ninguém saberá que foi a culpada; esses crimes cometidos em minha casa e com os quais a sociedade se preocupa serão esquecidos com o tempo; e se alguns inimigos se lembrarem deles, muito bem, eu os incluirei em minha lista de crimes. Um, dois, três a mais, que importa! Minha esposa fugirá carregando ouro e, principalmente, carregando seu filho, longe do abismo onde me parece que o mundo cairá comigo. Ela viverá, ainda será feliz, pois todo o seu amor está em seu filho e seu filho nunca a abandonará. Terei feito uma boa ação e isso há de me confortar.

E o procurador do rei respirou mais livremente do que respirava havia muito tempo.

A carruagem parou no pátio do palacete.

Villefort saltou do estribo para a escadaria; percebeu os criados surpresos ao vê-lo retornar tão cedo. Não leu mais nada em seus rostos; ninguém lhe dirigiu a palavra; pararam na frente dele, como sempre, para deixá-lo passar: e foi tudo.

Passou diante do quarto de Noirtier e, pela porta entreaberta, avistou duas sombras, mas não se preocupou com quem pudesse estar com seu pai; a outro lugar é que sua ansiedade o impelia.

– Vamos – murmurou ele, subindo a pequena escada que levava ao patamar onde ficavam os aposentos de sua esposa e o quarto vazio de Valentine. "Vamos, nada mudou aqui."

Primeiro, fechou a porta do patamar.

"Ninguém deve nos incomodar", pensou. "Preciso falar-lhe livremente, me acusar diante dela, contar-lhe tudo…"

Aproximou-se da porta, colocou a mão na maçaneta de cristal e a porta cedeu.

– Não está fechada! Muito bom! – sussurrou.

Entrou na saleta onde, todas as noites, uma cama era feita para Édouard; pois, embora estivesse no internato, Édouard voltava para casa todas as noites; sua mãe nunca quisera se separar dele.

De um relance, abarcou o pequeno recinto.

– Ninguém – murmurou. – Ela está em seu quarto, sem dúvida.

Correu para a porta.

Esta estava trancada.

– Héloïse! – gritou.

Pensou ter ouvido um móvel sendo arrastado.

– Héloïse! – repetiu.

– Quem é? – perguntou a voz da mulher.

Pareceu-lhe que essa voz estava mais fraca do que o normal.

– Abra, abra! – insistiu Villefort. – Sou eu!

Mas, apesar dessa ordem, apesar do tom de angústia com que foi dada, ninguém abriu.

Villefort arrombou a porta com um pontapé.

Na entrada da sala que dava para seu quarto, a senhora de Villefort estava de pé, pálida, as feições contraídas e olhando-o com uma fixidez apavorante.

– Heloïse! Heloïse! – balbuciou ele. – O que há com você? Fale!

A jovem estendeu-lhe a mão hirta e lívida.

– Está feito, senhor – disse ela, com um gemido que pareceu dilacerar sua garganta. – Que mais quer?

E desabou no tapete.

Villefort acorreu, agarrando-lhe a mão. Essa mão apertava convulsivamente um frasco de cristal com tampa de ouro.

A senhora de Villefort estava morta.

Villefort, ébrio de horror, recuou até a soleira e olhou para o cadáver.

– Meu filho! – gritou de repente. – Onde está meu filho? Édouard! Édouard!

E saiu correndo do quarto, chamando:

– Édouard! Édouard!

Esse nome era pronunciado em um tom de tamanha angústia que os criados acudiram.

– Meu filho! Onde está meu filho? – perguntou Villefort. – Afastem-no da casa, para que não veja...

– O senhor Édouard não está lá embaixo, senhor – respondeu o criado.

– Provavelmente, brinca no jardim. Vão ver!

– Não, senhor. A senhora chamou seu filho há cerca de meia hora. Édouard entrou nos aposentos dela e não desceu desde então.

Um suor frio inundou a testa de Villefort, seus pés tropeçaram no assoalho, os pensamentos começaram a girar em sua cabeça como as engrenagens desordenadas de um relógio quebrado.

– Nos aposentos da senhora! – murmurou ele. – Nos aposentos da senhora!

Refez lentamente seus passos, enxugando a testa com uma das mãos e apoiando-se com a outra na parede.

Ao entrar no quarto, foi necessário ver novamente o corpo daquela infeliz mulher.

Para chamar Édouard, teria de acordar os ecos daquele recinto transformado em féretro: falar seria violar o silêncio da sepultura.

Villefort sentiu a língua paralisada na garganta.

– Édouard! Édouard! – gaguejou.

O menino não respondeu: mas onde então estava ele se, conforme os criados, havia entrado nos aposentos da mãe e não saíra?

Villefort deu um passo à frente.

O cadáver da senhora de Villefort jazia atravessado diante da porta da saleta em que Édouard devia estar; aliás, parecia vigiar a entrada com os olhos abertos e fixos, ostentando uma ironia terrível e misteriosa nos lábios.

Atrás do cadáver, o reposteiro levantado revelava uma parte do quarto, um piano vertical e a extremidade de um divã de cetim azul.

Villefort deu três ou quatro passos à frente e, no sofá, viu o filho deitado.

O menino dormia, sem dúvida.

O infeliz teve um assomo indescritível de alegria e um raio de pura luz desceu sobre aquele inferno em que ele se agitava.

Portanto, bastava passar por cima do cadáver, entrar no quarto, pegar a criança nos braços e fugir com ela para longe, para bem longe.

Villefort não era mais aquele homem transformado em pessoa civilizada pelos requintes da corrupção: era um tigre ferido de morte que teve os dentes quebrados na última mordida.

Não temia mais pré-julgamentos, temia fantasmas. Com um forte impulso, saltou sobre o cadáver como se estivesse transpondo um braseiro devorador.

Segurou o filho nos braços, estreitando-o, sacudindo-o, chamando-o; o menino não respondia. Colou os lábios ávidos em suas faces lívidas, sentindo-as geladas; palpou seus membros rígidos; pousou a mão em seu coração; seu coração não batia.

O menino estava morto.

Um papel dobrado em quatro caiu do peito de Édouard.

Villefort, como que atingido por um raio, tombou de joelhos; o filho escorregou de seus braços inertes e rolou para o lado da mãe.

Villefort pegou o papel, reconheceu a letra de sua esposa e leu-o ansiosamente.

Eis o que continha:

> *Você sabe que fui uma boa mãe, pois por meu filho é que me tornei uma criminosa!*
>
> *Uma boa mãe não parte sem o filho!*

Villefort não podia acreditar em seus olhos; Villefort não podia acreditar em sua razão. Arrastou-se até o corpo de Édouard, que examinou ainda uma vez com a atenção minuciosa da leoa que olha para o filhote morto.

Depois, um grito lancinante escapou de seu peito:

– Deus! – gemeu ele. – Sempre Deus!

As duas vítimas o aterrorizavam; sentiu o horror daquela solidão povoada de dois cadáveres apoderar-se dele.

Havia pouco, era sustentado pela raiva, essa imensa faculdade dos homens fortes, e pelo desespero, essa virtude suprema da agonia que levou os Titãs a escalar o céu e Ajax a mostrar o punho aos deuses.

Villefort inclinou a cabeça sob o peso do sofrimento, levantou-se, sacudiu os cabelos úmidos de suor, eriçados de medo, e aquele que nunca tivera pena de ninguém foi procurar o velho, seu pai, para ter na fraqueza alguém a quem contar seu infortúnio, alguém junto ao qual pudesse chorar.

Desceu a escada que conhecemos e entrou nos aposentos de Noirtier.

Quando Villefort entrou, Noirtier parecia atento a ouvir, tão afetuosamente quanto sua imobilidade o permitia, o abade Busoni, calmo e frio como de costume.

Villefort, ao ver o abade, levou a mão à testa. O passado lhe voltou como uma dessas ondas cuja cólera levanta mais espuma que as outras.

Lembrou-se da visita que fizera ao abade dois dias depois do jantar em Auteuil e da visita que o próprio abade lhe fizera no dia da morte de Valentine.

– O senhor aqui? – perguntou. – Então só aparece para escoltar a morte?

Busoni se endireitou; vendo a alteração no rosto do magistrado, o brilho feroz em seus olhos, compreendeu ou pensou compreender que a cena do júri se realizara. Mas ignorava o resto.

– Na ocasião, vim orar diante do corpo de sua filha – respondeu Busoni.

– E hoje, que veio fazer aqui?

– Vim lhe dizer que já me pagou suficientemente sua dívida; e que, a partir deste momento, orarei a Deus para que se dê por satisfeito, como eu.

– Céus! – disse Villefort, recuando em pânico. – Essa voz não é a do abade Busoni!

– Não!

O abade arrancou sua falsa tonsura, sacudiu a cabeça e seus longos cabelos negros, agora livres, caíram sobre seus ombros, emoldurando seu rosto másculo.

– É o rosto do senhor de Monte Cristo! – gritou Villefort, com os olhos esgazeados.

– Ainda não é isso, senhor procurador. Observe com mais atenção.

– Essa voz! Essa voz! Onde a ouvi pela primeira vez?

– Ouviu-a pela primeira vez em Marselha, vinte e três anos atrás, no dia de seu casamento com a senhorita de Saint-Méran. Procure em seus arquivos.

– O senhor não é Busoni? Não é Monte Cristo? Meu Deus, é o inimigo oculto, implacável, mortal! Fiz algo contra o senhor em Marselha? Ai de mim! Ai de mim!

– Sim, tem razão, é exatamente isso – disse o conde, cruzando os braços sobre o peito largo. – Procure! Procure!

– Mas o que lhe fiz? – bradou Villefort, cuja mente já flutuava no limite onde a razão e a loucura se fundem nessa névoa que não é mais o sonho e ainda não é a vigília. – O que lhe fiz, diga-me!

– O senhor me condenou a uma morte lenta e hedionda, matou meu pai, tirou-me o amor com a liberdade e a fortuna com o amor!

– Quem é o senhor? Quem é, afinal, meu Deus?

– Sou o fantasma de um homem infeliz que o senhor sepultou nas masmorras do castelo de If. Nesse fantasma que finalmente saiu da tumba, Deus colocou a máscara do conde de Monte Cristo, cobrindo-o de ouro e diamantes para que o senhor o reconhecesse apenas hoje.

– Ah, eu o reconheço, eu o reconheço! – balbuciou o procurador do rei. – O senhor é...

– Eu sou Edmond Dantès!

– Você é Edmond Dantès! – gritou o procurador do rei, agarrando o conde pelo pulso. – Venha comigo!

E arrastou-o pela escada, pela qual Monte Cristo, espantado, o seguiu, ignorando aonde o procurador do rei o levava e pressentindo uma nova catástrofe.

– Veja, Edmond Dantès – disse ele, apontando ao conde os cadáveres de sua esposa e de seu filho. – Veja como foi bem vingado!...

Monte Cristo empalideceu diante daquele espetáculo assustador; compreendeu que acabara de exceder os direitos de vingança e que não poderia mais dizer: "Deus é por mim e está comigo".

Lançou-se com um sentimento inexprimível de angústia sobre o corpo do menino, abriu seus olhos, sentiu-lhe o pulso e correu com ele para o quarto de Valentine, que trancou.

– Meu filho! – gritou Villefort. – Ele levou o cadáver de meu filho! Oh, maldição! Infortúnio! Que a morte o arrebate!

Quis correr atrás de Monte Cristo: mas, como em um sonho, sentiu os pés plantados no chão, seus olhos se dilataram quase a ponto de saltar das órbitas, seus dedos se cravaram no peito até as unhas se avermelharem de sangue, as veias de suas têmporas inflaram com espíritos irrequietos, que subiram para a abóbada muito estreita do crânio e afogaram o cérebro em um dilúvio de fogo.

Essa imobilidade durou vários minutos, até que se completasse a terrível subversão da razão.

Então, soltou um grande grito, seguido de uma longa gargalhada, e se precipitou pelas escadas.

Quinze minutos depois, a porta do quarto de Valentine se abriu e o conde de Monte Cristo reapareceu.

Pálido, o olhar sombrio, o peito oprimido, todos os traços daquele rosto geralmente tão calmo e tão nobre estavam dominados pela dor.

Segurava nos braços a criança, a quem nenhuma ajuda havia sido capaz de restaurar a vida.

Pôs um joelho em terra e depositou o corpo religiosamente ao lado de sua mãe, com a cabeça apoiada no peito dela.

Em seguida, levantando-se, saiu e encontrou um criado na escada:

– Onde está o senhor de Villefort? – perguntou.

O criado, sem responder, estendeu a mão na direção do jardim.

Monte Cristo desceu os degraus, encaminhou-se para o local designado e viu, no meio dos criados que o cercavam, Villefort, com uma pá na mão e revolvendo a terra com uma espécie de raiva.

– Ainda não é aqui – dizia ele –, ainda não é aqui!

E ia cavar mais longe.

Monte Cristo se aproximou dele e, em voz muito baixa:

– Senhor – disse em um tom quase humilde –, perdeu um filho. Mas...

Villefort o interrompeu; não ouvira nem entendera.

– Oh, tenha certeza de que eu o encontrarei – replicou. – É inútil garantir que ele não está aqui, eu o encontrarei, mesmo que tenha de procurá-lo até o dia do Juízo Final.

Monte Cristo recuou, aterrorizado.

– Oh! – murmurou. – Enlouqueceu!

E, como temesse que as paredes da casa amaldiçoada desabassem sobre ele, correu para a rua, perguntando-se pela primeira vez se tinha o direito de fazer o que havia feito.

– Oh, basta, basta! – gritou. – Salvemos o último!

Ao voltar para casa, Monte Cristo encontrou Morrel, que vagava pelo palacete dos Champs-Élysées silencioso como uma sombra que aguarda o momento determinado por Deus para retornar a seu túmulo.

– Prepare-se, Maximilien – disse, sorrindo. – Vamos sair de Paris amanhã.

– Não tem mais nada a fazer aqui? – perguntou Morrel.

– Não – respondeu Monte Cristo. – E queira Deus que eu não tenha feito demais.

A PARTIDA

Os eventos que acabavam de ocorrer preocupavam toda Paris. Emmanuel e sua esposa comentavam-nos com uma surpresa muito natural, em seu pequeno salão da Rue Meslay, relacionando aquelas três catástrofes tão repentinas quanto inesperadas que haviam atingido Morcerf, Danglars e Villefort.

Maximilien, que fora visitá-los, ouvia-os, ou melhor, assistia à conversa deles, mergulhado em sua insensibilidade habitual.

– Na verdade – disse Julie –, não parece, Emmanuel, que todas essas pessoas tão ricas, tão felizes ontem, se esqueceram, no cálculo em que basearam sua fortuna, felicidade e consideração, a parte do gênio mau e que este, como as fadas perversas dos contos de Perrault que alguém deixou de convidar para um casamento ou um batismo, de repente apareceram para se vingar desse esquecimento fatal?

– Quantas calamidades! – suspirou Emmanuel, pensando em Morcerf e Danglars.

– Quanto sofrimento! – completou Julie, lembrando-se de Valentine, que por um instinto de mulher não queria nomear na frente do irmão.

– Se foi Deus quem os puniu – disse Emmanuel –, é porque, sendo a suprema bondade, Ele não encontrou nada em seu passado que merecesse a atenuação da pena. Eram pessoas amaldiçoadas.

– Não está sendo temerário demais em seu julgamento, Emmanuel? – perguntou Julie. – Quando meu pai, com a pistola na mão, se preparava para estourar os miolos, caso alguém dissesse, como você diz agora: "Este homem mereceu seu castigo", não estaria enganado?

– Sim, mas Deus não permitiu que nosso pai sucumbisse, como não permitiu que Abraão sacrificasse seu filho; ao patriarca, como a nós, enviou um anjo que cortou no último instante as asas da morte.

Mal terminara de pronunciar essas palavras, a campainha tocou.

Era o sinal dado pelo porteiro para anunciar a chegada de uma visita.

Quase ao mesmo tempo, a porta da sala se abriu e o conde de Monte Cristo apareceu no limiar.

Os dois jovens soltaram um grito de alegria.

– Maximilien – disse o conde, sem parecer notar as diferentes impressões que sua presença produzira em seus anfitriões –, venho buscá-lo.

– Buscar-me? – perguntou Morrel, como se emergisse de um sonho.

– Sim – respondeu Monte Cristo. – Não combinamos que eu o levaria e não o avisei ontem para estar pronto?

– Pois aqui estou – disse Maximilien. – Vim me despedir deles.

– E para onde vai, senhor conde? – perguntou Julie.

– Primeiro, para Marselha, senhora.

– Para Marselha! – repetiram os dois jovens, em uníssono.

– Sim, e levarei seu irmão.

– Ah, senhor conde – pediu Julie –, devolva-o curado!

Morrel se virou, para esconder um vivo rubor que lhe assomara ao rosto.

– Então percebeu que ele está doente? – indagou o conde.

– Sim – respondeu a jovem. – E temo que ele se aborreça conosco.

– Vou distraí-lo – prometeu o conde.

– Estou pronto, senhor – disse Maximilien. – Adeus, meus bons amigos; adeus, Emmanuel; adeus, Julie!

– Como assim, adeus? – exclamou Julie. – Vai partir já, sem se preparar, sem passaporte?

– Os atrasos é que dobram a tristeza das separações – sentenciou Monte Cristo. – E Maximilien, tenho certeza, cuidou de tudo, conforme lhe recomendei.

– Tenho meu passaporte e minhas malas estão prontas – disse Morrel, com a mesma tranquilidade monótona.

– Ótimo – disse Monte Cristo, com um sorriso. – Reconhece-se aí a precisão de um bom soldado.

– E o senhor nos deixa assim, de uma hora para outra? – perguntou Julie. – Não nos dá um dia, nem mesmo uma hora?

– Minha carruagem espera à porta, senhora. Preciso estar em Roma dentro de cinco dias.

– Mas Maximilien não vai a Roma! – exclamou Emmanuel.

– Eu vou aonde o conde me quiser levar – disse Morrel, com um sorriso triste. – Pertenço-lhe por mais um mês.

– Oh, meu Deus, em que tom ele diz isso, senhor conde!

– Maximilien estará comigo – disse o conde, com sua afabilidade persuasiva. – Fique, pois, tranquila quanto a seu irmão.

– Adeus, minha irmã! – repetiu o jovem. – Adeus, Emmanuel!

– Sua indiferença me aflige, Maximilien – disse Julie. – Você está escondendo alguma coisa de nós.

– Bah! – interveio Monte Cristo. – Vai vê-lo voltar alegre, risonho e feliz.

Maximilien lançou a Monte Cristo um olhar quase desdenhoso, quase irritado.

– Partamos! – disse o conde.

– Mas antes, senhor conde – pediu Julie –, permita-me contar-lhe tudo que, outro dia...

– Senhora – replicou o conde, pegando suas mãos –, qualquer coisa que me disser nunca valerá o que li em seus olhos, o que seu coração pensou, o que o meu sentiu. Como os benfeitores dos romances, eu deveria ter partido sem vê-la novamente; mas essa virtude está além de minhas forças, porque sou um homem fraco e vaidoso, porque o olhar úmido, feliz e terno de meus semelhantes me faz bem. Agora, vou partir e levo o egoísmo ao ponto de lhes dizer: não me esqueçam, meus amigos, pois provavelmente nunca mais me verão.

– Nunca mais o veremos! – exclamou Emmanuel, enquanto duas lágrimas rolavam pelas faces de Julie. – Nunca mais o veremos! Mas então não é um homem, é um deus que está nos deixando para voltar ao céu depois de semear o bem na terra!

– Não digam isso – replicou vivamente Monte Cristo. – Nunca digam isso, meus amigos. Os deuses nunca fazem o mal, detêm-se onde querem se deter, o acaso não é mais forte que eles, pois são eles, ao contrário, que dominam o acaso. Não, eu sou um homem, Emmanuel, e sua admiração é tão injusta quanto suas palavras são sacrílegas.

E, pressionando contra os lábios a mão de Julie, que se precipitou em seus braços, estendeu a outra mão a Emmanuel; depois, afastando-se a custo daquela casa, doce ninho no qual morava a felicidade, fez sinal a Maximilien para o seguir, um Maximilien passivo, insensível e consternado como se mostrava desde a morte de Valentine.

– Devolva a alegria ao meu irmão! – sussurrou Julie ao ouvido de Monte Cristo.

Monte Cristo apertou sua mão como a tinha apertado onze anos antes na escada que levava ao escritório de Morrel.

– Ainda confia em Simbad, o Marujo? – perguntou ele, sorrindo.

– Oh, sim!

– Bem, então repouse na paz e na confiança do Senhor.

Como dissemos, a carruagem de posta aguardava, quatro cavalos vigorosos eriçando as crinas e pateando impacientes a calçada.

No final da escada, Ali estava à espera, com o rosto brilhante de suor e parecendo ter chegado de uma longa corrida.

– E então? – perguntou o conde, em árabe. – Visitou o velho?

Ali fez sinal que sim.

– E mostrou-lhe a carta, conforme o instruí?

– Sim – respondeu o escravo, sempre respeitosamente.

– E o que ele disse, ou melhor, o que ele fez?

Ali se colocou sob a luz, para que seu patrão pudesse vê-lo, e, imitando com sua inteligência devotada o rosto do velho, fechou os olhos como fazia Noirtier quando queria dizer "sim".

– Bem, ele aceita – disse Monte Cristo. – Partamos!

Mal deixara escapar essa palavra e a carruagem já disparava, com os cavalos arrancando faíscas da calçada.

Maximilien acomodou-se a um canto, sem dizer palavra.

Meia hora se passou: a carruagem parou de repente; o conde acabara de puxar o cordão de seda que correspondia ao dedo de Ali.

O núbio desceu e abriu a portinhola.

A noite cintilava de estrelas. Estavam no alto da encosta de Villejuif, no planalto de onde Paris, como um mar escuro, acena com seus milhões de luzes que parecem ondas fosforescentes, ondas mais barulhentas, mais apaixonadas, mais móveis, mais furiosas, mais gananciosas que as do oceano irritado, ondas que não conhecem a calma como as do vasto mar, ondas que sempre colidem, sempre espumam, sempre engolem!

O conde ficou sozinho e, a um sinal de sua mão, a carruagem avançou alguns passos.

Então contemplou por muito tempo, de braços cruzados, aquela fornalha onde se fundem e se moldam todas as ideias que brotam do abismo borbulhante para agitar o mundo. Depois, quando fixou bem o olhar poderoso naquela Babilônia que fazia sonhar tanto os poetas religiosos quanto os zombadores materialistas:

– Grande cidade! – murmurou, inclinando a cabeça e juntando as mãos como se orasse. – Há menos de seis meses cruzei tuas portas. Acredito que o espírito de Deus me trouxe até aqui e me deixa ir embora triunfante; confiei o segredo de minha presença dentro de teus muros a Deus, o único que podia ler em meu coração; só ele sabe que me retiro sem ódio e sem orgulho, mas não sem arrependimentos; só ele sabe que não fiz uso, nem para mim nem para causas vãs, do poder que me confiou. Ó grande cidade! Foi em teu seio palpitante que encontrei o que procurava; mineiro paciente, escavei tuas entranhas para delas fazer sair o mal; agora minha obra está feita, minha missão está concluída; agora não podes mais me oferecer alegrias nem tristezas. Adeus, Paris, adeus!

Seu olhar vagou ainda pela vasta planície como o de um gênio noturno; depois, passando a mão pela fronte, voltou para a carruagem, que se fechou sobre ele e logo desapareceu do outro lado da encosta em um turbilhão de poeira e barulho.

Percorreram duas léguas sem dizer uma única palavra. Morrel sonhava, Monte Cristo via-o sonhar.

– Morrel – disse o conde –, arrepende-se de ter vindo comigo?

– Não, senhor conde; mas deixar Paris...

– Se eu achasse que a felicidade o esperava em Paris, Morrel, o teria deixado lá.

– É em Paris que Valentine descansa e deixar Paris é perdê-la pela segunda vez.

– Maximilien – disse o conde –, os amigos que perdemos não descansam na terra, estão sepultados em nosso coração e foi Deus quem quis assim, para que estivéssemos sempre acompanhados por eles. Eu tenho dois amigos que sempre me acompanham dessa forma; um me deu a vida, o outro me deu a inteligência. Seu espírito vive em mim. Eu os consulto na dúvida e, se fiz algo de bom, é ao conselho deles que o devo. Consulte a voz de seu coração, Morrel, e pergunte a ele se deve continuar me apresentando essa expressão deprimida.

– Meu amigo – disse Maximilien –, a voz do meu coração é muito triste e só me promete infortúnios.

– Os espíritos fracos costumam ver tudo através de um véu negro. A alma faz seus próprios horizontes: sua alma sombria é que o cobre com um céu tempestuoso.

– Isso pode ser verdade – concordou Maximilien.

E recaiu em seu devaneio.

A viagem decorreu com aquela rapidez maravilhosa que era um dos apanágios do conde: as cidades passavam como sombras ao lado da estrada; as árvores, sacudidas pelos primeiros ventos do outono, pareciam assomar à sua frente como gigantes desgrenhados e fugiam rapidamente quando eles se aproximavam. Na manhã seguinte, chegaram a Châlons, onde o barco a vapor do conde os esperava; sem perda de um instante, a carruagem foi levada para bordo, onde já estavam os dois viajantes.

O barco, construído para ser veloz, parecia até uma piroga índia; suas duas rodas lembravam asas com as quais ele roçava a água como uma ave de arribação; o próprio Morrel experimentava uma espécie de embriaguez da velocidade e, às vezes, o vento que agitava seus cabelos parecia prestes a afastar, por um momento, as nuvens que ensombreciam sua fronte.

Quanto ao conde, à medida que se afastava de Paris, uma serenidade quase sobre-humana parecia envolvê-lo como uma auréola. Dir-se-ia que ele era um exilado voltando à terra natal.

Logo Marselha, branca, quente, viva; Marselha, a irmã mais nova de Tiro e Cartago, sua sucessora no império mediterrâneo; Marselha, cada vez mais jovem à medida que envelhecia, surgiu diante de seus olhos. Para os dois, a torre redonda, o forte de São Nicolau, a prefeitura de Puget, o porto calçado de tijolos onde ambos brincavam quando crianças eram férteis em lembranças.

Então, de comum acordo, os dois pararam na Cannebière.

Um navio estava de partida para Argel; os fardos, os passageiros amontoados na ponte, a multidão de parentes e amigos que se despediam, que gritavam e choravam, um espetáculo sempre comovente mesmo para quem assistia a ele todos os dias, nada disso conseguia distrair Maximilien de uma ideia que o dominara desde o momento em que colocara os pés nas grandes lajes do cais.

– Veja – disse ele, tomando o braço de Monte Cristo –, aqui é o lugar onde meu pai ficou quando o *Pharaon* entrou no porto; aqui o homem corajoso que o senhor salvou da morte e da desonra se jogou em meus braços; ainda sinto a impressão de suas lágrimas em meu rosto; e ele não chorava sozinho, muitas pessoas também choravam ao nos ver.

Monte Cristo sorriu.

– Eu estava ali – disse ele, mostrando a Morrel a esquina de uma rua.

Enquanto dizia isso, na direção indicada pelo conde, ouviu-se um gemido doloroso e viu-se uma mulher acenando para um passageiro do navio que partia. Essa mulher usava um véu; Monte Cristo a seguiu com os olhos, sem esconder uma emoção que Morrel teria notado facilmente se, ao contrário do conde, seus olhos não estivessem fixos no navio.

– Meu Deus – exclamou Morrel –, não estou enganado! Aquele jovem de uniforme, que acena com o chapéu, é Albert de Morcerf!

– Sim – concordou Monte Cristo. – Eu o reconheci.

– Mas como, se estava olhando para o lado oposto?

O conde sorriu, como fazia quando não queria responder.

E seus olhos voltaram a se fixar na mulher com o véu, que desapareceu na esquina da rua.

Então, ele se virou.

– Caro amigo – perguntou a Maximilien –, não tem, de fato, nada a fazer por aqui?

– Só chorar no túmulo de meu pai – respondeu Morrel, em voz baixa.

– Então faça isso e me espere lá.

– Está me deixando?

– Sim... Também tenho uma visita piedosa a fazer.

Morrel estreitou a mão que o conde lhe estendeu e, com um movimento de cabeça cuja melancolia seria impossível expressar, dirigiu-se para a parte leste da cidade.

Monte Cristo esperou que Maximilien se afastasse, permanecendo no mesmo lugar até ele desaparecer, e foi para as Allées de Meilhan, a fim de rever a pequena casa que os primórdios desta história devem ter tornado familiar aos nossos leitores.

Essa casa continuava à sombra da grande alameda de tílias que serve de passeio aos marselheses ociosos, ladeada por vastas cortinas de trepadeiras pendentes da pedra amarelecida pelo sol escaldante do Sul, com caules enegrecidos e dilacerados pela idade. Dois degraus de pedra desgastados pelo atrito dos pés levavam à porta da frente, uma porta feita de três tábuas que, apesar das reparações anuais, nunca haviam conhecido betume nem tinta, e esperavam pacientemente que a umidade viesse juntá-las de novo.

Essa casa, encantadora apesar de sua vetustez e muito alegre apesar de sua aparente pobreza, era a mesma habitada outrora pelo pai de Dantès. O velho morava no sótão, mas o conde pusera a casa inteira à disposição de Mercedes.

Ali entrou a mulher do longo véu que Monte Cristo vira se afastando do navio que partia; ela fechava a porta assim que ele apareceu na esquina da rua, de modo que a viu desaparecer quase no mesmo instante em que a avistou.

Para o conde, aqueles degraus gastos eram bem conhecidos; sabia melhor que ninguém como abrir a velha porta, da qual um prego de cabeça grande levantava a trava interior.

Por isso, entrou sem bater, sem avisar, como um amigo, como um hóspede.

No final de um caminho pavimentado de tijolos, rico em calor, sol e luz, um pequeno jardim, o mesmo onde, no local indicado, Mercedes encontrara a soma cujo depósito a delicadeza do conde fizera remontar a vinte e quatro anos; da soleira da porta da rua, viam-se as primeiras árvores desse jardim.

Chegando à soleira, Monte Cristo ouviu um suspiro que parecia um soluço; esse suspiro guiou seu olhar e, sob um caramanchão de jasmins-da-virgínia, com sua folhagem espessa e longas flores roxas, avistou Mercedes sentada, inclinada e chorando.

Ela tinha erguido o véu e, sozinha em face do céu, o rosto escondido nas mãos, dava livre curso aos suspiros e soluços durante muito tempo contidos pela presença do filho.

Monte Cristo adiantou-se alguns passos; a areia rangia sob seus pés.

Mercedes levantou a cabeça e soltou um grito de medo quando viu um homem na sua frente.

– Senhora – disse o conde –, não está mais ao meu alcance trazer-lhe a felicidade, mas ofereço-lhe o consolo: poderia aceitá-lo como vindo de um amigo?

– Estou, de fato, muito infeliz – respondeu Mercedes. – Sozinha no mundo... Só tinha meu filho e ele partiu.

– Ele fez bem, senhora – replicou o conde –, e é um coração nobre. Entendeu que todo homem deve um tributo à pátria: uns, seus talentos; outros, sua operosidade; estes, suas vigílias; aqueles, seu sangue. Ficando com a senhora, ele se consumiria a seu lado; levaria uma vida inútil, sem se acostumar com suas dores. Ele se tornaria rancoroso, sentindo a própria impotência. Mas agora será grande e forte lutando contra a adversidade, que se transformará em fortuna. Que seu filho reconstrua o futuro de ambos, senhora; ouso dizer-lhe que ele estará em boas mãos.

– Oh – gemeu a pobre mulher, abanando tristemente a cabeça –, essa fortuna, do fundo de minha alma imploro a Deus que a conceda a meu filho, mas dela não desfrutarei! Tantas coisas foram destruídas em mim e ao meu redor que me sinto perto da sepultura. O senhor fez bem em me aproximar do lugar em que fui tão feliz. Onde se foi feliz é que se deve morrer.

– Ah, senhora – suspirou Monte Cristo –, essas palavras caem amargas e escaldantes em meu coração, tanto mais que a senhora está certa em me odiar. Fui eu quem causou todos os seus males. Por que me lamenta em vez de me acusar? Assim, me deixaria ainda mais infeliz...

– Odiá-lo, acusá-lo, Edmond!... Odiar, acusar o homem que salvou a vida de meu filho, embora sua intenção fatal e sangrenta fosse privar o senhor de Morcerf desse filho de quem ele tanto se orgulhava? Oh, olhe para mim e veja se há em meu rosto a mais leve aparência de reprovação!

O conde ergueu o olhar e deteve-o em Mercedes que, meio levantada, estendeu as mãos para ele.

– Olhe para mim – continuou ela, com um profundo sentimento de melancolia. – Hoje pode suportar o brilho de meus olhos; já foi o tempo em que eu sorria para Edmond Dantès, postado lá em cima, na janela do sótão onde morava seu pai... Desde então, muitos dias dolorosos se passaram, cavando um abismo entre mim e aquele tempo. Acusá-lo, odiá-lo, Edmond, meu amigo? Não, é a mim que acuso e odeio! Oh, miserável que sou! – gritou ela, juntando as mãos e erguendo os olhos ao céu. – Fui punida! Tinha a religião, a inocência e o amor, essas três felicidades que nos transformam em anjos e, miserável que sou, duvidei de Deus!

Monte Cristo deu um passo em sua direção e silenciosamente estendeu-lhe a mão.

– Não – disse ela, retirando gentilmente a sua –, não, meu amigo, não me toque. O senhor me poupou e, no entanto, de todos os que o magoaram, eu fui a mais culpada. Todos os outros agiram por ódio, por ganância, por egoísmo; eu agi por covardia. Eles queriam, eu temia. Não, não aperte a minha mão, Edmond; se está meditando alguma palavra afetuosa, não a diga, guarde-a para outra, não sou mais digna dela. Veja... – continuou, descobrindo o rosto –, veja, o infortúnio deixou meus cabelos grisalhos; meus olhos derramaram tantas lágrimas que estão rodeados de veias escuras; minha fronte se cobre de rugas. O senhor, pelo contrário, ainda é jovem, bonito e orgulhoso. É que teve fé, é que teve força, é que descansou em Deus e Deus o amparou. Eu fui covarde, eu reneguei. Deus me abandonou e veja o que foi feito de mim...

Mercedes caiu em prantos; o coração da mulher se partia ao choque das lembranças.

Monte Cristo tomou-lhe a mão e beijou-a com respeito; mas ela própria sentia que esse beijo era sem ardor, como o que o conde depositaria na mão de mármore da estátua de uma santa.

– Há existências predestinadas – continuou ela – cujo primeiro erro destrói o futuro inteiro. Eu o julgava morto e deveria ter morrido. De que serviu carregar seu luto para sempre em meu coração? Esse luto apenas transformou uma mulher de trinta e nove anos em uma de cinquenta, nada mais. De que serviu, sendo a única a reconhecê-lo, limitar-me a salvar meu filho? Não deveria salvar também o homem, por mais culpado que fosse, a quem aceitei como marido? No entanto, deixei-o morrer. Mas o que digo, meu Deus! Contribuí para sua morte com minha insensibilidade covarde, com meu desprezo, sem me lembrar, sem querer me lembrar de que foi por mim que ele se fez perjuro e traidor! De que serviu, enfim, ter acompanhado meu filho até aqui se o abandono, se o deixo partir sozinho, entregando-o a essa terra devoradora da África? Oh, fui covarde, confesso-o! Renunciei ao meu amor e, como os renegados, trago desgraça a todos que me cercam!

– Não, Mercedes – disse Monte Cristo –, não. Tenha uma opinião melhor de si mesma. Não, você é uma mulher nobre e santa que me desarmou com sua dor; mas atrás de mim, invisível, desconhecido, irritado, havia Deus, de quem eu era apenas o agente e que não quis desviar o raio que lancei. Oh, esse Deus a cujos pés me prosterno todos os dias há dez anos, esse Deus sabe que eu lhe sacrificaria minha vida, Mercedes, e com minha vida os projetos a ela ligados. Mas digo com orgulho, Mercedes: Deus precisava de mim e eu vivi. Examine o passado, examine o presente e tente adivinhar o futuro: não sou um instrumento do Senhor? Os mais terríveis infortúnios, os mais cruéis sofrimentos, o abandono de todos os que me amavam, a perseguição daqueles que não me conheciam, essa foi a primeira parte de minha vida; e então, de repente, depois do cativeiro, da solidão e da miséria, vieram o ar, a liberdade, uma fortuna tão deslumbrante, tão prestigiosa, tão excessiva que, a menos que eu fosse cego, devia pensar que Deus a enviara para grandes projetos. A partir de então, essa fortuna me pareceu um sacerdócio; a partir de então, nenhum pensamento voltado para esta vida da qual a senhora, pobre mulher, às vezes saboreava a doçura; nem uma hora de calma, nem uma; eu me sentia empurrado como uma nuvem de fogo passando no céu para queimar as cidades amaldiçoadas. Como os capitães aventureiros que embarcam em uma jornada perigosa, que planejam uma expedição arriscada, preparei provisões, carreguei armas, acumulei os meios de ataque e defesa, acostumando meu corpo aos exercícios mais violentos, minha alma aos choques mais severos, instruindo o meu braço a matar, meus olhos a ver sofrer, minha boca a sorrir aos cenários mais terríveis; de bom, confiante e desprendido que era, tornei-me vingativo, dissimulado e mau, ou melhor, impassível como a fatalidade surda e cega. Lancei-me pelo caminho que se abrira para mim, cruzei o espaço, atingi a meta: ai daqueles que se atravessassem em meu caminho!

– Basta, Edmond, basta! – interrompeu Mercedes. – Acredite, aquela que foi a única capaz de reconhecê-lo foi também capaz de entendê-lo. Ora, Edmond, aquela que soube reconhecê-lo e entendê-lo, caso você a encontrasse em seu caminho e a quebrasse como vidro, nem por isso deixaria de admirá-lo. Como existe um abismo entre mim e o passado, existe um abismo entre você e os outros homens; e a minha tortura mais dolorosa, digo-lhe, é fazer comparações, pois não há nada no mundo que se lhe compare, nada que se pareça com você. Agora me diga adeus, Edmond, e separemo-nos.

– Antes de eu deixá-la, você quer alguma coisa, Mercedes? – perguntou Monte Cristo.

– Só quero uma coisa, Edmond, que meu filho seja feliz.

– Ore ao Senhor, que tem a existência dos homens em suas mãos, para que afaste dele a morte; do resto, cuido eu.

– Obrigada, Edmond.

– E quanto a você, Mercedes?

– Não preciso de nada, moro entre dois túmulos; um é o de Edmond Dantès, que morreu há muito tempo; eu o amava! Essa palavra não combina mais com meu lábio ressequido, mas meu coração ainda se lembra e por nada no mundo eu gostaria de perder essa lembrança. O outro é o de um homem que Edmond Dantès matou; aprovo essa morte, mas devo rezar pelo morto.

– Seu filho será feliz, senhora – repetiu o conde.

– Então, serei feliz quanto puder.

– Mas, enfim... o que vai fazer?

Mercedes sorriu tristemente.

– Se dissesse que morarei neste lugar como a Mercedes de outrora, ou seja, trabalhando, você não acreditaria. Só sei rezar, mas não preciso trabalhar, o pequeno tesouro enterrado por você se encontra no lugar que indicou; procurarão saber quem sou, perguntarão o que faço, ignorarão como vivo; que importa? É um assunto entre nós dois e Deus.

– Mercedes – disse o conde –, não a censuro, mas você exagerou o sacrifício ao abandonar toda a fortuna acumulada pelo senhor de Morcerf, metade da qual foi ganha graças à sua economia e vigilância.

– Adivinho o que você vai me propor, mas não posso aceitar, Edmond. Meu filho me proibiria.

– Eu nada faria por você que não contasse com a aprovação do senhor Albert de Morcerf. Saberei suas intenções e me submeterei a elas. Mas se ele aceitar o que quero fazer, você o imitará sem repugnância?

– Você sabe, Edmond, que não sou mais uma criatura pensante; não tenho determinação, exceto a de nunca mais tê-la. Deus me sacudiu tanto em suas tempestades que perdi a vontade. Estou nas mãos dele como um pardal nas garras de uma águia. Ele não quer que eu morra, por isso estou viva. Se ele me enviar ajuda é porque o quer e a aceitarei.

– Tome cuidado, senhora – repreendeu Monte Cristo –, não é assim que se adora a Deus! Deus quer que nós o entendamos e discutamos seu poder: foi para isso que nos deu o livre-arbítrio.

– Infeliz! – gritou Mercedes. – Não fale assim; se eu acreditasse que Deus me deu o livre-arbítrio, que mais poderia fazer para me salvar do desespero?

Monte Cristo empalideceu ligeiramente e inclinou a cabeça, esmagado por essa veemência da dor.

– Não quer se despedir de mim? – perguntou, estendendo a mão.

– Pelo contrário, despeço-me – respondeu Mercedes, apontando para o céu com solenidade. – Para lhe provar que ainda espero.

E depois de ter tocado a mão do conde com sua mão trêmula, Mercedes subiu correndo as escadas e desapareceu.

Monte Cristo saiu lentamente da casa e tomou o caminho do porto.

Mas Mercedes não o viu se afastar, embora estivesse à janela do quartinho do pai de Dantès. Seus olhos procuravam ao longe o navio que levava seu filho rumo ao vasto mar.

É verdade que sua voz, involuntariamente, sussurrava em tom baixo:

– Edmond! Edmond! Edmond!

O PASSADO

O conde saiu de alma angustiada da casa onde deixava Mercedes para nunca mais vê-la, segundo todas as probabilidades.

Desde a morte do pequeno Édouard, uma grande mudança se operara em Monte Cristo. Chegando ao auge de sua vingança pela encosta lenta e tortuosa que seguira, tinha avistado do outro lado da montanha o abismo da dúvida.

Havia mais: a conversa que acabara de ter com Mercedes despertara tantas lembranças em seu coração que até essas lembranças precisavam ser combatidas.

Um homem da têmpera do conde não podia flutuar por muito tempo nessa melancolia que pode dar vida às mentes vulgares emprestando-lhes uma originalidade aparente, mas mata as almas superiores. O conde disse a si mesmo que, para ter quase chegado a se culpar, algum erro se insinuara em seus cálculos.

– Analiso mal o passado – murmurou. – Não posso ter errado assim. Como? – continuou. – O objetivo que me impus seria um objetivo insensato? Como? Percorri o caminho errado por dez anos? Ah, não, bastaria uma hora para o arquiteto perceber que a obra de todas as suas esperanças era uma obra, senão impossível, pelo menos sacrílega! Não quero me acostumar com essa ideia, ficaria louco. O que falta hoje em meu raciocínio é a apreciação exata do passado, pois vejo esse passado da outra extremidade do horizonte. De fato, à medida que avançamos, o passado, como a paisagem pela qual caminhamos, desaparece conforme nos afastamos. Acontece comigo o que acontece às pessoas que se machucam num sonho, elas veem e sentem sua ferida e não se lembram de tê-la recebido. Vamos então, homem regenerado; vamos, rico extravagante; vamos, dorminhoco acordado; vamos, visionário todo-poderoso; vamos, milionário invencível, retome por um momento a perspectiva fatal da vida miserável e faminta, volte pelos caminhos aonde o destino o conduziu, para onde o infortúnio o empurrou, onde o desespero o recebeu; muitos diamantes, ouro e felicidade brilham hoje nos vidros do espelho no qual Monte Cristo observa Dantès; esconda esses diamantes, suje esse ouro, apague esses raios; rico, reencontre o pobre; livre, reencontre o prisioneiro; ressuscitado, reencontre o cadáver.

Dizendo isso a si mesmo, Monte Cristo seguia pela Rue de la Caisserie. Era a mesma pela qual, vinte e quatro anos antes, fora conduzido por uma guarda silenciosa e noturna; as casas de aspecto risonho e animado estavam mudas e fechadas naquela noite escura.

"No entanto, são as mesmas", pensou Monte Cristo. "Apenas, estava escuro na ocasião e agora é dia claro; é o sol que ilumina tudo e torna tudo alegre."

Desceu ao cais pela Rue Saint-Laurent e encaminhou-se para a Consigne: era o ponto do porto onde fora embarcado. Um barco de turismo passava com sua cobertura de lona; Monte Cristo chamou o capitão, que imediatamente se aproximou dele com a pressa dos barqueiros que farejam uma boa gorjeta.

O tempo estava maravilhoso, a viagem foi uma festa. No horizonte, o sol descia, vermelho e flamejante, nas ondas que se esbraseavam à sua chegada; o mar, liso como um espelho, às vezes se enrugava sob os saltos de peixes que, perseguidos por algum inimigo oculto, projetavam-se da água para buscar refúgio em outro elemento; finalmente, no horizonte, viam-se passar, brancas e graciosas como gaivotas de arribação, barcas de pescadores que iam para Martigues ou navios mercantes carregados que se dirigiam à Córsega ou à Espanha.

Apesar do céu lindo, apesar dos barcos de contornos graciosos, apesar da luz dourada que inundava a paisagem, o conde, envolto em sua capa, lembrava, um a um, todos os detalhes da terrível viagem: a lâmpada única e isolada, acesa nos Catalães, a visão do castelo de If que lhe revelou aonde ele estava sendo conduzido, a refrega com os gendarmes quando ele quis se atirar ao mar, seu desespero quando se sentira derrotado e aquela sensação fria do cano da arma encostado em sua têmpora, semelhante a um anel de gelo.

E, pouco a pouco, como aquelas nascentes secas no verão que, quando as nuvens do outono se juntam, gradualmente se umedecem e começam a brotar gota a gota, o conde de Monte Cristo sentiu gotejar em seu peito o velho fel extravasado que outrora inundara o coração de Edmond Dantès.

Para ele, agora não havia mais céu bonito, barcos graciosos ou luz ardente; o céu se cobriu de crepes fúnebres e a aparição do gigante negro chamado castelo de If o fez estremecer, como se o fantasma de um inimigo mortal lhe aparecesse de repente.

Chegaram.

Instintivamente, o conde recuou até a extremidade do barco.

O capitão teve de lhe dizer com a voz mais melíflua:

– Chegamos, senhor.

Monte Cristo lembrou-se de que naquele mesmo lugar, naquela mesma rocha, ele fora violentamente arrastado por seus guardas, que o obrigaram a subir a rampa espetando seus rins com a ponta de uma baioneta.

O caminho tinha parecido bem longo a Dantès; Monte Cristo o achava curto; cada remada havia feito jorrar, com a poeira úmida do mar, um milhão de pensamentos e lembranças.

Desde a Revolução de Julho, não havia mais prisioneiros no castelo de If; um posto destinado a impedir o contrabando fora instalado na casa da guarda; um porteiro esperava os curiosos na entrada, para lhes mostrar esse monumento de terror, que se tornara um monumento de curiosidade.

E, no entanto, apesar de ter sido informado de todos esses detalhes, quando se viu debaixo da abóbada, quando desceu a escada escura, quando foi levado às masmorras que pedira para visitar, uma palidez fria invadiu sua testa, cujo suor gelado refluiu até seu coração.

O conde perguntou se ainda restava algum carcereiro da época da Restauração; todos tinham se aposentado ou arranjado outros empregos.

O carcereiro que o conduzia estava ali desde 1830 apenas.

Foi levado para sua própria masmorra.

Reviu a pálida luz do dia filtrando-se pela janela estreita; reviu o local onde a cama estivera e, atrás dela, embora bloqueada, mas ainda visível por suas pedras mais recentes, a abertura perfurada pelo abade Faria.

Monte Cristo sentiu suas pernas fraquejarem; puxou um banquinho de madeira e sentou-se.

– Contam-se histórias sobre este castelo além da referente à prisão de Mirabeau? – perguntou o conde. – Existe alguma tradição nestas habitações sombrias, onde é difícil acreditar que homens já trancafiaram homens vivos?

– Sim, senhor – respondeu o carcereiro. – E sobre esta mesma cela o carcereiro Antoine me contou uma.

Monte Cristo estremeceu. Esse Antoine fora seu carcereiro. Ele praticamente tinha esquecido o nome e o rosto do homem; mas, ao ouvir pronunciar seu nome, reviu-o tal qual era, barbado, de casaco escuro marrom e com o molho de chaves, cujo tilintar Monte Cristo ainda parecia ouvir.

O conde se virou e julgou distingui-lo na sombra do corredor, tornada mais espessa pela luz da tocha que ardia nas mãos do carcereiro.

– O senhor quer que a conte? – perguntou o homem.

– Sim, conte – pediu Monte Cristo.

E levou a mão ao peito para refrear as violentas pulsações do coração, na ansiedade de ouvir sua própria história.

– Conte – repetiu.

– Esta masmorra – continuou o carcereiro – foi habitada, há muito tempo, por um prisioneiro muito perigoso, ao que parece, e perigoso sobretudo porque não lhe faltava astúcia. Outro homem habitava este castelo ao mesmo tempo que ele. Esse não era mau; era um pobre padre louco.

– Louco? – perguntou Monte Cristo. – De que tipo?

– Oferecia milhões em troca da liberdade.

Monte Cristo ergueu os olhos ao céu, que não viu, pois uma barreira de pedra lhe ocultava o firmamento. Pensou que houvera uma barreira não menos espessa entre os olhos daqueles a quem o padre Faria oferecia os tesouros e os tesouros que lhes oferecia.

– Os prisioneiros podiam se ver? – perguntou Monte Cristo.

– Oh, não, senhor, isso era expressamente proibido; mas eles iludiram a proibição perfurando uma galeria que ia de uma cela à outra.

– E qual dos dois perfurou essa galeria?

– Com certeza o jovem – respondeu o carcereiro –, que era diligente e forte, enquanto o pobre abade era velho e fraco. Além disso, sua mente vacilante não conseguia seguir uma ideia.

– Cegos!... – murmurou Monte Cristo.

– Seja como for – prosseguiu o carcereiro –, o jovem perfurou a galeria. Com o quê? Não sabemos: mas ele a perfurou e a prova é que ainda podemos notar os vestígios. Consegue vê-los?

E aproximou sua tocha da muralha.

– Ah, sim, realmente – disse o conde, com a voz embargada de emoção.

– O resultado foi que os dois prisioneiros se comunicavam. Quanto tempo durou essa comunicação? Não se sabe. Um dia, o velho prisioneiro adoeceu e morreu. Adivinhe o que o jovem fez? – perguntou o carcereiro, interrompendo-se.

– Diga.

– Carregou o morto para sua própria cama, com o rosto voltado para a parede, depois voltou à cela vazia, tapou o buraco e se meteu no saco do morto. Já viu coisa parecida?

Monte Cristo fechou os olhos e sentiu novamente todas as impressões que experimentara quando aquele tecido grosso, ainda impregnado do frio que o cadáver lhe havia comunicado, tocou seu rosto. O carcereiro continuou:

– Eis o plano dele: acreditava que os mortos fossem enterrados no castelo de If e, convencido de que não compravam caixões para os prisioneiros, pretendia levantar a terra com os ombros; mas, infelizmente, havia no castelo um costume que confundiu seu plano: não se enterravam os mortos. Contentavam-se com amarrar uma bala de canhão a seus pés e jogavam-nos ao mar. Isso foi feito. Nosso homem foi jogado na água do alto da galeria; no dia seguinte, encontraram o verdadeiro morto em sua cama e adivinharam tudo, pois os coveiros contaram o que não tinham ousado revelar até então: que quando o corpo foi jogado no vazio, ouviram um grito terrível, sufocado instantaneamente pela água em que ele desaparecera.

O conde respirava penosamente, o suor escorria de sua fronte, a angústia oprimia seu coração.

"Não", pensou. "A dúvida que senti era um começo de esquecimento; mas aqui o coração se fecha de novo e volta a sentir sede de vingança."

– E o prisioneiro? – perguntou. – Nunca mais se ouviu falar dele?

– Nunca, nunca. O senhor compreende, das duas, uma: ou ele caiu na horizontal e, como caía de quinze metros de altura, morreu instantaneamente, ou...

– Você disse que amarraram uma bala de canhão nos pés dele; então, terá caído de pé.

– Ou caiu de pé – continuou o carcereiro – e o peso da bala o arrastou para o fundo, onde o coitado ficou.

– Sente pena desse homem?

– Bem, sim, embora ele estivesse em seu elemento.

– Que quer dizer?

– Que, segundo o boato, o infeliz era na época um oficial de marinha detido por bonapartismo.

– Verdade! – murmurou o conde para si mesmo. – Deus te fez para flutuar acima das ondas e das chamas. Assim, o pobre marinheiro vive na memória de alguns contadores de histórias; eles narram esse terrível episódio no canto da lareira e todos estremecem quando o fugitivo fende o espaço para se abismar no mar profundo.

– Nunca se soube o nome dele? – perguntou o conde em voz alta.

– Oh, sim – respondeu o carcereiro. – Chamavam-no apenas pelo número 34.

– Villefort, Villefort – murmurou Monte Cristo –, é o que você deve ter dito a si mesmo quando meu espectro perturbava sua insônia!

– O senhor quer continuar a visita? – indagou o carcereiro.

– Sim, principalmente se tiver a bondade der me mostrar a cela do pobre abade.

– Ah, a de número 27.

– Sim, a de número 27 –, repetiu Monte Cristo.

E julgou ouvir de novo a voz do padre Faria quando ele lhe perguntou seu nome e ele gritou esse número através da parede.

– Venha.

– Espere – disse Monte Cristo – até que eu dê uma última olhada em todos os detalhes desta cela.

– É o melhor – replicou o guia –, pois esqueci a chave da outra.

– Vá buscá-la.

– Deixo a tocha com o senhor.

– Não, leve-a.

– Mas ficará sem luz.

– Posso ver na escuridão.

– Oh, é como ele!

– Ele, quem?

– O número 34. Dizem que se acostumou tanto à escuridão que via um alfinete no canto mais escuro de sua cela.

– Precisou de dez anos para isso – sussurrou o conde.

O guia saiu, levando a tocha.

O conde tinha dito a verdade: após alguns instantes na escuridão, começou a distinguir tudo como em pleno dia.

Então, olhando em volta, reconheceu realmente sua cela.

– Sim – murmurou –, esta é a pedra em que eu me sentava! Cá estão os traços de meus ombros, que deixaram sua marca na parede! Ali, a mancha do sangue que escorreu de minha testa, no dia em que eu quis quebrar a cabeça contra a parede!... Oh, esses números... Lembro-me deles... Eu os tracei quando estava calculando a idade de meu pai, para saber se o encontraria vivo, e a de Mercedes, para saber se a encontraria livre... Tive um momento de esperança depois de concluir esse cálculo... Não contava com a fome nem com a infidelidade!

E uma risada amarga escapou da boca do conde. Acabara de ver, como em um sonho, seu pai sendo levado para o túmulo... e Mercedes caminhando para o altar!

Do outro lado da parede, uma inscrição chamou sua atenção. Destacava-se, ainda branca, sobre a superfície esverdeada:

– Meu Deus – leu Monte Cristo –, conserve minha memória!

– Oh, sim – continuou ele em voz alta –, essa era a única oração de meus últimos dias. Não pedia mais a liberdade, pedia a memória, tinha medo de enlouquecer e esquecer. Meu Deus, conservastes minha memória e eu lembrei. Obrigado, obrigado, meu Deus!

Nesse momento, a luz da tocha se refletiu nitidamente nas paredes; era o guia descendo.

Monte Cristo foi a seu encontro.

– Siga-me – disse o homem. E, sem precisar subir à superfície, fê-lo seguir por um corredor subterrâneo, que o levou a outra entrada.

Lá, novamente, Monte Cristo foi assaltado por uma enormidade de pensamentos.

A primeira coisa que chamou sua atenção foi o meridiano traçado na parede, com a ajuda do qual o abade Faria contava as horas, e depois os restos da cama em que o pobre prisioneiro morrera.

Ao ver isso, em vez da angústia que o conde sentira em sua cela, um sentimento suave e terno, um sentimento de gratidão inflou seu coração e duas lágrimas rolaram de seus olhos.

– É aqui – disse o guia – que o pobre abade louco ficava; e era por ali que o jovem vinha encontrá-lo – prosseguiu, mostrando a Monte Cristo a abertura da galeria que, desse lado, continuava aberta. – Pela cor da pedra, um estudioso concluiu que os dois prisioneiros se comunicaram por cerca de dez anos. Coitados, deviam se sentir muito entediados durante todo esse tempo!

Dantès tirou alguns luíses do bolso e estendeu a mão a esse homem que, pela segunda vez, o lamentava sem conhecê-lo.

O carcereiro os recebeu acreditando que era dinheiro miúdo, mas, à luz da tocha, reconheceu o valor da quantia que o visitante lhe dava.

– Senhor – disse ele –, acho que se enganou...

– Como assim?

– O senhor me deu ouro.

– Sei disso.

– Como? Sabe?

– Sim.

– Quis mesmo me dar esse ouro?

– Claro.

– E posso ficar com ele sem peso na consciência?

– Sem dúvida.

O carcereiro olhou espantado para Monte Cristo.

– E honestamente! – disse o conde, como Hamlet.

– Senhor – prosseguiu o carcereiro, que não ousava acreditar na própria sorte –, senhor, não entendo sua generosidade.

– No entanto, é fácil entender meu amigo – explicou o conde. – Fui marinheiro e sua história me tocou mais que qualquer outra.

– Então, senhor – disse o guia –, já que é tão generoso, merece que eu lhe ofereça alguma coisa.

– E o que você tem para me oferecer, amigo? Conchas, trabalhos em palha? Obrigado.

– Não, senhor, não; algo que se relaciona com a história anterior.

– Verdade? – exclamou o conde, ansioso. – O que é?

– Ouça – prosseguiu o carcereiro –, vou lhe contar o que aconteceu. Pensei: sempre resta algo em uma cela onde um prisioneiro permaneceu por quinze anos. E comecei a sondar as paredes.

– Ah! – exclamou Monte Cristo, lembrando-se do duplo esconderijo do abade.

– De tanto procurar – continuou o carcereiro –, descobri que a parede soava oca do lado da cabeceira da cama e sobre a lareira.

– Sim – disse Monte Cristo –, sim.

– Tirei as pedras e achei...

– Uma escada de corda, ferramentas? – bradou o conde.

– Como sabe? – perguntou o carcereiro, surpreso.

– Não sei, presumi – respondeu o conde. – Geralmente, é esse tipo de coisa que se encontra em celas de prisioneiros.

– Sim, senhor – concordou o guia –, uma escada de corda e ferramentas.

– E você ainda as tem? – quis saber Monte Cristo.

– Não, senhor; vendi esses objetos, que os visitantes achavam muito curiosos; mas ainda tenho outra coisa.

– O quê? – perguntou o conde, com impaciência.

– Uma espécie de livro escrito em tiras de pano.

– Oh – exclamou Monte Cristo –, ainda tem esse livro?

– Não sei se é um livro – disse o carcereiro. – Mas, como lhe disse, ele está comigo.

– Vá buscar para mim, meu amigo, vá – pediu o conde. – E se for o que estou pensando, não se arrependerá.

– Já vou, senhor.

E o guia saiu.

Monte Cristo então se ajoelhou piedosamente em frente aos restos daquela cama que a morte transformara para ele em altar.

– Meu segundo pai – disse ele –, tu me deste liberdade, conhecimento, riqueza! Como as criaturas de uma essência superior à nossa, tinhas a ciência do bem e do mal. Se, no fundo da sepultura, resta algo de nós que estremece à voz daqueles que permanecem na terra, se na transfiguração por que passa o cadáver algo animado flutua para os lugares onde amamos ou sofremos muito, coração nobre, espírito supremo, alma profunda, por uma palavra, por um sinal, por qualquer revelação, eu te conjuro em nome do amor paterno que me concedias e do respeito filial que lhe dediquei, tira de mim o resto de dúvida que, se não se transformar em convicção, se transformará em remorso.

O conde inclinou a cabeça e juntou as mãos.

– Aqui está, senhor! – disse uma voz atrás dele.

Monte Cristo estremeceu e virou-se.

O carcereiro entregou-lhe as tiras de pano, nas quais o abade Faria derramara todos os tesouros da sua ciência. Esse manuscrito era o grande trabalho do padre Faria sobre a realeza na Itália.

O conde apoderou-se dele sofregamente e seus olhos pousaram primeiro na epígrafe, que dizia:

Arrancarás os dentes do dragão e calcarás aos pés os leões, disse o Senhor.

– Ah – exclamou –, aqui está a resposta! Obrigado, meu pai, obrigado!

E, tirando do bolso uma pequena carteira que continha dez notas de mil francos:

– Tome – disse ele –, fique com esta carteira.

– O senhor está me dando…?

– Sim, mas com a condição de que você não a abra até eu partir.

E, apertando ao peito a relíquia que acabara de encontrar e que, para ele, tinha o valor do tesouro mais valioso, saiu correndo do subterrâneo. Já na barca:

– Para Marselha! – ordenou ele.

Depois, afastando-se e de olhos fixos na tenebrosa prisão:

– Ai daqueles que me mandaram trancafiar naquele lugar sombrio e daqueles que se esqueceram de que eu estava trancafiado lá!

Ao passar novamente pelos Catalães, o conde se virou e, envolvendo a cabeça na capa, murmurou o nome de uma mulher.

A vitória estava completa; o conde havia superado duas vezes a dúvida.

O nome que ele pronunciou, com uma expressão de ternura que era quase amor, foi o de Haydée.

Ao pôr pé em terra, Monte Cristo foi até o cemitério, onde sabia encontrar Morrel.

Ele também, dez anos antes, havia piedosamente procurado um túmulo naquele cemitério e procurado em vão. Ele, que voltava à França com milhões, não conseguira encontrar o túmulo do pai, morto de fome.

Morrel colocara uma cruz ali, mas a cruz caíra e o coveiro a usara como lenha, como fazem todos os coveiros com a madeira velha que encontram nos cemitérios.

O digno comerciante fora mais feliz; morto nos braços dos filhos, tinha ido repousar, conduzido por eles, junto de sua esposa, que o precedera em dois anos na eternidade.

Duas grandes lajes de mármore com seus nomes estavam estendidas lado a lado em um pequeno recinto cercado por uma balaustrada de ferro e sombreado por quatro ciprestes.

Maximilien encostara-se a uma dessas árvores e fitava os dois túmulos com um olhar vago.

Sua dor era profunda, quase desvairada.

– Maximilien – disse o conde –, não é para aí que deve olhar, é para lá!

E apontou o céu.

– Os mortos estão por toda parte – respondeu Morrel. – Não foi o que disse quando me fez sair de Paris?

– Maximilien – continuou o conde –, você me pediu, durante a viagem, para parar alguns dias em Marselha: esse ainda é o seu desejo?

— Não tenho mais desejo, conde; apenas me parece que vou esperar menos dolorosamente em Marselha do que em outros lugares.

— Tanto melhor, Maximilien, pois vou deixá-lo. Mas continuo tendo sua palavra, não?

— Ah, eu a esquecerei, conde – exclamou Morrel –, eu a esquecerei!

— Não, não a esquecerá porque é, acima de tudo, um homem de honra, Morrel, porque jurou, porque jurará novamente.

— Ah, conde, tenha piedade de mim! Sou tão infeliz!

— Conheci um homem mais infeliz do que você, Morrel.

— Impossível.

— Ai de nós! – suspirou Monte Cristo. – Um dos orgulhos de nossa pobre humanidade é cada homem se considerar mais infeliz que outro que chora e geme ao seu lado.

— Haverá alguém mais infeliz que o homem que perdeu o único bem que amava e desejava no mundo?

— Escute, Morrel, e concentre-se no que eu vou lhe contar. Conheci um homem que, como você, depositara todas as suas esperanças de felicidade em uma mulher. Esse homem era jovem, tinha um pai velho a quem amava, uma noiva que adorava e com quem ia se casar quando, de repente, produziu-se um desses caprichos do destino que levam a duvidar da bondade de Deus, se Deus não revelasse mais tarde que recorre a todos os meios para obter sua unidade infinita. Pois um desses caprichos do destino tirou sua liberdade, sua amada, o futuro que ele sonhava e acreditava ser seu (porque, cego como era, só podia ler no presente) e atirou-o para o fundo de uma masmorra.

— Ah – disse Morrel –, de uma masmorra se sai no fim de oito dias, um mês, um ano...

— Ele ficou lá catorze anos, Morrel – esclareceu o conde, colocando a mão no ombro do jovem.

Maximilien estremeceu.

— Catorze anos! – sussurrou ele.

– Catorze anos – repetiu o conde. – Também ele, durante esse tempo, teve muitos momentos de desespero; também ele, como você, Morrel, acreditando ser o mais infeliz dos homens, queria se matar.

– E então? – perguntou Morrel.

– E então, no momento supremo, Deus se revelou a ele por meios humanos, pois Deus não faz mais milagres. Talvez, à primeira vista (leva tempo para os olhos cheios de lágrimas se abrirem completamente), ele não tenha entendido a infinita misericórdia do Senhor; mas, finalmente, armou-se de paciência e esperou. Um dia, emergiu milagrosamente da tumba, transfigurado, rico, poderoso, quase um deus. Seu primeiro pensamento foi para seu pai, mas seu pai estava morto!

– Meu pai também está morto – gemeu Morrel.

– Sim, mas ele morreu em seus braços, amado, feliz, honrado, rico, depois de uma vida longa: o meu se foi desesperado, duvidando de Deus; e quando, após dez anos, o filho procurou sua sepultura, sua sepultura havia desaparecido e ninguém lhe pôde dizer: "É aqui que repousa no regaço do Senhor o coração que tanto te amou".

– Oh! – exclamou Morrel.

– Então esse filho era mais infeliz que você, Morrel, pois nem conseguiu encontrar o túmulo de seu pai.

– Mas – ponderou Morrel – ainda tinha a mulher para si que amava, pelo menos.

– Está enganado Morrel. Essa mulher...

– Morreu? – alarmou-se Maximilien.

– Pior do que isso: foi infiel. Casou-se com um dos perseguidores de seu noivo. Já vê que esse homem era um amante mais infeliz que você.

– E a ele Deus enviou algum consolo?

– Enviou-lhe serenidade, pelo menos.

– E poderá ainda ser feliz um dia?

– Ele espera que sim, Maximilien.

O jovem deixou cair a cabeça sobre o peito.

– Tem minha palavra – disse depois de um momento de silêncio. E, estendendo a mão a Monte Cristo: – Mas lembre-se...

– Em 5 de outubro, Morrel, aguardo-o na ilha de Monte Cristo. No dia 4, um iate de nome *Eurus* estará à sua espera no porto de Bastia. Identifique-se para o capitão, que o conduzirá até mim. Combinado, Maximilien?

– Combinado. Farei isso, conde. Mas lembre-se de que em 5 de outubro...

– Criança, que ainda não sabe o que é a promessa de um homem... Já lhe disse vinte vezes que nesse dia, se ainda quiser morrer, eu o ajudarei. Adeus, Morrel.

– Então me deixa?

– Sim, tenho negócios na Itália. Deixo-o às voltas com o infortúnio, sozinho com essa águia de asas poderosas que o Senhor envia a seus eleitos para transportá-los a seus pés; a história de Ganimedes não é uma fábula, Maximilien, é uma alegoria.

– Quando parte?

– Agora mesmo; o barco a vapor me espera e em uma hora estarei bem longe. Acompanha-me até o porto, Morrel?

– Sou todo seu, conde.

– Abrace-me.

Morrel acompanhou o conde até o porto; a fumaça já saía como um imenso penacho do tubo preto que a lançava aos céus. Logo o navio partiu e, uma hora depois, como dissera Monte Cristo, a mesma fumaça branca riscava, pouco visível, o horizonte oriental, escurecido pelas primeiras névoas da noite.

Peppino

Assim que o barco a vapor do conde desapareceu atrás do cabo Morgiou, um homem, correndo em uma carruagem de posta pela estrada de Florença a Roma, acabara de passar pela pequena cidade de Aquapendente. Ia rápido o bastante para percorrer uma boa distância sem, contudo, se tornar suspeito.

Envergando um redingote, ou melhor, um sobretudo que a viagem pusera em mau estado, mas que ainda deixava ver, nova e brilhante, uma fita da Legião de Honra repetida na sobrecasaca, o tal homem, não apenas por esse duplo sinal, mas também pelo sotaque com que falava ao postilhão, era sem dúvida francês. Outra prova de que nascera na terra da língua universal é que não conhecia outras palavras italianas além daqueles termos musicais que podem, como o *goddam* de Fígaro, substituir todas as sutilezas de um determinado idioma.

– *Allegro!* – dizia ele ao postilhão a cada subida.

– *Moderato!* – bradava a cada descida.

E Deus sabe quantas subidas e descidas há quando se vai de Florença a Roma pela estrada de Aquapendente!

Além disso, essas duas palavras faziam rir a boa gente a quem eram dirigidas.

Perto da Cidade Eterna, ou seja, ao chegar à Storta, o ponto de onde se avista Roma, o viajante não experimentou aquele sentimento de curiosidade entusiástica que impele todo estrangeiro a se levantar do assento para tentar vislumbrar a famosa cúpula de São Pedro, que se descortina antes de qualquer outra coisa.

Não, limitou-se a tirar uma carteira do bolso e, da carteira, um papel dobrado, que desdobrou e dobrou com uma atenção que lembrava o respeito, e disse:

– Bem, ainda tenho isto...

A carruagem atravessou a Porta del Popolo, virou à esquerda e parou diante do Hotel d'Espagne.

O tio Pastrini, nosso velho conhecido, recebeu o viajante à entrada, de chapéu na mão.

O viajante desceu, encomendou um bom jantar e perguntou o endereço da casa Thomson e French, que lhe foi imediatamente dado, sendo essa casa uma das mais conhecidas de Roma.

Situava-se na Via dei Banchi, perto de São Pedro. Em Roma, como em toda parte, a chegada de uma carruagem de posta é um acontecimento. Dez jovens descendentes de Mário e dos Gracos, descalços e com os cotovelos rotos, mas com a mão na cintura e o braço curvado pitorescamente acima da cabeça, olharam para o viajante, para a carruagem de posta e para os cavalos. A esses fedelhos da cidade por excelência tinham se juntado cerca de cinquenta basbaques dos Estados de Sua Santidade, daqueles que rondam em círculos cuspindo no Tibre do alto da ponte de Santo Ângelo, quando o Tibre tem água.

Ora, como entendem todas as línguas, e especialmente a francesa, os fedelhos e basbaques de Roma, mais felizes que os de Paris, ouviram o viajante pedindo um apartamento, o jantar e, finalmente, o endereço da casa Thomson e French.

Em consequência, quando o recém-chegado saiu do hotel com o guia obrigatório, um homem se destacou do grupo de curiosos e, sem ser notado pelo viajante, sem parecer ser notado pelo guia, pôs-se a caminhar a pequena distância do estranho, seguindo-o com a mesma habilidade que um policial parisiense demonstraria.

O francês estava com tanta pressa de visitar a casa Thomson e French que não quis esperar até que os cavalos fossem atrelados; a carruagem deveria encontrá-lo no caminho ou aguardá-lo na porta do banqueiro.

Chegaram antes que a carruagem aparecesse.

O francês entrou, deixando na antecâmara seu guia, que imediatamente travou conversa com dois ou três desses industriais sem indústria, ou antes, com mil indústrias, que vivem em Roma à porta dos banqueiros, igrejas, ruínas, museus e teatros.

Ao mesmo tempo que o francês, o homem que se separara do grupo de curiosos também entrou; o francês tocou a campainha no saguão e entrou na primeira sala; sua sombra fez o mesmo.

– Os senhores Thomson e French? – perguntou o estrangeiro.

Uma espécie de lacaio se levantou, ao sinal de um funcionário de confiança, guardião solene do primeiro escritório.

– A quem devo anunciar? – perguntou o lacaio, preparando-se para encaminhar o recém-chegado.

– Senhor barão Danglars – respondeu o viajante.

– Venha – disse o lacaio.

Uma porta se abriu; o lacaio e o barão entraram.

O homem que seguia Danglars sentou-se em um banco de espera.

O funcionário continuou a escrever por cerca de cinco minutos; durante esses cinco minutos, o homem sentado manteve o mais profundo silêncio e a mais estrita imobilidade.

Depois, a pena do funcionário parou de ranger no papel; ele levantou a cabeça, olhou em volta atentamente e depois de certificar-se de que tinham ficado sós:

– Ah – disse ele –, está aí, Peppino?

– Estou – respondeu este laconicamente.

– Farejou alguma coisa que valha a pena no gorducho?

– Não há grande mérito nisso, fomos avisados.

– Então sabe o que ele veio fazer aqui? Curioso...

– Por Deus, veio receber; resta saber quanto.

– Logo você saberá, amigo.

– Muito bem; mas não vá me dar, como no outro dia, informações falsas.

– Como assim? Do quem está falando? Daquele inglês que saiu daqui com três mil coroas?

– Não, aquele tinha mesmo as três mil coroas e nós as encontramos. Refiro-me ao príncipe russo.

– E então?

– E então você falou em trinta mil libras e só achamos vinte e duas.

– Você não procurou direito.

– Foi Luigi Vampa quem fez a busca pessoalmente.

– Nesse caso, ele pagou suas dívidas...

– Um russo?

– Ou gastou o dinheiro.

– É possível, afinal.

– Claro, mas deixe-me ir ao meu observatório, do contrário o francês fará seu negócio sem que eu saiba o total exato.

Peppino acenou afirmativamente com a cabeça e, tirando do bolso um rosário, começou a murmurar algumas orações, enquanto o amanuense desaparecia pela mesma porta que dera passagem ao lacaio e ao barão.

Depois de cerca de dez minutos, o funcionário reapareceu, radiante.

– E aí? – perguntou Peppino a seu amigo.

– Alerta! Alerta! – exultou o funcionário. – A soma é alta.

– De cinco a seis milhões, certo?

– Sim. Sabia quanto?

– Mediante um recibo de Sua Excelência, o conde de Monte Cristo.

– Você conhece o conde?

– Creditados em Roma, Veneza e Viena.

– É isso! – exclamou o funcionário. – Como está tão bem informado?

– Eu disse que fomos avisados com antecedência.

– Então, por que veio falar comigo?

– Para ter certeza de que é o homem com quem estamos lidando.

– É ele mesmo. Cinco milhões... Uma boa quantia, hein, Peppino?

– Sim.

– Nunca teremos tanto.

– Pelo menos – respondeu Peppino, filosoficamente –, tiraremos dela algumas migalhas.

– Silêncio! Aí vem nosso homem.

O funcionário retomou sua pena e Peppino seu rosário: um escrevia e o outro rezava quando a porta se abriu.

Danglars apareceu radiante ao lado do banqueiro, que o conduziu até a saída.

Atrás de Danglars desceu Peppino.

De acordo com o combinado, a carruagem que devia apanhar Danglars estava esperando na frente da casa Thomson e French. O cicerone mantinha a portinhola aberta: o cicerone é uma criatura muito prestativa, que se pode usar para tudo.

Danglars saltou para dentro da carruagem, leve como um jovem de vinte anos.

O cicerone fechou a portinhola e sentou-se ao lado do cocheiro.

Peppino se acomodou no banco de trás.

– Sua Excelência deseja ver São Pedro? – perguntou o cicerone.

– Para quê? – replicou o barão.

– Ora, para ver!

– Não vim a Roma para ver – gritou Danglars; depois, em voz baixa e com seu sorriso ganancioso: – Vim para tocar.

E com efeito tocou em sua carteira, na qual acabara de guardar uma letra de crédito.

– Então Sua Excelência irá...?

– Para o hotel.

– Casa Pastrini – disse o cicerone ao cocheiro.

E a carruagem partiu velozmente, como uma carruagem particular.

Dez minutos depois, o barão já estava em seu quarto e Peppino sentado em um banco ao lado da entrada do hotel, após ter dito algumas palavras ao ouvido de um daqueles descendentes de Mário e dos Gracos a que nos referimos no início deste capítulo. Esse descendente tomou o rumo do Capitólio com toda a velocidade de que eram capazes suas pernas.

Danglars estava cansado, satisfeito e com sono; deitou-se, colocou a carteira debaixo do travesseiro e adormeceu.

Peppino tinha tempo de sobra; jogou a *morra* com os *facchini*, perdeu três coroas e, para se consolar, bebeu uma garrafa de vinho de Orvietto.

No dia seguinte, Danglars acordou tarde, embora tivesse ido cedo para a cama; havia cinco ou seis noites que dormia mal, quando dormia.

Almoçou copiosamente e, desinteressado, como havia dito, de admirar as belezas da Cidade Eterna, pediu seus cavalos de posta para o meio-dia.

Mas Danglars não contara com as formalidades da polícia e a preguiça do homem da posta.

Os cavalos chegaram somente às duas horas e o cicerone só trouxe o passaporte visado às três.

Todos esses preparativos haviam juntado bom número de espectadores à porta do hotel do tio Pastrini.

Também não faltavam os descendentes dos Gracos e de Mário.

O barão passou triunfalmente por esses grupos, que o chamaram de Excelência para ganhar gorjeta.

Dado que Danglars, homem muito popular conforme sabemos, contentara-se com ser chamado de barão até o momento e ainda não fora tratado de Excelência, esse título o lisonjeava e ele distribuiu algumas moedas a toda aquela canalha, pronta, se ganhasse mais, a chamá-lo de Alteza.

– Qual estrada? – perguntou o postilhão em italiano.

– Estrada para Ancona – respondeu o barão. O tio Pastrini traduziu a pergunta e a resposta, e a carruagem partiu a galope.

Na verdade, Danglars queria ir a Veneza e pegar lá uma parte de sua fortuna para, depois de Veneza, dirigir-se a Viena, onde pegaria o resto.

Sua intenção era estabelecer-se nesta última cidade, que lhe garantiram ser uma cidade de prazeres.

Mal havia percorrido três léguas no campo de Roma, quando a noite começou a cair; Danglars não planejara sair tão tarde, caso contrário teria ficado; perguntou ao postilhão quanto faltava para chegarem à próxima cidade.

– *Non capisco* – respondeu o postilhão.

Danglars fez um movimento com a cabeça que queria dizer:

– Muito bem!

A carruagem continuou seu caminho.

"Na primeira posta", pensou Danglars, "mando-o parar."

Danglars experimentava ainda um resquício do bem-estar que sentira no dia anterior e lhe dera uma noite tão boa. Estava molemente estirado em uma ótima caleche inglesa de molas duplas; sentia-se levado pelo galope de dois valentes cavalos; a distância entre as mudas era de sete léguas, ele o sabia. Que fazer quando se é banqueiro e se teve uma falência lucrativa?

Danglars pensou dez minutos em sua esposa, que permanecera em Paris, dez outros em sua filha, que corria mundo com a senhorita d'Armilly, deu mais dez a seus credores e à maneira como empregaria seu dinheiro; depois, não tendo mais nada em que pensar, fechou os olhos e adormeceu.

Às vezes, porém, abalado por um sacolejo mais forte que os outros, Danglars reabria os olhos por um momento; então, sentia-se levado com a mesma velocidade pelo campo de Roma, todo recortado por aquedutos em ruínas, que pareciam gigantes petrificados no meio do trajeto. Mas a noite estava fria, escura, chuvosa e era muito melhor para um homem meio adormecido permanecer recostado em seu assento, com os olhos fechados, do que enfiar a cabeça pela portinhola a fim de perguntar onde estavam a um postilhão que não sabia responder outra coisa senão: "*Non capisco*".

Danglars, portanto, continuou a dormir, dizendo a si mesmo que sempre haveria tempo para acordar na muda.

A carruagem parou; Danglars pensou que chegara por fim a seu ponto tão desejado. Abriu os olhos novamente e olhou pela janela, esperando estar no meio de alguma cidade ou pelo menos de alguma aldeia; mas não viu nada além de uma espécie de choupana isolada e três ou quatro homens indo e vindo como sombras.

Danglars esperou por um momento que o postilhão, cumprido seu trajeto, viesse pegar o dinheiro da posta; pretendia aproveitar para pedir algumas informações a seu novo cocheiro; mas os cavalos foram desatrelados e substituídos sem que ninguém aparecesse para pedir dinheiro ao viajante. Danglars, espantado, abriu a portinhola; mas uma mão vigorosa imediatamente o empurrou para dentro e a carruagem partiu.

O barão, atordoado, acordou de vez.

– Olá! – gritou para o postilhão. – Olá, *mio caro!*

Ainda era o italiano de cançoneta que Danglars memorizara quando sua filha entoava duetos com o príncipe Cavalcanti.

Mas o *mio caro* não respondeu.

Danglars, então, se contentou com abrir a janela.

– Olá, amigo! Para onde estamos indo? – perguntou, enfiando a cabeça pela abertura.

– *Dentro la testa!* – bradou uma voz grave e imperiosa, acompanhada por um gesto de ameaça.

Danglars compreendeu que *dentro la testa* significava "cabeça para dentro". Como podemos ver, ele progredia rapidamente no italiano.

Obedeceu, não sem inquietação; e, como essa inquietação ia aumentando aos poucos, depois de alguns momentos sua mente, em vez do vazio que observamos quando ele partira e que o fizera adormecer, encheu-se de uma série de pensamentos, cada qual mais adequado que o outro a despertar o interesse de um viajante, sobretudo de um viajante na posição de Danglars.

Seus olhos adquiriram na escuridão aquele grau de acuidade que as emoções fortes comunicam em um primeiro momento e que depois se embota por ter sido muito exercitado. Antes do medo, enxerga-se; quando há medo, vê-se em dobro; depois do medo, a vista fica nublada.

Danglars viu um homem envolto em uma capa galopando junto à portinhola da direita.

"Algum guarda", pensou ele. "Será que os telégrafos franceses comunicaram minha presença às autoridades pontifícias?"

Resolveu pôr de lado essa inquietação.

– Para onde me levam? – perguntou.

– *Dentro la testa!* – repetiu a mesma voz, no mesmo tom ameaçador.

Danglars voltou-se para a portinhola esquerda.

Outro homem a cavalo galopava daquele lado.

"Decididamente", pensou Danglars, com a fronte banhada em suor, "decididamente fui apanhado."

E recostou-se no fundo da carruagem, dessa vez não para dormir, mas para pensar.

Um momento depois, a lua surgiu.

Do fundo da carruagem, Danglars olhou para o campo e reviu os aquedutos, fantasmas de pedra, que havia notado de passagem; mas, em vez de tê-los à direita, agora os tinha à esquerda.

Compreendeu que haviam obrigado a carruagem a dar meia-volta e o reconduziam a Roma.

"Que azar!", murmurou. "Devem ter obtido a extradição!"

A carruagem continuava a correr com uma velocidade assustadora. Uma hora terrível se passou e a cada novo marco em seu caminho o fugitivo reconhecia sem sombra de dúvida que o levavam de volta. Finalmente, avistou uma massa escura contra a qual teve a impressão de que a carruagem iria colidir. Mas a carruagem se desviou, contornando aquela massa escura que nada mais era que o cinturão de muralhas em torno de Roma.

– Oh, oh! – murmurou Danglars –, não estamos entrando na cidade, portanto não é a justiça que me prende. Bom Deus! Será que...?

Seus cabelos se arrepiaram.

Lembrou das histórias interessantes de bandidos romanos, tão pouco acreditadas em Paris, que Albert de Morcerf contara à senhora Danglars e a Eugénie, quando o jovem visconde aspirava a ser genro de uma e marido da outra.

"Ladrões, talvez!", pensou.

De repente, a carruagem rolou sobre algo mais duro que um chão arenoso. Danglars arriscou um olhar a ambos os lados da estrada e, vendo monumentos de formas estranhas, seu pensamento se fixou nas histórias de Morcerf, que agora lhe acudiam em todos os detalhes, e concluiu que devia estar na Via Ápia.

À esquerda da carruagem, em uma espécie de vale, percebia-se uma escavação circular.

Era o Circo de Caracala.

A uma ordem do homem que galopava à direita, a carruagem parou.

Ao mesmo tempo, a portinhola da esquerda se abriu.

– *Scendi!* – bradou uma voz.

Danglars desceu no mesmo instante; ainda não falava o italiano, mas já o entendia.

Mais morto que vivo, o barão olhou em volta.

Quatro homens o cercaram, sem contar o postilhão.

– *Di quà* – disse um dos quatro homens, descendo por um caminho estreito que saía da Via Ápia e cruzava as irregularidades do campo romano.

Danglars seguiu seu guia sem discussão e não precisou olhar para trás para saber que estava sendo seguido pelos outros três homens.

No entanto, parecia-lhe que esses homens se detinham como sentinelas a distâncias aproximadamente iguais.

Após cerca de dez minutos de caminhada, durante os quais não trocou uma única palavra com seu guia, Danglars se viu entre um outeiro e uma moita de erva alta; três homens parados e em silêncio formavam um triângulo do qual ele era o centro.

Quis falar; sua língua travou.

– *Avanti* – disse a mesma voz, com seu tom breve e imperativo.

Dessa vez, Danglars compreendeu duplamente: pela palavra e pelo gesto, pois o homem que caminhava atrás dele o empurrou para a frente com tanta força que ele esbarrou em seu guia.

Esse guia era o nosso amigo Peppino, que se embrenhou no mato alto por uma senda sinuosa que apenas martas e lagartos poderiam reconhecer como um caminho aberto. Peppino parou diante de uma rocha oculta por uma moita espessa; essa rocha, entreaberta como uma pálpebra, deu passagem ao jovem, que desapareceu por ela como desaparecem por seus alçapões os demônios de nossos contos de fadas.

A voz e o gesto daquele que seguia Danglars incitaram o banqueiro a ir em frente. Não havia mais dúvidas, o falido francês estava às voltas com bandidos romanos.

Danglars agiu como um homem colocado entre dois perigos terríveis e a quem o medo torna valente. Apesar do ventre impróprio para penetrar nas fendas do campo romano, deslizou atrás de Peppino e, deixando-se escorregar de olhos fechados, conseguiu cair de pé.

Ao tocar a terra, abriu os olhos.

O caminho era largo, mas escuro. Peppino, pouco preocupado em esconder-se agora que estava em casa, pegou o isqueiro e acendeu uma tocha.

Dois outros homens desceram atrás de Danglars, formando a retaguarda; e, empurrando Danglars quando ele por acaso estacava, fizeram-no chegar, por uma encosta suave, até o centro de uma encruzilhada de aparência sinistra.

Com efeito, as paredes, escavadas em forma de túmulos sobrepostos, pareciam, no meio das pedras brancas, abrir esses olhos negros e cavos que observamos nas caveiras.

Uma sentinela bateu com mão a esquerda no cabo de sua carabina.

– Quem vem lá? – gritou a sentinela.

– Amigo! Amigo! – respondeu Peppino. – Onde está o capitão?

– Ali – respondeu a sentinela, apontando por cima do ombro para uma espécie de grande sala escavada na rocha, cuja luz se refletia no corredor através de grandes aberturas em arco.

– Boa presa, chefe! Boa presa – disse Peppino em italiano.

E, pegando Danglars pela gola da sobrecasaca, conduziu-o para uma abertura em forma de porta que dava acesso à sala onde o chefe parecia estar alojado.

– É o homem? – perguntou o chefe, que se entretinha lendo com muita atenção a vida de Alexandre em Plutarco.

– Ele mesmo, chefe, ele mesmo.

– Muito bem. Mostre-me.

A essa ordem um tanto impertinente, Peppino aproximou a tocha de maneira tão abrupta do rosto de Danglars que este recuou rapidamente para não queimar as sobrancelhas.

Aquele rosto transtornado exibia todos os sintomas de um terror lívido e abjeto.

– Esse homem deve estar cansado – disse o capitão. – Levem-no para a cama.

"Oh!", pensou Danglars. "A cama é provavelmente um dos caixões escavados na parede; o sono é a morte que uma das adagas que vejo cintilando nas sombras vai me dar."

De fato, nas profundezas escuras da imensa sala, soerguiam-se de suas camas de grama seca ou peles de lobo os companheiros do homem que Albert de Morcerf encontrara lendo os *Comentários* de César e a quem Danglars vira concentrado na vida de Alexandre.

O banqueiro soltou um gemido surdo e seguiu seu guia; não tentou rezar nem gritar. Não tinha mais coragem, vontade, força, sentimento: ia porque queriam que ele fosse.

Tropeçou em um degrau e, percebendo que tinha uma escada à sua frente, instintivamente se abaixou para não machucar a cabeça e se viu em uma cela escavada em plena rocha.

Essa cela estava limpa, embora nua, e seca, embora localizada sob a terra a uma profundidade incomensurável.

Via-se uma cama feita de palha, coberta com couros de bode, não armada, mas esticada a um canto.

Danglars, ao notá-la, pensou estar diante do símbolo radioso de sua salvação.

"Deus seja louvado!", pensou. "É uma cama de verdade!"

Era a segunda vez, em uma hora, que ele invocava o nome de Deus; isso não lhe acontecia há dez anos.

– *Ecco* – disse o guia.

E, empurrando Danglars para dentro da cela, fechou a porta às suas costas.

Um ferrolho rangeu; Danglars era prisioneiro.

De resto, ainda que não houvesse ferrolho, seria necessário ter São Pedro e um anjo do céu como guia para passar incólume pelo meio da guarnição que vigiava as catacumbas de São Sebastião e cercava seu chefe, no qual, certamente, nossos leitores reconheceram o famoso Luigi Vampa.

Danglars também reconhecera esse bandido, em cuja existência não quisera acreditar quando Morcerf insistiu em descrevê-lo na França. E reconheceu não apenas o homem como o lugar no qual Morcerf estivera trancafiado e que, com toda a probabilidade, era o alojamento dos forasteiros.

Essas lembranças, nas quais Danglars até certo ponto se comprazia, devolveram-lhe a paz de espírito. Se os bandidos não o tinham matado imediatamente, é porque não tencionavam matá-lo.

Fora preso para ser roubado; mas, como só trazia consigo alguns luíses, pediriam certamente resgate.

Lembrou-se de que Morcerf fora espoliado em cerca de quatro mil escudos; como se julgasse bem mais importante que Morcerf, ele mesmo fixou seu resgate, mentalmente, em oito mil.

Oito mil escudos equivaliam a quarenta e oito mil libras.

Ficaria ainda com mais ou menos cinco milhões e cinquenta mil francos.

Com essa soma, não existiriam embaraços em parte alguma.

Então, quase certo de sair do apuro, visto não haver exemplo de um homem extorquido em cinco milhões e cinquenta mil francos, Danglars estirou-se em sua cama e, depois de revirar duas ou três vezes, adormeceu com a tranquilidade do herói cuja história Luigi Vampa estudava.

O CARDÁPIO DE LUIGI VAMPA

Para todo sono que não aquele que Danglars temia, há um despertar.
Danglars despertou.

Para um parisiense, habituado às cortinas de seda, às paredes forradas de veludo, ao perfume que sobe da madeira esbranquiçada da lareira e desce das abóbadas de cetim, acordar em uma caverna de pedra calcária é sem dúvida um sonho funesto.

Ao tocar em suas cortinas de couro de bode, Danglars deve ter acreditado que estava sonhando com samoiedos ou lapões.

Mas, em tal circunstância, um segundo é suficiente para transformar a dúvida mais robusta em certeza.

– Sim, sim – murmurou –, estou nas mãos dos bandidos de que falou Albert de Morcerf.

Seu primeiro impulso foi respirar, para se certificar de que não estava ferido: era um expediente que aprendera em *Dom Quixote*, o único livro do qual sabia alguma coisa, embora não o tivesse lido.

"Não", prosseguiu, "não me mataram nem me feriram; mas será que me roubaram?"

E levou rapidamente as mãos aos bolsos. Ninguém mexera neles: os cem luíses que reservara para sua viagem de Roma a Veneza continuavam no bolso da calça e a carteira onde colocara a letra de crédito de cinco milhões e cinquenta mil francos estava no bolso de seu redingote.

– Bandidos estranhos! – disse para si mesmo. – Deixam minha bolsa e minha carteira! Como pensei ontem quando fui para a cama, vão me exigir resgate. Ora vejam, também tenho meu relógio! Vamos ver que horas são.

O relógio de Danglars, obra-prima de Bréguet a que ele dera cuidadosamente corda na véspera, antes da partida, soou cinco e meia da manhã. Sem ele, Danglars teria permanecido completamente incerto sobre a hora, pois a luz do dia não penetrava em sua cela.

Conviria pedir uma explicação aos bandidos? Deveria esperar pacientemente que eles próprios a dessem? A última alternativa era a mais prudente: Danglars esperou.

Esperou até o meio-dia.

Durante todo esse tempo, uma sentinela permanecera à porta. Às oito da manhã, fora rendida.

Danglars quis então ver quem o guardava.

Havia notado que raios de luz, não do sol, mas de uma lâmpada, se filtravam pelas frestas da porta meio desconjuntada; aproximou-se de uma dessas aberturas no momento em que o bandido bebericava alguns goles de aguardente, a qual, graças ao odre de pele que a continha, exalava um odor extremamente repugnante para Danglars.

– Ugh! – disse ele, recuando para o fundo da cela.

Ao meio-dia, o homem da aguardente foi substituído por outra sentinela. Danglars teve a curiosidade de ver seu novo guardião e se aproximou novamente da fresta.

Esse era um bandido atlético, um Golias de olhos grandes, lábios grossos e nariz achatado; seu cabelo ruivo caía-lhe sobre os ombros em mechas torcidas como cobras.

– Oh, oh! – disse Danglars. – Ele parece mais um ogro que uma criatura humana; de qualquer maneira, sou velho e de pele dura; branco gordo não é bom para comer.

Como se vê, Danglars ainda tinha espírito para fazer piada.

No mesmo instante, como para lhe provar que não era um ogro, seu guarda sentou-se em frente à porta da cela e tirou da bolsa pão preto, cebola e queijo, que se pôs imediatamente a devorar.

– Diabos me levem – resmungou Danglars, olhando pelas frestas da porta para o jantar do bandido. – Diabos me levem se entendo como alguém pode comer essa porcaria.

E foi sentar-se sobre seus couros de bode, que lhe lembravam o cheiro da aguardente da primeira sentinela.

Mas não importava o que Danglars fizesse, os segredos da natureza são incompreensíveis e há muita eloquência em certos convites materiais que as substâncias mais grosseiras dirigem aos estômagos vazios.

Danglars, de repente, sentiu que o seu não tinha fundo no momento; passou então a enxergar o homem menos feio, o pão menos escuro, o queijo mais fresco.

Por fim, aquelas cebolas cruas, comida horrível do selvagem, lembravam-lhe certos molhos Robert e certos acepipes que seu cozinheiro preparava de maneira superior, quando Danglars lhe dizia "Senhor Deniseau, faça-me para hoje um bom pratinho canalha".

Levantou-se e bateu à porta.

O bandido ergueu a cabeça.

Danglars notou que ele ouvira e bateu de novo.

– *Che cosa?* – perguntou o bandido.

– Escute aqui, amigo! – disse Danglars, tamborilando com os dedos na porta. – Parece-me que já é hora de pensarem em me alimentar também!

Mas fosse por não entender ou por não ter recebido ordens referentes à alimentação de Danglars, o gigante voltou para seu jantar.

Danglars sentiu seu orgulho ferido e, não querendo se haver mais com aquele brutamontes, deitou-se novamente sobre seus couros de bode e não disse mais palavra.

Quatro horas se passaram; o gigante foi substituído por outro bandido. Danglars, que sentia espasmos terríveis no estômago, levantou-se devagar, olhou de novo pela fresta da porta e reconheceu o rosto inteligente de seu guia.

De fato, era Peppino quem se preparava para ficar de guarda com a maior comodidade possível, sentando-se diante da porta e colocando entre as duas pernas uma panela de barro que continha, quentes e perfumados, grãos-de-bico ensopados com toucinho.

Junto à panela, Peppino colocou uma pequena cesta de uvas de Velletri e uma garrafa de vinho de Orvietto.

Peppino era, em definitivo, um *gourmet*.

Vendo esses preparativos gastronômicos, Danglars ficou imediatamente com água na boca.

– Hum – murmurou ele –, vejamos se este será mais sociável que o outro.

E bateu suavemente na porta.

– Já vai – disse o bandido, que, frequentando a casa do tio Pastrini, acabara por aprender o francês até em seus idiotismos.

E, de fato, foi abrir.

Danglars o reconheceu como aquele que lhe gritara com voz tão furiosa: "Cabeça para dentro!". Mas não era hora para recriminações; assumiu, ao contrário, a expressão mais agradável e, com um sorriso gracioso:

– Perdoe-me, senhor – disse ele –, mas não vão me servir o jantar?

– O quê?! – exclamou Peppino. – Vossa Excelência por acaso está com fome?

– Por acaso é simpático – murmurou Danglars. – Há exatamente vinte e quatro horas que não como.

– Mas sim, senhor – acrescentou em voz alta –, com fome e até com muita fome.

– E Vossa Excelência quer comer...

– Agora mesmo, se for possível.

– Nada mais fácil – disse Peppino. – Aqui se consegue tudo o que se quer... pagando, é claro, como se faz entre todos os cristãos honestos.

– É óbvio! – exclamou Danglars. – Embora, na verdade, as pessoas que capturam e aprisionam devam pelo menos alimentar seus prisioneiros.

– Ah, Excelência, não é esse o costume – replicou Peppino.

– Razão das menos convincentes – ponderou Danglars, que pretendia persuadir seu guardião recorrendo à amabilidade. – Mas ainda assim a aceito. Vejamos, quando me darão de comer?

– Agora mesmo, Excelência. Que deseja?

E Peppino colocou sua panela no chão, para que a fumaça subisse diretamente às narinas de Danglars.

– Peça – disse ele.

– Então têm cozinha aqui? – perguntou o banqueiro.

– Como? Se temos cozinha? Cozinha completa!

– E cozinheiros?

– Excelentes.

– Bem! Frango, peixe, caça, qualquer coisa, desde que eu coma.

– Do jeito que Vossa Excelência quiser. Um frango, então?

– Sim, um frango.

Peppino, endireitando-se, gritou a plenos pulmões:

– Um frango para Sua Excelência!

A voz de Peppino vibrava ainda sob as abóbadas quando apareceu um jovem, bonito, esguio e seminu como os carregadores de peixe antigos; trazia o frango em uma travessa de prata, equilibrada na cabeça.

– Como no Café de Paris – murmurou Danglars.

– Aqui está, Excelência – disse Peppino, tirando o frango das mãos do jovem bandido e colocando-o sobre uma mesa carcomida, que junto com um banco e a cama de couro de bode compunha todo o mobiliário da cela.

Danglars pediu faca e garfo.

– Pronto, Excelência! – disse Peppino, oferecendo-lhe uma pequena faca de ponta romba e um garfo de buxo.

Danglars pegou a faca com uma das mãos, o garfo com a outra e começou a trinchar a ave.

– Perdão, Excelência – interrompeu Peppino, colocando a mão no ombro do banqueiro –, aqui se paga antes de comer. Pode-se não ficar contente ao sair...

– Hum – exclamou Danglars –, já não é como em Paris, sem falar que provavelmente vão me extorquir! Mas façamos as coisas à grande. Vejamos, sempre ouvi dizer que a vida na Itália é barata; um frango deve custar doze centavos em Roma. Aqui está – continuou, atirando um luís a Peppino.

Peppino pegou o luís, Danglars aproximou a faca do frango.

– Um momento, Excelência – disse Peppino, levantando-se. – Um momento, Vossa Excelência ainda me deve alguma coisa.

– Eu bem dizia que eles iriam me extorquir! – murmurou Danglars.

E resolveu se posicionar diante daquela extorsão:

– Quanto lhe devo por esta ave esquelética? – perguntou.

– Vossa Excelência deu um luís por conta.

– Um luís por conta de um frango?

– Sem dúvida, por conta.

– Ora, vamos...!

– São apenas quatro mil, novecentos e noventa e nove luíses que Vossa Excelência fica me devendo.

Danglars arregalou os olhos ao ouvir essa tremenda pilhéria.

"Muito engraçado", sussurrou, "realmente muito engraçado!"

E quis continuar trinchando o frango; mas Peppino imobilizou sua mão direita com a esquerda e estendeu-lhe a outra.

– Vamos – disse ele.

– O quê? Você não está rindo? – perguntou Danglars.

– Nunca rimos, Excelência – respondeu Peppino, sério como um quacre.

– Mas cem mil francos por um frango!

– Excelência, nem acreditaria como é difícil criar aves nestas malditas grutas.

– Ora, ora! – replicou Danglars. – Acho isso muito engraçado, muito divertido, na verdade; mas estou com fome, deixe-me comer. Aqui está outro luís para você, meu amigo.

— Então vão faltar quatro mil, novecentos e noventa e oito luíses – disse Peppino, conservando o mesmo sangue-frio. – Com paciência, chegaremos lá.

— Oh, quanto a isso – resmungou Danglars, revoltado com a insistência do outro em zombar dele –, quanto a isso, nunca. Vá para o diabo! Você não sabe com quem está lidando.

Peppino acenou com a cabeça, o jovem estendeu as duas mãos e retirou rapidamente o frango. Danglars se jogou em sua cama de couro de bode; Peppino tornou a fechar a porta e voltou a comer os grãos-de-bico com toucinho.

Danglars não conseguia ver o que Peppino estava fazendo, mas o estalar dos dentes do bandido não devia deixar o prisioneiro em dúvida quanto ao exercício a que ele se entregava.

Era claro que comia e comia ruidosamente, como um mal-educado.

— Grosseirão! – xingou Danglars.

Peppino fingiu não ouvir e, sem mesmo virar a cabeça, continuou a comer com sábia lentidão.

O estômago de Danglars parecia-lhe perfurado como o tonel das Danaides; ele não podia acreditar que ainda conseguiria preenchê-lo.

No entanto, teve paciência por mais meia hora; porém, é justo dizer que essa meia hora lhe pareceu um século.

Levantou-se e foi novamente até a porta.

— Senhor – disse ele –, não me deixe definhar por mais tempo e diga-me imediatamente o que querem de mim.

— Mas, Excelência, diga antes o que quer de nós... Dê suas ordens e nós as cumpriremos.

— Então, abra primeiro.

Peppino abriu.

— Por Deus – exclamou Danglars –, quero comer!

— Está com fome?

— Você sabe muito bem disso.

— O que Vossa Excelência quer comer?

– Um pedaço de pão seco, já que os frangos são caros demais nestas malditas cavernas.

– Pão? Está bem – disse Peppino. – Ei, tragam pão!

O rapaz trouxe um pãozinho.

– Aí está! – disse Peppino.

– Quanto custa? – perguntou Danglars.

– Quatro mil, novecentos e noventa e oito luíses. Mas já pagou dois.

– Como? Cem mil francos por um pão?

– Cem mil francos – repetiu Peppino.

– Mas pediu cem mil francos por um frango!

– Não servimos *à la carte*, mas sim a preço fixo. Quer se coma pouco, quer se coma muito, dez pratos ou apenas um, é sempre o mesmo preço.

– A mesma brincadeira! Meu caro amigo, isso é absurdo, é estúpido! Diga de uma vez que quer me ver morrer de fome, será mais rápido.

– Mas não, Excelência, é o senhor que quer se suicidar. Pague e comerá.

– Pagar com o quê, sua besta? – irritou-se Danglars. – Quem tem cem mil francos no bolso?

– O senhor tem cinco milhões e cinquenta mil francos no seu, Excelência – disse Peppino. – Isso dá cinquenta frangos a cem mil francos e meio frango a cinquenta mil.

Danglars estremeceu; a venda caiu de seus olhos; era uma pilhéria, mas ele finalmente a entendia.

É até justo dizer que não a achava tão insossa quanto antes.

– Vejamos – disse ele. – Se eu der os cem mil francos, ficaremos quites e poderei comer à vontade?

– Sem dúvida – respondeu Peppino.

– Mas como dá-los? – perguntou Danglars, respirando mais livremente.

– Nada mais fácil. O senhor tem um crédito aberto na casa Thomson e French, Via dei Bianchi, em Roma. Passe-me uma ordem de pagamento de quatro mil, novecentos e noventa e oito luíses contra esses senhores e nosso banqueiro sacará.

Danglars queria pelo menos se dar o crédito da boa vontade; pegou a pena e o papel que Peppino lhe dava, escreveu na cédula e assinou.

– Cá está – disse ele – sua ordem ao portador.

– E cá está seu frango.

Danglars trinchou a ave suspirando: parecia-lhe muito magra para uma soma tão grande.

Quanto a Peppino, leu o papel com atenção, meteu-o no bolso e continuou a comer seus grãos-de-bico com toucinho.

O PERDÃO

No dia seguinte, Danglars ainda estava com fome; o ar naquela caverna estimulava o apetite. O prisioneiro pensou que, naquele dia, não teria despesas a fazer; como um homem econômico, escondera metade de seu frango e um pedaço de seu pão em um canto da cela.

Mas, depois de comer, teve sede: não havia contado com isso.

Lutou contra a sede até sentir a língua ressecada agarrar-se ao palato. Então, incapaz de resistir ao fogo que o devorava, chamou.

A sentinela abriu a porta; era um novo rosto.

Achou melhor negociar com um velho conhecido. Chamou Peppino.

– Aqui estou, Excelência – disse o bandido, surgindo com uma presteza que pareceu de bom augúrio a Danglars. – Que deseja?

– Beber – respondeu o prisioneiro.

– Excelência – disse Peppino –, bem sabe que o preço do vinho está pela hora da morte em Roma.

– Dê-me um pouco de água, então – sugeriu Danglars, tentando aparar o golpe.

– Ah, Excelência, mas a água é mais rara que o vinho! Não tem chovido!

– Lá vamos nós de novo, ao que parece... – suspirou Danglars.

E, sorrindo para dar a impressão de que gracejava, o infeliz sentia o suor molhar suas têmporas.

– Meu amigo – continuou ele, vendo que Peppino continuava impassível –, peço-lhe um cálice de vinho; vai me recusar?

– Já lhe disse, Excelência – respondeu Peppino, gravemente –, que não servimos *à la carte*.

– Bem, então me dê uma garrafa.

– De qual?

– Do menos caro.

– Eles são todos do mesmo preço.

– Qual preço?

– Vinte e cinco mil francos a garrafa.

– Diga – gritou Danglars, com uma amargura que só Harpagão poderia ter notado no tom da voz humana –, diga que querem me arrancar tudo e acabem depressa com isso, em vez de me devorar assim aos poucos.

– É possível – disse Peppino – que esse seja o projeto do chefe.

– E quem é ele?

– Aquele perante o qual o senhor foi conduzido anteontem.

– E onde ele está?

– Aqui.

– Quero vê-lo.

– Isso é fácil.

Não tardou e Luigi Vampa estava diante de Danglars.

– O senhor queria me ver? – perguntou ele ao prisioneiro.

– Falo com o chefe das pessoas que me trouxeram aqui?

– Sim, Excelência. E então?

– Qual será meu resgate? Diga.

– Ora, apenas os cinco milhões que traz consigo.

Danglars sentiu um espasmo terrível esmagar seu coração.

– Só tenho isso no mundo, senhor, é o resto de uma imensa fortuna; se vai tirá-lo de mim, tire também minha vida.

– Estamos proibidos de derramar seu sangue, Excelência.

– Proibidos por quem?
– Por aquele a quem obedecemos.
– Então obedecem a alguém?
– Sim, a um chefe.
– Pensei que o chefe fosse o senhor.
– Sou o chefe destes homens; mas outro homem é meu chefe.
– E esse chefe obedece a alguém?
– Sim.
– A quem?
– A Deus.

Danglars ficou pensativo por um momento.

– Não o entendo – disse por fim.
– É possível.
– E foi esse chefe que o mandou me tratar assim?
– Foi.
– Qual é o objetivo dele?
– Não sei.
– Mas meu dinheiro vai acabar.
– É provável.
– Vejamos – disse Danglars. – Quer um milhão?
– Não.

– Dois milhões? Três?... Quatro?... Quer quatro? Eu lhe dou quatro com a condição de me deixar ir.

– Por que me oferece quatro pelo que vale cinco? – perguntou Vampa. – Isso é usura, senhor banqueiro, ou já não sei mais nada.

– Pegue tudo! Pegue tudo, estou lhe dizendo! – gritou Danglars. – E me mate!

– Vamos, vamos, acalme-se, Excelência, o senhor vai agitar seu sangue e isso lhe dará apetite para comer um milhão por dia. Seja mais econômico, irra!

– Mas o que acontecerá quando eu não tiver mais dinheiro para lhe pagar? – perguntou Danglars, exasperado.

– Então, passará fome.
– Passarei fome? – balbuciou Danglars, empalidecendo.
– É provável – respondeu fleumaticamente Vampa.
– Mas disse que não iria me matar!
– Não matarei.
– E quer me deixar morrer de fome?
– Não é a mesma coisa.
– Ah, miseráveis! – bradou Danglars. – Vou frustrar seus cálculos infames; morrer por morrer, prefiro acabar logo com isso. Façam-me sofrer, torturem-me, matem-me, mas não terão mais a minha assinatura.
– Como queira, Excelência – disse Vampa.
E saiu da cela.
Danglars se jogou, rugindo, sobre seus couros de bode.
Quem eram aqueles homens? Quem seria aquele chefe visível? E o invisível? Que planos tinham para ele? Se todos podiam ser resgatados, por que só ele não poderia?
Ah, sim, a morte, uma morte rápida e violenta seria uma boa maneira de enganar aqueles inimigos ferrenhos que pareciam exercer sobre ele uma vingança incompreensível.
Sim, mas... morrer!
Talvez pela primeira vez em sua longa carreira, Danglars pensou na morte sentindo ao mesmo tempo o desejo e o medo de morrer; mas chegara o momento, para ele, de observar o espectro implacável que habita em cada criatura e que, a cada pulsação do coração, diz a si mesmo: "Vais morrer!"
Danglars se assemelhava às feras que a perseguição estimula e depois desespera, mas que, por força mesmo do desespero, às vezes conseguem escapar.
Danglars pensou na fuga.
Mas as paredes eram de pedra e na única saída um homem lia, enquanto, atrás dele, viam-se passar e repassar sombras armadas com fuzis.
Sua resolução de não assinar durou dois dias, depois dos quais ele pediu comida e ofereceu um milhão.

Eles lhe serviram uma ceia magnífica e levaram o seu milhão.

A partir daí, a vida do infeliz prisioneiro foi uma perpétua divagação. Ele havia sofrido tanto que não queria mais se expor ao sofrimento e aceitava todas as exigências; ao cabo de doze dias, uma tarde que jantou como no auge da fortuna, fez suas contas e percebeu que tinha assinado tantas ordens ao portador que só lhe restavam cinquenta mil francos.

Nesse momento, ocorreu nele uma reação estranha: acabava de entregar cinco milhões e tentou economizar os cinquenta mil francos que lhe restavam; em vez de dar esses cinquenta mil francos, resolveu retomar uma vida de privações, teve lampejos de esperança que beiravam a loucura; aquele que havia se esquecido de Deus por tanto tempo lembrou-se dele e começou a se dizer que às vezes Deus fazia milagres; que a caverna podia ruir; que os carabineiros pontifícios talvez descobrissem aquele maldito esconderijo e viriam em seu auxílio; que, então, lhe restariam cinquenta mil francos; que cinquenta mil francos eram uma quantia suficiente para impedir um homem de morrer de fome. Implorou a Deus que lhe conservasse aquela quantia e, enquanto implorava, chorou.

Três dias se passaram assim, durante os quais o nome de Deus esteve constantemente, senão em seu coração, pelo menos em seus lábios; em certos momentos, tinha acessos de delírio durante os quais acreditava ver, pelas janelas, um quarto pobre onde um velho agonizava em seu catre.

Esse velho também morria de fome.

No quarto dia não era mais um homem, era um cadáver vivo; recolhera do chão até as derradeiras migalhas de suas últimas refeições e começara a devorar a esteira que cobria o piso.

Suplicou então a Peppino, como se suplica ao anjo da guarda, que lhe desse um pouco de comida, oferecendo-lhe mil francos por um pedaço de pão.

Peppino não respondeu.

No quinto dia, arrastou-se até a entrada da cela.

– Mas então você não é cristão! – disse ele, erguendo-se nos joelhos. – Quer matar um homem que é seu irmão diante de Deus? Ah, meus velhos amigos, meus velhos amigos! – sussurrou.

E caiu de rosto no chão.

Depois, endireitando-se com uma espécie de desespero:

– O chefe! – gritou. – O chefe!

– Aqui estou! – disse Vampa, aparecendo de repente. – Que mais o senhor quer?

– Pegue o que me resta – gaguejou Danglars, estendendo sua carteira – e me deixe viver aqui, nesta caverna. Não peço mais a liberdade, só peço para viver.

– Está sofrendo muito, então? – perguntou Vampa.

– Oh, sim, cruelmente!

– Houve, porém, homens que sofreram mais que você.

– Não acredito.

– Houve, sim! Aqueles que morreram de fome.

Danglars pensou no velho que, durante suas horas de alucinação, via pelas janelas de seu pobre quarto, gemendo em um catre.

Bateu com a testa no chão, soluçando.

– Sim, é verdade, houve alguns que sofreram ainda mais que eu, mas pelo menos foram mártires.

– Você ao menos se arrepende? – perguntou uma voz sombria e solene, que fez os cabelos de Danglars se arrepiarem.

Seu olhar enfraquecido tentou distinguir os objetos e viu, atrás do bandido, um homem envolto em uma capa e semioculto na sombra de uma pilastra de pedra.

– De que eu devo me arrepender? – balbuciou Danglars.

– Do mal que fez – disse a mesma voz.

– Oh, sim, eu me arrependo! Eu me arrependo! – gritou Danglars.

E bateu no peito com o punho enfraquecido.

– Então eu o perdoo – continuou o homem, tirando a capa e dando um passo para se colocar sob a luz.

– O conde de Monte Cristo! – exclamou Danglars, mais pálido de terror do que estivera, um momento antes, de fome e de miséria.

– Está enganado; não sou o conde de Monte Cristo.

– E quem é, então?

– Sou aquele que você vendeu, entregou, desonrou; sou aquele cuja noiva você prostituiu; sou aquele que você pisou para se erguer até a fortuna; sou aquele cujo pai você matou de fome; aquele que você condenou a também morrer de fome e que, no entanto, o perdoa, porque ele mesmo precisa ser perdoado: sou Edmond Dantès!

Danglars deu apenas um grito e caiu prostrado.

– Levante-se – ordenou o conde. – Sua vida está salva. Essa sorte não coube a seus outros dois cúmplices: um está louco, o outro está morto! Fique com os cinquenta mil francos que lhe restam, é um presente meu; quanto aos seus cinco milhões roubados dos orfanatos, já foram devolvidos por uma mão desconhecida. E agora, coma e beba; esta noite, você é meu convidado. Vampa, quando este homem estiver saciado, liberte-o.

Danglars permaneceu prostrado enquanto o conde se afastava; ao erguer a cabeça, viu apenas uma espécie de sombra que desaparecia no corredor e diante da qual os bandidos se curvavam.

Como o conde havia ordenado, Danglars foi servido por Vampa, que lhe trouxe o melhor vinho e as mais belas frutas da Itália, e que, tendo-o colocado em sua carruagem de posta, o deixou na estrada, encostado em uma árvore.

Ele lá ficou até o amanhecer, sem saber onde estava.

Ao nascer do sol, percebeu que se achava perto de um riacho: tinha sede e arrastou-se até a margem.

Abaixando-se para beber, viu que seus cabelos haviam ficado brancos.

O 5 DE OUTUBRO

Eram mais ou menos cinco horas da tarde e uma claridade cor de opala, na qual um bonito sol de outono infiltrava seus raios de ouro, descia do céu sobre o mar azulado.

O calor do dia se extinguira gradualmente e já se sentia aquela leve brisa que parece a respiração da natureza despertando após a sesta escaldante do meio-dia, sopro delicioso que refresca as costas do Mediterrâneo e leva, de uma margem à outra, o perfume das árvores mesclado ao cheiro acre do mar.

Sobre esse lago imenso, que vai de Gibraltar aos Dardanelos e de Túnis a Veneza, um iate ligeiro, de linhas puras e elegantes, navegava por entre os primeiros vapores da noite. Seu movimento era o de um cisne que abre as asas ao vento e parece deslizar sobre a água. Avançava, rápido e gracioso ao mesmo tempo, deixando após si um sulco fosforescente.

Pouco a pouco, o sol de que saudamos os últimos raios desapareceu no horizonte ocidental, mas, como para dar razão aos sonhos brilhantes da mitologia, seus lampejos indiscretos, ressurgindo no pico de cada vaga, pareciam revelar que o deus do fogo acabava de se recostar no seio de

Anfitrite, a qual, inutilmente, tentava esconder o amante nas dobras de seu manto azul.

O iate avançava velozmente, embora, na aparência, mal houvesse vento para agitar a cabeleira encaracolada de uma donzela.

De pé na proa, um homem de alta estatura, pele bronzeada e olhar fixo, via aproximar-se a terra sob a forma de uma massa sombria moldada em cone e emergindo das vagas como um imenso chapéu catalão.

– É Monte Cristo? – perguntou, com voz grave e cheia de tristeza, o viajante a cujas ordens o pequeno iate parecia momentaneamente sujeito.

– Sim, Excelência – respondeu o capitão. – Chegamos.

– Chegamos! – murmurou o viajante, com um indefinível acento de melancolia. E acrescentou em voz baixa: – Sim, o porto deve ser ali…

Voltou a absorver-se em seus pensamentos, traduzidos em um sorriso mais triste que suas lágrimas.

Minutos depois, distinguiu-se em terra o clarão de uma chama que se extinguiu imediatamente e logo o estampido de um tiro de arma de fogo chegou até o iate.

– Excelência – disse o capitão –, esse é o sinal de terra. Quer responder o senhor mesmo?

– Que sinal?

O capitão apontou para a ilha de cujos flancos subia, isolado e branco, um floco de fumaça que ia se desfazendo enquanto se alargava.

– Ah, sim, quero – disse ele, como que saindo de um sonho.

O capitão estendeu-lhe uma carabina carregada; o viajante pegou-a, levou-a lentamente ao ombro e disparou para o ar.

Dez minutos depois, recolhiam-se as velas e lançava-se âncora a quinhentos passos de um pequeno porto.

O escaler já se fizera ao mar com quatro remadores e o piloto; o viajante desceu e, em vez de se sentar na popa, guarnecida para ele com um tapete azul, permaneceu de pé, com os braços cruzados.

Os remadores esperavam, com os remos levantados a meio, lembrando aves pondo suas asas a secar.

— Vamos — ordenou o viajante.

Os oito remos bateram as ondas a um só golpe e sem fazer espirrar uma única gota de água. E logo a barca, cedendo ao impulso, deslizou rapidamente.

Em um instante chegaram a uma pequena enseada formada por um recorte natural e a barca tocou um fundo de areia fina.

— Excelência — disse o piloto —, suba aos ombros de dois de nossos homens que eles o porão em terra.

O jovem respondeu a essa sugestão com um gesto de total indiferença, pôs as pernas para fora da amurada e se deixou cair na água, que lhe chegou até a cintura.

— Ah, Excelência — murmurou o piloto —, fez muito mal! O patrão agora vai ralhar conosco...

O jovem continuou a avançar para a praia, seguindo dois marinheiros que escolhiam o melhor fundo.

Ao fim de uns trinta passos, chegaram; o rapaz sacudiu os pés em terreno seco e procurou em volta o caminho provável que lhe iriam indicar, pois era noite fechada.

No instante em que virava a cabeça, uma mão pousou em seu ombro e uma voz o fez estremecer.

— Boa noite, Maximilien! — disse a voz. — Foi pontual; obrigado.

— O senhor também, conde! — exclamou o jovem, com um movimento que lembrava a alegria, e apertando as duas mãos de Monte Cristo.

— Sim, como vê, tão pontual quanto o amigo. Mas está todo molhado! Precisa trocar de roupa, como diria Calipso a Telêmaco. Venha, temos aqui um lugar preparado para você, onde esquecerá a fadiga e o frio.

Monte Cristo percebeu que Morrel se voltava; esperou.

Com efeito, o rapaz notara, surpreso, que nenhuma palavra fora pronunciada por aqueles que o haviam trazido, que não os pagara e que, mesmo assim, eles tinham partido. Já ouvia até as batidas dos remos da barca, que voltava para o pequeno iate.

— Ah, sim! — disse o conde. — Está procurando seus marinheiros?

– Sem dúvida, pois não lhes dei nada e eles se foram.

– Não se preocupe com isso, Maximilien – riu Monte Cristo. – Tenho um acordo com a marinha para que o acesso à minha ilha fique isento de tarifas de transporte e viagem. Um contrato, como se diz nos países civilizados.

Morrel olhou espantado para Monte Cristo.

– Conde – disse ele –, o senhor não é o mesmo que era em Paris.

– Por quê?

– Porque aqui consegue rir.

A fronte de Monte Cristo se nublou de súbito.

– Fez bem em me lembrar disso, Maximilien – disse ele. – Fiquei feliz em revê-lo e esqueci que a felicidade é passageira.

– Não, não, conde – insistiu Morrel, pegando de novo nas mãos do amigo. – Ria, seja feliz e prove-me com sua indiferença que a vida só é má para quem sofre. Oh, o senhor é caridoso, é bom, é grande, meu amigo; e para me dar coragem está simulando essa alegria.

– Engana-se, Morrel. Na verdade, eu me senti feliz.

– Por ter se esquecido de mim? Tanto melhor.

– Que quer dizer?

– O senhor sabe, meu amigo. Digo-lhe o que o gladiador dizia ao sublime imperador quando entrava no Circo: "Aquele que vai morrer te saúda!"

– Não está consolado, Morrel? – perguntou Monte Cristo, com um olhar estranho.

– Oh – retrucou Morrel com uma expressão cheia de amargura –, acreditou mesmo que eu estaria?

– Escute – disse o conde. – Está me ouvindo bem, não é, Maximilien? Decerto não me considera um homem vulgar, um néscio que emite sons vagos e sem sentido. Quando lhe pergunto se está consolado, falo-lhe como homem para quem o coração humano já não tem segredos. Pois bem, Morrel, desçamos juntos ao fundo de seu coração, para sondá-lo. Continua sentindo essa impaciência ardente e dolorida que faz o corpo saltar como salta o do leão picado por uma mosca? Continua com essa sede devoradora que só se extingue na sepultura? Continua subjugado por esse idealismo da saudade que lança o vivo para fora da vida e o faz buscar o morto ou se trata apenas da prostração da coragem esgotada, do tédio que sufoca o raio de esperança que queria luzir? Ou da perda da memória, que acarreta a impotência das lágrimas? Ah, meu amigo, se for isso, se você já não consegue chorar, se julga morto seu coração embotado, se só encontra forças em Deus e esperança no céu, então, meu amigo, esqueçamos as palavras, pequenas demais para o sentido que nossa alma lhes dá. Maximilien, você está consolado, não lamente mais.

– Conde – disse Morrel, com voz doce e firme ao mesmo tempo –, conde, escute-me como se escutasse um homem que fala com o dedo estendido para a terra e os olhos cravados no céu: acompanhei-o para morrer nos braços de um amigo. Sem dúvida, existem pessoas que amo. Amo minha irmã Julie, amo seu marido Emmanuel; mas preciso que me abram braços fortes e que me sorriam em meus últimos instantes. Minha irmã se desfaria em lágrimas e desmaiaria; eu a veria sofrer e já sofri muito; Emmanuel me arrancaria a arma das mãos e encheria a casa com seus gritos. O senhor, conde, de quem tenho a palavra, o senhor que é mais que um homem, o senhor a quem eu consideraria um deus se não fosse mortal, o senhor me conduzirá docemente e com ternura às portas da morte, não é?

– Amigo – respondeu Monte Cristo –, ainda tenho uma dúvida: é tão fraco a ponto de usar o orgulho para alardear o sofrimento?

– Não, veja, sou sincero – disse Morrel, estendendo a mão ao conde. – Meu pulso não bate nem mais rápido nem mais lento que de costume. Sinto-me no fim do caminho e não irei mais longe. O senhor me pediu para ter fé e esperar: sabe o que fez, pobre sábio que é? Esperei um mês, ou seja, sofri por um mês! Tive fé (o homem é uma criatura infeliz e miserável), mas tive fé em quê? Não sei, em algo desconhecido, absurdo, insensato! Um milagre... mas que milagre? Isso é com Deus, ele que mesclou à nossa razão a loucura chamada esperança. Sim, esperei; sim, tive fé, conde. E, no último quarto de hora de nossa conversa, o senhor, sem saber, despedaçou e torturou meu coração, pois cada uma de suas palavras me provou que para mim já não há esperança. Ah, conde, repousarei docemente, voluptuosamente na morte!

Morrel pronunciou essas últimas palavras com um ímpeto de energia que fez o conde estremecer.

– Meu amigo – prosseguiu Morrel, vendo que Monte Cristo se calava –, o senhor marcou o dia 5 de outubro como fim do prazo que me pediu... Pois hoje, meu amigo, é hoje o dia.

Morrel consultou o relógio.

– Nove horas. Ainda tenho três para viver.

– Seja – respondeu Monte Cristo. – Venha comigo.

Morrel seguiu maquinalmente o conde. Estavam já na gruta que Maximilien ainda não havia notado.

Sentiu tapetes sob os pés, uma porta se abriu, perfumes o envolveram e uma luz viva feriu seus olhos.

Morrel se deteve, hesitando em avançar: desconfiava das delícias enervantes que o rodeavam.

Monte Cristo puxou-o suavemente.

– Não será melhor – propôs ele – empregarmos as três horas que nos restam como os antigos romanos que, condenados por Nero, seu imperador e herdeiro, se punham à mesa coroados de flores e aspiravam a morte com o perfume dos heliotrópios e das rosas?

Morrel sorriu.

– Como quiser, conde – disse ele. – A morte é sempre a morte, ou seja, o esquecimento, o repouso, a ausência de vida e, por consequência, de dor.

Sentou-se. Monte Cristo sentou-se diante dele.

Estavam na maravilhosa sala de jantar que já descrevemos, onde estátuas de mármore traziam sobre a cabeça cestos sempre cheios de flores e frutas.

Morrel observara tudo vagamente e é provável que nada tivesse visto.

– Conversemos como homens – disse ele, olhando fixamente para o conde.

– Conversemos – repetiu este.

– Amigo – continuou Morrel –, o senhor é o resumo de todos os conhecimentos humanos e me parece alguém descido de um mundo mais evoluído, mais sábio que o nosso.

– Há alguma verdade nisso, Morrel – disse o conde com aquele sorriso melancólico que o tornava tão belo. – Desci de um planeta chamado dor.

– Acredito em tudo que me diz sem insistir em me aprofundar em seu sentido, conde, e a prova é que o senhor me pediu para viver e vivi; pediu-me para esperar e esperei. Terei então a ousadia de perguntar-lhe, como se o senhor já houvesse morrido uma vez: conde, a morte é dolorosa?

Monte Cristo fitou Morrel com uma expressão indefinível de ternura.

– Sim – respondeu ele –, sem dúvida é muito dolorosa se você romper brutalmente o invólucro mortal que teima em viver. Se obrigar sua carne a gritar sob os dentes imperceptíveis de um punhal; se perfurar com uma bala inteligente, sempre pronta a mudar de curso, seu cérebro, que o menor choque magoa, então, sem nenhuma dúvida, sofrerá. E se deixar com arrependimento a vida, achando-a, em meio à sua agonia desesperada, melhor que o repouso adquirido a tão alto preço.

– Sim, compreendo – murmurou Morrel. – A morte, como a vida, abriga seus segredos de dor e voluptuosidade: tudo está em desvendá-los.

– Justamente, Maximilien. Você acaba de dizer a palavra definitiva. A morte é, dependendo de nosso empenho em nos darmos bem ou mal com ela, uma amiga que nos embala tão docemente quanto uma ama ou uma inimiga que nos arranca violentamente a alma do corpo. Um dia, quando nosso mundo já houver vivido outro milhar de anos, quando nos tivermos apossado de todas as forças destrutivas da natureza para fazê-las servir ao bem-estar geral da humanidade, quando o homem souber, como você dizia há pouco, os segredos da morte, então esta se tornará tão doce e tão voluptuosa quanto o sono degustado nos braços de nossa bem-amada.

– Se o senhor quisesse morrer, conde, saberia morrer dessa maneira?

– Sim.

Morrel estendeu-lhe a mão.

– Agora compreendo – disse ele – por que desejou que nos encontrássemos aqui, nesta ilha isolada, no meio do oceano, neste palácio subterrâneo, neste sepulcro de dar inveja a um faraó. É porque me ama, não é, conde? Ama-me a ponto de querer me dar uma dessas mortes da qual falou há pouco, uma morte sem agonia, uma morte que me permita desaparecer pronunciando o nome de Valentine e apertando sua mão?

– Adivinhou, Morrel – respondeu o conde com simplicidade. – É o que pretendo.

– Obrigado! A ideia de que amanhã não sofrerei mais é grata a meu pobre coração.

– Não lamenta deixar ninguém?

– Não! – replicou Morrel.

– Nem mesmo a mim? – perguntou o conde, com uma emoção profunda.

Morrel se deteve. Seu olhar muito puro enterneceu-se de repente e depois se encheu de um brilho desusado, enquanto uma grande lágrima rolava deixando um sulco de prata em sua face.

– Ora! – exclamou o conde. – Lamenta deixar algo na terra e ainda assim quer morrer!

– Ah, conde, eu lhe suplico – disse Morrel em tom afável –, não diga mais uma palavra, não prolongue meu suplício!

O conde achou que Morrel fraquejava.

Essa impressão momentânea ressuscitou nele a horrível dúvida que já uma vez o havia abatido no castelo de If.

"Insisto", pensou ele, "em devolver a felicidade a este homem e considero essa devolução um peso lançado na balança para equilibrar o prato onde depositei o mal. Mas e se eu estiver enganado, se este homem não for suficientemente infeliz para merecer a felicidade? Ah, que será então de mim, que só posso esquecer o mal fazendo o bem?"

– Escute, Morrel – disse ele –, sua dor é imensa, bem vejo. No entanto, acredita em Deus e não pretende arriscar a salvação de sua alma.

Morrel sorriu tristemente.

– Conde – disse ele –, não faço poesia a frio, mas juro-lhe que minha alma já não me pertence.

– Não tenho parente nenhum no mundo, Morrel – continuou Monte Cristo –, como você bem sabe, e acostumei-me a considerá-lo meu filho. Ora, para salvar meu filho, eu sacrificaria minha vida e, com mais forte razão, minha fortuna.

– Que quer dizer?

– Quero dizer, Morrel, que você pretende deixar a vida por não conhecer todos os gozos que ela promete a uma grande fortuna. Eu possuo perto de cem milhões, Morrel, e posso dá-los a você. Com um dinheiro desses, conseguirá tudo que quiser. É ambicioso? Qualquer carreira lhe estará aberta. Abale o mundo, modifique-o, entregue-se a práticas insensatas, torne-se criminoso se for preciso, mas viva!

– Conde, tenho sua palavra – respondeu friamente Morrel. E acrescentou olhando o relógio: – São onze horas e meia.

– Morrel, continua pensando nisso diante de meus olhos, aqui em minha casa?

– Então me deixe partir – replicou Maximilien, em tom sombrio – ou pensarei que não me ama por mim, mas pelo senhor!

Levantou-se.

– Está bem – disse Monte Cristo, cujo rosto se desanuviou diante dessas palavras. – Você quer e é inflexível, Morrel. Sim, está profundamente infeliz e, como disse, só um milagre poderia curá-lo. Sente-se então e espere.

Morrel obedeceu. Monte Cristo se levantou por sua vez e foi buscar, em um armário cuidadosamente fechado, e do qual tinha a chave suspensa de uma corrente dourada, um pequeno cofre de prata maravilhosamente esculpido e cinzelado, cujos ângulos representavam quatro figuras curvadas, semelhantes a cariátides de ar compungido, figuras de mulheres, símbolos de anjos que aspiram ao céu.

Pousou o cofre na mesa.

Depois, abrindo-o, tirou uma caixinha de ouro cuja tampa se erguia graças à pressão em uma mola secreta.

A caixa continha uma substância untuosa meio sólida, de cor indefinível devido ao reflexo do ouro polido, das safiras, dos rubis e das esmeraldas que guarneciam o objeto. Era como uma cintilação de azul, púrpura e ouro.

O conde retirou uma pequena quantidade da substância com uma colher de prata dourada e ofereceu-a a Morrel, lançando sobre ele um olhar demorado.

Podia-se ver agora que a substância era esverdeada.

– Aqui está o que você me pediu e eu lhe prometi – disse o conde.

– Ainda em vida – replicou o rapaz, tomando a colher das mãos de Monte Cristo –, sou-lhe grato do fundo do coração.

O conde pegou outra colher e mergulhou-a na caixinha de ouro.

– Que vai fazer, amigo? – gritou Morrel, segurando-lhe a mão.

– Ora, Maximilien – respondeu o conde, sorrindo –, acho, Deus me perdoe, que estou tão farto da vida quanto você, e, como a ocasião se apresenta...

– Pare! – bradou o jovem. – O senhor, que ama, é amado e tem a fé da esperança, não faça o que vou fazer. De sua parte, isso seria um crime. Adeus, meu nobre e generoso amigo, direi a Valentine tudo o que fez por mim.

E devagar, sem nenhuma hesitação exceto uma leve pressão na mão esquerda que estendia ao conde, Morrel engoliu, ou melhor, saboreou a misteriosa substância oferecida por Monte Cristo.

Então, os dois se calaram. Ali, silencioso e atento, trouxe o tabaco e os narguilés, serviu o café e desapareceu.

Pouco a pouco, as lanternas empalideceram nas mãos das estátuas de mármore que as sustentavam e o perfume dos defumadores pareceu menos penetrante a Morrel.

Sentado à sua frente, Monte Cristo o observava na sombra, de modo que Maximilien só percebia o brilho de seus olhos.

Uma dor imensa se apoderou do rapaz; sentiu que o narguilé escapava de suas mãos; os objetos iam perdendo insensivelmente a forma e a cor; seus olhos toldados viam abrir-se portas e reposteiros na parede.

– Amigo – sussurrou ele –, acho que estou morrendo. Obrigado.

Fez um esforço para estender-lhe pela última vez a mão, mas essa mão sem força caiu de novo a seu lado.

Pareceu-lhe então que Monte Cristo sorria, não mais o sorriso estranho e assustador que muitas vezes o fizera entrever os mistérios daquela alma profunda, mas o sorriso de benevolente compaixão que os pais esboçam para os filhos quando estes fazem coisas erradas.

Ao mesmo tempo, o conde crescia a olhos vistos; seu porte, quase duas vezes mais alto, se recortava contra as tapeçarias vermelhas; havia atirado para trás a cabeleira negra e surgia, ereto e orgulhoso como um desses anjos com os quais se ameaçam os maus no dia do Juízo Final.

Morrel, abatido, dominado, revirou-se na poltrona e um torpor aveludado insinuou-se em cada uma de suas veias. Uma mudança de ideias pululou-lhe por assim dizer no cérebro, como uma nova disposição de desenhos pulula no caleidoscópio.

Encolhido, enervado, arquejante, Morrel só sentia em si, como coisa viva, esse sonho: parecia-lhe entrar a todo pano no vago delírio que precede esse outro desconhecido chamado morte.

Tentou de novo estender a mão ao conde, mas dessa vez ela nem sequer se mexeu; quis articular um último adeus, mas sua língua se enrolou pesadamente na boca como uma pedra que tapasse um sepulcro.

Seus olhos carregados de languidez se fecharam involuntariamente; no entanto, por trás das pálpebras, agitava-se uma imagem que reconheceu apesar da obscuridade de que se julgava envolvido.

Era o conde, que acabava de abrir uma porta.

Logo, uma imensa claridade irradiando-se do quarto vizinho, ou antes, de um palácio maravilhoso, inundou a sala onde Morrel se deixava levar por sua doce agonia.

Viu então assomar à porta da sala e no limiar dos dois quartos uma mulher de espantosa beleza.

Pálida e com um sorriso meigo, ela parecia o anjo da misericórdia a conjurar o anjo da vingança.

"Será o céu que já se abre para mim?", pensou o moribundo. "Este anjo se parece com o que perdi."

Monte Cristo mostrou à jovem o sofá onde repousava Morrel.

Ela se aproximou dele com as mãos postas e um sorriso nos lábios.

– Valentine! Valentine! – gritou Morrel do fundo da alma.

Mas sua boca não proferiu nenhum som; e, como se todas as suas forças se unissem nessa emoção interior, emitiu um suspiro e fechou os olhos.

Valentine se precipitou para ele.

Os lábios de Morrel esboçaram ainda um movimento.

– Ele a chama – disse o conde. – Ele a chama das profundezas de seu sono, aquele a quem você confiou seu destino e de quem a morte quis separá-la! Mas por sorte eu estava lá e venci a morte! Valentine, de agora em diante não devem mais se separar neste mundo, pois, para reencontrá-la, ele se precipitava na tumba! Sem mim, morreriam os dois; devolvo-os um ao outro e possa Deus levar em conta essas duas existências que salvo!

Valentine pegou a mão de Monte Cristo e, num ímpeto de alegria irresistível, levou-a aos lábios.

– Oh, agradeça-me muito – exclamou o conde –, repita, repita sem cessar que a tornei feliz! Não sabe quanta necessidade tenho dessa certeza.

– Sim, sim, eu lhe agradeço do fundo da alma – respondeu Valentine. – E se duvida da sinceridade de meus agradecimentos, pergunte a Haydée, interrogue minha querida irmã Haydée, que desde nossa partida da França me fez esperar pacientemente, falando-me sempre do senhor, o dia feliz que hoje brilha para mim.

– Ama mesmo Haydée? – perguntou Monte Cristo, com uma emoção que tentava inutilmente dissimular.

– Oh, de todo o coração!

– Pois bem! Escute-me, Valentine – disse o conde. – Tenho um favor a lhe pedir.

– Céus, a mim! Merecerei essa felicidade?

– Sim. Chamou Haydée de irmã. Pois que ela o seja de verdade, Valentine. Dê-lhe tudo que acredita me dever. Protejam-na, você e Morrel, pois – e a voz do conde quase se extinguiu em sua garganta – doravante ela estará só no mundo...

– Só no mundo! – repetiu uma voz atrás do conde. – E por quê?

Monte Cristo se voltou.

Haydée estava ali, de pé, pálida e imóvel, olhando o conde com uma expressão de estupor mortal.

– Porque amanhã, minha filha, você será livre – respondeu o conde. – Porque retomará no mundo o lugar que lhe é devido, porque não quero que meu destino obscureça o seu. Filha de príncipe, devolvo-lhe as riquezas e o nome de seu pai.

Haydée empalideceu, abriu as mãos diáfanas como faz a virgem que se recomenda a Deus e perguntou, com a voz embargada pelas lágrimas:

– Então vai me deixar, senhor?

– Haydée, você é jovem e bela. Esqueça até meu nome e seja feliz.

– Suas ordens serão cumpridas, meu senhor – disse Haydée. – Esquecerei até seu nome e serei feliz.

E deu um passo atrás para se retirar.

– Oh, meu Deus! – gritou Valentine, sustentando a cabeça desfalecida de Morrel no ombro. – Não vê como ela está pálida, não compreende o que ela sofre?

Haydée perguntou-lhe com uma expressão desoladora:

– Como quer que ele me compreenda, irmã? Ele é meu senhor e eu sou sua escrava; ele tem o direito de não ver nada.

O conde estremeceu ante o tom daquela voz, que despertava as fibras mais recônditas de seu coração; seus olhos encontraram os da jovem, cujo brilho não puderam suportar.

– Meu Deus, meu Deus! – exclamou Monte Cristo. – Então o que me fez suspeitar é verdade? Haydée, ficaria feliz se não me deixasse?

– Sou jovem – respondeu ela suavemente –, amo a vida que o senhor me tornou tão doce e lamentaria morrer.

– Quer dizer então que, se eu a deixasse...

– Sim, meu senhor, eu morreria!

– Mas não me ama?

– Ah, Valentine, ele pergunta se o amo! Diga-lhe, Valentine, se ama Maximilien!

O conde sentiu seu peito se expandir e seu coração se dilatar. Abriu os braços e Haydée se precipitou para eles, com um grito.

– Sim, sim, eu o amo! Amo-o como se ama um pai, um irmão, um marido! Amo-o como se ama a própria vida, como se ama a Deus, pois o senhor é para mim o mais belo, o melhor e o maior dos seres criados!

– Seja então como quer, meu anjo querido! – replicou o conde. – Deus, que me levantou contra meus inimigos e me fez vencedor, Deus, agora percebo, não quer colocar esse arrependimento no fim de minha vitória. Eu queria me punir, Deus quer me perdoar. Ame-me então, Haydée! Talvez seu amor me faça esquecer o que deve ser esquecido.

– Mas o que está dizendo, senhor? – perguntou a jovem.

– Digo que uma palavra sua, Haydée, me esclareceu mais que vinte anos de lenta sabedoria. Agora só tenho a você no mundo. Por você me prendo à vida, por você suportarei sofrer, por você poderei ser feliz.

– Está ouvindo o que ele diz, Valentine? – gritou Haydée. – Diz que por mim suportará sofrer, por mim, que daria a vida por ele!

O conde se recolheu por um instante.

– Terei entrevisto a verdade? – disse ele. – Oh, meu Deus, não importa! Recompensa ou castigo, aceito esse destino. Venha, Haydée, venha...

E, abraçando a jovem pela cintura, apertou a mão de Valentine e desapareceu.

Decorreu cerca de uma hora, durante a qual, arquejante, muda e de olhos fixos, Valentine permaneceu junto a Morrel. Por fim, sentiu o coração dele bater, um sopro imperceptível escapar de seus lábios e o leve estremecimento que anuncia o retorno à vida percorrer todo o corpo do rapaz.

Enfim, seus olhos se abriram, vidrados e sem vida a princípio; mas logo a vista lhe voltou, precisa, real; e com a vista o sentimento, com o sentimento a dor.

– Oh! – gemeu ele, com a entonação do desespero. – Ainda vivo! O conde me enganou!

E sua mão se estendeu para a mesa, a fim de pegar uma faca.

– Amigo – disse Valentine com seu sorriso adorável –, acorde de vez e olhe para mim.

Morrel soltou um grande grito e, delirante, esmagado de dúvidas, extasiado como que por uma visão celeste, caiu de joelhos...

No dia seguinte, aos primeiros raios do sol, Morrel e Valentine passeavam de braços dados pela praia, enquanto Valentine contava ao rapaz como Monte Cristo aparecera em seu quarto, como lhe contara tudo, como a pusera a par do crime e como, enfim, a salvara milagrosamente da morte fazendo crer que estava morta.

Tinham encontrado aberta a porta da gruta e saído; no azul matinal do céu, luziam as últimas estrelas da noite.

Morrel percebeu, na sombra projetada por um grupo de rochedos, um homem que esperava um sinal para se aproximar e mostrou aquele homem a Valentine.

– Ah, é Jacopo! – disse ela. – O capitão do iate.

E chamou-o com um gesto.

– Tem algo a nos dizer? – perguntou Morrel.

– Devo entregar-lhes esta carta da parte do conde.

– Do conde! – exclamaram os dois jovens ao mesmo tempo.

– Sim, leiam.

Morrel abriu a carta e leu:

Meu caro Maximilien:

Há um barco ancorado à disposição de ambos. Jacopo os conduzirá a Livorno, onde o senhor Noirtier espera sua neta, a quem deseja dar a bênção antes que ela acompanhe você ao altar. Tudo que há na gruta, meu amigo, a casa dos Champs-Élysées e meu pequeno castelo de Le Tréport são o presente de núpcias que Edmond Dantès dá ao filho de seu patrão Morrel. A senhorita de Villefort deve ficar com a metade, pois peço-lhe que dê aos pobres de Paris toda a fortuna a receber do pai, que enlouqueceu, e do irmão, morto em setembro último com a mãe.

Peça ao anjo que velará por sua vida, Morrel, que reze às vezes por um homem que, igual a Satã, se julgou por um instante igual a Deus e reconheceu, com a humildade de um cristão, que só nas mãos de Deus reside o poder supremo e a sabedoria infinita. Essas preces amenizarão talvez o remorso que ele traz no fundo do coração.

Quanto à minha conduta para com você, Morrel, eis todo o segredo: não há nem felicidade nem desgraça neste mundo, há comparação de um estado com outro e nada mais. Só quem padeceu o extremo infortúnio está preparado para sentir a extrema felicidade. É preciso ter querido morrer, Maximilien, para descobrir como é bom viver.

Vivam então e sejam felizes, filhos queridos de meu coração, e nunca se esqueçam de que, até o dia em que Deus se dignar revelar o futuro ao homem, toda a sabedoria humana se resumirá nestas palavras: "Ter fé e esperar!"

Seu amigo,
Edmond Dantès, conde de Monte Cristo

Durante a leitura dessa carta, que lhe revelava a loucura do pai e a morte do irmão, morte e loucura que ela ignorava, Valentine empalideceu, um doloroso suspiro escapou de seu peito e lágrimas não menos pungentes por serem silenciosas rolaram por suas faces. Sua felicidade lhe custava bem caro.

Morrel olhou em volta, inquieto.

— Na verdade — disse ele —, o conde exagera em sua generosidade. Valentine se contentará com minha modesta fortuna. Onde está o conde, meu amigo? Leve-me até ele.

Jacopo apontou para o horizonte.

— O que quer dizer? — perguntou Valentine. — Onde está o conde? Onde está Haydée?

— Olhem — disse Jacopo.

Os olhos dos dois jovens se fixaram na linha indicada pelo marinheiro e, nessa linha de um azul-escuro que separava no horizonte o céu do Mediterrâneo, perceberam uma vela branca, grande como a asa de uma gaivota.

– Partiu! – exclamou Morrel. – Partiu! Adeus, meu amigo, meu pai!

– Partiu! – murmurou Valentine. – Adeus, minha amiga, minha irmã!

– Quem sabe se ainda os reveremos! – suspirou Morrel, enxugando uma lágrima.

– Meu amigo – disse Valentine –, o conde não acabou de nos dizer que a sabedoria humana se resume inteira nestas palavras: "Esperar e ter esperança"?